D0292994

L'EFFET LAZARE

Collection dirigée par Gérard Klein

FRANK HERBERT
BILL RANSOM

L'Effet Lazare

TRADUIT DE L'AMÉRICAIN PAR GUY ABADIA

ROBERT LAFFONT

Titre original :

THE LAZARUS EFFECT

Pour Brian, Bruce et Penny. Pour toutes ces années où ils se déplacèrent sur la pointe des pieds tandis que leur père écrivait.

FRANK HERBERT.

A ceux qui soignent et soulagent nos souffrances;
A ceux qui nourrissent, et demandent pour seul prix la vertu;
A nos amis — avec reconnaissance et affection.

BILL RANSOM.

Les *Historiques* affirment qu'un système double ne saurait favoriser la vie. Pourtant, nous l'avons bien trouvée sur Pandore. Vie hostile et implacablement meurtrière, sauf en ce qui concerne le varech, mais vie tout de même. Et nous avons attiré sur nos têtes la colère de Nef en déséquilibrant cette planète par l'extermination du varech. Nous ne sommes qu'une poignée de survivants soumis aux terribles caprices des deux soleils et de l'océan sans limites. Que nous ayons survécu malgré tout sur nos précaires radeaux de clones représente à la fois notre victoire et notre malédiction. C'est l'avènement d'une ère de folie.

HALI EKEL, *Journal.*

Duque perçut une odeur de chair brûlée et de cheveux roussis. Il fronça les narines, huma l'air puis gémit. Son bon œil larmoyait et lui fit mal quand il voulut le forcer à s'ouvrir du coin du pouce. Sa mère était dehors. « Dehors »... Une des paroles qu'il savait à peu près prononcer, comme « M'man » ou « brûlant ». Mais il eût été incapable de définir la nature ou la forme de ce « dehors ». Il savait seulement vaguement qu'il habitait sur un radeau de clone ancré à un piton de roche noire, dernier vestige des anciennes terres émergées de Pandore.

L'odeur de brûlé était de plus en plus forte. Cela l'effrayait. Il se demandait s'il aurait fallu dire quelque chose. La plupart du temps, Duque ne parlait pas. Ce n'était pas pratique, avec son nez. Mais il pouvait siffler par le nez, et sa mère le comprenait. Elle lui répondait de la même manière. A eux deux, ils connaissaient plus d'une centaine de mots sifflés.

Duque secoua le front, ce qui eut pour effet de déplier son nez lourd et noueux. Il siffla, timidement au début, pour savoir si elle était à proximité.

M'man, où es-tu, m'man ?

Il tendit l'oreille pour guetter le *floup-flap, floup-flap* caractéristique de ses pieds nus sur le pont souple et lisse du radeau.

L'odeur de brûlé assaillit de nouveau ses narines et le fit éternuer. Il entendit le *flop* de plusieurs pas dehors, dans la coursive. Jamais il n'en avait entendu autant à la fois à cet endroit, mais rien n'indiquait la présence de sa mère.

Des cris retentirent ; des mots qu'il ne comprenait pas. Duque prit une profonde inspiration et siffla de toutes ses forces. Sa cage thoracique étroite en vibra de douleur et le vertige le saisit.

Personne ne lui répondit. La porte ovale à côté de lui demeurait close. Personne ne venait le sortir de ses couvertures entortillées pour le serrer dans ses bras.

Malgré la fumée qui lui piquait l'œil, Duque releva sa paupière droite avec les deux bosses de sa main droite et vit que la cabine était plongée dans l'ombre à l'exception d'une lueur qui rougeoyait contre les minces organiques de la paroi extérieure. Cette lumière pourpre faisait danser sur le pont des reflets effrayants. Une fumée âcre flottait comme un nuage au-dessus de lui, projetant de noirs et denses tentacules vers son visage.

D'autres bruits s'étaient maintenant ajoutés aux cris et aux déplacements incessants sur le pont. Il entendit que l'on traînait des choses lourdes qui heurtaient parfois la paroi rougeoyante de sa cabine. La terreur le tenait figé, recroquevillé et muet sous les couvertures de sa couchette.

La fumée contenait une odeur amère qui n'évoquait en rien la fois où leur poêle avait grillé la cloison. Il se souvenait des plaques d'organiques complètement carbonisés. Il y avait eu un trou entre leur cabine et celle d'à côté, par lequel il avait passé la tête pour siffler les voisins. Mais aujourd'hui, ce n'était pas du tout la même chose. Et la cloison ne fondait pas.

Une rumeur sourde s'ajoutait aux bruits extérieurs. Comme une bouilloire en train de chanter sur le poêle. Seulement, sa mère n'avait pas fait marcher le poêle. De plus, c'était une rumeur beaucoup plus puissante, plus forte même que les autres bruits qu'on entendait dans la coursive.

Quelqu'un se mit à hurler. Duque rejeta brusquement ses couvertures et voulut se mettre debout. Il poussa une exclamation lorsque ses pieds touchèrent le pont.

C'est brûlant !

Brusquement, le pont bascula, d'abord en arrière, puis en avant. Le mouvement le précipita la tête la première à travers la cloison. Les organiques surchauffés s'écartèrent à son passage comme des nouilles cuites. Il savait qu'il se retrouvait sur le pont extérieur, mais il risquait tellement d'être piétiné par tous les gens qui couraient qu'il était obligé de se protéger la tête et le corps au lieu d'utiliser une main à écarter la paupière de son bon œil. Le pont lui brûlait les genoux et les coudes. Malgré la douleur, il réussit à emmagasiner assez d'air pour pousser un nouveau sifflement strident. À ce moment-là, quelqu'un trébucha sur lui. Il sentit des mains qui le saisissaient aux aisselles et le soulevaient au-dessus de la grumelle carbonisée qui avait constitué le pont. Des morceaux de grumelle se détachèrent, collés à sa peau. Duque reconnut la personne qui le portait à ses cheveux parfumés au jasmin. C'était Ellie, leur voisine aux jambes courtaudes et à la voix splendide.

— Duque, fit-elle, on va essayer de trouver ta maman.

Elle avait une voix anormalement rauque, qui semblait sortir d'un gosier craquelé et desséché.

— M'man, fit Duque.

Il ouvrit son bon œil d'un doigt replié et vit un cauchemar de flammes et de mouvement.

Ellie se frayait un chemin à travers la cohue. Quand elle s'aperçut de ce qu'il faisait, elle lui donna une tape pour écarter sa main.

— Tu regarderas plus tard. Pour le moment, cramponne-toi. Serre-moi bien fort.

Après la brève vision qu'il avait eue, elle n'avait pas besoin de répéter son ordre. Il s'agrippa de toutes ses forces au cou d'Ellie tout en laissant échapper un gémissement plaintif. Ellie continuait à fendre la foule. Partout, des voix criaient des choses que Duque ne comprenait pas. De temps à autre, quand ils heurtaient quelqu'un, des morceaux de grumelle s'arrachaient à sa peau et cela faisait horriblement mal.

Ce qu'il avait aperçu tout à l'heure demeurerait à jamais gravé dans la mémoire de Duque. Il avait vu le feu surgir des eaux sombres ! Les flammes bondissaient sur la mer, accompagnées de ce grésillement sifflant qu'on entendait, et partout les vapeurs étaient si épaisses que les silhouettes humaines ressemblaient à des ombres agglutinées contre un brasier brûlant. De toutes parts, les cris et hurlements résonnaient de plus belle et Duque s'accrochait encore plus fort au cou d'Ellie. Des boules de feu montaient comme des fusées loin au-dessus de leur île et Duque ne comprenait pas pourquoi, mais elles retombaient avec fracas et grésillaient en traversant la texture de l'île pour retourner à l'océan en dessous.

Pourquoi l'eau brûle ? Il savait siffler ces mots, mais Ellie ne comprenait pas.

Le radeau s'inclina violemment et Ellie perdit l'équilibre. Elle tomba au milieu des gens qui risquaient de les piétiner, mais Duque était sur elle, isolé par son corps de la chaleur du pont. Ellie cria et lâcha un juron. D'autres personnes étaient tombées aussi autour d'eux. Duque la sentit s'enfoncer dans les organiques fondus du pont. Elle se débattit d'abord, en se convulsant comme la murelle fraîchement pêchée que sa mère lui avait un jour mise dans les mains avant de la faire cuire. Puis les soubresauts d'Ellie ralentirent et une plainte sourde commença à sortir de sa gorge. Duque, toujours agrippé à son cou, sentit contre ses mains le contact de la grumelle en fusion et les écarta vivement. Ellie hurla. Duque voulut se séparer d'elle en la poussant avec ses mains, mais c'était impossible à cause de la pression des gens tombés derrière lui. Il sentit se dresser les cheveux sur sa nuque. Son nez laissa échapper un sifflement interrogateur qui ne reçut pas de réponse.

Le pont s'inclina de nouveau et plusieurs corps roulèrent sur Duque. Il sentit le contact de chairs brûlantes, ou parfois tièdes-humides. Ellie poussa une brève plainte caverneuse. L'air avait quelque chose de changé. Les gens qui criaient : « Oh, non! Oh, non! » se turent brusquement. Plusieurs personnes autour de Duque se mirent à tousser. Il toussa lui aussi, suffoqué par la poussière dense et brûlante. Quelqu'un non loin de lui haleta :

— J'ai Vata. Aidez-moi. Il faut la sauver.

Duque perçut un changement chez Ellie. Elle ne gémissait plus. Il ne sentait plus le rythme de sa respiration. Duque ouvrit la bouche et prononça les mots qu'il connaissait le mieux.

— M'man. C'est brûlant. M'man. C'est brûlant.

Quelqu'un juste à côté de lui demanda :

— Qui est là?

— C'est brûlant, m'man, fit Duque.

Il sentit des mains le toucher et l'écarter d'Ellie. Une voix à son oreille s'écria :

— C'est un gosse. Il est encore vivant.

— Amène-le, répondit une autre voix plus lointaine, entre deux quintes de toux. Vata est ici!

Duque se sentit passé de main en main, à travers une ouverture qui donnait sur un autre endroit faiblement éclairé. De son bon œil, il put apercevoir, à travers une brume de poussières plus fines, le scintillement de minuscules lumières, de surfaces brillantes et de poignées. Il se demanda si c'était là ce

« dehors » où allait toujours sa mère, mais il n'y avait aucun signe d'elle, rien que des gens agglutinés dans un tout petit espace. Quelqu'un devant lui tenait dans ses bras un gros bébé nu. Duque savait ce que c'était qu'un bébé parce que M'man en amenait souvent du « dehors ». Elle s'en occupait, gazouillait avec eux et laissait Duque les toucher et les cajoler. Les bébés, c'était doux et gentil. Celui-là était plus gros que tous ceux que Duque avait jamais vus, mais il savait que ce n'était quand même qu'un bébé, avec ses traits dodus et son visage immobile.

La pression de l'air se modifia et les oreilles de Duque firent *plop*. Quelque chose se mit à bourdonner. Juste au moment où Duque prenait la décision d'abandonner ses peurs et de se joindre à la chaleur humaine ambiante, trois gigantesques explosions les secouèrent tous, culbutant leur pauvre espace clos.

— Boum ! Boum ! Boum ! firent les explosions coup sur coup.

Les gens commencèrent à s'extirper du monticule de corps accumulés. Un pied toucha la figure de Duque et se retira.

— Attention aux tout-petits, dit quelqu'un.

Des mains vigoureuses soulevèrent Duque et l'aidèrent à ouvrir son bon œil. Un visage masculin très pâle, large avec des yeux enfoncés, l'observa. Puis l'homme dit :

— J'ai trouvé le deuxième. Ce n'est pas un prix de beauté, mais il est vivant.

— Par ici, donne-le-moi, fit une voix de femme.

Duque se retrouva contre le bébé. Ils étaient tous les deux dans les bras d'une femme, chair contre chair, chaleur contre chaleur. Un sentiment de sécurité imprégna progressivement Duque, pour être brusquement interrompu dès que la femme parla. Il comprenait les mots qu'elle disait ! Il ne savait pas comment il faisait pour la comprendre, mais toutes les significations étaient là, qui se déroulaient en même temps que le murmure de cette voix sur sa joue posée contre le sein de la femme.

— Toute l'île a explosé, disait-elle. J'ai tout vu par le hublot.

— Nous sommes déjà bien en dessous de la surface, fit une voix d'homme. Mais nous ne pourrons pas tenir longtemps, avec tous ces gens qui respirent notre air.

— Il faut prier Roc, dit la femme.

— Et Nef également, ajouta un homme.

— Prions Roc et Nef, dirent-ils tous en chœur.

Duque entendait tout cela de loin tandis que la compréhension pénétrait sa conscience à flots de plus en plus grands. Et cela se produisait parce que sa chair touchait la chair du bébé. Il connaissait même son nom, à présent : « Vata ».

Un nom splendide, qui éveillait une luxuriante moisson d'informations peut-être déjà dans sa tête depuis toujours mais attendant ce contact pour se répandre dans sa mémoire consciente. A présent, il savait ce qu'était le « dehors », et il savait ce que cela représentait à la fois pour des sens humains et pour la mémoire du varech. Car Vata portait, dans sa chair humaine, des gènes du varech. Et Duque se rappelait la place du varech au plus profond de l'océan, les filaments ancrés au précieux roc. Il se rappelait les îles minuscules qui n'existaient plus maintenant parce que le varech était parti et que la fureur de l'océan avait été déchaînée. A travers la mémoire humaine et celle du varech se révélaient des choses fantastiques arrivées à Pandore dès lors que les flots avaient pu déferler tout autour de cette planète, qui n'était plus en réalité qu'une boule difforme de matière solide noyée à l'intérieur d'une outre d'eau sans fin.

Duque savait également dans quelle sorte d'endroit il se trouvait : dans un petit submersible qui aurait dû être relié à un aérostat.

Dehors était un lieu plein de merveilles.

Et toutes ces fantastiques explications lui venaient directement de l'esprit de Vata, parce qu'elle possédait des gènes du varech, comme lui, comme de nombreux autres survivants humains de Pandore. Les gènes... Il savait tout, aussi, sur ces choses merveilleuses, parce que l'esprit de Vata était un réservoir magique d'informations semblables, qui lui racontaient l'Histoire et les Guerres des Clones et la mort du varech. Duque sentait l'existence d'une liaison directe entre Vata et lui, et cette liaison demeurait même quand il faisait cesser tout contact physique. Il en était très reconnaissant et voulut exprimer sa gratitude, mais Vata refusa de réagir. Il comprit alors que Vata souhaitait rester plongée dans le calme abyssal de sa mémoire de varech. Elle ne désirait que l'attente. Elle n'avait pas envie de traiter de toutes ces choses qu'elle lui avait jetées sur les bras. Car c'était bien cela qu'elle avait fait. Elle s'en était débarrassée comme d'une vieille peau encombrante. Un instant, Duque se sentit mortifié à cette pensée, mais la sérénité lui revint immédiatement. Il était désormais le dépositaire de toutes ces merveilles !

La conscience.

Telle est ma charge, se dit-il. *Je serai conscient pour nous deux.*

Je servirai de mémoire de stockage, de Porte Bœuf dont seule Vata possédera la clef.

En ces temps-là, il y avait des géants sur la terre.

La Genèse,
Le Livre des Morts chrétien.

22 bunratti 468

Pourquoi est-ce que je tiens ce journal? C'est une étrange manie pour le Président et le Juge Suprême de la Commission des Formes de Vie. Serait-ce parce que j'espère qu'un jour, quelque historien tirera une riche substance de mes pauvres griffonnages? Je vois très bien, dans un futur lointain, quelqu'un comme Iz Bushka tomber sur ces pages, l'esprit rempli de ces préconceptions qui empêchent l'acceptation de toute véritable nouveauté. Est-ce que Bushka détruirait mon journal parce qu'il va à l'encontre de ses propres théories? Je pense que cela a dû arriver à d'autres historiens dans notre passé. Pourquoi, sinon, Nef nous aurait-elle obligés à tout recommencer? Car je suis persuadé que c'est bien ce qu'a voulu faire Nef.

Oh! je crois en Nef. Qu'il soit bien attesté ici que moi, Ward Keel, je crois en Nef. Nef est Dieu, et c'est Nef qui nous a conduits tous ici pour notre épreuve ultime : nage ou coule, au sens le plus littéral... ou presque. Nous autres, les Iliens, nous flottons principalement. Ce sont les Siréniens qui nagent.

Quel terrain d'essai parfait pour l'humanité que cette Pandore, et comme elle porte bien son nom! Il ne reste plus un fragment de sol au-dessus de la surface de son océan, autrefois dompté par le varech. Cette noble et intelligente entité, jadis connue de toutes les créatures de ce monde sous le nom d'Avata, n'est plus maintenant que le varech, épais, vert sombre et silencieux. Nos ancêtres ont détruit Avata et nous avons hérité d'un océan planétaire.

Nous est-il arrivé, dans notre passé humain, de faire une chose pareille ? De tuer ce qui peut adoucir le fiel de notre existence ? Je ne sais pas pourquoi, mais j'ai l'impression que oui. Sinon, pour quelle raison Nef aurait-elle laissé ces cuves d'hybernation en orbite pour nous tenter, juste hors de notre portée ? Je sais que notre psychiatre-aumônière partage ce sentiment. Comme elle dit souvent : « Il n'y a rien de nouveau sous les soleils. »

Je me demande pourquoi l'*imprimatur* de Nef a toujours eu la forme de l'œil dans la pyramide ?

J'avais commencé ce journal comme un simple compte rendu de mes fonctions à la tête de la Commission chargée de sélectionner les nouveaux individus qui auraient le droit de survivre, et peut-être de se reproduire. Nous autres mutants, nous avons beaucoup de respect pour toutes les variantes que les techniques géniales de Jésus Louis, ce bio-ingénieur fou, ont introduites dans le patrimoine génétique humain. D'après les archives partielles que nous possédons encore, il est clair que le terme « humain » avait jadis une acception beaucoup plus limitée. Des mutations légères auxquelles nous n'accordons même pas aujourd'hui un bref coup d'œil en passant pouvaient être des causes de consternation, voire de tragédies mortelles. En tant que membre de la Commission chargée d'arbitrer la vie, la question que je me pose toujours, et à laquelle je m'efforce de répondre dans la limite de ma pauvre compréhension, est celle-ci : *Est-ce que ce nouveau type d'individu, cet enfant, pourra aider à la survie de tous ?* S'il me semble exister la plus petite chance pour qu'il contribue à ce que nous appelons la société humaine, je vote pour qu'il vive. Et j'ai été plus d'une fois récompensé par des génies cachés sous des enveloppes cruelles ou sous des corps difformes, qui nous ont enrichis tous. Je sais que je me trompe rarement dans ces décisions.

Mais mon journal a de plus en plus tendance à digresser. J'ai décidé que je suis secrètement philosophe. Je veux savoir non seulement ce qui est, mais pourquoi.

Au cours des longues générations qui ont suivi cette terrible nuit où la dernière des îles véritablement assises sur la terre de Pandore explosa en une colonne de lave, nous avons acquis une dualité sociale particulière qui, j'en suis convaincu, pourrait causer notre destruction à tous. Nous les Iliens, avec nos cités organiques flottant « à vau-l'eau », sommes persuadés d'avoir créé la société idéale. Nous nous aimons les uns les autres, nous respectons ceux qui vivent comme nous à l'abri de leur coquille, quelle que soit la forme ou la couleur de celle-ci. Mais qu'avons-nous à l'intérieur de nous-mêmes qui nous pousse à faire la distinction entre « les autres » et « nous » ? Quelle force maligne recelons-nous qui fera peut-être un jour explosion contre ceux que nous excluons ?

Oh ! les Iliens excluent, cela ne peut être nié. Nos plaisanteries nous trahissent. La manière dont nous appelons les Siréniens. « Les phoques », ou bien « les otaries ». Et eux nous surnomment « les mutards », ce qui est déplaisant de quelque manière qu'on le prenne.

Nous sommes jaloux des Siréniens. Voilà. J'ai fini par l'écrire. Jaloux. Ils ont la liberté des grands espaces sous la mer. Leur mécanisation repose sur une configuration physique relativement stable et traditionnelle. Peu d'Iliens peuvent les concurrencer dans leurs classes moyennes, aussi ils se situent au sommet du génie sirénien, ou bien dans les bas-fonds. Mais de toute manière, les Iliens qui émigrent en bas sont toujours confinés dans des communautés d'Iliens... des ghettos. Et cependant, le paradis pour un Ilien, c'est de se faire passer pour une otarie.

Les Siréniens s'efforcent de repousser la mer pour survivre. Leur espace vital bénéficie d'une sorte de stabilité sous leurs pieds. Historiquement, il faut reconnaître que les humains ont toujours manifesté une préférence pour une surface solide à fouler, de l'air à respirer librement (bien que le leur soit d'une humidité déprimante) et, de manière générale, pour un environnement *en dur*. De temps à autre, il apparaît chez eux aussi une main ou un pied palmé, mais ce sont des choses qui se sont produites dans toute l'histoire de l'espèce. Il reste que l'aspect des Siréniens, aussi loin que nous puissions remonter la filière des ressemblances, est celui des humains. Nous ne sommes pas aveugles au point de ne pas voir la différence. De plus, il y a eu les Guerres des Clones et les témoignages écrits laissés par nos ancêtres immédiats. C'est à Jésus Louis que nous devons d'être ce que nous sommes.

Mais j'étais en train d'expliquer la nature des Siréniens. Ils proclament volontiers qu'ils ont pour mission de faire revivre le varech. Très bien. Mais celui-ci deviendra-t-il conscient ? Déjà, il vit dans l'océan. J'ai vu cette transformation s'opérer de mon vivant et je suppose que nous avons dû assister aux dernières grandes mascarelles de notre histoire. Nous pouvons certainement nous attendre maintenant à l'apparition de terres émergées. Or, en quoi cela peut-il être retranché au crédit des Siréniens ?

En faisant revivre le varech, ils cherchent à contrôler les mers. Telle est la véritable nature sirénienne : dominer.

Les Iliens flottent au gré des vagues, des vents et des courants. Les Siréniens voudraient contrôler toutes ces forces, et nous commander en même temps.

Les Iliens plient devant ce qui pourrait autrement les anéantir. Ils sont accoutumés au changement, mais cela les fatigue. Les Siréniens luttent contre certaines formes de changement, et cela les fatigue aussi.

Maintenant, j'en viens à ma conception de ce que Nef a voulu nous faire. Je pense qu'il est dans la nature de notre univers que la vie puisse rencontrer une force capable de l'anéantir si elle ne sait pas plier. Les Siréniens seraient brisés par une telle force. Les Iliens ne résistent pas et se laissent pousser par le vent. Je pense que, le cas échéant, nous serions les plus aptes à survivre.

Nous portons notre péché originel dans notre corps et sur notre visage.

SIMONE ROCKSACK, *Psychiatre-aumônière.*

Le *flap* glacé d'une vague soudaine par-dessus la lisse tira Queets Twisp de sa demi-somnolence. Il bâilla puis extirpa ses bras démesurés du prélart où ils s'étaient entortillés par endroits. Il essuya les embruns sur son visage avec sa manche de chemise. Le soleil n'était pas encore tout à fait levé, nota-t-il. Les premières plumes de l'aube chatouillaient le ventre noir de l'horizon. Aucune tête de loup ne troublait le ciel et ses deux couacs, leurs plumes bien lissées et brillantes, murmuraient paisiblement au bout de leur cordelle. Il frotta ses longs bras pour en raviver la circulation et chercha à tâtons dans le fond du coracle son tube de concentré liquide aux protéines.

Beurk.

Il fit la grimace en aspirant tout ce qu'il restait dans le fond du tube. Le concentré était sans goût et sans odeur, mais Twisp avait toujours la même réaction d'écœurement.

Puisqu'ils sont capables de le rendre comestible, ils pourraient lui donner un peu de saveur, dit-il. *Côté port, au moins, nous aurons de la vraie nourriture.* Les rigueurs du métier consistant à poser et remonter les filets de pêche donnaient à son appétit les dimensions d'un monument que le concentré parvenait à entretenir, mais jamais à contenter.

L'océan gris bâillait dans tous les azimuts. Pas le moindre signe, nulle part, de capucins ni d'aucune autre menace. De temps à autre, une lame un peu plus forte que les autres passait par-dessus le bord du coracle, mais la pompe organique remettait tout en ordre dans la cale. Twisp se pencha pour observer le remous créé derrière eux par le filet rebondi. Il était si chargé qu'il penchait d'un côté. Twisp salivait déjà à la pensée des tonnes de scilles que cela représentait. Scilles frites, scilles au four, scilles au court-bouillon, à la crème ou sur des tartines...

— Queets, on arrive bientôt?

La voix aiguë et juvénile de Brett Norton l'avait brusquement tiré de sa rêverie. Seule sa tignasse de cheveux blonds émergeait pour l'instant du prélart. Quel contraste avec la toison d'ébène de son compagnon! Brett n'avait que seize ans, mais il était grand pour son âge et sa chevelure fournie le faisait paraître encore plus grand. Cette première campagne de pêche avait déjà commencé à étoffer sa carcasse un peu trop osseuse.

Twisp prit une lente et profonde inspiration, à la fois pour se ressaisir après avoir sursauté et pour faire mine de s'armer de patience.

— Pas encore, dit-il. Mais le courant est bon. Nous devrions rattraper l'île juste après le lever du soleil. Mange un peu.

Le gosse fit une grimace et fouilla dans son sac à la recherche de son repas. Twisp le regarda essuyer l'embout, dévisser le bouchon et aspirer à grandes goulées le liquide brun insipide!

— Miam!

Les yeux gris de Brett étaient clos et un frisson le parcourut.

Twisp sourit. *Je ne devrais plus l'appeler « le gosse »,* se dit-il. Seize ans, c'était déjà l'âge adulte, et cette première campagne lui avait durci le regard et épaissi les mains.

Twisp s'était souvent demandé ce qui avait poussé Brett à choisir le métier de pêcheur. Avec sa morphologie assez proche de celle des Siréniens, il aurait pu descendre chez eux mener une existence confortable.

Il a un complexe à cause de ses yeux. Mais c'est le genre de chose que presque personne ne remarque.

Les yeux gris de Brett étaient larges, mais nullement grotesques. Avec ces yeux, il y voyait même dans une obscurité presque totale, ce qui était commode pour pêcher de nuit.

C'est une chose dont les Siréniens sauraient très bien tirer parti, se dit Twisp. *Ils excellent à utiliser nos talents.*

Une brusque secousse du filet les déséquilibra tous les deux et ils s'agrippèrent en même temps à la lisse. Il y eut une nouvelle secousse.

— Brett ! s'écria Twisp. Retiens-nous pendant que je le remonte.

— Mais nous ne pouvons pas le remonter, protesta Brett. Il faudrait vider les prises...

— Il y a un Sirénien dans le filet ! Un Sirénien qui va se noyer si nous ne faisons pas vite.

Déjà, Twisp avait commencé à haler main sur main les lourds cordages. Les muscles de ses longs avant-bras saillaient tellement qu'ils semblaient sur le point de faire éclater la peau. Dans ces moments-là, il se félicitait de ses capacités spéciales de mutant.

Brett avait disparu derrière lui pour actionner la petite godille électrique. D'après les secousses télégraphiées par les filins tendus, cela s'agitait dur, là-dessous.

Un Sirénien, c'est sûr, se dit Twisp en halant de plus belle. Il priait pour pouvoir le remonter à temps.

Ou bien *la* remonter. La première fois qu'il avait assisté à un accident semblable, il s'agissait d'une femme. Une splendide Sirénienne. Il secoua la tête comme pour chasser le souvenir des fils emmêlés, des meurtrissures gravées dans sa chair pâle, parfaite... mais déjà morte. Et il hala encore plus fort.

Trente mètres à remonter. La sueur lui piquait les yeux et des aiguilles de douleur lui transperçaient le dos.

— Queets !

Il quitta des yeux le filet pour se tourner vers

Brett et vit que ce dernier était blanc de terreur. Il suivit le regard du gosse. Ce qu'il vit sur tribord à trois ou quatre cents mètres le figea. Au même instant, les couacs s'étaient lancés dans un concert de glapissements effrénés qui confirmaient ce que les yeux de Twisp distinguaient avec peine.

— Une meute de capucins!

Il avait presque chuchoté ces mots, presque laissé glisser les filins qui meurtrissaient ses paumes dures comme le roc.

— Aide-moi, cria-t-il en se remettant précipitamment à l'œuvre. Du coin de l'œil, il vit le gosse se saisir de la corde de bâbord; de l'autre, il surveillait l'écume provoquée par l'approche des capucins.

Ils sont au moins une demi-douzaine. Merde.

— Que vont-ils faire? demanda Brett de la même voix aiguë.

Twisp savait que le gosse avait dû entendre des tas d'histoires. Mais rien ne pouvait égaler la réalité. Affamés ou pas, les capucins chassaient toujours. Leurs énormes pattes antérieures et leurs canines en forme de sabre tuaient pour le seul plaisir du sang. Et ces capucins-là voulaient ce Sirénien.

Trop tard, Twisp plongea vers le laztube qu'il gardait dans l'armoire, enveloppé d'une toile cirée. Frénétiquement, il dégagea l'arme, mais les premiers capucins étaient déjà sur le filet et le choc fit balancer le coracle. Deux autres capucins, déviant de chaque côté, se rapprochaient sur leurs flancs comme un étau. Twisp sentit le double choc sur la coque au moment où sa main se refermait sur la poignée du laztube. Il vit que le filet se détendait, éventré par des crocs et des griffes en furie. Le reste de la meute était là, se disputant les miettes de chair et d'os échappées à la bouillie d'écume sanglante qui, un instant plus tôt, avait été un Sirénien. Un capucin en mordit un second et, affolés par le goût du sang, les autres se jetèrent sur leur congénère blessé et le mirent en pièces. Des fragments de fourrure dans une sanie verdâtre vinrent éclabousser la coque du coracle.

Inutile de gaspiller une charge de laztube sur un tel cauchemar! C'était une pensée amère. Les Iliens avaient depuis longtemps renoncé à l'espoir d'exterminer un jour ces terribles créatures.

Twisp fit la seule chose qu'il lui restait à faire. Il sortit son couteau et coupa les cordes du filet.

— Mais pourquoi... ?

Ignorant les protestations de Brett, il abaissa un levier sous le capot de la godille. Un capucin se raidit à moins d'un mètre de leur plat-bord. Puis il s'enfonça lentement dans l'eau, remonta et s'enfonça de nouveau, comme une plume tombe par un jour sans vent. Les autres tournèrent autour du coracle mais battirent en retraite dès qu'ils sentirent le choc du bouclier sur le bout de leur nez. Ils se contentèrent de dévorer le capucin assommé puis s'éloignèrent dans un battement d'écume.

Twisp remit son laztube dans la toile cirée et le rangea sous son siège. Puis il coupa le bouclier et contempla les lambeaux de filet qui flottaient encore autour d'eux.

— Pourquoi as-tu coupé le filet? demanda Brett d'une voix hardie, chargée de reproche, mais qui était au bord des larmes.

Le choc, se dit Twisp. *Et aussi la perte de la campagne.*

— Ils avaient déchiré les mailles pour s'emparer de... pour s'emparer de lui, expliqua Twisp. De toute façon, nos prises étaient perdues.

— Nous aurions pu en sauver une partie, murmura Brett. Il y en avait un bon tiers, juste là.

Il frappa du plat de la main le bordage de poupe. Ses yeux étaient une double menace grise contre le bleu cru du ciel. Twisp soupira. Il n'ignorait pas que l'adrénaline pouvait faire surgir des frustrations qui avaient besoin d'un évent.

— On ne peut pas activer un bouclier protecteur avec des filets accrochés comme ça à la coque, dit-il. Il faut qu'ils soient complètement sortis, ou complètement rentrés. C'est comme ça... avec ce foutu modèle à bon marché, tout au moins.

Son poing rageur s'écrasa sur l'un des bancs de nage. *Il n'y a pas que le gosse qui a reçu un choc,* se dit-il. Il se força à prendre une profonde inspiration, passa les doigts dans la laine épaisse de sa chevelure noire et se calma avant de mettre en marche sur sa radio le signal d'alerte aux capucins vifs. Cela permettrait de les localiser et de rassurer Vashon.

— Ils se seraient ensuite attaqués à nous, ajouta-t-il en touchant l'intérieur de la coque entre deux membrures. Tu vois l'épaisseur de ce matériau. Pas plus de deux centimètres. Quelles auraient été nos chances ?

Brett baissa les yeux. Il plissa sa bouche charnue puis avança la lèvre inférieure en une demi-moue. Son regard se porta au loin, vers Grand Soleil qui se levait pour rejoindre son frère déjà haut sur l'horizon. Et juste en dessous de Grand Soleil, un peu avant l'horizon, une masse luisait sur l'eau d'un éclat orangé.

— Nous sommes arrivés, dit tranquillement Twisp. C'est la cité.

Ils étaient portés par l'un des forts courants alizés de surface qui leur permettrait de rattraper dans une heure ou deux la masse d'humanité flottante qu'ils venaient d'apercevoir.

— Tu parles d'une campagne, fit Brett. Nous sommes ruinés.

Twisp sourit et s'adossa à la coque pour jouir du spectacle des deux soleils.

— C'est vrai, dit-il. Et nous sommes vivants.

L'adolescent grogna. Twisp replia ses bras d'un mètre cinquante derrière sa tête. Les coudes saillaient comme deux moignons d'ailes étranges et projetaient une ombre cocasse à la surface de l'eau. Il se prit à rêver, comme il faisait souvent, au caractère unique de son héritage mutant. Ces bras l'encombraient presque toute sa vie. Il touchait ses orteils sans presque avoir à se pencher. Mais quand il s'agissait de remonter des filets, on aurait dit qu'ils avaient été spécialement étudiés pour ça.

Et qui sait s'ils ne l'ont pas été? songea-t-il. *Qui peut savoir, maintenant?* Pratiques pour manipuler les filets et attraper les objets, ils rendaient le sommeil plutôt inconfortable. Toutefois, les femmes semblaient apprécier leur force et leur pouvoir d'enlacement. Une compensation.

C'est peut-être le sentiment illusoire de sécurité qu'ils leur procurent, se dit-il, et son sourire s'élargit. L'existence qu'il menait était aux antipodes de la sécurité. On ne pouvait pas naviguer et être en sécurité. Et si l'on croyait le contraire, on était un crétin ou un homme mort.

— Que va nous faire le tribunal maritime? demanda Brett d'une voix sourde, à peine audible avec le bruit des vagues et les froissements de plumes incessants des deux couacs.

Twisp continuait de jouir du bercement de l'eau et de la caresse des rayons de soleil sur son visage et ses bras. Il mordilla ses lèvres fines l'espace d'un battement puis murmura :

— C'est difficile à dire. Tu as vu une bouée sirénienne?

— Non.

— Tu en vois une maintenant?

Il perçut le froissement sur le fond du coracle tandis que le gosse se tournait lentement pour scruter l'horizon. Twisp l'avait choisi pour sa vue exceptionnelle. Pour son comportement, aussi.

— Pas une trace, déclara Brett. Il devait être seul.

— C'est peu probable. Les Siréniens se déplacent rarement seuls. Ce qui est sûr, par contre, c'est qu'il y en a un maintenant qui est seul.

— Nous sommes obligés de passer devant le tribunal?

Twisp ouvrit les yeux et lut la peur au coin des lèvres tombantes de Brett. Les yeux du gosse étaient d'impossibles lunes au milieu de son visage imberbe.

— Ouaip.

Brett se laissa tomber sur le banc de nage à côté

de Twisp en secouant si rudement le petit bateau qu'ils embarquèrent de l'eau.

— Et si nous ne disions rien? murmura-t-il. Comment feraient-ils pour savoir?

Twisp se détourna. Le gosse avait encore beaucoup à apprendre sur l'océan et ceux qui en vivaient. Il existait de nombreux règlements, pour la plupart non écrits. Cette première leçon allait être dure, mais que pouvait-on attendre d'un gamin qui sortait de la ville? Au Centre, ce genre de chose ne pouvait pas se produire. L'existence était... sans surprise. Les scilles et les murelles, pour ceux qui vivaient à l'intérieur de l'île, représentaient la nourriture quotidienne et non des créatures différenciées dont la vie pouvait s'éteindre entre vos doigts en un bref soubresaut final.

— Les Siréniens tiennent le compte de tout ce qui se passe, répondit-il tranquillement. Tu peux être sûr qu'ils sont déjà au courant.

— Mais les capucins, insista Brett. Ils ont peut-être eu le second Sirénien. A supposer qu'il y en ait eu un.

— Le pelage des capucins est constitué de cellules creuses, expliqua Twisp. Pour l'isolation et la flottaison. Ce ne sont pas de très bons plongeurs.

Il riva ses yeux noirs sur Brett en poursuivant :

— As-tu songé à sa famille qui attend son retour? Et maintenant, tais-toi un peu.

Il savait que le gosse avait dû se vexer, mais quoi! s'il persistait à vouloir vivre sur l'océan, il fallait bien qu'il en apprenne les usages. Personne n'aimait se faire surprendre en pleine mer, ni abandonner. Personne n'aimait non plus se trouver coincé à bord d'un esquif en compagnie d'un moulin à paroles. De plus, Twisp commençait à envisager la proximité désagréable de l'inévitable tribunal maritime et il se disait qu'il ferait mieux de préparer déjà leur défense. Remonter un Sirénien dans ses filets était une chose grave, même si l'on n'avait rien à se reprocher.

Les timorés sont des plus dangereux quand ils acquièrent le pouvoir. Ils deviennent démoniaques lorsqu'ils s'aperçoivent du fonctionnement imprévisible de toute cette vie qui les entoure. Voyant les points faibles aussi bien que les points forts, ils ne s'attachent qu'aux faibles.

Inefdits, Les Historiques.

Excepté les mouvements des opérateurs et leurs commentaires occasionnels, tout était parfaitement silencieux ce matin-là dans le poste de commande du Centre de Lancement. Quoi de plus naturel que ce silence, derrière les épaisses parois isolantes du complexe sirénien, à cent mètres de la surface et de la lumière du jour ? Mais cette sensation de distance feutrée emplissait Iz Bushka de malaise. Il savait ses sens assaillis par cet environnement sirénien, différent de ce que la plupart des Iliens connaissaient, mais il n'arrivait pas à mettre le doigt sur la source exacte de son trouble.

Tout est tellement calme.

Le poids de toute cette eau au-dessus de sa tête ne le gênait pas particulièrement. Il avait appris à surmonter cette crainte-là quand il avait accompli son service civil dans les subas îliens. Non ; ce qui le mettait mal à l'aise, c'était plutôt cette attitude de supériorité qu'il observait sans cesse chez les Siréniens qui l'entouraient !

Bushka tourna légèrement la tête à gauche, où les autres opérateurs se tenaient un peu à distance, comme s'ils cherchaient à éviter la compagnie du seul Ilien de l'équipe. GeLaar Gallow s'était penché vers sa voisine, Kareen Ale, et lui demandait :

— Pourquoi a-t-on reporté le lancement ?

Ale répondit de sa voix douce et mélodieuse :

— J'ai entendu quelqu'un dire que c'était sur ordre de la Psychiatre-aumônière. Une question de baptême, je crois.

Gallow hocha la tête et une mèche de ses cheveux blonds glissa devant son sourcil droit. Il la repoussa en arrière d'un mouvement automatique. Gallow était de loin le plus bel humain de son sexe que Bushka eût jamais rencontré. Un vrai dieu grec, si les historiques disaient la vérité. En tant qu'historien îlien à ses moments perdus, Bushka faisait confiance aux historiques. La chevelure dorée de Gallow était longue et légèrement ondulée. Ses yeux d'un bleu profond se posaient impérieusement sur tout ce qu'ils rencontraient. Ses dents blanches et bien plantées éclairaient des sourires qui ne dépassaient pas ses lèvres, comme si cette bouche parfaite ne s'ouvrait que pour le bénéfice de ceux qui l'admiraient. Certains disaient qu'il avait été opéré de mains et de pieds palmés, mais il s'agissait peut-être d'insinuations jalouses.

L'attention de Bushka se porta discrètement sur Ale. Le bruit courait que les Siréniens faisaient pression sur elle pour qu'elle s'accouple avec Gallow au nom de l'amélioration de la race. Le visage de cette femme était d'une harmonie exquise, ovale avec des lèvres pleines et des yeux bleus bien espacés. Le nez, légèrement retroussé, avait une arête droite et délicate. Quant à son teint, remarquablement relevé par ses cheveux d'un roux foncé, il était d'une roseur tellement translucide que Bushka imaginait sans mal les crèmes et les onguents dont elle devait avoir besoin quand ses obligations l'appelaient côté surface, sous les rayons impitoyables des deux soleils.

Le Sirénien se tourna vers la grande console centrale, avec ses touches de visualisation graphique et ses écrans géants. L'un de ces écrans montrait la surface de l'océan où se reflétait une lumière brillante. Un autre était centré sur le tube de lancement sous-marin où la sonde-aérostat à hydrogène se préparait à prendre son essor vers la surface pour affronter l'atmosphère turbulente de Pandore. A l'arrière-plan ondulait une mince forêt de varech.

A la droite de Bushka, une triple épaisseur de plazverre révélait également la station de lancement de l'aérostat, entourée de nageurs siréniens. Certains d'entre eux étaient équipés de prestubes à oxygène, incorporés à leurs combinaisons souples de plongée. D'autres portaient sur le dos le poisson à air organique mis au point par les bio-ingénieurs îliens pour leurs travaux sous-marins de longue durée.

Nous avons été capables de les produire, mais il nous manque l'accès aux espaces où nous pourrions les utiliser.

Bushka aperçut l'endroit où la ventouse d'un poisson à air se collait à l'artère carotide d'un Sirénien tout proche. Il imagina les milliers de flagelles en train de pomper l'oxygène frais dans le flux sanguin du nageur. De temps à autre, l'un des travailleurs équipés d'un poisson à air exhalait du coin de la bouche un chapelet de bulles de gaz carbonique.

Quel effet cela fait de flotter librement dans la mer, en dépendant uniquement d'une relation symbiotique avec un poisson? C'était une pensée chargée d'un dépit typiquement îlien. La biotechnologie îlienne dépassait celle des Siréniens, mais tout ce que le génie îlien produisait de valable était happé par le terrible gouffre des échanges commerciaux.

Et comme j'aimerais, moi aussi, être happé!

Mais il n'y avait aucune chance pour cela. Bushka réprima une pensée jalouse. Il voyait son reflet dans le plaz. La Commission des Formes de Vie n'avait eu aucun mal à l'accepter pour humain. A l'évidence, il se situait dans la gamme plutôt du côté des Siréniens. Mais avec sa stature trapue, ses membres courts, sa tête large aux épais cheveux bruns, ses sourcils broussailleux, son nez aplati et sa bouche trop grande au-dessus d'un menton carré, il était loin des canons représentés par Gallow.

La comparaison faisait mal. Bushka se demandait ce que le grand Sirénien dédaigneux pensait réellement. *Pourquoi me regarde-t-il toujours de cette manière narquoise?*

Gallow s'était encore rapproché d'Ale, effleurant ses épaules découvertes, riant de quelque chose qu'elle avait dit.

Un regain d'activité se manifestait autour de la station de lancement. De nouvelles lumières illuminaient le tube qui allait guider la sonde dans son voyage vers la surface. Le responsable du lancement à la console de commande annonça :

— Dans quelques minutes.

Bushka soupira. L'expérience ne ressemblait pas à ce qu'il avait attendu... ou bien rêvé.

Il se rabroua intérieurement. *Ces fantasmes!*

Quand on lui avait annoncé qu'il assisterait comme observateur îlien au lancement de la sonde dans le royaume de Nef, il ne s'était plus tenu de joie. Son premier voyage au cœur de la civilisation sirénienne! Et ses fantasmes avaient éclaté. *Peut-être, qui sait? Je trouverai le moyen de me faire accepter par eux, d'échapper à la misérable condition qui m'attend côté surface.*

Ses espoirs avaient encore été attisés quand il avait appris que c'était Gallow qui devait le prendre en charge. GeLaar Gallow, directeur des Communications siréniennes, un homme qui avait le pouvoir d'imposer l'intégration d'un Ilien dans leur société. Mais à présent, Gallow semblait l'éviter. Et il n'y avait jamais eu aucun doute quant au dédain avec lequel il le considérait.

Seule Ale l'avait chaleureusement accueilli, mais elle faisait partie du gouvernement sirénien, c'était une diplomate souvent chargée de missions auprès des Iliens. Bushka avait été surpris de découvrir qu'elle était également docteur en médecine. Le bruit courait qu'elle avait affronté les rigueurs de longues années d'études de médecine dans un geste de rébellion contre sa famille, par tradition vouée au service du gouvernement sirénien, dans le corps diplomatique en particulier. Apparemment, c'était sa famille qui avait fini par gagner. Ale avait une place solide parmi les puissants. Elle détenait, peut-être, plus de pouvoir que n'importe quel autre membre de la famille. Les sphères siréniennes aussi bien qu'îliennes bourdonnaient de rumeurs récentes selon lesquelles Kareen Ale deviendrait l'une des principales héritières dans la succession de Ryan et Elina Wang. Ale venait d'être nommée tutrice de la fille unique des Wang, Scudi. Personne n'avait encore chiffré cette succession, mais le directeur général de la Sirénienne de Commerce était probablement à sa mort l'homme le plus riche de Pandore. Elina Wang, qui avait survécu de moins d'un an à son mari, n'avait pas eu le temps d'opérer de sérieux changements dans les avoirs de la compagnie. Ainsi avait-elle fait de Kareen Ale une belle et puissante héritière, qui savait dispenser les mots demandés par toute occasion.

C'est un plaisir de vous savoir parmi nous, Ilien Bushka.

Et comme les mots avaient paru sincères et chaleureux dans sa bouche, alors qu'en réalité elle ne faisait que son travail de diplomate !

Autour de la console centrale, le rythme des opérations s'accélérait. L'écran qui montrait la surface s'illumina brièvement d'une série d'éclairs puis l'image céda la place au visage en gros plan de Simone Rocksack, la Psychiatre-aumônière. Elle parlait de Vashon, à une grande distance de là, côté surface.

— Au nom de Nef, je vous salue à tous et à toutes.

Un ricanement à peine dissimulé échappa à Gallow. Bushka, qui l'observait, nota la réaction de répulsion qu'il avait eue devant la Psyo. Accoutumé aux variations îliennes, Bushka n'avait jamais particulièrement prêté attention au physique de Rocksack. Mais maintenant qu'il la voyait avec les yeux de Gallow, il remarquait la crinière de cheveux argentés qui retombait en éventail de part et d'autre d'une tête parfaitement ronde, les yeux albinos qui saillaient au bout des deux petits promontoires de ses sourcils et la bouche à peine visible, comme une mince fente rouge, sous un repli de chair grise. Son cou épais était relié à sa tête par une pente directe, sans menton.

— Prions, était en train de dire la Psyo. Cette prière que j'ai offerte à Nef il y a seulement quelques instants en présence de Vata, je vais la répéter maintenant. (Elle s'éclaircit la voix.) Nef toute-puissante, qui nous a jetés sur les eaux sans fin de Pandore, accorde-nous la rémission de notre péché originel. Accorde-nous...

Bushka coupa le son à son pupitre. Il avait entendu cette prière, sous des versions différentes, d'innombrables fois. Nul doute que les Siréniens qui étaient dans cette salle ne l'eussent entendue aussi. Ils étaient nerveux devant leurs pupitres et semblaient blasés.

Le péché originel !

Son penchant pour les études historiques avait incité Bushka à mettre en doute certaines traditions. Il s'était aperçu que les Siréniens, lorsqu'ils parlaient de péché originel, faisaient allusion à l'extermination des varechs sentients de Pandore. Leur pénitence consistait à redécouvrir le varech dans leurs propres gènes et à repeupler l'océan de jungles sous-marines aux frondaisons géantes. A cette différence près, toutefois, que le nouveau varech ne serait plus sentient... et qu'il serait entièrement contrôlé par les Siréniens.

Les fanatiques Vé*nef*rateurs de l'île de Guemes, par contre, proclamaient que le péché originel remontait à l'époque où l'humanité avait cessé de Vé*nef*rer sérieusement. Mais les Iliens, pour la plupart, suivaient le dogme de leurs Psyos : le péché originel, c'était la série de biomanipulations instaurée par Jésus Louis, le créateur génial et regretté par certains de toutes les formes d'humanité qui coexistaient aujourd'hui. Louis avait créé les Clones et « modifié certaines caractéristiques de la race pour qu'elle puisse mieux s'adapter aux conditions régnant sur Pandore ».

Bushka secoua la tête tandis que la Psyo sur l'écran poursuivait son morne monologue. *Qui réussit le mieux à survivre sur Pandore ?* se demanda-t-il. *De toute évidence, les Siréniens. C'est-à-dire les humains normaux.*

De fait, il y avait bien dix fois plus de Siréniens que d'Iliens qui survivaient sur cette planète. C'était une simple question d'espace vital. Sous la mer, à l'abri des caprices atmosphériques de Pandore, le volume habitable était bien supérieur à celui qu'offrait la surface, avec tous ses dangers.

— Dans le royaume de Nef nos prières t'accompagnent, était en train de psalmodier la Psyo. Que la bénédiction de Nef soit sur cette entreprise. Nef sait que nous ne commettons nul blasphème en nous immisçant dans les cieux. Puisse notre geste nous rapprocher de Nef.

Le visage de la Psyo disparut de l'écran pour être remplacé par un gros plan de la station de lancement. Accolés au tube, des accessoires oscillaient sur la gauche au gré d'un lent courant.

Assis à la console située à gauche de Bushka, le responsable du lancement annonça :

— Phase verte !

D'après les explications qu'il avait reçues en tant qu'observateur, Bushka comprit que le lancement devenait imminent. Il se tourna vers un autre écran en liaison directe par câble avec une plate-forme gyro-stabilisée de la surface. Là-haut, des traces d'écume blanche chevauchaient la crête de puissantes lames de fond. L'œil exercé de Bushka estima la vitesse du vent à quarante cliques. Autant dire le calme plat, pour Pandore. La trajectoire de la sonde serait incurvée quand elle percerait la surface, mais sa force d'ascension serait suffisante et la haute atmosphère, pour une fois, n'était pas entièrement voilée par les nuages que les deux soleils ourlaient d'un halo argenté.

Le responsable du lancement se pencha en avant pour lire un cadran.

— Quarante secondes, dit-il.

Bushka fit pivoter son siège pour mieux observer les instruments et son voisin. On le lui avait présenté sous le nom de Panille le Noir. « Shadow pour mes amis », avait-il fait remarquer lui-même. Pas vraiment en signe d'hostilité personnelle, mais sans doute pour marquer son dépit de spécialiste devant l'introduction d'observateurs dans son domaine de travail sans que sa permission ait été demandée. Avec sa sensibilité de mutant, Bushka avait immédiatement décelé en Panille un porteur de gènes du varech qui pouvait se considérer heureux, selon les critères de Pandore, de n'être pas pour cela entièrement chauve. Panille avait de longs cheveux noirs qu'il portait en natte. « Une tradition de famille », avait-il expliqué à Bushka.

Panille avait un physique indubitablement sirénien-normal. Le signe du varech était surtout son teint foncé à la dominante verte caractéristique. Il avait le visage étroit, plutôt osseux, avec des pommettes saillantes et un nez d'aigle. Ses grands yeux bruns brillaient d'une intelligence profonde sous la barre des sourcils. Sa bouche était droite, parallèle aux sourcils, et sa lèvre inférieure était plus charnue que la supérieure. Une profonde fossette fendait un menton étroit et bien dessiné. De stature compacte, Panille possédait la musculature souple des Siréniens habitués à vivre beaucoup sous la mer.

Ce nom de Panille avait naturellement éveillé l'intérêt de l'historien qui était en Bushka. Les ancêtres de cet homme avaient joué un grand rôle dans la survie de l'humanité pendant les Guerres des Clones et après le départ de Nef. C'était un nom célèbre dans toutes les historiques.

— Lancement ! dit Panille.

Bushka regarda par le plaz à côté de lui. Le tube

de lancement se dressait à perte de vue dans l'eau verte sur un fond de varech dont les tiges brun-rouge entrelacées lançaient par intermittence des reflets luisants. Il reporta son attention sur les écrans où il s'attendait à voir quelque chose de spectaculaire. Mais l'image que tous les autres regardaient ne montrait que la lente ascension de l'aérostat à l'intérieur du tube. Des lumières extérieures, sur les parois du tube, marquaient cette ascension. L'enveloppe flasque de l'aérostat se gonflait à mesure qu'elle grimpait, pour devenir finalement une corolle orangée déployée sous la pression de l'hydrogène.

— Et voilà ! murmura Ale au moment où la sonde quittait le tube et s'inclinait sous la poussée d'un courant marin, suivie de près par une caméra montée sur un suba sirénien.

— Essai des moniteurs principaux, dit Panille.

L'écran central de la console cessa de diffuser une vue extérieure de l'aérostat pour prendre le relais des appareils emportés par la sonde. L'image qui apparut, à dominante verte, montrait le fond de la mer sous un angle abrupt. On distinguait un plateau rocheux et des champs clairsemés de varech. Tout cela se brouilla bien vite en une masse glauque. Un autre écran en haut et à droite de la console prit le relais de la caméra de surface, installée sur une plate-forme flottante à stabilisation gyroscopique. L'image balaya l'horizon en un arc vertigineux sur la gauche, puis se stabilisa sur une étendue d'océan à la houle crêtée d'écume.

A la douleur dans sa poitrine, Bushka s'aperçut qu'il était en train de retenir sa respiration en attendant que la sonde vienne crever la surface. Il expira puis respira à fond. Là ! Une bulle s'était formée et grossissait sans éclater. Le vent aplatissait le côté visible de l'enveloppe. Elle s'arracha à l'eau puis grimpa rapidement dès que la sonde qu'elle remorquait fut dégagée. La caméra de surface suivit sa corolle orangée flottant dans un ciel devenu presque entièrement bleu, puis fit un zoom sur la sonde qui se balançait au bout de son câble, encore dégoulinante d'eau que le vent transformait en embruns.

Bushka regarda l'écran central, celui qui transmettait les images captées par la sonde. On voyait l'océan bizarrement aplati, sans aucune impression de ce tumulte houleux d'où pourtant l'aérostat venait d'émerger.

Et c'est tout? se dit Bushka.

Il se sentait profondément déçu. Passant sa main sur sa nuque massive, il y sentit des gouttes de transpiration nerveuse. Observant les autres à la dérobée, il vit qu'ils avaient repris normalement leurs conversations, n'accordant que de brefs regards à leurs écrans ou aux parois de plaz par lesquelles on voyait les ouvriers siréniens s'affairer déjà pour tout remettre en place après le lancement.

Le dépit et l'envie se disputaient la première place dans les pensées agitées de Bushka. Il regarda la grande console devant laquelle Panille donnait ses instructions à voix basse. Quel étalage de richesse chez ces Siréniens! Bushka songea aux machines organiques rudimentaires dont les Iliens devaient se contenter, à la puanteur des Iles, à leur surpeuplement et à la lutte de tous les instants qui était nécessaire pour survivre et économiser la plus petite quantité d'énergie. Les Iliens s'endettaient pour quelques postes de radio, sonars ou auxiliaires de navigation. Il n'y avait qu'à voir ce poste de commande pour faire la différence! Si jamais un Ilien entrait en possession de telles richesses, il chercherait à les garder secrètes. L'opulence isole l'individu dans une société qui dépend pour sa survie de l'effort commun. Les Iliens pensaient que les machines étaient faites pour être utilisées. Ils reconnaissaient le droit de propriété, mais une machine inutilisée appartenait à celui qui voulait s'en servir, à n'importe quel moment.

— Il y a un vau-l'eau! fit brusquement Gallow.

Bushka se mordit la lèvre inférieure. Il savait que

les Siréniens appelaient ainsi leurs îles parce qu'elles flottaient librement au gré des courants, sans être guidées. Et les Siréniens n'aimaient pas ce qui n'était pas contrôlé.

— C'est Vashon, déclara Ale.

Bushka hocha la tête. Il avait reconnu son île natale. La métropole organique flottante avait une forme particulière bien connue de tous les habitants. De plus, Vashon était la plus grande de toutes les îles de Pandore.

— Un vau-l'eau, répéta Gallow. J'imagine que la plupart du temps, ils ne savent même pas où ils sont.

— Tu n'es pas très courtois avec notre invité, GeLaar, lui fit remarquer Ale.

— La vérité n'est pas toujours courtoise, répondit Gallow en adressant un sourire vide à Bushka. J'ai remarqué que les Iliens n'ont pas beaucoup d'objectifs dans la vie, qu'ils ne se préoccupent pas tellement d'« arriver quelque part ».

Voyant que Bushka ne répliquait pas, Ale prit sa défense :

— Les Iliens sont tournés vers l'horizon. Ils s'intéressent davantage aux conditions atmosphériques et c'est normal. Tous les peuples sont modelés par leur environnement. N'est-ce pas, Ilien Bushka ?

— Les Iliens pensent que la *manière* dont ils passent quelque part est aussi importante que l'endroit où ils sont, fit Bushka.

Il savait que sa réponse sonnait creux. Il se tourna de nouveau vers les écrans. Deux d'entre eux affichaient maintenant les images captées par la sonde. Le premier montrait la plate-forme de surface, que l'on était en train d'immerger vers la sécurité et le calme des profondeurs. Le second offrait une vue générale de la surface et du courant au milieu duquel dérivait la masse de Vashon. Bushka déglutit en contemplant son île. Il ne l'avait jamais vue sous cet angle-là.

L'indicateur d'altitude au-dessous de l'écran lui

apprit que l'image était prise de huit mille mètres. Amplifiée, elle occupa presque tout l'écran. Une grille en surimpression donna ses dimensions : trente cliques en longueur et un peu moins en largeur. Vashon avait la forme d'un œuf géant aux bords irréguliers. Bushka distingua les échancrures des baies où les bateaux de pêche et les subas étaient mouillés. Seule une petite partie de la flotte se trouvait dans les eaux protégées.

— Quelle est sa population ? demanda Gallow.

— Environ six cent mille, je pense, répondit Ale.

Bushka plissa le front en songeant aux conditions extrêmes de surpopulation que ce nombre représentait, comparé à l'habitat spacieux des Siréniens. Dans chaque clique carrée de Vashon s'entassaient plus de deux mille Iliens. En fait, il eût été plus juste de faire le calcul en volume, puisque les cabines s'empilaient les unes sur les autres bien au-dessus de la surface et même bien en dessous. Du reste, Vashon n'était pas la plus peuplée proportionnellement à sa taille. Certaines îles beaucoup plus petites offraient des conditions de vie qu'il fallait endurer pour y croire. L'espace n'existait que quand l'énergie venait à manquer. Un espace mort, inhabitable. Comme les êtres humains, les organiques tombaient en putréfaction quand ils mouraient. Une île morte n'était qu'une gigantesque charogne flottante. Cela s'était produit plus d'une fois.

— Je ne pourrais supporter un tel entassement, fit Gallow. Je préférerais m'en aller.

— Il n'y a pas que des désavantages, bredouilla Bushka. La promiscuité renforce l'entraide.

— C'est heureux ! souffla Gallow. (Il fit pivoter son siège pour faire face à Bushka.) Quels sont vos antécédents personnels, Bushka ? demanda-t-il.

L'Ilien le dévisagea, momentanément offensé. Ce n'était pas une question à poser. Les Iliens connaissaient les antécédents de chacun, ami ou connaissance, mais le respect de la vie privée d'autrui les autorisait rarement à se montrer indiscrets.

— Vos antécédents professionnels, insista Gallow.

Ale posa la main sur le bras du Sirénien.

— Pour un Ilien, ce genre de question est généralement impoli, dit-elle.

— Ce n'est pas grave, fit Bushka. J'ai commencé par être mascariote, *Sirénien* Gallow, dès que j'en ai eu l'âge.

— C'est une sorte de vigie chargée de guetter les mascarelles, expliqua Ale.

— Je connais ce terme, dit Gallow. Et après cela ?

— Eh bien... j'avais de bons yeux, et le sens des distances. J'ai fait mon service comme contrôleur de jusant, et plus tard dans les subas. Et comme j'étais doué pour la navigation, j'ai reçu une formation de synchroniseur.

— Synchroniseur, hum... fit Gallow. C'est vous qui êtes chargé d'estimer la position de l'île. Pas très précises, vos méthodes, d'après ce que j'ai entendu dire.

— Suffisamment précises, répondit Bushka.

— Est-il vrai, Ilien Bushka, demanda Gallow après avoir toussoté, que les Iliens pensent que nous avons volé l'âme du varech ?

— GeLaar ! reprocha Ale.

— Non, laisse-le répondre. J'ai commencé à me documenter récemment sur les croyances fondamentalistes en vigueur sur certaines îles, comme Guemes.

— Tu es impossible, GeLaar ! s'exclama Ale.

— C'est ma curiosité qui est insatiable. Alors, qu'en dites-vous, Bushka ?

Obligé de répondre, celui-ci articula d'une voix lourde de détresse :

— Beaucoup d'Iliens pensent que Nef reviendra nous accorder son pardon.

— Et quand cela aura-t-il lieu ?

— Quand nous aurons retrouvé notre Conscience Collective.

— Aaah, ces vieilles histoires de Transition ! ricana Gallow. Vous y croyez réellement ?

— L'histoire est mon hobby. Ce que je crois, c'est que quelque chose d'important est arrivé à la conscience humaine pendant les Guerres des Clones.

— Votre *hobby* ?

— Historien n'est pas un métier tout à fait reconnu chez les Iliens, expliqua Ale. Un peu trop superflu.

— Je vois. Mais poursuivez, Bushka, je vous prie.

Bushka serra les poings et réprima un élan de colère. Gallow n'était pas seulement imbu de son importance. Il était réellement important... vital pour l'avenir.

— Je ne crois pas qu'on ait volé l'âme du varech, déclara-t-il enfin.

— Tant mieux pour vous !

— Mais je crois par contre, poursuivit Bushka, que nos ancêtres, peut-être avec l'aide du varech, ont entrevu l'existence d'un type différent de conscience... une sorte de fusion momentanée de tous les esprits existant à l'époque.

D'un geste étonnamment furtif, Gallow se passa la main sur les lèvres.

— Les témoignages qui sont parvenus jusqu'à nous semblent à peu près concordants. Mais jusqu'à quel point peut-on leur faire confiance ?

— Il ne fait aucun doute que notre patrimoine génétique actuel est en partie composé de gènes issus du varech, déclara Bushka en tournant la tête vers la console centrale, où Panille suivait ses paroles avec attention.

— Et on ne peut pas savoir ce qui pourrait se passer ici si nous redonnions une conscience au varech, c'est bien cela ? demanda Gallow.

— A peu près, oui.

— Mais pourquoi croyez-vous que Nef nous ait abandonnés ici ?

— GeLaar, s'il te plaît ! interrompit Ale.

— Laisse-le donc répondre ! Cet Ilien a l'esprit vif. C'est peut-être celui dont nous avons besoin.

Bushka s'efforça en vain de déglutir d'une gorge devenue trop sèche. Etait-ce un test ? Gallow voulait-il le sonder avant de décider s'il était apte à faire partie de la société sirénienne ? De nouveau, il déglutit avec peine en disant :

— C'est que... j'espérais justement... profiter de mon séjour ici pour vous demander l'autorisation de consulter certaines archives que les Siréniens ont récupérées dans l'ancien Blockhaus. Peut-être que la réponse à votre question...

Un silence subit s'était fait dans la salle. Ale et Gallow échangèrent un regard fugace.

— C'est très intéressant, fit Gallow.

— On dit que lorsque vous avez... retrouvé l'ancien Blockhaus... les documents... c'est-à-dire...

Il s'interrompit pour tousser.

— Nos historiens travaillent à plein temps, fit Gallow. Après la Catastrophe, tout ce qui était intact, y compris les archives du Blockhaus, a été méthodiquement analysé.

— J'aimerais quand même consulter ces documents, insista Bushka en se reprochant aussitôt le son plaintif de sa voix.

— Il y a une chose que je voudrais savoir, Bushka. Quelle serait votre réaction si ces matériaux révélaient que Nef est une machine fabriquée par des humains et non une divinité ?

— L'hérésie machiniste ? fit Bushka en plissant les lèvres. Je croyais que cela était...

— Vous ne répondez pas à ma question.

— Il faudrait que j'examine ces documents pour pouvoir juger par moi-même.

Pendant quelques secondes, Bushka se tint coi. Aucun Ilien n'avait jamais eu accès aux archives du Blockhaus. Ce que Gallow insinuait... Une véritable bombe !

— Je suis particulièrement curieux de savoir comment un historien îlien réagirait devant les manuscrits du Blockhaus, déclara Gallow en se tournant vers Ale. Vois-tu une objection à satisfaire sa requête, Kareen ?

Elle haussa les épaules et détourna la tête avec une expression que Bushka fut incapable d'interpréter. *De l'écœurement ?*

A nouveau, Gallow se tourna vers l'Ilien avec son sourire scrutateur.

— Je comprends que le Blockhaus ait des implications mystiques pour les Iliens. J'hésite un peu à alimenter des superstitions.

Mystiques ? se dit Bushka. Des terres qui jadis émergeaient de l'océan. Une construction assise sur la terre ferme, sur un continent qui ne dérivait pas, le dernier bastion inondé par la Catastrophe. Mystiques ? A quel jeu jouait donc Gallow ?

— Je suis un historien qualifié, dit-il à haute voix.

— Vous parliez de hobby... fit Gallow en secouant la tête.

— Est-ce que toutes les archives du Blockhaus ont été retrouvées intactes ? s'enhardit à demander Bushka.

— Elles ont été bien isolées, répondit Ale en se tournant une fois de plus pour faire face à Bushka. Avant de découper le plastacier, nos ancêtres ont pris soin de tout entourer d'un dôme.

— Tout a été retrouvé dans l'état où ils l'ont laissé en abandonnant les lieux, confirma Gallow.

— Alors, tout ce que l'on dit est vrai... murmura Bushka.

— Mais renforceriez-vous les superstitions îliennes ? insista Gallow.

— Je suis un scientifique, répliqua Bushka en se raidissant. Je ne renforcerais rien d'autre que la vérité.

— Pourquoi cet intérêt soudain pour le Blockhaus ? voulut savoir Ale.

— Soudain ? fit Bushka en la dévisageant avec stupeur. Mais nous avons *toujours* voulu savoir la teneur de ces documents. Ceux qui les ont laissés étaient aussi nos ancêtres.

— D'une certaine manière, dit Gallow.

Bushka sentit un afflux de sang chaud sur ses

joues. La plupart des Siréniens croyaient que les îles flottantes n'avaient été peuplées à l'origine que par des clones et des mutants. Gallow ajoutait-il vraiment foi à ces stupidités?

— J'aurais dû dire peut-être : pourquoi ce *regain* d'intérêt? murmura Ale.

— On parle beaucoup en ce moment de la Tendance de Guemes, vous savez, fit Gallow.

Bushka hocha la tête. La V*énef*ration était nettement en hausse chez les Iliens. Il renchérit :

— On parle aussi d'apparitions d'objets non identifiés dans le ciel. Certains disent que Nef est déjà de retour parmi nous mais qu'elle reste cachée dans l'espace.

— Vous y croyez? demanda Gallow.

— Ce n'est pas impossible, admit Bushka. Une chose est certaine, en tout cas : la Psyo s'est entretenue avec tous ceux qui ont déclaré avoir vu quelque chose.

— Eh bien! fit Gallow en gloussant de rire.

Bushka ressentit à nouveau les affres de la frustration. Ils étaient en train de s'amuser avec lui! Tout cela n'était qu'un cruel jeu sirénien!

— Je ne vois pas ce qu'il y a de si drôle, dit-il.

— GeLaar, cesse donc! s'écria Ale.

Gallow leva une main impérieuse.

— Kareen, regarde bien l'Ilien Bushka. Ne pourrait-il passer aisément pour l'un d'entre nous?

Ale jeta un regard machinal à Bushka puis reporta son attention sur Gallow.

— Que cherches-tu à faire, GeLaar?

Bushka prit une profonde inspiration et retint son souffle. Gallow le dévisagea quelques secondes avant de demander :

— Que diriez-vous, Bushka, si je vous offrais une place dans la société sirénienne?

Bushka expira lentement, inspira de nouveau.

— Je... j'accepterais. Avec reconnaissance, bien sûr.

— Bien sûr, répéta Gallow. (Il se tourna en souriant vers Ale :) Dans ce cas, puisque Bushka va devenir l'un des nôtres, je ne vois pas de mal à lui expliquer ce qui m'amuse tant.

— Tu prends tes responsabilités, lui dit Ale.

Un mouvement au centre de la salle attira l'attention de Bushka. Il vit que Panille ne les regardait plus directement mais, d'après la courbure de ses épaules, suivait attentivement leur conversation. Nef soit témoin ! L'hérésie machiniste était-elle après tout fondée ? Etait-ce cela, le grand secret sirénien ?

— Ces « visions » qui préoccupent tant notre bien-aimée Psyo, fit Gallow. Ce sont des fusées sirénienne, Bushka.

L'Ilien ouvrit la bouche et la referma sans avoir rien dit.

— Nef n'est pas Dieu, n'a jamais été Dieu, continua Gallow. Les archives du Blockhaus...

— Sont sujettes à plusieurs interprétations, acheva Ale.

— Seulement pour les imbéciles ! jeta Gallow. Nous lançons des fusées, Bushka, parce que nous nous préparons à récupérer les caissons hyber qui tournent en orbite autour de Pandore. Nef est une machine fabriquée par nos ancêtres. Et il y a d'autres machines en orbite dans l'espace, qui attendent que nous allions les chercher.

La façon terre à terre dont Gallow disait cela coupait le souffle à Bushka. D'innombrables histoires sur ces mystérieux « caissons hyber » couraient parmi les Iliens. Quel pouvait être le contenu de ces objets en orbite autour de Pandore ? Pouvoir les capturer et voir ce qu'il y avait réellement dedans valait n'importe quel prix, y compris la destruction du mythe du Dieu-Nef qui sustentait tant de monde.

— Vous paraissez choqué, fit Gallow.

— Je suis... je suis un peu sidéré, en effet.

— Nous avons tous été nourris des Histoires de Transition, fit Gallow en pointant un doigt vers le ciel. La vie nous attend là-haut.

— Ces caissons sont supposés abriter d'innombrables formes de vie... originaires de la Terre, murmura Bushka en hochant la tête.

— Des poissons, des animaux, des plantes... et même des humains, des êtres humains normaux, comme nous, dit Gallow avec un geste large qui englobait tous les occupants de la salle.

Bushka prit une inspiration tremblante. Les témoignages historiques disaient en effet que ces caissons hyber abritaient des humains que les biomanipulations de Jésus Louis n'avaient jamais atteints. Il devait même y avoir des gens qui s'étaient endormis dans un autre système solaire et qui n'avaient aucune idée du cauchemar qui les attendait à leur réveil.

— Et maintenant, vous savez tout, dit Gallow.

Bushka s'éclaircit la voix :

— Nous n'avons jamais soupçonné... la Psyo ne nous a jamais laissé entendre que...

— La Psyo ne sait rien de tout cela, coupa Ale avec une pointe d'avertissement dans la voix.

Bushka tourna les yeux vers la paroi de plaz qui laissait apercevoir le tube de lancement de l'aérostat.

— Cela, c'est autre chose. Elle est au courant, bien sûr, reprit-elle.

— Une occupation tout à fait innocente, dit Gallow.

— Il n'y a pas eu de baptême pour les fusées, ajouta Ale.

Bushka continuait de regarder par le plaz. Il ne s'était jamais considéré comme quelqu'un de très religieux, mais toutes ces révélations siréniennes l'avaient profondément troublé. Ale avait manifestement des doutes quant à l'interprétation donnée par Gallow aux manuscrits du Blockhaus. Et de toute manière, une bénédiction ne pouvait faire de mal... juste au cas où...

— Quelle est votre réponse, Sirénien Bushka? demanda Gallow.

Sirénien Bushka !

Il tourna un regard hébété vers Gallow, qui attendait la réponse à une question qu'il avait posée. Une question. Quelle question ? Bushka mit un moment à se rappeler.

— Ma réponse... oui. Les Iliens... Je veux parler de ces fusées... Les Iliens... Est-ce qu'il ne faudrait pas leur dire ?

— Les Iliens ? *Leur* dire ? répéta Gallow tandis qu'un éclat de rire convulsif secouait son corps d'Apollon. Tu entends, Kareen ? Déjà, il se sent loin de ses anciens compatriotes !

Le contact de l'enfant enseigne la naissance, et nos mains sont témoins de la leçon.

KERRO PANILLE, *Les Historiques*.

Vata ne possédait pas une conscience véritable. Elle demeurait dans l'ombre floue des frontières de la perception. Les souvenirs effleuraient ses neurones comme les filaments sensitifs du varech. Parfois, elle rêvait les rêves du varech. L'un de ces rêves représentait de merveilleuses nuées de gyflottes, ces grosses outres d'air pleines de spores qui étaient mortes en même temps que le premier varech. Les larmes se mêlaient à la solution nutritive tandis que Vata rêvait cela. Des larmes à la mémoire des grands globes orangés qui se laissaient porter par la brise du soir à travers dix mille siècles. Dans ce même rêve, les gyflottes tenaient serrés dans leurs deux plus longs tentacules les rocs qui leur servaient de lest et Vata sentait contre elle le contact rassurant de la pierre.

Les pensées elles-mêmes étaient pour Vata des gyflottes, ou bien des fils de soie dansant dans les ténèbres de son esprit. Parfois, elle suivait le cours des perceptions de Duque, qui flottait à côté d'elle, conscient de ce qui se passait à l'intérieur de ses propres pensées. Par son intermédiaire, elle revivait de temps à autre cette terrible nuit où l'arrachement gravitationnel des deux soleils de Pandore avait détruit le dernier bastion humain sur la fragile terre ferme de la planète. Duque laissait ses pensées se replonger sans cesse dans ces événements et Vata, liée au mutant terrorisé comme deux plongeurs siréniens assurés à la même corde, ne pouvait faire autrement que de recréer les rêves qui calmaient sa frayeur.

Duque est en sécurité, soufflait-elle dans son esprit. *Duque a été sauvé et il se trouve au milieu de l'océan, où Hali Ekel a soigné ses blessures.*

Duque gémissait de sa voix nasillarde. Si Vata avait été consciente, elle aurait pu l'entendre avec ses propres oreilles, car Vata et Duque partageaient les mêmes équipements de vie, au cœur de Vashon. Vata était presque entièrement immergée dans le liquide nutritif, monstrueuse montagne de chair rose et bleu aux attributs indiscutablement femelles. Ses seins géants aux énormes mamelons roses flottaient dans le liquide sombre comme deux pâtés démesurés étalés sur une mer marron. Et Duque dérivait à côté d'elle en satellite, en prolongement naturel de sa masse protoplasmique à l'intérieur de leur vide mental infini.

Depuis des générations maintenant, les deux êtres étaient nourris et révérés dans le Complexe Central de Vashon, où se trouvaient les quartiers de la Psychiatre-aumônière et de la Commission des Formes de Vie. Des veilleurs siréniens et îliens montaient la garde en permanence sous le commandement de la Psyo. C'était une surveillance rituelle qui, avec le temps, contribuait à éroder la peur que, très tôt, les enfants pandoriens apprenaient en observant les réactions de leurs parents.

— Ces deux-là, ils resteront toujours comme ça. Ils sont notre dernier lien avec Nef. Tant qu'ils vivront, Nef sera avec nous. C'est la Vé*nef*ration qui les maintient en vie si longtemps.

Bien que Duque, de temps à autre, soulevât une paupière du coin du doigt pour épier, aveuglé de clarté, les gardes qui faisaient les cent pas dans la pénombre glauque entourant leur bassin nourricier, Vata, pour sa part, ne se hissait jamais à un niveau de perception suffisant. Elle respirait. Son corps immense, répondant à la moitié varech de son héritage génétique, absorbait l'énergie de la solution nutritive qui baignait sa peau. L'analyse du liquide révélait des traces de déchets organiques humains, qui étaient aspirés par les ventouses de poissons coprophages aveugles. Parfois, Vata bougeait et l'on voyait un bras se soulever tel un léviathan surgi de ses profondeurs abyssales où il retombait aussitôt après.

Ses cheveux continuaient à pousser jusqu'à envahir, comme du varech, toute la surface du bassin, emmêlés autour du corps glabre de Duque, gênant la nage des coprophages. La Psyo arrivait alors armée d'une paire de ciseaux et, avec une révérence qui n'excluait pas un certain degré de cupidité, coupait les mèches de Vata. Les cheveux étaient ensuite lavés, séparés, bénis puis vendus un par un comme indulgences. Même les Siréniens en achetaient. Ce commerce était devenu, depuis des générations, la principale source de revenu des Psyos.

Duque, bien plus conscient que n'importe quel autre humain du lien qui l'unissait à Vata, réfléchissait à sa curieuse nature chaque fois que Vata lui laissait le temps d'avoir des pensées à lui. Parfois, il en parlait aux veilleurs ; mais chaque fois que Duque commençait à parler, cela occasionnait tout un remue-ménage, on allait chercher la Psyo et toutes les activités de surveillance étaient renforcées. « Elle vit ma vie », avait-il dit un jour, et c'était devenu la devise inscrite sur les boîtes contenant un cheveu de Vata.

Dans ces moments où il parlait, la Psyo essayait généralement de lui poser des séries de questions préparées à l'avance, qu'elle lui assenait brutalement ou bien qu'elle murmurait d'une voix pleine de révérence.

— Tu parles au nom de Vata, Duque ?

— Je parle.

C'était tout ce qu'ils avaient jamais réussi à tirer de lui en réponse à cette question-là.

Comme il était notoire que Duque faisait partie de la centaine de mutants conçus à l'origine avec l'intervention du varech, et que par conséquent il était porteur de gènes du varech, on lui demandait quelquefois de parler de l'entité qui régnait jadis sur l'océan maintenant sans fin de Pandore.

— Tu te souviens du varech, Duque ?

— Avata, rectifiait Duque. Je suis le roc.

D'interminables discussions avaient suivi cette affirmation. « Avata » était le nom que se donnait le varech. Quant à la référence au roc, elle n'avait pas fini d'alimenter les spéculations des spécialistes et des théologiens.

— Il veut sans doute dire que sa conscience existe au fond de l'océan où le varech habite.

— Non ! N'oubliez pas le roc auquel le varech s'agrippait toujours quand il levait ses filaments vers la lumière du soleil. Et les rocs utilisés comme lest par les gyflottes...

— Vous faites fausse route. Il veut dire qu'il est la prise de Vata sur la vie. Le roc de Vata.

Il y avait toujours aussi quelqu'un qui se référait à l'ancienne époque de la Vé*nef*ration et aux récits de cette lointaine planète où quelqu'un qui s'appelait Pierre avait donné la même réponse que Duque.

Rien n'avait jamais été résolu par toutes ces discussions, mais les questions ne pleuvaient pas moins chaque fois que Duque manifestait son intention de parler.

— Comment se fait-il que Vata et toi ne mouriez jamais, Duque ?

— Nous attendons.

— Vous attendez quoi ?

— Il n'y a pas de réponse.

Cette réplique immuable avait suscité une telle commotion que la Psyo de l'époque avait décrété que les réponses de Duque ne pourraient désormais être rendues publiques qu'avec son autorisation. Cela, naturellement, n'avait pas mis un terme aux rumeurs et aux chuchotements, mais tout ce qui s'écartait de la version officielle de la Psyo se voyait relégué au rang d'hérésie mystique. Du reste, depuis deux générations, aucune Psyo n'avait reposé la question à Duque. L'attention générale portait actuellement sur les varechs que les Siréniens répandaient à travers l'océan planétaire de Pandore. Ces varechs poussaient dru et dense, mais ne semblaient pas sur le point d'acquérir une conscience.

Les grandes îles à la dérive voyaient de plus en plus leurs horizons occupés par l'un de ces immenses bancs de varechs aux thalles verts et huileux. Tout le monde disait que c'était une bonne chose. Le varech servait de pépinière aux poissons et tout le monde avait constaté qu'il y avait davantage de poisson en ce moment, même s'il était plus difficile à prendre. On ne pouvait pas lancer un filet au milieu des varechs. Les lignes s'accrochaient aux frondaisons géantes et elles étaient perdues. Même la murelle bornée avait appris à se réfugier dans le sanctuaire du varech à l'approche des pêcheurs.

Il y avait aussi l'éternelle question de Nef, Nef qui était Dieu et qui avait abandonné les humains sur Pandore.

— Pourquoi Nef nous a-t-elle abandonnés ici, Duque ?

— Vous n'avez qu'à le demander à Nef, répondait invariablement Duque.

Plus d'une Psyo avait lancé une prière silencieuse à ce sujet, mais Nef n'avait pas répondu non plus, tout au moins d'une voix audible.

C'était une question frustrante. Nef allait-elle revenir un jour ?

Nef avait laissé les caissons hyber en orbite autour de Pandore. Mais c'était une étrange orbite, qui semblait défier l'indice gravitationnel pour de tels objets. Certains parmi les Iliens et les Siréniens de Pandore disaient que Vata n'attendait rien d'autre que la récupération de ces caissons, et qu'elle s'éveillerait quand ce serait fait.

Personne ne mettait en doute le lien qui unissait Duque à Vata. Pourquoi pas un autre lien avec la vie dormante qui attendait là-haut dans les caissons hyber ?

— Comment es-tu relié à Vata? avait demandé une Psyo.

— Comment êtes-vous relié à moi? avait répliqué Duque.

Tout cela était dûment inscrit dans le Registre et de nouvelles discussions s'ensuivaient. On avait remarqué, cependant, que chaque fois que l'une de ces questions était posée, Vata remuait, soit de manière brutale, soit par un tremblement presque imperceptible qui parcourait toute sa vaste chair.

— C'est comme le câble de sécurité que les plongeurs siréniens utilisent pour sortir par deux, avait fait remarquer quelqu'un d'astucieux. On est sûr de pouvoir toujours retrouver son partenaire.

La conscience filamentaire de Vata vibrait au souvenir génétique d'une scène d'escalade. Duque et elle étaient des alpinistes. Elle lui avait montré plusieurs fois cette image. Ses souvenirs, partagés avec Duque, lui faisaient voir un monde vertical spectaculaire qu'un Ilien aurait eu du mal à imaginer et auquel les holos ne rendaient pas justice. Seulement, Vata ne se représentait pas comme l'un des alpinistes. Elle ne se représentait pas du tout. Il n'y avait que la corde, et l'escalade.

Il nous a d'abord fallu créer un mode d'existence sans continents; ensuite, notre souci fut de préserver tous les matériaux et toute la technologie auxquels nous avions encore accès. Louis nous avait laissés avec une équipe de bio-ingénieurs qui représentait à la fois notre malédiction et notre plus puissant héritage. Nous n'avons nul désir de renvoyer notre trop rare et précieuse progéniture à l'âge de pierre.

HALI EKEL, *Journal.*

Ward Keel se pencha légèrement en avant pour observer les deux jeunes quémandeurs qu'il dominait du haut de son estrade. L'homme était un grand Sirénien marqué au front du tatouage des criminels, un large E bordeaux qui signifiait « expatrié ». Cet homme ne pourrait jamais plus retrouver les riches terres du fond de l'océan et il savait que les Iliens l'acceptaient parmi eux uniquement pour l'effet stabilisateur de son patrimoine génétique. Malheureusement, ses gènes n'avaient rien stabilisé du tout dans ce cas précis et le Sirénien ne devait se faire aucune illusion sur le verdict. Il tenait à la main un chiffon mouillé qu'il passait nerveusement sur les parties découvertes de son corps.

La quémandeuse, sa compagne, était petite et frêle. Sa chevelure d'un blond pâle laissait voir deux amorces de plis occupant l'endroit où auraient dû se trouver ses yeux. Elle était vêtue d'un long sari bleu et, quand elle marchait, au lieu d'un bruit de pas, Keel entendait une sorte de bruissement râpeux. Elle oscillait latéralement et fredonnait entre ses lèvres la plupart du temps.

Pourquoi a-t-il fallu que ce soit elle, ma première

affaire de la matinée? songea Keel. *Encore une perversité du sort. Ce matin entre tous!*

— Notre enfant mérite de vivre! lança le Sirénien d'une voix qui résonna dans tout le prétoire comme un roulement de tonnerre.

Souvent, la Commission des Formes de Vie avait entendu de semblables protestations, mais Keel avait l'impression que la force de celle-ci s'adressait plutôt à la jeune femme, comme pour bien lui montrer que son compagnon se battait pour tous les deux.

En tant que Juge Suprême de la Commission, il appartenait trop souvent à Keel d'apposer le sinistre paraphe final ou de concrétiser en paroles les plus inexprimables appréhensions des quémandeurs eux-mêmes. Heureusement, il n'en était pas toujours ainsi. Plus d'une fois, ce prétoire avait résonné de grands rires de vie; mais aujourd'hui, pour ce cas précis, les rires n'éclateraient pas.

Keel soupira. Le fait qu'il s'agissait d'un Sirénien, même si les siens l'avaient exclu, rendait toute cette affaire politiquement délicate. Les Siréniens étaient jaloux des naissances qu'ils considéraient comme « normales »; ils surveillaient de près chaque naissance côté surface où était impliqué un parent sirénien.

— Nous avons examiné attentivement votre dossier, déclara-t-il.

Il jeta un coup d'œil, à sa droite puis à sa gauche, aux autres membres de la Commission qui siégeaient impassibles, leur attention ostensiblement fixée ailleurs, sur la grumelle du plafond en forme de voûte, sur le plancher souple et vivant ou bien sur les dossiers empilés devant eux. Partout sauf sur les quémandeurs. La sale besogne, c'était pour le juge Ward Keel.

Si seulement ils savaient, se disait ce dernier. *Je viens de passer aujourd'hui en jugement... comme ils passeront eux-mêmes un jour... devant la plus haute des Commissions des Formes de Vie.*

Il ressentait une profonde compassion pour le couple de quémandeurs qui se trouvait devant lui, mais la décision ne pouvait être changée.

— La Commission a établi que le sujet... (*pas l'« enfant »,* songea-t-il; *mais le « sujet »*) n'est qu'une gastrula modifiée...

— Nous voulons cet enfant!

Le Sirénien abattit son poing sur la barre qui le séparait de l'estrade où siégeaient les juges de la Commission. Les gardes du service de sécurité, au fond du prétoire, devinrent attentifs. La jeune femme continuait d'osciller, mais plus du tout en rythme avec la musique fredonnée par ses lèvres.

Keel compulsa l'épais dossier qu'il avait devant lui et en sortit une feuille de plaz bourrée de chiffres et de graphiques.

— L'examen du sujet a révélé qu'il possédait une structure nucléaire abritant un gène réactif, dit-il gravement. Cette structure est telle que les matériaux qui la constituent se retourneront inévitablement contre eux-mêmes en détruisant leurs propres parois cellulaires...

— Laissez-nous au moins garder notre enfant jusqu'au moment de cette destruction! glapit l'homme en passant son linge mouillé sur son visage. Pour l'amour de l'humanité, faites-nous cette faveur!

— Monsieur, répondit Keel, c'est pour l'amour de l'humanité que nous ne pouvons pas accéder à votre demande. Il a été établi que la structure en question serait susceptible de proliférer si une invasion virale de quelque importance affectait le sujet...

— Il s'agit d'un enfant! Pas d'un *sujet*! Notre *enfant*!

— Assez! aboya Keel.

Les gardes du service de sécurité se rapprochèrent silencieusement du Sirénien. Keel fit tinter la clochette qui se trouvait à côté de lui et tout mouvement cessa dans le prétoire.

— Nous avons prêté serment de protéger la vie

humaine et de perpétuer les formes de vie qui ne constituent pas un danger de déviation mortelle pour l'humanité, reprit-il.

Le Sirénien demeurait figé, impressionné par l'évocation de ces terribles pouvoirs. Même sa compagne avait cessé d'osciller et seul un léger fredonnement continuait à sortir de sa bouche.

Keel aurait voulu leur hurler à tous : « Vous ne voyez pas que je suis en train de mourir ? Je suis en train de crever devant vous ! » Mais il se mordit les lèvres, refoulant son impulsion et décidant que s'il devait céder à l'hystérie, il attendrait d'être chez lui. Il se contenta de déclarer d'une voix sonore :

— Le devoir de cette Commission est de prendre les mesures les plus extrêmes pour que l'humanité survive à la pagaille génétique dont Jésus Louis nous a laissé l'héritage. (Il se pencha en arrière et fit un effort pour calmer le tremblement de ses mains et de sa voix.) En aucun cas une décision négative ne nous emplit de plaisir. Rentrez chez vous avec votre compagne. Prenez soin d'elle...

— Je veux un...

La cloche tinta, couvrant la voix de l'homme. Keel ordonna :

— Huissier, reconduisez ces gens ! Ils auront droit aux priorités habituelles. Faites procéder à la terminaison du sujet, en conservant les matériaux cités dans les Instructions Spéciales, paragraphe B. La séance est suspendue.

Keel se leva et passa devant les autres membres de la Commission sans accorder un seul regard au reste du prétoire. Les protestations étouffées du Sirénien qu'on emmenait de force résonnèrent longtemps dans son esprit angoissé.

Dès qu'il fut seul dans son bureau, le juge Keel déboucha une petite bouteille de gnou et s'en versa une bonne rasade. Il l'avala d'un trait, frissonna et reprit sa respiration tandis que le liquide clair se mêlait à sa circulation sanguine. Il demeura alors un long moment derrière son bureau, les yeux fermés, le poids de sa tête massive sur une nuque frêle soulagée par les supports moulés de son fauteuil spécial.

Il était incapable de prononcer une sentence de mort, comme ce matin, sans repenser au jour où il avait dû comparaître lui aussi, encore bébé, devant cette même Commission des Formes de Vie. On lui disait qu'il n'était pas possible qu'il se souvienne de cette scène, mais il s'en souvenait, et pas par bribes : il la revoyait entièrement. Sa mémoire remontait jusqu'à la période fœtale, jusqu'au moment d'une naissance tranquille dans une salle de maternité sinistre où l'attendait le réconfort joyeux du sein de sa mère. Il se souvenait parfaitement de la sentence rendue par la Commission. Celle-ci s'inquiétait de la grosseur de sa tête et de la longueur de son cou fragile. Pouvait-on compenser cela par des prothèses ? Il comprenait tous les mots. Il y avait en lui un puits génétique auquel il pouvait puiser le langage, bien qu'il eût été incapable de parler lui-même jusqu'à l'âge normal.

— Cet enfant est unique, avait dit le vieux juge en consultant son dossier médical. Ses intestins devront subir l'implantation périodique d'un rémora pour pallier l'absence des facteurs biliaires et enzymatiques.

Le Juge Suprême avait alors baissé les yeux, tel un géant du haut de son énorme et lointaine estrade, vers le bébé tout nu dans les bras de sa mère.

— Jambes trop courtes et trop épaisses. Pieds déformés : orteils uniarticulés. Six orteils et six doigts. Torse trop long, taille trop rentrée. Visage plutôt étroit pour une... (Ici, le juge s'était éclairci la voix)... tête hypertrophiée.

Le juge avait alors regardé la mère de Keel, notant son bassin particulièrement large. Il était évident qu'il se posait certaines questions anatomiques sans vouloir les formuler à haute voix.

— Malgré toutes ces anomalies, le sujet ne peut

être considéré comme un déviant dangereux, avait-il conclu.

Ces paroles se trouvaient déjà dans le rapport médical. La première chose que Keel avait faite, quand il était devenu à son tour membre de la Commission, avait été de prendre connaissance de son propre dossier, qu'il avait parcouru avec la curiosité détachée qui s'imposait.

« Visage plutôt étroit... » Ces mots figuraient en toutes lettres dans le rapport, exactement comme dans son souvenir. « Yeux, l'un bleu et l'autre brun. » Keel eut un sourire en repensant à cela. Ses yeux — l'un bleu et l'autre brun — étaient capables de se tourner jusqu'à l'angle pratiquement droit de ses tempes, ce qui lui permettait presque de voir derrière lui sans avoir besoin de bouger la tête. Ses cils étaient longs et pendants. Quand il se relaxait, ils lui brouillaient sa vision du monde. Le temps avait gravé les rides du sourire aux coins de sa grande bouche lippue. Et son nez épaté, presque de la largeur d'une main, occultait presque sa lèvre supérieure. L'ensemble de ce visage, quand il le comparait à d'autres, donnait l'étrange impression d'avoir été aplati, comme si on avait dû forcer pour le surajouter à sa tête. Mais le trait marquant de sa physionomie, c'étaient ses yeux en coin, qui lui donnaient un air alerte et intelligent.

Ils m'ont laissé vivre parce que je paraissais alerte, se dit le juge Keel.

C'était une chose qu'il recherchait toujours, lui aussi, chez les sujets qu'on amenait devant lui. L'intelligence. L'humanité en avait bien besoin pour se tirer du pétrin dans lequel elle se trouvait. Il y avait aussi les muscles et l'adresse, bien sûr, mais ces dernières qualités n'étaient rien sans l'intelligence pour les guider.

Keel ferma les yeux et rentra un peu plus la tête dans les supports capitonnés de son siège. Le gnou était en train de produire sur lui l'effet désiré. Il n'en buvait jamais sans s'émerveiller qu'une telle boisson pût provenir des sinistres névragyls, qui terrorisaient tellement les premiers pionniers de Pandore, ses ancêtres, au temps où de vraies terres émergeaient de l'océan. C'étaient de petits vers qui s'attaquaient à toute vie productrice de chaleur, dévorant ses centres nerveux et se frayant un chemin jusqu'au cerveau où ils enkystaient leurs œufs. Même les capucins vifs les redoutaient. Mais quand l'océan avait tout recouvert, les névragyls s'étaient reconvertis en un vecteur sous-marin dont l'un des sous-produits de la fermentation était le gnou, aux effets sédatifs, narcotiques et euphorisants.

Keel caressa la petite bouteille et but une nouvelle gorgée.

La porte derrière lui s'ouvrit doucement et un pas familier s'approcha : bruissement des vêtements, odeurs familières. Il ne prit pas la peine de rouvrir les yeux, conscient de donner là une marque singulière de confiance, même pour un Ilien.

Ou une invitation, se dit-il.

L'amorce d'un sourire narquois effleura les commissures de sa bouche. Il sentait le picotement du gnou sur sa langue et au bout de ses doigts. Même de ses orteils à présent.

Comme si je tendais le cou à la hache du bourreau ?

Il y avait toujours ce sentiment de culpabilité après une sentence négative. Toujours au moins un désir inconscient d'expiation. Bien sûr, c'était la Commission qui jugeait, mais il n'était pas idiot au point de se réfugier derrière cette excuse éculée : « Je n'ai fait qu'obéir aux ordres. »

— Vous n'avez besoin de rien, monsieur le Juge ?

La voix était celle de son adjointe et quelquefois maîtresse, Joy Marcoe.

— Non, merci, murmura-t-il.

Elle posa une main sur son épaule en disant :

— La Commission souhaiterait rouvrir la séance à onze heures. Dois-je faire annoncer que vous êtes trop...

— Non, j'y serai... Il n'avait pas rouvert les yeux et entendit son pas qui s'éloignait déjà... Joy! dit-il. Tu ne trouves pas cela ironique, avec un tel nom, de travailler dans cette Commission?

Elle revint à ses côtés et il sentit qu'elle posait la main sur son bras gauche. Par un effet du gnou, ce contact se fondait directement à tous ses sens. Plus qu'un contact, c'était une caresse qui concernait le centre vital de son être.

— Aujourd'hui, cela a été particulièrement dur, fit-elle. Mais cela devient de plus en plus rare, n'est-ce pas?

Elle marqua un instant de pause, attendant, présuma-t-il, une réponse. Puis, n'en recevant pas, elle poursuivit :

— Je trouve que Joy est un nom qui convient parfaitement à mon travail ici. Il me rappelle à quel point je désire vous rendre heureux.

Il réussit à esquisser un pâle sourire et rajusta plus confortablement sa tête contre les supports. Il ne pouvait se résoudre à lui parler du rapport médical qu'il venait de recevoir et qui contenait son propre verdict final.

— C'est vrai que tu m'apportes de la joie, dit-il seulement. Réveille-moi à dix heures quarante-cinq.

Elle baissa la lumière avant de sortir.

Le dispositif mobile qui soutenait sa tête commençait à lui irriter la base de la nuque. Il glissa un doigt sous le coussin du fauteuil et régla l'une des attaches de l'appareil. Le côté gauche fut soulagé aussitôt, mais l'irritation se communiqua au côté droit. Le juge soupira et se versa une mesure supplémentaire de gnou.

Quand il leva le verre fragile, la lumière tamisée venant du plafond fit jouer des bulles bleutées dans le liquide froid, aussi rafraîchissant qu'un bon bain vivifiant par un jour de canicule où les deux soleils dardaient leurs rayons brûlants à travers les nuages.

Quelle chaleur pouvait contenir ce verre minuscule! Il contemplait émerveillé la courbe de ses doigts minces autour du pied. Il s'était déchiré un ongle tout à l'heure, en l'accrochant à sa robe. Joy le lui couperait quand elle reviendrait. Elle l'avait sûrement remarqué. Ce n'était pas la première fois et elle savait que ce n'était pas très douloureux.

Son propre reflet sur la courbure du verre attira son attention. La courbe exagérait l'espacement de ses yeux. Les longs cils retombaient presque jusqu'à la naissance de ses pommettes en s'effilant à perte de vue. Il avait du mal à accommoder, de si près. Son nez était quelque chose de gigantesque. Il porta le verre à ses lèvres et l'image se brouilla, disparut.

Pas étonnant que les Iliens fuient les miroirs, songea-t-il.

Pour sa part, il avait toujours ressenti la même fascination devant son image, qu'il se prenait souvent à observer sur n'importe quelle surface polie.

Quel miracle qu'ils aient laissé vivre une créature aussi difforme que lui ! Les membres de la Commission qui avait jadis rendu cette sentence pouvaient-ils savoir qu'il serait capable de penser, d'aimer et d'avoir mal ? Sa conviction était que les sujets souvent informes qui paraissaient devant cette Commission avaient une parenté avec toute l'humanité pour autant qu'ils fassent preuve de réflexion, d'amour et aussi de souffrance, cette terrible capacité humaine.

Issus de quelque obscur et lointain corridor du bâtiment, ou peut-être du fond même de sa pensée, les martèlements sourds d'une batterie de tambours à eau le plongèrent dans une somnolence feutrée.

Des images de rêves épars défilèrent dans son esprit pour se résoudre finalement en un rêve unique particulièrement agréable où il tombait à la renverse avec Joy Marcoe sur son lit. La robe s'écartait, offrant les rondeurs d'une chair douce et palpitante, et Keel sentait en même temps l'émoi de son propre corps — celui du rêve et celui du fauteuil. Il savait que ce rêve était le souvenir de leur premier contact exploratoire. Sa main glissait sous la robe, le long du dos, pressant contre lui les formes tendres de Joy. C'était là qu'il avait découvert le secret de ses vêtements toujours amples, qui laissaient à peine deviner la ligne souple de ses hanches ou de ses cuisses, les bras petits mais vigoureux. Sous son aisselle gauche, Joy abritait un troisième sein. Et dans le rêve du juge, elle riait d'un petit rire gloussant tandis que de sa main errante il découvrait le minuscule mamelon durcissant entre ses doigts.

Monsieur le Juge...

C'était la voix de Joy, mais le ton n'était pas le bon.

— Monsieur le Juge...

Une main secouait son bras gauche. Il sentit le contact du fauteuil et de la prothèse, qui lui faisait mal à la nuque à l'endroit où sa tête massive venait s'articuler.

— Ward, c'est l'heure. La Commission siège dans un quart d'heure.

Il ouvrit les yeux. Joy était penchée sur lui, souriante, la main toujours posée sur son bras.

— Je me suis assoupi, murmura-t-il. (Il bâilla, portant sa main devant sa bouche.) Je rêvais de toi, Joy, ajouta-t-il.

— Quelque chose d'agréable, j'espère, fit-elle tandis que ses joues rosissaient distinctement.

— Comment pourrait-il en être autrement dans un rêve avec toi ?

Il souriait en disant cela et les yeux gris de Joy luisaient tandis que la coloration de ses joues s'accentuait.

— Vous êtes trop flatteur, monsieur le Juge, fit-elle en lui tapotant le bras. Après la Commission, vous devez appeler Kareen Ale. D'après sa secrétaire, elle arrivera ici vers treize heures trente. Je lui ai dit que vous aviez un carnet de rendez-vous complet jusqu'à...

— Je la recevrai.

Il se leva et s'appuya au bord de son bureau. Le gnou le laissait toujours un peu groggy quand il se réveillait. Et ces médics qui lui assenaient leur sentence de mort et voulaient en plus qu'il renonce à boire !

Evitez tout choc, évitez toute émotion.

— Kareen Ale profite de son statut pour présumer de votre bienveillance et vous faire perdre votre temps, déclara Joy.

Il n'aimait pas la manière dont elle prononçait le nom de l'ambassadrice sirénienne, en appuyant exagérément sur la deuxième syllabe : « A-*lé* ». Certes, ce n'était pas un nom commode à assumer dans les cocktails du corps diplomatique, mais sur le plan professionnel elle avait droit à tout le respect du juge.

Il se rendit soudain compte que Joy s'en allait.

— Joy ! dit-il. Je t'invite à goûter à ma cuisine ce soir.

Elle se raidit dans l'encadrement de la porte et se retourna avec un sourire.

— J'en serai très heureuse. A quelle heure ?

— Dix-neuf heures, ça te va ?

Elle hocha la tête, une seule fois, et sortit. Cette économie de mouvements et cette grâce qui la caractérisaient la rendaient chère aux yeux du juge. Elle n'avait même pas la moitié de son âge, mais elle possédait cette sagesse qui n'a rien à voir avec l'expérience des ans. Il essaya de se rappeler depuis combien de temps il n'avait pas eu de compagne attitrée.

Douze ans ? Non ; treize.

Joy rendait l'attente tellement plus excitante pour lui. Son corps souple était complètement glabre, ce qui l'émoustillait d'une manière qu'il n'aurait pas encore crue possible.

Il soupira en essayant de se concentrer sur la session imminente de la Commission.

De vieilles faces de pet, se dit-il. Un coin de sa bouche se releva involontairement. *Mais des faces de pet très intéressantes quand même.*

Les cinq membres de la Commission faisaient partie des gens les plus influents de Vashon. Une seule autre personne pouvait rivaliser avec Keel dans sa situation de Juge Suprême : c'était Simone Rocksack, la Psychiatre-aumônière, qui jouissait d'un large soutien populaire et servait de contre-poids aux pouvoirs de la Commission. Simone pouvait agir sur les événements de manière subtile et détournée; le juge Keel n'avait qu'à ordonner pour être obéi.

Il se rendit compte, curieusement, qu'il avait beau connaître très bien les membres de la Commission, il éprouvait toujours de la difficulté à se rappeler leur visage. Bah... le visage, ce n'était pas ce qu'il y avait de plus important; c'était surtout ce qu'il y avait derrière. Il porta un doigt à son nez, à son front distendu, comme si dans un geste magique sa main voulait évoquer les traits oubliés des quatre autres vieux juges.

Il y avait Alon, leur benjamin, avec ses soixante-sept ans. Alon Matts, le plus grand bio-ingénieur de Vashon depuis une trentaine d'années.

Théodore Carp était le cynique du groupe et il portait bien son nom. Certains l'appelaient « l'homme-poisson » en raison de son aspect physique. Il ressemblait vraiment à un poisson. Sa peau très pâle, presque translucide, recouvrait un long visage étroit et des mains aux doigts trop courts qui ressemblaient à des moignons de nageoires dépassant à peine des manches de sa robe de juge. Ses lèvres pleines et protubérantes ne souriaient jamais. A aucun moment sa candidature au siège de Juge Suprême n'avait été considérée sérieusement.

Ce n'est pas un animal politique, songea Keel. *Quelle que soit la gravité de la situation, il faut savoir sourire à certains moments.*

Il secoua la tête en gloussant intérieurement. Il aurait peut-être fallu faire de cela un critère pour la Commission dans les cas douteux. La capacité de sourire, de rire...

— Ward ! appela quelqu'un. Un jour, tu passeras de vie à trépas sans t'en apercevoir, tellement tu seras perdu dans tes rêves.

Il se retourna pour voir deux autres personnes qui marchaient derrière lui dans le couloir. Les avait-il dépassées sans s'en rendre compte ? C'était bien possible.

— Carolyn... fit-il en hochant la tête. Et Gwynn... C'est vrai ; avec un peu de chance, j'aimerais bien mourir ainsi. Etes-vous en forme, toutes les deux, après la séance de ce matin ?

Carolyn Bluelove tourna vers lui son visage sans yeux et soupira.

— Une matinée difficile, fit-elle. Sans surprise, bien sûr, mais pénible quand même.

— Je ne vois pas pourquoi la Commission doit siéger pour une affaire comme celle-là, Ward, déclara Gwynn Erdsteppe. Tu te mets dans une situation inconfortable. Tu nous mets *tous* dans une situation inconfortable. Nous ne devrions pas avoir à nous fustiger ainsi en public dans des cas si tranchés. Ne pourrait-on canaliser une partie des tragédies en dehors de ce prétoire ?

— Ils ont le droit de faire entendre leur voix et d'entendre la voix de ceux qui les condamnent sans appel. Autrement, où irions-nous ? Le pouvoir de vie et de mort est quelque chose d'affreux. Pour l'exercer, nous devons nous entourer d'autant de garde-fous que possible. C'est une décision qui ne devrait jamais être facile à prendre.

— Dans ce cas, que sommes-nous ? insista Gwynn.

— Des dieux, fit Carolyn en prenant le bras de Keel. Voulez-vous conduire deux vieilles divinités gâteuses dans votre prétoire, monsieur le Juge Suprême ?

— Volontiers, répondit Keel.

Ils continuèrent leur chemin dans le couloir, leurs pieds nus s'enfonçant avec un bruit à peine audible dans le biorevêtement du pont.

Un peu plus loin devant eux, une équipe d'ouvriers silencieux badigeonnait du liquide nutritif sur les parois du corridor. A grands coups de leurs larges brosses, les hommes de l'équipe étalaient du bleu foncé, du vert et du jaune vifs. Il faudrait environ une semaine pour que ces couleurs soient absorbées et que les parois retrouvent la teinte gris-brun qui indiquait qu'elles devaient être de nouveau nourries.

Gwynn avait laissé Keel marcher devant avec Carolyn. Sa démarche pesante leur faisait presser le pas et empêchait Keel de se concentrer sur les menus propos de Carolyn.

— Est-ce que l'une de vous connaîtrait par hasard l'objet de la présente réunion ? demanda-t-il. Ce doit être quelque chose de désagréable parce que Joy n'a pas voulu me donner de détails.

— Le Sirénien de ce matin, grogna Gwynn. Il a présenté un recours devant la Psychiatre-aumônière. Je me demande pourquoi ils s'obstinent ainsi.

— Curieux, fit Carolyn.

Le juge Keel trouvait cela très curieux, lui aussi. Il avait fallu qu'il siège cinq années entières dans cette Commission avant qu'un seul recours soit présenté devant la Psychiatre-aumônière. Mais depuis cette année...

— La Psyo n'est qu'une figure de proue, déclara Gwynn. Pourquoi perdent-ils leur temps et le nôtre à...

— Celui de la Psyo aussi, interrompit Carolyn. Le métier d'émissaire des dieux ne laisse pas beaucoup de loisirs.

Keel continuait à marcher tranquillement au milieu des deux pairesses tandis qu'elles rouvraient le sempiternel débat. Il s'isola dans ses pensées, comme il avait appris à le faire depuis de nombreuses années. Les gens occupaient trop de place dans sa vie pour qu'il en reste encore pour les dieux. Particulièrement en ce moment, où la vie qui brûlait en lui était devenue doublement précieuse.

Huit pourvois devant la Psyo rien que pour cette saison. Et chaque fois, un Sirénien est impliqué.

Cette subite prise de conscience lui faisait voir sous un jour extrêmement intéressant le rendez-vous qu'il avait cet après-midi, juste après cette session, avec Kareen Ale.

Les trois juges étaient arrivés devant la porte ovale de leur petite salle de réunion. C'était une pièce bien éclairée, bien équipée, aux murs couverts de livres, bandes, holos et autres accessoires d'information. Matts et l'homme-poisson étaient déjà en train de suivre l'exposé préliminaire de Simone Rocksack sur le grand écran. Naturellement, elle ne s'était pas déplacée. La Psyo s'éloignait rarement du bassin qui nourrissait Vata et Duque. Les quatre protubérances qui constituaient la majeure partie de son visage s'inclinaient et ondulaient tandis qu'elle parlait. Celles de ses deux yeux étaient particulièrement mobiles.

Keel et les deux femmes s'assirent sans faire de bruit. Keel régla le dossier de son fauteuil pour soulager le poids de sa tête.

— Et qui plus est, disait la Psyo, on leur a refusé le droit de voir leur enfant. N'est-ce pas là un traitement particulièrement inhumain de la part d'une Commission chargée de respecter les formes de vie humaines ?

Carp eut une réaction immédiate :

— Ce n'était qu'une gastrula, Simone. Un simple amas de cellules avec un trou au milieu. Personne n'aurait rien gagné à voir cette créature exhibée en public...

— Les parents de cette « créature » peuvent difficilement être considérés comme un public, monsieur le Juge. Et n'oubliez pas que le mot « créature » implique l'existence d'un Créateur. Je vous rappelle que je porte le titre de *Psychiatre-aumônière.* Quels que soient les préjugés que vous pouvez avoir en ce qui concerne ma fonction religieuse, je puis vous assurer que ma formation de psychiatre a été tout à fait complète. En empêchant ce jeune couple de voir à quoi ressemblait sa progéniture, vous l'avez frustré d'un adieu, d'une fin qui lui aurait permis d'accepter son chagrin et de continuer à vivre une vie normale. Au lieu de cela, vous avez ouvert la porte aux spéculations, aux larmes et aux cauchemars sans fin qui dépassent largement le cadre d'un deuil normal.

Gwynn profita du premier silence de la Psyo pour répliquer :

— Ce que vous dites ne ressemble pas à une requête en faveur de la forme de vie en question. Puisque c'est là le rôle d'un recours, je vous demanderai de bien vouloir préciser vos intentions dans cette affaire. Serait-il possible que vous cherchiez seulement à vous servir de la procédure des recours pour vous constituer publiquement une plate-forme politique ?

Les nodules qui garnissaient le visage de la Psyo se rétractèrent comme s'ils avaient été frappés puis reprirent lentement leur position normale au bout de leurs longs pédoncules.

Un bon psychiatre doit avoir un visage impassible, se dit Keel. *Simone a certainement la tête de l'emploi.*

La voix de la Psyo s'éleva de nouveau, plus doucereuse que jamais :

— Je m'en remets en cette matière à la décision du Juge Suprême.

A ces mots, Keel se trouva brusquement tiré de sa semi-rêverie. Les débats prenaient un tour surprenant — si l'on pouvait appeler cela des débats. Il se racla la gorge et concentra toute son attention sur l'écran. Ces quatre nodules semblaient à la fois vouloir verrouiller son regard et se fixer sur sa bouche. Il se racla de nouveau la gorge et articula soigneusement :

— Votre Eminence, il est clair que nous n'avons pas procédé dans cette affaire avec toute la délicatesse nécessaire. Au nom de cette Commission, je vous exprime ma reconnaissance pour la franchise de votre appréciation. Il arrive que, dans l'angoisse de notre tâche, nous perdions de vue les difficultés imposées aux autres. Votre critique, faute de meilleur terme, est notée et il en sera tenu compte. Cependant, la remarque du juge Erdsteppe est pertinente. Vous abusez de la procédure de recours en nous soumettant une question qui ne constitue nullement un appel en faveur d'une forme de vie déviante condamnée par nous. Souhaitez-vous dans ces conditions maintenir votre recours ?

Il y eut un silence sur l'écran, puis un soupir à peine audible :

— Non, monsieur le Juge Suprême, je ne le souhaite pas. J'ai pris connaissance du dossier médical et, dans cette affaire, mes conclusions sont les mêmes que les vôtres.

Keel entendit le grognement sourd émis par Carp et Gwynn à côté de lui.

— Peut-être vaudrait-il mieux que nous nous rencontrions de manière moins solennelle pour discuter de ce genre d'affaire, dit-il. Cela vous siérait-il, Votre Eminence ?

La tête s'inclina légèrement en avant et la voix susurra :

— Oui, oui ; ce serait très utile. Nos secrétariats conviendront d'une date. Je remercie la Commission de m'avoir écoutée.

L'écran devint blanc avant que Keel pût lui répondre. Tandis que ses collègues murmuraient, il se prit à se demander : *Où diable veut-elle en venir ?* Il savait qu'il devait y avoir dans tout cela un rapport avec les Siréniens et le chatouillement qu'il ressentait entre les omoplates lui disait que l'affaire était plus sérieuse que ne le suggérait cette conversation.

Nous saurons bientôt à quel point c'est sérieux, se dit-il. *Si c'est très grave, le rendez-vous sera pour moi tout seul.*

Ward Keel avait étudié un peu la psychiatrie, lui aussi, et il n'était pas du genre à gaspiller un talent.

Il résolut de faire particulièrement attention aux détails lors de son entrevue prochaine avec Kareen Ale. L'initiative de la Psyo coïncidait trop bien avec l'arrivée de l'ambassadrice sirénienne pour que ce fût le simple fait du hasard.

En fait, je crois que je vais annuler ce rendez-vous, se dit-il, *et prendre quelques contacts à la place. Il vaut mieux que cette rencontre ait lieu sur mon propre terrain, à l'heure que je choisirai.*

Quelle cruauté de la part de Nef, de laisser orbiter tout ce dont nous avons besoin hors de portée au-dessus de nos têtes alors que cette horrible planète nous extermine un par un. Six naissances hier côté soir. Deux survivent.

HALI EKEL, *Journal.*

Sentant sur sa peau la chaleur des soleils pénétrant par l'écoutille ouverte, Iz Bushka se passa la main sur la nuque et tendit les muscles de ses épaules. Il n'osait pas se laisser aller à frissonner en présence de Gallow et des autres membres de l'équipage de ce suba sirénien.

C'est par orgueil que j'ai accepté l'invitation de Gallow, se dit Bushka. *Par orgueil et aussi par curiosité. Pour satisfaire mon amour-propre.*

Il trouvait bizarre que quelqu'un — même quelqu'un d'aussi égocentrique que Gallow — puisse exprimer le besoin d'avoir un « historien personnel ». Tout ce qui l'entourait incitait Bushka à la plus grande prudence.

Le suba sirénien où ils se trouvaient lui était relativement familier. Il avait eu l'occasion de visiter un bâtiment de ce type qui faisait escale à Vashon. C'étaient d'étranges navires bourrés d'instruments compliqués, de cadrans et de manettes incompréhensibles. En tant qu'historien, Bushka n'ignorait pas que ces subas siréniens étaient très proches de ceux que construisaient les premiers colons de Pandore avant le Grand Cataclysme, que certains appelaient aussi la « Nuit du Feu ».

— C'est un peu différent de vos subas îliens, hein ? demanda Gallow.

— Différent, oui, répondit Bushka ; mais pas

assez pour que je ne me sente pas capable de le piloter.

Gallow plissa un sourcil, comme s'il prenait les mesures de Bushka pour lui confectionner un costume.

— Je suis déjà monté à bord de l'un des vôtres, fit-il. Qu'est-ce que ça puait!

Bushka était forcé d'admettre que les organiques qui formaient le matériau et assuraient la propulsion des submersibles îliens dégageaient une odeur qui pouvait rappeler celle d'un égout. Il s'agissait des nutriments, bien sûr.

Gallow était assis aux commandes du suba, en avant de Bushka et sur le côté. L'espace dont ils disposaient était bien plus large que tout ce que pouvait offrir un suba sirénien, mais il fallait se méfier des angles durs. Déjà, Bushka s'était fait des bleus un peu partout en se cognant à l'écoutille, aux bras des sièges et aux poignées des portes étanches.

Gallow maintenait le suba stationnaire à la surface de l'océan. La houle était longue aujourd'hui, légère selon les critères îliens. Le clapot était faible contre la coque.

Leur « excursion », comme l'avait appelée Gallow, avait à peine commencé que Bushka s'était aperçu du danger où il s'était mis. Un danger mortel. Quelque chose lui disait que ces gens n'hésiteraient pas à le tuer s'il ne se montrait pas à la hauteur. A la hauteur de quoi, c'était à lui de le découvrir.

D'après la conversation décousue de Gallow, celui-ci préparait une sorte de coup d'Etat contre le gouvernement sirénien. Il parlait tout le temps de son « Mouvement », de ses « Capucins verts » et de la Base de Lancement n° 1. Il contrôlait tout cela, disait-il. Et ses propos étaient si explicites et si évidents que Bushka ressentait la peur millénaire qui s'emparait de tous ceux qui avaient osé écrire l'histoire pendant qu'elle se déroulait sous leurs yeux. Il y avait à cette peur, au demeurant, un côté excitant.

Gallow et ses hommes se révélaient être un

groupe de conspirateurs qui en avaient trop dit en présence d'un ex-îlien.

Pourquoi ont-ils fait ça ?

Ce n'était certes pas parce qu'ils le considéraient comme l'un des leurs. Tout leur comportement indiquait le contraire. De plus, ils ne le connaissaient pas assez pour lui faire confiance, même en tant qu'historien personnel de Gallow. Bushka n'avait aucun doute sur ce point précis. La réponse était là, évidente pour quelqu'un qui possédait la formation de Bushka. Il y avait tellement de précédents historiques.

Ils ont fait ça pour me piéger.

Les implications étaient tout aussi évidentes. S'il était entraîné dans les machinations de Gallow — quelles qu'elles fussent — il resterait à jamais lié au destin de cet homme, car il n'aurait aucun autre endroit où aller. Gallow voulait en fait avoir à son service un historien captif, et peut-être bien plus. Il voulait entrer dans l'histoire selon ses propres conditions. Il voulait *faire* l'histoire. Le Sirénien n'avait pas caché qu'il s'était renseigné sur Bushka : « le meilleur historien îlien ».

Un peu jeune et manquant d'expérience pratique, c'était ainsi que Gallow l'avait catalogué. Facilement modelable. Sans compter l'attrait terrifiant de son autre argument. « C'est nous qui sommes les vrais humains », avait-il dit. Et point par point, il avait comparé les caractéristiques physiques de Bushka à la « norme », pour conclure : « Vous êtes l'un d'entre nous. Vous n'êtes pas un mutard. »

L'un d'entre nous.

Quel pouvoir d'attraction il y avait dans ces mots, particulièrement pour un Ilien et surtout dans le cas où la conspiration de Gallow serait couronnée de succès.

Mais je suis un écrivain, se rappela Bushka, *et non un personnage romanesque tiré d'une histoire d'aventures.*

L'histoire lui avait enseigné à quel point il était

dangereux pour un auteur de se confondre avec ses personnages — ou pour un historien avec ses sujets.

Le suba fit une embardée et Bushka comprit que quelqu'un était en train de déverrouiller le panneau d'accès extérieur.

— Vous êtes sûr que vous sauriez piloter ce suba ? demanda Gallow.

— Certainement. Les commandes sont assez claires.

— Vraiment ?

— Je vous ai regardé faire. De plus, les subas îliens ont pas mal d'équivalents organiques. N'oubliez pas que j'ai mon brevet de navigation, Gallow.

— GeLaar, je vous en prie, fit Gallow en se dessanglant et en lui offrant le siège de pilotage. Nous sommes des compagnons, à présent, Iz. Nous pouvons nous appeler par notre prénom.

Bushka se glissa devant les commandes et les désigna une par une en nommant leur fonction :

— Assiette, ballast, propulsion avant-arrière et commande des gaz, mélange de carburants, contrôle de conversion d'hydrogène, injecteur d'humidité et régulateur d'atmosphère. Les indicateurs et les cadrans sont assez explicites. Ça vous va comme ça ?

— C'est parfait, Iz. Vous êtes encore plus précieux que je ne le pensais. Sanglez-vous. Vous êtes notre nouveau pilote.

Tout en se rendant compte qu'il venait de se laisser entraîner encore plus dans la conspiration de Gallow, Bushka lui obéit. Le malaise qu'il ressentait au creux de l'estomac s'accrut considérablement.

Le suba fit une nouvelle embardée. Bushka tourna un bouton pour activer un senseur au-dessus du panneau d'accès extérieur. L'écran au-dessus du tableau de bord lui montra Tso Zent et, derrière lui, le visage couturé de Nakano. Ces deux-là avaient un air fourbe à souhait. Zent lui avait été présenté comme le premier stratège de Gallow « et, naturellement, mon assassin en chef ».

Bushka avait dévisagé stupidement l'assassin en chef, pris de court par le titre. Zent avait la peau fine et l'air d'un enfant de chœur jusqu'à ce que l'on remarque la lueur d'agressivité farouche tapie dans ses petits yeux marron. Sa peau sans rides avait l'aspect trompeur d'une musculature puissante obtenue seulement par l'exercice de la natation. La marque d'un poisson à air était imprimée sur sa nuque. Zent faisait partie de ces Siréniens qui préféraient les poissons aux bouteilles d'air comprimé. Un trait intéressant.

Nakano était un géant aux épaules massives et aux bras aussi épais que le torse de certains hommes. Son visage balafré avait été ravagé par l'explosion d'une fusée sirénienne lors d'un lancement malheureux. Gallow avait déjà raconté deux fois l'histoire à Bushka, et celui-ci avait l'impression qu'il l'entendrait encore. Nakano laissait pousser une touffe de poils clairsemés au bout de son menton déformé ; à part cela, il était chauve et les cicatrices de ses brûlures se dessinaient en relief sur son crâne, son cou et ses épaules.

— Je lui ai sauvé la vie, avait dit Gallow en parlant devant Nakano comme s'il n'était pas là. Il est prêt à faire n'importe quoi pour moi.

Bushka avait trouvé des traces de chaleur humaine chez Nakano : une main tendue pour empêcher le nouveau « compagnon » de tomber, et même un certain sens de l'humour.

— L'expérience des subas se mesure au nombre de bleus, avait-il déclaré en souriant timidement. Sa voix était rauque et un peu voilée.

Chez Zent, par contre, il n'y avait ni humour ni chaleur humaine.

— Les écrivains sont dangereux, avait-il dit quand Gallow lui avait expliqué la fonction de Bushka. Ils parlent à tort et à travers.

— Ecrire l'histoire au moment où elle se déroule est une tâche dangereuse, avait concédé Gallow. Mais personne ne lira ce que va écrire Iz avant que nous ne soyons prêts. C'est un avantage.

C'était à ce moment-là que Bushka avait réalisé vraiment le danger de sa situation. Ils se trouvaient alors à bord du suba, à soixante-dix cliques de la base sirénienne, ancrés à la lisière d'un immense banc de varech. Gallow et Zent avaient tous deux cette habitude irritante de parler de lui comme s'il n'était pas là.

Bushka se retourna pour jeter un coup d'œil à Gallow qui se tenait debout, adossé au siège du pilote, et regardait par un petit hublot de plazverre ce que préparaient Zent et Nakano sur le pont. La grâce et la beauté de Gallow avaient pris une nouvelle dimension aux yeux de Bushka, qui n'avait pas manqué de remarquer la terreur manifestée par le Sirénien quand il avait évoqué l'accident qui avait défiguré Nakano. Celui-ci représentait un exemple vivant de ce que Gallow redoutait le plus au monde.

Une nouvelle notation chantée alla rejoindre l'« histoire réelle » de Bushka, celle qu'il tenait à jour pour lui seul dans sa tête à la manière ancestrale des îliens. Une grande partie de l'histoire îlienne était transmise par ces chants rythmés qui se mettaient en place naturellement, comme les morceaux d'un puzzle, dans la mémoire. Le papier, chez les îliens, était une matière périssable, soumise au pourrissement. Quel contenant aurait pu le garder sans l'attaquer lui-même ? Les archives permanentes étaient confiées au plaz ou à la mémoire des hommes. Le plaz était réservé aux riches. N'importe qui pouvait apprendre un chant par cœur.

« Les cicatrices du temps font horreur à GeLaar », se chantait Bushka. « Le temps c'est la vieillesse et la vieillesse attend. Pas la mort mais le temps qui tue. »

Si seulement ils savaient, se dit Bushka.

Il sortit un carnet de sa poche et y inscrivit quatre lignes innocentes pour l'histoire officielle de Gallow. Date, heure, lieu, personnes.

Zent et Nakano rentrèrent dans la cabine sans dire un mot. L'eau de mer dégoulinait de leurs vêtements tandis qu'ils s'asseyaient sur les sièges à côté de Bushka et commençaient la vérification des instruments de bord. Ils procédaient en silence, silhouettes grotesques dans leurs combinaisons de plongée à rayures vertes. « Camouflage », avait expliqué Gallow en réponse à la question muette de Bushka la première fois qu'il les avait vus.

Gallow les regarda faire dans un silence approbateur jusqu'à ce que la vérification fût terminée, puis il ordonna :

— Préparez-vous à plonger, Iz. Cap à trois cent vingt-cinq degrés. Maintenez-nous juste en dessous de la zone de turbulence des vagues.

— Bien compris.

Bushka exécuta le commandement, sentant l'énergie en réserve dans l'appareil tandis qu'il l'orientait sans heurt. L'économie d'énergie était pour les îliens une seconde nature et il équilibrait autant par instinct que par la lecture de ses instruments.

— Du velours, commenta Gallow. (Il se tourna vers Zent.) Tu vois ? Je te l'avais dit.

Zent ne répondit pas, mais Nakano sourit à Bushka.

— Il faudra m'apprendre à piloter comme ça.

— Avec plaisir.

Bushka se concentrait sur les commandes, désireux de se familiariser avec elles et de sentir dans ses mains le moindre tressaillement de la coque au contact de l'eau. La puissance latente de ce suba sirénien le tentait. Il imaginait comment il devait réagir quand on le sollicitait à fond. Mais le carburant devait partir en fumée, et les moteurs à hydrogène risquaient de trop chauffer.

Bushka décida qu'il préférait les subas îliens. Les organiques avaient la souplesse et la chaleur de la vie. Les unités îliennes étaient plus petites, assurément, et sujettes aux accidents biologiques, mais il y avait quelque chose de fascinant dans l'interdépendance de l'équipage et de son navire. Les îliens n'avaient pas l'impression de se lancer à l'aveuglette dans les profondeurs de la mer. Un suba îlien pouvait être considéré comme un assemblage de valves et de tissus musculaires, essentiellement un gros calmar sans cerveau ni entrailles mais capable de procurer, quand il se déplaçait, une sensation de douceur sans à-coups ni vibrations bruyantes.

Gallow se pencha pour parler à l'oreille de Bushka :

— Mettez-nous donc un peu plus d'humidité, Iz. Vous voulez nous dessécher ?

— Là, fit Nakano en désignant un cadran alphanumérique au-dessus de Bushka, sur la courbure de la coque, où le chiffre 21 s'affichait en rouge. Le minimum, pour nous, c'est quarante pour cent.

Bushka opéra le réglage par paliers. Il voyait là un autre point faible des Siréniens. A moins d'être acclimatés à l'existence côté surface — ce qui pouvait être le cas des diplomates ou de certains représentants d'entreprises commerciales —, les Siréniens souffraient d'être exposés à l'air sec. Leur peau se craquelait, leurs poumons s'essoufflaient, leurs muqueuses s'excoriaient.

Gallow toucha l'épaule de Zent :

— Situe-nous l'île de Guemes.

Zent parcourut des yeux les instruments de navigation tandis que Bushka l'observait à la dérobée. Quelle était cette nouveauté ? Pourquoi voulaient-ils repérer la position de Guemes ? C'était l'une des îles les plus pauvres, à peine assez grande pour maintenir ses dix mille âmes au-dessus du seuil de malnutrition. Pourquoi Gallow s'y intéressait-il ?

— Grille vectorielle 5, énonça Zent. Deux cent quatre-vingts degrés, huit cliques. Top.

Il avait enfoncé une touche et l'écran de navigation au-dessus du tableau de bord avait affiché une grille verte. Dans l'un des carrés, il y avait une petite tache aux contours informes.

— Le cap à deux cent quatre-vingts degrés, Iz, commanda Gallow. Nous allons à la pêche.

A la pêche ? se dit Bushka. On pouvait équiper un suba pour la pêche, mais il n'avait rien vu de ce genre à bord. Sans compter qu'il n'aimait pas tellement la manière dont Zent venait de ricaner.

— Le Mouvement va marquer l'histoire de son empreinte, poursuivit Gallow. Observez bien, Iz ; et prenez note.

Le Mouvement. Gallow en parlait toujours avec un grand M, et souvent entre guillemets, comme s'il voyait déjà ce mot gravé dans le plaz d'un livre d'histoire. Quand Gallow disait « le Mouvement », Bushka sentait derrière de puissantes ressources, de nombreux soutiens anonymes et des influences politiques haut placées.

Exécutant les ordres de Gallow, Bushka sortit les ailerons de plongée de leur logement, vérifia sur les détecteurs de distance que la voie était libre, lut les indications données par l'écran central et l'horizon artificiel. Toutes ces opérations étaient devenues presque automatiques. Le suba commença lentement sa descente tout en prenant le cap.

— Vecteur de profondeur en hausse, annonça Zent en souriant.

Bushka remarqua ce sourire, qui lui était adressé, dans le reflet d'un écran. Il en prit mentalement note. Zent devait savoir à quel point cela irritait un pilote, qu'on lise ainsi tout haut l'indication d'un instrument sans y être invité. Personne n'aime qu'on lui dise ce qu'il sait déjà.

L'atmosphère de la cabine commence à devenir poisseuse, se dit Bushka. Ses poumons d'Ilien suffoquaient avec toute cette humidité. Il réduisit la concentration d'eau en se demandant s'ils allaient protester avec trente-cinq pour cent. Il mit le cap automatique.

— Le cap est pris, fit Zent sans cesser de sourire.

— Zent, vous ne pourriez pas aller jouer ailleurs ? demanda Bushka.

Il mit les ailerons de plongée à l'horizontale et les verrouilla.

— Je ne reçois pas d'ordres d'un gratte-papier, grommela Zent.

— Allons, allons, intervint Gallow, mais il y avait de l'amusement dans sa voix.

— Il n'y a que des mensonges dans les livres, reprit Zent.

Nakano, qui avait l'hydrophone aux oreilles, souleva l'un des écouteurs.

— Ça grouille d'activité, dit-il. Je compte plus de trente bateaux de pêche.

— Un coin fréquenté, dit Gallow.

— Je capte aussi des émissions en provenance de Guemes. Et de la musique. Voilà une chose que je regretterai. La musique îlienne.

— Ça ressemble à quoi ? demanda Zent.

— Il n'y a pas de paroles, mais c'est bon pour danser.

Bushka jeta un coup d'œil interrogateur à Gallow. *Que veut dire Nakano, une chose qu'il regrettera ?*

— Gardez le cap, fit Gallow.

Zent tendit la main pour que Nakano lui passe le casque. Il s'adressa à GeLaar :

— Pourquoi disais-tu que les îliens de Guemes n'étaient que des paumés ? Je croyais qu'ils connaissaient à peine la radio.

— Guemes a perdu au moins une demi-clique de diamètre depuis que j'ai commencé à m'y intéresser l'année dernière. Leur grumelle dépérit. Ils sont si pauvres qu'ils n'arrivent même plus à la nourrir.

— Que faisons-nous ici ? demanda subitement Bushka. Si ce sont des paumés qui crèvent de faim, en quoi peuvent-ils être utiles au « Mouvement » ?

Il avait un pressentiment. Quelque chose de grave se préparait.

Que veulent-ils de moi ? A quel sale coup veulent-ils me mêler ? Il leur faut un Ilien comme bouc émissaire ?

— Ils feront une première démonstration parfaite, lui répondit Gallow. Ce sont des traditionalistes, des fanatiques irréductibles. Je ne mettrai à leur crédit qu'une manifestation de bon sens. Alors que d'autres îles suggèrent qu'il serait temps d'abandonner la surface, Guemes envoie des délégations pour protester.

C'était cela, le secret de Gallow? se demanda Bushka. Il voulait que tous les Iliens restent côté surface?

— Des traditionalistes, répéta Gallow. Cela signifie qu'ils attendent que nous créions des continents pour eux. Ils s'imaginent que nous les aimons tellement que nous allons leur offrir des terres sur un plateau, que nous allons planter du varech, remuer des tonnes de boue et de rocs pour leurs beaux yeux!

Les trois Siréniens éclatèrent de rire et Bushka les accompagna d'un sourire. Il ne voyait rien de drôle dans tout cela, mais que pouvait-il faire d'autre?

— Tout serait tellement plus facile si les Iliens apprenaient à vivre comme nous, fit Nakano.

— *Tous* les Iliens? demanda Zent.

Bushka sentit la tension grandir tandis que la question de Zent demeurait quelques instants sans réponse. Finalement, ce fut Gallow qui murmura :

— Seulement ceux qui le méritent, bien sûr.

— Ceux qui le méritent, répéta Nakano, mais d'une voix sans force.

— Ce sont tous des fauteurs de trouble! s'écria Gallow. Vous avez déjà eu des contacts avec les missionnaires de Guemes, Iz?

— Seulement lorsque nos deux îles ont été portées par des courants voisins, répondit Bushka. Dans ces cas-là, les visites et les échanges sont le prétexte de nombreuses réjouissances.

— Et nous n'arrêtons pas de renflouer et de remorquer vos coques de noix, fit Zent. C'est pour cela que vous aimeriez bien continuer à nous voir patauger dans la boue.

— Allons! fit Gallow en posant une main sur l'épaule de Zent. Iz est l'un des nôtres à présent.

— Plus tôt nous mettrons de l'ordre dans cette

pagaille, mieux cela vaudra, poursuivit Zent. Il n'y a aucune raison de vivre ailleurs que sous la surface. Nous avons déjà tout prévu.

Bushka prit mentalement note de cette remarque, mais elle l'étonnait. S'il comprenait la haine que Gallow éprouvait pour Guemes, cela n'expliquait pas pourquoi les Siréniens disaient que tout le monde devrait vivre en bas.

Tout le monde vivrait aussi richement que les Siréniens? Cette pensée n'excluait pas une certaine mélancolie. *Que faudrait-il abandonner de nos anciennes coutumes îliennes?* Il leva les yeux vers Gallow.

— Guemes... est-ce que nous allons... ?

— Ce fut une erreur d'élever une Guémienne aux fonctions de Psyo, déclara Gallow sans prêter attention à ce qu'il disait. Les Guémiens ne voient jamais les choses de la même façon que nous.

— Ile en vue, annonça Zent.

— Vitesse réduite, ordonna Gallow.

Bushka exécuta le commandement, ce qui se traduisit par un soulagement immédiat des vibrations le long de sa colonne vertébrale.

— Quelle est notre position verticale? demanda Gallow.

— Nous sommes à une trentaine de mètres au-dessous de leur quille, répondit Zent. Incroyable! Ils n'ont même pas de guetteurs. Regardez, pas même un ou deux bateaux pour les précéder.

— C'est un miracle qu'ils soient encore en un seul morceau, fit Nakano avec une pointe d'ironie dont Bushka ne réussit pas très bien à discerner l'objet.

— Amenez-nous jusque sous leur quille, Iz, ordonna Gallow.

Que sommes-nous en train de faire ici? se demanda Bushka tout en obéissant.

L'écran de proue montrait le fond bulbeux de Guemes, un tapis de grumelle brun-rouge avec de larges zones décolorées qui commençaient à s'effilocher. Oui, Guemes était en mauvaise condition. Des parties essentielles de l'île dépérissaient.

Bushka respirait par petites gorgées rapides dans l'air trop humide. Le suba sirénien était trop près pour de simples observations. Et ce n'était pas de cette manière que l'on s'approchait d'une île pour une visite de courtoisie.

— Descendez de cinquante mètres, ordonna Gallow.

Bushka mit en marche le système de propulsion verticale tout en équilibrant automatiquement le suba. Il était fier d'accomplir cette manœuvre sans la moindre secousse ou oscillation. L'écran supérieur, pourvu d'un grand angle, montrait la masse entière de l'île qui se détachait contre la surface éclairée de l'océan. Un chapelet de petits bateaux l'accompagnait. Bushka estima que Guemes ne devait pas faire plus de six cliques de diamètre à la ligne de flottaison pour trois cents mètres de tirant d'eau. De longues touffes d'organiques flottaient sur l'océan au milieu de débris de grumelle qui noircissaient l'eau. Certains trous dans la contexture de l'île étaient colmatés par une matière membraneuse à l'aspect fragile.

Probablement des toiles de gyronètes.

Sur la droite, Bushka aperçut une bouche qui évacuait des eaux usées. C'était le signe que la fabrique de nutriment de Guemes souffrait d'une avarie sévère.

— Vous imaginez comme ça doit puer ? demanda Zent.

— Surtout quand il fait chaud, renchérit Gallow.

— Ces gens ont besoin d'aide, avança timidement Bushka.

— Ils ne vont pas tarder à en avoir, dit Zent.

— Voyez tous ces poissons qui entourent l'île, fit Nakano. Je parie que la pêche n'est pas mauvaise en ce moment.

Il désignait du doigt l'écran supérieur où un coprophage géant, près de deux mètres de long, venait de passer dans le champ du capteur. Il avait perdu la moitié de ses filaments tactiles et sa seule orbite visible était blanche et dépourvue d'œil.

— Tout est si décrépit que même les charognards ne peuvent plus survivre, fit Zent d'un air écœuré.

— Si l'île est aussi malade, vous imaginez l'état des gens, dit Nakano.

Bushka sentit ses joues s'empourprer mais il serra les lèvres sans dire un mot.

— Tous ces bateaux, dit Zent. Peut-être qu'ils ne sont pas là pour pêcher. Peut-être qu'ils habitent dedans.

— Cette île est une menace, déclara Gallow. Ils doivent avoir toutes sortes de maladies. Il y a sûrement une épidémie dans les systèmes organiques.

— On ne peut pas vivre dans la merde et se porter comme un charme, dit Zent.

Bushka hochait lentement la tête. Il pensait avoir deviné les raisons de leur présence ici.

Il a rapproché le suba pour qu'il n'y ait aucun doute sur la gravité de leur situation.

— Pourquoi ne veulent-ils pas se rendre à l'évidence ? demanda Nakano en donnant un coup de poing sur la coque au-dessus de lui. Nos subas n'ont pas besoin d'être badigeonnés de nutriments puants. Ils ne rouillent pas, ils ne pourrissent pas. Ils ne tombent pas malades et nous non plus.

Gallow, les yeux fixés sur l'écran supérieur, tapa sur l'épaule de Bushka.

— Descendez encore d'une quinzaine de mètres, Iz. La place ne manque pas.

Bushka exécuta de nouveau la manœuvre d'une manière qui lui valut un regard chargé d'admiration de la part de Nakano.

— Je ne comprends pas comment les Iliens peuvent vivre dans de telles conditions, fit Zent en secouant la tête. Ils doivent se battre pour manger, affronter les intempéries, les capucins, la maladie, éviter mille erreurs dont chacune pourrait les envoyer tous par le fond.

— On dirait qu'ils en ont tout de même commis une, n'est-ce pas ? demanda Gallow.

Nakano désigna un coin de l'écran supérieur.

— Je ne vois rien d'autre qu'une espèce de membrane à l'endroit où devrait se trouver leur vigie.

Bushka regarda attentivement l'endroit indiqué. On apercevait en effet la tache noire d'une toile de gyronète là où aurait dû se trouver la grosse bulle cornéenne abritant l'observateur chargé de surveiller les hauts-fonds en liaison avec les guetteurs extérieurs. Pas de vigie... et ils avaient probablement perdu aussi leur système de correction de cap. Leur situation était lamentable. Ils devaient être prêts à faire n'importe quoi pour qu'on les aide.

— La bulle cornéenne est morte, expliqua-t-il aux autres. Ils l'ont rafistolée avec de la toile de gyronète pour qu'elle reste étanche.

— Combien de temps vont-ils dériver ainsi à l'aveuglette avant de s'échouer quelque part ? grommela Nakano avec une sorte de fureur rentrée.

— Ils doivent être tous en train de prier Nef pour qu'elle vienne à leur secours, ironisa Zent.

— Ou pour que nous stabilisions l'océan en leur ramenant leurs précieux continents, fit Gallow. Seulement, maintenant que le projet est en train, ils vont se lamenter parce qu'ils se seront échoués sur des terres que nous aurons construites. Mais qu'ils continuent à prier. Et tant qu'à faire, qu'ils s'adressent plutôt directement à nous dans leurs prières !

Il se pencha par-dessus l'épaule de Zent pour enclencher une commande. Bushka vit les écrans de contrôle — à l'avant, à l'arrière, dessus, dessous — soudain hérissés d'une panoplie d'outils spéciaux sortis de leurs logements dans la coque, bien affûtés, luisants... et mortels.

C'était donc cela que faisaient Zent et Nakano tout à l'heure sur le pont !

Ils vérifiaient les manipulateurs et les bras mécaniques. Les excavateurs, les forets, les moutons, les cisailles, le tangon avant et l'héliarc à souder au bout de son bras articulé. Tout cela brillait d'un vif éclat dans le faisceau des lumières extérieures.

— Qu'allez-vous faire ? demanda Bushka. Il essaya de déglutir mais sa gorge était trop sèche en dépit de l'humidité ambiante.

Zent eut un reniflement de mépris. Son sourire figé au coin des lèvres écœurait Bushka. Ce regard insondable où il n'y avait jamais la moindre trace d'humour lui donnait la nausée.

Gallow referma sur l'épaule de Bushka une poigne puissante et douloureuse.

— Grimpez, dit-il.

L'Ilien regarda sur sa droite puis sur sa gauche. Nakano, les yeux fixés sur un écran, avait ses mains puissantes jointes par les bouts des doigts écartés. Zent tenait à la main un petit vibreur à aiguilles dont le canon était négligemment pointé sur sa poitrine.

— Allez ! insista Gallow en accentuant la pression de ses doigts sur l'épaule de Bushka.

— Mais, nous allons transpercer l'île ! protesta ce dernier, le souffle coupé à l'idée de ce que projetait Gallow. Nous ne leur laissons aucune chance ! Si l'île s'engloutit, ceux qui survivront dériveront à bord de leurs bateaux jusqu'à ce qu'ils meurent de faim !

— Leur système de filtration ne fonctionne déjà plus, lui répondit Gallow. Ils n'auront pas le temps de mourir de faim. De toute manière, ils sont condamnés à mourir de soif. Allez, grimpez !

Zent souligna l'ordre d'un mouvement du canon de son arme tout en rajustant son écouteur gauche. Ignorant la menace du vibreur, Bushka continuait à protester :

— Ils se feront dévorer par les capucins ! Ils ne pourront pas résister à la première tempête !

— Taisez-vous ! fit Zent en appuyant plus fort son écouteur gauche contre son oreille. Je reçois quelque chose de bizarre... comme si toute la membrane vibrait à...

Il poussa brusquement un hurlement strident et arracha son casque de ses oreilles. Un filet de sang coulait à ses narines.

— Grimpez, je vous dis ! s'écria Gallow.

Nakano libéra d'un coup de pied le système de verrouillage des barres de plongée et tendit le bras par-dessus l'épaule de Bushka pour vider les ballasts. Le nez du suba remonta aussitôt.

Réagissant avec son instinct de pilote, Bushka mit les propulseurs en action et essaya de stabiliser le suba mais celui-ci, comme doté d'une volonté propre, jaillissait comme un bouchon vers le fond noir de l'île de Guemes. En moins de deux battements, ils avaient traversé les membranes et la quille de l'île. Guidés par Nakano et Gallow, les outils extérieurs tailladaient et tranchaient tandis que le suba tressautait. Zent était assis plié en deux, les mains plaquées contre ses oreilles, le vibreur inutile sur ses genoux.

Bushka était figé d'horreur sur son siège. Tout ce qu'il faisait pour regagner le contrôle du suba aggravait le carnage. Ils étaient maintenant au cœur de l'île, là où se trouvaient les quartiers des Iliens de plus haut statut, leurs organiques, leurs équipements les plus précieux, leurs installations médicales...

L'effroyable destruction se poursuivait, visible sur tous les écrans du suba, perceptible dans chaque secousse occasionnée par le mouvement des cisailles et des manipulateurs déchaînés. Le fait qu'on n'entendait aucun cri au milieu de tout ce massacre rendait la scène péniblement irréelle. Les tissus vivants dont l'île était formée n'avaient aucune chance face au plastacier du suba. Chaque contact équivalait à une nouvelle hécatombe. Dans les écrans des capteurs flottaient maintenant des fragments humains : une tête coupée, un bras...

— C'est un crime odieux ! Vous n'avez pas le droit ! sanglotait Bushka.

Tout ce qu'on lui avait appris sur le caractère sacré de la vie nourrissait la révolte qui montait en lui. Mais les Siréniens partageaient ces idées ! Comment pouvaient-ils exterminer ainsi la population d'une île ?

Bushka se rendait compte que Gallow n'hésiterait pas à l'abattre au moindre signe de résistance. Il jeta un coup d'œil à Zent, qui semblait toujours groggy mais avait cessé de saigner et tenait de nouveau le vibreur dans sa main. Nakano agissait comme un automate, dirigeant l'énergie là où elle était nécessaire tandis que cisailles et lance-flammes poursuivaient l'affreuse tuerie au milieu de l'île qui se désagrégeait. Le suba avait commencé à tourner lentement sur lui-même, basculant autour d'un axe transversal.

Gallow s'était calé dans le coin à côté de Zent. Le regard brillant, il fixait les écrans qui montraient le tissu de l'île fondant sous l'action des héliarcs.

— Nef n'existe pas ! exultait-il. Vous voyez bien ! Comment pourrait-elle permettre à un simple mortel d'accomplir une telle chose ? Je vous l'avais dit ! Nef est une machine fabriquée par des gens comme nous. Il n'y a pas de Dieu !

Il fixait Bushka de son regard fou. Bushka voulut répondre mais aucun son ne sortit de sa gorge desséchée.

— Redescendez, Iz, ordonna Gallow.

— Qu'allez-vous faire maintenant ? réussit à dire Bushka.

— J'ai lancé un défi à Nef. A-t-elle répondu ?

Un éclat de rire dément sortit de sa gorge. Seul Zent lui fit écho.

— Redescendez, vous dis-je ! répéta Gallow.

Mus par la peur, les muscles conditionnés de Bushka obéirent, équilibrant les ballasts, orientant les gouvernes. *Plus vite nous nous retirerons, plus ils auront de chances de survivre,* se disait-il. Il manœuvrait maintenant le suba aussi délicatement que possible au milieu des débris laissés par leur terrifiante ascension. Les hublots de plaz et les écrans montraient des eaux semi-opaques, sanglantes, d'un gris terne difficilement troué par la lumière puissante des projecteurs de bord.

— Arrêtez là, ordonna Gallow.

Bushka ignora le commandement. Il regardait l'hallucinant spectacle offert par les hublots : cadavres disloqués émergeant des eaux noires, débris humains grotesques. A un moment, un tutu de fillette orné de guipures à l'ancienne passa tout contre un hublot, suivi d'un chapelet de victuailles et d'un couvercle de boîte où était collée la photo déchirée d'un être aimé : l'esquisse d'un sourire sans yeux. Dans le faisceau direct des projecteurs, le sang présentait des dessins irisés vite résorbés en un brouillard gris et glacé qui se précipitait vers les profondeurs.

— J'ai dit arrêtez là ! hurla Gallow.

Bushka continuait de descendre doucement. Il sentait les larmes affluer à la margelle de ses paupières.

Faites que je ne pleure pas ! pria-t-il. *Merde ! Je ne peux pas craquer devant ces... devant ces...*

Aucun mot qu'il connaissait ne pouvait qualifier les trois autres occupants du suba. Cette idée le taraudait. Ces trois Siréniens étaient devenus des déviants mortellement dangereux pour l'humanité. Il faudrait les faire passer devant la Commission. La justice l'exigeait.

Nakano allongea le bras pour régler les ballasts afin de stabiliser le suba. Dans son regard brillait une lueur d'avertissement.

A travers un voile de larmes, Bushka le regarda faire puis se tourna vers Zent. Celui-ci avait toujours une main collée à son oreille gauche, mais il ne quittait pas Bushka des yeux en souriant de son sourire glacé. Ses lèvres articulèrent muettement : « Attends qu'on se retrouve là-haut. »

Gallow tendit la main, par-dessus l'épaule de Zent, vers les commandes de l'héliarc.

— On y retourne ! fit-il.

D'un seul mouvement, il avait mis en place un écran polarisé et faisait pivoter les embouts jumelés de l'héliarc de proue.

Bushka porta la main à son épaule et tira son harnais pectoral qu'il verrouilla sur le côté de son siège. Il avait agi d'un air décidé et Zent lui lança un regard interrogateur, mais il était trop tard. Bushka avait sorti les barres de plongée, incliné toutes les gouvernes à tribord, vidé les ballasts arrière et ouvert les vannes à l'avant. Le suba piqua du nez et descendit en tournoyant vers le fond, de plus en plus vite. Nakano avait été projeté sur sa gauche par le mouvement de vrille. Zent avait perdu son vibreur en cherchant un point d'appui. Il avait heurté Gallow et les deux hommes étaient collés à la paroi par la force centrifuge. Seul Bushka, harnaché au centre du tourbillon, restait relativement libre de ses mouvements.

— Maudit crétin! hurla Gallow. Vous allez nous tuer!

D'un geste méthodique, Bushka coupa tout l'éclairage de la cabine et de l'extérieur à l'exception du phare de proue. Les ténèbres se refermèrent autour de ce maigre pinceau de lumière où défilaient encore quelques fragments fantomatiques d'humanité disloquée.

— Vous n'êtes pas Nef! cria Gallow. Vous m'entendez, Bushka? C'est vous qui faites cela, ce n'est pas Nef!

Bushka l'ignora.

— Vous ne vous en sortirez pas, Bushka! reprit Gallow d'une voix hystérique. Vous serez obligé de faire surface à un moment et nous serons là!

Il demande si j'ai l'intention de nous tuer tous, se dit Bushka.

— Vous êtes cinglé! cria Gallow.

Bushka regardait droit devant lui, essayant d'apercevoir le fond. A cette vitesse, le suba allait s'écraser et c'était Gallow qui aurait raison. Ni le plastacier ni le plaz n'étaient conçus pour résister à un tel choc à de telles profondeurs.

— Vous allez faire ça, Bushka?

C'était la voix de Nakano, sonore mais contrôlée, et qui laissait percer une bonne dose d'admiration.

Pour toute réponse, Bushka redressa brusquement le nez du suba tout en conservant le mouvement de vrille. Avec son entraînement d'Ilien, il savait qu'il était plus apte que les trois autres à supporter le changement violent.

Nakano se mit à vomir, hoquetant désespérément tandis que la force centrifuge refoulait tout sur son visage et dans sa bouche. Une odeur nauséeuse s'installa dans la cabine.

Bushka pianota sur sa console pour obtenir l'affichage de la répartition des gaz à l'intérieur du suba. Les diagrammes lui montrèrent que les ballasts étaient vidés à l'aide de CO_2. Il suivit des yeux les lignes du schéma. Oui... l'air vicié de la cabine était réinjecté dans le système de ballastage... pas de gaspillage d'énergie.

Les hurlements de Gallow s'étaient transformés en un sourd gémissement ininterrompu tandis qu'il essayait de ramper contre la cloison où le plaquait la force centrifuge.

— Ce n'est pas Nef ! répéta-t-il dans un souffle rauque. Ce n'est qu'un peigne-cul que j'étranglerai de mes mains... jamais faire confiance à un Ilien.

Suivant le schéma qui était devant lui, Bushka programma une séquence d'opérations sur les valves à exécuter par les circuits de secours. Immédiatement, un masque à oxygène tomba devant lui d'un casier au-dessus de son front. Les autres masques demeurèrent en place. D'une main, Bushka pressa le masque contre son visage tandis que de l'autre il injectait du CO_2 directement dans la cabine.

Zent commença à haleter.

— Ce n'est pas Nef ! gémit Gallow.

La voix de Nakano se fit entendre, gargouillante et pâteuse, mais les mots étaient reconnaissables :

— Le gaz ! Il cherche à... à nous asphyxier !

> La justice ne se produit pas par hasard ; en vérité, comment être sûr que quelque chose d'aussi subjectif ne soit jamais produit ?
>
> WARD KEEL, *Journal*.

Le Tribunal maritime ne statua pas du tout comme Queets Twisp s'y était attendu. Tuer un Sirénien dans ses filets n'avait jamais constitué un accident excusable en mer, même lorsque tous les témoignages indiquaient son caractère inévitable. L'accent était toujours mis sur le défunt et les besoins de la famille sirénienne qu'il laissait. Les Siréniens perdaient rarement une occasion de rappeler qu'ils sauvaient chaque année de nombreux Iliens avec leurs bateaux de sauvetage et leurs équipes de surveillance en mer.

Twisp sortit en se grattant la tête du Quartier maritime au grand hall décoré d'une immense fresque murale ondoyante. Brett sautillait presque de joie à côté de lui en arborant un grand sourire.

— Tu vois ? disait-il. Je savais que tu t'inquiétais pour rien. Le juge a dit que ce n'était pas un Sirénien que nous avions dans notre filet. Aucun Sirénien n'a été porté disparu. Nous n'avons tué personne !

— Cesse de sourire stupidement !

— Mais, Queets...

— Ne m'interromps pas ! J'avais le nez dans ce filet. J'ai vu le sang. Du sang rouge. Celui des capucins est vert. Tu ne vois pas que le tribunal nous a renvoyés un peu trop rapidement ?

— Ils sont très occupés et nous ne sommes que du menu fretin pour eux. Tu l'as dit toi-même... Tu es sûr d'avoir vu du sang ? reprit Brett après un instant d'arrêt.

— Beaucoup trop pour qu'il s'agisse de quelques poissons déchiquetés.

Sortis du grand hall, ils s'étaient retrouvés sur la galerie du troisième niveau, avec ses hublots panoramiques battus par l'écume d'une mer fortement houleuse. La météo avait annoncé des vents de cinquante cliques et une pluie probable. Le ciel était gris et cachait l'unique soleil qui avait entamé sa course vers l'horizon. L'autre était déjà couché.

De la pluie ?

Twisp était d'avis que la météo avait commis là une de ses peu fréquentes erreurs. Son instinct de pêcheur lui disait que le vent devrait forcir avant que la pluie puisse tomber aujourd'hui. Il s'attendait plutôt à une éclaircie avant le coucher du soleil.

— Les juges ont autre chose à faire que s'intéresser à tous les paumés qui...

Brett s'interrompit en voyant l'expression d'amertume sur le visage de Twisp.

— Je ne voulais pas dire...

— Je sais ce que tu voulais dire ! Nous sommes réellement des paumés, à présent. La perte de nos prises m'a coûté tout ce que je possédais : filets, sonde, recharges pour le bouclier, vivres, godille...

Brett était presque essoufflé d'avoir à aligner son pas sur celui de Queets. Il reprit timidement :

— Nous pourrions peut-être tenter de repartir à zéro avec un peu de...

— Avec quoi ? fit Twisp en balayant l'air de son bras démesuré. Je n'ai pas les moyens de nous équiper. Tu sais ce qu'ils me conseilleront, si je m'adresse à l'Union des pêcheurs ? De vendre mon bateau et de retourner m'engager à bord d'un suba comme simple membre d'équipage !

La galerie se terminait par une longue rampe qu'ils descendirent sans parler jusqu'aux terrasses du second niveau avec leurs cultures maraîchères intensives. Un labyrinthe de petites allées les conduisit jusqu'à la rambarde élevée qui surplombait l'étendue plus large du premier niveau. Au moment même où ils y arrivaient, des trouées commencèrent à apparaître dans le ciel bouché et l'un des deux soleils de Pandore fit mentir les spécialistes de la météo. La terrasse fut baignée d'une agréable lumière jaune.

Brett tira la manche de Twisp.

— Si tu pouvais emprunter, tu n'aurais pas à vendre le bateau et...

— Des emprunts, j'en ai jusque-là, répondit Twisp en faisant mine de s'étrangler d'une main. J'avais juste fini de les payer quand je t'ai engagé. Jamais plus je ne recommencerai ! Je vends le bateau. Cela signifie qu'il faudra que je cède ton contrat à quelqu'un d'autre.

Twisp s'assit sur un tas de grumelle devant la rambarde et contempla la mer. La vitesse du vent diminuait rapidement, comme il l'avait prévu. La houle était toujours forte, mais l'écume jaillissait verticalement en bordure de l'île.

— Un des meilleurs temps pour la pêche que nous ayons eus depuis longtemps, fit Brett.

Twisp dut admettre que c'était vrai.

— Pourquoi nous ont-ils laissés partir si facilement ? grommela-t-il. Nous avions un Sirénien dans notre filet. Même toi, tu le sais bien, mon garçon. Il se passe de drôles de choses.

— Ils nous ont laissés partir, c'est la seule chose qui compte. Tu devrais t'en réjouir.

— Et toi, tu devrais grandir un peu, mon garçon.

Twisp ferma les yeux et se laissa aller en arrière contre la rambarde. Il sentait la brise glacée de l'océan sur sa nuque et la chaleur de l'océan sur son crâne.

Trop de problèmes, se dit-il.

— Tu n'arrêtes pas de me dire de grandir un peu, protesta Brett, qui se tenait debout devant lui. Toi aussi, tu pourrais grandir. Si tu voulais emprunter rien que...

— Si tu n'es pas capable de réfléchir, mon garçon, alors, tais-toi.

— Ça n'aurait pas pu être un poisson tripode, par hasard ? insista Brett.

— Impossible. Tu crois que je ne suis pas capable de faire la différence ? C'était un Sirénien et il s'est fait avoir par les capucins... (Il déglutit.)... Ou alors, c'était *une* Sirénienne. En tout cas, vu le tour que prennent les choses, sa présence dans les parages n'était pas orthodoxe.

Sans changer de position, Twisp écoutait le gosse qui se dandinait maladroitement devant lui.

— C'est pour cela que tu veux vendre le bateau ? Parce que nous avons tué accidentellement un Sirénien qui n'aurait pas dû se trouver là où il était ? Tu crois que les Siréniens veulent avoir ta peau maintenant ?

— Je ne sais quoi penser.

Twisp rouvrit les yeux pour regarder Brett. Le gosse avait plissé les paupières sur ses yeux immenses et le dévisageait avec acuité.

— Les observateurs siréniens n'ont soulevé aucune objection quand la cour a rendu son arrêt.

— Tu as raison, fit Twisp en levant un pouce vers le tribunal qu'ils venaient de quitter. Ils sont généralement impitoyables dans les affaires de ce genre. Je me demande ce que nous avons bien pu voir... ou failli voir.

Brett s'assit sur la grumelle à côté de Twisp. Ils écoutèrent un moment le *slap-slap-slap* des vagues contre le flanc de l'île.

— Je m'attendais à ce qu'ils m'envoient en bas, reprit Twisp, et toi avec. C'est ce qui se passe généralement. Ils t'envoient travailler pour la famille du défunt. Et on ne te revoit pas toujours côté surface.

— C'est moi seul qu'ils auraient envoyé, grommela Brett. Tout le monde est au courant, pour mes yeux. Ils savent que j'y vois presque aussi clair le soir qu'en plein jour. Les Siréniens doivent être intéressés.

— Ne te monte pas la tête, mon garçon. Les Siréniens font très attention de ne pas introduire n'importe quoi dans leur patrimoine génétique. Ils nous appellent des mutards, tu le sais, et ce n'est pas pour nous flatter. Nous sommes des mutants, mon garçon, et quand ils nous font descendre chez eux, c'est pour occuper la combinaison de plongée d'un mort, rien d'autre.

— Peut-être que le travail de celui-là n'était pas indispensable.

Twisp donna un coup de poing dans les organiques élastiques de la rambarde.

— Ou peut-être qu'ils ne voulaient pas qu'on sache côté surface quel était son travail.

— Mais c'est insensé!

Twisp ne répondit pas. Ils demeurèrent silencieux un long moment tandis que le soleil solitaire continuait à descendre. Twisp contemplait l'horizon lointain où le ciel noir et l'eau se mêlaient en une bande incurvée. De l'eau... il y avait de l'eau partout.

— Je peux m'occuper de nous réarmer, fit Brett.

Twisp, surpris, se tourna vers lui, mais sans rien dire. Brett aussi contemplait l'horizon. Twisp s'aperçut que le teint du garçon avait foncé comme celui d'un pêcheur. Quand il était monté pour la première fois à bord du coracle, il était blanc à faire peur. A présent, il était devenu plus sec... plus grand, même.

— Tu n'as pas entendu? fit Brett. Je t'ai dit...

— J'ai entendu. Pour quelqu'un qui pleurait et se lamentait presque tout le temps quand nous étions à la pêche, tu me parais bien impatient de reprendre la mer.

— Je n'ai jamais pleuré...

— Je plaisantais, mon garçon, fit Twisp en arrêtant ses protestations d'un geste de la main. Tu te vexes trop facilement.

Brett rougit en regardant le bout de ses chaussures.

— Comment te procurerais-tu l'argent? demanda Twisp.

— Mes parents pourraient me le prêter et je te le prêterais à mon tour.

— Tes parents ont de l'argent ?

Twisp étudia le gosse. En fait, cette révélation ne le surprenait pas. Depuis qu'ils se connaissaient, Brett n'avait pas une fois parlé de ses parents et Twisp, par discrétion, s'était abstenu de poser des questions, conformément à l'étiquette îlienne.

— Ils ne sont pas loin du Centre, dit Brett. Juste l'anneau après la Commission et les labos.

Twisp laissa échapper un sifflement entre ses dents.

— Que font donc tes parents pour loger si près du Centre ?

— Ils sont dans l'épandage. Ils ont fait fortune avec de la merde.

Twisp éclata de rire tandis que la mémoire lui revenait soudain.

— Norton ! Brett Norton ! Tes parents sont *les* Norton ?

— *Le* Norton, rectifia Brett. Ils forment une équipe, mais ils signent comme un seul artiste.

— Peinture pure merde, rigola Twisp.

— Ils ont été les premiers. Et ce n'est pas de la merde, ce sont des nutriments. Des boues organiques traitées.

— Ainsi, tes parents remuent de la merde, reprit Twisp pour le taquiner.

— Ecoute ! Je croyais en avoir fini avec ça quand j'ai quitté l'école. Tu ferais bien de grandir un peu, Twisp !

— D'accord, d'accord, fit ce dernier en souriant. (Il tapota la grumelle à côté de lui.) Je sais ce que c'est que l'épandage. C'est avec ça que nous nourrissons l'île.

— Ce n'est pas si simple, dit Brett. J'ai grandi au milieu de tout cela, alors j'en connais un bout sur la question. Il y a les déchets des usines de poisson, le compost des agrariums, les ordures ménagères... à peu près n'importe quoi... sans oublier la merde, bien sûr. Ma mère a été le premier chimiste à découvrir un procédé pour colorer les nutriments, comme on le fait partout aujourd'hui, sans que la grumelle en souffre.

— Pardonne à un vieux pêcheur ignorant, lui dit Twisp. Nous vivons entourés d'organiques morts, comme la membrane qui constitue la coque de mon coracle. Côté île, on se contente de prendre un sac de nutriment, de le mélanger avec un peu d'eau et d'en badigeonner les murs quand ils deviennent un peu trop gris.

— Tu n'as jamais essayé les produits colorés pour décorer tes murs ?

— Je laisse cela aux artistes comme tes parents. Moi, je n'ai pas grandi comme toi au milieu de toutes ces choses. Quand j'étais gosse, les seules décorations sur nos murs étaient des graffiti bien ternes : brun sur gris. On nous avait appris qu'il ne pouvait pas y avoir d'autre couleur parce que les murs et les plafonds et tout le reste ne pouvaient pas les absorber. Et si nos organiques mouraient... (Il haussa les épaules.) Comment tes parents sont-ils tombés sur cette découverte ?

— Ce n'est pas par hasard ! Ma mère était chimiste et mon père était doué pour la décoration. Un jour, ils sont sortis avec toute une équipe et ils ont peint une immense fresque en couleurs sur le dôme radar près du bord d'épandage. C'était avant que je naisse.

— Deux grands événements historiques, plaisanta Twisp. La première peinture pure merde et la naissance de Brett Norton. (Il secoua la tête en affectant un air grave :) Mais le deuxième, c'était du permanent. Parce que aucune peinture ne dure plus d'une semaine ou deux.

— Ils ont leurs archives, fit Brett, un peu sur la défensive. Des holos et des trucs comme ça. Certains de leurs amis musiciens ont composé des partitions pour accompagner leurs spectacles et leurs expositions.

— Comment ça se fait que tu as laissé tout ça? demanda Twisp. L'argent, la vie facile, les relations influentes...

— Tu ne sais pas ce que c'est, quand un gros bonnet vient te tapoter la joue en disant : « Voilà notre nouvel artiste en herbe. »

— Et ce n'était pas ce que tu voulais?

Brett tourna si vivement le dos à Twisp que celui-ci comprit que le gosse lui cachait quelque chose.

— Tu n'es pas content de mes services? demanda Brett.

— J'ai été très content de toi, mon garçon. Tu as encore pas mal à apprendre, mais c'est normal pour un premier contact.

Brett ne répondit pas et Twisp vit que son regard était dirigé vers la grande fresque marine qui décorait le mur du second niveau. Ses couleurs criardes luisaient à la lumière ambrée du coucher de soleil.

— C'est une de leurs fresques? demanda Twisp.

Brett hocha la tête sans se retourner.

Twisp regarda de nouveau le mur décoré. Ces fresques en couleurs étaient devenues si courantes, depuis quelque temps, sur les cloisons, les ponts ou les plafonds, qu'on finissait par prendre l'habitude de passer devant sans les remarquer. Certaines avaient des formes géométriques anguleuses qui contrastaient avec les rondeurs feutrées de la vie îlienne. Les plus demandées, celles qui avaient rendu célèbre un artiste comme Norton, étaient de grandes frises historiques qui, à peine appliquées, commençaient à virer au gris, la couleur des murs affamés. Cette scène marine était une nouveauté dans le répertoire de Norton : une abstraction, une étude écarlate sur la fluidité du mouvement. Elle semblait briller d'un feu intérieur, face à la lumière rasante du soleil couchant, comme si elle abritait un monstre rougeoyant ou un chaudron de sang bouillonnant.

Le soleil avait presque disparu sous l'horizon et la

surface de la mer scintillait de mille feux croisés qui se reflétèrent un instant au sommet de la fresque. Puis le soleil se coucha, laissant derrière lui un halo particulier à Pandore.

— Brett, pourquoi tes parents n'ont-ils pas racheté ton contrat ? demanda Twisp. Avec les yeux que tu as, j'ai l'impression que tu aurais fait un fameux peintre.

La silhouette obscure qui se trouvait devant Twisp se tourna, floue contre le fond plus clair de la fresque.

— Je n'ai jamais mis mon contrat en vente, fit Brett.

Twisp détourna les yeux, étrangement ému par la réponse du gosse. C'était comme s'ils étaient soudain devenus des amis beaucoup plus proches. Cette réponse contenait implicitement un ciment qui unissait leurs expériences en mer, là où chacun dépendait de l'autre pour sa survie...

Il ne veut pas que je mette son contrat en vente, se dit Twisp.

Il s'en voulait d'avoir été si borné. Ce n'était pas juste pour la saison de pêche. Brett pouvait aller pêcher avec qui il voulait après avoir été l'apprenti de Queets Twisp. Rien qu'à cause de cela, son contrat avait augmenté de valeur. Il soupira. Non... simplement, le gosse ne voulait pas se séparer d'un ami.

— J'ai encore du crédit à la Coupe des As, fit-il. Allons prendre un café... ou n'importe quoi.

Twisp attendit. Dans l'obscurité grandissante, il perçut le bruissement des chaussures de Brett. Les lumières en bordure de l'île s'allumèrent, remplissant leur office de balises en l'absence des deux soleils. Elles commencèrent par briller d'un éclat bleuté, phosphorescent comme la crête des vagues parce que la nuit était chaude, puis cet éclat s'intensifia encore à mesure que les organiques chauffaient. Du coin de l'œil, Twisp vit Brett s'essuyer furtivement la joue au moment où les lumières s'allumaient.

— Nous n'allons pas briser comme ça une si bonne équipe, reprit Twisp. Allons-y.

Il n'avait encore jamais invité le gosse à passer une soirée à la Coupe des As, que presque tous les pêcheurs fréquentaient pourtant. Il se leva et vit avec satisfaction que Brett redressait le menton.

— Avec plaisir, murmura ce dernier.

Ils suivirent silencieusement une série de coursives baignées de la même phosphorescence bleutée et arrivèrent à l'entrée du café. Twisp laissa le gosse admirer l'entrée en forme d'arcade revêtue d'une épaisse toison de laine. Quand ils furent à l'intérieur, il lui montra ce qui avait rendu la Coupe des As célèbre dans toutes les îles : son mur donnant sur l'extérieur. Du pont au plafond, c'était une immense toison ininterrompue, un caracul bouclé d'un blanc chatoyant.

— Comment font-ils pour le nourrir? chuchota Brett.

— Il y a un espace vide derrière. Ils appliquent le nutriment de ce côté.

Il était encore tôt et les clients étaient peu nombreux. Personne ne semblait faire attention à eux. Brett enfonçait légèrement la tête dans ses épaules, en s'efforçant de tout voir sans en avoir l'air.

— Pourquoi ont-ils choisi la laine? murmura-t-il tandis qu'ils se frayaient un passage entre les tables vers le mur bouclé.

— Cela isole du bruit quand il y a une tempête, répondit Twisp. Nous sommes contre la mer.

Ils s'attablèrent tout près du mur. La table et les fauteuils étaient recouverts de la même membrane séchée et tendue que les coracles. Brett s'assit précautionneusement dans un fauteuil et Twisp se rappela qu'il avait eu la même réaction la première fois qu'il était monté dans le coracle.

— Tu n'aimes pas les meubles morts, lui dit-il.

— Je n'y suis pas habitué, c'est tout, fit Brett en haussant les épaules.

— Les pêcheurs les préfèrent. Ils restent comme

ils sont et n'ont pas besoin qu'on leur donne à manger. Qu'est-ce que tu prends ?

Twisp fit un signe à Gérard, le patron, dont la tête énorme et les épaules émergeaient derrière le comptoir surélevé. Son visage souriant était démesurément large et encadré de grosses touffes de cheveux noirs. Il les regardait d'un air interrogateur.

— J'ai entendu dire qu'ils ont du vrai chocolat, chuchota Brett.

— Gérard mettra dedans quelques gouttes de gnou, si tu veux.

— N... non, merci.

Twisp leva deux doigts de sa main droite surmontés de la paume de sa main gauche — cela signifiait deux chocolats dans le code maison — puis il cligna de l'œil une fois pour avoir une dose de gnou dans le sien. Au bout d'un moment, Gérard fit signe que la commande était prête. Les habitués connaissaient le problème de Gérard. Ses jambes étaient soudées en une seule colonne que terminaient deux pieds sans orteils. Le propriétaire de la Coupe des As était astreint à se déplacer dans un fauteuil mécanique de fabrication sirénienne, ce qui montrait que les affaires ne marchaient pas trop mal après tout. Twisp se leva pour aller chercher la commande au bar.

— Qui est ce gamin ? demanda Gérard en faisant glisser deux tasses sur le comptoir. Le gnou est dans la bleue, ajouta-t-il en tapant du plat de la main sur la tasse bleue pour mieux se faire comprendre.

— Mon nouveau contrat, répondit Twisp. Brett Norton.

— Je vois. Il est du Centre ?

Twisp acquiesça.

— Ses parents font de la peinture à merde, reprit Gérard.

— Je me demande pourquoi j'étais le seul à l'ignorer jusqu'ici.

— C'est parce que tu as toujours la tête dans tes filets, dit Gérard. Son front sillonné se pencha en avant tandis que ses yeux verts pétillaient d'amusement.

— Je me demande ce qui a bien pu l'amener à se lancer dans la pêche, murmura Twisp. Si je croyais à la malchance, je dirais qu'il m'a porté malheur. Mais c'est un brave garçon.

— J'ai appris que tu as perdu tes prises et ton équipement. Qu'est-ce que tu comptes faire, maintenant? demanda Gérard en levant le menton vers l'endroit où Brett était assis, en train de les observer. Ses parents ont pas mal d'argent, ajouta-t-il.

— C'est ce qu'il m'a dit lui-même, fit Twisp en équilibrant les deux tasses pour les emporter. A plus tard.

— Que la pêche soit bonne, dit Gérard. C'était une réponse machinale et il fronça les sourcils en s'apercevant qu'il venait de dire cela à un pêcheur sans filets.

— On verra bien, fit Twisp en retournant vers la table. Il remarqua que les oscillations du pont sous ses pieds s'étaient sensiblement accrues.

Peut-être bien qu'une tempête se prépare.

Ils burent tranquillement leur chocolat et Twisp sentit l'action bienfaisante du gnou sur ses nerfs.

Quelque part derrière le comptoir, quelqu'un se mit à jouer de la flûte, et quelqu'un d'autre l'accompagna sur un tambour à eau.

— De quoi étiez-vous en train de parler? demanda Brett.

— De toi.

Le visage de Brett rosit de manière perceptible sous l'éclairage tamisé du café.

— Qu'est-ce que... qu'est-ce que vous disiez?

— Il semble que tout le monde à part moi sait que tu viens du Centre. C'est pour cela que tu n'aimes pas les meubles morts.

— Je me suis habitué au coracle.

— Tout le monde n'a pas envie de se payer des organiques, fit Twisp. Ils sont chers à entretenir, et ils ne sont pas pratiques pour les petites unités de pêche. On ne sait jamais comment ils vont réagir quand ils rencontrent un banc de poissons. Pour les subas, c'est autre chose, ils sont spécialement étudiés.

Un sourire naquit au coin des lèvres de Brett.

— Tu sais, dit-il, la première fois que j'ai vu ton bateau et que je t'ai entendu l'appeler coracle, j'ai cru que ce mot voulait dire « carcasse ».

Ils éclatèrent de rire ensemble. Twisp surtout sous l'effet du gnou. Brett le regarda avec étonnement.

— Mais tu es ivre !

— Mon garçon, fit Twisp en imitant l'intonation de Brett, je crois bien que je vais me soûler. Et je vais même commander un autre gnou.

— Mes parents se cuitent parfois après une exposition, fit Brett.

— Et toi tu n'aimes pas ça. Eh bien, mon garçon, mets-toi bien dans la tête que je ne suis pas tes parents. Ni l'un ni l'autre.

Une sirène hurla à ce moment-là dans le corridor juste à l'entrée du café. Le bruit faisait vibrer le mur.

— Mascarelle ! hurla Brett. Il faut essayer de sauver ton bateau !

Il courait déjà vers le corridor au milieu d'une cohue de pêcheurs blêmes.

Twisp se mit debout en chancelant et les suivit en faisant signe à Gérard d'attendre pour verrouiller la porte étanche. Déjà, à l'extérieur, quelques lames déferlaient sur le pont. La coursive était remplie de gens qui couraient vers les écoutilles. Twisp cria à Brett :

— Reviens ! C'est trop tard ! Reste à l'intérieur !

Brett disparut au bout de la coursive sans se retourner.

Twisp découvrit un câble de sécurité qui conduisait à l'extérieur et le suivit jusqu'à la bordure. Tous les projecteurs étaient allumés, jetant des reflets crus sur les visages affolés des gens qui couraient dans toutes les directions en s'appelant. Brett était sur le plan incliné devant le coracle, renforçant ses amarres et jetant dans la cabine tout l'équipement qui lui tombait sous la main. Lorsque Twisp arriva à côté de lui, Brett amarra un long filin autour du taquet à l'avant du coracle. Le vent hurlait à leurs oreilles et les lames passaient maintenant par-dessus la grumelle de la jetée, remplissant d'écume blanche les eaux normalement protégées du lagon.

— Il faut le couler, nous le récupérerons plus tard ! cria Brett.

Twisp l'aida en se disant que le gosse avait dû apprendre cela en écoutant de vieux marins. Parfois, cela marchait en effet. De toute manière, c'était leur seule chance de sauver le coracle. Tout au long de la berge, d'autres bateaux avaient été sabordés et l'on ne voyait plus que leurs amarres qui plongeaient verticalement dans l'eau. Twisp découvrit un tas de grosses pierres près de la jetée et les passa à Brett qui les lança dans le coracle. Quand le bateau fut prêt à sombrer, Brett sauta à l'intérieur et attacha une bâche au-dessus des pierres.

— Ouvre les vannes et saute ! hurla Twisp.

Brett passa la main sous la bâche. Un puissant jet d'eau monta du fond du bateau. Twisp allongea son bras démesuré vers Brett au moment précis où la mascarelle balayait le lagon et atteignait le bord du coracle.

Le bout des doigts de Brett avait effleuré la main de Twisp au moment où le coracle sombrait. L'amarre du taquet avant lui fouetta le bras droit en ripant. Twisp voulut la saisir et se brûla la main. Il se mit à hurler :

— Brett ! Mon garçon !

Mais le lagon était devenu un enfer de rage blanche et deux autres pêcheurs l'avaient saisi chacun par un bras et entraîné, trempé jusqu'aux os et toujours hurlant, dans la coursive qui conduisait à la Coupe des As. Gérard, dans son fauteuil mécanique, verrouilla derrière eux la porte étanche pour empêcher l'eau d'entrer.

— Attends ! Le gosse est encore là-bas ! cria Twisp en se jetant contre la toison élastique.

Quelqu'un lui versa de force entre les lèvres quelques gouttes de gnou presque pur. Le liquide coula sur son menton et dans sa bouche. Il l'avala et en ressentit aussitôt l'effet apaisant. Mais ce n'était pas assez pour chasser le souvenir des doigts de Brett effleurant sa main.

— Je le tenais presque ! sanglota Twisp.

> L'habitat naturel de l'homme est l'espace. Une planète, après tout, n'est qu'un objet lancé dans l'espace. L'instinct de l'homme, j'en suis convaincu, le pousse à se déplacer dans son habitat naturel.
>
> RAJA THOMAS, *Les Historiques.*

L'image capturée sur la petite plaque d'organiques était celle d'un cylindre argenté volant à travers le ciel. Le tube était lisse, sans ailes ni aucun autre support apparent. Seul un halo orangé, à l'une de ses extrémités, brillait comme un feu pâle contre le bleu doré du ciel pandorien. Le procédé qui avait permis de saisir l'image était instable et déjà les couleurs commençaient à passer.

Le juge Ward Keel était captivé autant par la beauté de la chose que par ses implications exceptionnelles. Les images créées par cette méthode étaient une forme d'art très prisée des Iliens. Il s'agissait d'induire certains micro-organismes à adhérer, par photosensibilité, à une plaque fine d'organiques. Après exposition derrière un objectif, on obtenait une œuvre picturale aussi belle qu'éphémère. Dans ce cas précis, toutefois, en plus du jeu exquis des couleurs et de la composition, il y avait, d'après l'auteur, le caractère sacré du sujet.

Est-ce la représentation de Nef, ou d'un objet issu de Nef?

L'auteur répugnait à se séparer de sa création. Keel dut utiliser pour le convaincre toute l'autorité que lui conférait son titre. Il ne le brusqua pas. Il comptait surtout sur le temps. Il lui fit un long discours, entrecoupé de pauses et de hochements silencieux de sa tête massive, sur l'intérêt commun des Iliens. Ils savaient tous deux que l'image, pendant ce temps, disparaissait, et que bientôt la plaque reprendrait sa couleur grise, prête à capturer une autre scène. Finalement, l'artiste céda, malheureux mais résigné. C'était un petit homme aux jambes fuselées et aux bras trop courts. Mais un vrai artiste, admit Keel en son for intérieur.

La matinée était chaude et le juge, encore en robe de chambre, resta quelques instants à profiter de la brise qui s'insinuait dans le système de ventilation de son appartement. Joy avait fait un peu d'ordre avant de s'en aller. Elle avait remis le couvre-lit en place et disposé ses vêtements sur le dossier du fauteuil en plaz translucide. La table basse assortie était encore chargée des restes du petit déjeuner qu'elle leur avait préparé : murelle et œufs de couac. Le juge écarta les assiettes pour poser la plaque sur la table. Il la regarda encore un long moment en méditant. Finalement, il se leva pour appeler le chef de la sécurité.

— Je vous envoie deux hommes d'ici deux heures, fit celui-ci. Nous nous en occupons tout de suite.

— Si c'est d'ici deux heures, ce n'est pas tout de suite. L'image aura presque disparu.

L'homme dont le visage ridé occupait l'écran fronça les sourcils. Il voulut dire quelque chose, mais se ravisa. Frottant d'un doigt épais le côté de son nez adipeux, il leva les yeux comme s'il consultait un tableau et déclara enfin :

— Quelqu'un viendra vous chercher dans quelques instants, monsieur le Juge. Où vous trouvez-vous ?

— Je serai chez moi. Je suppose que vous connaissez l'adresse.

— Bien sûr, monsieur le Juge, fit le chef de la sécurité en s'empourprant.

Keel coupa la communication en regrettant d'avoir été si sec. L'attitude de cet homme l'avait irrité, mais sa réaction venait surtout de l'effet produit sur lui par l'étrange plaque. C'était une image troublante. L'artiste qui avait réussi à obtenir cette représentation d'un objet céleste n'avait pas jugé bon de la montrer à la Psyo. Pourtant, dans son esprit, c'était la preuve du retour de Nef. Mais c'était au Juge Suprême qu'il l'avait apportée.

Que suis-je censé faire avec ça ? Moi non plus, je n'ai pas appelé la Psyo.

Simone Rocksack allait lui en vouloir. Il faudrait bien qu'il l'appelle tôt ou tard. Mais il avait d'abord d'autres questions à régler.

Le tambour à eau de sa porte résonna une fois, puis deux.

— Déjà la sécurité ?

Il prit le tableau sous son bras et sortit de la chambre. En passant, il referma la porte ovale de la cuisine. Certains Iliens critiquaient ceux qui prenaient leurs repas en privé, ceux dont les moyens leur permettaient d'éviter l'atmosphère bruyante et surpeuplée des réfectoires.

A l'entrée de l'appartement, il toucha la membrane sensitive et les organiques s'écartèrent docilement, révélant derrière l'ouverture ovale la présence de Kareen Ale. Elle tressaillit nerveusement en le voyant, puis sourit.

— Madame l'Ambassadrice, fit-il, lui-même surpris par la formule qui lui était venue spontanément aux lèvres. En dehors des circonstances officielles, ils s'appelaient Kareen et Ward depuis plusieurs saisons. Mais quelque chose dans son attitude nerveuse lui disait qu'elle était ici en visite officielle.

— Excusez-moi d'être venue vous déranger chez vous sans prévenir, Ward, mais il y a quelque chose dont j'aimerais discuter.

Elle jeta un coup d'œil au tableau qu'il tenait sous le bras et hocha la tête, comme si cela confirmait ce qu'elle pensait.

Keel s'écarta pour la laisser passer. Il referma la porte et vit que Ale avait choisi un siège et s'y installait sans attendre d'invitation. Une fois de plus, il se sentait touché par sa beauté.

— J'ai entendu parler de ça, fit Ale en montrant la plaque d'organiques.

Il posa délicatement le tableau sans cesser de le regarder.

— Et c'est pour cela que vous êtes venue côté surface ?

Elle garda un visage impassible quelques instants, puis haussa les épaules :

— Nous surveillons pas mal de vos activités.

— Je me suis souvent posé des questions sur vos méthodes d'espionnage, Kareen. Savez-vous que je commence à me méfier de vous ?

— Pourquoi m'attaquez-vous, Ward ?

— C'est une fusée, n'est-ce pas ? dit-il en désignant le tableau. Une fusée *sirénienne* ?

Ale fit la grimace, mais ne parut pas autrement surprise que Keel ait deviné.

— Ward, j'aimerais que vous veniez quelque temps avec moi lorsque je redescendrai là-bas. Pour une visite d'information, disons.

Elle n'avait pas directement répondu à sa question, mais son attitude était assez éloquente. Quelle que fût la situation réelle, les Siréniens ne voulaient pas mettre au courant la masse des Iliens ni leur communauté religieuse.

— Ce sont les caissons hyber qui vous intéressent ! fit le juge en hochant la tête. Pourquoi n'avez-vous pas demandé à la Psyo de bénir cette entreprise-ci ?

— Il y en a parmi nous qui... (Elle s'interrompit en haussant les épaules.) C'est une question politique qui concerne les dirigeants siréniens.

— Vous cherchez à créer un nouveau monopole sirénien, accusa-t-il.

Elle détourna son regard sans répondre.

— Combien de temps durerait cette visite d'information ? demanda le juge.

— Une semaine. Peut-être plus, dit-elle en se levant.

— Une visite d'information sur quel sujet ?

— Vous découvrirez cela sur place.
— Vous voulez que je vous rende visite pour une durée indéterminée et pour une raison que vous ne me révélerez qu'après mon arrivée là-bas ?
— Je vous en prie, Ward, faites-moi confiance.
— Je vous fais confiance pour servir les intérêts siréniens, comme je sers ceux des Iliens.
— Je vous jure que vous ne risquerez absolument rien.
Il esquissa un sourire. Quel embarras pour les Siréniens, s'il venait à mourir chez eux ! La chose n'était pas exclue. Les médias avaient condamné le juge Keel, mais ils étaient restés imprécis sur la date de l'exécution.
— Donnez-moi quelques instants pour préparer mes affaires et déléguer mes tâches les plus urgentes, dit-il.
Elle parut soudain soulagée.
— Merci, Ward. Vous ne le regretterez pas.
— Les secrets politiques m'ont toujours intéressé.
Il pensa à emporter une tablette neuve pour son journal. Il y aurait beaucoup de notes à prendre durant cette visite d'information, cela ne faisait aucun doute. Des notes sur le plaz et des phrases rythmées dans sa mémoire. Mais certainement pas des spéculations philosophiques. Il allait y avoir de l'action.

> Avec le varech est morte une conscience planétaire et, par la même occasion, le commencement d'une conscience collective humaine. Est-ce pour cela que nous avons détruit le varech ?
>
> KERRO PANILLE, *Œuvres complètes.*

La natte épaisse de ses cheveux bruns flottait derrière lui tandis que Panille le Noir courait à longues enjambées dans le corridor qui menait à la salle de contrôle des Courants. Les autres Siréniens s'écartaient sur son passage. Ils savaient pourquoi il était pressé. La nouvelle s'était déjà propagée dans tout le complexe central. Il était arrivé quelque chose à l'une des grandes îles. Quelque chose de grave.

Devant la double porte étanche de la Salle des Courants, Panille ne s'arrêta pas pour reprendre son souffle. Il déverrouilla la porte extérieure, s'engouffra à l'intérieur, remit les crampons d'une main tandis que de l'autre il faisait tourner le volant de la porte intérieure. Tout cela en contradiction formelle avec les instructions. Il se retrouva au milieu du tumulte qui régnait dans la grande salle peu éclairée. Deux murs étaient entièrement occupés par des machines et des écrans fluorescents. Les images que l'on voyait et l'activité inhabituelle des opérateurs disaient immédiatement l'ampleur de la crise.

Huit écrans relayaient à longue distance des images du fond de l'océan jonché de morceaux de grumelle déchiquetée et d'autres débris. Les moniteurs de surface transmettaient le spectacle d'une multitude d'embarcations dérisoires surchargées de survivants, évoluant sur une mer huileuse encombrée d'épaves de toutes sortes.

Panille mit un moment pour faire le tour de la

situation. Les quelques visages de rescapés que l'on pouvait apercevoir reflétaient l'hébétude et le désespoir. Il y avait un très grand nombre de blessés. Ceux qui le pouvaient avaient entouré leurs blessures de pansements improvisés. La plupart semblaient souffrir de brûlures profondes. Tous les bateaux étaient chargés presque à fleur d'eau. L'un d'eux ne transportait qu'un monceau de cadavres et de débris humains. Une vieille femme aux cheveux blancs et aux bras trop courts était maintenue de force par ses voisins à bord d'un grand coracle, probablement pour l'empêcher de se jeter à l'eau. Il n'y avait pas de son sur l'écran, mais Panille voyait qu'elle était en train de hurler.

— Que s'est-il passé? demanda-t-il. Une explosion?

— Peut-être leur unité de production d'hydrogène, mais nous n'en savons rien pour l'instant.

C'était Lonson qui lui avait répondu sans se retourner. Lonson était l'opérateur de jour n° 2 à la console centrale. Panille se rapprocha de lui.

— C'est quelle île? demanda-t-il.

— Guemes. Ils sont malheureusement trop loin, mais nous leur envoyons des équipes de sauvetage et nous avons alerté toutes les unités qui croisent dans leurs parages. Comme vous le voyez, nous avons relevé les capteurs du fond.

— Guemes, répéta Panille en se remémorant le dernier rapport, qui les situait à plusieurs heures de suba. Quelles sont vos estimations pour l'arrivée des premiers survivants?

— Pas avant demain matin, répondit Lonson.

— Merde! Ce sont des hydroptères qu'il nous faut, et non des subas de sauvetage! Vous en avez demandé?

— Bien sûr, immédiatement. La Logistique nous a répondu qu'il n'y en avait pas de disponible. Priorité à la surveillance de l'Espace. Comme d'habitude!

— Du calme, Lonson. On va nous demander un

rapport, c'est certain. Voyez si la première équipe de sauveteurs sur les lieux peut charger quelqu'un de questionner les rescapés.

— Vous croyez qu'ils auraient pu heurter le fond ? demanda Lonson.

— Non, c'est sûrement quelque chose d'autre. Nef ! Quel gâchis !

Panille avait serré les lèvres. Il frotta la fossette de son menton puis demanda :

— Avez-vous une estimation sur le nombre des survivants ?

Une jeune femme du service informatique lui répondit :

— Il semble qu'il y en ait moins d'un millier.

— Au dernier recensement, ils étaient un peu plus de dix mille, fit Lonson.

Neuf mille morts ?

Panille secoua la tête. Il songeait à la tâche monumentale qui les attendait quand il faudrait récupérer tous ces cadavres et s'en débarrasser. On ne pouvait pas les laisser flotter. Ils contaminaient l'espace sirénien. Ils pouvaient inciter les capucins et autres prédateurs à de nouvelles escalades dans leurs agressions. Panille frissonna. Rien n'était plus bouleversant pour un Sirénien que de sortir travailler avec un scooter pour se trouver nez à nez avec un Ilien mort flottant le ventre gonflé entre deux eaux.

— Le dernier rapport sur Guemes disait que l'île était d'une extrême pauvreté et que sa grumelle se détériorait, reprit Lonson.

— Ce n'est pas une explication, dit Panille. Et il y a trop d'eau pour qu'ils aient heurté le fond. Quelque chose a dû exploser.

Il scruta un moniteur qui affichait les coordonnées de la catastrophe et indiquait l'approche des unités de sauvetage. Puis il se déplaça sur sa gauche pour parcourir lentement la rangée d'écrans. De temps à autre, il se penchait par-dessus l'épaule d'un opérateur et demandait un zoom ou un arrêt sur une scène particulière.

— Cette île ne s'est pas démantelée toute seule, déclara-t-il enfin.

— On dirait qu'elle a été coupée en deux et incendiée, dit un opérateur. Par les dents de Nef, qu'est-ce qui a bien pu se passer ?

— Les rescapés nous le diront peut-être, fit Panille.

La porte d'accès située derrière lui s'ouvrit à ce moment-là en sifflant et Kareen Ale apparut, reflétée par un écran sombre. Panille fit la grimace. Encore un mauvais coup du sort ! Il fallait que ce soit elle qu'on lui envoie pour prendre son premier rapport ! Il y avait eu une époque où... Mais cela appartenait au passé.

Elle s'avança jusqu'aux côtés de Panille et balaya du regard la série d'écrans. Il vit la stupéfaction s'inscrire sur son visage à mesure qu'elle saisissait l'ampleur de la catastrophe. Avant qu'elle pût parler, il déclara :

— Selon nos premières estimations, il y aura neuf mille cadavres à repêcher. Le courant les fait dériver actuellement vers l'une de nos plus grandes et plus anciennes plantations de varech. Nous aurons un mal fou à les sortir de là.

— La Surveillance de l'Espace nous a envoyé un rapport de sonde, fit-elle.

Les lèvres de Panille formèrent un *aaah !* muet. L'avait-on prévenue en tant que membre du corps diplomatique, ou en tant que nouvelle directrice de la Sirénienne de Commerce ? Mais cela faisait-il une différence ?

— Nous n'avons pu capter aucun rapport de sonde, fit Lonson de l'autre bout de la salle.

— Ce sont des informations réservées, dit Ale.

— Que disait le rapport ? demanda Panille.

— L'île s'est disloquée de l'intérieur et a coulé.

— Pas d'explosion ?

Panille était encore plus surpris par cette affirmation que par la nouvelle selon laquelle le rapport de sonde était gardé secret. Il pouvait arriver pour différentes raisons que l'on censure un rapport de sonde, mais une île comme Guemes ne pouvait se disloquer toute seule et couler!

— Pas d'explosion, dit Ale. Juste une sorte de commotion près du centre de l'île. Elle s'est coupée en plusieurs morceaux et a sombré aussitôt.

— Elle devait être complètement pourrie, dit l'opérateur à côté de Panille.

— Impossible, répliqua celui-ci en désignant les blessés sur l'écran.

— Un suba n'aurait pas pu faire ça? demanda Ale.

Panille demeura silencieux devant le contenu implicite de cette question.

— Eh bien? insista Ale.

— Ce n'est pas à exclure, murmura Panille. Mais comment un tel accident...

— N'y pensez plus, fit Ale. Pour le moment, oubliez ce que je viens de dire.

Il était impossible de se méprendre sur la manière catégorique dont elle avait dit cela. Et l'aigreur de son expression ajoutait à la brusquerie du commandement quelque chose qui hérissait Panille. Que pouvait-il y avoir sur les images transmises par cette sonde?

— Quand recevrons-nous les premiers rescapés? demanda Ale.

— Pas avant demain à l'aube. Mais j'ai donné des instructions pour que la première équipe sur les lieux établisse un rapport. Nous aurons peut-être...

— Ils ne doivent pas émettre sur une fréquence libre, fit Ale.

— Mais...

— Nous allons envoyer un hydroptère, dit-elle.

Elle se dirigea vers une opératrice et donna une série d'instructions à voix basse. Puis elle revint jusqu'à Panille.

— Les subas de sauvetage sont trop lents, reprit-elle. Nous devons agir le plus rapidement possible.

— Je croyais qu'il n'y avait aucun hydroptère disponible.

— Je viens d'établir de nouvelles priorités.

Elle recula vers le centre de la salle et s'adressa à tout le monde ;

— Ecoutez-moi tous. Cette catastrophe se produit à un moment fâcheux. Je viens de ramener avec moi le Juge Suprême. Nous sommes engagés dans des négociations particulièrement délicates. Toute rumeur ou annonce prématurée pourrait avoir des conséquences graves. Ce que vous voyez et entendez dans cette salle doit demeurer confidentiel. Ne colportez aucun bruit à l'extérieur.

Quelques murmures accueillirent ces paroles. Tout le monde ici connaissait le pouvoir d'Ale, mais le fait qu'elle passe ainsi sur la tête de Panille en disait long sur l'urgence de la situation. Ale était une diplomate, habituée à amortir les coups durs.

— Les bruits courent déjà, dit Panille. J'ai entendu les gens parler dans le corridor en venant.

— Et on vous a vu courir.

— On m'a appelé d'urgence.

— Je sais... peu importe. Mais il ne faut pas alimenter les rumeurs.

— Ne vaudrait-il pas mieux annoncer qu'il y a eu une catastrophe et que les premiers survivants vont arriver d'ici peu ? demanda Panille.

Ale se rapprocha de lui et parla à voix basse :

— Nous sommes en train de préparer un communiqué, mais sa rédaction est... délicate. Nous nageons en plein cauchemar politique. Cela ne pouvait pas tomber plus mal. Il faut éviter d'aggraver les choses.

L'odeur du savon parfumé qu'elle utilisait parvint aux narines de Panille, réveillant de vieux souvenirs. Il écarta aussitôt ces pensées. Ale avait raison, naturellement.

— La Psyo est de Guemes, lui rappela-t-elle.

— Vous croyez que les Iliens auraient pu faire ça ?

— Ce n'est pas impossible. Les fanatiques de Guemes ont beaucoup d'ennemis. Cependant...

— Si c'est un suba qui a fait cela, c'est nécessairement un des nôtres. Les subas îliens n'ont pas l'équipement nécessaire pour opérer de telles destructions. Ce ne sont que des pêcheurs.

— Qu'importe son origine? fit-elle. Ce qui compte, c'est de savoir qui a ordonné de commettre une telle atrocité. Et qui l'a exécutée.

Une fois de plus, elle scruta les écrans d'un air préoccupé.

Elle est convaincue que c'est un suba, se dit Panille. *Les images de la sonde devaient être probantes. Et un de nos subas, c'est certain.*

Il commençait à entrevoir toutes les répercussions politiques. *L'île de Guemes, entre toutes!* Les Siréniens et les Iliens vivaient dans une indépendance que la catastrophe de Guemes pouvait remettre en question. L'hydrogène îlien, extrait de l'eau de mer par des procédés organiques, était plus riche et plus pur. Et le programme spatial actuel exigeait de plus en plus d'hydrogène très pur.

Des mouvements visibles à travers un hublot de plaz attirèrent l'attention de Panille. Une équipe d'ouvriers nageaient en traînant derrière eux une plate à stabilisation hydrostatique. Leurs combinaisons de plongée adhéraient à eux comme une seconde peau, laissant apercevoir le jeu de leurs muscles puissants.

Et les combinaisons! se dit Panille.

A elles seules, elles pouvaient être un facteur de trouble. C'étaient les Iliens qui fabriquaient les meilleures combinaisons de plongée, mais le marché était étroitement contrôlé par les Siréniens. Les protestations des Iliens concernant les blocages des prix n'avaient pratiquement aucun poids.

Ale, voyant ce qui avait distrait son attention et devinant en partie ses pensées, fit un geste vague en direction des nouvelles plantations de varech que l'on apercevait par le hublot de plaz.

— Ce n'est qu'une partie de nos problèmes, dit-elle.

— Quoi donc ?
— Le varech. Sans la coopération des Iliens, notre programme est presque inévitablement voué à l'échec.
— Il ne fallait pas le garder secret, dit Panille. Les Iliens auraient dû y être associés dès le début.
— Mais ils ne l'ont pas été. Et à mesure que nous créerons de nouvelles masses de terres émergées...
Elle haussa les épaules.
— Le danger d'échouement augmentera pour les îles, acheva Panille. Je suis bien placé pour le savoir, vous ne croyez pas ?
— Je suis heureuse que le responsable de la Salle des Courants comprenne aussi les dangers politiques de la situation, dit-elle. J'espère que vous saurez l'expliquer à votre personnel.
— Je ferai ce que je pourrai. Mais je crains qu'il ne soit trop tard.
Ale murmura quelque chose d'une voix trop basse pour qu'il l'entende. Il se pencha encore plus près d'elle.
— Qu'avez-vous dit ?
— J'ai dit que plus il y a de varech, plus il y a de poisson. C'est l'intérêt des Iliens, également.
Ah, oui ! se dit Panille. Les fluctuations de la politique le rendaient de plus en plus cynique. Il était trop tard pour arrêter complètement le programme concernant le varech, mais on pouvait le mettre en veilleuse et retarder la réalisation du rêve sirénien pendant plusieurs générations. Mauvaise politique que tout cela. Non... les profits devaient être évidents pour tout le monde. Tout devait être axé autour du varech et des caissons hybernatoires. D'abord, récupérer les caissons hyber en orbite ; ensuite, s'occuper des rêveurs. Panille voyait d'abord les détails pratiques et reconnaissait que la politique devait régler les questions matérielles tout en parlant principalement des rêves.
— Nous essaierons d'être pratiques, dit-il d'une voix sourde.

— Je vous fais confiance pour cela.

— Nous sommes concernés au premier chef. Je sais bien pourquoi vous avez mentionné les varechs. Si les varechs disparaissent, la Surveillance des Courants disparaît aussi.

— Ne soyez pas si amer, Shadow.

C'était la première fois aujourd'hui qu'elle l'appelait par son prénom, mais il ne voulut pas s'attarder sur ce que cela signifiait.

— Il y a eu plus de neuf mille victimes, dit-il. Si c'est un de nos subas qui a fait cela...

— Les responsabilités devront être établies clairement. Il ne devra subsister aucun doute sur...

— Aucun doute sur l'identité des *Iliens* qui ont fait cela.

— Ne jouez pas au plus fin avec moi, Shadow. Nous savons tous les deux qu'il y a beaucoup de Siréniens pour qui la destruction de Guemes apparaîtra comme un bienfait pour la planète entière.

Panille jeta un regard circulaire à ses opérateurs de la Salle des Courants, qui semblaient tous absorbés par leur travail, comme s'ils n'entendaient rien de cette conversation importante. Mais ils entendaient. Et Panille était consterné à l'idée que même parmi eux il y en avait qui partageaient les idées auxquelles Ale venait de faire allusion. Ce qui n'avait été jusqu'à présent que conversations de derrière le comptoir et élucubrations gratuites prenait une nouvelle dimension. Panille ressentait cela comme une maturation non désirée, telle la mort d'un père ou d'une mère. La réalité cruelle ne pouvait plus être ignorée. Il était choqué de s'apercevoir qu'il s'était jusqu'à présent bercé d'illusions sur la bonne volonté qui présidait aux relations entre les humains. Et cette prise de conscience le rendait furieux.

— Je chercherai personnellement le responsable de cette boucherie, dit-il.

— Prions pour que ce ne soit qu'un horrible accident.

— Vous n'y croyez guère et moi non plus... Il regarda la rangée d'écrans scintillants qui apportaient leur témoignage atroce... C'est un de nos gros subas qui a fait cela. Un S-20 ou encore plus gros. A-t-il plongé pour échapper aux débris de l'île ?

— Il n'y a aucun indice dans les images transmises par la sonde.

— Alors, c'est bien ainsi que les choses se sont passées.

— Ne faites rien qui puisse vous attirer des ennuis, Shadow. Je vous parle en amie. Gardez vos soupçons pour vous. Que rien ne s'ébruite en dehors de cette salle.

— Ce qui se passe risque d'être mauvais pour les affaires, dit-il avec froideur. Je comprends que vous soyez si préoccupée.

Elle se raidit et prononça d'une voix tranchante :

— Il faut que j'aille me préparer à accueillir les survivants. Nous discuterons de cela plus tard.

Elle pivota sur un talon et sortit. La porte étanche se referma avec un sifflement en laissant à Panille l'image de son pas rageur et le parfum suave de son corps.

Bien sûr qu'il faut qu'elle se prépare, songea-t-il. Elle avait son diplôme de médic et toutes les personnes compétentes devaient être mobilisées pour l'occasion. Mais Ale était bien plus qu'une médic.

La politique ! Pourquoi, autour de chaque crise politique majeure, faut-il que les marchands laissent de tels remugles ?

> Le conscient est le don du Dieu-Espèce à l'individu. La conscience est le don du Dieu-Individu à l'espèce. Dans la conscience on trouve la structure, les formes du conscient, la beauté.
>
> KERRO PANILLE,
> *Les Traductions de* l'Avata,
> *Les Historiques.*

— Elle rêve mes rêves, avait dit Duque.

Sa voix s'était élevée claire et forte des ombres qui bordaient le grand bassin nutritif qu'il partageait avec Vata.

Un garde courut aussitôt alerter la Psyo.

C'était vrai; Vata avait commencé à rêver. Il s'agissait de rêves spécifiques, appartenant en partie à sa mémoire et en partie à d'autres souvenirs qu'elle avait hérités du varech, de la mémoire d'Avata. Celle-ci contenait des souvenirs humains acquis par le varech par l'intermédiaire des gyflottes, et d'autres souvenirs humains acquis suivant un processus dont il ignorait tout, sauf que la mort et la souffrance y prenaient part. Il y avait même des souvenirs de Nef, et ceux-là étaient les plus étranges de tous. Aucun d'eux n'avait pénétré une conscience humaine de cette façon-là depuis des générations.

Nef!

Duque voyait Nef se déplacer dans le vide spatial comme une aiguille dans les plis d'une étoffe. D'un pli à l'autre, pénétrant à un endroit et ressortant à un autre, beaucoup plus loin, tout cela en un battement. Nef avait autrefois créé une planète-paradis à la surface de laquelle elle avait déposé des humains en leur disant :

— Il vous faut décider de quelle manière vous allez me Vé*nef*rer !

Nef avait amené des humains sur Pandore, qui n'était pas un paradis mais une planète faite presque uniquement d'océans dont les marées étaient réglées par les cycles capricieux de deux soleils. Une impossibilité physique, si Nef ne l'avait pas voulu ainsi.

Tout cela, Duque le voyait par bribes dans les rêves chaotiques de Vata.

— Pourquoi Nef m'a-t-elle amené ses humains ? avait demandé Avata.

Ni les humains ni Nef ne lui avaient répondu. Et maintenant, Nef était repartie mais les humains restaient. Quant au nouveau varech, qui était Avata, il n'occupait plus qu'une place infime dans l'océan et ses rêves emplissaient l'esprit conscient de Duque.

Vata rêvait sans fin.

Duque ressentait les rêves de Vata comme des représentations visuelles imposées à ses sens. Il connaissait leur source. Tout ce qui provenait de Vata avait une saveur particulière, aisément identifiable, impossible à rejeter.

Vata rêva d'une femme qui s'appelait Waela, puis d'une autre qui s'appelait Hali Ekel. Ce dernier rêve émut profondément Duque. Il eut une impression poignante de réalité, comme si c'était lui et non quelqu'un d'autre qui gravissait ce sentier et éprouvait ces souffrances. C'était lui que Nef projetait à travers le temps et d'autres dimensions pour qu'il contemple un homme cloué nu à une croix de bois. Duque savait que c'étaient les yeux de Hali Ekel qui voyaient cette scène, mais il ne pouvait se dissocier d'elle.

Pourquoi, dans cette foule, certains lui crachaient-ils dessus alors que d'autres pleuraient ?

— Père, pardonne-leur, murmura à un moment l'homme qui était sur la croix.

Duque eut l'impression d'entendre une malédiction. Pardonner de telles choses était pire que crier vengeance. Etre pardonné pour de tels actes, c'était certainement plus terrible qu'être maudit.

La Psyo arriva très vite dans la salle où était Vata. Sa robe ample et ses longues enjambées ne suffisaient pas à dissimuler les courbes agréables de ses hanches souples et de ses seins plantureux. Son corps fascinait à double titre : parce que c'était la Psyo et parce que son visage avait les traits typiques de l'île de Guemes. Elle se mit à genoux à proximité de Duque et, immédiatement, le silence se fit dans la salle, à l'exception des gargouillis du système qui alimentait le bassin en nutriment.

— Que se passe-t-il, Duque? demanda la Psyo.

— C'est réel, fit la voix de Duque, rauque et tendue. Tout cela s'est vraiment passé.

— Qu'est-ce qui est réel, Duque?

Duque perçut une voix très lointaine, bien plus lointaine que le rêve où était Hali Ekel. Il perçut la détresse qu'éprouvait Hali; il sentit la présence de la vieille enveloppe charnelle donnée par Nef à Hali pour accomplir son voyage au sommet de la terrible colline des croix. Et il partagea la perplexité de Hali.

Pourquoi font-ils cela? Pourquoi Nef veut-elle que je voie cela?

Duque considérait ces questions comme les siennes. Et il n'avait pas de réponse.

— Que s'est-il passé, Duque? insista la Psyo.

La voix lointaine était un insecte bourdonnant à l'oreille de Duque. Il aurait voulu l'écraser d'une tape.

— Nef, murmura-t-il.

Ceux qui étaient présents étouffèrent une exclamation, mais la Psyo garda son calme.

— Nef va revenir? demanda-t-elle.

Cette question rendit Duque furieux. Il voulait se concentrer sur le rêve où était Hali. Il voulait qu'on le laisse tranquille. Peut-être, alors, trouverait-il les réponses aux questions qu'il se posait.

— Nef va revenir, Duque? répéta la Psyo en élevant la voix. Réponds-moi, il le faut!

— *Nef est partout!* s'écria Duque.

En criant, il avait fait disparaître complètement le rêve. Il se sentit désemparé. Il était arrivé si près... encore quelques secondes et il aurait peut-être eu ses réponses!

A présent, Vata rêvait d'un poète nommé Kerro Panille et de la jeune femme du rêve précédent, Waela. Son visage se confondait avec le flou d'une grappe de varech à la dérive, mais sa chair était brûlante contre la chair de Panille et leur orgasme se réverbéra en Duque, chassant toutes les autres sensations par sa puissance.

La Psyo tourna ses yeux rouges et protubérants vers l'assistance. Elle murmura d'une voix froide :

— Vous ne devez parler à personne de ce que vous venez d'entendre.

Tout le monde hocha la tête, mais déjà certains se demandaient à qui ils allaient faire partager cette énorme révélation, trop importante pour être contenue. Un parent? Un ami cher?

Nef est partout!

Pouvait-elle être ici même, dans cette salle, de quelque manière mystérieuse?

Cette pensée avait traversé soudain l'esprit de la Psyo, qui avait posé la question à Duque, à demi endormi dans la paix d'après le coït.

— Tout est partout, avait grommelé Duque.

La Psyo ne pouvait nier la logique d'une telle réponse. Elle scruta d'un regard craintif les ombres qui entouraient le bassin de Vata. Les autres l'imitèrent, tout aussi peureusement. Se souvenant des paroles que Duque avait prononcées au début et qu'on lui avait répétées, la Psyo demanda :

— Qui rêve tes rêves, Duque?

— Vata!

Vata fit glisser son corps flasque dans le bassin et le liquide nutritif cascada autour de ses seins énormes.

La Psyo se pencha le plus près possible de l'oreille bulbeuse de Duque et demanda d'une voix si basse que seuls ceux qui étaient au premier rang entendirent, ou crurent entendre :

— Vata se réveille ?

— Vata rêve mes rêves, gémit Duque.

— Elle rêve de Nef ?

— Ouiii.

Il était prêt à leur dire n'importe quoi si seulement ils voulaient bien s'en aller et le laisser avec ces rêves terrifiants et merveilleux.

— Est-ce que Nef nous transmet un message ? demanda la Psyo.

— Parteeez ! hurla Duque.

La Psyo, accroupie sur ses talons, eut un mouvement de recul.

— C'est cela, le message de Nef ?

Duque garda le silence.

— Où irions-nous ? demanda la Psyo.

Mais Duque était perdu dans un autre rêve de Vata, celui de sa naissance, et la voix de Waela, mère de Vata, murmurait :

— Mon enfant dormira dans la mer.

Duque répéta la phrase.

La Psyo poussa un soupir. Jamais Duque n'avait été aussi précis. Elle lui demanda :

— Nef nous ordonne de descendre sous la mer ?

Duque ne répondit pas. Il contemplait l'ombre de Nef qui s'avançait en recouvrant une plaine sanglante et il entendait la voix omniprésente de Nef :

— Je traverse la Porte Bœuf !

La Psyo répéta sa question d'une voix presque plaintive. Mais les signes étaient nets. Duque avait parlé et il ne fallait pas espérer en tirer autre chose. Lentement, le dos raide, la Psyo se remit debout. Elle se sentait lasse, vieillie, comme si elle avait beaucoup plus que ses trente-cinq ans. Les pensées affluaient en désordre dans son esprit. Quelle était la signification réelle de ce message ? Il faudrait y réfléchir soigneusement. Les mots avaient semblé très clairs. Et pourtant... n'était-il pas possible de leur donner une autre interprétation ?

Sommes-nous les enfants de Nef?

Quelle question chargée de poids!

Lentement, elle fit du regard le tour de ceux qui étaient là et qui gardaient un silence pétrifié.

— N'oubliez surtout pas mes ordres!

Ils hochèrent la tête à l'unisson; mais quelques heures plus tard à peine, la nouvelle circulait dans tout Vashon : Nef était revenue, Vata se réveillait, Nef avait ordonné à tout le monde de descendre sous la mer.

A la tombée de la nuit, seize autres îles avaient reçu le message par radio, parfois sous une forme horriblement mutilée. Les Siréniens, qui avaient intercepté une partie des messages, interrogèrent aussitôt leurs agents dans l'entourage de Vata et adressèrent à la Psyo une demande d'informations abrupte : « Est-il vrai que Nef s'est posée sur Pandore à proximité de Vashon? Faut-il ajouter foi aux rumeurs selon lesquelles Nef aurait ordonné aux Iliens de se réfugier sous la mer? »

La demande d'informations ne s'arrêtait pas là mais Simone Rocksack, estimant que l'on avait gravement porté atteinte aux mesures de sécurité protégeant Vata, se drapa dans sa dignité la plus officielle pour répondre tout aussi abruptement : « Les révélations concernant Vata requièrent un examen approfondi accompagné d'intenses prières de la part de la Psychiatre-aumônière. Lorsque celle-ci jugera le moment propice, elle ne manquera pas de vous tenir informés. »

C'était de loin la réponse la plus sèche qu'elle eût jamais faite aux Siréniens, mais la nature des paroles prononcées par Duque l'avait bouleversée et le ton du message sirénien avait presque — mais peut-être pas tout à fait — de quoi justifier cette réprimande officielle. Simone Rocksack avait trouvé particulièrement insultants les commentaires ajoutés par les Siréniens à leur message. Bien sûr qu'elle savait qu'on ne pouvait pas organiser du jour au lendemain la migration de tous les Iliens sous la mer. C'était non seulement matériellement impossible, mais tout à fait déconseillé du point de vue psychologique. C'était cela, plus que toute autre raison, qui lui disait que les paroles de Duque devaient recevoir une autre interprétation. Et une fois de plus, elle se félicitait de la sagesse de ses ancêtres qui avaient combiné les fonctions d'aumônier avec celles de psychiatre.

Ceux qui descendent en mer sur les navires,
Ceux qui commercent sur les vastes eaux,
Ceux-là ont vu les œuvres du Seigneur
Et ses prodiges dans les profondeurs.

Le Livre des Morts chrétien.

Au moment où il tombait de la jetée, l'amarre du coracle enroulée à sa cheville, Brett comprit qu'il était perdu. Il happa une grande goulée d'air avant de toucher l'eau. Ses mains cherchaient désespérément un point d'appui quelconque et il sentit les doigts de Twisp qui l'effleuraient, mais il était trop tard. Le coracle qui l'entraînait vers le fond heurta une saillie de la grumelle et se retourna en le projetant vers le centre du lagon. Un instant, il crut être sauvé. Il remonta à la surface à une dizaine de mètres de la jetée et, malgré le hurlement des sirènes, entendit Twisp qui l'appelait. L'île était en train de s'éloigner. Brett s'aperçut que l'amarre du coracle s'était dégagée du câble qui la retenait à la jetée. Cependant, le bout enroulé à sa cheville le tirait toujours vers l'île. Il prit autant d'air qu'il put dans ses poumons et plongea pour essayer de se libérer. L'amarre avait fait un nœud serré autour de sa jambe. Dans ses efforts pour l'arracher, il délogea le coracle coincé dans la grumelle sous la jetée. Le cordage se raidit brusquement et il fut de nouveau entraîné vers le bas.

Une fusée de détresse peignit au-dessus de lui des remous sanglants à la surface de l'eau qu'il voyait plate, d'un calme passager annonçant la mascarelle. Puis tout se brouilla, la masse d'eau en furie le secoua mais il se sentait toujours entraîné vers le fond et la pression était de plus en plus douloureuse dans sa tête et dans ses poumons.

Je vais me noyer !

Il ouvrit grand les yeux, soudain étonné de la clarté de sa vision sous-marine. Encore meilleure que sa vision nocturne. Les pourpres et les bleus dominaient. Ses poumons allaient éclater. Il refusait de lâcher un peu d'air. Il s'accrochait à la vie, repoussant obstinément le moment où la première gorgée d'eau allait le vaincre.

J'avais toujours cru que ce serait un capucin.

Les premières bulles d'air échappèrent à ses lèvres. La panique battit à ses tempes congestionnées. Il sentit contre son bas-ventre une montée d'urine chaude qui lui fit prendre conscience de la température glacée de la mer. Baissant les yeux, il vit le halo jaune qui se diffusait.

Je ne veux pas mourir !

Son extraordinaire vision sous-marine lui permettait de suivre la montée des bulles jusqu'à la surface lointaine, qui n'était guère plus qu'un souvenir inaccessible.

A cet instant, alors même qu'il avait perdu tout espoir, il saisit du coin de l'œil le mouvement d'une ombre au milieu des autres ombres. Tournant la tête, il aperçut, nageant dans sa direction un peu plus bas que lui, une silhouette féminine revêtue d'une combinaison de plongée si collante et si transparente qu'elle semblait toute nue. Quand elle fut sous lui, elle fit un geste brusque de sa main tendue où brillait quelque chose. Il sentit la secousse à sa cheville, puis son pied fut libéré.

Une Sirénienne !

D'une détente, elle monta vers lui tout en remettant son poignard dans l'étui fixé à sa jambe. Il vit ses yeux clairs qui brillaient dans un visage au teint très foncé.

Il n'essayait plus à présent de retenir les bulles qui s'échappaient de sa bouche en un filet ascendant. La fille le saisit par l'aisselle et il put voir qu'elle était très jeune, souple et superbement musclée pour la nage. Elle l'attira à sa hauteur. Le manque d'oxygène était sur le point de le faire éclater. Elle colla ses lèvres à sa bouche et lui souffla un peu de sa précieuse haleine vitale.

Il savoura le don qu'elle lui faisait et expira. Elle recommença. Il vit qu'elle avait un poisson à air collé à la nuque et qu'elle lui donnait le gaz à demi inutilisé que sa circulation sanguine restituait à ses poumons. C'était une chose dont les Iliens avaient entendu parler, une spécialité sirénienne dont il n'aurait jamais cru bénéficier un jour.

Elle s'écarta de lui sans lui lâcher le bras. Il expira lentement, et de nouveau elle lui insuffla de l'air.

Il vit qu'ils n'étaient pas loin d'une crête sous-marine où travaillait un groupe de Siréniens. Un champ de varech ondulait à proximité et des balises lumineuses marquaient les sommets de la crête.

Brett commençait à recouvrer toute sa lucidité et pouvait détailler celle qui venait de le sauver. Autour de la taille, elle portait une ceinture lestée torsadée. A sa nuque, le poisson à air qui flottait derrière elle était livide et parcouru de veines sombres. Sur toute sa longueur, de profonds sillons marquaient l'emplacement des ouïes. Ce poisson horrible offrait un contraste frappant avec la peau brune et soyeuse de la fille.

Ses poumons avaient cessé de brûler, mais il avait horriblement mal aux oreilles. Il secoua la tête, en tirant de sa main libre sur une oreille. Voyant son geste, la jeune Sirénienne lui pressa le bras pour attirer son attention. Elle se pinça le nez avec deux doigts et fit mine de souffler fort. Puis elle montra le nez de Brett. Celui-ci l'imita. Son oreille droite se déboucha avec un *pop* déchirant, mais la douleur disparut. Il recommença l'opération et l'oreille gauche se déboucha aussi.

Quand elle lui insuffla une nouvelle bouffée d'air, elle resta collée contre lui un peu plus longtemps, puis s'écarta avec un grand sourire.

Un flot de bonheur radieux envahit Brett.

Vivant ! Je suis vivant !

Il se laissa tranquillement tirer par le bras. A chaque battement souple de ses jambes musclées, les muscles de la jeune nageuse saillaient sous la combinaison collante. Ils dépassèrent les balises du sommet de la crête.

Abruptement, elle freina sa nage et l'immobilisa devant un cylindre de métal brillant de trois mètres de long environ. Il était muni de poignées, d'un petit gouvernail et de réacteurs. Brett reconnut l'engin qu'il avait déjà vu en holo. Un scooter sirénien. Elle guida ses mains vers les poignées arrière et lui donna encore un peu d'air. Il vit qu'elle sortait un câble du nez de l'engin, qu'elle enfourcha. Puis elle se retourna, attendant qu'il en fasse autant. Il s'assit, serrant le métal froid entre ses genoux, les mains sur les poignées. Elle hocha la tête et se remit en position normale. Brett sentit une vibration parcourir le cylindre. Une lumière s'alluma à l'avant de l'engin et un tuyau flexible apparut devant Brett. Elle se retourna et lui mit l'embout à la bouche. Elle en fit autant avec un autre flexible à l'avant et il se rendit compte qu'il était temps qu'elle soulage le poisson à air de la double charge qu'il avait été forcé de supporter jusque-là. Il était devenu plus petit et la ligne de ses ouïes était plus mince et moins protubérante.

Brett ajusta l'embout entre ses dents et contre sa bouche puis se concentra sur sa respiration.

Inspirer par la bouche, expirer par le nez.

Tous les Iliens recevaient un minimum de formation concernant les subas et les moyens de sauvetage utilisés par les Siréniens.

Souffler, respirer...

Ses poumons s'emplirent d'un air frais et riche.

Il sentit une secousse et quelque chose cogna sa cheville gauche. Elle tapa plusieurs fois sur son genou pour qu'il se rapproche d'elle et tira sur ses poignées jusqu'à ce qu'elles se bloquent automatiquement contre ses fesses. Il n'avait encore jamais vu de fille nue et la combinaison qu'elle portait ne laissait pas grand-chose à deviner. Malgré le caractère peu romantique de la situation, il admirait beaucoup le corps de cette Sirénienne.

Le scooter commença par grimper puis plongea vers le fond. La chevelure de la fille flottait derrière elle, couvrant la tête du poisson et caressant occasionnellement les joues de Brett.

A travers les remous et les ombres, il vit qu'ils continuaient de suivre la crête vers une zone de plus en plus éclairée. Il y avait des lumières de toutes les formes et de toutes les couleurs. Des murs et des constructions de toutes sortes commençaient à devenir visibles : tours, plates-formes, tunnels ou cavernes. Les lumières provenaient des fenêtres de plaz. Brett se rendit compte qu'ils arrivaient sur une métropole sirénienne, l'une des plus importantes à en juger d'après le nombre et l'étendue des lumières. Toutes ces illuminations l'excitaient, emplissant son regard de mutant d'un ravissement qu'il ne se savait pas capable de ressentir. Quelque chose lui disait que cette exaltation était due à la joie d'avoir survécu par miracle, mais d'un autre côté ces nouvelles choses que sa vision spéciale lui faisait découvrir étaient d'excellentes raisons de se réjouir.

Des turbulences commencèrent à secouer le scooter. Brett avait du mal à se maintenir en place. A un moment, son genou perdit son point d'appui et il glissa. La fille chercha sa main et la plaqua autour de sa taille. Puis son pied accrocha celui de Brett et le ramena contre le cylindre. Elle était penchée sur ses commandes et les guidait maintenant vers une vaste agglomération de bâtiments géométriques parfois surmontés de coupoles.

Brett se plaisait à sentir sur ses mains la chaleur douce du ventre de la fille. Ses propres vêtements lui paraissaient soudain grotesques. Il comprenait pour la première fois pourquoi les Siréniens préféraient plonger nus ou en combinaison collante. Pour les grandes profondeurs ou pour les longues sorties en eau froide, ils portaient généralement des combinaisons protectrices de fabrication îlienne ; mais pour les brefs séjours dans des eaux plus clémentes, leur propre peau leur suffisait. Les vêtements de Brett le gênaient dans ses mouvements. Ils claquaient désagréablement dans les remous produits par leur passage. Son pantalon lui brûlait l'entrejambe.

Ils étaient maintenant tout près du groupe de bâtiments et Brett put se faire une idée des dimensions de l'ensemble. La tour proche grimpait à perte de vue au-dessus de leur tête. Il essaya de la suivre des yeux le plus haut possible et se rendit compte que la nuit était déjà tombée côté surface.

Il ne peut pas y avoir tellement de profondeur, se dit-il. *Cette tour émerge peut-être !*

Mais personne côté surface n'avait jamais signalé une telle chose.

Nef nous préserve qu'une de nos îles vienne heurter ce truc !

Les lumières des bâtiments lui permettaient de voir aisément tout ce qu'il voulait, mais il se demandait comment faisait celle qui lui avait sauvé la vie. Pour elle, il devait faire nuit noire. Il s'aperçut alors qu'elle était guidée par des alignements de lumières fixées au fond de la mer à intervalles réguliers. Rouges d'un côté, vertes de l'autre.

Même le ciel le plus noir, côté surface, ne l'avait jamais empêché de se repérer aisément. Ici, cependant, la surface était quelque chose d'irréel. Brett aspira une grande gorgée d'air à son embout et se laissa aller tout contre la fille. Elle tapota la main qui était sur son ventre tout en guidant le scooter dans un dédale de défilés aux parois verticales. A la sortie d'un virage à angle droit, ils débouchèrent sur une large place illuminée entourée de grands bâtiments. Devant eux s'élevait un dôme hérissé de structures d'accostage. Elles étaient toutes éclairées et beaucoup de gens se dirigeaient vers elles ou en sortaient. Brett remarqua les sas, surmontés de lumières clignotantes, par où passaient les nageurs. Leur scooter se posa sans heurt sur une rampe et un Sirénien l'agrippa aussitôt à l'arrière. La fille fit signe à Brett de retenir sa respiration. Il obéit. Elle lui prit délicatement le flexible, enleva le poisson à air de sa nuque et le mit dans une cage avec d'autres devant le sas.

Ils entrèrent dans le sas et l'eau fut évacuée rapidement pour être remplacée par de l'air. Brett se retrouva au milieu d'une mare face à la jeune Sirénienne sur qui les gouttes d'eau glissaient comme si sa seconde peau transparente venait d'être huilée.

— Je m'appelle Scudi Wang, dit-elle. Et toi ?

— Brett Norton, dit-il. (Il eut un rire gêné puis ajouta :) Vous... tu m'as sauvé la vie.

Cela lui parut si ridiculement inapproprié qu'il eut envie de rire à nouveau.

— C'était mon jour de service, déclara-t-elle. Pendant les mascarelles, nous sommes toujours en alerte quand il y a une île à proximité.

Il n'avait jamais entendu parler de ces choses, mais cela semblait plausible. La vie était une chose sacrée et sa vision du monde lui disait que tout le monde partageait ce point de vue, même les Siréniens.

— Tu es tout trempé ! dit-elle en le regardant de haut en bas. Y a-t-il quelqu'un à informer que tu es encore vivant ?

Vivant ! Cette pensée accélérait sa respiration. Il était vivant !

— Bien sûr, répondit-il. On peut envoyer un message côté surface ?

— Nous nous en occuperons dès que les formalités auront été réglées.

Brett s'aperçut qu'elle le dévisageait avec une intensité qui valait la sienne. Il estimait qu'elle devait avoir à peu près son âge : quinze ou seize ans. Elle était petite, sa poitrine était menue et son teint aussi bronzé que si elle vivait tout le temps au soleil. Elle le regardait calmement de ses yeux verts pailletés d'or. Son nez retroussé lui donnait un air espiègle, celui qu'avaient les gamins aux grands yeux des corridors de Vashon. Ses épaules et son dos étaient musclés. Elle paraissait en parfaite forme physique. Dans sa nuque, la marque du poisson à air était une cicatrice d'un rose livide que laissait entrevoir la masse mouillée de ses cheveux noirs.

— Tu es le premier Ilien que je sauve, dit-elle.

— Je voudrais... (Il secoua la tête en s'apercevant qu'il ne savait pas comment la remercier pour une chose pareille. Il acheva piteusement :)... savoir où nous sommes.

— C'est chez moi, dit-elle en haussant les épaules. J'habite ici.

Elle défit d'un seul geste du pouce sa ceinture lestée et la passa sur son épaule.

— Suis-moi, ajouta-t-elle. Nous avons besoin de vêtements secs.

Ils passèrent une porte étanche qui donnait sur un long corridor froid. Brett frissonnait dans ses vêtements mouillés qui laissaient derrière lui une piste ruisselante mais cela ne l'empêchait pas d'admirer le déhanchement gracieux de Scudi Wang qui prenait déjà de l'avance sur lui. Il courut pour la rattraper. Tout lui était étrange dans ce couloir sirénien. Le sol était dur sous ses pieds, les murs étaient durs et éclairés par de longs tubes fluorescents. Le revêtement des parois était d'un gris argenté interrompu à intervalles réguliers par le vert, le jaune ou le bleu des portes ovales fermées sur lesquelles étaient imprimés des symboles.

Scudi Wang s'arrêta devant une porte bleue, déverrouilla les crampons et précéda Brett dans une vaste salle aux murs bordés d'armoires de rangement. Quatre rangées de bancs occupaient le centre de la salle. Une deuxième porte ovale faisait face à la première sur le mur opposé. Scudi Wang ouvrit une armoire et lança à Brett une serviette bleue, puis elle se baissa pour fouiller dans une autre armoire où elle trouva une chemise et un pantalon qu'elle tint un instant devant elle tout en regardant Brett.

— Je pense que c'est à peu près ta taille. Nous les restituerons plus tard.

Elle lança sur le banc le plus proche de lui un pantalon vert délavé et un tee-shirt assorti faits dans un même tissu fin qu'il ne connaissait pas.

Il se sécha les cheveux et le visage mais demeurait indécis avec ses vêtements mouillés qui lui collaient à la peau. On lui avait dit que les Siréniens n'accordaient pas beaucoup d'importance à ces questions, mais il n'avait pas l'habitude de se déshabiller en public et encore moins en compagnie d'une ravissante jeune personne.

Elle ôta sa combinaison de plongée d'une manière très naturelle, sortit une salopette bleu ciel d'une autre armoire et s'assit pour l'enfiler après s'être séchée. Brett ne pouvait s'empêcher de la regarder.

Comment pourrais-je la remercier? se demandait-il. *On dirait que pour elle, le fait de m'avoir sauvé la vie est quelque chose de tout naturel.*

En fait, elle faisait tout avec beaucoup de naturel. Il ne parvenait pas à détacher son regard d'elle et rougit brusquement en sentant naître une érection qui tendit la toile froide et mouillée de son pantalon. Il n'y avait donc pas de recoin où il pouvait se changer sans qu'on le voie? Son regard fit le tour de la salle. En vain.

Elle se tourna vers lui à ce moment-là et parut comprendre ce qui le tracassait. Elle se mordit la lèvre inférieure.

— Excuse-moi, dit-elle. J'avais oublié. On dit que les Iliens sont particulièrement pudiques. C'est vrai?

— Euh... oui, fit-il, en rougissant encore plus.

Elle finit d'enfiler son vêtement et remonta vivement la fermeture Eclair.

— Je me tourne. Quand tu auras fini de t'habiller, nous irons manger quelque chose.

Le logement de Scudi Wang avait la même couleur grise que les corridors extérieurs. C'était une cabine de quatre mètres sur cinq, tout en angles et en arêtes agressives pour un Ilien. Deux banquettes-lits d'une place étaient rabattues à côté de leur logement dans la paroi. Elles étaient ornées de couvre-lits identiques aux motifs rouge vif et jaune d'or disposés en spirale. Un bout de la pièce était occupé par une kitchenette et l'autre par un placard. A côté du placard, la porte ovale entrouverte laissait apercevoir l'intérieur d'une petite salle d'eau avec une baignoire sabot et un lavabo. Tout était fait dans la même matière que les parois, le pont et le plafond. Brett passa la main sur l'une des parois pour en sentir la rigidité glacée.

Scudi tira un coussin vert de sous une banquette et le disposa sur la deuxième.

— Installe-toi confortablement, dit-elle en allant actionner un interrupteur à côté de la kitchenette.

Une étrange musique se fit entendre. Brett s'était assis avec précaution sur la banquette, en s'attendant à la trouver dure, mais il fut surpris de son moelleux. Il se cala contre le coussin.

— Quelle est cette musique ? demanda-t-il.

— Des baleines, répondit-elle en ouvrant un placard. Tu sais ce que c'est ?

Il leva le menton vers le plafond.

— On dit qu'il y en a sur le manifeste des caissons hybernatoires. C'est un mammifère géant qui vit sous la mer.

Elle montra du doigt la petite grille du haut-parleur, au-dessus de l'interrupteur.

— Elles ont un chant très agréable. J'irai les écouter, quand nous aurons récupéré les caissons en orbite.

Brett, absorbé par les sifflets, les trilles et les ronflements qui l'apaisaient comme le va-et-vient du ressac à la tombée du soir, ne fit pas tout de suite attention à ce qu'elle venait de dire. Malgré le chant des baleines, ou peut-être à cause de lui, il ressentait dans cette petite pièce une quiétude profonde qu'il ne pouvait comparer à rien de ce qu'il avait connu jusque-là.

— Que fais-tu côté surface ? lui demanda Scudi.

— Je suis pêcheur.

— C'est formidable ! dit-elle tout en continuant de s'affairer dans la kitchenette. Tu es toujours sur les vagues. Les vagues et les courants, c'est de là que vient toute notre énergie.

— C'est ce qu'on dit. Et toi, que fais-tu... à part les sauvetages ?

— J'équationne les vagues. C'est mon vrai travail.

Equationner les vagues ? Il n'avait pas la moindre idée de ce que cela pouvait signifier. Il était bien forcé de s'avouer, du reste, qu'il savait peu de chose sur la vie sirénienne en général.

Il regarda une nouvelle fois autour de lui. Les parois étaient dures mais il s'était trompé en les jugeant froides. Elles étaient chaudes en réalité, contrairement à celles du vestiaire de tout à l'heure. Scudi non plus n'avait pas l'air froide. En venant ici, ils avaient croisé beaucoup de monde dans les couloirs. La plupart l'avaient saluée d'un signe de tête tout en poursuivant leur conversation avec leurs amis ou compagnons de travail. Tout le monde se déplaçait vite et d'un air décidé. Les couloirs n'étaient pas encombrés d'une foule de personnes qui marchaient coude à coude comme chez les Iliens. Ici, beaucoup de gens allaient nus, à l'exception d'une ceinture de travail ou de quelque ornement.

Ce qui avait frappé Brett quand ils avaient refermé derrière eux la porte de cette cabine, c'était que tous les bruits extérieurs avaient été coupés. Côté surface, les organiques ne permettaient aucune isolation réelle. Ici, ils pouvaient se permettre le double luxe de la musique et de l'intimité à quelques mètres l'un de l'autre.

Scudi toucha quelque chose au-dessus de son plan de travail. Les murs de la cabine s'illuminèrent soudain de motifs verts et jaunes ondoyants. De longs rubans luminescents ondulaient comme du varech dans un courant. Une abstraction. Mais le plus fascinant pour Brett, c'était que ces ondulations lumineuses suivaient le rythme du chant des baleines.

Que dois-je lui dire? pensait-il. *Allons, Norton, te voilà seul avec une jolie fille dans sa chambre et tu ne trouves rien, toi qui brilles toujours dans la conversation!*

Il ne savait même pas depuis combien de temps il était avec elle. Côté surface, les deux soleils et l'alternance des périodes diurnes et nocturnes permettaient de s'y retrouver à chaque instant. Ici, l'éclairage était toujours le même. Cela désorientait.

Scudi lui tournait le dos pour travailler. Il la vit appuyer sur un bouton mural et l'entendit murmurer quelque chose dans un transphone sirénien. La présence d'un tel appareil ici l'impressionna en lui rappelant le gouffre technologique qui séparait les Iliens des Siréniens. N'importe quel Sirénien pouvait se procurer un transphone alors que le marché îlien en était totalement privé. Bien sûr, certains Iliens devaient s'en procurer au marché noir, mais à quoi un transphone pouvait-il leur servir, à part communiquer avec des Siréniens? Il y en avait qui le faisaient. Les équipages des subas îliens avaient des appareils portatifs capables de capter certaines fréquences siréniennes mais c'était une commodité destinée plus aux Siréniens qu'aux Iliens. Les Siréniens étaient si jaloux de leurs privilèges!

Il y eut un faible sifflement de tube pneumatique dans la kitchenette où travaillait Scudi. Elle se tourna avec un plateau sur lequel étaient posés des plats couverts ainsi que différents ustensiles. Elle vint poser le plateau aux pieds de Brett, entre les deux banquettes, et prit un coussin pour son dos.

— Je ne fais pas beaucoup de cuisine, dit-elle. La

cuisine centrale est plus rapide, mais j'ajoute quelques assaisonnements à ma manière. Ils font tout très fade!

— Oh! fit-il en la regardant soulever les couvercles. Toutes ces odeurs lui plaisaient bien.

— Tout le monde veut déjà faire ta connaissance, reprit Scudi. J'ai déjà reçu plusieurs appels. Je leur ai dit de patienter. J'ai faim et je suis fatiguée. Pas toi?

— J'ai faim aussi, avoua-t-il.

Il n'y avait que ces deux banquettes dans la cabine. Voulait-elle le faire dormir ici? Avec elle?

Elle prit une cuiller et un bol qu'elle tint sur ses genoux.

— C'est mon père qui m'a appris à faire la cuisine, dit-elle.

Il prit un autre bol sur le plateau puis une cuiller. Rien à voir avec le rituel des repas îliens, remarqua-t-il. Scudi était déjà en train d'avaler son bouillon. Chez les Iliens, on laissait les invités se nourrir les premiers, puis on mangeait ce qui restait. Mais Brett avait entendu dire que c'était le contraire chez les Siréniens : souvent, ils mangeaient tout et ne laissaient rien pour les invités!

Scudi lécha le dos de sa main où étaient tombées quelques gouttes. Brett goûta le contenu de sa cuiller du bout des lèvres.

Délicieux!

— L'air n'est pas trop humide pour toi? demanda Scudi.

Il secoua négativement la tête. Il avait la bouche pleine.

— C'est une petite pièce, mais je peux mieux régler l'atmosphère à mon goût. C'est plus facile à entretenir, aussi. Je travaille souvent côté surface. Je préfère quand l'air est un peu plus sec. Ici, dans les couloirs et dans les endroits publics, l'humidité est devenue trop élevée pour moi.

Elle porta le bol à ses lèvres et acheva de le vider. Brett l'imita puis demanda :

— Que vont-ils faire de moi? Quand pourrai-je retourner côté surface?

— Mangeons d'abord; nous parlerons de tout ça après.

Elle découvrit deux autres bols qui contenaient des morceaux de poisson dans une sauce noire. Avec son bol, elle lui donna deux baguettes en os ciselé.

— D'accord; mangeons d'abord, fit Brett.

Il mit dans sa bouche un morceau de poisson. La sauce noire était horriblement piquante et lui fit venir les larmes aux yeux mais le goût était agréable quand même.

— C'est notre coutume ici, expliqua Scudi. Manger met le corps à l'aise. Je peux te dire une chose, Brett Norton; tu es ici en sécurité, tu n'as rien à craindre. Mais je sais que tout ce qui t'entoure te paraît étranger. Et tu viens d'échapper à un grand danger. Tu dois parler à ton corps le langage qu'il comprend pour que tous tes esprits te reviennent. Manger, se reposer, voilà le langage de ton corps.

Il aimait la solide rationalité de ses paroles et décida de se concentrer sur son poisson qu'il appréciait davantage à chaque bouchée. Il vit que Scudi, quoique beaucoup plus menue que lui, mangeait tout autant. Il aimait bien le mouvement délicat de ses baguettes quand elle puisait la nourriture dans le bol et l'amenait au coin de ses lèvres.

Elle a une bouche splendide, se dit-il. Et il se rappela comment elle lui avait donné cette première bouffée d'air salvatrice.

Comme elle s'était aperçue qu'il la regardait, il reporta vivement son attention sur son bol.

— La mer nous prend beaucoup de chaleur, d'énergie, dit-elle. Je porte le moins possible ma combinaison de plongée. Une douche bien chaude, un repas chaud copieux, un bon lit, c'est indispensable pour se refaire des forces. Tu travailles à bord des subas îliens, Brett?

La question le prit au dépourvu. Il avait

commencé à croire qu'elle n'éprouvait aucune curiosité à son égard.

Peut-être qu'elle me tient compagnie par obligation, s'était-il dit. *Peut-être qu'elle est obligée de rester avec moi parce qu'elle m'a sauvé la vie.*

— Je pratique la pêche en surface pour un patron qui s'appelle Twisp, dit-il à haute voix. C'est surtout lui que je voudrais contacter. C'est un homme étrange, mais le meilleur marin que je connaisse.

— En surface... c'est très dangereux à cause des capucins, n'est-ce pas ? Tu en as déjà vu ?

Il essaya de déglutir, la gorge soudain sèche.

— Nous avons des couacs pour nous prévenir, dit-il en espérant qu'elle ne s'apercevrait pas qu'il éludait sa question.

— Nous avons horriblement peur des filets îliens, fit Scudi. Parfois, quand il fait mauvais, il est impossible de les voir à temps. Il y a eu des accidents.

Brett hocha la tête en silence. Il n'avait pas oublié les remous dans le filet, l'eau rougie par le sang et les récits de Twisp sur les autres accidents mortels survenus à des Siréniens. Pouvait-il en parler à Scudi ? Lui demander ce qu'elle pensait de l'étrange réaction du tribunal maritime ? Non... elle ne comprendrait peut-être pas, et cela risquait de constituer une barrière entre eux.

Scudi avait dû comprendre en partie la nature de ses hésitations, car elle s'empressa d'enchaîner :

— Tu ne préférerais pas les subas ? Je sais que vos subas organiques sont différents des nôtres, mais...

— Je crois... que j'aimerais mieux rester avec Twisp, à moins qu'il ne se rengage lui-même dans les subas. J'aimerais bien avoir de ses nouvelles.

— Nous allons d'abord nous reposer un peu. Ensuite, je te présenterai à quelques personnes qui pourront t'aider. Les Siréniens se déplacent beaucoup. Nous ferons passer le mot. Tu auras de ses nouvelles et lui des tiennes... si c'est ton désir.

— Mon désir? répéta-t-il, surpris. (Il n'était pas bien sûr de comprendre...) Tu veux dire que je pourrais disparaître comme ça?

Elle eut un haussement de sourcils qui accentua son air espiègle.

— Ta place est là où tu souhaites te trouver. C'est à toi de choisir ce que tu veux être, non?

— Ce n'est pas si simple.

— Si tu n'as enfreint aucune loi, les possibilités ne manquent pas ici. Le monde sirénien est vaste. Tu n'aimerais pas rester?

Elle toussota et il se demanda si elle n'avait pas été sur le point d'ajouter : « avec moi ». Soudain, Scudi lui paraissait beaucoup plus âgée, plus pragmatique. En entendant les conversations des Iliens, Brett avait toujours eu l'impression que les Siréniens étaient plus sophistiqués, plus mondains, et qu'ils en savaient davantage que les Iliens.

— Tu vis seule? demanda-t-il.

— Oui. Ce logement appartenait à ma mère. Et ce n'est pas loin de l'endroit où habitait mon père.

— Les familles siréniennes n'habitent pas ensemble?

Elle plissa le front.

— Mes parents... de vraies têtes de bois, tous les deux. Ils ne supportaient plus de vivre ensemble. Je suis restée longtemps avec mon père, jusqu'à sa mort.

Elle secoua lentement la tête et il comprit que ces souvenirs étaient douloureux.

— Je suis navré, dit-il. Et ta mère, où est-elle?

— Elle est morte également, fit Scudi en détournant les yeux. Elle s'est prise dans un filet il y a un peu moins d'un an... (Elle le regarda de nouveau et poursuivit d'une voix convulsive :) Ça n'a pas été une période facile... Cet homme... GeLaar Gallow... Il est devenu son amant... C'était juste après...

Elle s'interrompit en secouant la tête de droite à gauche.

— Je suis vraiment navré, Scudi. Je ne voulais pas remuer de pénibles...

— Mais j'ai besoin d'en parler, tu sais! Il n'y a personne autour de moi avec qui... c'est-à-dire que mes meilleurs amis évitent le sujet et je... Elle se frotta la joue gauche... Toi, tu es un nouvel ami, tu m'écoutes.

— Bien sûr, mais je ne vois pas ce que...

— Après la mort de mon père, ma mère a transmis... Je ne sais pas si tu as compris, Brett, que mon père était Ryan Wang et qu'il était très puissant.

Wang! songea Brett avec un choc. *Celui de la Compagnie Sirénienne de Commerce!* Celle qui lui avait sauvé la vie était une riche héritière!

— Je ne... je n'avais pas...

— Bref, Gallow allait devenir mon beau-père. Ma mère lui avait cédé le contrôle de presque tous les biens laissés par mon père. C'est alors qu'elle est morte.

— Et tu as tout perdu.

— Comment? Ah! Tu veux parler de la succession? Non, ce n'est pas cela, le problème. Mais Kareen Ale est ma nouvelle tutrice. Mon père lui a légué... beaucoup de choses. Ils étaient bons amis.

— Alors, quel est le problème?

— Tout le monde voudrait que Kareen épouse Gallow, et c'est ce que Gallow cherche.

Brett avait remarqué la manière dont elle serrait les lèvres chaque fois qu'elle prononçait le nom de Gallow.

— Que reproches-tu à ce Gallow? demanda-t-il.

— Il... me fait peur, dit-elle à voix basse.

— Pourquoi? Qu'a-t-il fait?

— Je ne sais pas. Mais il faisait partie de l'équipage lorsque mon père est mort à bord d'un suba... et il était là aussi quand ma mère a eu cet accident.

— Mais tu disais... un filet...

— Un filet îlien. C'est ce qu'ils ont dit.

Il baissa les yeux en songeant à cet autre accident dont il avait été le témoin. Comme si elle avait lu dans ses pensées, Scudi ajouta :

— Je n'ai aucune raison de t'en vouloir, tu sais. Je

vois bien que tu es navré. Ma mère connaissait parfaitement le danger que représentaient les filets.

— Tu dis que Gallow était présent quand tes parents sont morts. Tu crois que...

— Je n'ai jamais parlé de ça à personne avant toi. Je ne sais pas pourquoi je me confie ainsi à toi, mais tu m'écoutes avec sympathie. Et tu... c'est-à-dire...

— Je suis ton débiteur.

— Oh, non! Ce n'est pas ce que je voulais dire. Simplement... j'aime ton expression et la manière dont tu écoutes.

Brett releva les yeux et leurs regards se rencontrèrent.

— Il n'y a personne qui pourrait t'aider? Tu parlais de Kareen Ale... tout le monde la connaît... Ne pourrait-elle pas...

— Je n'irais jamais raconter toutes ces choses à Kareen!

Brett étudia quelques instants le visage de Scudi. On y lisait la douleur et la peur. Brett savait à quel point la vie des Siréniens était tumultueuse d'après les histoires qui circulaient parmi les Iliens. La violence était ici quelque chose de quotidien, à les en croire. Mais tout de même, ce que venait de suggérer Scudi...

— Tu soupçonnes Gallow d'être pour quelque chose dans la mort de tes parents, dit-il.

Elle hocha la tête sans rien dire.

— Et qu'est-ce qui te fait penser cela?

— Il m'a demandé de signer plusieurs papiers, mais j'ai plaidé l'ignorance et demandé à consulter Kareen. Je suis sûre que les papiers qu'il lui a montrés n'étaient pas ceux qu'il m'avait présentés. Kareen ne m'a pas encore dit ce qu'elle me conseillait de faire.

— Il n'a pas... commença Brett en s'interrompant pour s'éclaircir la voix... Il n'a pas essayé de... Chez les Iliens, tu comprends, tu serais en âge de te marier.

— Non, il n'y a rien eu de ce genre, à part une

plaisanterie qu'il répète tout le temps. Il me dit qu'il faut que je me dépêche de grandir, qu'il en a assez de m'attendre.

— Quel âge as-tu?

— J'aurai seize ans le mois prochain. Et toi?

— Dix-sept dans dans cinq mois.

Elle regarda ses mains endurcies par la pêche.

— A voir tes mains, dit-elle, tu travailles dur, pour un Ilien. Aussitôt, elle plaqua une main sur sa bouche et ses yeux s'arrondirent. Brett connaissait les plaisanteries siréniennes sur les Iliens qui se doraient au soleil tandis que les Siréniens construisaient le monde de demain sous la mer. Il fronça les sourcils.

— J'ai raté l'occasion de me taire, fit Scudi. Pour une fois que je tombe sur quelqu'un qui pourrait être un véritable ami, je trouve le moyen de l'offenser.

— Les Iliens ne sont pas des paresseux, dit Brett.

Scudi prit impulsivement sa main droite dans la sienne.

— Je n'ai qu'à te regarder pour savoir que ce sont des mensonges.

Brett retira sa main. Il se sentait blessé et déconcerté. Scudi avait beau essayer de se rattraper, c'était ce qu'elle pensait vraiment qui était sorti involontairement de sa bouche.

Je travaille dur pour un Ilien!

Scudi se leva et s'occupa de débarrasser. Tous les restes de leur repas disparurent dans une ouverture du mur de la kitchenette où ils furent engloutis avec un bruit de succion.

Brett la regardait faire. Les ouvriers qui s'occupaient de ça à l'autre bout du tube pneumatique étaient probablement des Iliens que personne ne voyait jamais.

— Ces cuisines centrales, tout cet espace... Ce sont les Siréniens qui ont la vie facile, dit-il.

Elle se tourna vers lui, le visage grave.

— C'est ce que disent les Iliens?

Brett sentit la chaleur monter à ses joues.

— Je n'aime pas les plaisanteries qui mentent, reprit Scudi. Je crois que tu ne les apprécies pas tellement, toi non plus.

Brett déglutit douloureusement, la gorge soudain nouée. Scudi était si directe ! Ce n'était pas du tout une réaction îlienne, mais il s'aperçut que cela lui plaisait.

— Queets ne fait jamais de plaisanterie de ce genre et moi non plus, dit-il.

— Ce Queets, est-ce que c'est ton père ?

Brett songea soudain à son père et à sa mère et à leur existence papillonnante entre deux sessions de peinture intense. Il pensa à l'appartement où ils vivaient dans le quartier central, aux nombreux objets qu'ils possédaient et auxquels ils tenaient tellement : des meubles, des objets d'art, quelquefois des appareils de fabrication sirénienne. Queets, lui, ne possédait rien d'autre que ce qui pouvait prendre place dans son coracle. Ce dont il avait réellement besoin. Ses choix coïncidaient avec sa survie.

— Ton père te fait honte ? demanda Scudi.

— Queets n'est pas mon père. C'est le pêcheur qui détient mon contrat. Il s'appelle Queets Twisp.

— Je vois. Tu ne possèdes pas beaucoup de choses, n'est-ce pas, Brett ? La manière dont tu regardes tout ce qui est dans cette cabine...

Elle haussa les épaules.

— Je possède les vêtements que j'ai sur le dos. Quand j'ai vendu mon contrat à Queets, il m'a pris avec lui pour m'apprendre le métier et il subvient à mes besoins. A bord d'un coracle, il n'y a pas beaucoup de place pour des objets inutiles.

— C'est quelqu'un de fruste, peut-être. Il est méchant avec toi ?

— Queets est très gentil. Il est très fort également. Il a plus de force que tous les hommes que je connais. Je n'ai jamais vu quelqu'un avec des bras aussi longs que les siens. Ils sont parfaits pour remonter les filets. Ils touchent le sol quand il est debout.

Un frisson à peine perceptible parcourut les épaules de Scudi.

— On dirait que tu l'aimes beaucoup, fit-elle.

Brett détourna les yeux. Ce frisson involontaire était suffisamment éloquent. Les Iliens inspiraient de la répugnance aux Siréniens. Au plus profond de lui-même, Brett se sentait douloureusement trahi.

— Vous, les Siréniens, vous êtes tous les mêmes, dit-il. Les mutants n'ont jamais demandé à être comme cela.

— Je ne te considère pas comme un mutant, Brett. On voit bien que tu es normalisé.

— Justement ! s'écria Brett en la fustigeant du regard. Qu'est-ce que ça veut dire, normal ? Oh, je sais ce qu'on dit ! Les Iliens ont de plus en plus de naissances « normales » ces derniers temps, et il y a toujours les possibilités d'intervention chirurgicale. Les longs bras de Twisp te dérangent ? Mais ce n'est pas un monstre, tu sais ! C'est le meilleur pêcheur de Pandore parce qu'il est exactement adapté à l'activité qu'il exerce.

— Je vois que j'ai appris beaucoup de choses fausses, déclara Scudi à voix basse. Je suis sûre que Queets Twisp est quelqu'un de très bien parce que Brett Norton l'admire. Mais toi, Brett, ajouta-t-elle avec un sourire qui disparut aussitôt après avoir effleuré ses lèvres, il ne t'est jamais arrivé d'apprendre des choses fausses ?

— Je... après ce que tu as fait pour moi, je ne devrais pas être en train de te parler ainsi.

— Tu ne me sauverais pas la vie si j'étais prise dans un de tes filets ? Tu ne...

— Je plongerais sans hésiter, et merde pour les capucins !

Elle sourit si gentiment que Brett ne put s'empêcher de l'imiter.

— Je sais que tu le ferais, Brett. Je t'aime bien, tu sais. J'apprends avec toi beaucoup de choses que j'ignorais sur les Iliens. Tu es différent, mais...

Le sourire de Brett disparut abruptement.

— Mes yeux sont excellents! fit-il, croyant que c'était là la différence à laquelle elle faisait allusion.

— Tes yeux? dit Scudi, étonnée. Ils sont très beaux! Sous l'eau, c'est la première chose que j'ai vue de toi. Ce sont de très grands yeux... qu'il est impossible de ne pas remarquer... Ils me plaisent beaucoup, ajouta-t-elle en baissant la voix.

— Je croyais... que...

Elle le regarda dans les yeux.

— Je n'ai jamais rencontré deux Iliens exactement pareils. Mais je suppose qu'on peut dire la même chose des Siréniens.

— Ce ne sera pas l'avis de tout le monde ici, dit-il d'un air accusateur.

— Certains vont te dévisager, c'est sûr. Mais la curiosité n'est-elle pas une réaction normale?

— Ils vont me traiter de mutard.

— La plupart ne le feront pas.

— Queets dit toujours que les mots ne sont que de la buée dans l'air ou des crottes sur le papier.

— J'aimerais le rencontrer, ton Queets, fit Scudi en riant. Ce doit être un philosophe.

— Il n'y a pas beaucoup de choses qui l'ont touché, à part la perte de son bateau.

— Ou de son assistant, peut-être? Ça ne le touchera pas?

Brett redevint soudain grave.

— Peut-on lui faire parvenir un message?

Scudi s'approcha du transphone et appuya sur un bouton puis parla dans la grille murale. La réponse fut trop basse pour que Brett l'entende. Tout cela se déroula de manière très naturelle. Pour Brett, c'était ce genre de chose qui faisait la différence entre Scudi et lui beaucoup plus que ses yeux démesurés avec leur extraordinaire vision nocturne.

— Ils vont essayer de contacter Vashon, déclara Scudi au bout d'un moment. Puis elle s'étira en bâillant.

Même quand elle bâille, se disait-il, *elle est belle.* Son regard se tourna vers les deux banquettes qu'il trouvait très rapprochées.

— Tu vivais ici seule avec ta mère? demanda-t-il. Il se mordit aussitôt les lèvres en voyant l'expression attristée qui reprenait possession de son visage.

— Je suis navré, Scudi, ajouta-t-il. Je ne devrais pas te la rappeler sans cesse.

— Ce n'est rien, Brett. Elle n'est plus là, c'est tout. La vie continue. C'est moi qui fais son travail à présent... et tu es le premier garçon à partager ma chambre.

Elle avait prononcé les derniers mots avec ce sourire espiègle que Brett aimait tant. Il se racla la gorge, embarrassé. Il ignorait tout des convenances siréniennes. Que signifiait pour elle partager sa chambre avec un garçon? Pour gagner un peu de temps, il demanda :

— Quel est ce travail que faisait ta mère et que tu fais maintenant?

— Je te l'ai dit; j'équationne les vagues.

— Mais je ne comprends pas ce que ça veut dire.

— Chaque fois qu'on signale de nouveaux mouvements ou de nouvelles configurations de vagues, je vais voir sur place. C'est ce que faisait ma mère et les parents de ma mère avant elle. Nous sommes doués pour ça dans la famille.

— Mais en quoi consiste ce travail?

— Le mouvement des vagues nous aide à comprendre le mouvement des soleils et la manière dont Pandore réagit à ces influences.

— Ah! Tu veux dire qu'il te suffit d'observer les vagues pour... C'est qu'une vague, ça vient et puis ça disparaît comme ça!

Il fit claquer ses doigts.

— Nous les simulons en laboratoire, expliqua Scudi. Tu sais ce que c'est qu'une mascarelle, j'imagine. Il y en a qui font plusieurs fois le tour de la planète.

— Et tu peux prédire leur venue?

— Quelquefois.

Il devint songeur. L'étendue du savoir sirénien l'intimidait soudain.

— Tu sais bien que nous avertissons les îles chaque fois que nous le pouvons, reprit-elle.

Il hocha la tête en silence.

— Et pour équationner les vagues, continua Scudi, il faut que je les interprète. (Elle se frappa le front distraitement, d'une manière qui accentua son air espiègle.) Peut-être qu'« interpréter » est un meilleur mot qu'« équationner », ajouta-t-elle. Et j'enseigne ce que je fais, naturellement.

Naturellement! songea Brett. *Une héritière, une plongeuse à qui je dois la vie, et maintenant une océanologue!*

— A qui enseignes-tu? demanda-t-il.

Il se demandait s'il ne pouvait pas apprendre, lui aussi, à faire ce qu'elle faisait. Quelle source d'information précieuse pour les Iliens!

— Au varech, répondit Scudi. J'interprète les vagues pour le varech.

Il fronça les sourcils. Elle le faisait marcher? Elle profitait de son ignorance d'Ilien?

Elle dut comprendre ce qu'il ressentait car elle ajouta vivement :

— Le varech est capable d'apprendre. On peut lui enseigner à maîtriser les vagues et les courants. Quand il retrouvera sa densité passée, il apprendra encore bien plus. Je lui enseigne quelques-unes des choses qu'il doit savoir pour survivre sur Pandore.

— C'est une plaisanterie, n'est-ce pas?

— Une plaisanterie? fit-elle, étonnée. Tu n'as jamais entendu parler du varech tel qu'il était avant? C'était une créature capable de se nourrir, d'assurer les échanges de gaz entre la mer et l'atmosphère. Et les gyflottes... comme j'aurais voulu les voir! Le varech savait énormément de choses en ce temps-là. Il maîtrisait les courants, il maîtrisait la mer elle-même. Voilà ce que c'était que le varech.

Brett la regardait bouche bée. Il se souvenait de ce qu'il avait appris à l'école sur le varech en tant que créature vivante constituée de multiples parties formant une seule entité sentiente, mais c'était de l'histoire ancienne, du temps où les ancêtres des Pandoriens actuels vivaient sur les terres émergées de la planète.

— Et tu crois qu'il refera toutes ces choses? murmura-t-il.

— Il est en train d'apprendre. Nous lui enseignons à créer des courants et à neutraliser les vagues.

Brett méditait sur toutes les implications concernant la vie des Iliens. Connaître à l'avance la direction des courants, les profondeurs... Choisir sa route en fonction du temps, des possibilités de pêche... mais toutes ces pensées furent balayées par un brusque revirement. C'était une idée presque indigne, et cependant qui pouvait dire de manière certaine ce qu'une intelligence non humaine était capable de faire?

Voyant le brusque changement de son expression, Scudi lui demanda :

— Tu ne te sens pas bien?

Il répondit presque machinalement :

— Si l'on peut apprendre au varech à maîtriser les vagues, c'est qu'il doit être capable de les créer, de même que les courants. Et qu'est-ce qui l'empêchera de s'en servir pour nous anéantir?

Elle répliqua avec condescendance :

— Le varech est un être rationnel. Notre destruction ou celle des îles ne l'avantagerait pas. Il ne fera donc rien de semblable.

De nouveau, elle réprima un bâillement et il se souvint qu'elle avait dit qu'elle devrait bientôt retourner travailler.

Toutes les nouvelles idées qu'elle venait de lui mettre dans la tête formaient cependant un tourbillon qui le laissait tout excité et lui ôtait toute envie de dormir. Les Siréniens faisaient et savaient tant de choses!

« *Le varech sera capable de penser par lui-même.* »

C'était une phrase qu'il se souvenait d'avoir entendue dans une conversation chez ses parents. Des propos importants tenus par des gens importants.

« *Mais ce serait impossible, s'il n'y avait pas Vata* », avait répondu quelqu'un d'autre. « *Vata est la clef du varech.* »

Brett se rappelait que tout avait commencé par quelques verres de gnou et que, comme toujours dans ces cas-là, la conversation n'avait cessé d'aller du spéculatif au paranoïaque et vice versa.

— J'éteins pour ménager ta pudeur, fit Scudi.

En gloussant gentiment, elle réduisit progressivement l'éclairage jusqu'à ce qu'ils fussent dans l'ombre. Il la vit gagner sa banquette à tâtons.

Pour elle, il fait nuit noire, se dit Brett, *alors que pour moi elle n'a fait que baisser la lumière.*

Il s'assit au bord du deuxième lit.

— Tu as une petite amie côté surface? lui demanda Scudi.

— Euh... non, pas vraiment.

— Tu n'as jamais partagé une chambre avec une fille?

— Les Iliens partagent tout avec tout le monde. Mais partager une chambre à deux personnes, c'est un luxe exclusivement réservé aux jeunes mariés ou aux gens très riches.

— Eh bien! fit Scudi.

Il la voyait, grâce à sa vision nocturne particulière, pianoter nerveusement sur le bord de sa banquette.

— Ici, dit-elle, on partage une chambre à deux pour les mêmes raisons d'intimité, bien sûr, mais aussi pour une foule d'autres motifs. Des gens qui travaillent ou qui étudient ensemble, par exemple, ou simplement des amis. Ce que je voulais, c'était te procurer une bonne nuit de sommeil. Demain, tu vas rencontrer beaucoup de monde, tu iras partout, il y aura beaucoup de bruit et beaucoup de questions...

Ses doigts n'arrêtaient pas de danser nerveusement sur le côté du lit.

— Je ne sais pas comment je pourrai jamais t'exprimer ma reconnaissance pour ta gentillesse, dit-il.

— Mais c'est pour nous une coutume. Si un Sirénien te sauve la vie, tout ce que possède ce Sirénien t'appartient jusqu'à ce que tu... ailles vivre ailleurs. Je suis responsable des vies que je ramène ici.

— Comme si j'étais ton enfant ?

— Quelque chose comme ça.

Elle soupira et commença à se déshabiller.

Brett se sentit incapable de continuer à la regarder. Il détourna les yeux.

Il faudrait peut-être que je le lui dise, songea-t-il. *Ce n'est pas très chic, de la laisser croire que je ne la vois pas.*

— Je ne voudrais pas te déranger dans tes habitudes, fit-il simplement.

Il entendit qu'elle se glissait sous les couvertures.

— Tu ne me déranges pas, Brett. J'ai passé une journée fantastique. Tu es mon ami. Je suis bien en ta compagnie. Ça ne te suffit pas ?

Brett ôta ses vêtements et se glissa sous les couvertures qu'il remonta jusqu'à son menton. Queets disait toujours que les Siréniens étaient impossibles à comprendre. Son ami ?

— Nous sommes amis, n'est-ce pas ? insista Scudi.

Il sortit sa main de sous les couvertures pour la tendre vers l'autre lit. Se souvenant qu'elle ne le voyait pas, il prit la main de Scudi dans la sienne. Elle était chaude. Les doigts de Scudi serrèrent très fort les siens, puis elle soupira et les retira doucement.

— J'ai besoin de dormir, dit-elle.

— Moi aussi.

Scudi leva le bras pour appuyer sur le bouton mural. Le chant des baleines cessa.

Il trouva exquis le silence qui s'établit alors. Jamais il n'aurait cru qu'un tel calme pût exister. Ses sens se relaxaient, mais... il s'aperçut qu'il tendait l'oreille, soudain en alerte, à la recherche de... quoi ? Il ne le savait pas. Il fallait pourtant qu'il dorme. Le repos lui était nécessaire. Ses parents et

Queets allaient être prévenus. Il vivait. Sa famille et ses amis se réjouiraient après l'avoir pleuré. Ou du moins il le pensait.

Au bout de plusieurs minutes d'angoisse, il se rendit compte que c'était l'absence de mouvement qui l'empêchait de s'endormir. Cette découverte lui permit de recouvrer sa sérénité, de respirer plus librement. Son corps se souvenait du bercement des vagues côté surface et il se concentra dessus jusqu'à ce que l'illusion fût presque réelle.

— Brett ? fit la voix de Scudi dans un souffle à peine audible.

— Oui ?

— De toutes les créatures qui sont dans les caissons hyber, celles que je voudrais le plus connaître sont les oiseaux, les petits oiseaux qui chantent.

— J'ai entendu des enregistrements de Nef, dit-il d'une voix ensommeillée.

— Leur chant est aussi poignant et aussi beau que celui des baleines. Et puis ils volent.

— Nous avons des pigeons et des couacs.

— Les couacs sont des canards et ils ne chantent pas.

— Mais ils sifflent, et leur vol est très beau à regarder.

Il y eut un bruissement de couvertures tandis qu'elle se tournait de l'autre côté.

— Bonne nuit, ami Brett, murmura-t-elle. Dors en paix.

— Bonne nuit, amie Scudi.

Et à la lisière du sommeil, il imagina son sourire merveilleux.

Est-ce ainsi que l'amour commence ? se disait-il. Il sentait dans sa poitrine un serrement qui persista jusqu'au moment où il sombra dans un sommeil agité.

> La petite Vata est entrée en catatonie quand le varech et les gyflottes ont perdu leurs forces. Elle est dans cet état comateux depuis près de trois ans maintenant et, comme elle détient les gènes aussi bien du varech que de l'humanité, il est à espérer qu'elle contribuera pleinement à restaurer au varech son état de sentience. Il n'y a que le varech qui soit en mesure de dompter ce terrible océan.
>
> HALI EKEL, *Journal.*

Ce n'était pas tant que Ward Keel percevait l'absence de mouvement, mais il la sentait à fleur de peau. Toute sa longue vie, les circonstances avaient fait qu'il n'avait jamais quitté la surface. Il ne s'en plaignait pas particulièrement, du reste.

Admets-le donc, se disait-il. *Ce sont toutes ces histoires de privation sensorielle et de syndrome des profondeurs qui t'ont fait peur.*

Pour la première fois de sa vie, il ne sentait pas les mouvements du pont sous ses pieds nus, il n'entendait autour de lui aucune voix, aucun signe d'activité humaine, aucun froissement de plafond organique contre la paroi organique, aucune des mille et une frictions auxquelles, dès l'enfance, les Iliens étaient habitués. Le silence était si intense que ses oreilles lui faisaient mal.

A côté de lui, dans la pièce où Kareen Ale l'avait laissé « pour qu'il s'adapte quelques instants », une large baie de plazverre donnait sur une riche perspective de rouges, de bleus et de verts délavés. La délicatesse de ces tons peu familiers avait absorbé son attention durant plusieurs minutes.

— Je ne suis pas loin, avait dit Ale. Appelez-moi si vous avez besoin de moi.

Les Siréniens connaissaient les faiblesses de ceux qui venaient de là-haut. L'idée de toute cette masse d'eau au-dessus de leur tête suffisait à faire paniquer certains visiteurs ou immigrants. Quant à rester tout seul, même de son plein gré, c'était une chose qu'un Ilien ne pouvait supporter qu'après une certaine adaptation. Quand on avait vécu toute sa vie derrière de minces parois organiques, presque toujours à portée d'oreille du moindre chuchotement, au point qu'on apprenait à ne plus entendre certaines choses — les bruits de l'amour, les querelles en famille ou les chagrins privés —, il ne pouvait en être autrement.

Ale cherchait-elle à l'affaiblir en le laissant mariner seul ici ? Ou bien était-elle en ce moment même en train de l'observer au moyen d'un de ces appareils dont les Siréniens avaient le secret ? Il était sûr qu'avec son expérience des Iliens et sa formation médicale elle ne pouvait ignorer ces problèmes d'adaptation.

Pour l'avoir maintes fois vue exercer ses talents de diplomate ces dernières années, le juge Keel avait la conviction que Kareen Ale savait ce qu'elle faisait en toute circonstance. Elle n'agissait jamais sans préparation. Et si elle laissait un Ilien seul dans de telles circonstances, c'était qu'elle avait une bonne raison de le faire.

Le silence l'oppressait plus que n'importe quoi.

Une pensée s'imposa impérieusement à son esprit.

Réfléchis, Ward. C'est ce que tu es censé savoir faire le mieux.

Il sursauta, terrifié par le fait que cette admonestation lui était parvenue par la voix de sa mère depuis longtemps décédée. L'impression de réalité transmise par ses centres auditifs était telle qu'il se retourna, presque certain qu'il allait voir un pâle fantôme agitant l'index dans sa direction.

Il prit une profonde inspiration, puis une deuxième, et sentit l'oppression diminuer légèrement dans sa poitrine. Une troisième inspiration, et sa raison redevint incisive. Le silence ne lui pesait plus autant.

Pendant la descente en suba, Ale ne lui avait posé aucune question ni fourni aucune réponse. Et à la réflexion, il trouvait cela anormal. Elle avait l'habitude de bombarder ses adversaires de questions pour ouvrir la voie à ses propres arguments.

Etait-il possible qu'ils l'eussent attiré jusqu'ici simplement pour l'écarter de son poste à la tête de la Commission ? Le faire venir comme invité était moins risqué et posait moins de problèmes qu'un enlèvement pur et simple. Il trouvait drôle de se considérer comme une simple marchandise, dotée d'une valeur indéterminée. Drôle mais réconfortant, cependant. Cela signifiait qu'ils n'iraient probablement pas jusqu'à utiliser la violence contre lui.

Je me demande pourquoi j'ai de telles idées ? se dit-il.

Il étira ses bras puis ses jambes et alla s'asseoir sur le canapé qui faisait face à la perspective sous-marine. Il fut étonné de le trouver confortable bien que fabriqué avec des matériaux inorganiques. Son âge lui faisait apprécier le moelleux d'un bon siège. Il avait conscience du rémora qui se mourait en lui mais luttait cependant pour survivre. *Evitez toute cause d'anxiété,* lui avaient dit les médics. Ils voulaient certainement plaisanter, vu la profession qu'il exerçait. Le rémora continuait à produire les hormones indispensables mais on l'avait averti : « Il est possible de le remplacer, mais les autres ne dureront pas longtemps et leur temps de survie diminuera à chaque nouvelle opération car votre organisme aura de plus en plus tendance à les rejeter. »

L'estomac du juge gargouilla. Il avait faim et c'était un bon signe. Il n'y avait rien dans cette pièce qui pût servir à préparer un repas. Il n'y avait pas non plus de moyen de communication visible ; ni haut-parleur, ni écran. Le plafond, en pente, grimpait en direction du mur où se trouvait la baie vitrée, à six ou sept mètres du sol.

Quelle extravagance! se dit le juge. Une seule personne dans tout cet espace. Une pièce comme celle-ci aurait pu servir de logement à toute une famille îlienne. L'air était un peu trop frais à son goût, mais il commençait à s'y habituer. La lumière qui entrait par la baie de plazverre faisait jouer sur le sol des reflets verdâtres. Une phosphorescence issue du plafond dominait l'éclairage ambiant. Cette pièce ne devait pas se trouver à une trop grande profondeur, à en juger d'après la lumière extérieure. Mais il y avait quand même des tonnes d'eau sur leur tête. L'idée de toute cette pression fit perler quelques gouttes de transpiration à sa lèvre supérieure. Il passa la paume d'une main moite sur la paroi derrière le canapé. Elle était chaude et ferme. Il respira plus librement. C'étaient des Siréniens qui avaient édifié cet endroit. Leurs constructions étaient solides. Cette paroi était en plastacier. Jamais il n'en avait autant vu de sa vie. Cette pièce, soudain, prenait l'allure d'une forteresse. Les murs étaient secs, preuve que le système de ventilation marchait bien. Les Siréniens côté surface avaient généralement tendance à vivre dans une atmosphère si humide qu'il la trouvait irrespirable. A part Ale, peut-être... mais Ale ne pouvait être comparée à aucun autre être humain à sa connaissance, qu'il fût îlien ou sirénien. L'atmosphère de cette pièce, décida-t-il en fin de compte, avait dû être réglée pour assurer le confort d'un Ilien. Et il se sentit rassuré par cette pensée.

Le juge tapota la surface du canapé et il songea soudain à Joy. Comme elle aurait aimé passer sa main sur cette matière soyeuse! Une pure hédoniste que cette Joy. Il essaya de l'imaginer étendue sur ce canapé et, dans sa solitude, fut soudain envahi par le désir de sa présence rassurante. Il se prit alors à s'interroger sur lui-même. Toute son existence, il avait surtout vécu en solitaire, avec seulement quelques liaisons par-ci, par-là. Etait-ce la proximité de la mort qui provoquait en lui ce changement angoissé ? Cette pensée lui répugnait. Pourquoi infliger sa compagnie à Joy si c'était pour l'accabler par une perte douloureuse et irréparable ?

Je vais mourir bientôt.

Il se demanda qui la Commission allait élire Juge Suprême pour le remplacer. Il aurait lui-même accordé la préférence à Carolyn, mais du point de vue politique le meilleur choix était Matts. Au demeurant, il plaignait celui qui allait prendre sa place. La tâche était on ne peut plus ingrate. Et il lui restait encore pas mal de choses à faire avant de céder son fauteuil à son successeur.

Il se mit debout en s'appuyant contre le canapé. Sa nuque lui faisait horriblement mal, comme d'habitude. Ses jambes étaient en coton et il crut qu'elles allaient refuser de supporter son poids. Le symptôme était nouveau. Le pont était en plastacier rigide sous ses pieds et il était heureux qu'il rayonne une bonne chaleur, tout comme les parois. Le juge attendit que les forces lui reviennent puis, s'appuyant à la paroi, se dirigea vers la porte qui était sur sa gauche. Il y avait deux boutons sur le côté. Il appuya sur celui du bas et entendit un chuintement provenant du mur derrière le canapé. Il se tourna pour voir ce que c'était et les battements de son cœur s'accélérèrent.

Tout un pan de mur avait coulissé, découvrant une fresque d'un réalisme terrifiant, presque photographique. La scène représentait un chantier de construction côté surface avec des bâtiments en proie aux flammes. Dans le ciel tourmenté tournaient d'innombrables gyflottes dont certaines tenaient entre leurs tentacules des humains qui se débattaient.

Les gyflottes ont disparu en même temps que le varech, se dit-il.

Ou bien ce tableau était très ancien, ou bien il

était dû à l'imagination d'un peintre qui avait voulu reconstituer une scène historique. Le juge Keel penchait plutôt pour la première hypothèse. Les riches couleurs du coucher de soleils, la manière dont étaient disposées les gyflottes, tout convergeait vers un personnage central qui pointait l'index en direction de celui qui regardait le tableau. Ce personnage avait un regard effrayant, sombre et accusateur.

Je connais cet endroit, se dit le juge. *Comment est-ce possible ?*

Il s'agissait d'un sentiment de familiarité réelle plus que d'une vague impression de déjà vu. C'était un véritable souvenir. Et sa mémoire lui disait en outre que quelque part dans cette pièce, ou pas très loin, il devait y avoir un mandala rouge.

Comment puis-je savoir une chose pareille ?

Il examina soigneusement toute la pièce. Le canapé, la baie de plaz, le panneau mural, les parois nues, la porte ovale étanche. Pas de mandala. Il posa la main sur la baie. Elle était froide. C'était la seule surface froide de toute la pièce. Ce genre d'installation était difficile à concevoir pour un Ilien. Il n'existait rien de tel sur aucune île. C'eût été impossible. La grumelle vivante aurait attaqué les organiques utilisés pour fixer le hublot de plaz et la surface dure et rigide de celui-ci se serait transformée en engin de destruction à la première tempête. Non ; les contrôleurs de jusant et les cornées adaptées étaient bien plus sûrs par mauvais temps, même s'ils demandaient un entretien courant.

Ce plaz était d'une transparence incroyable. Rien au toucher n'indiquait sa haute densité ni son épaisseur. Un petit coprophage aux barbillons démesurés était en train d'en brouter la surface, qu'il nettoyait. Un peu plus loin, deux Siréniens apparurent, chevauchant une plate lourdement chargée de pierres et de vase. Ils traversèrent le champ de vision du juge et disparurent sur la droite derrière une crête.

Par curiosité, il frappa du poing sur le plaz. Le coprophage continua de brouter comme si de rien n'était. Des anémones et des fougères, des éponges et des algues oscillaient dans le courant. Des douzaines d'autres poissons de toutes les couleurs circulaient parmi les thalles d'un champ de varech. Quelques poissons plus gros fouissaient de leur museau la vase du fond, soulevant de petits nuages de limon gris. Keel avait déjà vu ce genre de chose en holo, mais la réalité était différente. Il reconnut certaines espèces dont les représentants, après un séjour au labo, avaient été produits devant la Commission pour que celle-ci décide s'il fallait les détruire ou les laisser se reproduire dans l'océan.

Un poisson-arlequin surgit au-dessous du coprophage et effleura le plaz. Keel se souvint du jour où la Psyo avait béni les premiers arlequins avant de les relâcher. C'était presque comme s'il retrouvait un vieil ami.

Une fois de plus, le juge se concentra sur la pièce où il se trouvait et sur ces étranges souvenirs qui remontaient de nulle part. Pourquoi avait-il l'impression d'être déjà venu ici ? Sa mémoire lui disait que le mandala qu'il cherchait aurait dû se trouver à droite de la fresque. Il retourna jusqu'au mur et y passa la main à la recherche d'un bouton ou de quelque chose. Il ne trouva rien mais la paroi bougea légèrement et il y eut un déclic.

Il examina de plus près la paroi. Elle n'était pas en plastacier mais semblait faite d'un matériau composite beaucoup plus léger. Une fente à peine visible la séparait verticalement en deux parties. Il appuya la main sur la partie de droite, juste à côté de la fente. La paroi céda, révélant un passage, et aussitôt il sentit une odeur de nourriture.

Il ouvrit grand le panneau et passa de l'autre côté. L'étroit couloir tournait à angle droit sur la gauche et débouchait sur une pièce éclairée. Kareen Ale était là, dans une espèce de salle à manger-cuisine, et lui tournait le dos. Une riche odeur de thé et de bouillon de poisson assaillit les narines du juge. Il ouvrit la bouche pour dire quelque chose, mais se figea en voyant le mandala rouge.

La vue de cet objet, par-dessus l'épaule droite de Kareen Ale, fit pousser un soupir au juge Keel. Le mandala aspirait ses perceptions, les contraignait à suivre ses contours, ses lignes qui se faisaient et se défaisaient comme un tourbillon. Au centre de ce tourbillon, un œil observait l'univers. Un œil unique et sans paupières, perché au sommet d'une pyramide en or.

Ces souvenirs ne peuvent m'appartenir, se disait le juge.

C'était une expérience horrible. La mémoire de Nef éclatait dans sa tête en mille fragments. Quelqu'un marchait le long d'une coursive incurvée; la lumière violette d'un agrarium se déversait devant lui. Il se sentait impuissant devant la force de ces visions. Le varech lui faisait des signes quelque part sous la mer et des bancs entiers de poissons que la Commission n'avait jamais homologués défilaient sous ses yeux.

Ale se tourna et vit son expression fascinée, la manière hagarde dont il fixait le mandala derrière elle.

— Vous vous sentez bien? demanda-t-elle.

Sa voix fit sortir le juge de sa pseudo-réminiscence extasiée. Il vida ses poumons en tremblant, prit une longue inspiration.

— Je... j'ai très faim, dit-il.

Il n'était pas question de mentionner l'étrange expérience qui venait de troubler sa mémoire. Comment aurait-elle pu comprendre alors qu'il n'y comprenait rien lui-même?

— Asseyez-vous, dit-elle.

Elle lui désigna une petite table où le couvert était déjà mis pour deux à l'autre bout de la pièce, à côté d'un petit hublot de plaz. C'était une table basse, comme de coutume chez les Siréniens. Il avait déjà mal aux genoux, rien qu'à l'idée d'y prendre place.

— J'ai fait la cuisine en votre honneur, lui dit Ale.

Comme il ne répondait pas, l'air toujours hébété, elle ajouta :

— La porte de l'autre pièce donne sur un cabinet de toilette de l'autre côté duquel vous trouverez un petit bureau équipé de tout le matériel nécessaire. La sortie est par là également.

Il casa ses jambes sous la table basse et posa les coudes dessus afin de pouvoir soutenir sa tête dans ses mains.

Etait-ce un rêve? se demanda-t-il.

Le mandala rouge était juste en face de lui mais il avait presque peur d'y fixer son regard.

— Je vois que vous admirez le mandala, fit Ale tout en s'affairant devant ses appareils de cuisson.

Il se força à regarder le dessin mystérieux. Cette fois-ci, rien n'aspira sa volonté au centre de l'antique configuration de lignes. Mais peu à peu, des fragments de ses souvenirs authentiques remontèrent à sa mémoire, des images saccadées qu'il dut saisir au vol. C'était une de ses premières leçons d'histoire, un enregistrement holo dont le foyer se situait au centre de la classe. Il s'agissait d'un docudrame destiné aux tout jeunes enfants. Les Iliens adoraient le théâtre et cette pièce était fascinante. Il avait oublié le titre mais elle évoquait les derniers jours des continents pandoriens — qui ne paraissaient pas du tout petits en holo — et la mort du varech. C'était la première fois que Keel entendait appeler le varech « Avata ». Et derrière les personnages, dans le poste de commandement où se situait l'action, il y avait un mur. Et sur ce mur était peinte la fresque effrayante que Keel avait reconnue tout à l'heure. Mais ce n'était pas tout. La scène suivante montrait, agrandi, le mandala rouge qu'il regardait en ce moment. Le juge Keel ne voulait même pas calculer le nombre d'années qui s'étaient écoulées depuis qu'il avait vu ce docudrame. Pas moins de soixante-dix ans, en tout cas.

Il reporta son attention sur Ale.

— Ce mandala, c'est l'original ou une copie? demanda-t-il.

— On m'a affirmé qu'il s'agissait de l'original. Il

est extrêmement ancien, antérieur à tout établissement sur Pandore. On dirait qu'il vous impressionne.

— Je l'avais déjà vu, ainsi que la fresque dans l'autre pièce. Je suppose que cette cuisine est d'installation plus récente ?

— J'ai tout réaménagé à mon goût. Ces pièces m'ont toujours beaucoup attirée. Mais la fresque et le mandala n'ont jamais changé de place et je les fais entretenir soigneusement.

— Dans ce cas, je sais où nous sommes. Les Iliens apprennent l'histoire très jeunes grâce à des holodrames et...

— Je sais de quelle pièce vous voulez parler. C'est exact. Nous sommes ici dans l'ancien Blockhaus. Autrefois, il était totalement émergé et adossé à de magnifiques montagnes, à ce qu'il paraît.

Elle apporta un plateau chargé de nourriture et posa les bols et les baguettes sur la table.

— Je croyais que le Blockhaus avait été presque totalement détruit, fit le juge. Ces représentations holo étaient censées reconstituer des épisodes du...

— Plusieurs sections sont demeurées intactes. Les cloisons étanches se sont mises en place automatiquement et ont isolé une grande partie du Blockhaus. Nous avons soigneusement restauré tout ce que nous avons pu.

— Impressionnant.

Le juge Keel hocha la tête. Cela en disait long sur le statut de Kareen Ale au sein de la communauté sirénienne. On avait aménagé tout un secteur de l'ancien Blockhaus uniquement pour son confort. Elle vivait tranquillement dans un véritable musée, sans être apparemment affectée par la valeur historique des lieux et des objets qui l'entouraient. C'était la première fois qu'il rencontrait une personnalité sirénienne dans un environnement sirénien et il s'apercevait maintenant que cette lacune dans son expérience était une faiblesse.

Il se força à se relaxer. Pour quelqu'un qui se

savait condamné à mourir bientôt, il y avait des avantages à trouver ici. Il n'était plus obligé, par exemple, d'user de son pouvoir de vie et de mort envers les vies nouvelles. Il n'avait plus à affronter quotidiennement des mères en pleurs et des pères outragés au sujet d'une progéniture indéfendable devant la Commission. Les problèmes des îles étaient bien loin.

Ale porta sa tasse de thé à ses lèvres. Cela sentait la menthe et Keel se rappela subitement que son estomac criait famine. Il se mit à manger à la mode îlienne, en laissant pour son hôtesse des portions égales aux siennes. Dès qu'il goûta au bouillon de poisson, il fut convaincu qu'il n'avait jamais rien mangé d'aussi savoureux. Etait-ce ainsi que se nourrissait le Sirénien moyen ? Une fois de plus, le juge regretta son manque d'expérience des coutumes locales. Son hôtesse s'était servie en même temps que lui et semblait apprécier le contenu de son bol, ce qui était offensant pour un Ilien.

Autre peuple, autre culture, se dit-il. Comme il était frappant de constater qu'une simple différence dans la manière de se tenir à table pouvait conduire à une catastrophe internationale !

Toute une série de questions sans réponses bourdonnaient dans sa tête. Peut-être valait-il mieux éviter de les aborder de manière trop directe et essayer de découvrir un compromis entre la brutalité sirénienne et la circonspection îlienne.

— L'absence d'humidité est bien agréable pour moi, dit-il, mais je me demande comment vous faites pour la supporter. J'ai vu que même côté surface, vous n'utilisiez pas d'éponge ni de crème spéciale comme les autres Siréniens.

Elle baissa les yeux et porta sa tasse de thé devant ses lèvres en l'entourant des deux mains.

Elle se cache, se dit le juge.

— Ward, je trouve que vous êtes quelqu'un de bizarre, répondit Kareen Ale en abaissant sa tasse. Ce n'est pas du tout la question à laquelle je m'attendais.

— Et à quelle question vous attendiez-vous ?

— Je préfère vous expliquer d'abord pourquoi je n'utilise pas d'éponge. Vous devez savoir que nous avons ici des locaux qui simulent en permanence les conditions de la surface. J'y ai été élevée. Je suis habituée à un environnement de type îlien. Mais je suis capable de m'adapter rapidement aux conditions d'humidité locales, si c'est nécessaire.

— Vous voulez dire que... dès l'enfance, vous avez été choisie pour travailler côté surface ?

Il y avait de l'incrédulité dans la voix du juge.

— J'ai été désignée pour occuper mes fonctions actuelles, confirma Kareen Ale. Ou, plus exactement, j'ai été choisie au sein d'un groupe élevé spécialement en fonction de certaines normes physiques et mentales.

Le juge la dévisageait d'un air stupéfait. Jamais il n'avait entendu quelqu'un évoquer sa destinée entière avec autant de désinvolture. Ale n'avait pas choisi elle-même son existence ! Elle qui pouvait physiquement, contrairement à la majorité des Iliens, choisir la carrière qu'elle voulait !

Il se souvint soudain de la manière dont elle planifiait tout ce qu'elle faisait. Une personne planifiée faite pour planifier. On l'avait... déformée. Elle considérait cela probablement comme une formation spéciale, mais toute formation n'est qu'une déformation simplement tolérable.

— Vous vivez cependant une existence sirénienne, lui dit-il. Vous suivez leurs coutumes, vous nagez sous l'eau...

— Regardez bien, dit-elle.

Elle déboutonna le haut de sa tunique et la fit glisser pour lui montrer ses épaules. Sa peau était aussi blanche et laiteuse qu'un os au milieu du désert. Juste au-dessus de ses omoplates, il y avait une cicatrice en saillie, parallèle à la colonne vertébrale. C'était la marque caractéristique d'un poisson à air, mais elle n'était pas à sa place habituelle. Il comprit immédiatement ce que cela signifiait.

— Si cette marque était sur votre nuque, elle risquerait de distraire l'attention des Iliens que vous fréquentez, n'est-ce pas ?

Il songea soudain que pour arriver à ce résultat, le chirurgien avait dû, entre autres, modifier le parcours de plusieurs vaisseaux sanguins.

— Vous avez une peau magnifique, reprit-il. C'est une honte de vous avoir marquée ainsi.

— On m'a fait cela lorsque j'étais toute petite. Je n'y pense plus. C'est juste une... commodité.

Il résista au désir de lui caresser l'épaule, de toucher son dos lisse et puissant, ses seins nus dont il devinait la rondeur.

Du calme, vieille canaille ! se dit-il.

Elle rajusta le haut de son vêtement et se tourna vers lui. Il se rendit compte que son regard parlait pour lui.

— Vous êtes très belle, Kareen, murmura-t-il. Dans les anciens holos, tous les humains ressemblent... à ce que vous êtes, mais...

Il haussa les épaules. Plus que jamais, il sentait le poids de sa prothèse, entre les épaules et le cou.

— Pardonnez à un vieux mutard, reprit-il, mais j'ai toujours pensé à vous comme à une personne idéale.

Elle le regarda en plissant le front.

— C'est la première fois que j'entends un Ilien se donner ce nom de... « mutard ». C'est réellement ce que vous pensez de vous ?

— Pas exactement. Mais beaucoup d'Iliens utilisent le terme. Par plaisanterie, la plupart du temps ; ou bien, par exemple, lorsqu'une maman excédée gronde son enfant désobéissant : « Sale petit mutard, veux-tu bien retirer tes pattes de ce gâteau ? » Ou encore : « Un pas de plus, mutard, et je te mute dans l'autre monde. » Toutefois, quand c'est l'un de nous qui le dit, ce n'est pas trop grave. Mais dans la bouche d'un Sirénien, je ne peux pas vous dire à quel point cela fait du mal. N'est-ce pas ainsi que vous nous appelez entre vous ?

— Les Siréniens bornés, peut-être. Dans certains milieux, cela fait partie du langage courant. Personnellement, je n'aime pas ce terme. S'il faut à tout prix établir une distinction, je préfère dire « clone » ou bien « Lon », comme faisaient nos ancêtres. Il est vrai que l'endroit où j'habite doit me donner le goût des mots antiques.

— Vous n'avez donc jamais utilisé ce terme, « mutard », pour nous désigner ?

Son visage et son cou, jusqu'à la naissance de sa gorge, s'empourprèrent. Il trouva cela charmant, mais cette réaction était assez éloquente.

Elle posa une main lisse et bronzée sur ses doigts ridés parsemés de taches jaunes.

— Comprenez, Ward, que pour une diplomate... obligée de côtoyer toutes sortes de gens...

— Chez les Iliens, fais comme les Iliens...

Elle retira sa main, laissant celle du juge froide et désappointée.

— C'est à peu près ça, dit-elle.

Elle reprit sa tasse et fit tourner lentement le liquide qui restait au fond. Le caractère défensif du geste n'échappa guère à Keel. C'était la première fois qu'il la voyait aussi peu sûre d'elle-même. Comme il n'était pas vaniteux au point d'attribuer ce trouble aux quelques paroles qu'ils venaient d'échanger, il se disait que la seule chose capable de produire cet effet sur Ale était un événement totalement imprévu, sans précédent diplomatique ou autre, échappant totalement à son expérience et à sa volonté.

— Ward, fit-elle, je crois qu'il y a un point sur lequel vous et moi avons toujours été d'accord.

Elle continuait de regarder le fond de sa tasse.

— Vraiment ? dit le juge d'un ton neutre, sans rien faire pour l'encourager à continuer.

— L'humanité est moins une question d'anatomie que de mentalité, poursuivit Kareen Ale. Il faut avoir une certaine dose d'intelligence, de compassion, d'humour... le désir de participer et de...

— Et d'établir des hiérarchies ?

— Il y a de cela aussi, je suppose, fit-elle en le regardant enfin dans les yeux. Nous autres Siréniens, nous sommes très fiers de notre corps. Nous nous enorgueillissons d'être restés près de la norme originelle.

— C'est pour cela que vous m'avez montré votre cicatrice ?

— C'est pour que vous puissiez voir que je ne suis pas parfaite.

— Que vous êtes difforme, comme moi ?

— Vous ne me facilitez pas la tâche, Ward.

— Vous autres Siréniens, vous avez la chance de pouvoir *choisir* vos mutations. Les lois de la génétique, naturellement, ajoutent leurs propres contraintes à tout ça. Votre cicatrice ne vous... rapproche pas de moi, mais c'est le cas d'une de vos taches de son, par exemple. J'adore vos taches de son. Elles sont bien plus agréables à porter que ceci... (Il toucha la prothèse qui lui soutenait la nuque...) Non pas que je veuille me plaindre, rassurez-vous. Mais je m'égare dans ces considérations pédantes. Quelle est donc cette tâche que je ne vous facilite pas ?

Il se laissa aller légèrement en arrière, satisfait pour une fois des leçons que de longues et monotones années de magistrature lui avaient apportées. Mais lorsqu'elle le regarda de nouveau dans les yeux, il lut la peur sur son visage.

— Il y a parmi les Siréniens, dit-elle, des fanatiques dont le but avoué est d'exterminer tous les... « mutards » de la planète.

La brutalité de ces paroles, le ton neutre avec lequel elles avaient été prononcées, prirent le juge au dépourvu. La vie était une chose précieuse aussi bien pour les Siréniens que pour les Iliens. Il avait pu le constater par lui-même d'innombrables fois au cours de sa carrière. L'idée de tuer volontairement lui donnait la nausée ainsi qu'à la plupart des Pandoriens. Ses propres sentences à l'encontre des déviants reconnus dangereux pour la survie de l'humanité lui avaient valu de connaître un isolement considérable durant une partie de sa vie, mais il fallait bien que quelqu'un se charge d'appliquer la loi. Cependant, jamais il n'avait décrété la destruction d'une créature, aussi informe ou monstrueuse fût-elle, sans ressentir personnellement d'horribles tourments intérieurs.

Mais vouloir donner la mort à des millions de...

Il reporta son attention sur Ale en songeant à son attitude récente, à la cuisine qu'elle avait faite elle-même, à son accueil dans ces lieux remarquables et à la cicatrice qu'elle lui avait montrée, bien sûr.

Je suis de votre côté. C'est ce qu'elle semblait vouloir lui dire. Il sentait bien que toutes ses actions convergeaient vers un même but, mais ce devait être quelque chose de difficile à exposer en termes carrés. Autrement, d'où viendrait un tel embarras ? Elle essayait probablement de l'amener à partager un certain point de vue.

Quel point de vue ?

— Pourquoi ? demanda-t-il à haute voix.

Elle prit une inspiration profonde. La simplicité de sa réaction la surprenait visiblement.

— L'ignorance, dit-elle.

— Et de quelle manière se manifeste cette ignorance ?

Les doigts de Kareen Ale pianotèrent nerveusement sur le coin de la nappe. Ses yeux découvrirent une petite tache et s'y fixèrent obstinément.

— Je suis comme un enfant devant vous, dit le juge. Expliquez-moi. Pourquoi « exterminer tous les mutards de la planète » ? Vous savez quelles sont mes idées sur la préservation de la vie humaine.

— Ce sont aussi les miennes, Ward. Il faut me croire, je vous en supplie.

— Dans ce cas, fournissez une bonne explication à l'enfant que je suis et nous verrons ensemble ce qu'il convient de faire pour lutter. Qui peut avoir une raison de souhaiter la mort de tant de gens sous le seul prétexte que nous sommes... extra-normaux ?

Jamais il n'avait eu à ce point conscience de l'énormité de son nez ou de l'écartement de ses yeux, tellement proches de ses oreilles qu'elles percevaient le fin *clic-clic* de chaque battement de paupière.

— C'est une question politique, dit-elle. L'appel aux réactions les plus basses est source de pouvoir. Et il y a le problème du varech.

— Quel problème du varech ?

La voix du juge était, à ses propres oreilles, blanche et lointaine et... chargée de peur, oui.

Exterminer tous les mutards de la planète.

— Avez-vous envie de faire un petit tour ? demanda-t-elle, les yeux tournés vers la baie de plaz.

— Comment, dehors ? s'étonna Keel en suivant son regard.

— Non ; ce serait impossible. Il vient d'y avoir une mascarelle côté surface et tous nos équipages sont occupés à réparer les dégâts que nos chantiers ont subis.

Les yeux du juge firent un effort pour s'accommoder sur sa bouche. Il avait du mal à croire que des lèvres puissent prononcer ce nom de mascarelle sans se mettre à trembler.

— Et les îles ? demanda-t-il, la gorge nouée. Y a-t-il eu beaucoup de victimes ?

— Pratiquement aucune, Ward. Uniquement des dégâts matériels mineurs. Les mascarelles appartiendront peut-être bientôt au passé.

— Je ne comprends pas.

— Celle-ci était plus faible que bien des tempêtes d'hiver auxquelles vous survivez chaque année. Nous avons mis en place plusieurs réseaux de terres émergées. Un jour, elles deviendront des îles. De véritables îles soudées à la planète au lieu de dériver à vau-l'eau. Et plus tard, certaines formeront, nous l'espérons, de véritables continents.

Des terres émergées ! se dit le juge avec un serrement de cœur. *Cela signifie qu'il y aura aussi des hauts-fonds.*

Rien de plus facile, pour une île, que de s'échouer sur des hauts-fonds. La catastrophe ultime, dans le jargon des historiens. Et elle parlait d'accroître volontairement le risque qui constituait la plus grande terreur des Iliens.

— Quelle quantité de terres émergées ? demanda-t-il d'une voix qu'il s'efforça de rendre naturelle.

— Pas beaucoup; mais ce n'est qu'un début.

— Il faudrait une éternité pour...

— Longtemps, Ward, c'est certain; mais pas une éternité. Nous y travaillons depuis plusieurs générations. Et dernièrement, nous avons reçu de l'aide. Vous n'êtes pas enthousiasmé à l'idée que ces choses-là s'accomplissent de votre vivant ?

— Je n'ai pas très bien saisi le rapport avec le varech, fit le juge, désireux de se soustraire à l'influence hypnotique qu'elle cherchait visiblement à exercer sur lui.

— Ne comprenez-vous pas que le varech est la clef de tout ? fit-elle. C'est d'ailleurs ce que tout le monde s'accorde à dire, aussi bien Iliens que Siréniens. Avec l'aide du varech et quelques barrières artificielles bien placées, nous pouvons nous assurer la maîtrise des courants marins. Dans leur totalité.

La maîtrise, se dit le juge. *Typiquement sirénien.*

Il doutait qu'ils puissent dompter l'océan; mais s'ils pouvaient agir sur les courants, ils pouvaient également agir sur les mouvements des îles.

Quel degré de maîtrise ?

— Dans un système à deux soleils comme le nôtre, fit-il à haute voix, les distorsions gravitationnelles rendent inévitables les séismes, mascarelles et...

— Ce n'était pas le cas lorsque le varech avait toute sa force, Ward. Et maintenant qu'il en a retrouvé une petite partie, cela fait une différence. Vous verrez. Les courants eux-mêmes vont devenir un facteur de consolidation — par les sédiments qu'ils apportent — au lieu d'être des agents de dégradation.

Dégradation.

Il regarda le splendide visage de Kareen Ale. Savait-elle seulement ce que signifiait ce terme ? Il n'avait pas que des connotations techniques.

Se méprenant sur les raisons de son silence, elle poursuivit tête baissée :

— Nous possédons toutes les données sur cette planète depuis le commencement. Nous pouvons programmer sa reconstruction en tenant compte de la mort du varech et de tous les détails.

Non ; pas tous les détails.

Le juge se tourna de nouveau vers la magnifique plantation derrière la baie de plaz. Le varech était si luxuriant à cet endroit qu'il cachait presque entièrement le fond. On ne voyait aucun rocher. Enfant, il avait renoncé à observer le courant parce qu'il n'y avait jamais rien d'autre à voir que des rochers... et de la vase. Quand l'eau était assez claire et assez basse pour qu'on y voie quelque chose. Apercevoir le fond quand on se trouve sur une île, cela a de quoi vous faire courir un frisson le long de l'épine dorsale.

— A quelle distance de la surface se trouvent ces barrières artificielles ? demanda-t-il.

Elle se racla la gorge, évitant son regard.

— Dans le secteur où nous sommes, les lignes de brisants commencent à se former. Je pense que les guetteurs de Vashon ont dû en signaler. Cette mascarelle les a fait dériver dans la direction de nos...

— Vashon a un tirant d'eau de cent mètres en son centre ! protesta le juge. Les deux tiers de sa population vivent au-dessous de sa ligne de flottaison. Cela représente un demi-million de vies humaines ! Comment pouvez-vous parler avec une telle désinvolture de quelque chose qui met en danger un si grand nombre de...

— Ward ! fit-elle d'une voix où perçait une pointe de glace. Nous n'ignorons pas les dangers que cela représente pour vos îles et nous en tenons compte. Nous ne sommes pas des assassins. Nous avons entrepris de réhabiliter le varech et de donner des continents à cette planète. C'est une œuvre monumentale que nous poursuivons depuis des générations.

— Une œuvre que vous avez gardée secrète et dont vous ne partagez pas les dangers avec les Iliens. Faut-il donc que nous soyons sacrifiés à vos...

— Personne ne sera sacrifié !

— Ce n'est certainement pas le point de vue de vos amis qui veulent exterminer les mutards de Pandore ! C'est ainsi qu'ils comptent s'y prendre ? En faisant échouer nos îles sur vos barrières et vos continents ?

— Nous nous doutions que vous ne comprendriez pas. Vous devriez admettre que les îles n'ont pas d'avenir, contrairement à ceux qui les peuplent. Je vous accorde que nous aurions dû faire participer les Iliens depuis longtemps à ces projets. Mais nous ne l'avons pas fait. (Elle haussa les épaules.) Cependant, nous le faisons maintenant. Je suis chargée de vous dire ce qu'il y a lieu que nous fassions ensemble pour éviter le pire. Ma mission est de vous convaincre de coopérer à...

— A l'extermination des Iliens !

— Non, Ward ; soyez raisonnable, bon sang ! Coopérer à sauvegarder l'avenir des Iliens et des Siréniens. Il faut qu'un jour, tous ensemble, nous puissions à nouveau fouler le sol de cette planète.

Elle disait cela d'un ton sincère, cela ne faisait aucun doute, mais il ne lui faisait pas pour autant confiance. C'était une diplomate, entraînée à mentir de manière convaincante. La seule énormité de ce qu'elle proposait...

Elle fit un geste de la main en direction des luxuriantes plantations :

— Regardez comme le varech est prospère. Mais ce n'est plus qu'une plante et non une entité sentiente comme avant son extermination par nos ancêtres. Naturellement, nous avons pu récupérer une partie des gènes disséminés dans le patrimoine humain lors de...

— Ce n'est pas au Juge Suprême que vous allez donner une leçon de génétique, grogna Ward. Nous sommes au courant de tout ce qui concerne votre « bêtavarech ».

Elle s'empourpra et il se demanda quelle pouvait être la signification de cette réaction émotionnelle. C'était la première fois qu'il la voyait rougir. Cela faisait partie des artifices d'une bonne diplomate, sans doute. Mais pourquoi n'avait-elle pas usé de ce talent avant ? A moins que... la situation soit trop grave pour qu'elle réprime ses émotions. Il décida de l'observer attentivement pour voir si cela se reproduisait.

— Ce terme de « bêtavarech » est bon pour des écoliers, dit-elle. Il est tout à fait ridicule et inapproprié.

— Vous essayez de détourner la conversation, accusa le juge. A quelle distance se trouve actuellement Vashon de vos premières lignes de brisants ?

— D'ici quelques minutes, je vais vous emmener faire un petit tour et vous verrez. Mais il faut que vous compreniez que nous...

— Non. Je refuse absolument de comprendre — et vous voulez dire *accepter,* en réalité — une entreprise qui met en péril un si grand nombre de vies îliennes. Un si grand nombre de *vies* tout court. Vous parlez de maîtriser les choses. Avez-vous seulement idée des énergies en jeu dans le moindre déplacement d'une île ? Dans la manœuvre patiemment élaborée d'une masse aussi gigantesque ? Cette maîtrise dont vous semblez si fière ne prend pas en considération les forces cinétiques du...

— Mais bien sûr que si, Ward. Je ne vous ai pas fait venir jusqu'ici pour vous offrir le thé, ni pour discuter avec vous. J'espère que vous avez toutes vos jambes, reprit-elle en se levant, car il va falloir que vous marchiez un peu.

Il se mit péniblement debout, en essayant de dérouiller ses genoux. Son pied gauche endormi fourmillait désagréablement. Etait-ce possible, tout ce dont elle venait de parler ? Il ne pouvait échapper à la terreur innée que ressentaient tous les Iliens à l'idée de trouver un haut-fond sur leur route. Une ligne blanche à l'horizon signifiait une mort certaine : soit une mascarelle, soit des brisants découverts par un mouvement de marée. Personne ne pouvait rien changer à cela.

Comment les Siréniennes et les Siréniens font-ils l'amour ? Toujours de la même manière.

Plaisanterie îlienne.

Les deux coracles, l'un remorquant l'autre, fendaient la surface mouvante de l'océan. Rien n'occupait l'horizon à part la houle grise et les longs rouleaux crêtés d'écume blanche intermittente. Vashon avait depuis longtemps disparu derrière Twisp qui se guidait, pour maintenir son cap, sur la brise invariable et sur son instinct de pêcheur capable de déceler les plus infimes variations de lumière. Armé d'une vigilante patience, il ne jetait que quelques rares coups d'œil à sa radio et à son équipement gonio. Il avait passé toute la nuit à rassembler le matériel dont il avait besoin pour partir à la recherche de Brett. Il avait fallu mettre les coracles à flot, réparer les dégâts causés par la mascarelle et charger tout le nécessaire.

Le matin pandorien était déjà bien avancé. Seul le Petit Soleil était visible dans le ciel, sous la forme d'un point brillant derrière une légère couverture de nuages. Un temps idéal pour la navigation. Le Contrôle de Jusant lui avait communiqué la position exacte de Vashon au moment de la mascarelle et il savait qu'il pourrait commencer à quadriller la mer vers le milieu de l'après-midi.

Si tu t'es débrouillé pour survivre jusque-là, mon garçon, je te retrouverai.

Twisp ne se faisait pas trop d'illusions sur ses chances de réussite. Près de vingt-quatre heures s'étaient déjà écoulées, sans parler des meutes de capucins toujours sur le qui-vive. Il y avait aussi cet étrange courant dans la mer, qui traçait un long sillon au creux des vagues. Heureusement pour Twisp, il filait dans la même direction que lui. Il pouvait même mesurer sa force aux distorsions Doppler qu'il percevait sur sa radio, restée branchée sur la fréquence détresse de Vashon. Il espérait toujours capter un message concernant le sort de Brett.

Il n'était pas du tout impossible que les Siréniens aient retrouvé Brett. Twisp allait peut-être apercevoir une bouée indiquant la présence au fond d'une équipe de travail sirénienne, ou bien un de leurs nageurs rapides, ou encore la proue luisante et rebondie d'un suba en train de faire surface.

Mais rien ne venait troubler son cercle d'horizon restreint.

Quitter Vashon en toute hâte, au nez et à la barbe de la Sécurité, avait été une véritable prouesse. Mais les Iliens avaient l'habitude de s'entraider, même si l'un d'eux s'obstinait à se lancer dans une entreprise insensée. Gérard lui avait fait parvenir toute une cargaison de vivres offerts par ses amis ou pris sur les réserves de la Coupe des As. La Sécurité avait été informée de la disparition de Brett. D'après les sources privées de Gérard, les parents du gosse avaient lancé un appel pour que « quelque chose soit fait », mais ils n'étaient pas venus trouver Twisp. La chose était curieuse. Ils se reposaient entièrement sur les autorités. Twisp, pour sa part, soupçonnait la Sécurité d'être au courant de ses préparatifs, mais de fermer les yeux, en partie pour protester contre les pressions exercées par la famille Norton et en partie... par simple solidarité îlienne. Tout le monde savait qu'il était obligé de faire ce qu'il faisait.

La jetée était le siège d'une activité fébrile quand Twisp était descendu voir s'il y avait un moyen de renflouer son bateau. Malgré le travail qu'ils avaient, les pêcheurs avaient pris le temps de l'aider. Brett était la seule personne portée disparue à l'occasion de cette mascarelle et ils savaient tous ce que Twisp allait tenter.

Toute la nuit, ils avaient apporté du matériel, un sonar, un coracle de rechange, un nouveau moteur, des batteries organiques à base de cellules de poissons gymnotes. Chaque don qu'on lui faisait disait : « Nous savons ce que c'est. Nous sympathisons avec toi. Nous ferions la même chose si nous étions à ta place. »

Finalement, prêt à appareiller, Twisp avait dû attendre nerveusement l'arrivée de Gérard, qui lui avait demandé de patienter un peu. Le tenancier de la Coupe des As était arrivé dans son fauteuil roulant, sa jambe unique tendue en avant comme un éperon destiné à lui frayer la voie. Derrière lui gambadaient ses deux petites filles jumelles, suivies de cinq clients de la taverne qui poussaient des brouettes chargées de vivres.

— Il y en a pour trois semaines à un mois, lui avait dit Gérard en freinant dans un grincement de roues devant les deux coracles qui l'attendaient. Je te connais bien, Twisp. Je sais que tu ne renonceras pas facilement.

Un silence embarrassé était tombé sur les pêcheurs réunis pour voir partir Twisp. Gérard avait dit tout haut ce qu'ils pensaient tous. Mais combien de temps le gosse pouvait-il survivre en plein océan ?

Pendant que les deux coracles étaient chargés, Gérard ajouta :

— Les Siréniens ont été prévenus. Ils nous contacteront s'ils apprennent quelque chose. Mais je ne sais pas ce que ça va te coûter.

Twisp avait regardé les deux coracles et tous ses amis qui lui faisaient don de précieux équipements et d'une aide physique non moins appréciable. Déjà, sa dette était grande. S'il revenait... mais il reviendrait, et avec le gosse... cette dette serait un poids. Et dire que quelques heures avant, il était presque prêt à renoncer à son existence de pêcheur indépendant, pour retourner travailler dans les subas ! La vie était ainsi faite.

Les petites jumelles de Gérard s'étaient approchées de Twisp à ce moment-là pour le supplier de les faire tourner au bout de ses longs bras. Les coracles étaient presque chargés et une étrange réticence s'était emparée de tous ceux qui étaient présents, y compris Twisp lui-même. Il tendit les bras pour que chacune des petites filles lui agrippe fermement un poignet puis il se mit à tourner sur lui-même, de plus en plus vite, obligeant tout le monde à reculer pour former un large cercle. Les jumelles, ravies, poussaient de petits cris, tout leur corps tendu à l'horizontale. Twisp ralentit progressivement le mouvement. Il transpirait et voyait tout tourner autour de lui. Quand il déposa les fillettes, elles demeurèrent assises sur le sol dur de la jetée, étourdies, incapables de se relever.

— Tu reviendras, tu m'entends? lui avait dit Gérard. Mes filles ne nous le pardonneront jamais, si tu ne reviens pas.

Tout en maintenant son cap, Twisp repensait à l'étrange silence qui avait entouré son départ. Il sentait le vent sur sa joue et le sifflement du courant sous la coque. Son œil guettait la moindre variation de lumière et, dans sa solitude, la vieille maxime des pêcheurs lui mettait un peu de baume au cœur : « Ton meilleur ami, c'est l'espoir. »

Après chaque creux des vagues, il sentait se raidir le câble qui remorquait le deuxième coracle. L'onde porteuse sur sa radio fournissait un léger fond sonore au clapot qui battait la coque. Il se retourna pour regarder l'autre coracle. Seule l'antenne de charge électrostatique dépassait de la bâche. L'embarcation filait bas sur l'eau. Le nouveau moteur ronronnait de manière rassurante à ses pieds. Les batteries organiques n'avaient pas encore commencé à changer de couleur, mais il les surveillait. A moins que la foudre ne tombe sur l'antenne de charge, il faudrait les nourrir avant la tombée de la nuit.

De grosses circonvolutions de nuages gris s'amassaient devant lui. Il allait sans doute bientôt pleuvoir. Il déroula la membrane transparente qu'un pêcheur lui avait donnée et l'étala au-dessus du cockpit en laissant une poche au milieu pour recueillir un peu d'eau potable. L'indicateur de cap sonna tandis qu'il finissait de l'attacher. Il corrigea une petite déviation de cinq degrés et se glissa sous la membrane car la pluie était maintenant imminente. Il pestait à l'idée de réduire ainsi sa visibilité, mais il fallait qu'il reste au sec.

Tant que je suis au sec, je ne me sens jamais vraiment malheureux.

Et pourtant, il s'était rarement senti aussi malheureux qu'en ce moment. Avait-il vraiment la plus petite chance de retrouver le gosse ? Ou bien son geste faisait-il partie de cette catégorie d'actions futiles que chacun se doit d'accomplir pour préserver son bien-être moral ?

C'est peut-être que je n'ai pas tellement d'autres raisons de vivre ?

Il chassa de son esprit cette pensée qu'il refusait de considérer. Pour s'occuper de dissiper ses doutes, il prépara une ligne munie d'un grelot qu'il fixa au banc de nage à tribord. Il la garnit d'un tortillon argenté qui brillait sous l'eau puis la laissa filer doucement. Il s'assura que le grelot fonctionnait en tirant sur la ligne d'un coup sec. Le tintement le rassura.

Tout ce dont j'ai besoin, se dit-il. *Traîner un poisson mort derrière moi pour attirer les capucins.*

Les capucins préféraient généralement les proies au sang chaud ; mais quand ils étaient affamés, ils se jetaient sur tout ce qu'ils voyaient bouger.

Un peu comme les humains.

Twisp se laissa aller en arrière, la barre sous l'aisselle droite, et s'efforça de se décontracter. Toujours rien sur la fréquence détresse de la radio. Il tendit la main et tourna le bouton pour capter le programme normal. Il y avait de la musique.

Un autre appareil dont on lui avait fait cadeau

était entre ses jambes : un sondeur nautique avec son sonar détecteur de fond et sa mémoire capable de stocker toute une série de positions données. Il l'alluma pour vérifier une position, calcula la distance Doppler à l'aide de la radio et hocha silencieusement la tête.

J'y suis presque.

Quelque part derrière lui, Vashon se laissait porter par un bon courant de sept cliques à l'heure. Le coracle en faisait facilement douze. Un peu trop vite pour traîner une ligne.

La musique de la radio s'interrompit pour faire place à quelques commentaires sur le Juge Suprême Keel. La Commission qu'il présidait n'avait fait aucune déclaration officielle, mais la plupart des observateurs estimaient que son voyage d'études, sans précédent dans les annales, pourrait avoir « une importance capitale pour Vashon et les autres îles ».

Quelle importance capitale? se demandait Twisp.

Keel était une personnalité influente, mais Twisp avait du mal à croire que cette influence pût s'exercer au-delà de Vashon. S'il arrivait qu'une de ses décisions soulève des mouvements d'humeur dans une communauté îlienne ou dans une autre, il n'y avait guère eu de problème majeur depuis son accession à son poste, et cela remontait à pas mal d'années. Preuve, sans doute, que ses décisions étaient sages.

La Psyo, toutefois, avait été invitée à donner son avis sur la mission de Keel, et cela intriguait Twisp. Qu'est-ce que la vieille religion de Nef avait à voir avec le voyage du Juge Suprême? Twisp n'avait, à vrai dire, jamais accordé beaucoup plus qu'une attention passagère à la politique ou à la religion, surtout pour lui prétextes à d'occasionnelles discussions bruyantes avec les habitués de la Coupe des As. Du reste, il s'était toujours senti incapable de comprendre ce qui poussait les autres à se passionner pour des questions comme « les véritables desseins de Nef ».

Allez donc savoir quels étaient les véritables desseins de Nef ! En avait-elle seulement eu, des desseins ?

Peut-être y avait-il en ce moment un renouveau de l'ancienne religion chez les Iliens. Il s'agissait là, en tout cas, de l'une des pierres d'achoppement cachées entre Iliens et Siréniens. Comme si la bipolarisation de la planète n'était pas déjà assez forte ! Les diplomates faisaient état « des différences fonctionnelles » entre les deux populations. Les Iliens revendiquaient la suprématie dans les domaines de l'agriculture, du textile et de la météorologie. Les Siréniens s'étaient toujours vantés de posséder le corps le mieux adapté au retour à la vie continentale.

Stupides querelles !

Twisp avait toujours constaté pour sa part que le niveau mental d'un groupe d'humains — qu'ils fussent Siréniens ou bien Iliens — baissait à mesure que le nombre de ses membres augmentait.

Le jour où l'humanité aura résolu ce problème-là, tout lui sera permis !

Twisp avait l'intuition que quelque chose d'important était en préparation. Mais comme il se sentait loin de tous ces problèmes, au milieu de l'océan ! Ici, il n'y avait ni Nef, ni Psyo, ni fanatiques religieux. Rien qu'un agnostique endurci.

Nef et Dieu ne faisaient-ils qu'Un ? Qui s'en souciait, maintenant que Nef les avait abandonnés pour de bon ici ? Et aucun autre aspect de Nef ne comptait vraiment.

Une longue lame déferlante souleva aisément le coracle à une hauteur qui faisait presque le double des vagues environnantes. Il profita de ce bref avantage pour jeter un coup d'œil à la ronde et distingua une masse qui flottait droit devant à une assez grande distance. Cela se déplaçait dans l'étrange courant argenté qui accroissait la vitesse de son propre coracle. Il scruta les flots devant lui jusqu'à ce qu'il aperçoive la masse inconnue de beaucoup plus près. Il se rendit compte à ce moment-là qu'il s'agissait en réalité de plusieurs objets agglutinés. Il lui fallut quelques secondes de plus pour identifier les objets.

Des capucins !

Le plus étrange était que ses couacs n'avaient pas bronché. Il les regarda tout en posant la main sur le bouton du champ protecteur, prêt à repousser la meute dès qu'elle attaquerait. Mais aucun des capucins ne bougea.

C'est bizarre, se dit-il. *Je n'ai jamais vu des capucins demeurer immobiles.*

Il redressa la tête, soulevant la bâche de son cockpit, et regarda attentivement devant lui. Lorsque le coracle fut assez près, il compta sept adultes et plusieurs jeunes étroitement serrés les uns contre les autres au centre du groupe. La masse était ballottée par les flots comme une plaque de grumelle noire.

Ils sont morts, se dit Twisp. *Une meute entière de capucins, tous morts. Qu'est-ce qui a bien pu les tuer ?*

Twisp réduisit les gaz, le doigt toujours posé sur le bouton du champ de protection, au cas où... Mais il ne s'agissait pas d'une ruse pour l'attirer. Ils étaient bien morts. Ils avaient formé un cercle de défense, chaque adulte lié par les deux pattes arrière à un autre de chaque côté. A l'intérieur du cercle se trouvaient les petits. A l'extérieur, crocs et pattes antérieures faisaient face au danger. Quel danger ?

Twisp les contourna lentement pour mieux les examiner. Depuis combien de temps dérivaient-ils ainsi ? Il aurait voulu s'arrêter pour en dépouiller au moins un. La fourrure de capucin rapportait toujours un bon prix. Mais cela lui aurait fait perdre un temps précieux, et il ne restait pas beaucoup de place à bord des coracles.

Sans compter la puanteur.

Il se rapprocha encore du groupe. De près, il était facile de voir de quelle manière les capucins avaient pu s'adapter si vite à la vie aquatique. Grâce à leurs poils creux contenant des millions et des millions de petites poches d'air qui s'étaient transformées en un système de flottaison efficace lorsque l'océan avait submergé toutes les terres de Pandore. La légende disait qu'autrefois les capucins redoutaient l'eau et que leurs poils creux les isolaient à la fois du froid nocturne et du soleil torride qui régnait sur les déserts de rocaille. La fourrure de capucin permettait de fabriquer de magnifiques couvertures, à la fois chaudes et légères.

De nouveau, il eut la tentation d'en dépouiller quelques-uns. Ils étaient tous en très bon état. Mais il aurait fallu qu'il se débarrasse d'une partie de sa cargaison pour leur faire de la place. Et il n'avait rien emporté d'inutile.

L'un des capucins possédait un large capuchon qui flottait autour de sa hideuse tête lisse comme une collerette de cuir noir. Les spécialistes disaient qu'il s'agissait d'un caractère régressif. La plupart des capucins avaient perdu leur capuchon dans la mer pour devenir de puissantes et lisses machines à tuer hérissées de crocs en forme de sabre et de griffes acérées qui pouvaient atteindre, chez les plus gros spécimens, près de quinze centimètres de long.

Soulevant un coin de la bâche, il prit un grappin avec lequel il attira le capucin à la collerette noire. En le retournant légèrement, il constata avec surprise qu'il avait le ventre brûlé. Une marque profonde lui entaillait la moitié du corps, du bréchet jusqu'à l'abdomen.

Brûlé par en dessous ?

Quelque chose avait surpris et exterminé toute la meute. Mais quoi ?

Il redressa la barre et poursuivit sa route dans le courant scintillant en suivant les indications du compas et le signal donnant la position relative de Vashon. Il y avait toujours de la musique à la radio. Bientôt, le mystérieux groupe de capucins disparut derrière lui à l'horizon.

Les nuages étaient un peu moins bas à présent et il ne pleuvait toujours pas. Pour tenir son cap, il observait le point brillant au milieu des nuages, le compas incertain et les lignes parallèles d'embruns sur la bâche transparente au-dessus de sa tête, qui lui donnaient une assez bonne idée de sa direction relative.

Ses pensées revenaient sans cesse aux capucins. Il était persuadé que c'étaient des Siréniens qui les avaient tués par en dessous, mais de quelle manière ? Peut-être un suba. En tout cas, si les Siréniens possédaient de telles armes, les Iliens étaient pratiquement sans défense devant eux.

Mais qu'est-ce qui me fait penser que les Siréniens pourraient nous attaquer ?

Si tout séparait Iliens et Siréniens, l'idée de guerre sur Pandore appartenait à l'histoire ancienne et aux documents datant des Guerres des Clones. En fait, il fallait reconnaître que les Siréniens ne ménageaient jamais leurs efforts pour sauver des vies îliennes.

Cependant, pour ceux qui vivaient sous l'eau, les occasions de se cacher ne manquaient pas. Et il était notoire, par exemple, que les Siréniens convoitaient Vata. Ils demandaient toujours qu'elle soit « transférée en un lieu plus sûr et plus confortable au fond de la mer ».

« Vata est la clef de la conscience du varech », disaient les Siréniens. Et ils le répétaient si souvent que c'en était devenu un cliché. Cependant, la Psyo semblait du même avis. Twisp ne croyait pas tout ce que disait la Psyo, mais il ne faisait part de son scepticisme à personne.

D'après Twisp, il s'agissait plutôt de rivalités entre ceux qui détenaient le pouvoir. Vata, à force de vivre indéfiniment à côté de son compagnon, Duque, était devenue pratiquement une sainte pour les Pandoriens. Il était facile de raconter n'importe quelle histoire pour expliquer pourquoi elle continuait d'attendre dans son bassin sans rien faire.

— Elle espère le retour de Nef, disaient certains.
Mais Twisp connaissait un spécialiste que la Psyo faisait venir de temps à autre pour vérifier et entretenir le liquide nutritif dans lequel baignaient Vata et Duque, et il souriait de toutes ces histoires.

— Elle survit, c'est tout, disait-il. Et je suis sûr qu'elle ne s'en rend même pas compte elle-même !

— Mais c'est vrai qu'elle possède des gènes du varech ? avait demandé Twisp.

— Bien sûr. Nous avons pratiqué des examens pendant que les observateurs siréniens et autres théoriciens religieux farfelus avaient le dos tourné. Il suffit de quelques cellules, vous savez. La Psyo en deviendrait blême. Vata a des gènes du varech, je peux vous l'affirmer.

— Les Siréniens seraient donc dans le vrai ?

— Là, vous m'en demandez trop, avait répondu le spécialiste en riant. Beaucoup d'entre nous possèdent des gènes du varech. Pourtant, nous sommes tous différents. Peut-être a-t-elle tiré les bonnes cartes. Ou, pour autant que nous le sachions, peut-être Jésus Louis était-il en réalité Satan, comme le prétend la Psyo. Et Pandore, l'œuvre de prédilection de Satan.

Ces révélations n'avaient pas tellement changé les opinions de Twisp.

Tout ça, c'est de la politique. Et la politique, c'est pour les nantis.

Ces derniers temps, tout se résumait à cela : payer des impôts et soutenir la bonne formation politique. Si vous étiez protégé par quelqu'un de bien placé, vous pouviez vous en sortir sans que cela vous coûte la plus grande partie de vos biens. Autrement, vous n'aviez aucune chance. Les rivalités mesquines, l'envie, la jalousie, voilà ce qui gouvernait réellement Pandore. Et aussi la peur. Combien de fois avait-il lu la peur sur les visages des Siréniens confrontés aux Iliens les plus transformés par rapport à leurs normes ? Des gens que même Twisp, à vrai dire, se prenait à traiter intérieurement de

« mutards ». Cette peur confinait à l'horreur et à la répulsion. Mais à la base de ces sentiments, il y avait toujours la politique. « Nef vénérée, priaient les Siréniens terrorisés quand ils mettaient bas leur masque, faites que ni moi, ni ceux que j'aime ne soyons un jour affligés d'un tel corps ! »

Le signal sonore interrompit la sombre rêverie de Twisp. C'était son sonar qui indiquait que la profondeur ici était inférieure à cent mètres. Il regarda la mer autour de lui. Le courant argenté avait été rejoint des deux côtés par des affluents. Twisp sentait des remous sous la coque de son coracle. Il distingua aussi dans l'eau des débris qui flottaient : quelques morceaux de varech et aussi des fragments d'os. Sans doute des os de couacs, pour flotter ainsi.

Cent mètres.

Ce n'était pas beaucoup. Tout juste le tirant d'eau de Vashon en son centre. Il savait que les Siréniens préféraient construire sur des fonds de ce genre. Était-ce un secteur sirénien ? Il rechercha des signes de leur présence : une plate-forme de plongée, les remous d'un suba en train de remonter ou d'un hydroptère sur le point de crever la surface. Mais il ne vit que l'océan et le courant qui continuait à porter son coracle. Il y avait tout de même beaucoup de débris de varech dans ce courant. C'était peut-être un secteur que les Siréniens étaient en train de replanter. Souvent, dans des discussions de pêcheurs, Twisp lui-même avait soutenu la politique sirénienne à cet égard. Plus de varech signifiait plus d'abris et de nourriture pour les poissons, et par conséquent une meilleure reproduction. Le poisson était vital pour les Iliens comme pour les Siréniens. Et si les pêcheurs savaient le trouver plus vite, ce n'en était que mieux.

Son indicateur de profondeur lui indiquait que le fond demeurait à quatre-vingt-dix mètres. Les Siréniens avaient de bonnes raisons de préférer des eaux peu profondes. Le varech s'y plaisait davantage. Les échanges commerciaux avec les îles étaient facilités, à condition bien sûr que leur passage demeure libre. Sans compter tous les bruits qui couraient sur les projets siréniens pour créer de nouvelles terres émergées.

Twisp espérait qu'il découvrirait au moins une station sirénienne qui lui dirait s'ils avaient des nouvelles du gosse. Mais le peu qu'il savait sur eux lui donnait également envie, indépendamment du reste, d'établir un contact qui le fascinait à l'avance.

L'esprit de Twisp commença à bâtir des fantasmes. Il rêvait que les Siréniens avaient sauvé Brett. Sa main effleurant l'eau, il ramassa une poignée de varech et la vision se précisa. Brett avait été découvert par une jeune et belle Sirénienne dont il était tombé amoureux, quelque part dans les profondeurs de la mer.

Bon sang, qu'est-ce qu'il m'arrive ?

Son rêve éveillé s'écroula tandis qu'il se ressaisissait. Cependant, il dut faire un violent effort pour le chasser de nouveau, car il avait tendance à revenir par bribes.

L'espoir, c'est une chose, se disait-il. *Mais les fantasmes sont une autre chose... qui peut être dangereuse.*

La Foi n'a peut-être pas connu de meilleure époque, mais nous n'en sommes pas pour autant à l'Age de Foi.

FLANNERY O'CONNOR, *Correspondance, Archives de la Mnefmothèque.*

Ceux qui surveillaient Vata ce jour-là déclarèrent que sa chevelure était devenue vivante, qu'elle s'enroulait d'elle-même autour de son visage et de ses épaules. A mesure qu'augmentait l'agitation de Vata, ses frissons se muaient en une convulsion continue de plus en plus intense. Sa chevelure épaisse se lovait autour d'elle et faisait d'elle une boule fœtale soyeusement hérissée.

Les convulsions décrurent puis cessèrent en deux minutes douze secondes. Quatre minutes et vingt-quatre secondes plus tard, les tentacules de ses cheveux redevinrent une chevelure normale qui s'étalait comme d'habitude autour d'elle à la surface du bassin. Elle demeura dans cette position rigide pendant trois périodes de veille de ses gardiens.

La Psyo ne fut pas la première à faire le rapprochement entre cette agitation dans le bassin et la catastrophe de Guemes. Elle ne devait pas être la dernière non plus. Toutefois, elle fut la seule à ne pas être surprise.

Non, pas maintenant ! s'était-elle dit, comme s'il était possible de trouver un moment plus adéquat pour faire mourir des milliers de personnes. C'était pour cela qu'elle avait besoin de Gallow. Le fait accompli ne l'empêchait pas de vivre, mais ce n'était pas elle qui aurait pu l'accomplir. Et rien de tout cela, au demeurant, n'adoucissait les horreurs qu'elle était forcée d'imaginer tandis que Vata se tordait dans son bassin.

Ces cheveux enroulés autour d'elle !

Cette pensée hérissait le plus fin duvet sur la nuque et les épaules de la Psyo.

Dès que les premières convulsions de Vata l'avaient saisie, Duque s'était raidi puis avait sombré rapidement dans un état de choc. Le seul son cohérent qu'il avait émis avait été un « M'man » strident, rapidement étouffé.

Les méditechs présents, aussi bien Iliens que Siréniens, s'étaient précipités au bord du bassin.

— Qu'est-ce qu'il a ? demanda une jeune assistante. Elle n'avait pas de menton et son nez était crochu, mais elle possédait une certaine beauté. La Psyo remarqua ses grands yeux verts et ses longs cils blancs qui battaient pendant qu'elle parlait.

Simone Rocksack montra du doigt les écrans de contrôle de l'autre côté du bassin, au-dessus du centre de surveillance :

— Rythme cardiaque élevé, rapide. Agitation. Respiration courte. Tension artérielle en baisse constante. Il s'agit d'un choc caractérisé. Il n'a subi aucun traumatisme. L'apoplexie et l'hémorragie interne ont été écartées.

Elle s'éclaircit la voix avant d'ajouter :

— C'est un choc psychogène. Il a été terrorisé par quelque chose.

Le rejet délibéré du passé est une manière pour le lâche de supprimer des informations qui le gênent.

Les Historiques.

Une brise tiède soufflait et le ciel au-dessus de Twisp était devenu bleu. Les averses sporadiques avaient cessé : le Petit Soleil commençait à décliner vers la ligne d'horizon. Twisp mit de côté l'eau de pluie qu'il avait récupérée : près de quatre litres. Il défit la bâche de son cockpit et la roula de manière à pouvoir la remettre en place rapidement si le temps tournait à nouveau.

Il repensa un instant à la vision qu'il avait eue de Brett tombant amoureux d'une belle Sirénienne. Quelle idiotie ! Les Siréniennes tenaient à avoir des enfants *normaux*. Un Ilien ne pouvait s'attendre qu'à des désillusions dans ce domaine. Qu'un garçon comme Brett montre ses grands yeux chez les Siréniens, et aussitôt les mères s'empressaient de mettre leurs filles à l'abri. Certes, depuis quelque temps, les naissances îliennes commençaient à se stabiliser. Les filles de Gérard étaient un exemple et les quasi-normaux comme Brett devenaient plus nombreux à chaque saison. Cependant, tout cela ne changeait en rien les attitudes de base. Les Siréniens restaient les Siréniens et les Iliens les Iliens, même si les derniers rattrapaient lentement les premiers avec une durée de vie accrue et un taux de déviations mortelles en diminution.

Le signal sonore du détecteur de profondeur retentit une fois, puis plusieurs fois successivement. Il regarda le cadran puis modifia le seuil de déclenchement. Les fonds étaient de plus en plus hauts. Soixante-quinze mètres, à présent. A partir de cinquante, il pourrait essayer de les voir. Un des cadeaux qu'on lui avait remis à son départ était un petit jusant organique, magnifiquement ouvragé, muni à une extrémité d'un dispositif cornéen à mise au point automatique. L'endroit où il fallait mettre les yeux ressemblait à une ventouse. Cette chose ne survivait que si elle était immergée presque tout le temps dans un liquide nutritif. Et elle grandissait inexorablement, au point de devenir trop grosse pour une embarcation comme celle de Twisp. La coutume voulait qu'elle soit transmise, à ce moment-là, au patron d'un bateau plus gros.

Twisp caressait distraitement de la main la surface lisse de l'instrument organique qui se contractait automatiquement à ce contact. Il haussa les épaules. Que pouvait-il espérer découvrir au fond de la mer, même si les eaux baissaient encore ? Il rangea le petit jusant et reporta son attention sur ce qui l'entourait.

La brise était chaude, presque embaumée, et encore saturée d'humidité après les averses. La surface de l'océan était plus calme mais le courant qui le portait était toujours vif et bouillonnant. Il s'étendait droit devant lui à perte de vue et sur plus d'un kilomètre de chaque côté du coracle. Bizarre. Twisp n'avait jamais rien vu de pareil. Cependant, sur Pandore, il ne fallait s'étonner de rien. La seule chose qui ne surprenait jamais, c'était le temps, car il changeait sans cesse, et sans prévenir.

Il regarda vers l'est et vit un petit banc de nuages. Le Petit Soleil était déjà bas sur l'horizon. Bientôt, le Grand Soleil se lèverait, apportant plus de lumière et plus de visibilité. Partout ailleurs, le ciel était bleu. Les nuages de l'est commençaient d'ailleurs à se dissiper, plus vite que la vitesse de son moteur et du courant ne pouvait les poursuivre. Il sentit le soleil sur ses joues et son bras. Il s'installa plus confortablement à la barre, accueillant la chaleur comme une vieille amie. C'était comme si Pandore lui faisait un clin d'œil pour l'encourager dans son aventure. Il se trouvait maintenant à peu près à l'endroit où la mascarelle avait frappé Vashon et la visibilité devenait excellente. Ses yeux scrutèrent l'horizon à la recherche d'un point qui ne fût pas l'océan.

Je suis là, mon garçon.

Son regard, balayant les flots sur sa gauche, s'arrêta soudain sur une ligne d'écume très nette. Il sentit les poils se hérisser sur sa nuque et un frisson descendit le long de sa colonne vertébrale. Il ne pouvait détacher les yeux de sa découverte.

Une ligne blanche en plein océan!

Une mascarelle? Non... il l'aurait vue grossir ou s'éloigner. Alors que cette ligne blanche était toujours à la même place, droit devant lui sur la gauche, et devenait de plus en plus distincte à mesure qu'il se rapprochait.

Le sonar indiquait maintenant cinquante mètres de profondeur. Il ressortit le petit jusant de sa boîte et le fixa sur la coque du coracle avec son extrémité cornéenne dans l'eau. Collant la ventouse sur son front, il regarda sous l'eau.

Il fallut un moment pour que ses yeux s'habituent à ce qu'ils voyaient. Cela ne ressemblait pas du tout aux étendues ondulées qu'il avait pu observer quand il travaillait à bord des subas. Ce n'était pas non plus le relief tourmenté et surréaliste des zones de danger. Ce qu'il voyait, c'était un paysage sous-marin en pente, qui grimpait à toute vitesse vers la surface.

Il arracha la ventouse de son front pour consulter le sonar : plus que vingt mètres!

Il regarda de nouveau le fond. Il y avait si peu d'eau qu'il distinguait à présent plusieurs dénivellations aux contours arrondis et irréguliers : des terrasses couvertes de plants de varechs et consolidées par des murs de rocaille. Tout cela était sans nul doute artificiel, arrangé par la main de l'homme.

Un de ces fameux chantiers siréniens!

Il était au courant d'une partie de leurs travaux et

il en avait vu quelques exemples. Mais là, c'était un chantier gigantesque, semblait-il. Les ingénieurs siréniens faisaient des recherches sur le varech, tout le monde savait cela. Ils essayaient de sélectionner des espèces capables de pousser même sur des terres émergées — si la chose devait exister un jour. Et maintenant que Twisp voyait ces terrasses, il était prêt à croire les Siréniens capables de réaliser n'importe quel projet.

Il avait vu les fins treillis sous-marins tendus sur des kilomètres pour permettre au varech de s'y fixer et de croître à l'abri. Il avait vu les plantations protégées par des murs. Les Iliens protestaient contre ces treillis. Ils avaient peur que leurs subas de pêche ne viennent s'y prendre comme dans un filet. Twisp, pour sa part, était sceptique. Les filets de pêche îliens étaient un danger bien plus redoutable pour les nageurs siréniens. D'ailleurs, les protestations îliennes n'avaient pas arrêté les travaux des Siréniens.

Il cessa d'observer le fond et se tourna de nouveau vers la ligne d'écume. Le courant argenté qui portait son coracle suivait une trajectoire légèrement incurvée sur la droite qui le faisait passer tout près de cette zone inquiétante. Il estimait qu'elle devait se trouver maintenant à cinq kilomètres de lui. Il percevait d'ailleurs un grondement sourd qui semblait provenir de là.

Ce sont peut-être des treillis sur lesquels se brisent les vagues, songea-t-il.

Les deux coracles étaient secoués par un intense clapot. L'embarcation qu'il remorquait tirait sur son aussière et rendait difficile sa tâche de barreur.

Des brisants! se dit Twisp. *Ce sont de vrais brisants que je suis en train de voir!*

Les Iliens avaient entendu parler de phénomènes de ce genre, mais ne les avaient jamais pris au sérieux. Twisp comprit que c'était uniquement parce que les incidents étaient extrêmement rares. Mais la grande île d'Everett, presque de la taille de

Vashon, avait signalé une telle ligne d'écume peu avant de heurter le fond dans de mystérieuses circonstances. Cela s'était passé trente ans auparavant. Everett avait été perdue corps et biens.

Le signal sonore du gouvernail automatique retentit.

Twisp remit le jusant dans sa boîte, fit taire l'alarme d'un coup de pied et tira la barre vers lui en rentrant le ventre pour lui faire de la place. Le coracle était maintenant dans la courbe du grand courant qui le portait toujours vers la ligne d'écume. Ce courant avait pris une impétuosité nouvelle. Il filait et roulait à la surface de la mer en écartant les vagues sur son passage. Il semblait mû par une détermination fougueuse, comme si c'était une entité vivante décidée à détruire tout ce qui lui ferait obstacle. Twisp ne voulait qu'une chose, c'était en sortir. Il n'avait jamais ressenti pareille violence. Il augmenta d'une centaine de tours la puissance du moteur, au risque de faire tout sauter. Soudain, la chose la plus importante du monde était d'échapper à ce courant.

Les coracles furent ballottés dans tous les sens quand ils arrivèrent en bordure du courant et il fut forcé de lutter avec la barre. Puis, tout à coup, il se retrouva de l'autre côté, en eau libre. La ligne d'écume était encore dangereusement proche, mais il savait qu'il pouvait s'en sortir. Il augmenta encore la puissance. Il était maintenant au maximum. Le ruban argenté du courant rétrécissait à mesure qu'il s'en éloignait. Il formait une large courbe évitant la ligne d'écume, puis se perdait au loin.

Et si le gosse avait été pris là-dedans ? se demanda Twisp. Mais Brett pouvait être n'importe où.

Il se pencha sur ses instruments, calcula sa distance par rapport à Vashon sur son indicateur Doppler et s'apprêta à faire le point en observant le soleil pour pouvoir signaler le secteur dangereux. A cet instant, une lumière rouge clignota sur sa radio. C'était un signal provenant d'une autre île. Il se retourna pour régler son récepteur et identifia la petite île de l'Aigle, qui passait au nord-est. Elle était cependant trop loin pour qu'il pût demander une vérification de sa distance et de sa position. Dans la mémoire de son indicateur de profondeur, il n'y avait rien non plus qui ressemblât à la topographie sous-marine de ce secteur.

Grâce à l'observation du soleil, au point estimé et au signal Doppler de Vashon, il put cependant établir que le courant argenté l'avait fait dévier de dix cliques à l'ouest de la route prévue. Le courant avait accru sa vitesse, mais le détour lui avait fait reperdre le temps gagné par rapport à son objectif, qui était l'endroit où la mascarelle avait frappé Vashon.

Il coda les coordonnées de la barrière d'écume, les introduisit dans l'émetteur automatique et déclencha le signal. Il disait, pour tous ceux qui étaient à l'écoute : « Zone de brisants, danger ! »

Twisp se remit à scruter l'océan, le front plissé et la main en visière. Pas le moindre signe de présence sirénienne. Pas la moindre bouée ni le moindre drapeau. Le mystérieux courant n'était plus qu'un mince fil d'argent qui se perdait dans le lointain. Il ajusta son cap et se prépara à une ou deux heures de navigation à l'estime. Encore quelques instants et il se retrouverait plongé dans cet état de torpeur vigilante d'où tout fait inhabituel le tirerait instantanément.

Il n'eut pas longtemps à attendre. Derrière lui, un fracas assourdissant explosa, fait de sifflements de vapeur jaillissante et de claquements stridents qui recouvrirent le murmure de son moteur et le clapotis des vagues contre sa coque.

Il se retourna juste à temps pour voir bondir de l'eau le nez d'un suba sirénien qui retomba sur le côté en soulevant une gerbe d'écume. Le métal de la coque avait un éclat dur et mordoré. Twisp eut le temps d'entrevoir tout une panoplie d'outils qui hérissaient la coque et qui tournaient frénétiquement à vide. Quand le suba retomba, à moins de cent mètres de Twisp, il donna naissance à une onde qui souleva les deux coracles et lui permit, tout en barrant pour ne pas chavirer, de mieux voir le vaisseau couché qui oscillait puis se remettait peu à peu dans la bonne position.

Instinctivement, Twisp ramena la barre contre son ventre dès qu'il le put pour virer de bord afin de se porter au secours du suba en détresse. Car cela ne faisait pour lui aucun doute. Aucun suba ne pouvait manœuvrer ainsi — et encore moins ces petites merveilles siréniennes de métal dur — sans assommer les trois quarts de son équipage. Ces gens étaient en danger.

Au moment où Twisp virait, le panneau d'accès du suba se releva brusquement et un homme vêtu seulement d'un pantalon de treillis vert s'avança en titubant sur la coque. Le kiosque était déjà à fleur d'eau. Le suba s'enfonçait de nouveau. Une vague arracha l'homme à son perchoir. Il se mit à nager droit devant lui, à grands mouvements désordonnés, dans une direction qui coupait obliquement la route de Twisp. Bientôt, le suba disparut complètement derrière le nageur dans un grand bruit de succion accompagné d'une énorme bulle d'air.

Twisp vira légèrement pour intercepter le nageur. Mettant ses grosses mains en porte-voix, il cria :

— Ohé ! Par ici !

Le nageur ne changea pas de direction.

Twisp fit un large cercle et coupa le moteur pour s'arrêter à sa hauteur. Il lui tendit la main.

Dans l'ombre du coracle, l'homme leva vers Twisp un regard effrayé en ignorant la main offerte.

— Montez à bord, lui dit Twisp.

C'était une formule îlienne traditionnelle. Les Iliens évitaient d'instinct les questions, même implicites, du genre : « Au nom de Nef, que vous est-il arrivé ? »

Le nageur accepta la main tendue et Twisp le hissa à bord. Le coracle faillit chavirer quand l'homme essaya maladroitement d'agripper un banc de nage. Twisp le poussa vers le centre et reprit la barre en main.

L'homme demeura un instant hébété, regardant autour de lui tandis qu'une petite mare se formait dans le fond du coracle. Son torse nu et son visage étaient pâles, mais n'avaient pas la blancheur de la plupart des Siréniens.

C'est peut-être un de ceux qui vivent beaucoup côté surface, se dit Twisp. *Mais qu'est-ce qui a bien pu se passer à bord de ce suba ?*

L'homme avait l'air plus âgé que Brett, mais beaucoup plus jeune que Twisp. Son treillis vert, gorgé d'eau, était devenu presque noir.

A l'endroit où le suba avait disparu, il n'y avait plus qu'un léger remous de surface.

— Des ennuis ? demanda Twisp.

De nouveau, c'était une approche typiquement îlienne, une façon laconique de dire : « Je suis prêt à vous donner l'aide que vous me demanderez. »

L'homme s'adossa au rouf et prit plusieurs inspirations tremblantes.

Il récupère, se dit Twisp en l'examinant du regard. Il était petit et plutôt trapu, avec une tête un peu trop grosse pour lui.

Un Ilien ?

Il posa la question à haute voix, en espérant que son caractère brutal sortirait l'homme de son état de choc.

L'autre ne répondit pas, mais fronça les sourcils.

C'était toujours une réaction. Twisp entreprit alors de détailler à loisir cet étrange personnage surgi des profondeurs. Ses cheveux châtain foncé collaient à un front large. Ses yeux marron contemplaient Twisp sous d'épais sourcils broussailleux. Il avait un grand nez, une grande bouche et un menton carré. Ses épaules étaient larges et ses bras puissants se prolongeaient par des poignets effilés et des mains longues et délicates. Ses doigts n'étaient fragiles qu'en apparence car leur extrémité était lisse et calleuse. Twisp avait déjà vu des doigts semblables chez des personnes qui passaient beaucoup de temps devant un clavier.

Désignant du pouce l'endroit où le suba s'était immergé, Twisp demanda :

— Ça vous ennuie de me dire ce qui s'est passé ?

— Je me suis échappé, fit l'autre de sa voix de ténor léger.

— La trappe d'accès du suba était encore ouverte quand il a plongé.

C'était une constatation et son interlocuteur pouvait l'interpréter comme il le voulait.

— Le reste du suba était protégé, répondit-il. Seul le compartiment des machines sera inondé.

— C'était un suba sirénien.

Autre constatation.

L'homme s'écarta du rouf.

— Nous ferions mieux de ne pas traîner par ici, dit-il.

— Je suis à la recherche d'un ami, déclara Twisp. Il est tombé à la mer quand cette mascarelle a frappé notre île.

Il s'éclaircit la voix avant d'ajouter :

— Ça vous ennuie de me donner votre nom ?

— Iz Bushka.

Twisp avait l'impression d'avoir déjà entendu ce nom, mais il fut incapable de se rappeler dans quelles circonstances. Et maintenant qu'il le regardait bien, il était presque sûr d'avoir vu ce visage... dans une coursive de Vashon, peut-être... ou bien ailleurs.

— Ne nous sommes-nous pas déjà rencontrés ? demanda-t-il.

— Comment vous appelez-vous ?

— Twisp. Queets Twisp.

— Nous ne nous connaissons pas, dit Bushka.

Il regarda de nouveau d'un air effrayé la surface de l'océan autour des deux coracles.

— Vous ne m'avez pas dit, fit Twisp, énonçant une nouvelle constatation, à quoi vous avez échappé.

— A des gens qui... devraient être morts, dans notre intérêt à tous. Bon sang! J'aurais dû les tuer, mais je n'en ai pas eu le courage!

Twisp, choqué, garda le silence. Est-ce que tous les Siréniens parlaient de tuer avec une telle désinvolture? Quand il retrouva sa voix, il répliqua :

— Mais vous les avez envoyés par le fond avec une chambre des machines inondée!

— Et ils étaient sans connaissance, également. Mais ne vous inquiétez pas pour eux. Ce sont des Siréniens. Ils s'en sortiront quand ils se réveilleront. Je vous dis qu'il ne faut pas traîner dans ces parages.

— Peut-être que vous ne m'avez pas bien compris, Iz. Je suis à la recherche d'un ami qui a été porté disparu sur Vashon.

— Si votre ami est toujours vivant, il est en sécurité au fond. Il n'y a rien d'autre à la surface à part vous sur au moins vingt cliques à la ronde. Vous pouvez me croire, j'étais en train de regarder. J'ai fait surface parce que je vous ai vu.

Twisp se tourna pour regarder la ligne d'écume blanche au loin.

— Ça, c'est à la surface, dit-il.

— La barrière? Bien sûr; mais il n'y a rien d'autre. Ni poste sirénien, ni quoi que ce soit.

Twisp trouvait intéressante la manière dont Bushka prononçait à chaque fois le mot « sirénien ».

C'est de la peur ou du dégoût?

— Je sais où il y a une station de sauvetage, reprit Bushka. Nous pourrions y être demain matin à l'aube. Si votre ami est encore vivant...

Il ne termina pas sa phrase.

Il parle un peu comme un Ilien et agit beaucoup comme un Sirénien, se dit Twisp. *Mais où donc ai-je déjà vu cette tête-là?*

— Vous avez appelé cela la barrière, dit-il à haute voix en dirigeant son regard vers la ligne d'écume.

— Les Siréniens sont en train de créer des terres émergées. C'en est une petite partie.

Twisp se laissa pénétrer lentement par la signification de ces derniers mots, sans chercher à savoir s'ils étaient vrais ou non. Dans le premier cas, la chose était fascinante. Mais il avait d'autres capucins à fouetter pour le moment.

— Ainsi, dit-il, vous avez sabordé un suba et vous avez échappé à des gens que vous préféreriez savoir morts.

Il ne croyait pas la moitié de ce que lui avait raconté Bushka. L'hospitalité de la mer disait qu'il fallait écouter, mais on n'était pas obligé d'être d'accord.

Bushka jeta un nouveau regard nerveux à l'océan qui les entourait. Le Grand Soleil s'était levé mais en cette saison il n'effectuait qu'un passage rapide au-dessus de l'horizon et bientôt le crépuscule tomberait sur eux. Twisp avait faim et il se sentait irrité.

— Vous n'auriez pas une serviette et des couvertures ? demanda Bushka. Je me gèle les fesses.

Soudain contrit d'avoir manqué à ses devoirs envers celui qu'il venait de repêcher, Twisp murmura :

— Vous trouverez tout ce qu'il faut dans le poste derrière vous.

Tandis que Bushka sortait une couverture roulée et une serviette, Twisp ajouta :

— Et vous êtes remonté à la surface parce que vous m'aviez repéré et que vous espériez que je vous sauverais.

Tout en se frottant vigoureusement les cheveux avec la serviette, Bushka répondit :

— Si je les avais laissés respirer plus longtemps le gaz carbonique, je les aurais tués. Je n'ai pas pu m'y résoudre.

— Allez-vous m'expliquer de qui il s'agit ?

— Ce sont des gens qui vous tueraient en prenant leur petit déjeuner, sans en perdre une miette !

Quelque chose dans la manière dont Bushka disait cela fit frissonner Twisp. Cet homme avait l'air de croire à ce qu'il disait.

— Je suppose que vous n'avez pas de C. D. R. à bord, reprit Bushka non sans une pointe d'affectation dans la voix.

Twisp réprima de nouveau son irritation et découvrit l'instrument qui était à ses pieds. Ce compensateur de déviation relative était l'un des objets à bord dont il tirait le plus de fierté. L'aiguille de compas en haut du cadran pointait actuellement dans une direction très éloignée de leur route.

Bushka se rapprocha pour se pencher sur le C.D.R.

— Les compas siréniens sont plus précis, dit-il, mais celui-ci fera l'affaire.

— Ils ne sont pas plus précis pour naviguer d'une île à l'autre, protesta Twisp. Les îles se déplacent et il n'existe aucun point fixe de référence.

Bushka s'agenouilla devant le C.D.R. et commença à le régler avec une assurance qui indiqua à Twisp que ce n'était pas la première fois qu'il se servait de ce type d'instrument. La flèche rouge en haut du boîtier sauta sur une nouvelle position.

— Cela devrait nous y conduire, fit Bushka en secouant la tête. Quelquefois, je me demande comment nous avons fait pour calculer une seule position sans utiliser d'instruments siréniens.

Nous ? releva intérieurement Twisp.

— Vous êtes îlien, accusa-t-il, réprimant sa fureur avec peine. Et nous ne sommes que des arriérés, n'est-ce pas ?

Bushka se releva et retourna s'asseoir près du poste.

— Vous devriez vous frotter encore avec cette serviette, lui lança Twisp. Surtout derrière les oreilles !

Bushka ignora ses sarcasmes et s'adossa plus confortablement au rouf.

Twisp donna un peu plus de puissance au moteur et régla son cap selon les indications de la flèche rouge.

Autant aller voir cette station de sauvetage !

Il pestait intérieurement contre Bushka. Sans doute un de ces Iliens qui avaient choisi de s'établir définitivement au fond de la mer et qui étaient devenus plus siréniens que les Siréniens eux-mêmes.

— Il faut que vous me disiez ce qui s'est passé à bord de ce suba, déclara-t-il enfin. J'ai le droit de savoir à quoi je me trouve mêlé.

La mine sombre, Bushka revint s'asseoir à côté de Twisp et commença à lui raconter son voyage avec Gallow. Quand il en arriva à l'île de Guemes, Twisp l'interrompit pour demander :

— Vous étiez aux commandes ?

— Je vous jure que je ne savais pas ce qu'il voulait faire.

— C'est bon. Continuez. Que s'est-il passé ensuite ?

Bushka reprit son récit après la destruction de l'île. Pendant qu'il parlait, Twisp ne cessa de le regarder durement. A un moment, il posa même la main sur le panneau derrière lequel il cachait son laztube, sous le capot du gouvernail. C'était une arme sirénienne qui lui avait coûté la moitié d'une cargaison de murelles. Mais il se calma en se demandant : *Et s'il mentait ?*

Lorsque Bushka se tut, Twisp médita un instant sur ce qu'il venait d'entendre.

— Ainsi, dit-il, vous avez sanglé les membres de l'équipage inconscients, y compris Gallow, dans leur fauteuil, et vous les avez envoyés par le fond. Qu'est-ce qui vous fait croire que vous ne les avez pas tués ?

— Leurs sangles étaient suffisamment lâches pour qu'ils puissent se libérer facilement en revenant à eux.

— A votre place, j'aurais... (Twisp secoua plusieurs fois la tête.) Vous vous rendez compte, je suppose, que c'est votre parole contre la leur, et que c'était vous qui teniez les commandes ?

Bushka enfouit son visage dans la couverture drapée autour de lui. Ses épaules se mirent à trembler et ce n'est qu'au bout de quelques clignements que Twisp comprit que l'autre sanglotait.

Pour Twisp, c'était la manière la plus absolue pour un homme de mettre son âme à nu devant un autre. Il n'avait plus aucun doute sur la véracité de l'histoire. Bushka leva vers lui un visage baigné de larmes :

— Vous ne savez pas encore tout, dit-il. Vous ne savez pas quel imbécile je suis, et comme je me suis laissé berner.

Il déballa tout d'un ton monocorde. Il décrivit l'Ilien ambitieux qui rêvait de devenir sirénien, et la manière dont Gallow avait mis ce rêve d'innocent à profit pour l'exploiter et le compromettre.

— Pourquoi n'avez-vous pas ramené le suba à cette station de sauvetage ? demanda Twisp.

— C'était trop loin. De plus, comment savoir qui est avec eux et qui est contre eux ? C'est une organisation secrète. La plupart des Siréniens ignorent son existence. Quand je vous ai vu... je n'ai eu qu'une idée, m'éloigner à tout prix de ces hommes et de leur maudit suba !

C'est un hystérique, songea Twisp. A haute voix, il demanda :

— Vous croyez que les Siréniens vont vous féliciter d'avoir sabordé un de leurs subas ?

Bushka fut secoué d'un bref rire amer.

— Les Siréniens ne laissent rien se perdre. Ce sont les plus grands nettoyeurs de tous les temps. Tout ce qui va au fond leur appartient.

— Votre récit est intéressant, Iz, fit Twisp en hochant la tête. Mais je vais vous dire ce qu'il s'est réellement passé. Pour tout ce qui concerne Guemes, je vous crois et...

— Tout est vrai !

— J'aimerais bien ne pas vous croire, mais ce n'est pas le cas. Je crois aussi que vous vous êtes laissé entraîner par ce Gallow, mais je suis sûr que vous n'êtes pas aussi innocent que vous le prétendez.

— Je vous jure que j'ignorais totalement ses intentions !

— D'accord, Iz ; je vous crois. Je vous crois quand vous dites que vous êtes remonté parce que vous m'aviez repéré sur les écrans du suba. Vous vouliez que je vous repêche.

Bushka plissa le front.

— Quand vous vous êtes jeté à l'eau, continua Twisp en hochant la tête, vous avez pris soin de nager dans une direction différente pour être sûr que j'irais vous chercher au lieu de me diriger d'abord vers le suba. Vous aviez l'intention de vous faire passer pour un Sirénien, de vous faire conduire à cette station et d'y utiliser vos informations sur la destruction de Guemes pour vous faire adopter de force par les Siréniens. Vous vouliez monnayer votre...

— Vous vous trompez ! Je vous le jure !

— Ne jurez pas, dit Twisp. Nef vous écoute.

Bushka ouvrit la bouche pour dire quelque chose, puis se ravisa et garda le silence. Souvent, le nom de Nef produisait son effet sur les Iliens, même s'ils se disaient incroyants.

— Que faisiez-vous, côté surface ? demanda Twisp. De quelle île êtes-vous ?

— De l'Aigle. J'étais... historien, et technicien au contrôle des pompes.

— Vous êtes allé à Vashon ?

— Une ou deux fois.

— C'est probablement là que je vous ai vu. J'oublie rarement un visage. Historien... Vous travaillez beaucoup à l'intérieur. Cela explique votre teint blanc.

— Vous rendez-vous compte, demanda Bushka, de la quantité de documents historiques conservés par les Siréniens ? Ils ne savent même pas eux-mêmes tout ce qu'ils possèdent. Ni quelle valeur cela peut avoir.

— Ainsi, votre Gallow vous avait jugé digne d'enregistrer ses faits et gestes pour la postérité ?

— C'est lui qui l'a dit.

— Faire l'histoire et écrire l'histoire, ce n'est pas tout à fait la même chose. Vous vous en êtes aperçu, j'espère ?

— Nef peut en témoigner.

— Hum... Ecoutez-moi bien, Bushka. Pour l'instant, nous sommes condamnés à passer quelque temps ensemble sur ce coracle. Je n'ai pas l'intention de vous jeter par-dessus bord. Mais votre histoire me met un peu mal à l'aise, vous saisissez ? S'il y a bien une station de sauvetage là où vous dites... enfin, nous verrons bien.

— Elle y est, dit Bushka. Avec une tour qui grimpe si haut dans le ciel qu'on l'aperçoit à cinquante cliques à la ronde.

— Très bien. En attendant, vous restez là où vous êtes pendant que je m'occupe de la barre. N'essayez pas de changer de place. Je me fais bien comprendre ?

Bushka enfouit de nouveau, sans répondre, sa tête dans la couverture. D'après la manière dont ses épaules s'agitaient, Twisp vit qu'il avait bien compris.

Qu'est-ce qu'il y a de si compliqué à faire l'amour à une mutarde ? Trouver le bon orifice.

Plaisanterie sirénienne.

Suivant Ale malgré la faiblesse de ses vieilles jambes, le juge Keel franchit une porte ovale marquée d'un cercle rouge et se retrouva dans une salle où régnait une intense activité. Il y avait partout des écrans devant lesquels étaient postés des techniciens, et au moins une douzaine de consoles chargées de touches et de voyants à la sirénienne. Partout où il tournait la tête, des données alphanumériques s'affichaient. Il compta dix grands moniteurs où l'on voyait des images de la surface et des profondeurs sous-marines. Et tout cela était groupé dans un espace à peine plus grand que le logement occupé par Ale.

Sans être exigu pour autant, se dit le juge.

Un peu comme les Iliens, les Siréniens étaient passés maîtres dans l'art d'utiliser au mieux des espaces nécessairement restreints. Cependant, nota Keel, tout était relatif, et les Iliens se contentaient généralement de beaucoup moins.

Ale le présenta à plusieurs opérateurs dans les travées. La plupart se contentèrent de lui adresser un bref signe de tête avant de se replonger dans leur travail. D'après les regards que certains lançaient à Ale, le juge crut comprendre que sa propre présence dans cette salle était jugée particulièrement gênante.

Ale s'arrêta devant une console un peu plus large et un peu plus haute que les autres. Elle s'adressa à l'opérateur qui lui faisait face en l'appelant « Shadow », mais le présenta sous le nom de Panille le

Noir. Keel reconnut le patronyme. C'était sans nul doute un descendant du pionnier poète et historien. Ses grands yeux avaient un éclat perçant au-dessus de ses pommettes saillantes. Ses lèvres bougèrent à peine quand il répondit aux présentations faites par Ale.

— Quel est cet endroit ? demanda le juge.

— La Salle des Courants, expliqua Ale. Vous aurez plus tard toutes les explications voulues. Pour l'instant, il y a une urgence. Nous devons les laisser travailler. Vous voyez toutes ces lumières jaunes qui clignotent sur ce tableau ? Ce sont des appels à nos équipes de sauvetage qui se trouvent en état d'alerte.

— En état d'alerte ? Vous avez des problèmes ?

— Ce sont les vôtres qui ont des problèmes, répondit Ale en contractant presque imperceptiblement les mâchoires.

Keel voulut dire quelque chose, mais préféra se taire. Il fit du regard le tour de cette salle où tous les visages étaient intensément absorbés par les images et les données qui défilaient sur les écrans et où le crépitement furieux d'une douzaine de claviers empêchait toute conversation raisonnable. Tout cela lui brouillait les idées. Etait-ce là le début de cette menace à laquelle Kareen Ale avait précédemment fait allusion ?

Il lui était difficile de garder le silence. Mais elle avait parlé d'état d'alerte. C'était le moment d'observer et de bien retenir.

Lorsque les médics avaient prononcé leur sentence de mort à son encontre, le juge Keel avait tout de suite éprouvé l'impression de continuer à vivre au milieu d'un grand vide qui demandait désespérément à être rempli. Même ses longues années de service au sein de la Commission des Formes de Vie avaient été d'un seul coup vidées de toute leur substance. Il ne suffisait pas d'avoir été le Juge Suprême. Il fallait quelque chose de plus. Quelque chose qui lui permette de finir en beauté, de prouver son amour pour ses semblables. Il aurait voulu crier son message le long des coursives, crier : « Voyez comme je vous ai servis ». Et confusément, il sentait qu'il y avait peut-être aujourd'hui dans cette salle la clef de son destin.

Ale était en train de murmurer quelque chose à son oreille.

— Shadow... c'est ainsi que ses amis l'appellent, cela sonne mieux que « Panille le Noir »... c'est l'un de nos coordinateurs les plus capables. Il repère les naufragés îliens avec un pourcentage de réussite impressionnant.

Cherchait-elle à lui prouver son souci bienveillant des vies îliennes ? Il répondit assez sèchement, à voix basse :

— Je ne savais pas que vos recherches étaient à ce point systématiques.

— Vous pensiez que nous procédions au hasard ? fit Ale avec un petit air de condescendance. Chaque fois qu'il y a une tempête ou une mascarelle, nous sommes sur le qui-vive.

Cette révélation toucha Keel dans son amour-propre.

— Pourquoi n'avez-vous jamais fait savoir que vous vous donniez toute cette peine pour nous ?

— Vous croyez que la fierté îlienne s'accommoderait d'une telle surveillance ? demanda Ale. Vous oubliez peut-être, Ward, que je passe une grande partie de ma vie côté surface. Beaucoup d'Iliens ont déjà l'impression que nous complotons contre vous. Que diraient-ils s'ils voyaient ces installations ?

Elle fit un geste large qui englobait les travées, les moniteurs muraux et le cliquètement incessant des imprimantes.

— Vous prenez les Iliens pour des paranoïaques, fit Keel.

Il était cependant obligé d'admettre que ce qui se passait dans cette salle avait ébranlé son orgueil d'Ilien. La Sécurité de Vashon n'apprécierait certainement pas une telle sollicitude. Ses pires soupçons étaient peut-être justifiés. Sans compter, pensait le juge, qu'il ne voyait ici que ce qu'on voulait bien lui montrer.

Un écran géant sur la droite montrait une portion massive d'une île vue de flanc.

— Cela ressemble à Vashon, dit le juge. Je reconnais l'espacement des vigies.

Ale posa la main sur l'épaule de Panille et Keel ne manqua pas de remarquer le rapport de hiérarchie impliqué par ce geste. Panille leva les yeux de son clavier.

— Pouvons-nous vous interrompre? demanda Ale.

— Si ce n'est pas trop long.

— Voudriez-vous rassurer le juge Keel, qui vient de reconnaître son île sur cet écran? (Elle désigna du menton l'écran géant sur leur droite.) Indiquez-lui sa position par rapport à la barrière la plus proche.

Panille se pencha de nouveau sur son clavier, tapa une série de codes et lut les caractères alphanumériques qui s'affichaient sur une bande étroite en haut du panneau. L'image de l'île sur le petit moniteur de la console fut alors remplacée par une vue générale de la surface de l'océan. Un carré situé en bas et à droite de l'écran afficha : « V.200 ».

— Visibilité, deux cents mètres, interpréta Ale. Les conditions sont bonnes.

— Vashon se trouve à quatre kilomètres de la barrière submergée H.A. 9 et se déplace parallèlement à elle, dit Panille. Dans une heure environ, nous commencerons à l'éloigner progressivement. La mascarelle a fait dériver l'île jusqu'à deux kilomètres de la barrière. Nous avons dû intervenir, mais tout s'est passé sans aucun incident. A aucun moment l'île ne s'est trouvée en danger.

Keel avait réprimé une exclamation en entendant cela. Il s'étranglait de fureur devant la prétention de ce Panille et réussit à demander d'une voix rauque :

— Comment pouvez-vous dire que l'île ne s'est jamais trouvée en danger?

— Nous avons toujours eu la situation bien en main.

— Jeune homme, pour dévier une masse comme celle de Vashon... (Keel secoua la tête.)... Nous sommes bien contents de pouvoir ajuster légèrement notre cap quand nous contactons une autre île. Prétendre échapper à un obstacle avec une marge de deux kilomètres à peine est une absurdité.

Les commissures des lèvres de Panille se levèrent en un sourire pincé, ce genre de sourire qui prétendait tout savoir et que le juge détestait pour l'avoir vu maintes fois sur le visage de jeunes et d'adolescents sans expérience persuadés que leurs aînés avaient le cerveau trop lent.

— Vous autres les Iliens, vous n'avez pas comme nous la chance d'être aidés par le varech. Ici, nous sommes efficaces ; nous n'avons pas le temps de glapir comme des paranoïaques.

— Shadow ! fit Ale avec une note d'avertissement dans la voix.

— Désolé, dit Panille en se tournant vers sa console. Mais grâce au varech, nous pouvons intervenir avec une précision qui nous a permis toutes ces dernières années de protéger Vashon et aussi les autres îles qui croisent dans notre secteur.

Quelle prétention ahurissante ! songea le juge.

Il remarqua du coin de l'œil la manière attentive dont Ale suivait chaque mouvement de Panille sur la console. Ce dernier hocha la tête en direction d'une série de données qui venaient de s'afficher.

— Regardez bien, dit-il. Landro !

Une femme un peu plus âgée que lui, assise à une console voisine, tourna la tête. Panille lui énonça une série de lettres et de chiffres qu'elle tapa sur son clavier. Puis elle attendit, enfonça une touche et attendit encore. Panille pianota rapidement sur son propre clavier.

— Regardez bien l'écran de Shadow, fit Ale en s'adressant au juge.

Le moniteur offrait une vue sous-marine d'un

long banc de varech ondoyant, riche et profond. Le « V.200 » clignotait encore dans son carré. D'après cette indication, Keel estima que la hauteur du banc dépassait une centaine de mètres. Pendant qu'il regardait, un chenal s'ouvrit au milieu du varech. Les thalles les plus forts s'écartaient en se liant à leurs voisins. Le chenal devait avoir une trentaine de mètres de large.

— Le varech oriente les courants en leur ouvrant des passages appropriés, expliqua Ale. Vous assistez là à l'un de ses comportements nourriciers les plus anciens. Il capture de cette façon des courants froids plus riches en nutriments.

Keel chuchota d'une voix sourde :

— Comment obtenez-vous ces réactions ?

— Nous utilisons des signaux à basse fréquence. La technique n'est pas encore parfaite, mais nous sommes en train de l'améliorer. C'est un système plutôt rudimentaire, à en croire nos archives historiques. A son prochain stade de développement, nous espérons que le varech disposera d'un vocabulaire visuel.

— Vous essayez de me faire comprendre que vous lui *parlez* ?

— Si l'on veut. Un peu comme une mère parle à son nouveau-né. On ne peut pas encore dire qu'il est intelligent. Il ne prend pas de décisions autonomes.

Keel commençait à comprendre pourquoi Panille avait devant lui cet air de tout savoir. Durant combien de générations les Iliens avaient-ils sillonné l'océan sans même se douter que ces choses-là étaient possibles ? Y avait-il beaucoup d'autres réalisations de ce genre qu'ils ignoraient ?

— A cause de ces imperfections, nous nous réservons une forte marge d'erreur, ajouta Ale.

— Quatre kilomètres... vous croyez que cela suffit ?

— Deux kilomètres, rectifia Panille. C'est une distance acceptable pour le moment.

— Le varech réagit à certaines séquences de signaux, poursuivit Ale.

Pourquoi ces confidences au plus haut personnage officiel de Vashon ? se demanda subitement le juge Keel.

— Comme vous pouvez le constater, continuait Kareen Ale, nous éduquons le varech tout en l'utilisant à nos propres fins.

Elle lui prit le bras tandis qu'ils contemplaient le chenal qui s'élargissait au milieu du banc. Keel surprit le regard de Panille et son bref serrement de mâchoires devant le geste familier de sa voisine.

Jaloux ?

Cette pensée vacilla un instant comme la flamme d'une bougie dans une pièce à courant d'air. Peut-être un moyen d'ôter un peu de sa morgue à Panille. Il tapota la main de Kareen Ale.

— Vous comprenez pourquoi je vous ai fait venir ici ? demanda cette dernière.

Keel voulut se racler la gorge mais elle était douloureusement serrée. Il faudrait mettre les Iliens au courant de ces réalisations, naturellement. Il commençait à comprendre le problème d'Ale, ou plutôt celui des Siréniens. Ils avaient commis une erreur en gardant si longtemps le secret sur leurs recherches. Mais qui sait ?

— Il y a beaucoup d'autres choses à voir, lui dit Ale. Je pense que nous nous rendrons ensuite au gymnase, parce qu'il est à côté. C'est là que nous entraînons nos astronautes.

Keel s'était légèrement tourné pendant qu'elle parlait. Il contemplait les alignements d'écrans dans la salle et ne prêtait qu'à moitié attention à ce qu'elle disait. Ses dernières paroles lui parvinrent comme à retardement et il fit un faux pas en se tournant vers elle. Mais le bras puissant de Kareen Ale l'empêcha de perdre l'équilibre.

— Je sais que vous voulez récupérer les caissons hyber, dit-il.

— Nef ne les aurait pas laissés en orbite si ce n'était pas à notre intention, Ward.

— C'est pour cela que vous construisez vos barrières et que vous voulez créer des terres émergées.

— Nous pourrions lancer nos fusées depuis le fond de la mer, mais ce n'est pas une solution satisfaisante. Il nous faut une base solidement ancrée à la surface.

— Comment utiliserez-vous le contenu des caissons ?

— Si les manifestes disent vrai, et nous n'avons aucune raison d'en douter, toutes les richesses vivantes contenues dans ces caissons nous remettront sur le chemin de l'humanité — la véritable humanité.

— Qu'est-ce que la véritable humanité ?

— Eh bien, c'est... Ward, avec les formes de vie que contiennent ces caissons, nous pourrons...

— J'ai étudié les manifestes. Qu'est-ce que Pandore gagnera à avoir un singe rhésus ou un python, par exemple ? Quel profit tirerons-nous de la présence d'une mangouste ?

— Mais, Ward... il y aura des vaches, des poulets, des cochons...

— Et des baleines. Nous rendront-elles service ? Vivront-elles en bonne intelligence avec le varech ? Vous insistez sur le rôle capital du varech...

— Nous ne le saurons que quand nous aurons essayé, Ward.

— En tant que Juge Suprême de la Commission des Formes de Vie — à qui vous vous adressez officiellement en ce moment, Kareen Ale —, je dois vous rappeler que j'ai déjà réfléchi à ces questions et que...

— Nos ancêtres et Nef ont apporté...

— Quel est ce soudain accès de ferveur religieuse, Kareen ? Nef et nos ancêtres n'ont apporté que le chaos sur Pandore. Sans réfléchir aux conséquences de leurs actes. Regardez-moi donc ! Je suis l'une de ces conséquences. Des clones... des mutants... Dites-moi un peu si le dessein de Nef n'était pas simplement de nous donner une bonne leçon ?

— Une leçon ? Laquelle ?

— Il y a des modifications qui peuvent être mortelles pour la race humaine. Je vous entends parler d'humanité. Avez-vous essayé de définir ce que vous appelez la véritable humanité ?

— Ward... Vous et moi faisons partie de l'humanité.

— L'humanité, c'est moi... Exactement, Kareen. C'est ainsi que jugent les êtres humains. Au fond de nous, quelque chose nous dit : Ce qui est *comme moi* est humain.

— Ce sont les critères utilisés par votre Commission ?

Sa voix semblait un peu plus hautaine, ou peut-être blessée.

— A peu près, lui répondit Keel. Mais pour peindre la ressemblance, j'utilise un pinceau très large. Quelle est la largeur du vôtre ? Prenez par exemple ce fier jeune homme assis à sa console. Peut-il me regarder en face et dire que je suis « comme lui » ?

Panille ne se retourna pas mais sa nuque devint cramoisie tandis qu'il se penchait un peu plus sur son travail.

— Shadow et son équipe ne cessent de sauver des vies îliennes, lui fit remarquer Ale.

— C'est exact, et je lui en suis fort reconnaissant. Mais j'aimerais savoir s'il a le sentiment de sauver des êtres humains comme lui, ou bien une intéressante forme de vie inférieure ? Voyez-vous, Kareen, nous vivons dans des contextes différents, qui impliquent des habitudes différentes. C'est tout. Mais il y a des jours où je me demande pourquoi nous autres Iliens acceptons d'être soumis à vos critères de beauté. Vous viendrait-il à l'idée, par exemple, de me choisir comme partenaire sexuel ?

Il leva la main pour l'empêcher de répondre et remarqua que Panille faisait de son mieux pour ignorer leur conversation.

— Je ne le propose pas sérieusement, reprit Keel. Songez à tout ce que cela impliquerait. Songez qu'il est déjà navrant que je sois obligé de prendre cet exemple.

Choisissant soigneusement ses mots, les espaçant délibérément, elle répondit :

— Vous êtes... l'être humain... le plus impossible... que j'aie jamais rencontré.

— C'est pour cela que vous m'avez fait descendre ici ? Parce que si vous parvenez à me convaincre, vous pouvez convaincre n'importe qui ?

— Je n'ai jamais traité les Iliens de mutards. La vie des Iliens est aussi importante que la nôtre et leur utilité pour nous tous ne devrait faire aucun doute.

— Mais vous avez dit vous-même que tous les Siréniens ne sont pas d'accord sur ce point.

— Beaucoup de Siréniens n'ont pas la moindre idée des problèmes que doivent affronter les Iliens. Vous devez convenir, Ward, qu'une grande partie de votre puissance de travail est inefficace. Sans que ce soit votre faute, naturellement.

Comme c'est bien dit, songea Ward. *Quel art de l'euphémisme !*

— Et quelle est cette utilité qui ne « devrait faire aucun doute » ? demanda-t-il tout haut.

— Nous avons tous dû faire face au même problème, Ward : comment survivre sur cette planète. Mais nos méthodes ont été différentes. Ici, nous faisons du compost pour obtenir du méthane et nous constituer des sols en attendant de pouvoir cultiver les terres émergées.

— En prélevant de l'énergie au cycle biotique ?

— En la détournant provisoirement, insista-t-elle. La terre est beaucoup plus stable quand elle est maintenue par des plantes. Nous aurons besoin d'un sol fertile.

— Du méthane... murmura-t-il.

Il avait soudain perdu l'enchaînement de ses idées au profit d'une illumination nouvelle.

— C'est notre production d'hydrogène qui vous intéresse ! s'écria-t-il.

Elle ouvrit grand les yeux devant sa rapidité de déduction.

— Cet hydrogène nous est nécessaire pour aller dans l'espace, dit-elle.

— Et nous en avons besoin pour nos fourneaux, nos radiateurs et les quelques machines que nous possédons.

— Vous avez aussi du méthane.

— Pas assez.

— Nous extrayons l'hydrogène de l'eau par des moyens électroniques qui...

— Qui ne sont pas très efficaces.

Il avait essayé, mais en vain, de ne pas trop laisser percer de fierté dans sa voix.

— Alors que vous avez ces merveilleuses membranes osmotiques et la pression des profondeurs, acheva Ale.

— Un point pour les organiques !

— Mais les organiques ne constituent pas la meilleure des bases pour asseoir toute une technologie, fit-elle. Voyez comme ils ont freiné votre développement. Une technologie doit être capable de subvenir à vos besoins et de vous aider à progresser.

— Cette querelle est vieille de plusieurs générations. Les Iliens savent ce que vous pensez des organiques.

— Mais la querelle n'est pas close, insista Ale. Avec les caissons hyber...

— C'est vous qui venez nous trouver aujourd'hui, répliqua le juge, parce que nos textiles sont supérieurs. Et je note aussi, ajouta-t-il sans pouvoir s'empêcher de sourire, que vous vous adressez de plus en plus à nos chirurgiens pour les opérations délicates.

— Nous reconnaissons volontiers que les organiques ont pu représenter jadis la manière la plus commode pour vous de subsister côté surface, mais les temps changent et nous...

— C'est vous qui les faites changer ! accusa le juge.

Il eut un mouvement de recul devant la vive réaction de Kareen Ale, visible à ses mâchoires serrées et à l'éclat dur de ses yeux bleus.

— Les temps changent toujours, reprit-il d'une voix radoucie. Mais la question demeure : quelle est la meilleure façon de nous adapter au changement ?

— Toutes vos énergies sont consacrées exclusivement à vous maintenir en vie, vous et vos sacrés organiques ! lança-t-elle, toujours furieuse. Vos îles connaissent souvent la famine. Nous ne savons plus ce que c'est. Et dans une génération ou deux, nous marcherons sous les étoiles sur de la terre ferme !

Keel haussa les épaules. Ce faisant, il provoqua une douleur irradiante à l'endroit où frottait la prothèse qui soutenait sa tête massive. Il sentait les muscles fatigués de sa nuque lancer des aiguilles enflammées jusqu'au sommet de son crâne.

— Que reste-t-il de nos vieilles querelles à la lumière des changements récents ? demanda Ale sur un ton de défi.

— Vous élevez des barrières, des kilomètres de brisants capables de faire échouer nos îles, dit tristement le juge. Vous faites cela pour améliorer le mode de vie sirénien. Mais quel Ilien serait assez idiot pour ne pas se demander si vous ne cherchez pas par la même occasion à vous débarrasser des îles et à noyer les mutards qui les peuplent ?

— Ward... fit Kareen Ale en secouant la tête d'un air navré... Ward, il faut comprendre que la vie îlienne telle que nous la connaissons est condamnée à prendre fin, peut-être de notre vivant. Et ce n'est pas nécessairement un mal.

Pas de mon vivant à moi, se dit-il.

— Vous le comprenez, n'est-ce pas ? insista Ale.

— Vous voudriez que je vous aide à accomplir ces changements. Ce qui ferait de moi un Judas et un bouc émissaire. Vous avez entendu parler de Judas, Kareen ? Et vous savez ce que c'est qu'un bouc ?

Une nette lueur d'impatience traversa son visage. Elle répliqua :

— Je m'efforce de vous convaincre depuis tout à l'heure que ces changements sont imminents et inévitables. Vous devez tenir compte de la situation nouvelle, que ce soit déplaisant ou non.

— Vous voudriez aussi que nous mettions notre hydrogène à votre disposition.

— Je fais tout mon possible pour vous tenir écarté de nos querelles politiques internes.

— Il se trouve, Kareen, que je n'ai pas confiance en vous dans ce domaine. Je vous soupçonne de ne pas avoir l'appui de votre propre peuple.

— Je crois que ça suffit comme ça, interrompit alors Panille. Je vous avais prévenue, Kareen, qu'un Ilien...

— Laissez-moi m'occuper de ça, voulez-vous ? fit-elle en l'interrompant d'un geste impératif. S'il y a eu une erreur de commise, j'en porte la responsabilité. Etes-vous prêt, ajouta-t-elle en s'adressant à Keel, à nous faire confiance en ce qui concerne la récupération des caissons et la création de terres émergées ? Admettez-vous l'utilité de redonner conscience au varech ?

Elle joue la comédie, se dit Keel. *Mais pour quel spectateur ? Pour moi ? Ou pour Shadow ?*

— A quelles fins et par quels moyens ? demanda-t-il en essayant de gagner du temps.

— A quelles fins ? Mais pour avoir un peu quelque chose de stable sur cette planète. Quelque chose qui nous unisse enfin.

Elle a l'air si tranquille, si sûre d'elle-même, se dit le juge. *Mais il y a quelque chose qui ne va pas.*

— Quelles sont vos priorités ? demanda-t-il. Le varech, les caissons ou les terres émergées ?

— Les miens veulent d'abord les caissons.

— Et qui sont les vôtres ?

Elle se tourna vers Panille, qui répondit à sa place :

— Un groupe majoritaire. Voilà qui sont les siens. C'est ainsi que fonctionnent nos institutions.

— Et vous ? demanda Keel en baissant les yeux vers Panille. Quelles sont vos priorités ?

— Personnellement, fit le Sirénien en quittant

son écran des yeux à contrecœur, je choisirais le varech. Sans lui, la lutte pour la vie est trop inégale sur cette planète. Vous avez vu — ajouta-t-il en désignant les écrans sur lesquels le juge n'oubliait pas que des vies îliennes étaient d'une manière ou d'une autre en train de se jouer — ce qu'il est capable de faire. En ce moment même, il dirige Vashon vers la mer libre. Ce n'est déjà pas mal. Et c'est cela aussi, la lutte pour la vie.

— Vous pensez qu'il n'y a aucun risque ?

— J'en suis sûr. Nous avons épluché tous les documents récupérés dans l'ancien Blockhaus après le cataclysme. Nous pouvons nous faire une idée précise du contenu des caissons. Ils peuvent attendre.

Keel se tourna vers Ale :

— Je ne trouve pas tout cela particulièrement rassurant. Je sais ce que les caissons sont censés contenir. Mais que disent vos documents ?

— Nous avons toutes les raisons de croire qu'ils sont remplis de plantes et de formes de vie animales, ainsi que de tout ce que Nef pouvait considérer comme indispensable à la colonisation de Pandore. Ils doivent contenir aussi environ trente mille humains en état de conservation pour une période de temps indéfinie.

Keel releva intérieurement la formule : « toutes les raisons de croire ».

Ils ne sont sûrs de rien, finalement, se dit-il. *Ils font cela à l'aveuglette.*

Il leva les yeux vers le plafond en pensant à tous ces caissons de plaz et de plastacier qui tournaient autour de Pandore jour après jour, depuis des générations, avec leur cargaison de vie en attente.

— Ils pourraient contenir n'importe quoi, dit-il à haute voix. Absolument n'importe quoi.

Il savait que c'était la peur qui le faisait parler ainsi. Il regarda Ale d'un air accusateur.

— Vous prétendez représenter la majorité des Siréniens, ajouta-t-il. Cependant, je sens dans vos activités quelque chose de furtif.

— Il y a certaines sensibilités politiques... Elle s'interrompit... Ecoutez-moi, Ward. Notre programme spatial continuera, que je réussisse avec vous ou non.

— Que vous réussissiez ? Avec moi ?

Il ne semblait pas y avoir de fin à ses machinations.

— Si j'échoue avec vous, Ward, fit Ale en poussant un soupir qui ressemblait à un sifflement de dépit, les Iliens n'ont pratiquement plus aucune chance. Comprenez-moi. Nous voulons lancer une civilisation, pas une guerre. Nous offrons aux Iliens des terres à coloniser.

— Aaah, voilà l'appât ! s'écria-t-il.

Il songea à l'impact que pourrait avoir sur les Iliens une telle proposition. Beaucoup sauteraient sur l'occasion ; les plus pauvres, par exemple les habitants de Guemes, ceux qui vivaient au jour le jour des maigres ressources que leur apportait la mer. Pour Vashon, c'était une autre histoire. Mais cette offre faisait miroiter les richesses des Siréniens et ne manquerait pas d'attiser la jalousie qu'avaient toujours éprouvée certains Iliens. Le juge voyait déjà les problèmes qui allaient se poser si ce que disait Ale était rendu public.

— J'aurais besoin d'informations complémentaires, reprit-il. A quel stade se trouve votre programme spatial ?

— Shadow ?

Ce dernier pianota sur le clavier de sa console. L'écran devant lui se divisa en deux parties égales. L'image de gauche montrait une tour sous-marine dont les dimensions ne frappèrent Keel que lorsqu'il s'aperçut que les formes minuscules qui évoluaient tout autour n'étaient pas des poissons mais des ouvriers siréniens. Sur l'image de droite, on voyait la même tour qui émergeait à la surface. D'après les proportions visibles sur l'image de gauche, Keel estima que la tour devait s'élever au moins à cinquante mètres au-dessus du niveau de la mer.

— Il doit y avoir un lancement aujourd'hui ou demain, cela dépend des conditions météorologiques, fit Ale. C'est un tir d'essai, notre premier vol habité. Après cela, nous ne serons plus très loin d'aller chercher les caissons.

— Pourquoi aucune île n'a-t-elle signalé ce truc-là ? demanda Keel en désignant l'écran.

— Parce que nous les faisons passer au large, répondit Panille avec un haussement d'épaules.

Keel secoua la tête. Sa nuque lui faisait de plus en plus mal.

— Cela explique, ajouta Ale, toutes les observations mystérieuses rapportées par les Iliens, et les rumeurs selon lesquelles Nef serait de retour parmi nous.

— Comme vous devez trouver cela amusant ! explosa Keel. Ces Iliens bornés avec leurs superstitions primitives ! Certains prophétisent déjà la fin du monde. Si seulement vous aviez mis la Psyo dans le secret...

— Nous avons eu tort, soupira Ale. Nous le reconnaissons maintenant. C'est pour cela que vous êtes ici. Qu'allons-nous faire ?

Keel se gratta la tête. Sa nuque lui faisait abominablement mal à l'endroit où s'appuyait la prothèse. Il sentait qu'il fallait faire attention. Panille récitait une leçon bien apprise. Ale, comme toujours, ne disait que ce qu'elle avait prévu de dire. Keel, cependant, était un vieux renard politique et il savait attendre son moment pour modifier le jeu. Ale voulait qu'il apprenne certaines choses. Des choses qu'elle avait préparées à son intention. Tout ce qu'il cherchait pour le moment, c'était la leçon cachée.

— Comment apprendre la vérité aux Iliens sans les froisser ? dit-il.

— Nous n'avons pas le temps de faire de la philosophie îlienne !

Keel se hérissa.

— Encore une façon de nous traiter de bons à rien ! Pour la plupart d'entre nous, survivre est une occupation à plein temps. Vous croyez que nous ne faisons rien parce que nous ne fabriquons pas de fusées. C'est nous qui n'avons pas le temps. Pas le temps de manigancer ni de faire de jolies phrases...

— Ça suffit ! lança-t-elle. Si vous et moi ne sommes pas capables de nous entendre, comment espérer que nos deux peuples feront mieux ?

Keel tourna la tête pour la regarder d'un œil, puis de l'autre. Il réprima un sourire. Deux choses l'amusaient. Elle avait marqué un point, et elle avait montré qu'elle pouvait perdre son sang-froid. Il porta ses deux mains à sa nuque pour la masser.

Elle fut instantanément pleine de sollicitude. Elle connaissait son problème pour avoir siégé face à lui dans de nombreuses rencontres officielles.

— Vous êtes fatigué, dit-elle. Aimeriez-vous vous reposer et prendre une tasse de thé ou quelque chose de plus consistant ?

— Je ne refuserais pas un petit noir de Vashon. Et je serais heureux — ajouta le juge en appuyant sur sa prothèse — d'ôter ce maudit appareil pendant quelques instants. Vous n'auriez pas un canisiège, par hasard ?

— Les organiques sont plutôt rares ici. Malheureusement, nous ne pouvons pas vous offrir toutes les commodités îliennes.

— Je voulais seulement un massage, dit le juge. Les Siréniens ne savent pas ce qu'ils perdent en n'ayant pas de canisièges.

— Je pense que nous pourrons vous faire faire un massage.

— Nous n'avons pas, intervint Panille, tous les problèmes de santé que vous avez là-haut.

Il avait parlé sans quitter des yeux son écran bourré de chiffres et son attention semblait partagée en deux. Cependant, le juge Keel ne pouvait laisser passer cette remarque.

— Jeune homme, dit-il, je suis sûr que vous êtes brillant dans votre spécialité. Mais gardez-vous bien de laisser déborder votre sûreté professionnelle dans des domaines que vous ne connaissez pas. Il vous reste encore pas mal de choses à apprendre.

Il se tourna pour s'appuyer au bras que lui tendait Ale et se laissa guider vers la sortie, conscient de tous les regards posés sur lui. Il était heureux de quitter cette salle. Il y avait dans l'air quelque chose qui lui donnait le frisson.

— Vous ai-je convaincu ? lui demanda Ale tandis qu'il traînait le pas à ses côtés, les jambes lourdes, la tête douloureusement gonflée d'informations fragmentaires qu'il faudrait bientôt assener à son malheureux peuple.

— Vous m'avez convaincu que les Siréniens réaliseront ce programme, répondit-il. Vous possédez les moyens, la détermination et l'organisation nécessaires.

Il fit un faux pas en chancelant et se rattrapa au bras de Kareen Ale.

— Je n'ai pas l'habitude des ponts qui ne tanguent pas, expliqua-t-il. Il est difficile pour un ancien comme moi de marcher droit sur la terre ferme.

— Tout le monde ne pourra pas vivre sur la terre ferme au début, dit-elle. Seulement les plus démunis. Nous prévoyons que les autres îles devront être ancrées au large... ou que des pontons seront construits pour les relier à la terre. Ils pourront servir provisoirement de logements en attendant que les exploitations agricoles se mettent en place.

Keel demeura quelques instants sans répondre puis murmura :

— Il y a longtemps que vous pensez à tout cela ?

— Oui.

— Vous avez déjà organisé la vie des Iliens sans qu'ils...

— Nous avons essayé de trouver un moyen de vous sauver !

— Ah, oui ! fit le juge avec un rire bref. En nous mettant dans des pontons-dortoirs près de vos côtes ?

— Ce serait la solution idéale, répondit-elle avec une authentique lueur d'excitation dans les yeux. Des pontons organiques. Et à mesure que nous n'en aurions plus besoin, nous pourrions les laisser mourir et les utiliser comme engrais.

— Nos îles aussi, sans doute. Comme engrais.

— Elles ne seront bonnes à rien d'autre quand nous aurons de vrais continents.

Keel parla d'une voix d'où il n'avait pas pu chasser toute trace d'amertume.

— Vous ne comprenez pas, Kareen. Je le vois bien. Une île n'est pas un simple morceau de... terre morte. C'est quelque chose de vivant. Une mère. Elle nous protège parce que nous la soignons avec amour. Vous condamnez notre mère à devenir un simple tas de fumier.

Elle le regarda un long moment avant de répliquer :

— Vous semblez croire que les Iliens seront les seuls à renoncer à leur mode de vie. Ceux d'entre nous qui s'établiront côté surface...

— Auront toujours accès au fond. Vous ne coupez pas le cordon ombilical. La transition ne sera pas aussi dure pour vous que pour nous. Vous faites semblant de l'oublier.

— Je ne fais semblant de rien, bon sang ! C'est pour cela que vous êtes ici.

Il est temps d'arrêter cette joute, se dit le juge, *et de lui faire savoir que je ne la crois pas, que je ne lui fais pas confiance.*

— Vous me cachez des choses, dit-il. Il y a un moment que je vous observe, Kareen. Vous êtes préoccupée par des événements importants. Vous essayez de diriger mes réactions en me donnant vos informations une par une pour obtenir ma coopération afin...

— Mais, Ward...

— Ne m'interrompez pas. Le meilleur moyen d'obtenir ma coopération est de tout me dire. Je vous aiderai si j'estime que c'est ce qu'il faut faire.

Mais si j'ai l'impression que vous me cachez quoi que ce soit, au lieu de vous aider, je vous résisterai obstinément.

Ils s'étaient arrêtés devant une porte verrouillée qu'elle fixait d'un regard absent.

— Vous me connaissez, Kareen, insista le juge. Je ne parle pas à la légère. Je vous combattrai. Je ne resterai pas une minute de plus ici — à moins que vous ne m'empêchiez de partir — et je lancerai une campagne contre...

— Très bien ! fit-elle en le foudroyant du regard. Vous empêcher de partir ? Je n'y songe pas. D'autres le feraient peut-être, mais pas moi. Vous voulez tout savoir ? A votre aise. Les ennuis ont déjà commencé, Ward. De gros ennuis. L'île de Guemes est au fond de la mer.

Il cligna les yeux, comme si cela pouvait atténuer la force de ce qu'elle venait de dire.

L'île de Guemes ! Au fond de la mer !

— Ainsi, murmura-t-il sourdement, votre précieux contrôle des courants n'a pas fonctionné. Vous avez expédié une île entière au...

— Non ! fit-elle en secouant violemment la tête. Non ! Non ! Quelqu'un a fait cela de manière délibérée ! Notre système de contrôle des courants n'a rien à voir là-dedans. C'est un acte de violence ignoble et insensé.

Il demanda d'une voix que le choc rendait presque inaudible :

— Qui ?

— Nous ne le savons pas encore. Mais il y a des milliers de victimes. En ce moment même, les opérations de sauvetage sont en cours.

Elle se tourna pour déverrouiller la porte. Pour la première fois, Keel crut déceler des signes de vieillissement dans la lenteur de ses gestes.

Il y a encore quelque chose qu'elle me cache, pensa-t-il en la suivant dans ses appartements.

Les humains passent leur vie dans un labyrinthe. S'ils s'en échappent et ne peuvent en trouver un autre, ils en créent un nouveau. Quelle est cette passion pour l'épreuve ?

*Questions posées par l'*Avata,
Les Historiques.

Duque se mit à jurer en se roulant dans le bain nutritif et en cognant du poing les parois organiques du bassin jusqu'à ce que de grosses taches bleues apparaissent sur le rebord.

Les gardes allèrent chercher la Psyo.

Il était tard et Simone Rocksack se préparait à se mettre au lit. Quand ils vinrent l'avertir, elle passa sa plus belle robe par-dessus la tête et la laissa retomber sur les courbes fermes de sa poitrine et de ses hanches. Dans sa pourpre dignité, le vêtement effaçait toute trace de féminité de sa silhouette. Elle se hâta dans le couloir en rajustant l'étoffe pour lui donner autant de tenue qu'en plein jour.

Lorsqu'elle pénétra dans le sanctuaire sombre où Vata et Duque déroulaient leur existence, son angoisse était visible dans chacun de ses mouvements. Elle s'agenouilla près de Duque et se pencha pour dire :

— Je suis là, Duque. C'est la Psychiatre-aumônière. Puis-je faire quelque chose pour t'aider ?

— M'aider ? hurla Duque d'une petite voix stridente. Espèce de verrue sur le cul hideux d'une truie enceinte ! Tu ne peux même pas t'aider toi-même !

Choquée, la Psyo mit la main sur le repli cutané qui lui cachait la bouche. Elle savait ce que c'était qu'une truie, naturellement : l'une des créatures de Nef, un porc femelle. Elle s'en souvenait parfaitement.

Truie enceinte? Les doigts minces de Simone Rocksack ne purent s'empêcher de toucher le plat de son abdomen.

— Les seuls porcs qui existent se trouvent dans les caissons hybernatoires, dit-elle en prenant bien soin d'articuler pour se faire comprendre de Duque.

— C'est ce que tu crois, salope!

— Pourquoi m'insultes-tu? demanda la Psyo. Elle essayait de conserver une certaine déférence dans le ton de sa voix.

— Vata me rêve des choses abominables, gémit Duque. Ses cheveux... ils recouvrent tout l'océan et elle me brise en tout petits morceaux.

La Psyo regarda attentivement Duque. La plus grande partie de son corps était discernable sous le liquide semi-translucide. Ses lèvres affleuraient à la surface comme celles d'une carpe gonflée. Mais il paraissait être en un seul morceau.

— Je ne comprends pas, dit-elle. Tout me semble normal.

— J'ai dit qu'elle rêvait mes rêves! glapit Duque. C'est horrible quand on ne peut pas s'échapper. Je vais me noyer là-dedans. Chaque petit morceau de moi va être noyé.

— Tu ne peux pas te noyer dans ce bassin, Duque, lui affirma la Psyo.

— Pas dans ce bassin, babouine! Dans l'océan!

Babouine.

Encore une créature de Nef. Pourquoi se souvenait-il de toutes ces créatures de Nef? Etait-ce le signe qu'elles allaient descendre bientôt! Mais comment pouvait-il savoir? Elle porta les yeux sur ceux qui s'étaient assemblés, à distance respectueuse, au bord du bassin. Se pouvait-il que l'un d'entre eux...

Non, c'est inconcevable.

D'une voix soudain claire, en articulant particulièrement ses mots, Duque proclama :

— Elle n'écoute pas. Ils lui parlent et elle ne les écoute pas.

— Qui n'écoute pas, Duque? Et qui parle?

— Ses cheveux ! Tu n'as donc rien compris, idiote ?

Il donna faiblement un coup de poing sous le rebord du bassin à l'endroit où se trouvait la Psyo. Elle passa de nouveau machinalement la main sur son abdomen.

— Est-ce que les créatures de Nef doivent être amenées sur Pandore ? demanda-t-elle.

— Mets-les où tu voudras, couina Duque. Mais ne la laisse pas me rêver encore dans l'océan.

— Vata voudrait regagner l'océan ?

— Elle rêve mes rêves. Elle m'émiette dans l'océan.

— Les rêves de Vata sont la réalité ?

Duque refusa de répondre à cela. Il se contenta de grogner en s'étirant le long du bord du bassin.

Simone Rocksack soupira. Elle contempla, au milieu du bassin, la masse monstrueuse de Vata. Elle respirait paisiblement. Ses longs cheveux ondoyaient comme des algues dans les remous provoqués par Duque. Comment les cheveux de Vata pouvaient-ils être en même temps dans l'océan et ici, sur Vashon ? Peut-être en rêve. Etait-ce un autre miracle de Nef ? La chevelure de Vata avait de nouveau besoin d'être coupée. Cela faisait à peine un peu plus d'un an. Tous ces cheveux qu'on lui coupait... étaient-ils encore reliés d'une manière ou d'une autre à Vata ? Rien n'était impossible, au royaume des miracles.

Mais comment les cheveux de Vata pouvaient-ils parler ?

Impossible de se méprendre sur ce que Duque avait dit. Les cheveux de Vata parlaient et elle ne voulait pas les écouter. Pourquoi ? Parce qu'il était trop tôt pour retourner dans la mer ? Etait-ce un signe que Vata les guiderait tous un jour au fond de l'océan ?

Elle soupira de nouveau. Le métier de Psychiatre-aumônière n'était pas toujours facile. Elle portait une terrible responsabilité. Demain, les rumeurs allaient commencer à se répandre. Impossible de faire taire les gardes. Tout serait amplifié, déformé. Il fallait une ferme interprétation, quelque chose qui pût couper court à toutes les spéculations dangereuses.

Elle se remit debout, en faisant la grimace à cause de son genou droit ankylosé. Regardant les témoins respectueusement groupés au bord du bassin, elle déclara solennellement :

— Les prochaines mèches de cheveux que nous couperons à Vata ne seront pas distribuées aux fidèles mais dispersées dans l'océan à titre d'offrande.

A ses pieds, Duque gémit sourdement puis s'écria distinctement :

— Chienne ! Morue ! Guenon !

La Psychiatre-aumônière saisit immédiatement les références, préparée qu'elle était par les précédentes imprécations de Duque. De grands événements se préparaient. Vata faisait avoir à Duque des visions grandioses et Duque invoquait toutes les créatures de Nef.

Se tournant de nouveau vers les témoins médusés, Simone Rocksack leur expliqua soigneusement sa façon de voir les choses. Elle fut satisfaite par la manière dont les têtes s'inclinèrent pour signifier leur approbation.

> Tous les Pandoriens seront libres le jour où la première gyflotte crèvera la surface de l'océan.
>
> *Panneau à l'entrée d'une exploitation de varech.*

Cinq tonalités de tambour à eau tirèrent brusquement Brett d'un rêve où il tendait... tendait les bras vers Scudi Wang sans jamais pouvoir la toucher. A chaque fois, il retombait, entraîné vers le fond comme lorsque la mascarelle l'avait arraché à la jetée de Vashon.

Ouvrant les yeux, il reconnut la chambre de Scudi. Il faisait noir mais ses yeux de nyctalope distinguèrent la main qui tâtonnait sur le mur à la recherche de l'interrupteur.

— Un peu plus haut à droite, dit-il.

— Tu y vois?

Il y avait une grande perplexité dans la voix ensommeillée de Scudi. Sa main cessa de tâtonner et trouva aussitôt l'interrupteur. Une clarté aveuglante illumina la chambre. Il prit une profonde inspiration, expira lentement et se frotta les yeux. Ils étaient endoloris jusqu'aux tempes.

Scudi était assise sur son lit, les couvertures remontées plus ou moins jusqu'à sa poitrine.

— Tu y vois dans l'obscurité? répéta-t-elle.

— Quelquefois, c'est pratique, fit Brett en hochant la tête.

— Alors, ta pudeur est moins prononcée que je ne l'aurais cru.

Elle se glissa hors des couvertures et enfila une combinaison à rayures verticales jaunes et vertes. Brett essaya de ne pas la regarder s'habiller, mais ses yeux ne lui obéissaient plus.

— Je dois préparer mon matériel d'ici une demi-heure, dit-elle. Ensuite, je sors travailler à proximité de la station.

— Que faut-il que je fasse pour... les formalités ?

— J'ai fait mon rapport. Je devrais être de retour dans quelques heures. Ne va pas n'importe où ; tu pourrais te perdre.

— J'ai besoin qu'on me guide ?

— Qu'on te conseille amicalement, fit-elle avec son petit sourire. Si une faim te prend, voilà où ça se trouve. (Elle montra le placard de la kitchenette.) Quand je serai de retour, tu iras te présenter. A moins qu'on ne t'envoie chercher avant.

Il regarda autour de lui, sûr que cette chambre allait lui paraître toute petite quand Scudi serait partie en le laissant sans rien à faire.

— Tu n'as pas bien dormi ? lui demanda-t-elle.

— J'ai fait de mauvais rêves... Je n'ai pas l'habitude de cette immobilité. Tout est tellement silencieux, tellement... mort.

Le sourire de Scudi fut un éclair blanc dans son visage foncé.

— Il faut que je me sauve. Plus vite partie, plus vite revenue.

Lorsque la porte ovale se referma derrière elle, le silence de la petite chambre agressa les oreilles de Brett. Il regarda le lit où elle avait dormi.

Je suis tout seul.

Il savait qu'il était inutile d'essayer de se rendormir. Son attention resterait fixée sur le creux imprimé par Scudi dans l'autre lit. Une si petite chambre. Pourquoi donnait-elle l'impression d'être bien plus grande quand Scudi était là ?

Soudain, son cœur se mit à battre plus rapidement. Sa poitrine lui faisait mal chaque fois qu'il essayait de respirer fort.

Il quitta son lit, s'habilla et se mit à faire les cent pas. Son regard erra nerveusement d'un côté puis de l'autre. L'évier, les robinets, le placard aux coins en volute, la porte des toilettes... tout était en métal coûteux, mais de conception rigide et très simple. Les robinets étaient des dauphins argentés. Il les toucha et toucha la paroi derrière eux. Les deux métaux n'avaient pas du tout la même texture.

La chambre ne possédait ni hublot ni lucarne, rien qui pût s'ouvrir sur le monde extérieur. Les murs, avec leurs ondulations de varech, n'étaient interrompus que par les deux portes. Il sentait qu'il disposait de quantités illimitées d'énergie, sans un endroit pour les dépenser.

Il remit les lits en position canapé et fit de nouveau les cent pas. Quelque chose en lui était en ébullition. Sa poitrine se resserrait et des formes noires se mirent à danser devant ses yeux. Il n'y avait rien d'autre autour de lui que d'immenses masses d'eau. Un sifflement strident s'amplifia dans ses oreilles.

Brusquement, il ouvrit la porte donnant sur l'extérieur et tituba dans la coursive. Tout ce qu'il savait, c'était qu'il avait besoin d'air. Il tomba sur un genou, étreignant sa gorge.

Deux Siréniens s'arrêtèrent à sa hauteur. L'un d'eux lui saisit l'épaule.

— C'est un Ilien, fit une voix d'un ton qui ne trahissait rien d'autre que de la curiosité.

— Du calme, fit une autre voix. Vous ne risquez rien.

— De l'air ! haleta Brett. Un poids lui écrasait la poitrine et son cœur battait toujours précipitamment dans sa cage thoracique endolorie.

— L'air ne manque pas ici, mon garçon, lui dit l'homme qui le tenait par l'épaule. Appuie-toi bien contre moi et respire un bon coup.

Brett obéit et sentit la constriction de sa poitrine se relâcher d'un cran, puis d'un autre. Une nouvelle voix, derrière lui, demanda sur un ton autoritaire :

— Qui a laissé ce mutard tout seul ici ? Appelez-moi un médic, en vitesse !

Il y eut un bruit de pas s'éloignant en courant dans la coursive. Brett voulut respirer à fond, mais la chose lui fut impossible. Il entendit un sifflement au fond de sa gorge contractée.

— Détends-toi. Respire lentement et calmement.

— Conduisez-le devant un hublot, fit la voix autoritaire. Qu'il puisse voir dehors. Cela marche en général.

Des mains agrippèrent Brett et le soulevèrent par les aisselles. Ses lèvres et le bout de ses doigts fourmillaient comme sous un choc électrique. Un visage flou se pencha sur lui en demandant :

— C'est la première fois que vous descendez ici ?

Les lèvres de Brett firent un « oui » silencieux. Il n'était pas sûr de pouvoir parler.

— Ne craignez rien, lui dit le visage flou. Cela se produit parfois la première fois qu'on reste seul. Tout va s'arranger.

Brett eut conscience d'être porté dans une coursive au plafond orange pâle. De temps à autre, une main se posait sur son épaule pour le rassurer. Les fourmillements commencèrent à disparaître ainsi que les formes noires qui dansaient devant ses yeux. Ceux qui le portaient s'arrêtèrent, l'étendirent sur le pont puis le redressèrent en lui soutenant la tête. Ses idées s'éclaircirent. Il distingua une enfilade de lumières au plafond. Le plafonnier le plus proche de lui avait des boulettes de poussière et des insectes morts à l'intérieur. Puis une tête s'interposa dans son champ de vision. L'impression générale était celle d'un homme de la stature et de l'âge de Twisp, avec un halo de cheveux noirs éclairés par-derrière.

— Vous vous sentez mieux, maintenant ? demanda l'homme.

Brett voulut lui répondre, mais sa gorge était si nouée qu'il ne réussit qu'à croasser :

— Je me sens... idiot.

Comme tout le monde éclatait de rire autour de lui, Brett pencha la tête et aperçut une large baie transparente qui donnait sur la mer. On voyait à perte de vue un champ de varech aux thalles courts entre lesquels nageaient de nombreux poissons.

Cette perspective sous-marine différait considérablement de celles que l'on pouvait contempler de la surface en utilisant les jusants.

L'homme aux cheveux noirs lui tapota l'épaule en disant :

— Ne vous inquiétez pas, mon garçon. Tout le monde se sent idiot à un moment ou l'autre. L'essentiel, c'est de ne pas l'*être,* n'est-ce pas ?

Twisp aurait dit la même chose, pensa Brett.

— Merci, fit-il en adressant un sourire au Sirénien.

— Le mieux que vous ayez à faire maintenant, jeune homme, reprit ce dernier, c'est de vous installer quelque part au calme. Essayez de rester seul à nouveau.

A cette unique pensée, le pouls de Brett s'accéléra. Il s'imagina encore seul dans cette petite chambre aux murs de métal.

Entouré de toute cette eau...

— Qui vous a amené ici ? demanda l'homme.

— Je ne voudrais déranger personne... fit Brett en hésitant.

— N'ayez pas peur, dit le médic d'une voix rassurante. Nous pouvons libérer la personne qui vous a ramené de ses obligations normales, afin de faciliter votre adaptation ici.

— C'est Scudi... Scudi Wang qui m'a sauvé la vie.

— Ah ! Je crois qu'on vous attend pas très loin d'ici. Scudi vous montrera le chemin. Lex ! ajouta-t-il en s'adressant à quelqu'un que Brett ne voyait pas. Appelle Scudi au labo. Rien ne presse, fit-il en se tournant de nouveau vers Brett, mais il faudra vous habituer à rester seul.

Une voix derrière Brett annonça :

— Elle arrive.

— Beaucoup d'Iliens passent un mauvais moment la première fois qu'ils descendent ici, reprit le médic. Tous, en fait, d'une manière ou d'une autre. Certains s'adaptent rapidement, d'autres sont mal à l'aise pendant des semaines. Vous me semblez appartenir à la première catégorie.

Quelqu'un souleva la tête de Brett et pressa un verre d'eau contre ses lèvres. L'eau était glacée et légèrement salée.

Brett vit Scudi qui accourait dans la coursive, le front plissé d'angoisse. Le Sirénien aida Brett à se mettre debout, lui donna une tape sur l'épaule et s'éloigna rapidement dans la direction de Scudi.

— Votre ami a eu un coup de stress, dit-il en la croisant sans s'arrêter. Apprenez-lui à rester seul avant qu'il ne prenne goût à la panique, surtout.

Elle lui fit un signe de remerciement puis aida Brett à marcher jusqu'à sa chambre.

— J'aurais dû rester avec toi, fit-elle. Mais tu es mon premier. Tu semblais bien t'adapter...

— C'est ce que je croyais, moi aussi. Tu vois que ce n'est pas ta faute. Qui était ce médic?

— Il s'appelle Shadow Panille. Il dirige la Salle des Courants du service de Recherche et Sauvetage. Je travaille avec son équipe.

— Je croyais que c'était un médic. Ils disaient...

— C'en est bien un. Tous ceux de Recherche et Sauvetage ont cette formation. Tu te sens mieux maintenant? ajouta-t-elle en lui prenant le bras.

Il rougit.

— C'est stupide de ma part. Tout à coup, j'ai eu besoin d'air, et quand je me suis retrouvé dans cette coursive...

— C'est ma faute, insista Scudi. J'avais oublié le coup de stress, et pourtant ils nous en parlent tout le temps. J'avais l'impression... que tu avais *toujours* vécu ici. Je ne te considérais pas comme un nouveau venu.

— L'air de la coursive était si lourd... comme de l'eau, presque.

— Ça va mieux, maintenant?

— Oui... (Il respira à fond.) Mais quelle humidité!

— Parfois, l'air est tellement saturé d'eau qu'on peut y faire sa lessive. Il y a des Iliens qui se promènent avec des bouteilles d'air comprimé en attendant de s'adapter. Bon, si tu te sens bien, nous pouvons y aller. On t'attend.

Elle haussa les épaules en réponse à son regard interrogateur.

— Il faut que tu passes la visite, naturellement.

Il la dévisagea, rassuré par sa présence mais cependant mal à l'aise. Les Iliens avaient entendu tant d'histoires sur la manière dont les Siréniens réglaient leurs vies : examens de ceci, tests de cela... Il était sur le point de lui demander des précisions sur cette visite lorsqu'un groupe de Siréniens déboucha en courant d'une autre coursive en poussant bruyamment des chariots chargés de matériel de réanimation et de brancards.

— Que se passe-t-il ? leur cria Scudi.

— On amène les survivants, lui répondit quelqu'un.

Des haut-parleurs au plafond hurlèrent alors :

— Alerte orange ! Alerte orange ! Toutes les équipes d'alerte à leurs postes. Ceci n'est pas un exercice. Nous répétons, ceci n'est pas un exercice. Dégagez les accès aux postes d'accostage. N'encombrez pas les coursives. Gagnez vos postes d'alerte uniquement. Postes d'alerte uniquement. Les autres personnels doivent se présenter aux stations de secours. Evacuez les coursives et les abords des centres médicaux. Alerte orange ! Ceci n'est pas un exercice...

D'autres Siréniens passèrent en courant. L'un d'eux cria :

— Dégagez le passage !

— Que se passe-t-il ? répéta Scudi.

— L'île qui a sombré au large de la barrière Mistral. On amène les survivants.

— Ce n'était pas Vashon ? hurla Brett.

Ils continuèrent de s'éloigner sans répondre. Scudi prit le bras de Brett et le guida vers une coursive latérale.

— Vite, dit-elle en soulevant un panneau qui glissa aisément. Il faut que je te laisse ici pour me présenter à mon poste.

Brett la suivit dans l'entrée à double porte qui menait à un café. Le long des murs s'alignaient des compartiments avec des tables basses. D'autres tables basses étaient réparties dans toute la salle. De gros piliers de plastacier définissaient les allées et servaient de distributeurs de boissons. Dans un compartiment d'angle, il y avait deux personnes en train de discuter de part et d'autre de la table. Scudi se dirigea vers elles, entraînant Brett à sa suite. Celui-ci faillit faire un faux pas en reconnaissant l'homme assis sur la droite. Aucun Ilien ne pouvait ignorer à qui appartenait ce visage taillé à la serpe dans une tête énorme reposant sur un cou gracile armé d'une prothèse : le juge Ward Keel !

Scudi s'arrêta devant le compartiment. Elle n'avait pas lâché la main de Brett. Son attention était fixée sur la femme aux cheveux roux qui faisait face au juge. Brett la reconnut également. Il l'avait aperçue plusieurs fois sur Vashon. Jusqu'à ce qu'il fasse la connaissance de Scudi, il avait toujours considéré Kareen Ale comme la plus belle femme du monde. Scudi fit à voix basse des présentations inutiles en ce qui la concernait.

— Les formalités d'accueil devaient effectivement se dérouler ici pour ce jeune homme, leur dit Ale, mais tout le monde a gagné son poste d'alerte.

Brett déglutit péniblement et regarda Keel dans les yeux.

— Monsieur le Juge, on dit qu'une île entière a sombré.

— Il s'agit de Guemes, fit Keel d'une voix froide.

Ale se tourna vers lui.

— Ward, fit-elle, pourquoi n'iriez-vous pas chez moi avec le jeune Norton en attendant la fin de l'alerte ? Ne restez pas longtemps dans les coursives et ne bougez pas jusqu'à ce que je vous fasse signe.

— Il faut que je parte, Brett, murmura Scudi. Je viendrai te chercher quand tout sera fini.

Ale toucha le bras de Scudi et elles s'éloignèrent ensemble.

Lentement, avec peine, le juge réussit à s'extraire du compartiment. Il resta un instant debout, attendant que ses jambes s'accoutument à leur nouvelle position.

Brett écoutait les gens qui couraient dans la coursive menant au bar.

Laborieusement, le juge se dirigea vers la porte en criant :

— Allons-y, Brett !

Tandis qu'ils s'apprêtaient à franchir la porte, un panneau ovale s'ouvrit en sifflant derrière eux et une riche odeur d'épices inconnues et d'ail frit dans l'huile d'olive assaillit les narines de Brett. Une voix leur cria :

— Hé ! vous deux ! Personne dans les coursives !

Brett fit volte-face. Un petit homme trapu aux cheveux gris occupait l'entrée des cuisines. Son visage aux traits assez plats était déformé par une grimace qui se mua en sourire forcé quand il reconnut le juge Keel.

— Excusez-moi, monsieur le Juge, dit-il, je ne vous avais pas reconnu. Mais vous n'avez tout de même pas le droit de circuler dans les coursives.

— On nous a demandé de quitter cet endroit et d'aller attendre l'ambassadrice dans son logement, dit Keel.

L'homme s'écarta et leur fit signe d'entrer dans les cuisines.

— Passez par ici, leur dit-il. Vous pouvez occuper l'ancien logement de Ryan Wang. Kareen Ale en sera informée.

Keel mit une main sur l'épaule de Brett.

— C'est plus près, dit-il.

L'homme les conduisit dans une grande pièce au plafond bas éclairée d'une lumière tamisée dont Brett fut incapable de découvrir la source. Elle semblait baigner uniformément tous les murs. Une épaisse moquette bleu pâle caressait ses pieds nus. Le seul mobilier semblait consister en une série de gros coussins marron, acajou et marine ; mais Brett, connaissant le goût des Siréniens pour les meubles escamotables, soupçonnait les tentures murales de dissimuler bien d'autres choses.

— Ici, vous serez à l'aise, leur dit l'homme.

— Qui ai-je le plaisir de remercier pour cette hospitalité ? demanda Keel.

— Je m'appelle Finn Lonfinn. J'étais l'un des domestiques de Wang et je suis chargé maintenant d'entretenir son appartement. Votre jeune ami se nomme comment ?

— Brett Norton, fit ce dernier. J'étais sur le point de passer les formalités d'inscription quand l'alerte a sonné.

Brett observa la pièce où il se trouvait. Jamais il n'avait vu d'endroit pareil. Par certains côtés, cela lui rappelait le confort îlien : les coussins mous, le métal soigneusement caché par des tentures en tissu pour la plupart fabriquées côté surface. Mais le pont ne tanguait pas. Et le seul souffle d'air, à peine audible, était celui pulsé par le système de ventilation.

— Vous avez des amis sur Guemes ? demanda Lonfinn.

— La Psyo est originaire de Guemes, lui rappela Keel.

Les sourcils de Lonfinn se plissèrent tandis qu'il se tournait vers Brett. Celui-ci se sentit obligé de donner une explication.

— Je pense que je ne connais personne, dit-il. Depuis ma naissance, les îles ne se sont jamais rapprochées suffisamment.

Lonfinn porta de nouveau son attention sur le juge.

— Je vous ai demandé si vous aviez des amis, fit-il. Je ne voulais pas parler de la Psyo.

Dans la voix de cet homme, Brett entendit le sifflement d'une porte étanche qui se refermait entre Iliens et Siréniens. Le mot « mutard » était dans l'air. Simone Rocksack, qui était une mutarde, pouvait être l'amie du juge Ward Keel ou pouvait ne pas l'être. La seconde hypothèse était la plus probable. Qui pouvait avoir des amis avec une tête pareille? La Psyo ne saurait être l'objet d'une amitié normale. Brett se sentit soudain menacé.

Keel s'était également aperçu avec un choc que les insinuations de Lonfinn sur la supériorité évidente des Siréniens étaient hérissées de barbelures. Cette attitude était commune chez les Siréniens les plus frustes, mais Keel se sentait mal à l'aise de s'être laissé prendre au dépourvu.

J'étais prêt à prendre son jugement pour argent comptant! Une partie de moi-même avait déjà admis la supériorité naturelle des Siréniens!

Cette certitude inconsciente, née depuis des années, s'était épanouie comme une fleur maléfique, dévoilant un aspect de lui-même que le juge n'avait jamais soupçonné. Il se sentit rempli de fureur à cette pensée. Lonfinn lui avait dit en réalité : « Avez-vous des amis parmi les misérables habitants de Guemes? Quelle pitié que certaines de ces infortunées créatures aient été mutilées ou tuées. Mais les mutilations et la mort font partie intégrante de votre vie d'Iliens. »

— Vous dites que vous êtes un ancien domestique, fit le juge à haute voix. Cela signifie que cet appartement n'est plus occupé?

— Il appartient légalement à Scudi Wang, je pense. Mais elle ne veut pas l'occuper. Je suppose qu'il sera loué tôt ou tard.

Brett avait sursauté en entendant le nom de Scudi. Son regard fit de nouveau le tour du logement spacieux. Tout y était d'un tel luxe...

Toujours sous le coup de ses révélations intérieures, le juge Keel se dirigea lentement vers un amas de coussins bleus et s'y installa en étendant avec précaution ses jambes endolories.

— Heureusement que Guemes était une petite île, dit Lonfinn.

— Heureusement?

Le mot avait jailli spontanément des lèvres de Brett. Lonfinn eut un haussement d'épaules.

— Je veux dire que cela aurait été bien plus terrible s'il s'était agi d'une grande île... comme Vashon.

— Nous savons très bien ce que vous voulez dire, coupa Keel. Je n'ignore pas que les Siréniens disaient de Guemes : « le ghetto ».

— Ça... ça ne signifie rien de particulier, bredouilla Lonfinn.

Il y avait une pointe de frustration dans sa voix, car il se rendait compte qu'on l'avait forcé à se mettre sur la défensive.

— Cela signifie, dit le juge, que les autres îles ont été parfois appelées à venir en aide à Guemes en lui fournissant des denrées de première nécessité ou des médicaments.

— Il n'y a jamais eu beaucoup de commerce avec Guemes, admit Lonfinn.

Brett regardait tour à tour les deux hommes chez qui il décelait une tension croissante. Il y avait dans leurs propos un sens caché que le manque d'expérience des réalités siréniennes l'empêchait probablement de saisir. Il percevait seulement les arguments directs et l'animosité presque ouverte entre les deux hommes. Il n'ignorait pas que même certains Iliens usaient parfois de sarcasmes envers Guemes, qu'ils dénommaient « le radeau de Nef ». En plus d'une allusion à sa pauvreté, Brett avait cru comprendre que c'était parce que Guemes abritait dans sa population un grand nombre de « Vé*nef*rateurs », des fondamentalistes à l'esprit étroitement religieux. Il n'y avait rien de surprenant à ce que la Psyo fût originaire de Guemes. Mais Brett pensait que si des plaisanteries à ce sujet pouvaient être admises de la part d'un Ilien, elles étaient difficilement acceptables dans la bouche d'un homme comme Lonfinn.

Celui-ci traversa la pièce pour vérifier le fonctionnement d'une porte étanche puis se tourna vers eux :

— Les toilettes sont derrière cette porte et les

chambres d'amis sont dans ce couloir, si vous désirez prendre un peu de repos. J'imagine, ajouta-t-il en revenant vers Keel, que cet appareil qui vous tient la nuque doit être parfois pénible.

Keel se frotta le cou.

— C'est exact, dit-il. Mais nous avons tous notre fardeau à porter en ce bas monde, j'en suis sûr.

Lonfinn fronça les sourcils.

— Je me demande pourquoi aucun Sirénien n'a encore été Psyo, fit-il.

Brett décida de répondre. Se souvenant du commentaire de Twisp sur la même question, il le répéta mot pour mot :

— Peut-être que les Siréniens ne sont pas intéressés parce qu'ils ont trop d'autres choses à faire.

— Pas intéressés ? s'exclama Lonfinn en le regardant comme s'il le voyait pour la première fois. Jeune homme, je ne pense pas que vous soyez qualifié pour discuter politique.

— Je pense que ce garçon ne faisait que poser la question, intervint Keel en souriant à Brett.

— Les questions doivent être posées directement, grommela Lonfinn.

— Elles doivent aussi recevoir une réponse, insista le juge sans cesser de regarder Brett. Il s'agit là d'un conflit de longue date entre les « fidèles » et leur groupe de pression politique. La plupart des religieux côté surface pensent qu'il serait désastreux de laisser tomber le pouvoir des Psyos entre les mains des Siréniens qui influencent déjà considérablement nos existences autrement si ternes.

Lonfinn eut un sourire dépourvu d'humour.

— Une question politique un peu difficile à comprendre pour un jeune homme, dit-il.

Brett grinça des dents devant tant de paternalisme.

Lonfinn se dirigea vers la paroi située derrière Keel et toucha une petite plaque. Un panneau coulissa, révélant une grande baie transparente qui donnait sur un jardin sous-marin intérieur surmonté d'une voûte translucide. Au centre de ce jardin étaient disposées de magnifiques plantes multicolores autour desquelles évoluaient des bancs de petits poissons.

— Il faut que je vous laisse, leur dit Lonfinn. Reposez-vous bien. Ceci (il fit un geste en direction de la baie vitrée) devrait vous éviter de vous sentir trop renfermés. Je trouve le spectacle très délassant moi-même. Je vais faire le nécessaire, ajouta-t-il en se tournant vers Brett, pour qu'on vous envoie ici tous les papiers et les formulaires à remplir. Inutile que vous perdiez votre temps.

Sur ces mots, Lonfinn se retira.

— Vous avez rempli ces papiers? demanda Brett au juge. De quoi s'agit-il?

— Ils répondent au besoin sirénien de tout étiqueter. Ils te demandent ton âge, la date de ton arrivée, ton expérience professionnelle, combien de temps tu désires rester... (Keel hésita et s'éclaircit la voix)... qui sont tes parents, quelle est leur profession, quelles sont leurs mutations et quel est le degré de gravité de tes propres mutations.

Brett continua de regarder le juge sans rien dire.

— Pour répondre à ton autre question, reprit Keel, non, ils ne m'ont pas demandé de remplir ces formalités. Je suis certain qu'ils ont un gros dossier sur moi où sont détaillés tous les renseignements importants, et même beaucoup moins importants, qui peuvent les intéresser.

Une chose avait retenu l'attention de Brett.

— Ils vont me demander combien de temps je veux rester?

— Ils voudront peut-être que tu travailles pour eux afin de rembourser les dépenses de ton sauvetage. Beaucoup d'Iliens ont choisi de s'installer définitivement ici. C'est d'ailleurs une chose sur laquelle je compte enquêter avant de remonter côté surface. La vie ici ne manque pas d'attrait, je le sais.

Il passa les doigts dans la moquette épaisse, comme pour donner plus d'emphase à ce qu'il disait.

Brett leva les yeux vers le plafond. Il se demandait quel effet cela devait faire de vivre toute sa vie sans voir les soleils. Bien sûr, certains Siréniens montaient souvent côté surface, mais...

— D'après Kareen Ale, continua le juge, leur meilleure équipe de sauvetage est composée presque exclusivement d'anciens Iliens.

— J'avais déjà entendu dire que les Siréniens faisaient payer ce genre de frais, dit Brett. Mais mon sauvetage ne devrait pas coûter bien...

Il s'interrompit, confus, en pensant à Scudi. Comment pourrait-il jamais lui payer sa dette ? Il n'y avait pas de monnaie pour cela.

— Les Siréniens ne manquent pas de moyens d'attirer chez eux les Iliens qui les intéressent, reprit le juge. Il me semble que tu devrais répondre à leurs critères. Cependant, nous aurons le temps de parler de cela plus tard. Il y a d'autres problèmes plus urgents pour l'instant. Aurais-tu par hasard une formation médicale ?

— Juste quelques notions de secourisme et de réanimation.

Keel prit une profonde inspiration et expira presque aussitôt.

— J'ai bien peur que ce ne soit pas suffisant. Il y a déjà quelques heures que Guemes a sombré. Les rescapés qu'on ramène en ce moment vont avoir besoin de soins spécialisés.

Brett essaya de déglutir malgré sa gorge sèche.

Une île entière au fond de la mer.

— Je pourrais aider à porter les blessés, dit-il.

— J'en suis certain, fit le juge en souriant tristement. Mais je suis également certain que tu ne saurais pas où les transporter. Nous serions dans leurs jambes si nous voulions les aider. Pour le moment, nous répondons exactement à l'idée qu'ils se font de nous : deux pauvres inadaptés îliens capables de faire plus de tort que de bien. Nous devons attendre notre heure.

Il est rare qu'on se débarrasse d'un mal simplement en en comprenant les causes.

C.G. JUNG,
Archives de la Mnefmothèque.

— Il y a dans les *Historiques,* fit Bushka, une malédiction aussi vieille que l'humanité. Elle dit : « Puissiez-vous vivre des temps intéressants. » Je crois que nous l'avons sur nous.

Depuis plusieurs heures, tandis que les deux coracles fendaient les flots de Pandore dans une obscurité presque totale, Bushka était en train de raconter à Twisp tout ce qu'il avait appris de Gallow et de son équipage. Twisp ne distinguait pas le visage de Bushka. Seule la petite lumière rouge du C.D.R. brillait dans le coracle. Les étoiles avaient disparu, cachées par d'épais nuages noirs.

— Il y aura des terres à perte de vue, continua Bushka. Autant de terres que vous voyez d'eau en ce moment autour de vous. C'est du moins ce qu'ils disent.

— Cela n'apportera rien de bon pour les îles, déclara Twisp. Et ces fusées spatiales dont vous parliez...

— Elles sont prêtes à être lancées, fit Bushka d'un ton presque satisfait qui ne plut pas beaucoup à Twisp. Ils ont même préparé les locaux pour entreposer les caissons et leur précieux contenu. Des entrepôts entiers.

— J'ai du mal à imaginer des continents, murmura Twisp. Où vont-ils commencer à les faire sortir de la mer ?

— C'est un endroit que les pionniers appelaient « La Colonie ». Sur la carte, il se présente comme

un rectangle aux côtés légèrement incurvés. Ils sont en train d'élargir les courbes et d'en faire un ovale avec un lagon en son centre. C'était une place forte autonome avant les Guerres des Clones, entourée de murailles de plastacier. L'endroit idéal pour commencer. Ils prévoient de faire les travaux cette année. Ainsi, la première cité verra le soleil.

— La mer aura vite fait de la démolir, dit Twisp.

— Pas du tout ! riposta Bushka. Cela fait cinq générations qu'ils se préparent. Ils ont pensé à tout... aux facteurs politiques, économiques, au varech...

Il s'interrompit car l'un des couacs venait de faire entendre un croassement ensommeillé.

Les deux hommes tendirent l'oreille, immobiles. Y avait-il une meute de capucins qui chassaient dans la nuit à proximité ? Mais les couacs ne bougeaient pas.

— Un mauvais rêve, murmura Bushka.

— Si je comprends bien, reprit Twisp, songeur, ils considéraient les habitants de Guemes comme un obstacle à leur politique de création de continents, comme des fanatiques religieux tout juste bons à répéter : « Nef nous a donné les îles, nous n'en bougerons pas. »

Bushka ne répondit pas.

Twisp songea à toutes les choses que cet homme venait de lui apprendre. Son imagination était embrumée par l'isolement de toute une vie de pêcheur. Il se sentait déphasé, incapable de suivre les subtilités d'une politique ou d'une économie à l'échelle de la planète. Il savait voir ce qu'il avait devant lui, et il trouvait que cela fonctionnait déjà bien. Pour le reste, il se méfiait de ces projets grandioses dont Bushka semblait à moitié épris malgré sa mésaventure avec Gallow.

— Il n'y a pas de place dans leur programme pour les Iliens, fit-il remarquer.

— Non, il n'y a pas de place pour les mutants, admit Bushka d'une voix à peine audible.

— Et à qui reviendra l'honneur de définir ce terme ?

Bushka garda le silence durant un long moment. Finalement, il répondit :

— Les îles sont dépassées ; je suis obligé de le reconnaître. Indépendamment de tout le reste, Gallow a raison sur ce point.

Twisp fixait l'obscurité à l'endroit où Bushka était assis. Il y avait sur la gauche une tache qui semblait un peu plus noire que le reste et c'est là qu'il concentrait son attention. Il eut la vision d'une existence de Sirénien. Leurs habitations, tous ces endroits que Bushka lui avait décrits.

Quelle sorte de personne faut-il être pour se sentir chez soi dans de tels endroits ? se demanda-t-il. Tout lui semblait si uniforme, si régulièrement identique. Comme une fourmilière. Cela lui donnait le frisson.

— Cette station où nous allons, dit-il. A quoi ressemble-t-elle ? Vous êtes sûr qu'il n'y a pas de danger ?

— Les Capucins verts sont une toute petite organisation. La Station de Lancement n° 1 est énorme. Statistiquement, nos chances sont bien meilleures ici que dans n'importe quel autre endroit à distance raisonnable.

De toute façon, je ne pouvais rien faire d'autre, se dit Twisp.

Si Brett n'était pas déjà dans cette base, il n'y avait plus aucun espoir. L'océan était bien trop vaste. Il se rendait compte à présent qu'il était absurde d'essayer de le rechercher à l'endroit exact où la mascarelle avait frappé Vashon.

— L'aube va bientôt se lever, dit Bushka. Nous ne sommes plus très loin.

Quelques gouttes de pluie commencèrent à crépiter sur la bâche. Twisp alluma sa petite lampe pour vérifier l'état de ses batteries organiques. Elles étaient nettement en train de virer au gris. Comme pour exaucer ses pensées, il y eut alors, juste derrière eux, un aveuglant éclair suivi de près d'une fracassante détonation.

— Qu'est-ce que c'est encore que ce truc-là ? s'écria Bushka d'une voix tremblante dans le silence qui s'ensuivit.

Twisp braqua le faisceau de sa lampe dans la direction d'où était venu l'éclair. Bushka, qui avait plongé sous la bâche la tête la première, réussit à se retourner et agrippa le bord du cockpit pour passer la tête au-dehors. Dans le faisceau de la lampe, ses yeux brillaient comme des escarboucles au milieu de son visage blême.

— Nous venons de recharger nos batteries, dit Twisp. Si nous avons de la chance, nous en attraperons encore une autre comme ça avant que je rentre l'antenne.

— Sacré nom de merde ! s'écria Bushka. Ces pêcheurs sont encore plus dingues que je ne le croyais. C'est un miracle que vous réussissiez à rentrer vivants !

— On fait ce qu'on peut, dit Twisp. Mais j'aimerais savoir comment vous avez fait pour devenir si vite expert en questions siréniennes.

Bushka ressortit entièrement de dessous la bâche.

— En tant qu'historien, expliqua-t-il, je savais déjà pas mal de choses sur eux avant de descendre là-bas. Mais c'est surtout que... lorsqu'il s'agit de survivre, on apprend vite.

Twisp l'entendit pousser un long soupir.

Survivre.

Il éteignit sa lampe. Il aurait voulu pouvoir distinguer les traits de Bushka sans la lui braquer sur la figure. Cet homme n'était pas totalement lâche. La chose semblait évidente. Il avait fait son service à bord des subas, comme beaucoup d'Iliens. Il connaissait la navigation. Mais tout cela, les Iliens l'apprenaient à l'école. Malgré tout, Bushka avait été tenté de se faire adopter par les Siréniens. D'après lui, c'était parce qu'ils détenaient de meilleurs documents historiques, qu'ils n'avaient même pas tous examinés eux-mêmes.

Bushka le faisait penser à certains fanatiques de

Guemes. *Esclave de ses pulsions.* Toujours à rechercher des vérités cachées. Bushka voulait prendre les faits à leur source et tous les moyens étaient bons pour y parvenir. Un homme dangereux.

Twisp se remit sur le qui-vive, à l'affût du moindre changement dans la position de Bushka. Le coracle transmettrait ses mouvements, si jamais l'envie lui prenait de tenter quelque chose.

— Vous feriez mieux de vous rendre à l'évidence, reprit Bushka. Bientôt, il n'y aura plus de place pour les îles.

— D'après la radio, le juge Ward Keel est en visite chez eux pour une mission d'information. Vous pensez qu'il était au courant depuis le début ?

Le pied de Bushka racla le pont tandis qu'il changeait de position.

— Gallow prétend que personne n'était au courant côté surface, dit-il.

Le silence retomba pendant quelques instants. Twisp surveillait toujours son aiguille rouge. Comment ajouter foi à certaines choses que disait Bushka ? Et pourtant, la barrière de brisants était bien réelle. De même, il ne faisait aucun doute que cet homme fuyait devant un grand danger. Quelque chose qui le traquait impitoyablement.

Bushka aussi était prisonnier de ses propres pensées.

J'aurais dû avoir le courage de les tuer, se disait-il.

Mais ce que Gallow représentait était plus important que Gallow lui-même. On ne pouvait pas s'y tromper. Pour un historien, c'était une situation familière. Les documents laissés par Nef abondaient en descriptions de ce genre. Les dirigeants avaient toujours eu recours à l'extermination de masse pour résoudre leurs problèmes humains. Jusqu'à la folie meurtrière de Guemes, cependant, Bushka avait considéré ces récits comme plus ou moins irréels. Maintenant, il savait ce que c'était qu'un massacre, un monstre fou hérissé d'ombres et de crocs.

L'aube pâle éclairant la crête des lames lui révéla la silhouette de Twisp penchée sur un petit réchaud de l'autre côté du coracle. Bushka se demanda si, avec les premiers rayons de soleil, Twisp n'allait pas vouloir lui reprendre la chemise et le pantalon qu'il lui avait prêtés.

Voyant que Bushka l'observait, Twisp proposa :

— Un peu de café ?

— Oui, merci, fit Bushka ; puis il ajouta : Comment ai-je pu me montrer si aveugle et si ignorant ?

Twisp le dévisagea silencieusement quelques instants avant de demander simplement :

— En les suivant ou bien en les laissant partir ?

Bushka toussa puis se racla la gorge. Il but une gorgée de café brûlant en se sentant la bouche pâteuse.

J'ai encore peur, se dit-il.

Il regarda Twisp, qui laissait refroidir son café à la barre.

— Je n'ai jamais eu aussi peur, fit-il à haute voix.

Twisp hocha lentement la tête. Les signes de peur étaient faciles à lire sur le visage de Bushka. La peur et l'ignorance fréquentaient les mêmes courants. Et bientôt, quand s'estomperait la peur, viendrait la fureur. Mais pour l'instant, Bushka se morfondait.

— C'est par orgueil que j'ai agi ainsi, dit Bushka. Je voulais avoir la primeur de l'histoire de Gallow. L'histoire vivante. Un ferment politique. Un puissant courant sirénien. Quelqu'un d'influent m'avait pris sous sa protection. Il savait que j'étais capable de travailler dur. Et que je lui serais reconnaissant de...

— Mais si ce Gallow et son équipage étaient morts ? interrompit Twisp. Vous avez sabordé leur suba et maintenant vous êtes le seul à savoir ce qui est réellement arrivé à Guemes.

— Je vous ai dit que j'avais pris mes précautions pour qu'ils en réchappent !

Twisp réprima un sourire. La fureur était en train de faire surface.

Bushka étudia le visage de Twisp à la lumière grisâtre de l'aube. Le pêcheur avait le teint hâlé de ceux qui vivent beaucoup à l'extérieur. La brise lui rabattait des mèches de cheveux bruns sur les yeux. Une barbe de deux jours, dans laquelle se prenaient parfois quelques cheveux, lui assombrissait les joues. Tout dans ses manières — la mobilité de son regard, le pli de sa bouche — évoquait pour Bushka la fermeté tranquille et la résolution. Il enviait à Twisp l'assurance limpide de son regard. Il était sûr qu'aucun miroir ne lui renverrait plus jamais l'image d'une telle limpidité dans ses propres yeux. Pas après le massacre de Guemes. Dans cet holocauste, Bushka lisait l'annonce de sa propre mort.

Comment quelqu'un d'autre pourrait-il croire que je ne savais pas, jusqu'au dernier moment, ce qui allait se passer? Comment puis-je le croire moi-même?

— Ils m'ont bien piégé, fit-il à haute voix. Oh, oui! Et comme j'ai donné de bon cœur dans leur panneau!

— Cela arrive à beaucoup de gens de se faire piéger, reconnut Twisp.

Le ton de sa voix était neutre, presque entièrement dépourvu d'émotion. Cela incita Bushka à continuer de parler.

— Je ne dormirai plus tranquille pendant le restant de mes jours, murmura-t-il.

Twisp détourna les yeux pour contempler la houle autour du coracle. Il n'aimait pas cette façon qu'avait Bushka de s'apitoyer sur lui-même.

— Et les naufragés de Guemes? dit-il d'une voix plate. Quels vont être leurs rêves?

Bushka regarda Twisp à la lumière croissante du jour. Un brave pêcheur à la recherche de son apprenti. Il ferma les paupières de toutes ses forces, mais les images de Guemes restaient imprimées sur sa rétine.

Il rouvrit brusquement les yeux.

Twisp scrutait la mer avec attention.

— Où est cette station que nous devions apercevoir à l'aube ? demanda le pêcheur.

— Elle sera bientôt en vue.

Bushka contempla le ciel bas devant eux. Et quand ils arriveraient à la Station de Lancement... qu'allait-il se passer ? La question faisait naître une sensation de constriction dans sa poitrine. Les Siréniens allaient-ils le croire ? Et même s'ils le croyaient, agiraient-ils de manière à protéger de simples Iliens ?

Ne jamais avoir foi en l'amour d'un grand homme.

Proverbe îlien.

De la plate-forme d'observation où il se trouvait, le juge Keel assistait à un spectacle de cauchemar. Les plates de sauvetage ne cessaient d'arriver dans le petit bassin d'accostage, sortant des sas qui bordaient le mur de l'esplanade en contrebas. Les équipes de triage se déplaçaient entre les rangées de corps qui encombraient le pont. Les chirurgiens opéraient certains blessés sur place tandis que d'autres étaient évacués sur des brancards. Les morts — et Keel n'avait jamais vu tant de morts à la fois — étaient empilés comme de la viande de boucherie contre le mur de gauche. Une grande baie transparente située au-dessus des sas permettait de voir la mer à l'extérieur et la file de plates qui attendaient leur tour devant chaque sas. Des équipes mobiles triaient les morts et les blessés à mesure de leur arrivée.

Derrière Keel, Brett laissa échapper une brève exclamation tandis que les fragments d'une mâchoire inférieure roulaient sur le pont, tombés d'un grand sac en transit vers une pile grandissante d'autres sacs semblables adossés au mur. Scudi, qui se tenait aux côtés de Brett, fut secouée de sanglots silencieux.

Keel était désemparé. Il commençait à comprendre pourquoi Kareen Ale avait envoyé Scudi les chercher. Ale elle-même n'avait pas dû bien saisir au début l'énormité de la catastrophe. En voyant arriver les premières plates, elle avait dû vouloir que les Iliens fussent témoins du fait que les

Siréniens faisaient tout ce qui leur était physiquement possible pour aider les rescapés.

Particulièrement la sale besogne qui consiste à trier les morts, se dit-il.

Il apercevait la chevelure rousse de Kareen Ale parmi les médecins qui s'occupaient des rares survivants répartis sur l'esplanade. A voir les piles de cadavres, il était clair que les blessés formaient une infime minorité.

Scudi se rapprocha de lui sans quitter des yeux l'esplanade en contrebas.

— Il y en a tellement ! souffla-t-elle.

— Comment est-ce arrivé ? demanda Brett.

Keel hocha silencieusement la tête. C'était cela, la vraie question. Mais il ne voulait pas faire de conjectures. Il attendait d'avoir des certitudes.

— Tellement ! répéta Scudi, mais plus fort.

— Au dernier recensement, la population de Guemes s'élevait à dix mille âmes, fit le juge.

Il fut surpris lui-même par les mots qui venaient de sortir de sa bouche. Dix mille *âmes.* Il était donc vrai que les enseignements de Nef remontaient à la surface en période de crise.

Il savait qu'il aurait dû user de ses prérogatives pour exiger des explications. Il le devait aux autres sinon à lui-même. Déjà, la Psyo ne le lâcherait pas dès l'instant où il remettrait les pieds sur Vashon. Simone Rocksack avait encore de la famille sur Guemes, il en était presque certain. Elle allait entrer dans une terrible fureur, malgré la dignité de ses fonctions, et elle disposait d'un pouvoir avec lequel il fallait compter.

Si je remets jamais les pieds sur Vashon.

Le juge se sentait écœuré par le spectacle qu'il avait sous les yeux. Il remarqua que Scudi essuyait furtivement ses larmes. Elle avait les paupières rouges et gonflées. Oui, elle avait été soumise à de rudes épreuves, elle aussi, depuis le début de la crise.

— Inutile de rester ici avec nous, Scudi, lui dit-il. Si on a besoin de vous en bas...

— J'ai été libérée de mes obligations, dit-elle.

Elle frissonnait, mais son regard ne se détachait pas de ce qui se passait sur l'esplanade.

Le juge non plus ne pouvait lever les yeux de cette scène horrible. Les abords des sas avaient été divisés en couloirs à l'aide de cordes marquées de couleurs différentes. Les brancardiers faisaient continuellement la navette entre les sas et les équipes médicales.

Un groupe de Siréniens émergea de sous la plateforme où Keel se trouvait en compagnie de Brett et Scudi. Ils commencèrent à ouvrir les sacs pour identifier les morts. Certains ne contenaient que des fragments d'os et des lambeaux de chair. Les Siréniens travaillaient avec une efficacité de professionnels, mais leurs muscles étaient contractés. Ils paraissaient plus pâles que de coutume, même pour des Siréniens. Plusieurs d'entre eux photographiaient les visages ou les marques d'identification. D'autres prenaient des notes sur des mémoplaques. Le juge connaissait ces appareils. Kareen Ale avait essayé de persuader sa Commission d'adopter le système, mais il n'y avait vu qu'un moyen de renforcer la dépendance économique des îles à l'égard des Siréniens. « Tout ce qui est noté sur une mémoplaque est enregistré et classé par un ordinateur central », avait expliqué Kareen Ale.

Il y a des choses qu'il vaut mieux ne pas enregistrer, songea Keel.

Quelqu'un toussa derrière lui. Il se tourna pour voir Lonfinn, accompagné d'un autre Sirénien. Lonfinn portait sous le bras gauche un coffret de plaz.

— Monsieur le Juge, dit-il, je vous présente Miller Hastings, du service d'Immatriculation.

Contrastant avec la stature trapue de Lonfinn, Hastings était un homme de haute taille, aux yeux bleus perçants, aux cheveux bruns et à la mâchoire carrée. Les deux Siréniens étaient vêtus d'impeccables complets en drap gris — ce genre de costume soigneusement repassé et entretenu que le juge Keel avait appris à associer au pire zèle bureaucratique sirénien.

Hastings s'était tourné vers Brett, qui se tenait à quelques pas de lui.

— On nous a dit que nous trouverions ici un certain Brett Norton, déclara-t-il. Il y a certaines formalités à accomplir. Pour vous aussi, j'en ai bien peur, monsieur le Juge.

Scudi passa derrière Keel et alla prendre la main de Brett. La vision panoramique du juge lui permit de noter cela avec une certaine surprise. Elle paraissait nettement effrayée.

Hastings fixa les lèvres de Keel.

— Nous avons pour tâche, monsieur le Juge, de vous aider à affronter cette terrible...

— Merde ! fit Keel.

Brett se demandait s'il avait bien entendu. Mais la stupéfaction qu'il pouvait lire sur le visage de Hastings lui confirma que le Président et Juge Suprême de la Commission des Formes de Vie avait bien dit : « Merde. »

Keel s'était tourné de manière à garder un œil sur les deux hommes et l'autre sur le spectacle macabre qui se déroulait sur l'esplanade en contrebas. Ce partage de son attention déroutait visiblement les deux Siréniens. Pour Brett, il était naturel. Tout le monde savait que certains Iliens avaient la possibilité de faire cela.

Hastings effectua une nouvelle tentative.

— Nous savons que ce sont des moments difficiles pour vous, monsieur le Juge, mais nous sommes préparés à cela et nous avons mis au point des procédures qui...

— Ayez la décence de vous retirer avant que je me mette en colère, fit Keel. Il n'y avait pas le moindre tremblement dans sa voix.

Hastings jeta un coup d'œil au coffret que tenait Lonfinn, puis à Brett.

— Cette réaction d'hostilité était à prévoir, dit-il. Mais plus tôt nous réussirons à supprimer cette barrière, plus vite nous...

— Je vous le répète, dit Keel, laissez-nous. Nous n'avons rien à vous dire.

Les Siréniens échangèrent un regard. Brett pouvait lire sur leurs visages qu'ils n'avaient pas la moindre intention de se retirer.

— Le jeune homme doit décider lui-même, fit Hastings d'une voix assurée et même cordiale. Qu'en dites-vous, Brett Norton ? Quelques simples formalités.

Brett déglutit. La main de Scudi dans la sienne était moite de transpiration. Ses doigts entrelacés aux siens étaient raides comme des baguettes. Quel jeu jouait Keel ? Plus important encore, pouvait-il espérer gagner ? Keel était un Ilien puissant, digne d'admiration. Mais ils n'étaient pas sur une île.

Brett carra les épaules. Il venait de prendre sa décision.

— Fichez-moi la paix avec vos formalités, dit-il. Si vous aviez la moindre décence, vous ne viendriez pas ici en un pareil moment.

Hastings expira un long souffle d'air, presque un soupir. Son visage s'était assombri et il ouvrit la bouche pour parler mais le juge Keel lui coupa la parole.

— Ce que veut dire ce jeune homme, c'est que vous êtes inconscients de venir nous trouver avec vos formalités pendant que vos frères entassent les cadavres de nos frères contre le mur que vous voyez en face.

Le silence se fit plus lourd entre les deux groupes. Brett ne se sentait pas d'attache familiale particulière avec les corps déchiquetés que l'on était en train de ramener des profondeurs, mais il décida que les Siréniens n'avaient pas besoin de savoir cela.

C'est eux contre nous.

Il y avait cependant la main de Scudi dans la sienne. Brett avait l'impression que la seule personne sirénienne à qui il pût faire confiance était Scudi. Et peut-être aussi ce médic qui l'avait aidé dans la coursive. Shadow Panille. Il avait les yeux clairs et... il n'était pas indifférent.

— Ce n'est pas nous qui avons fait périr ces gens, déclara Hastings. Je vous prie de noter, monsieur le Juge, que c'est nous qui faisons la sale besogne qui consiste à les ramener, à identifier les morts et à soigner les survivants.

— C'est très noble de votre part, dit Keel. J'étais justement en train de me demander combien de temps il faudrait pour qu'on en arrive à cette question. Vous n'avez pas encore parlé d'honoraires, bien sûr.

Les deux Siréniens avaient pris une mine sinistre, mais ils ne parurent pas particulièrement choqués par les paroles du juge.

— Il faut bien que quelqu'un paie, dit Hastings. Personne côté surface ne dispose des moyens nécessaires pour...

— Vous ramassez les morts et vous faites payer leurs familles côté surface. Je suppose que c'est une affaire rentable.

— Personne n'aime travailler pour rien, fit Hastings.

Le juge tourna un œil dans la direction de Brett, puis reprit sa posture première.

— Et quand vous repêchez quelqu'un qui est encore en vie, vous l'hébergez et vous le nourrissez, sans oublier de tenir les comptes, naturellement.

— Je ne veux rien du tout pour ma part ! protesta Scudi.

Ses yeux lançaient des éclairs dans la direction du juge aussi bien que dans celle de Hastings.

— Je respecte cela, Scudi. Je ne vous visais pas, fit le juge. Mais il semble que vos compatriotes ici présents aient un point de vue différent. Brett ne possède pas d'équipement de pêche à saisir. Il n'a ni filets, ni sonar, ni bateau coulé. Avec quoi rachètera-t-il sa vie ? Peut-être en épluchant les oignons pendant dix ans dans une cuisine sirénienne ?

— Monsieur le Juge, dit Hastings, je ne comprends vraiment pas votre insistance à envenimer les choses.

— J'ai été attiré ici sous de faux prétextes ! s'écria Keel. Je n'ai jamais pu m'éloigner assez de mes... « hôtes » pour pisser tranquillement. Regardez ! (Il pointa l'index en direction de la baie vitrée qui donnait sur l'océan puis l'abaissa vers l'esplanade.) Tous ces cadavres mutilés, brûlés, déchiquetés. Guemes a été attaquée ! Je suis sûr qu'une reconstitution prouvera qu'elle a été éperonnée par en dessous, par un suba à coque rigide !

Pour la première fois, Hastings parut sur le point de perdre son sang-froid. Ses yeux roulèrent d'un côté puis de l'autre et ses sourcils se touchèrent au-dessus de son nez crochu. Il serra les mâchoires et murmura entre ses dents :

— Écoutez-moi ! Je ne fais qu'appliquer la loi sirénienne. Si je juge que...

— Je vous en prie, interrompit Keel. Juger est mon métier et j'ai plus d'expérience que vous dans ce domaine. Vous me faites l'effet d'une paire de sangsues. Je n'aime pas les sangsues. Veuillez nous laisser.

— Puisqu'il s'agit de vous, fit Hastings, je n'insisterai pas pour le moment. Mais ce jeune garçon...

— Est sous ma protection, dit Keel. Ce n'est ni le moment ni le lieu pour nous proposer vos services.

Lonfinn fit un pas de côté, bloquant discrètement le passage.

— C'est à lui de décider, insista Hastings.

— Le juge vous a demandé de vous retirer, déclara Brett.

Scudi serra très fort la main de Brett et s'adressa à Hastings :

— Faites ce que vous dit le juge. Je réponds d'eux. L'ambassadrice Ale m'a chargée personnellement de les accompagner ici. Votre présence est importune.

Hastings la regarda dans les yeux comme s'il avait

envie de lui dire : « Voilà de bien grands mots pour une petite fille. » Mais il ravala son dépit. Son index droit montra le coffret de plaz que tenait Lonfinn puis retomba.

— Très bien, dit-il. Nous voulions vous simplifier les formalités, mais puisque vous ne voulez rien savoir...

Il jeta un coup d'œil rapide à l'esplanade en contrebas avant d'ajouter :

— Quoi qu'il en soit, j'ai pour instructions de vous reconduire dans les appartements de Ryan Wang. C'est peut-être une erreur de vous avoir fait venir ici.

— Je ne désire pas rester, dit le juge Keel. J'en ai vu assez.

Sa voix était redevenue affable et diplomatique. Mais le double sens de sa dernière remarque n'échappa guère à Brett, qui songea :

Ce vieux capucin a plus d'un tour sous son capuchon !

Cette pensée ne le quittait pas tandis qu'ils retournaient en silence dans le vaste appartement de Wang. Il se félicitait d'avoir aligné son attitude sur celle du juge. Même Scudi en avait fait autant. Elle ne lui lâchait pas la main depuis tout à l'heure malgré les regards nettement désapprobateurs que lui lançaient de temps à autre Lonfinn et Hastings. Cette attitude de Scudi lui était d'un réconfort inappréciable.

Une fois à l'intérieur de la grande pièce aux coussins moelleux, Keel déclara :

— Nous vous remercions de vos attentions, messieurs. Nous vous contacterons si nous avons encore besoin de vous.

— Vous entendrez parler de nous, c'est certain, fit Hastings avant de refermer derrière lui la porte ovale.

Keel marcha jusqu'à la porte et appuya sur le bouton qui en commandait l'ouverture. Mais rien ne se produisit. La porte était bloquée de l'extérieur. Le juge regarda Scudi.

— Ces hommes étaient au service de mon père, dit-elle. Je ne les aime pas.

Elle lâcha la main de Brett et alla s'asseoir sur un coussin acajou, le menton dans les genoux et les mains entrelacées autour de ses jambes. Les rayures jaunes et vertes de sa combinaison suivaient la courbure de son corps.

— Brett, dit le juge, je vais parler ouvertement car l'un de nous sera peut-être capable de remonter côté surface pour avertir les autres îles. Mes soupçons sont confirmés à chaque instant. Je suis persuadé que le mode de vie îlien tel que nous le pratiquons actuellement est menacé d'extinction.

Scudi leva le menton et le considéra avec consternation. Brett ne trouvait plus sa voix.

Keel regardait Scudi, dont la posture lui rappelait un certain mollusque aux multiples rangées de pattes, qui se roulait en boule dès qu'il était dérangé.

— Il a toujours été dit, reprit Keel, que le mode de vie îlien était provisoire, en attendant le retour à la terre.

— Mais Guemes... murmura Brett, sans pouvoir continuer plus loin.

— Précisément... Guemes... répéta le juge.

— Non! s'écria Scudi. Ce n'est pas possible que des Siréniens aient fait une chose pareille. Nous avons toujours protégé les îles!

— Je vous crois, Scudi, fit le juge en relevant la tête, malgré la douleur que lui causait sa nuque, comme il le faisait lorsqu'il rendait un jugement au sein de sa propre Commission. Mais il se passe en ce moment des choses dont les gens ne se rendent pas compte. Aussi bien ceux de la surface que ceux d'en bas.

— Vous croyez vraiment que ce sont des Siréniens? lui demanda Scudi.

— Nous devons réserver notre jugement jusqu'à ce que nous ayons des preuves suffisantes. Cependant, cela me paraît être l'hypothèse la plus probable.

Scudi secoua la tête. Dans ses yeux, Brett lut un refus mêlé de tristesse.

— Des Siréniens ne pourraient pas faire ça, murmura-t-elle.

— Il ne s'agit pas du gouvernement sirénien. Il arrive que la politique d'une nation suive une direction et que le peuple en suive une autre. Il arrive également que les événements échappent au contrôle des uns et des autres.

Que veut-il dire par là ? se demanda Brett.

— Les Siréniens comme les Iliens n'ont jusqu'ici toléré que des formes de gouvernement assez souples, poursuivit Keel. Si vous prenez mon cas, je suis le Juge Suprême de l'une des instances les plus puissantes qui soient. Celle qui décide si chaque nouveau-né de nos îles doit vivre ou mourir. Il plaît à certains de m'appeler Président et à d'autres Juge Suprême. Mais je n'ai pas le sentiment de rendre la justice.

— Je ne peux pas croire que quelqu'un veuille éliminer froidement les îles, dit Scudi.

— En tout cas, quelqu'un a éliminé Guemes, fit le juge.

L'un de ses yeux se tourna tristement vers Brett tandis que l'autre demeurait fixé sur Scudi.

— Cela mériterait d'être examiné de plus près, n'est-ce pas ? ajouta-t-il.

— Oui, fit Scudi, la tête toujours dans les genoux.

— J'apprécierais beaucoup une aide de l'intérieur, continua le juge. Mais d'un autre côté, je ne voudrais pas mettre en danger la personne qui m'aiderait.

— Que vous faut-il ? demanda-t-elle.

— Des renseignements. Des bulletins d'information récents destinés au public sirénien. Des statistiques sur le marché du travail. Quelles sont les catégories professionnelles où il y a encore des débouchés, lesquelles sont saturées. J'ai besoin de savoir ce qu'il se passe exactement ici. Et il me faut des études comparables sur la population îlienne immigrée.

— Je ne comprends pas, dit Scudi.

— On m'a dit que vous « équationnez » les vagues, reprit le juge en lançant un regard à Brett. Je veux faire la même chose avec la société sirénienne. Il m'est impossible de faire comme si j'avais affaire à une politique sirénienne traditionnelle. Je soupçonne même les Siréniens de ne pas se rendre compte qu'ils ne sont plus en phase avec leur politique traditionnelle. Les actualités peuvent fournir des clés pour ces fluctuations. Le marché du travail aussi. Il donne des indices qui permettent de prévoir les changements profonds et de comprendre leurs causes.

— Mon père avait un pupitre com dans la pièce où il travaillait, dit Scudi. Vous devriez pouvoir en tirer certains de ces renseignements. Mais... je ne suis pas bien sûre de comprendre comment... vous équationnerez tout cela.

— L'assimilation des données, c'est une chose que les juges connaissent bien, fit Keel. Et je me flatte d'être un assez bon juge. Procurez-moi cette documentation, si vous le pouvez.

— Peut-être pourrions-nous essayer de voir certains des Iliens qui habitent ici ? suggéra Brett.

— Tu te méfies déjà de la paperasse, hein ? dit le juge en souriant. Mais nous ferons ce que tu dis plus tard. Pour le moment, cela risquerait d'être dangereux.

Il a de bons instincts, songea-t-il.

Scudi prit ses tempes entre ses mains et ferma les yeux.

— Les Siréniens ne sont pas des assassins, dit-elle. Nous sommes incapables de faire cela.

Keel la regarda longuement. Il se disait soudain qu'au fond d'eux-mêmes, les Siréniens et les Iliens n'étaient pas tellement différents.

L'océan.

Jamais auparavant il n'avait pensé à l'océan tout à fait de cette manière. Comment leurs ancêtres avaient-ils dû s'adapter à lui ? Il était toujours là, immuable et infini. C'était une source de vie en même temps qu'une menace de mort. Pour Scudi et son peuple, l'océan représentait un grand silence oppressant, étouffant chaque bruit dans ses profondeurs, parcouru de puissants courants qui parfois remontaient jusqu'à la lumière de la surface. Pour les Siréniens, le monde était silencieux et lointain, mais pourtant lourd au-dessus de leurs têtes. Pour les Iliens, l'océan était bruyant, fantasque et exigeant. Il demandait un réajustement constant des équilibres et des idées.

Le résultat était, chez les Iliens, cette vivacité que les Siréniens trouvaient charmante et « pittoresque » ! Les Siréniens, par contraste, étaient souvent posés, réfléchis, et mesuraient leurs décisions comme s'ils étaient en train de façonner des pierres précieuses.

Le regard de Keel allait de Scudi à Brett et de Brett à Scudi. Il était clair que Brett était amoureux. Mais n'était-ce pas le simple attrait de la différence ? Etait-il pour elle un simple mammifère exotique, ou bien un homme ? Le vieux juge espérait que quelque chose de plus qu'une simple attirance sexuelle entre adolescents avait pris forme ici. Il ne se croyait pas assez stupide pour penser que les différences entre Iliens et Siréniens trouveraient une solution dans les ébats d'une chambre à coucher. Mais l'humanité était encore vivante chez ces deux-là et il la sentait à l'œuvre. Cette pensée avait quelque chose de rassurant.

— Mon père s'intéressait au sort des Iliens comme à celui des Siréniens, dit Scudi. C'est lui qui a financé les débuts du service de Recherche et Sauvetage tel qu'il fonctionne actuellement.

— Montrez-moi cette pièce, dit le juge. Je voudrais me servir de son pupitre com.

Elle se leva et marcha jusqu'à une porte ovale située de l'autre côté de la salle.

— Par ici, dit-elle.

Keel fit signe à Brett de ne pas bouger. Peut-être

que si sa présence ne troublait pas la jeune fille, elle serait capable de réfléchir plus clairement, c'est-à-dire de manière moins défensive et plus objective.

Demeuré seul dans la grande salle, Brett se tourna vers la porte verrouillée. Le juge, Scudi et lui étaient coupés des réalités que le monde extérieur sirénien aurait pu leur révéler. Kareen Ale avait voulu leur montrer ces réalités, mais d'autres s'y étaient opposés. Il y avait là, jugeait Brett, toutes les clés de leur situation présente.

Que ferait Queets à ma place? se demanda-t-il.

Il était peu probable que Queets se fût croisé les bras en contemplant stupidement une porte ovale qui le coupait de l'extérieur. Brett se leva, marcha jusqu'à la porte et passa le doigt sur le métal lisse qui formait l'encadrement du panneau de sortie.

J'aurais dû interroger Scudi sur leurs systèmes de communication et de transport des marchandises, se dit-il.

Il ne se souvenait même pas des coursives par lesquelles il était passé. Tout ce qu'il retenait, c'était qu'elles étaient peu fréquentées — par rapport aux critères îliens.

— A quoi penses-tu?

La voix de Scudi juste à son oreille l'avait fait sursauter. Il ne l'avait pas entendue approcher sur la moquette épaisse.

— Tu n'aurais pas un plan des lieux? demanda-t-il.

— Il doit y en avoir un quelque part. Je vais chercher.

— Merci.

Brett continuait à contempler la porte d'entrée. Comment était-elle verrouillée? Il songea aux îles, où un simple couteau pouvait fendre n'importe quelle cloison organique. Seuls les laboratoires, les locaux de la Sécurité et ceux où se trouvait Vata pouvaient résister plus ou moins à l'effraction. Mais c'était plutôt dû à la surveillance dont ils faisaient l'objet qu'à la solidité de leurs murs.

Scudi revint bientôt avec une mince liasse de feuillets imprimés sur lesquels des symboles codés indiquaient l'emplacement de toutes les installations de la station. Elle mit les feuillets dans la main de Brett comme si elle lui abandonnait une partie d'elle-même. Sans savoir l'expliquer, il trouva ce geste poignant.

— Nous sommes ici, dit-elle en montrant une zone de carrés et de rectangles marqués R.W.

Il étudia les feuillets un par un. Ils n'avaient rien à voir avec la topographie mouvante des îles, où tout était conditionné par l'action et par l'idiosyncrasie de matériaux organiques favorisant l'individualité. Les îles étaient faites sur mesure, façonnées, équipées, ornées à la demande pour satisfaire les besoins synergétiques de leurs systèmes vitaux et de ceux qui vivaient dessus. Les schémas que Brett tenait en main hurlaient l'uniformité : rangées de cabines identiques, longues coursives en ligne droite, corridors de service, puits d'accès et canalisations aussi directs qu'un rayon de soleil irisant la poussière. Son esprit avait du mal à se concentrer sur toute cette uniformité, mais il l'y forçait tout de même.

— J'ai demandé au juge, fit Scudi, si Guemes n'avait pas pu être détruite par un volcan.

Brett leva un instant les yeux de ses schémas.

— Qu'a-t-il répondu ?

— Qu'il y aurait eu plus de brûlés et moins de corps mutilés.

Elle pressa ses deux mains contre ses paupières en ajoutant :

— Qui a bien pu faire... une chose pareille ?

— Le juge a raison sur un point, dit Brett. Le plus urgent est de découvrir qui.

Il reprit son étude des feuillets et de leurs mystérieux diagrammes. En fait, ils n'étaient pas si compliqués que cela. Il comprenait la raison pour laquelle les Siréniens éprouvaient toujours de la difficulté à s'orienter sur une île. Les Iliens n'utilisaient pas de plans. La plupart faisaient uniquement confiance à leur mémoire.

Il ferma les yeux et vit clairement devant ses paupières les indications du schéma qu'il tenait à la main. Scudi faisait les cent pas derrière lui. Il rouvrit les yeux.

— Peut-on sortir d'ici ? demanda-t-il en désignant la porte verrouillée.

— Je sais comment l'ouvrir, dit Scudi. Où voudrais-tu aller ?

— Côté surface.

Elle contempla la porte ovale en secouant négativement la tête.

— Dès que nous aurons franchi cette porte, ils seront avertis par un signal électronique.

— Que feraient-ils si nous partions d'ici ensemble ?

— Ils nous rattraperaient. En tout cas, ils essaieraient. Ils auraient toutes les chances de réussir. Personne ne peut rien faire ici sans que quelqu'un le sache. Mon père a créé une organisation efficace. Il s'est entouré pour cela de gens comme Hastings. Il dirigeait une entreprise énorme — d'alimentation. Il faisait beaucoup de commerce avec les Iliens.

Elle détourna les yeux puis les reposa sur Brett en désignant d'un geste large les murs qui les entouraient.

— Tout cela lui appartenait. Tout ce secteur de la station, jusqu'à la tour d'accostage. Tout.

Elle traça du doigt la zone indiquée sur le feuillet que Brett tenait à la main. Brett eut un mouvement de surprise. Ce secteur était aussi grand que certaines îles. Et il avait appartenu à son père ! Cela voulait dire qu'elle en hériterait probablement. Scudi n'était pas une Sirénienne comme les autres, une simple étudiante qui apprenait à équationner les vagues.

Elle avait vu sa réaction et lui toucha le bras.

— Je mène ma propre vie, dit-elle. Comme le faisait ma mère. Mon père et moi, nous nous connaissions à peine.

— Vous vous connaissiez à peine? répéta Brett, choqué.

Lui-même ne fréquentait pas beaucoup ses parents, mais il n'aurait certainement pas pu dire qu'il ne les *connaissait* pas.

— Jusqu'à très peu de temps avant sa mort, poursuivit Scudi, il habitait le Nid, qui se trouve à dix kilomètres d'ici. Je ne le voyais pratiquement jamais. Juste avant de mourir — elle prit une profonde inspiration — il est venu voir ma mère, dans la chambre que je partageais avec elle, et ils ont eu une longue conversation. Je ne sais pas de quoi ils ont parlé, mais elle était furieuse quand il est reparti.

Brett repensait à ce qu'elle avait dit. Son père était immensément riche. Une entreprise comme celle qu'il dirigeait ne pouvait pas, sur une île, appartenir à une seule personne, mais à toute la communauté, ou à une association.

— Il contrôlait une grande partie de la production alimentaire des îles, reprit Scudi dont les joues s'empourprèrent. Parfois, il distribuait des pots-de-vin pour arriver à ses fins. Je le sais parce qu'il m'arrivait d'écouter aux portes. Et quand il n'était pas là, souvent, je me servais de son pupitre com.

— Quel est l'endroit que tu appelles le Nid? demanda Brett.

— C'est une petite ville dont la population comprend un fort pourcentage d'Iliens. C'est là que les premiers pionniers se sont installés juste après les Guerres des Clones. Tu en avais entendu parler?

— Oui. D'une manière ou d'une autre, nous sommes tous originaires de là-bas.

Ward Keel se tenait depuis un moment dans l'ombre du couloir qui conduisait au bureau de Ryan Wang. Il écoutait leur conversation en se demandant s'il devait l'interrompre pour demander quelques explications à Scudi. Jusqu'à présent, l'angoisse qui perçait dans la voix de celle-ci l'avait empêché de le faire.

— Est-ce que ces Iliens du Nid travaillaient pour votre père? demanda-t-il finalement.

Elle répondit sans tourner la tête :

— Quelques-uns, oui; mais aucun Ilien n'occupe ici de position clef. Ils sont tous embauchés par l'intermédiaire d'une agence gouvernementale. Je pense que c'est l'ambassadrice Ale qui la dirige.

— Il me semble qu'une telle agence devrait être dirigée par un Ilien, fit Brett.

— Mon père et elle devaient se marier, continua Scudi. Il s'agissait d'un arrangement politique entre les deux familles... des questions qui n'ont plus beaucoup d'importance, aujourd'hui.

— Ton père et l'ambassadrice... cela aurait permis de mettre dans le même lit les pouvoirs du gouvernement et le contrôle du ravitaillement, dit Brett.

Il était étonné lui-même de la rapidité de sa déduction.

— Tout cela, c'est de l'histoire ancienne, fit Scudi. Elle va probablement épouser GeLaar Gallow, maintenant.

Elle avait prononcé ces mots avec une amertume qui laissait Brett rêveur. Il lisait dans ses yeux la misère et la confusion, la frustration de faire partie d'un jeu dont les règles lui échappaient.

Dans l'ombre du couloir où il était toujours, le juge Ward Keel hocha la tête. Il était sorti du bureau de Wang avec un sentiment de fureur impuissante. Tous les éléments étaient là pour l'œil capable de les discerner. Les glissements d'influence. La concentration progressive et impitoyable du pouvoir entre les mains de quelques-uns. L'accent mis sur l'identité locale. Un mot issu des *Historiques* ne cessait de lui marteler la mémoire : *Etatisation.* Pourquoi l'emplissait-il d'un tel sentiment de consternation?

Les continents vont être restaurés.

Le bon temps revient.

C'est pour cela que Nef nous a donné Pandore.

A nous, les Siréniens, et non aux Iliens.

La gorge du juge se nouait quand il essayait de déglutir. A la base de tout, il y avait le programme concernant le varech et il était trop tard pour le laisser se perdre ou pour le ralentir. Il fallait le récupérer. Les justifications ne manquaient pas. Le pupitre com de Ryan Wang était plein de ces justifications : sans le varech, les soleils continueraient à fatiguer la croûte de Pandore; des séismes et des éruptions volcaniques la ravageraient comme cela s'était produit des générations auparavant.

La lave formait des plateaux sous-marins le long des lignes de faille. Le programme sirénien tirait parti de cet avantage. La dernière mascarelle avait été la conséquence d'un soulèvement volcanique et non des poussées gravitationnelles qui s'exerçaient sur l'océan de Pandore.

— J'aimerais visiter le Nid et rencontrer les Iliens qui y vivent, était en train de dire Brett. Peut-être que c'est là que nous trouverons certaines réponses.

La vérité sort de la bouche des enfants, se dit Keel.

Scudi secoua négativement la tête.

— Ils nous retrouveraient facilement. Les mesures de sécurité y sont beaucoup plus strictes qu'ici. Il y a des badges, des papiers...

— Alors, il faut remonter le plus vite possible côté surface. Le juge a raison. Il veut que nous prévenions les Iliens de ce qui se passe ici.

— Et que se passe-t-il, à ton avis?

A cet instant, le juge sortit de l'ombre en disant :

— On est en train de modifier Pandore. Physiquement, socialement et politiquement. Voilà ce qu'il se passe. L'existence que nous menons ne sera plus possible, ni côté surface, ni sous la mer. Je pense que le père de Scudi rêvait de grandes choses. Il voulait transformer Pandore. Mais quelqu'un s'est emparé de son rêve pour en faire un horrible cauchemar.

Il s'arrêta devant les deux jeunes gens qui le regardaient, consternés.

Je me demande s'ils sont capables de sentir ces choses, se dit-il.

La cupidité et la corruption allaient prendre le pouvoir sur cette nouvelle Pandore.

Scudi montra du doigt le schéma que Brett tenait à la main.

— La Station de Lancement et l'Avant-poste n° 22, dit-elle. Regardez ! Ils ne sont pas trop loin de la route actuelle de Vashon. L'île doit être au moins à une journée de ce point, mais...

— Que suggérez-vous ? demanda Keel.

— Je pense que nous pourrions arriver jusqu'au Poste 22. J'y ai travaillé. De là, je pourrai calculer la position exacte de Vashon.

Keel regarda le feuillet que tenait Brett. Une vague de nostalgie l'avait soudain envahi. Se retrouver chez lui... avec Joy pour veiller sur son bien-être. Bientôt, il allait mourir. Si seulement il pouvait le faire dans un environnement familier...

A peine conçue, cette pensée fut refoulée. S'échapper ? Il n'en avait pas l'énergie, ni la capacité physique. Il ne ferait que retarder les autres. Mais l'enthousiasme de Scudi et la manière dont Brett réagissait le réconfortaient. Ils étaient capables d'y arriver. Il fallait avertir les îles de la situation.

— Voici ce que nous allons faire, dit-il, et le message que vous transmettrez aux Iliens.

La persévérance grandit.

LE YI KING,
Archives de la Mnefmothèque.

Un vol de couacs passa au-dessus des coracles. Leurs ailes froufroutaient dans la lumière blême du matin. Twisp les suivit des yeux jusqu'à ce qu'ils se posent à une cinquantaine de mètres en avant.

Bushka s'était dressé en entendant leur bruit, la peur visible sur son visage.

— Ce ne sont que des couacs, lui dit Twisp.

— Ah ! fit Bushka en se radossant au rouf.

— Si je leur donne à manger, ils nous suivront, reprit Twisp. Je n'en ai jamais rencontré si loin d'une île.

— Nous sommes près de la station.

Quand ils furent à proximité des couacs, Twisp versa par-dessus bord une partie de ses ordures. Les oiseaux se jetèrent sur cette manne en piaillant. Les plus petits battaient si fort des pattes qu'ils semblaient ricocher sur l'eau.

C'étaient les yeux de ces oiseaux qui frappaient le plus, décida Twisp. Il y avait en eux quelque chose de vivant que l'on ne rencontrait jamais dans le regard des créatures marines. Quelque chose de presque humain.

Bushka s'assit sur le rebord du rouf pour mieux observer les oiseaux et l'horizon devant eux.

Où est cette damnée station ?

Les mouvements des couacs ne cessaient de distraire son attention. Twisp avait dit qu'ils étaient mus par un très vieil instinct. Sans doute avait-il raison. L'instinct... Combien de temps fallait-il pour qu'un instinct s'éteigne... ou s'allume ? Où allaient les humains ? Jusqu'à quel point étaient-ils mus, eux aussi, par des forces internes ? Toutes ces questions d'historien se bousculaient dans sa tête.

— Ce couac au plumage terne est certainement une femelle, dit-il en désignant du doigt le groupe d'oiseaux de mer. Je me demande pourquoi ce sont les mâles qui ont le plus de couleurs.

— Ce doit être une question de survie, dit Twisp en regardant les volatiles qui nageaient autour des coracles en guettant une nouvelle distribution. Vous avez raison, c'est bien une femelle, ajouta-t-il en plissant le front. Et il y a une chose que vous pouvez mettre à son crédit, c'est qu'elle n'ira jamais trouver un chirurgien pour lui demander de la rendre *normale* !

Bushka nota l'amertume de ces paroles et devina le vieux drame îlien. L'histoire était de plus en plus courante. Quelqu'un se faisait opérer pour correspondre à la norme sirénienne ; ensuite, il faisait pression sur la personne qu'il aimait afin qu'elle en fasse autant. Cela créait des conflits à n'en plus finir.

— On dirait que vous avez été échaudé, dit Bushka.

— Echaudé ? Dites plutôt carbonisé, réduit en cendres... Je dois admettre que c'était plutôt amusant, au début, mais... ce n'était pas suffisant. Il aurait fallu que ce soit permanent.

Il secoua tristement la tête. Bushka bâilla puis s'étira. Les couacs prirent son geste pour une menace et s'égaillèrent dans un concert de piaillements et de battements d'ailes. Twisp continuait de regarder dans leur direction, mais il ne les voyait pas vraiment.

— Elle s'appelait Rébecca, dit-il. Elle aimait vraiment se trouver dans mes bras. Leur longueur ne la gênait pas, jusqu'au jour où...

Il se tut, soudain embarrassé.

— Où elle s'est fait faire de la chirurgie esthétique ? suggéra Bushka.

— Oui, fit Twisp en déglutissant.

Qu'est-ce qu'il me prend de parler de Rébecca à cet étranger? se demanda-t-il. *Faut-il que je me sente seul!*

Elle aimait donner à manger aux couacs, le soir, le long de l'esplanade. Ces moments qu'ils avaient passés ensemble l'avaient marqué plus qu'il n'aurait aimé se l'avouer et un flot de souvenirs lui revinrent, auxquels il coupa court immédiatement.

— Après la chirurgie esthétique, elle vous a plaqué? fit Bushka en contemplant ses propres ongles.

— Plaqué? Non, soupira Twisp. Cela aurait rendu les choses plus faciles. Je savais que j'aurais l'air d'un monstre à côté d'elle, par la suite. Aucun mutard ne peut se permettre de vivre ainsi. C'est pourquoi ceux qui sont marqués comme moi ont toujours tendance à fuir le contact des Siréniens. Ce sont les regards. Et aussi ce que nous pensons de nous-mêmes, par la suite. Notre propre regard dans un miroir.

— Où est-elle à présent?

— A Vashon. Pas très loin du centre, je suppose. Là où vivent les riches et les puissants. Sans oublier ceux dont l'aspect physique est dans la norme. Je parierais qu'elle a réussi à s'y faire une place. Son métier consistait à préparer psychologiquement les gens à la chirurgie esthétique. Elle était en quelque sorte le modèle vivant de ce que l'existence pourrait être si tout se passait bien.

— Elle a choisi, et son choix a été le bon pour elle.

— Si vous parlez suffisamment longtemps de quelque chose comme ça, cela devient une obsession. Elle n'arrêtait pas de dire : « Il n'y a rien de plus facile que de changer l'apparence des gens. Un bon chirurgien saura tout de suite comment s'y prendre. Mais pour faire changer les idées de certains, c'est autrement plus compliqué. » Je crois qu'elle n'écoutait pas trop elle-même ce qu'elle disait.

Bushka porta les yeux sur les deux longs bras de

Twisp. Il comprenait soudain. Voyant son regard, le pêcheur hocha la tête.

— C'est bien cela, dit-il. Elle voulait que je me fasse raccourcir les bras. Elle n'y a jamais rien compris, malgré tous ses diplômes de merde. Ce n'est pas que j'avais peur du bistouri ou de toutes ces conneries à la graisse de gyflotte. C'est que mon corps aurait été un mensonge vivant et que j'ai horreur du mensonge.

Ce n'est pas un pêcheur comme les autres, se dit Bushka.

— Finalement, reprit Twisp, j'ai dû me faire une raison à son sujet. Dès qu'elle forçait un peu trop sur le gnou, c'était toujours la même rengaine sur la nécessité pour chacun d'entre nous de s'efforcer de devenir « aussi proche que possible de la normale ». Comme vous, Bushka.

— Je n'ai jamais eu de telles idées.

— Vous n'en avez jamais eu besoin. Vous êtes déjà prêt à rejoindre les Siréniens sur leur propre terrain, selon leurs propres conditions.

Bushka ne trouvait rien à répondre. Il avait toujours été fier de son aspect normal au sens sirénien. Il n'avait pas besoin de chirurgie esthétique.

Twisp frappa du poing le bord du coracle. Son geste fit peur aux couacs encagés qui se dressèrent avec un bruissement d'ailes rageur.

— Elle voulait avoir des gosses... avec moi... reprit Twisp. Vous imaginez ça ? Songez un peu aux surprises dans les maternités, quand tous ces mutards rectifiés vont commencer à coucher ensemble. Songez à leurs gosses qui s'apercevront en grandissant qu'ils sont des mutards alors que leurs parents semblent normaux. Très peu pour moi !

Twisp devint silencieux, perdu dans ses souvenirs.

Bushka écoutait le *flap-flap* des vagues contre la coque et les froissements d'ailes des couacs qui remuaient dans leur cage. Il se demandait combien d'histoires d'amour avaient échoué à cause de principes comme ceux de Twisp.

— Maudit Jésus Louis ! grommela ce dernier.

Bushka hocha silencieusement la tête.

C'est bien là que le problème a commencé. Ou du moins a dégénéré.

La question, pour l'historien, demeurait : Qu'est-ce qui a produit Jésus Louis ? Bushka regarda les bras de Twisp. Ils étaient puissants, musclés, hâlés, mais d'un tiers trop longs. Le patrimoine de reproduction des îles était encore une véritable loterie génétique, grâce à Jésus Louis et à ses expériences de bio-ingénierie.

Twisp était toujours furieux.

— Les Siréniens ne comprendront jamais ce que c'est que de grandir îlien ! Il y a toujours autour de vous quelqu'un de chétif ou d'agonisant... quelqu'un de très proche. Ma petite sœur était une fillette si mignonne...

Il secoua la tête sans pouvoir aller plus loin.

— Nous employons rarement le terme de « mutation », lui fit remarquer Bushka. Excepté dans un contexte technique. Et « difformité » est un mot trop laid. Nous préférons en général parler d'« erreur de la nature » ou de quelque chose comme ça.

— Je vais vous dire une chose, Bushka. J'évite délibérément les gens qui ont de longs bras. Nous sommes peu nombreux dans notre génération. (Il tendit un bras devant lui.) Vous appelez cela une erreur de la nature ? En suis-je une moi-même ?

Bushka ne lui répondit pas.

— C'est idiot ! reprit Twisp. Prenez mon apprenti, Brett. Il est complexé parce qu'il a de trop grands yeux. Mais merde ! ça ne se voit pas du tout. Seulement, allez le lui dire ! Et Nef est témoin qu'il n'y en a pas deux comme lui pour voir dans l'obscurité. Vous appelez ça un accident ?

— C'est une loterie.

— Je n'envie pas la tâche de la Commission,

reprit Twisp avec une grimace. Avez-vous une idée du nombre de monstres qui doivent défiler devant eux? Comment peuvent-ils juger? Et comment déceler les aberrations mentales, celles qui ne se manifestent que plus tard?

— Nous avons aussi de bons côtés, protesta Bushka. Les Siréniens apprécient nos tissus. Vous savez quel prix ils atteignent chez eux? Il y a aussi nos musiciens, nos peintres. Tous nos artistes...

— Je sais, dit Twisp avec mépris. J'ai déjà vu des Siréniens tripoter nos tissages. Comme c'est doux! Quelle patience pour faire tout ça! Et quelle habileté! Ces Iliens sont vraiment marrants!

— Nous le sommes, grommela Bushka.

Twisp le considéra longuement. Bushka commençait à se demander s'il n'avait pas commis une gaffe irréparable. Soudain, le pêcheur lui sourit.

— Le pire, c'est que vous avez raison! Aucun de ces Siréniens n'est capable de se payer une bonne tranche de rigolade comme le font tous les Iliens. Ou bien nous sommes écrasés de chagrin et de désespoir, ou bien nous chantons et dansons toute la nuit parce que quelqu'un est né, s'est marié, a acheté une nouvelle batterie de tambours à eau ou a simplement ramené une belle pêche. Les Siréniens ne font pas tellement la fête, d'après ce que j'ai entendu dire. Vous avez déjà vu des Siréniens fêter quelque chose?

— Jamais, reconnut Bushka.

Il se souvenait de la manière dont Nakano parlait de la vie sirénienne à bord du suba de Gallow. « Travailler, trouver une compagne, avoir un ou deux gosses, travailler encore et puis mourir. Les seules distractions : la pause café ou bien conduire une plate à un avant-poste récent. »

Était-ce pour cela que Nakano avait rejoint le mouvement de Gallow? Pour rompre la monotonie de l'existence sirénienne? Travailler à édifier une barrière. Sauver un Ilien qui allait se noyer. La vie n'était pas dure pour des gens comme Nakano. Simplement morne et dépourvue de but intellectuel. Il leur manquait peut-être le contact quotidien avec la souffrance pour qu'ils se précipitent sur chaque joie. Côté surface, les rires, les couleurs et l'exubérance ne manquaient pas.

— Si nous retournons à la vie continentale, ce sera différent, fit Bushka.

— Pourquoi dites-vous « si » ? Tout à l'heure, c'était une certitude.

— Il y a des Siréniens qui ne veulent pas quitter leur empire sous-marin. S'ils réussissent à...

Il s'interrompit tandis que Twisp pointait l'index vers l'avant du coracle en bredouillant :

— Par les cuisses de Nef ! Qu'est-ce que c'est que ce truc-là ?

Bushka se tourna pour voir, presque droit devant eux, une haute tour grise à la base entourée d'une dentelle d'écume blanche. On eût dit la tige épaisse de la fleur bleue du ciel, une fleur ourlée de rose. La tempête qui les menaçait depuis plusieurs heures auréolait la scène d'un halo de nuages noirs. La tour, d'un gris presque confondu avec le noir des nuages, n'était pas visible à cinquante cliques à la ronde, comme l'avait dit Bushka, mais Twisp ne la trouvait pas moins impressionnante. Par Nef ! Il ne s'attendait pas à quelque chose de si énorme !

Au-delà du halo gris, le ciel était en train de se dégager de plus en plus. Il y avait maintenant deux fleurs bleues au-dessus de l'horizon interrompu et aucun des deux hommes ne pouvait détacher son regard de la tour de lancement qui était au centre d'un grand tourbillon de nuages.

— Voilà la station de lancement, lui dit Bushka. Le cœur du programme spatial sirénien. Toutes leurs factions politiques doivent y être représentées.

— Impossible de la confondre avec une structure flottante, dit Twisp. Elle ne bouge absolument pas.

— Elle surplombe les vagues de plus de vingt-cinq mètres. Les Siréniens la considèrent comme leur plus grande merveille. Jusqu'à présent, ils n'ont lancé que des sondes automatiques ; mais les choses vont vite. C'est pour cela que le mouvement de Gallow est passé à l'action. Les Siréniens s'attendent pour bientôt à l'envoi d'une fusée habitée dans l'espace.

— Et ils contrôlent les courants grâce au varech ? Comment s'y prennent-ils ?

— Je ne le sais pas vraiment, répondit Bushka. J'ai vu l'endroit où ils le font, mais je ne comprends pas leur technique.

Le regard de Twisp ne cessait d'aller de la tour à Bushka et inversement. La dentelle d'écume à la surface de la mer s'était élargie tandis que les coracles se rapprochaient et la visibilité était devenue meilleure. Twisp estimait qu'ils se trouvaient à cinq kilomètres de la station. Malgré la distance, il jugeait que l'écume devait atteindre des crêtes de plusieurs centaines de mètres. Il distinguait déjà des signes d'activité humaine. Un des gros hydroptères siréniens était ancré dans les eaux calmes à distance de la tour et plusieurs petites embarcations faisaient la navette. Un aérostat évoluait à proximité, peut-être pour diriger les opérations ou pour servir de grue aérienne. Les coracles étaient maintenant assez près pour qu'ils puissent distinguer des silhouettes humaines sur la digue qui protégeait les abords de la tour.

L'hydroptère, avec ses deux statoréacteurs à hydrogène qui dépassaient à l'arrière comme deux grosses poches à œufs, attira plus particulièrement l'attention de Twisp. Il n'en avait vu jusqu'à présent que de loin, ou bien en représentation holo. Le bâtiment qu'il avait devant lui faisait au moins cinquante mètres de long. Il reposait sur sa coque de flottaison, ses foils repliés sous l'eau. Un grand panneau était ouvert sur son flanc et se trouvait au centre d'une intense activité. Une grue était en train d'y descendre un volumineux chargement.

Bushka contemplait ces opérations un bras sur le rebord du rouf et l'autre le long du corps. Il tournait le dos à Twisp, son attention rivée sur la station de lancement et sa tour de contrôle. Rien n'indiquait encore que la présence des coracles eût été signalée, mais Twisp était certain que leurs radars les suivaient depuis longtemps et que leur destination ne faisait aucun doute. Les raisons qu'avait eues Bushka de les conduire ici paraissaient claires, si l'on ajoutait foi à son récit concernant Gallow. Il y avait peu de chances pour que cette station soit aux mains des partisans de Gallow. Les Siréniens seraient intéressés par son témoignage. Toutes les tendances politiques l'interrogeraient. Mais allaient-ils le croire ?

— Avez-vous songé aux réactions que vous allez provoquer avec votre histoire ? demanda Twisp.

— Je ne pense pas que mes chances soient très bonnes, quel que soit l'endroit où j'irai. Mais mieux vaut essayer ici qu'ailleurs.

Il tourna la tête vers Twisp, qui l'observait d'un air perplexe.

— Je suis un homme mort, quelle que soit la façon dont on considère les choses, reprit Bushka. Mais il faut que tout le monde sache ce qu'il s'est passé.

— C'est très louable de votre part, fit Twisp.

Il coupa le moteur et ramena la barre contre lui jusqu'à ce que les deux coracles tournent silencieusement en rond l'un derrière l'autre. Il était temps de faire part à Bushka de la manière dont il voyait les faits après une nuit de réflexion.

— Que faites-vous ? demanda Bushka.

Twisp posa les deux bras sur la barre et le contempla.

— Je suis venu jusqu'ici pour essayer de retrouver mon apprenti, dit-il. C'est idiot de ma part, je le sais. Je vais vous dire la vérité ; je ne croyais pas tellement à l'existence de cette station ; mais je savais qu'il y aurait quelque chose à l'endroit que vous indiquiez. Je vous ai accompagné jusqu'ici parce que ce que vous disiez sur les moyens de sauvetage des Siréniens me semblait plausible.

— Evidemment ! Il a probablement été retrouvé par quelqu'un et il...

— Mais vous, Bushka, vous n'êtes pas tiré d'affaire. Vous êtes dans la merde. Et moi avec vous, simplement parce que vous êtes à mon bord. Je ne vois pas comment je pourrais vous laisser tomber, ou vous livrer à eux — il hocha le menton en direction de la tour —, surtout si votre histoire à propos de ce Gallow se trouve être vraie.

— *Si ?*

— Où sont vos preuves ?

Bushka s'efforça de déglutir. Les Siréniens devaient déjà ramener les morts et les blessés de Guemes. Il le savait. Il n'y avait plus moyen de faire demi-tour. Quelqu'un dans la station avait déjà les deux coracles et leurs occupants sur son écran de radar. S'ils attendaient encore, on viendrait les chercher pour les interroger.

— Que puis-je faire ? demanda Bushka.

— Comment ! Vous avez fait sombrer toute une putain d'île, et c'est seulement maintenant que vous vous posez la question ?

Bushka haussa les épaules puis les laissa retomber en signe d'impuissance.

— Il devait y avoir des embarcations guémoises autour de l'île quand elle a été détruite, poursuivit Twisp. Il y a certainement des survivants qui ont assisté à tout et qui vont témoigner. Certains ont peut-être aperçu votre suba. Vous avez une idée de ce qu'ils vont raconter ?

Bushka courbait la tête sous le poids des accusations contenues dans la voix de Twisp.

— C'est vous qui étiez aux commandes, poursuivit le pêcheur. Ils ne vous laisseront pas de répit. C'est vous qui êtes responsable et ils vous extorqueront tous les détails avant que vous ayez pu parler à qui que ce soit en dehors de leurs services de sécurité. Si vous sortez un jour de leurs pattes.

Bushka enfouit son menton dans ses genoux. Il sentait monter en lui une envie de vomir. Avec un sentiment d'étonnement atroce, il entendit sortir de sa propre gorge une plainte ténue modulée dans l'aigu : *mmmmh, mmmmh, mmmmh.*

Il n'y a pas un seul endroit où je puisse aller, pensait-il. *Pas un seul.*

Twisp était toujours en train de lui parler mais, perdu dans sa propre misère, il ne percevait plus les mots. Aucune parole ne pouvait parvenir à l'endroit où était sa conscience. Les paroles étaient des spectres qui allaient le hanter à jamais. Et il ne se sentait plus capable de supporter d'être hanté.

Le bourdonnement du petit moteur que Twisp venait de remettre en marche tira Bushka de sa prostration. Il n'osait cependant pas lever les yeux pour voir dans quelle direction ils allaient. De toute manière, toutes les directions étaient mauvaises pour lui. Ce n'était qu'une question de temps pour que quelqu'un le tue, quelque part. Il sentait son esprit flotter sur un océan tandis que ses muscles se contractaient en une boule de plus en plus serrée, si serrée qu'elle finissait par lui faire faire partie de l'océan sans qu'il fût en contact avec rien. Des voix l'interpellaient en une cacophonie de sons suraigus. Son esprit découvrait des fragments d'univers souillés par le carnage. L'île en lambeaux et ses échardes de chair meurtrie. Des spasmes secs secouèrent son corps. Il sentit vaguement que quelque chose faisait bouger le coracle. Un poids en lui avait besoin d'être libéré. Des mains se posèrent sur ses épaules et le guidèrent sur le banc de nage. Une voix murmura :

— Il vaut mieux vomir par-dessus bord. Vous allez vous étouffer dans le fond du coracle.

Les mains se retirèrent, mais la voix laissa un dernier commentaire :

— Pauvre couillon !

L'acide dans la bouche de Bushka était amèrement contraignant, filandreux. Il voulut parler, mais chaque son était comme du papier de verre qui remontait à son larynx. Il vomit par-dessus bord, l'odeur âcre collée à ses narines. Puis il glissa la main dans la mer en mouvement et s'aspergea la figure d'eau salée. Alors seulement, il put se redresser et affronter le regard de Twisp. Il se sentait vidé de tout, drainé du moindre sentiment.

— Où pourrais-je aller ? demanda-t-il. Que puis-je leur dire ?

— Vous n'avez qu'à leur dire la vérité, fit Twisp. Merde ! Je n'ai jamais vu quelqu'un d'aussi empoté que vous. Mais je veux bien croire que vous n'êtes qu'un pauvre couillon. Vous n'avez pas la tête d'un tueur.

— Merci, réussit à dire Bushka.

— Vous savez ce que vous avez fait ? reprit Twisp. Vous vous êtes marqué pour la vie. Aucun mutard ne s'attirera jamais les mêmes regards que vous. Vous voulez que je vous dise une chose ? Je ne voudrais pas être à votre place.

Twisp leva le menton en direction de la tour.

— Ils viennent nous chercher, dit-il. Un de leurs petits bateaux de marchandises. Nef ! Dans quel guêpier me suis-je fourré ?

> A un moment donné de l'histoire, il appartient à un groupe d'individus dévoués d'accomplir certaines tâches que les gens clairvoyants ont jugées nécessaires mais que personne d'autre ne veut entreprendre.
>
> A. HUXLEY, *Les Portes de la perception*, *Archives de la Mnefmothèque.*

Après avoir vu Scudi dévisser le couvercle de la boîte centrale de répartition, identifier les commandes des portes étanches et repérer les circuits de la porte d'entrée, Brett n'était pas loin de considérer sa nouvelle amie comme un génie. Elle protesta brièvement quand il le lui dit.

— Nous apprenons tous à faire ça quand nous sommes gosses, fit-elle avec un petit rire. Si tes parents t'enferment dans le...

— Pourquoi t'enfermer ?

— Par punition. Par ex... (Elle s'interrompit, actionna un commutateur et remit le couvercle en place.) Vite ! fit-elle en se penchant à l'oreille de Brett. On vient ! J'ai mis la sortie de secours sur circuit manuel, et la même chose pour la grande porte. L'issue de secours, c'est le petit panneau au milieu du grand panneau ovale.

— Où allons-nous en sortant d'ici ?

— Rappelle-toi la carte. Il faut que nous soyons dehors avant qu'ils s'aperçoivent de ce que j'ai fait.

Elle lui prit la main et l'entraîna dans le couloir qui menait à la pièce principale. Hastings et Lonfinn étaient là, plongés dans une conversation animée avec le juge Keel. Ce dernier était en train d'élever la voix au moment où Scudi et Brett entrèrent :

— En outre, si vous essayez de faire porter sur les Iliens la responsabilité du massacre de Guemes, j'exigerai la constitution immédiate d'une commission d'enquête; une commission dont vous ne nommerez pas les membres!

Keel se frotta les yeux des deux mains. L'œil qu'il tenait fixé sur Hastings avait un éclat dur et Keel se prit à savourer le frisson que son interlocuteur ne put retenir.

— Monsieur le Juge, votre attitude n'améliore pas votre cas, ni celui de ces deux jeunes gens, fit Hastings en jetant un regard rapide à Scudi et Brett, qui venaient de s'immobiliser au milieu de la salle.

Keel l'étudia pendant quelques instants en songeant que les choses avaient vite tourné au vinaigre. Deux hommes de main! Et ils s'étaient placés ostensiblement entre lui et la porte.

— On m'avait dit qu'il n'y avait pas d'insectes nuisibles ici, fit-il.

Hastings fronça les sourcils, mais l'autre demeura impassible.

— A votre place, je ne plaisanterais pas ainsi, dit Hastings. L'ambassadrice Ale nous a demandé de...

— Qu'elle vienne me le dire elle-même!

Voyant qu'il ne répondait pas, Keel ajouta, furieux :

— Elle m'a attiré ici sous un prétexte mensonger. Elle a fait en sorte que personne ne m'accompagne. Ses raisons, minces comme elles sont, ne tiennent pas debout. Je dois en conclure que je suis votre prisonnier. Allez-vous le nier?

De nouveau, il jeta un coup d'œil glacé aux deux hommes qui lui barraient le passage.

— Nous sommes obligés de prendre certaines mesures pour assurer votre protection, soupira Hastings. Vous êtes une personnalité importante. Une crise vient de se produire...

— Ma protection? interrompit le juge. Protection contre qui?

Il lut l'indécision sur les traits de Hastings. Plusieurs fois, l'homme ouvrit la bouche pour répondre, mais se ravisa et demeura muet. Le juge

Keel se frotta la nuque à l'endroit où sa prothèse recommençait à le blesser après le bref repos qu'il s'était accordé.

— Faut-il que vous me protégiez contre ceux qui ont détruit Guemes ? demanda-t-il.

Les deux Siréniens échangèrent un regard sans expression. Hastings se tourna de nouveau vers Keel.

— J'aimerais vous parler plus librement, mais cela ne m'est pas permis.

— Je connais déjà à peu près le contexte, fit Keel. Des forces politiques importantes sont en train de s'affronter chez vous.

— Et côté surface également ! lança Hastings.

— Oui, je sais. Les deux cartes incontrôlables. Ma Commission et les Fidèles. L'annihilation de Guemes est un mauvais coup porté aux Fidèles. Mais ce n'est pas en me liquidant que vous arrêterez la Commission. Je peux être remplacé. Il est plus efficace pour vous de me mettre au secret pendant quelque temps. D'un autre côté, si j'étais liquidé, les Iliens seraient suffisamment occupés par l'élection de mon successeur pour que vous puissiez mettre à profit la confusion qui s'ensuivrait. Non ; je ne peux plus rester ici. J'ai décidé de retourner côté surface.

Hastings et son compagnon tressaillirent.

— J'ai bien peur que ce ne soit impossible pour le moment, fit Hastings.

— C'est Carolyn Bluelove qui prendra ma succession, dit le juge en souriant. Je serais étonné que vous ayez plus de chance avec elle qu'avec moi.

C'est l'impasse, songea-t-il.

Un lourd silence s'établit tandis que Hastings et Lonfinn considéraient le juge. Keel pouvait voir sur le visage de Hastings les arguments se former pour être aussitôt écartés. Ils avaient besoin de la coopération du juge, mais d'une coopération aveugle. Ils voulaient qu'ils soient d'accord avec eux sans lui dire sur quoi il devait être d'accord. Hastings croyait-il qu'un vieux renard comme lui n'était pas capable de percevoir ce dilemme ?

Scudi et Brett avaient attentivement suivi la discussion. Scudi se pencha pour murmurer à l'oreille de Brett :

— La porte des toilettes est derrière toi sur la droite. Vas-y tout de suite et ouvre la boîte de connexions au-dessus de l'entrée. Jettes-y un verre d'eau. Le court-circuit plongera ce secteur dans l'obscurité. Je m'occupe d'ouvrir l'issue de secours. Tu la trouveras dans le noir ?

Il acquiesça d'un mouvement de tête.

— Nous serons dans la coursive avant qu'ils s'aperçoivent que nous fuyons, poursuivit-elle en chuchotant.

— Les lumières extérieures vont éclairer la pièce quand tu ouvriras le panneau de secours.

— C'est pourquoi nous devrons faire vite. Ils essaieront d'utiliser les commandes principales. Il leur faudra à peine un battement pour se rendre compte qu'elles sont sur le mode manuel.

Il hocha de nouveau la tête.

— Tu me suivras en courant le plus vite possible, dit-elle.

Face à Keel, Hastings avait décidé de dévoiler une partie de ce qu'il savait.

— Vous vous trompez sur l'identité du prochain Juge Suprême, dit-il. Ce sera Simone Rocksack.

— C'est elle que GeLaar Gallow a choisie ? répliqua le juge, mettant à profit ce qu'il avait appris devant le pupitre com de Ryan Wang.

Hastings, surpris, cilla.

— Dans ce cas, il risque d'être encore surpris, continua le juge. Les Psyos sont notoirement incorruptibles.

— Vous oubliez vos historiques, fit Hastings. Sans le premier Psyo de Pandore, Morgan Oakes, Jésus Louis n'aurait été qu'un vulgaire laborantin.

Une expression solennelle se dessina sur le visage de Keel. Maints plaideurs avaient tremblé devant lui quand il siégeait avec cette expression, mais Hastings demeurait impassible, attendant sa réponse.

— Vous êtes à la solde de Gallow, dit le juge. Et naturellement, vous voulez vous assurer la maîtrise économique et politique totale de la planète. Pour cela, vous comptez sur l'appui des Fidèles. Mais Simone Rocksack sait-elle que pour arriver à vos fins, vous avez massacré toute sa famille sur Guemes ?

— Vous vous trompez ! Ce n'est pas du tout cela !

— C'est quoi, alors ?

— Je vous en prie, monsieur le Juge. Vous...

— Quelqu'un a énoncé un jour une vérité de base. Celui qui a la maîtrise de l'intendance a la maîtrise des gens.

— Nous allons être à court de temps pour poursuivre cette discussion, dit Hastings.

— Et quand nous en serons réellement à court, cela signifiera que je ferai partie des malheureuses victimes de Guemes ?

— C'est tout l'avenir de Pandore qui se joue. Ceux qui se trouvent du bon côté traverseront cette période cruciale sans en souffrir.

— Mais ceux qui s'opposent à vous seront éliminés ?

— Nous n'avons pas détruit l'île de Guemes ! fit Hastings en articulant chaque syllabe d'une voix froide.

— Alors, comment savez-vous que celui qui l'a fait ne se retournera pas contre vous ?

— De quel droit parlez-vous de massacre ? demanda Hastings. Combien de milliers de gens avez-vous massacrés vous-même, sous l'autorité de votre Commission ? Combien de *centaines* de milliers ? Vous avez commencé de bonne heure, monsieur le Juge.

Keel fut momentanément désarçonné par cette attaque.

— Mais la Commission...

— Fait ce que vous lui dictez ! Le tout-puissant Ward Keel n'a qu'à abaisser le pouce et c'est la mort. Tout le monde le sait. Que signifie le mot « vie » pour quelqu'un comme vous ? Comment puis-je attendre d'un esprit aussi différent que le vôtre qu'il comprenne nos problèmes internes de Siréniens ?

Keel se sentait embarrassé par toutes ces accusations. Pourtant, chacune de ses décisions avait toujours été dictée par son respect de la vie. Les déviations dangereuses devaient être extirpées du patrimoine génétique.

Tandis qu'il demeurait silencieux en se demandant ce qui allait se passer ensuite, Brett fit un pas en direction de la porte des toilettes. Lonfinn se déplaça pour lui barrer l'accès à l'extérieur. Brett l'ignora, entra dans les toilettes et referma la porte derrière lui.

Il repéra tout de suite la boîte de connexions au couvercle étanche fixé par deux vis apparentes. Dans le tiroir du meuble sous le lavabo, il trouva une lime à ongles qui lui permit de dévisser le couvercle et de mettre à nu la double jonction aux gaines de plastique brillant, bleu et vert. Les câbles *p* et *n* étaient visibles sous les plots protégés qui permettaient d'inverser la polarité du circuit pour activer la commande.

Un verre d'eau, avait dit Scudi.

Il y avait un verre sous le lavabo. Il le remplit et, la main sur la poignée de la porte, jeta l'eau sur la boîte sans couvercle. Un éclair bleu-vert grimpa le long du mur et les lumières s'éteignirent. Au même instant, il ouvrit la porte et s'élança dans l'obscurité. Hastings était en train de crier :

— Le juge ! Retiens-le ! Ne le laisse pas partir !

Brett se glissa le long du mur sur sa droite et rejoignit Scudi devant la porte. Elle toucha son visage et lui serra le bras. Puis le petit panneau de secours s'ouvrit brusquement et elle s'y glissa de biais. Brett la suivit. Elle referma le panneau et se mit à courir dans la coursive. Brett l'imita aussitôt.

C'était la première fois de sa vie qu'il courait sur plus de cent mètres d'affilée. Scudi était déjà loin devant lui et elle disparut bientôt au coin d'une coursive secondaire. Brett prit le virage en dérapant, juste à temps pour voir ses pieds disparaître dans une ouverture circulaire au ras du pont. Elle le tira pratiquement à l'intérieur alors qu'il s'agenouillait pour passer. Elle remit le panneau de fermeture en place et ils se trouvèrent une fois de plus dans l'obscurité. Brett haletait d'avoir tant couru. La transpiration lui piquait les yeux.

— Où sommes-nous ? chuchota-t-il.

— Dans un conduit d'entretien du réseau pneumatique. Tiens-moi par la taille et ne me lâche pas. Il faut ramper pendant un moment.

Brett lui agrippa la taille et fut presque traîné dans le passage étroit où ses épaules raclaient les côtés et où sa tête cognait fréquemment le plafond. Il faisait presque noir, même pour lui, et il était sûr qu'elle se dirigeait totalement à l'aveuglette. Le conduit fit un coude vers la gauche, puis vers la droite, et se mit à grimper pendant quelque temps. Scudi s'arrêta, chercha sa main dans l'obscurité, la guida vers le premier barreau d'une échelle qui disparaissait quelque part au-dessus de leur tête.

— Grimpe derrière moi, murmura-t-elle. Fais attention.

Il ne jugea pas nécessaire de lui rappeler qu'il voyait dans l'obscurité.

— Où allons-nous ? demanda-t-il.

— Jusqu'en haut. Ne glisse pas. Il y a vingt étages, et trois paliers seulement pour reprendre haleine.

— Qu'est-ce qu'il y a en haut ?

— Le poste d'accostage pour les hydroptères de mon père.

— Scudi, tu es bien sûre que tu veux le faire ?

Sa voix lui parvint faible mais assurée :

— J'attends d'avoir des preuves pour croire à quoi que ce soit, mais ils retiennent le juge prisonnier et ils nous auraient arrêtés s'ils l'avaient pu. C'est inadmissible, et Ale est avec eux. Il faut au moins prévenir les îles.

— C'est vrai.

Elle se mit à grimper. Le bruissement de ses vêtements et leur respiration étaient les seuls bruits qui rompaient le silence.

Brett grimpa derrière elle. De temps à autre, sa main effleurait le talon de Scudi. Le temps semblait long à Brett, mais il savait que cela devait être encore plus dur pour Scudi car elle était dans une obscurité totale.

Il regrettait de ne pas avoir compté les barreaux depuis le début. Cela aurait occupé son esprit en lui faisant oublier le vide qui ne cessait de grandir sous lui. Chaque fois qu'il y pensait, son estomac se nouait et ses mains refusaient de lâcher un barreau pour en agripper un autre. Il n'apercevait ni le sommet ni leur point de départ. Rien d'autre que la silhouette agile de Scudi qui grimpait au-dessus de lui. A un moment, il s'arrêta pour regarder en dessous. Plusieurs tuyaux de diamètres différents couraient le long du mur. L'un était brûlant au toucher. Un autre était couvert de condensation glacée. Quand il passa les doigts dessus, il sentit quelque chose de glissant.

Des algues.

Il était heureux d'avoir trouvé quelque chose de familier. Les îles ne connaissaient aucune structure rigide. Les conduits organiques poussaient dans la direction où ils étaient guidés, mais la technique de guidage avait ses limites.

Au premier palier, Scudi le saisit par la taille et l'aida à se placer au pied d'une nouvelle échelle. Elle attendit un battement qu'il reprenne son souffle puis murmura :

— Il ne faut pas traîner. Ils peuvent deviner où nous voulons aller.

— Ont-ils un moyen de savoir où nous sommes ?

— Il n'y a pas de capteur là où nous sommes et ils ne peuvent pas savoir que j'ai la clef des conduits d'entretien.

— Où l'as-tu prise ?

— Dans le bureau de mon père. Je l'ai trouvée quand j'y ai emmené le juge.

— Pourquoi ton père la gardait-il ?

— Sans doute pour pouvoir faire éventuellement ce que nous sommes en train de faire. S'échapper en catastrophe.

Elle lui serra doucement le bras et se détourna avec un soupir. Puis elle recommença à grimper.

Brett la suivit aussi vite qu'il put. Cependant, elle prenait de plus en plus de distance. Quand ils arrivèrent enfin au deuxième palier, Brett s'y hissa, épuisé, et se laissa guider vers la nouvelle échelle. Dès qu'il eut repris son souffle, il demanda :

— Comment fais-tu pour aller si vite ?

— Je vais régulièrement au gymnase et je cours dans les coursives. Ceux d'entre nous qui sont appelés à travailler plus tard sur la terre ferme doivent entretenir leur forme car les conditions ne seront pas les mêmes que sous la mer.

Il savait que cette réponse n'était guère adéquate, mais il garda le silence.

— Es-tu prêt à affronter la dernière étape ? demanda Scudi.

— Je te suis.

Cette fois-ci, il resta assez proche d'elle pour que sa main effleure son talon de temps à autre. Elle allait moins vite à cause de lui, il le savait, et il en souffrait un peu dans son amour-propre ; cependant, il allait avoir besoin, une fois arrivé là-haut, des forces qu'il économisait. Il y avait toujours ce vide béant au-dessous, que l'obscurité presque totale, même pour lui, rendait encore plus atroce. Quand il agrippa enfin le dernier barreau et sentit la plate-forme au-dessus de lui, il passa un bras autour du support vertical de l'échelle et prit une série d'inspirations profondes et tremblantes. Scudi lui toucha la tête.

— Tout va bien ?

— Je... je reprends mon souffle.

Elle glissa la main sous son bras droit.

— Grimpe. Je t'aiderai. Tu seras mieux ici. Il y a une rampe.

Aidé par Scudi, il se hissa sur la plate-forme. Dès qu'il vit la rampe, il l'agrippa fermement et gagna les quelques millimètres qu'il lui manquait pour se laisser tomber à plat ventre sur le métal froid. Scudi posa une main sur son dos et, quand elle sentit sa respiration se calmer, la retira en disant :

— Récapitulons notre plan.

Elle était assise le dos contre la paroi de métal.

— Tu peux y aller, dit Brett.

Il s'assit à côté d'elle, heureux de respirer l'odeur de son haleine douce et de sentir la caresse de ses cheveux contre sa joue.

— La sortie se trouve juste derrière moi, dit-elle. C'est un double panneau étanche. Le hangar d'accostage doit être maintenu sous une pression assez forte pour que l'eau demeure à un niveau convenable. Nous allons nous retrouver dans une annexe du hangar. S'il n'y a personne, nous sortirons tranquillement et nous marcherons d'un air naturel vers l'un des hydroptères. Je suis ton guide. Je te fais visiter le hangar.

— Et si quelqu'un nous voit sortir d'ici ?

— Nous pouffons de rire comme des amoureux surpris. Si quelqu'un nous fait la morale, nous baissons la tête en essayant de prendre un air contrit.

Brett regarda le doux visage de Scudi dont le profil se dessinait pour lui dans l'obscurité.

Pas bête. Assez proche de la réalité pour qu'il puisse jouer le rôle avec conviction.

— Où pouvons-nous nous cacher une fois dans le hangar ? demanda-t-il.

— Nous ne nous cacherons pas. Nous irons vers un hydroptère dont l'équipage n'est pas à bord. Il nous servira à gagner la surface.

— Tu sais vraiment piloter un hydroptère ?

— Naturellement. Je prends souvent celui du labo pour aller travailler côté surface. Tu as bien compris ce qu'il faut faire ? ajouta-t-elle d'un air grave.

— Je te suis.

Elle se tourna et s'agenouilla contre la paroi. Brett entendit un faible grincement de métal. Un petit panneau s'ouvrit, laissant pénétrer un mince halo de pénombre qui suffit cependant à éblouir Brett. Scudi se glissa à l'extérieur et lui tendit la main pour l'aider. Il se contorsionna pour passer à son tour par l'étroite ouverture. Ils étaient maintenant dans une pièce basse, rectangulaire, aux parois de métal gris. La lumière pénétrait par un minuscule hublot situé dans le coin opposé. Scudi verrouilla le panneau derrière eux puis ouvrit le second panneau sur l'autre mur. Ils émergèrent sur une passerelle étroite.

— Maintenant, chuchota Scudi en lui prenant la main, je suis en train de te faire visiter le hangar et de te montrer les hydroptères.

Elle guida Brett jusqu'à l'extrémité de la passerelle où il y avait un escalier de métal qui descendait vers le pont situé trois mètres plus bas. Brett s'arrêta, résistant aux efforts de Scudi pour le faire avancer. Ils se trouvaient à l'intérieur d'une coupole transparente dont les parois étaient à des centaines de mètres d'eux.

C'est du plaz, se dit-il. *Ça ne peut être que ça, pour supporter de pareilles pressions.*

Les postes d'accostage étaient répartis sous cet énorme dôme qui tenait l'océan à distance. Un parapluie de plaz ! Il leva les yeux vers la surface, qui ne devait pas se trouver à plus d'une cinquantaine de mètres. C'était une zone laiteuse, argentée, trouée du double faisceau lumineux indiquant que les deux soleils étaient présents au-dessus de l'horizon.

Scudi le tirait toujours par le bras.

Il regarda le pont au-dessous d'eux. La vaste surface de métal strié étendait les échancrures irrégulières de ses jetées jusqu'à la paroi oblique de la coupole. Sous ses yeux, un hydroptère venu de l'extérieur se laissa descendre plus bas que le rebord opposé du dôme, le franchit et remonta à la surface dans une gerbe d'écume. Puis il gagna un poste libre dans le bruit assourdissant de ses réacteurs, malgré sa vitesse réduite. Avec cet appareil, cela faisait six hydroptères qui étaient amarrés dans le même secteur. Des équipes s'affairaient sur les jetées, aidant à l'accostage, chargeant ou déchargeant des marchandises que transportaient des files de chariots.

— Ils sont impressionnants, dit Brett.

Il tendait le cou pour mieux voir la proue de l'hydroptère le plus proche d'eux. Un ouvrier se trouvait là-haut, occupé à gratter distraitement la pellicule d'algues fines qui recouvraient les défenses relevées.

— Viens, dit Scudi d'une voix un peu plus forte que nécessaire. Je vais te faire monter à bord de l'un d'eux. Kareen veut que je te montre absolument tout.

Brett se rendit compte qu'elle avait dit cela à l'intention d'un Sirénien qui s'était arrêté au-dessous d'eux et qui les regardait en penchant la tête d'un air interrogatif. En entendant Scudi, il sourit puis s'éloigna.

Brett se laissa guider jusqu'au bas de l'escalier.

— Pour les transports alimentaires, reprit Scudi, seul ce modèle de soixante-dix mètres est utilisé. Malgré sa taille, il atteint aisément quatre-vingts nœuds, un peu moins quand la mer est grosse. On m'a dit qu'il pouvait pousser jusqu'à cent nœuds avec une charge réduite.

Sans lui lâcher la main, elle guida Brett jusqu'aux jetées où étaient amarrés les hydroptères. De temps à autre, ils devaient s'écarter pour laisser passer des chariots pleins de marchandises. A la fin, ils croisèrent un groupe de six ouvriers en combinaison blanche. L'un d'eux poussait un chariot couvert d'une bâche.

— Une équipe de réparation, expliqua Scudi. Puis, s'adressant à celui qui marchait le premier : Ce bâtiment est en panne ?

— C'est réparé, mademoiselle Wang. Juste un petit problème avec les inverseurs de poussée.

Tous les six s'étaient arrêtés pendant que le chef d'équipe répondait à Scudi. Ils se ressemblaient tous avec leur combinaison blanche. Ils ne portaient pas de badge pour les identifier.

— Est-ce que je peux faire monter notre invité à bord pour lui montrer l'appareil ? demanda Scudi avec une moue qui suggérait, pensa Brett, celle d'une enfant gâtée. Puis elle ajouta : Je connais très bien ce modèle.

— Je n'en doute pas, mademoiselle, répondit le chef d'équipe. Mais faites attention. On vient de terminer le plein en vue d'un essai. Vous devrez quitter l'appareil d'ici une heure. On commencera alors à le charger.

— C'est magnifique, dit Scudi en tirant Brett par la manche. Nous l'aurons pour nous seuls. Tu vas pouvoir tout visiter. Merci ! cria-t-elle en se retournant.

Le chef d'équipe lui fit un signe de main amical et poursuivit son chemin avec ses hommes.

Scudi se dirigea vers l'étroite passerelle qui grimpait vers la coupée située à mi-longueur de la coque. Brett la suivit dans une coursive éclairée par des tubes à intervalles réguliers. Elle lui fit signe d'attendre, passa la tête par le panneau d'entrée puis appuya sur un bouton à côté du panneau. On entendit un bourdonnement sourd et la passerelle rentra dans son logement. Le panneau étanche se referma avec un sifflement d'air.

— Vite ! fit Scudi.

Une fois de plus, ils se mirent à courir dans une série de coursives et débouchèrent dans un entrepont plus vaste. Une échelle les fit émerger dans la salle de pilotage dont les hublots de plaz dominaient la proue.

— Prends l'autre siège, dit-elle.

Elle se glissa dans l'un des deux sièges de pilotage qui faisaient face à une série de commandes.

— Regarde bien comment il faut faire, dit-elle. C'est très simple.

Dès qu'elle s'était assise aux commandes, se dit Brett, elle était devenue une autre personne. Chacun de ses gestes était vif et précis.

— Et maintenant, ce bouton-là, fit-elle en enfonçant une pastille jaune.

Brett sentit le plancher vibrer sous ses pieds. Par un hublot de plaz, il vit plusieurs Siréniens qui travaillaient sur la jetée se tourner, étonnés, vers l'hydroptère.

Scudi mit le doigt sur le bouton rouge au-dessous duquel on lisait : « Amarres de quai. Largage de détresse. » Elle enfonça le bouton et, aussitôt après, tira à fond vers elle un levier situé sur sa gauche. L'hydroptère commença à s'écarter du quai. En bas, les ouvriers couraient en faisant de grands signes vers leur cabine.

Avant qu'ils aient quitté tout à fait leur poste d'accostage, Scudi commença à remplir les ballasts. L'hydroptère s'enfonça en gîtant fortement à gauche. Scudi libéra un levier du plancher. Brett vit qu'il était articulé dans le plancher et se demanda à quoi il servait. De la main gauche, elle poussa l'autre levier à fond en avant. L'appareil piqua du nez en direction du rebord de la coupole. Quand ils passèrent dessous, Brett leva la tête pour voir l'épaisse barrière de plaz lumineux basculer vers l'arrière de l'appareil.

Dès qu'ils furent de l'autre côté, Scudi vida les ballasts en orientant la proue vers la surface. Brett se tourna et vit la coupole du hangar qui s'éloignait derrière eux. Il n'y avait pour le moment aucun signe de poursuite.

Brett ne pouvait se faire à la taille du bâtiment. *Soixante-dix mètres. C'est l'équivalent de dix coracles bout à bout!*

— Regarde bien ce que je fais, répéta Scudi d'une voix impérative. Cela te servira peut-être.

Obéissant, Brett se tourna de nouveau vers les boutons, cadrans et manettes.

— Les statoréacteurs servent à la fois sous l'eau

et à la surface, reprit-elle. Le dispositif de conservation du combustible réduit notre vitesse en immersion. Voici le régulateur... (Elle indiqua, entre leurs deux sièges, une manette basculante verrouillée par une mâchoire.) Il est dangereux de dépasser la vitesse réglée, mais c'est possible en cas de nécessité.

De sa main droite, elle poussa le levier à tribord puis le ramena doucement vers elle.

— C'est pour nous diriger, fit-elle. Si tu le tires vers toi, tu montes; si tu le pousses, tu descends.

Brett acquiesça d'un mouvement de tête.

— Là... poursuivit Scudi en indiquant une rangée d'instruments au sommet de la planche de bord... les indications sont marquées : débit du combustible en surface, ballast — plus lent qu'à bord d'un suba. Allumage. Alimentation en air en immersion. N'oublie jamais de la couper côté surface. Si le cockpit est fracturé, nous sommes éjectés automatiquement. L'éjection manuelle est commandée par cette manette rouge au centre.

Brett répondait par une série de grognements ou de mouvements de tête. Il était heureux que la plupart des cadrans soient identifiés clairement.

Scudi lui montra, au-dessus de leur front, un large écran quadrillé entouré d'une bordure noire en saillie.

— Tu peux te projeter des cartes là-dessus. C'est une chose que les Iliens essaient d'avoir depuis longtemps.

— Pourquoi n'en avons-nous pas?

Il savait de quoi il s'agissait. Les pêcheurs râlaient assez souvent à ce propos. Les Siréniens l'appelaient *Steeran*. C'était un système de navigation fondé sur la réception de signaux émis par des stations fixes au fond de l'océan.

— Trop compliqué et fort cher d'entretien, répondit Scudi. Vous ne disposez pas de l'infrastructure nécessaire.

Il avait déjà entendu ce refrain. Les Iliens n'y croyaient guère. Scudi, elle, paraissait convaincue.

— Surface, annonça-t-elle.

L'hydroptère émergea dans un grand creux de mer qui se souleva avec lui. L'eau retomba en cascade sur les hublots de plaz.

Brett porta vivement les mains à ses yeux. La soudaine clarté transformait ses orbites en deux brasiers ardents. Il se plia en deux avec un gémissement sourd.

— Ça ne va pas? demanda Scudi sans le regarder.

Elle était en train de sortir les foils de leur logement dans la coque et de donner toute la vitesse.

— Ce sont mes yeux, dit Brett. Ne t'inquiète pas.

Il cilla plusieurs fois, attendant de s'habituer. Les larmes coulaient sur ses joues.

— Parfait, dit-elle. Essaie de voir ce que je fais. Il vaut mieux se mettre parallèle aux vagues pour sortir les patins, puis les prendre de biais en accélérant. Dès que nous atteindrons le régime de croisière, je prendrai le cap. Regarde derrière toi et dis-moi si nous sommes poursuivis.

Il obéit et contempla leur sillage, soudain frappé par la vitesse à laquelle ils se déplaçaient déjà. Le gros hydroptère les avait d'abord secoués, puis leur course s'était stabilisée, ponctuée seulement par le sifflement aigu des statos et le balancement des foils qui bondissaient d'une crête à l'autre.

— Quatre-vingt-cinq nœuds, annonça Scudi. Ils sont derrière nous?

— Je ne vois rien.

Il s'essuya les yeux du revers de la main. La douleur avait presque disparu.

— Les instruments ne détectent rien non plus, fit Scudi. Ils doivent se rendre compte qu'ils n'ont aucune chance. Tous les autres hydros du hangar ont au moins un chargement partiel dans leur soute. Nous sommes à vide et nos réservoirs sont pleins.

Brett regarda de nouveau vers l'avant, clignant les yeux à cause de la réverbération.

— Le gonio est sur ta droite, poursuivit Scudi. Le panneau vert. Essaie de capter les signaux de Vashon.

Brett se tourna vers l'équipement gonio. Il vit tout de suite qu'il s'agissait d'un matériel beaucoup plus compliqué que celui dont Twisp lui avait enseigné l'usage, mais les indications sur les cadrans étaient claires et l'arc de fréquence immédiatement identifiable. La voix familière des transmissions de Vashon à la flottille de pêche grésilla dans le haut-parleur du plafond.

— C'est une bonne journée pour la pêche, les gars, et les cales vont se remplir. Ça grouille de murelles dans le quadrant 19.

Brett baissa un peu le volume sonore.

— Qu'est-ce que c'est que le quadrant 19? demanda Scudi.

— C'est la position d'un secteur par rapport à Vashon.

— Mais l'île se déplace tout le temps!

— Les murelles aussi, c'est la seule chose qui compte.

Brett tourna les boutons, s'aligna sur le signal et lut les coordonnées.

— Voilà ton cap, dit-il en indiquant le cadran au-dessus du gonio. C'est par rapport au soleil ou au compas?

— Au compas.

— La distance Doppler indiquée est de cinq cent quatre-vingt-dix cliques. Ce n'est pas la porte à côté!

— Un peu plus de sept heures. Nous avons dix heures d'autonomie. Nous pourrions régénérer notre hydrogène à partir de l'eau de mer, mais cela nous immobiliserait et nous ferions une cible facile s'ils décidaient de nous poursuivre ou de nous arrêter à partir d'une autre station.

— Ils peuvent le faire?

— Je suis sûre qu'ils essaieront. Il y a quatre avant-postes sur notre route.

— Il nous faudrait plus de combustible.

— Sans compter leurs moyens de détection sous la mer.

— On pourrait essayer de rejoindre une autre île.

— J'ai vu les derniers relevés hier dans la salle des courants. Vashon est la plus proche à cinq cents cliques près.

— Si j'émettais sur la fréquence de détresse? Nous pourrions leur dire tout ce que nous savons. Puisque, de toute manière, nous devons les avertir.

— Et que savons-nous? demanda Scudi en réglant la manette des gaz.

L'hydroptère fit une légère embardée tandis que ses patins glissaient sur une haute lame.

— Nous savons qu'ils retiennent le Juge Suprême contre son gré. Nous savons que des milliers d'Iliens sont morts.

— Et les soupçons du juge?

— C'est vrai que ce ne sont que des soupçons. Mais tu ne crois pas qu'il mérite d'être entendu?

— S'il ne s'est pas trompé, as-tu réfléchi à ce qu'il risque au cas où les Iliens exigeraient son retour?

— Ils le tueraient? demanda Brett, la gorge soudain nouée.

— Il semble qu'il y ait quelque part des tueurs en liberté. Guemes en est la preuve.

— Et l'ambassadrice Ale?

— Je suis en train de penser, Brett, que Lonfinn et Hastings la surveillent peut-être pour qu'elle ne fasse rien qui puisse leur nuire. Mon père était immensément riche. Il m'a souvent dit que cela créait du danger pour tout son entourage.

— Et si j'appelais simplement Vashon pour dire que je suis vivant et... Non, ajouta-t-il en secouant la tête. S'ils sont à l'écoute, ils...

— Et tu peux être sûr qu'ils sont à l'écoute, fit Scudi.

— Ce serait exactement comme si nous leur déballions toute l'histoire. Qu'allons-nous faire?

— Je crois qu'il vaut mieux aller directement à la Station de Lancement, dit-elle, plutôt qu'au Poste 22.

— Mais le juge Keel croit que...
— S'ils l'obligent à parler, ils nous chercheront dans la mauvaise direction.
— Pourquoi la Station de Lancement ?
— Parce que nous sommes sûrs qu'elle n'est aux mains d'aucun groupe politique en particulier. Elle représente l'accomplissement d'un rêve collectif : aller chercher les caissons hyber laissés par Nef en orbite.
— Un rêve sirénien.
— Oui, mais de *tous* les Siréniens. Là-bas, nous raconterons notre histoire et tout le monde nous écoutera. Tout le monde saura ce qu'un petit groupe est peut-être en train de faire.

Brett regardait droit devant lui. Il se disait qu'il aurait dû se sentir joyeux d'avoir pu s'échapper. Il se trouvait à bord du plus gros bâtiment qu'il eût jamais vu, glissant sur la crête des vagues à plus de quatre-vingts nœuds, plus vite qu'il avait jamais été de sa vie. Mais trop d'inconnues le harcelaient. Le juge Keel se défiait des Siréniens. Scudi était une Sirénienne. Lui disait-elle toute la vérité ? Quand elle l'empêchait d'utiliser la radio, était-ce bien pour les raisons qu'elle indiquait ? Il la regarda pensivement. Quelle autre raison aurait-elle pu avoir de l'aider à s'enfuir ?

— J'ai réfléchi, dit alors Scudi. S'ils n'ont pas de nouvelles de toi, tes parents vont être fous d'inquiétude. Et ton ami Twisp également. Appelle Vashon. Nous nous débrouillerons bien. Peut-être que mes soupçons sont idiots.

Il vit sa gorge se contracter et se souvint des larmes qui avaient coulé sur sa joue quand elle avait vu les cadavres amoncelés des Iliens.

— Non, fit-il ; j'appellerai Vashon quand nous serons en sécurité à la station.

De nouveau, il contempla l'océan devant eux. Les deux soleils faisaient miroiter des ondes de chaleur à la surface. Quand il était bien plus jeune et qu'il restait des heures à rêver au bord de l'eau, ces vapeurs créaient pour lui toutes sortes d'images. Des serpents de mer au corps ondulant et aux longues moustaches, des murelles géantes, des coprophages dodus. Aujourd'hui, ce n'était plus que la chaleur des soleils réfléchie par la surface des eaux. Il sentait cette chaleur sur ses joues, sur ses bras. Il imagina Twisp, adossé à l'arrière de son coracle, tenant la barre d'une main, les yeux mi-clos, son torse poilu offert aux rayons des soleils.

— De quel côté est cette station ? demanda-t-il.

Elle leva le bras pour tourner un bouton cranté sous l'écran qui dominait le tableau de bord. A côté du bouton, un petit clavier alphanumérique s'illumina de l'intérieur. Elle fit courir son doigt sur HF-i puis LB-1. L'indication : 141,2 clignota sur l'écran et un faisceau de lignes évasées à foyer unique s'afficha en surimpression. Un point vert lumineux dansait dans la partie la plus évasée du faisceau. Scudi le désigna du doigt.

— Ça, c'est nous, dit-elle. Puis elle montra la base du faisceau en ajoutant : Nous nous rendons ici, en suivant le cap cent quarante et un virgule deux.

Elle indiqua un cadran avec une flèche rouge sur le tableau de bord. La flèche indiquait 141,2.

— Et c'est tout ? demanda Brett.

— Comment, c'est tout ? fit Scudi en souriant. Il y a des centaines de stations émettrices sur toute la planète. Cela nécessite d'énormes installations de fabrication et d'entretien. Tout cela pour que nous puissions rejoindre notre point de destination sans erreur.

Brett leva les yeux vers l'écran. Le faisceau de lignes avait pivoté jusqu'à ce que le point vert soit centré sur son cap. L'indication 141,2, clignotait toujours dans le coin inférieur gauche de l'écran.

— Si un changement de cap est nécessaire, expliqua Scudi, un avertisseur retentira et les nouvelles coordonnées seront affichées. Le Steeran est réglé sur LB-1.

Brett contempla rêveusement l'océan qui les

entourait, et les gerbes d'écume soulevées par les foils. Il songeait à ce que représenterait un tel dispositif pour la flottille de pêche de Vashon. Le soleil le brûlait à travers le plaz, mais il se sentait bien. L'air riche de l'océan pénétrait à pleines bouffées par le système de ventilation. Scudi Wang était à ses côtés et, tout d'un coup, Pandore n'était plus l'ennemie qu'il avait toujours imaginé. Même si c'était une planète mortelle, elle avait sa part de beauté.

> Une part d'humanité réside dans les mesures prises pour redresser les torts faits à autrui. La reconnaissance d'un tort est la première étape cruciale.
>
> Les *Carnets* de RAJA THOMAS.

Shadow Panille couvrit le mutard qui venait de mourir. Il se lava les mains dans la cuvette d'alcool à côté du brancard. La salle résonnait du cliquetis des instruments d'acier contre les bassins et des ordres brefs émis à voix basse par les groupes de méditechs et de chirurgiens en train d'opérer. Panille regarda derrière lui, par-dessus son épaule, les alignements de civières qui occupaient toute la salle, chacune entourée d'un groupe en blouse grise. Les blouses étaient maculées de sang et les regards, au-dessus des masques antiseptiques, paraissaient à chaque instant un peu plus las, un peu plus impuissants. De tous les rescapés ramenés par les équipes de sauvetage, deux seulement étaient physiquement indemnes. Mais Panille savait qu'un traumatisme psychique pouvait être aussi grave, sinon plus, qu'une blessure physique, et il hésitait à mettre ces deux-là au nombre des rescapés.

Le mutard qu'il venait de couvrir était mort sous le bistouri faute d'une transfusion. Ils n'avaient pas des réserves de sang suffisantes pour faire face à des besoins d'une telle ampleur.

Il entendit claquer les gants de Kareen Ale derrière lui.

— Merci de votre assistance, lui dit-elle. Dommage qu'il n'ait pas pu s'en tirer. Il s'en fallait de peu.

Panille vit des brancardiers soulever une civière et l'emporter vers la section des convalescents.

Quelques-uns au moins survivraient. Et on lui avait dit qu'on avait rassemblé les quelques bateaux de pêche qui avaient pu s'éloigner à temps pour échapper à la catastrophe.

Il se frotta les yeux et le regretta aussitôt. L'alcool piquait et fit couler des larmes chaudes sur ses joues. Ale le prit par l'épaule et le guida vers le lavabo qui se trouvait à côté de la porte. Le robinet avait un bec assez haut et incurvé pour qu'il puisse mettre la tête dessous.

— Laissez couler l'eau sur les yeux, lui dit-elle. Clignez pour mieux les rincer.

— Merci.

— Vous pouvez vous détendre, fit-elle en lui passant une serviette. Ce sont les derniers.

— Combien de temps avons-nous passé là ?

— Vingt-six heures.

— Combien ont été sauvés ?

— Sans compter ceux qui sont dans le coma, nous avons quatre-vingt-dix opérés qui devraient s'en sortir. Plusieurs centaines n'avaient que des blessures légères. Je ne sais pas combien exactement. Moins de mille, de toute façon. Et six sont encore ici sur la table d'opération. Vous croyez que c'est vrai, ce que l'autre nous a raconté ?

— A propos du suba ? Il me paraît difficile d'attribuer cela au délire ou à une hallucination, compte tenu des circonstances.

— Il avait toute sa tête quand on nous l'a amené. Vous avez vu ce qu'il a réussi à faire sur ses jambes ? Il aurait mérité de s'en tirer. Peu de gens feraient preuve d'un tel courage.

— Les deux jambes sectionnées au-dessous du genou, et il s'est débrouillé pour arrêter l'hémorragie tout seul. Mais je ne sais pas, Kareen. J'aimerais bien ne pas le croire, mais finalement je pense qu'il n'a pas pu inventer cela.

— Et quand il nous a dit qu'il l'avait vu se retourner complètement avant de plonger ? Vous ne croyez pas que cela signifie que le pilote avait perdu le contrôle de son engin? Il est certain qu'aucun Sirénien n'agirait ainsi délibérément.

— Le blessé qui est là, fit Panille en désignant une civière derrière eux, prétend que c'est un suba sirénien qui a volontairement éventré son île. Il affirme qu'il a tout vu et que le suba a surgi par en dessous, juste au centre de...

— C'était un suba îlien, insista Kareen Ale. Cela ne pouvait être qu'un suba îlien.

— Mais ce témoin affirme...

Kareen Ale prit une profonde inspiration puis expira lentement.

— Il s'est trompé, mon cher. Et si nous voulons éviter de sérieux problèmes, il nous faudra prouver qu'il en est bien ainsi.

Ils s'écartèrent pour laisser passer les brancardiers qui emportaient vers la morgue le mutard qu'ils avaient opéré. Kareen Ale récita ce qui allait devenir, se dit Panille, le refrain sirénien :

— C'était un mutard. Les mutards n'ont pas toutes leurs facultés, même dans le meilleur des cas.

— Vous fréquentez trop Gallow, lui dit-il.

— Mais vous avez bien vu sur quoi nous avons été obligés de travailler, fit-elle.

Sa voix était devenue un murmure. Panille n'aimait pas cela. Il n'aimait pas le tour que prenait la conversation. La fatigue et la frustration faisaient ressortir un côté du caractère de Kareen Ale dont il n'avait pas soupçonné jusqu'ici l'existence.

— Des organes manquants, des organes surnuméraires, des organes déplacés... poursuivit-elle avec un grand geste. Je me demande comment ces gens peuvent organiser un cours d'anatomie. Non, Shadow. Cela ne pouvait être qu'un suba îlien. Quelque règlement de compte, une affaire interne. Quel avantage pourrait tirer l'un de nous d'un tel acte? Aucun. Je pense que nous devrions plutôt aller boire un pot et oublier tout cela. Qu'est-ce que vous en dites?

— Ce n'est pas un suba îlien qu'il décrivait,

insista Panille. C'est un appareil sirénien à récolter le varech, avec ses cisailles et ses héliarcs.

Kareen le tira par le bras, comme une maman qui prend à part son gamin turbulent pendant la *Vénefration*.

— Shadow, vous n'êtes pas raisonnable ! Si c'étaient des Siréniens qui avaient fait sombrer cette île, pourquoi aurions-nous pris la peine de lancer cette opération de sauvetage ? Pourquoi ne pas les abandonner à leur sort ? Non... nous avons fait tout notre possible pour en sauver un maximum. Bien que cela fasse très peu de différence.

— Que voulez-vous dire par là, très peu de différence ?

— Vous avez vu dans quel état ils sont. Minés par la famine. La peau sur les os. Pires que des animaux.

— Nous devons les nourrir. Ryan Wang n'a pas créé le plus grand complexe de distribution alimentaire de l'histoire pour que nous laissions des gens mourir de faim !

— Il est bien plus facile de leur donner à manger que de les repêcher morts.

— Ce sont des *êtres humains* ! fit sèchement Panille.

Le regard vif de son interlocutrice le quitta pour faire le tour de la salle où quelques équipes chirurgicales opéraient encore, puis revint se poser sur lui. Il vit avec surprise que ses lèvres tremblaient et qu'elle semblait avoir du mal à se maîtriser. Il reprit néanmoins avec insistance :

— Ce témoin était peut-être un mutard, mais pas un imbécile. Il a rapporté ce qu'il a vu, et il l'a fait très clairement.

— Je ne veux pas le croire.

— Mais vous le croyez quand même.

Il la prit par l'épaule. Elle frissonna à ce contact.

— Il faut que je vous parle, dit-elle. Voulez-vous me raccompagner chez moi ?

Ils prirent le système de transport par tube. La

tête de Kareen Ale dodelinait sur son épaule. A un moment, elle ronfla, se ressaisit en sursautant puis se laissa aller contre lui. Il aimait la chaleur qui émanait d'elle. Quand leur voiture prit un virage un peu serré, il l'enlaça plus fort pour éviter que le mouvement la réveille. Il voulait avoir le temps de réfléchir. Kareen avait besoin de lui parler. Etait-ce pour le convaincre ? Avec quels arguments ? Son corps ?

Il décida que cette pensée était indigne de lui et la repoussa.

Vingt-six heures à opérer sans relâche. Et ce n'était rien à côté des complications politiques qui l'attendaient.

Il avait remarqué, sous les yeux magnifiques de Kareen Ale, les cernes de nombreuses nuits sans sommeil. Mais cette dernière épreuve, pensait-il, avait eu au moins un mérite : celui de faire renaître un aspect de Kareen que sa brève association avec Ryan Wang avait mis en veilleuse; sa personnalité de médecin. Bien qu'elle eût été alerte et efficace pendant toute la crise, elle était littéralement tombée de sommeil avant que la porte du wagon ne se referme derrière eux. Et il avait vu le bleu merveilleux de ses yeux s'assombrir, derrière son masque, à mesure que les Iliens mouraient un par un sous son bistouri.

— Ils sont si fragiles, répétait-elle. Si pitoyables !

Les réserves de sang avaient été épuisées en deux heures. Le plasma et l'oxygène, en seize heures. Certains chirurgiens avaient proposé de stériliser de l'eau de mer et de s'en servir comme plasma, mais elle s'y était opposée en disant :

— Débrouillons-nous avec ce que nous avons. Ce n'est pas le moment de faire des expériences.

Dans son sommeil, la main de Kareen entoura la taille de Panille et l'attira plus près d'elle. Sa chevelure exhalait une odeur d'antiseptique et de transpiration, mais il trouvait le mélange agréable parce que c'était elle. Il aimait la caresse de ses cheveux contre son cou. Lui-même avait transpiré de la tête pendant des heures et il était heureux de porter ses cheveux en natte. Il aspirait à une bonne douche encore plus qu'à un bon lit.

Sa tête vacillait et il s'endormait juste au moment où leur voiture s'immobilisa avec une secousse. Un panneau clignotant afficha : *Secteur Organisation et Distribution.*

— Kareen, fit-il. Nous sommes arrivés.

Elle soupira et lui serra la taille encore plus fort. Il tendit sa main libre pour appuyer sur le bouton « blocage des portes », au-dessus de leur siège.

— Il faut descendre, Kareen.

— Je sais, fit-elle avec un nouveau soupir. Mais je suis si lasse.

— Venez. Vous serez mieux chez vous pour vous reposer.

Elle leva les yeux vers lui, mais ne bougea pas. Ses paupières étaient gonflées par le manque de sommeil. Elle réussit cependant à sourire en murmurant :

— Nous venons seulement de faire connaissance. Je ne vous laisse pas partir.

Il mit un doigt sur ses lèvres.

— Je vous raccompagne chez vous. Nous parlerons plus tard.

— Qu'est-ce qui fait vibrer ce mystérieux Shadow? souffla-t-elle d'une voix à peine audible. Puis elle l'embrassa soudain. Ce fut un baiser rapide, mais plein de force et de chaleur.

— Ça ne vous ennuie pas? demanda-t-elle.

— Et Gallow?

— Bon, fit-elle. Plus vite nous sortirons d'ici, plus tôt la vie reprendra son cours.

Ils se désenlacèrent. Il aimait sentir sur sa peau la chaleur persistante de son contact. Elle descendit la première sur le quai et lui tendit sa petite main fine.

— Vous êtes magnifique, dit-il.

Elle l'attira contre elle et, de nouveau, ses doutes fondirent.

— Comme vous savez dire les choses, murmura-t-elle.

— Cela tient de famille.

— Vous auriez pu faire un chirurgien. Vous avez de belles mains. J'aimerais passer plus de temps à les étudier.

— Je l'aimerais aussi, murmura-t-il dans ses cheveux. J'ai toujours désiré vous connaître mieux, vous le savez très bien.

— Je ronfle, il faut que vous le sachiez.

— Je m'en étais déjà aperçu, fit-il tandis qu'ils titubaient, enlacés, sur le quai. Et vous bavez, également.

— Ne soyez pas mufle, dit Kareen en lui pinçant les côtes. Les dames ne bavent pas.

— Qu'est-ce que c'est que cette tache sur mon épaule, alors ?

— Je suis horriblement confuse, dit-elle en lui prenant la main pour le guider vers la coursive où était son appartement. Puis elle le regarda en ajoutant : Viens. La vie est trop courte pour qu'on s'amuse à en perdre une seule miette.

Panille comprit en cet instant que son existence venait de prendre un nouveau tournant. Malgré la fatigue, il se sentait gonflé de l'énergie qu'elle distillait autour d'elle. Sa démarche avait quelque chose d'élastique qu'il n'avait pas remarqué quand ils étaient au bloc opératoire. Son corps se déplaçait avec une souple vivacité sur le dallage noir de l'entrée et leurs pas s'accordaient avec précision. Quand ils pénétrèrent dans l'appartement, ils se tenaient toujours par la main.

L'ordre appartient à celui qui voit au-delà de la forme; la vie appartient à celui qui comprend au-delà des mots.

LAO TZU,
Archives de la Mnefmothèque.

Les deux soleils, haut perchés dans un ciel sombre, faisaient miroiter des vapeurs à la surface de l'eau. Les yeux perçants de Brett, abrités derrière des verres fumés que Scudi avait dénichés à bord, scrutaient attentivement l'océan. L'hydroptère bondissait sur les flots avec une facilité qui le remplissait d'admiration. Il s'extasiait de voir avec quelle docilité ses sens s'étaient adaptés à la vitesse. Il était ivre de liberté, ivre de fuite en avant. Aucun poursuivant ne pouvait aller aussi vite. Les seuls dangers possibles se trouvaient devant, à l'endroit où la chaleur faisait miroiter l'horizon. Ou bien l'« avenir », comme l'appelait Twisp.

Quand il était tout jeune et que sa mère l'emmenait promener sur l'esplanade de Vashon, il voyait des serpents de mer là où le soleil faisait monter des vapeurs sur la mer. Aujourd'hui, le soleil, pénétrant à flots par le pare-brise et créant des reflets dorés sur les cheveux noirs de Scudi, l'emplissait d'une force nouvelle. Il n'y avait plus de serpents de mer.

Scudi était penchée sur ses commandes et regardait tour à tour la mer, le tableau de bord et l'écran de navigation au-dessus de son front. Ses lèvres avaient un pli préoccupé qui ne disparaissait que lorsqu'elle regardait Brett.

A leur droite, une large étendue de varech assombrissait la surface de l'eau. Scudi manœuvra pour passer sous le vent du varech, là où les eaux étaient plus calmes. Au centre de l'étendue, Brett remarqua une tache d'un vert très vif, de forme ovale, qui reflétait puissamment les rayons du soleil. Le vert s'assombrissait à mesure qu'il s'éloignait du centre, pour prendre une coloration jaunâtre sur les bords.

Scudi regardait également le varech.

— Les extrémités meurent, se flétrissent et fortifient le reste du banc, expliqua-t-elle.

Ils poursuivirent leur route quelque temps sans rien dire.

Soudain, Scudi le surprit en coupant abruptement les réacteurs. Le gros hydroptère s'affaissa lourdement sur ses patins avec une secousse. Brett tourna un regard inquiet vers Scudi, mais elle gardait un visage impassible.

— A toi, dit-elle.

— Hein?

— Tu prends les commandes. Suppose qu'il m'arrive quelque chose?

Brett se carra dans son siège et examina le tableau de bord. Au-dessous de l'écran, près du centre de la cabine, il y avait quatre boutons avec une plaque intitulée : « Opérations de départ. »

Il lut les instructions et appuya sur le bouton marqué « Contact ». Le sifflement puissant des statos à hydrogène se fit entendre derrière eux. Scudi sourit.

Suivant les instructions à la lettre, Brett examina alors l'écran de navigation. Le profil miniature d'un hydroptère apparut autour d'une pastille verte. Une ligne rouge sortit de la pastille et grandit vers l'avant du profil. Brett enfonça le bouton marqué « avant » et inclina doucement la manette des gaz vers le tableau de bord. De l'autre main, il agrippait très fort le levier de direction. Ses paumes transpiraient. L'hydroptère commença à s'élever, puis s'inclina contre le flanc d'une lame.

— Par le travers, lui rappela Scudi.

Il pencha légèrement le manche et donna un peu plus de gaz. L'hydroptère déjaugea sans heurt et il mit encore plus de gaz. Ils étaient maintenant sur les foils. Brett jeta un coup d'œil au compteur de distance-vitesse, qui oscillait puis se stabilisa sur 72. La pastille verte progressait sur la ligne rouge.

— Très bien, dit Scudi. Je reprends les commandes. Souviens-toi de bien suivre les instructions.

Elle augmenta la vitesse. L'air de la cabine devint plus frais tandis que le système de ventilation fonctionnait dans cette belle journée ensoleillée.

Brett embrassait du regard tout l'horizon délimité par la cabine. C'était une chose que Twisp lui avait, inconsciemment, apprise. Il était là dans son domaine, devant un spectacle familier depuis son enfance : l'océan du large avec ses longs rouleaux interrompus çà et là par des plaques de varech, des carrefours de courants argentés ou des crêtes d'écume soulevée par le vent. Il y avait dans tout cela un rythme qui lui procurait un sentiment de contentement. Toute cette variété devenait en lui une seule chose, de même que l'océan formait un tout. Les soleils se levaient séparément, mais ils se rencontraient avant de disparaître derrière l'horizon. Les vagues se recoupaient et lui parlaient de choses qu'il ne pouvait pas voir. Et cela ne formait qu'un tout.

Il essaya d'expliquer à Scudi une partie de ce qu'il ressentait.

— Les soleils font cela à cause de leurs ellipses, dit-elle. Et je connais bien les vagues. Chaque chose qui les touche nous parle en même temps d'elle-même.

— Leurs ellipses ? demanda Brett.

— Ma mère disait que quand elle était jeune les soleils se rencontraient à midi.

Brett trouva ce détail intéressant, mais il avait l'impression que Scudi n'avait pas compris ce qu'il voulait dire. Ou bien elle n'avait pas envie de parler de ça.

— Tu as dû apprendre beaucoup de choses avec ta mère, fit-il.

— Elle était très douée, sauf avec les hommes. C'est du moins ce qu'elle avait coutume de dire.

— Quand elle était fâchée contre ton père ?

— Oui ; ou bien contre d'autres, dans les avant-postes.

— Qu'est-ce que c'est que ces avant-postes ?

— Des endroits où l'on est peu nombreux, où l'on travaille dur et où les comportements ne sont pas tout à fait les mêmes. Quand j'en reviens et que je me trouve en ville, ou même dans la station de lancement, je me rends compte que je suis différente. Je ne parle pas comme tout le monde. On m'en a déjà avertie.

— Avertie ?

Derrière ce terme semblaient se profiler de sombres rivalités de clans parmi les Siréniens.

— Ma mère disait que si je parlais en ville comme dans les avant-postes, je ne pourrais pas m'intégrer. Que tout le monde me considérerait comme une étrangère, et que cela pourrait être dangereux pour moi.

— Dangereux ? De voir les choses différemment ?

— Quelquefois, fit Scudi en lui lançant un regard, il est nécessaire de savoir s'intégrer. Toi, par exemple, tu pourrais passer, mais je sais que tu es un Ilien d'après la manière dont tu t'exprimes.

Scudi essayait de le mettre en garde, songea-t-il. Ou de lui apprendre quelque chose.

Il avait remarqué que son accent n'était plus le même ici que quand elle était chez elle. Ce n'était pas tant le choix de ses phrases que la manière dont elle les disait. Elle était plus sèche, plus directe.

L'océan défilait à toute vitesse par les hublots. Brett songeait à l'unité des Siréniens, à cette société sirénienne qui mesurait le danger à un accent. Comme les vagues qui se recoupaient à des angles impossibles, les différents courants de la société sirénienne se réfractaient les uns les autres. Des « interférences », disaient les physiciens. Il savait au moins cela.

L'aisance avec laquelle Scudi faisait bondir le gros hydroptère d'une vague à l'autre en disait long à Brett sur son passé. Elle n'avait qu'à jeter un coup d'œil à l'écran de navigation puis un autre à l'océan pour se fondre dans le tout. Elle évitait les formations épaisses de varech sauvage et maintenait le cap sur cette mystérieuse station de lancement.

— Il y a de plus en plus de varech sauvage ces temps-ci, lui dit-il. Les Siréniens ne semblent pas s'en occuper.

— Autrefois, Pandore appartenait au varech. A présent, le varech pousse et s'étend au sommet d'une courbe exponentielle. Tu sais ce que ça veut dire ?

— Que plus il y en a, plus il se répand et se reproduit.

— Au point où en sont les choses, cela ressemble davantage à une explosion, ou au moment de cristallisation dans une solution saturée. Il suffit d'ajouter un minuscule cristal et il se formera par précipitation un énorme cristal massif. Voilà ce qui attend le varech. Pour le moment, il apprend à se débrouiller tout seul.

Brett secoua la tête :

— Je sais ce que disent les historiques. Cependant... des végétaux... sentients ?

Elle haussa les épaules comme pour secouer son incrédulité.

— Si la Psyo ne se trompe pas — si ses prédécesseurs ne se sont pas trompés — Vata est la clé du varech, le cristal qui précipitera son accession à la conscience. Qui lui donnera une âme, si tu préfères.

— Vata... murmura Brett d'une voix chargée d'un respect enfantin.

Il n'était pas porté sur la Vé*nef*ration, mais il éprouvait du respect pour un être humain qui survivait depuis tant de générations. Aucun Sirénien n'en avait jamais fait autant. Mais Scudi croyait-elle à toutes ces histoires de Psyos ?

Il lui posa la question. Elle répondit en haussant les épaules :

— Je crois à ce que mon esprit est capable de concevoir. J'ai vu comment le varech apprenait. Il est sentient, mais à un niveau inférieur. La seule magie, dans le fait d'être sentient, c'est la vie et le temps. Et Vata possède une partie des gènes du varech, c'est un fait établi.

— Twisp dit que la dernière fois, il a fallu au varech deux cent cinquante millions d'années pour accéder à la conscience. Comment allons-nous savoir...

— Nous avons fait ce que nous avons pu pour l'aider. A lui de faire le reste.

— Quel rapport avec Vata ?

— Je ne le sais pas vraiment. Je suppose qu'elle agit comme une sorte de catalyseur. Le dernier lien naturel avec l'ancêtre du varech. Shadow affirme qu'en réalité, elle est dans le coma. Cela dure depuis la mort de l'ancien varech. L'effet de choc, peut-être.

— Et Duque ? Et tous ceux d'entre nous — Siréniens y compris — qui possèdent aussi des gènes du varech ? Pourquoi ne sommes-nous pas ces catalyseurs dont tu parles ?

— Aucun humain ne possède la totalité des gènes du varech. Une telle créature n'aurait plus rien d'humain, elle serait le varech. Mais chacun possède sans doute une combinaison différente.

— Duque dit que Vata rêve ses rêves.

— Certains humains parmi les plus religieux prétendent que Vata rêve nos rêves à tous. Le fait que toi et moi nous ayons réussi à nous échapper alors qu'on nous retenait prisonniers, ce n'est certainement pas un rêve... Nous formons une bonne équipe, ajouta-t-elle en lui adressant un regard chaleureux.

Il s'empourpra et hocha affirmativement la tête.

— A quelle distance sommes-nous de la Station de Lancement ? demanda-t-il.

— Nous y serons avant la tombée de la nuit.

Il songea à ce qui allait se passer. Parmi ces gens

se trouveraient peut-être ceux qui avaient délibérément détruit Guemes. Avec son accent d'Ilien, il serait alors en danger. Il se tourna vers Scudi et s'efforça de lui parler de cela le plus naturellement possible. Il ne voulait pas insister ni lui faire peur. Mais sa réaction lui prouva immédiatement qu'elle avait eu le même genre de pensées.

— Il y a un coffre rouge à côté de l'entrée, dit-elle. Tu y trouveras des combinaisons de plongée et des paquetages. Les eaux seront plus froides à la Station.

— L'hypothermie tue, dit Brett.

Il avait vu ces mots imprimés en jaune vif sur le couvercle du coffre et cela lui rappelait ses premières leçons de survie. On enseignait les dangers de l'eau froide aux enfants îliens dès qu'ils étaient en âge de parler. Apparemment, les Siréniens faisaient la même chose, bien qu'ils fussent, selon Twisp, moins sensibles aux basses températures.

— Essaie de trouver des combinaisons à notre taille, dit-elle. Si nous devons abandonner l'appareil...

Elle n'acheva pas sa phrase; elle savait que c'était inutile.

La vue des piles de combinaisons grises à l'intérieur du coffre fit sourire Brett. Les combinaisons organiques de conception et de fabrication îlienne représentaient l'un des rares domaines où ils avaient de l'avance sur les Siréniens. Il choisit un modèle « petit » et un « moyen » puis déchira leur housse de protection pour les activer. Il prit également deux paquetages orange et les glissa sous les sièges de pilotage dans la cabine.

— A quoi servent ces paquetages? demanda-t-il.

— Ce sont des équipements de survie : radeau pneumatique, poignard, lignes de pêche, pilules contre la douleur. Il y a même des grenades contre les capucins.

— Tu as déjà eu à utiliser des grenades?

— Non, mais c'est arrivé une fois à ma mère. Un membre de son équipe y est resté.

Brett frissonna. Les capucins ne s'approchaient plus tellement des îles mais des pêcheurs avaient perdu la vie et des histoires circulaient sur des enfants emportés parce qu'ils s'étaient aventurés trop près du bord. Soudain, l'océan autour d'eux avait perdu pour Brett une partie de sa douceur familière et protectrice. Il secoua la tête pour chasser ces pensées. Twisp et lui avaient vécu au milieu de cet océan à bord d'un frêle coracle. Pour l'amour de Nef! Un hydroptère ne pouvait pas être plus vulnérable qu'un minuscule coracle. Cependant, ils n'avaient pas de couacs à bord de l'hydroptère. Et s'il fallait se jeter à l'eau en combinaison... Pourraient-ils compter sur leurs propres sens pour les avertir à temps? Les capucins étaient d'une vivacité incroyable.

Les deux soleils s'étaient sensiblement rapprochés l'un de l'autre. Ils n'allaient pas tarder à se coucher ensemble. Brett continuait de scruter l'horizon, à la recherche d'un premier signe indiquant la présence de la station. Il savait que sa crainte des capucins était stupide, qu'il en rirait un jour...

Quelque chose qui apparaissait au loin par intermittence à la surface de l'eau venait de capter toute son attention.

— Qu'est-ce que c'est? demanda-t-il en pointant l'index en avant, légèrement sur tribord.

— Peut-être un bateau, fit Scudi, qui ne voyait rien.

— Je ne sais pas... en tout cas, il n'y a pas un mais deux objets.

— Deux bateaux?

La vitesse de l'hydroptère rapprochait les deux points à chaque fraction de seconde. Il murmura d'une voix à peine audible :

— Deux coracles!

— Le second est à la remorque, fit Scudi en dirigeant l'hydroptère de ce côté.

Brett se pencha en avant pour mieux voir les deux coracles. Il fit signe à Scudi de ralentir. Elle réduisit les gaz et il dut s'agripper à son siège pour ne pas être projeté en avant quand l'hydroptère s'affaissa sur l'eau en soulevant une gerbe d'écume avec son étrave.

— C'est Queets! s'écria Brett en montrant l'homme assis à la barre. Par les dents de Nef, c'est bien Queets!

Scudi coupa l'un des statos et manœuvra de manière à se placer au vent des coracles. Brett défit hâtivement les attaches du capot et le fit basculer en arrière. Il se pencha pour crier en direction des deux coracles, qui se trouvaient à une cinquantaine de mètres sous le vent :

— Twisp! Queets Twisp!

Celui-ci s'était mis debout, une main en visière, son bras trop long grotesquement plié contre lui.

— Brett!

— Tes cales sont pleines? lui lança ce dernier.

C'était la formule traditionnelle quand deux pêcheurs se rencontraient en mer.

Twisp, toujours debout, faisait danser le coracle presque au point de chavirer et applaudissait des deux mains bien au-dessus de sa tête.

— Tu as réussi, mon garçon! Tu as réussi!

Brett se rassit dans la cabine.

— Rapproche-nous d'eux, dit-il à Scudi.

— C'est donc lui, le fameux Queets Twisp!

Elle fit avancer lentement l'hydroptère, décrivit un cercle autour des deux coracles et ouvrit le panneau d'accès lorsqu'ils furent bord à bord avec le coracle de tête.

Twisp agrippa le montant d'un foil et en moins d'une minute se retrouva à l'intérieur de la cabine, ses longs bras autour de Brett, ses larges paumes le tapant dans le dos.

— Je savais bien que je te retrouverais! dit-il.

Tout en maintenant Brett au bout d'un de ses bras, il fit de l'autre un geste large qui englobait l'hydroptère, Scudi, les étranges vêtements de Brett et ses lunettes noires.

— Qu'est-ce que c'est que tout ça ?

— C'est une longue histoire, répondit Brett. Nous nous dirigeons vers la Station de Lancement sirénienne. As-tu entendu parler de...

Twisp laissa retomber ses bras, la mine soudain grave.

— Nous en venons, dit-il. Ou plutôt, nous y étions presque... (Il se tourna pour indiquer l'homme qui était resté à bord du coracle.) Ce bois d'épave a pour nom Iz Bushka. J'ai essayé de l'accompagner à la station pour une affaire très grave.

— Essayé ? s'étonna Scudi. Que s'est-il donc passé ?

— Qui est cette perle rare ? demanda Twisp en lui tendant la main. Je me présente : Queets Twisp.

— Scudi Wang, fit-elle en même temps que Brett.

Ils éclatèrent de rire.

Twisp ne pouvait s'empêcher de la regarder avec de grands yeux. Etait-ce là la jeune et belle Sirénienne dont il avait eu la vision dans son rêve ? Non... ridicule !

— Ce qu'il s'est passé à la station, reprit-il en s'adressant à Scudi, c'est qu'ils n'ont pas voulu écouter notre histoire. Ils n'ont même pas voulu nous laisser entrer. Ils nous ont remorqués au large avec un hydroptère plus gros que celui-ci, en nous ordonnant de ne plus nous approcher de la station. Voilà pourquoi nous sommes là.

Il regarda de nouveau autour de lui avant d'ajouter :

— Et vous ? Que faites-vous ici ? Où est l'équipage ?

— L'équipage, c'est nous, répondit Brett.

Il expliqua à Twisp pourquoi ils faisaient route vers la station, comment le juge Keel et eux avaient été menacés et de quelle manière la situation politique semblait évoluer en bas. Bushka entra dans la cabine au moment où Brett finissait son récit. Il devint pâle et sa respiration se fit saccadée.

— Ils nous ont devancés, dit-il. Je suis sûr que c'est trop tard.

Il posa sur Scudi des yeux hagards.

— Wang... Vous êtes la fille de Ryan Wang!

Brett, qui commençait à perdre patience, demanda à Twisp :

— Qu'est-ce qu'il a?

— Un poids sur la conscience, répondit le vieux pêcheur en se tournant à son tour vers Scudi : C'est vrai? Vous êtes la fille de Ryan Wang?

— Oui.

— Vous voyez bien! gémit Bushka.

— La ferme! s'écria Twisp. Ryan Wang est mort et j'en ai marre de vous entendre pleurer.

Il se tourna vers Brett et Scudi.

— C'est vrai que vous lui avez sauvé la vie?

— Oui, fit Scudi, avec un léger haussement d'épaules, sans cesser de fixer son tableau de bord.

— Rien d'autre d'important à nous dire?

— Je... je ne pense pas, dit-elle.

Twisp croisa le regard de Brett et décida de déballer toutes les mauvaises nouvelles. Il indiqua Bushka du pouce :

— Ce gibier de capucin était aux commandes du suba qui a détruit Guemes. Il prétend qu'il ne savait pas ce qu'il faisait jusqu'à ce que le nez du suba se plante dans le cœur de l'île. D'après lui, c'est un officier sirénien qui l'a manipulé. Quelqu'un qui s'appelle Gallow.

— Gallow... murmura Scudi.

— Tu le connais? demanda Brett.

— Je l'ai rencontré plusieurs fois. Avec mon père et Kareen Ale, à plusieurs reprises...

— Qu'est-ce que je vous avais dit? interrompit Buskha en tirant Twisp par la manche.

Twisp se dégagea d'une secousse, agrippa le poignet de Bushka, le tordit puis le repoussa brusquement.

— Et moi, je vous ai dit de la fermer, répliqua-t-il.

Brett et Scudi s'étaient levés pour faire face à Buskha. Celui-ci recula encore.

— Pourquoi me regardez-vous comme ça ? dit-il. Twisp peut vous raconter toute l'histoire. Je n'ai rien pu faire pour les arrêter...

Il s'interrompit tandis que les trois autres le regardaient en silence.

— Ils n'ont pas confiance en vous, déclara enfin Twisp, et moi non plus. Mais si Scudi vous livrait purement et simplement à ceux de la station, cela servirait peut-être un peu trop les intérêts de ce Gallow. S'il joue le rôle que vous dites, il doit avoir des gens dans toute la place. Vous pourriez disparaître, Bushka.

Twisp se gratta la nuque et reprit à voix basse :

— Quoi que nous fassions, nous devons réussir du premier coup. Nous n'aurons pas l'occasion de rajuster notre tir. Je propose que Brett et moi nous prenions les coracles pour regagner Vashon.

— Pas question, dit Brett d'une voix ferme. Scudi et moi nous restons ensemble.

— Je pourrais aller seule à la station, proposa Scudi. S'ils voient que Brett et moi ne sommes plus ensemble, ils comprendront qu'ils n'ont aucune chance d'empêcher que votre histoire soit rendue publique.

— Pas question ! répéta Brett en la prenant par l'épaule. Nous formons une équipe. Nous restons ensemble.

Twisp jeta à Brett un regard furieux, puis son expression se radoucit.

— Alors, c'est comme ça ? fit-il.

— C'est comme ça, lui répondit Brett sans lâcher l'épaule de Scudi. Tu pourrais m'ordonner de rentrer avec toi, puisque je suis toujours ton apprenti. Mais je ne t'obéirais pas.

— Dans ce cas, murmura Twisp, il vaut mieux que je m'abstienne de t'ordonner quoi que ce soit.

Il sourit pour atténuer l'amertume de ces paroles.

— Que faisons-nous, alors ? demanda Brett.

Bushka les fit sursauter quand il prit la parole :
— Laissez-moi prendre l'hydroptère et me présenter seul à la station. Ce serait...
— Une bonne occasion pour prévenir vos amis et leur permettre de liquider les occupants de deux coracles sans défense, acheva Twisp.
Bushka devint encore plus pâle.
— Mais puisque je vous dis que je ne suis pas...
— Vous êtes une donnée inconnue pour l'instant, fit Twisp. Voilà ce que vous êtes. Si votre histoire est vraie, vous êtes encore moins malin que vous n'en avez l'air. N'importe comment, nous ne pouvons pas nous permettre de vous faire confiance. Pas quand notre vie est en jeu.
— Laissez-moi au moins y aller avec les coracles.
— Ils vous remorqueraient au large comme la dernière fois. Un peu plus loin, peut-être.
Twisp se tourna vers Brett et Scudi.
— Vous êtes décidés à rester ensemble, tous les deux ?
Brett hocha affirmativement la tête. Scudi fit de même.
— Dans ce cas, Bushka et moi nous repartons avec les coracles, reprit Twisp. Une chose est certaine, il vaut mieux nous séparer. Mais nous devons absolument rester en contact. Nous laisserons branché notre système de repérage. Tu connais la fréquence, mon garçon ?
— Oui, mais...
— Il doit bien y avoir un gonio portable à bord de ce monstre, fit Twisp en regardant autour de lui.
— Il y en a un dans chaque paquetage de survie, dit Scudi en touchant du pied le petit sac orange qu'elle avait glissé sous son siège.
Twisp se pencha pour le regarder. Il se redressa en disant :
— Je vois que vous les tenez prêts.
— Chaque fois que nous le jugeons nécessaire, fit Scudi.
— Je propose que nous vous suivions avec les

coracles, déclara Twisp. Si vous êtes obligés d'abandonner l'appareil, vous pourrez nous retrouver. Et vice versa.

— A condition qu'ils soient encore vivants, grommela Bushka.

Twisp étudia Brett pendant quelques instants. Le gosse était-il assez adulte pour prendre sa propre décision ? On ne pouvait lui faire honte devant sa jeune compagne. C'était vrai qu'ils faisaient équipe. Ils étaient unis par un lien avec lequel Twisp ne pouvait espérer rivaliser. La décision appartenait au gosse et c'était justement cela qui, aux yeux de Twisp, faisait de lui un homme.

La main de Brett serra l'épaule de Scudi.

— Nous avons déjà montré ce que nous sommes capables de faire ensemble, dit-il. Nous sommes arrivés jusqu'ici. Ce que nous allons accomplir maintenant présente des risques mais tu dis toi-même, Twisp, que la vie ne donne jamais de garantie.

Twisp sourit. Il avait dit : « Ce que nous *allons* accomplir. » Le gosse avait déjà décidé, et sa jeune compagne était d'accord. Il n'y avait pas à discuter.

— Très bien, mon ami, dit-il. Trêve de discussion, et sans regret. Vous avez bien compris, Bushka ? C'est nous qui assurons les arrières.

— Combien de temps pouvez-vous tenir ? demanda Brett.

— Tu peux compter vingt jours au moins, si tu en as besoin.

— Dans vingt jours, il ne restera peut-être pas une seule île à sauver, dit Brett. Nous avons intérêt à agir plus vite que ça.

Twisp prit deux paquetages pour les coracles et descendit en poussant devant lui Bushka qui rechignait.

Scudi passa un bras autour de la taille de Brett et l'attira contre elle.

— Nous ferions mieux de passer ces combinaisons tout de suite, dit-elle. Nous n'en aurons peut-être pas le temps plus tard.

Elle tira la sienne de dessous son siège et l'étala sur le dossier. Brett l'imita. Il n'éprouvait plus aucune gêne à l'idée de se déshabiller devant elle. Peut-être à force de voir tous ces Siréniens évoluer sous l'eau avec pour tout vêtement une ceinture lestée et quelques outils de travail. Peut-être était-ce aussi, se dit-il, le fait d'être resté, depuis qu'ils s'étaient enfuis du hangar aux hydroptères, avec sa chemise ouverte sur son torse nu. Cela lui procurait un sentiment de sécurité, d'intégrité dans sa propre peau. En outre, il était aidé par le fait que Scudi n'avait manifesté aucune réaction, ni dans un sens, ni dans un autre. Cette attitude lui plaisait. Il lui était aussi reconnaissant de n'avoir fait, cette fois-ci, aucun commentaire sur sa pudeur. Il commençait à s'habituer à la désinvolture des Siréniens devant la nudité. Mais il commençait seulement. Quand Scudi ôta son corsage, en le faisant glisser par-dessus sa tête, il suivit chaque tressautement de ses petits seins fermes et se dit qu'il aurait eu bien du mal à détourner les yeux. Il voulait continuer à la contempler indéfiniment. Elle se défit de ses chaussures en deux mouvements souples et laissa tomber son pantalon derrière le siège de pilotage. Elle avait une toute petite touffe de poils noirs frisés, soyeux... et tentateurs.

Il s'aperçut soudain qu'elle avait penché la tête et s'était tournée légèrement, non pas pour lui dire de ne pas regarder mais pour lui faire savoir qu'elle sentait son regard.

— Tu as un très beau corps, dit-il. Je ne peux pas m'empêcher de te regarder.

— Toi aussi, tu es beau, fit-elle en se rapprochant pour poser une main à plat sur son torse. J'avais envie de te toucher, ajouta-t-elle à voix basse.

— Oui, fit Brett, parce qu'il ne trouvait rien d'autre à répondre.

Il mit sa main gauche sur son épaule, sentit les muscles fermes sous la chaleur de la peau souple et douce. Son autre main se posa aussi sur l'épaule de

Scudi et elle l'embrassa. Il souhaita ardemment qu'elle aime cela autant que lui. Ce fut un baiser tendre et prolongé. Quand elle se pressa contre lui et que ses seins s'écrasèrent contre son torse, il sentit les deux petits bouts durs de ses mamelons. Quelque chose d'autre durcit contre la cuisse souple et musclée qui se collait à lui. Scudi lui caressa les épaules puis, refermant ses deux bras autour de sa nuque, l'embrassa fougueusement, sa langue malaxant la sienne. A ce moment-là, l'hydroptère fit une embardée et ils roulèrent enlacés sur le pont en riant.

— Comme c'est charmant, dit-il.

— Et froid.

Elle avait raison. Les soleils s'étaient couchés au moment où Twisp et Bushka les avaient quittés. L'air commençait à devenir vif. Ce n'était pas tant la dureté du pont qui gênait Brett que le contact du métal froid avec sa peau moite. Quand ils se redressèrent, cela fit un bruit de succion. Cela lui rappelait le jour où, encore enfant, il s'était fait enlever par un ami des plaques entières de peau morte sur son dos qui pelait pour avoir pris trop de soleil.

Il aurait voulu rester ainsi avec Scudi toute l'éternité, mais déjà elle faisait mine de se relever entre deux mouvements désordonnés de l'hydroptère. Il lui donna la main pour l'aider, mais ne la lâcha pas.

— Il va bientôt faire nuit, murmura-t-il. Nous aurons peut-être du mal à trouver la station. C'est-à-dire que... sous l'eau, c'est encore plus obscur.

— Je connais bien le chemin. Et ta vision nocturne nous aidera. Il vaut mieux y aller tout de suite...

Ce fut lui qui l'embrassa, cette fois-ci. Elle se laissa aller contre lui l'espace d'un battement, tendre et docile, puis le repoussa gentiment. Elle ne lui lâcha pas les mains, mais il y avait dans son regard une incertitude que Brett prit pour de la peur.

— Qu'y a-t-il ?

— Si nous restons ici... tu sais bien ce que nous avons envie de faire.

La gorge de Brett était sèche. S'il parlait, sa voix serait rauque. Il préféra la laisser s'expliquer. Il n'était pas sûr de savoir quelle était cette chose qu'ils avaient envie de faire. Si elle voulait lui donner quelques clés, il était prêt à l'écouter. Il ne fallait surtout pas qu'elle soit déçue. Il ignorait tout de ce qu'elle attendait exactement de lui. Bien plus, il ignorait quelle expérience elle avait au juste dans ce domaine et il était important qu'il le sache.

Elle lui pressa doucement les mains.

— Tu me plais, lui dit-elle. Tu me plais énormément. S'il y a un garçon avec qui j'aimerais... faire ça, c'est bien toi, Brett. Mais je ne veux pas être enceinte.

Il rougit. Pas parce qu'il était gêné, mais parce qu'il était furieux contre lui-même de n'avoir pas pensé à ce qui était évident. La transition entre enfant et parent pouvait se faire d'un seul coup et lui non plus ne se sentait pas prêt.

— Ma mère avait seize ans, elle aussi, expliqua Scudi. Comme elle m'aimait assez pour s'occuper de moi, cela lui prenait toute sa liberté. Elle n'a jamais connu l'indépendance que toutes les autres avaient. Elle s'en est tirée vaillamment et j'ai appris beaucoup de choses avec elle. Mais je ne fréquentais pas beaucoup les autres enfants.

— Elle a sacrifié une vie d'adulte et toi une vie d'enfant ?

— Oui. Pour ma part, je ne regrette rien. C'est la seule existence que je connaisse et elle me plaît. Je l'apprécie deux fois plus depuis que je suis avec toi. Mais je ne veux pas recommencer comme ma mère.

Il hocha gravement la tête, la prit par les épaules et l'embrassa de nouveau. Cette fois-ci, ils ne se serrèrent pas l'un contre l'autre mais leurs mains restèrent agrippées et Brett était heureux.

— Tu ne m'en veux pas ? demanda-t-elle.

— Je ne pense pas qu'il me soit possible de t'en vouloir pour quoi que ce soit. De plus, nous allons rester ensemble pendant très longtemps. Je ne veux pas être loin de toi le jour où la réponse sera oui.

Le moi possède en quelque sorte le caractère d'un résultat, d'un objectif atteint ; quelque chose qui s'est fait de manière très graduelle et qui est ressenti avec beaucoup de souffrance.

C.G. JUNG,
Archives de la Mnefmothèque.

Vata rêvait que quelque chose s'était emmêlé dans ses cheveux. Quelque chose qui n'avait pas de pattes rampait sur sa nuque en la chatouillant puis s'installait au-dessus de son oreille droite. Cette chose était noire, luisante et protégée par une carapace comme un insecte.

Dans son rêve, comme dans tant de rêves précédents, Vata entendit des bruits de souffrance, et elle les projeta sur Duque, chez qui ils prirent l'ampleur d'une chose vécue. Elle reconnaissait à présent certaines de ces voix comme des vestiges d'autres rêves. Elle avait fait plusieurs incursions dans ce vide. Il y avait là quelqu'un qui s'appelait Scudi Wang et la chose qui glissait dans la chevelure de Vata faisait claquer de redoutables mandibules en direction de la voix de Scudi.

Duque comprit que Vata n'aimait pas cette chose. Elle se contorsionnait et secouait sa chevelure pour s'en débarrasser. Mais la chose se cramponnait, mordait les cheveux à belles dents et les arrachait par touffes à la racine. Vata grogna. C'était un grognement rauque, un peu comme si elle toussait. Elle arracha la malfaisante petite créature de ses cheveux et la broya dans la paume de sa main.

Les morceaux s'effritèrent entre ses doigts et quelques glapissements étouffés s'éloignèrent dans la pénombre. Duque eut soudain l'idée que cette créature de cauchemar était peut-être réelle après tout.

Il avait perçu en elle, l'espace d'un instant, d'autres pensées. Des pensées humaines terrorisées. Vata s'installa dans une position plus confortable et mit son esprit en devoir de changer le cauchemar en quelque chose de plaisant. Comme d'habitude, ses pensées retournèrent aux premiers jours de cette vallée que les siens avaient baptisée : « Le Nid ». En moins de quelques battements, elle se retrouva plongée dans la luxuriante végétation de l'endroit sacré où elle était née. C'était ce que Pandore avait eu de mieux à offrir, mais ces terres étaient maintenant submergées par plusieurs mètres d'océan glacé et furieux. Cependant, les choses pouvaient être différentes en rêve et le rêve était la seule géographie que retenait Vata. Elle se disait qu'il était bon de pouvoir de nouveau marcher, sans s'avouer que ce n'était qu'un rêve. Duque, toutefois, n'était pas dupe. Il avait entendu ces cris humains terrorisés au moment de la mort et les rêves de Vata ne signifiaient plus pour lui la même chose.

Les affres du choix sont peut-être notre bénédiction.

W.H. AUDEN,
Archives de la Mnefmothèque.

En cet instant fugace où les dernières lueurs du crépuscule disparaissaient à l'horizon comme la flamme affaiblie d'une torche plongée dans la mer froide, Brett aperçut la tour de lancement. Sa masse grise formait un pont entre l'océan et les nuages bas. Il la montra du doigt.

— C'est ça ?

Scudi se pencha en avant pour scruter la demi-obscurité.

— Je ne vois rien, dit-elle. Mais d'après les instruments, elle devrait être à une vingtaine de cliques.

— Nous avons perdu du temps avec Twisp et ce Bushka. Que penses-tu de lui ?

— De Twisp ?

— Non, de l'autre.

— Nous avons des Siréniens comme ça, fit-elle sans s'engager.

— Tu ne l'aimes pas, toi non plus.

— C'est un geignard ; peut-être un tueur. Il n'est pas facile d'aimer quelqu'un comme ça.

— Que penses-tu de son histoire ?

— Je ne sais pas. Qui nous dit qu'il n'a pas agi de son propre chef et que ce n'est pas l'équipage qui l'a jeté par-dessus bord ? Il est difficile de se faire une opinion alors que nous n'avons entendu qu'un seul témoignage, le sien.

L'hydroptère mordit soudain à la lisière d'une nappe de varech. Ses patins acérés ralentirent l'appareil en se frayant un chemin à travers les thalles enchevêtrés.

— Je n'avais pas vu ce varech! s'écria Scudi. Il fait si sombre... Quelle maladroite je suis!

— Cela peut endommager l'hydroptère?

— Non, fit Scudi en secouant la tête. Mais j'ai blessé le varech. Il faut nous arrêter.

— Blessé le varech? répéta Brett, perplexe. Ce n'est qu'une plante.

— Le varech est bien plus qu'une créature végétale, répliqua Scudi. Il se trouve actuellement dans sa phase sensible de développement. C'est difficile de t'expliquer. Si je te disais tout ce que je sais du varech, tu me croirais aussi folle que Bushka.

Elle réduisit les gaz. Le hurlement des statos s'atténua et le gros bâtiment descendit sur sa coque, ballotté par le mouvement des vagues. Les statos derrière eux n'émettaient plus qu'un faible grondement.

— La nuit, c'est bien plus dangereux pour nous, dit-elle.

Le tableau de bord s'était automatiquement éclairé lorsque la nuit était tombée et le visage de Brett était baigné de cette lumière rouge.

— Allons-nous attendre ici que le jour se lève? demanda-t-il.

— Nous pourrions nous immerger et demeurer au fond. Il n'y a pas plus de soixante brasses.

Voyant que Brett ne répondait pas, elle ajouta :

— Ça ne te plaît pas tellement, de rester au fond?

Il haussa les épaules.

— Il y a trop de profondeur pour jeter l'ancre, dit-elle. Mais nous pouvons nous laisser dériver, si nous faisons attention. Il ne peut rien nous arriver ici.

— Les capucins?

— Comment feraient-ils pour entrer?

— Alors, fermons tout et laissons-nous dériver. Le varech devrait aider l'hydroptère à rester stable. Je suis d'accord avec toi, il n'est pas prudent de nous présenter là-bas pendant la nuit. Nous voulons être vus par le plus grand nombre possible de gens. Il faut qu'ils sachent qui nous sommes et pourquoi nous sommes là.

Scudi coupa les statoréacteurs. Dans le silence soudain, ils entendirent le clapotement des vagues contre la coque et les craquements légers du bâtiment.

— A quelle distance dis-tu que se trouve la station? demanda Brett en plissant les yeux pour essayer de revoir la tour dans l'obscurité.

— Environ vingt cliques.

Brett, habitué à évaluer les distances par rapport à la hauteur de Vashon au-dessus de l'horizon, émit un petit sifflement.

— Il faut qu'elle soit drôlement haute. Je ne comprends pas pourquoi aucun Ilien ne l'a encore signalée.

— Je pense que nous agissons sur les courants pour éloigner les îles de cette zone.

— Vous agissez sur les courants... murmura Brett en hochant la tête. Puis il demanda : Crois-tu qu'ils nous ont repérés?

Elle enfonça une touche du tableau de bord et une série de *bips* et de *clics* sortirent du haut-parleur au-dessus de leurs têtes. Ils avaient déjà entendu ces bruits de temps à autre alors qu'ils filaient sur l'eau à toute vitesse.

— Personne ne nous détecte, dit-elle. Ça ferait un bruit d'enfer, si nous étions dans le champ d'un faisceau. Attention, ça ne veut pas dire qu'ils ignorent notre présence. Ils ne nous cherchent pas en ce moment, c'est tout.

Brett se pencha pour voir ce qui était écrit au-dessous de la touche sur laquelle Scudi avait appuyé : INDICATEUR DE DÉTECTION.

— C'est automatique, expliqua-t-elle. Cela indique si nous sommes pris dans un faisceau de détection.

L'hydroptère fut soudain secoué à contretemps d'une vague. Brett, habitué à l'instabilité des îles et des coracles, fut le premier à retrouver son équilibre. Scudi s'agrippa à son bras pour se redresser.

— Le varech? demanda-t-il.

— Je pense. Nous ferions mieux de...

Elle s'interrompit avec une exclamation étouffée. Elle regardait dans la direction du panneau d'accès, derrière Brett.

Celui-ci pivota pour laisser voir la silhouette d'un Sirénien encadrée dans l'entrée, ruisselant d'eau de mer. Son visage et sa combinaison de plongée étaient grotesquement barbouillés de peinture verte. Il tenait un laztube à la main. Derrière lui, dans l'ombre, se tenait un second Sirénien.

La voix de Scudi, sans force, souffla à l'oreille de Brett :

— Gallow. Derrière, c'est Nakano.

Brett était sidéré qu'ils aient pu arriver jusqu'à eux sans qu'ils s'en aperçoivent. Son esprit tournant un instant à vide essayait de saisir toute l'importance de ce que Scudi venait de lui dire à l'oreille. C'était donc là le Sirénien que Bushka accusait d'avoir envoyé Guemes par le fond ! Il était grand, souple et musclé. Sa combinaison de plongée collait à lui comme une seconde peau. *Mais pourquoi cette peinture verte ?* se demandait Brett, dont les yeux ne pouvaient quitter le nez du laztube.

— C'est la petite Scudi Wang ! gloussa le Sirénien. Voilà ce que j'appelle un coup de chance. On peut dire que le sort nous comble ces derniers temps. Hein, Nakano ?

— Ce n'est pas un coup de chance si nous nous en sommes tirés quand cet abruti d'Ilien nous a fait couler, grommela Nakano.

— Ah ! Tu veux dire que c'est grâce à tes biceps qui ont fait éclater tes liens. Je le reconnais. Où est votre équipage ? ajouta-t-il en jetant un coup d'œil autour de la cabine. Nous avons besoin du médecin de bord.

Brett, à qui Gallow s'était adressé, demeura muet. Il songeait que les paroles que venaient d'échanger ce deux Siréniens confirmaient en gros les dires de Bushka.

— Le médecin de bord ! insista Gallow.

— Nous n'en avons pas, fit Brett, surpris par l'intensité de sa voix.

Gallow, reconnaissant son accent, eut une grimace de mépris et se tourna vers Scudi pour lui demander :

— Qui est ce mutard ?

— Un... un ami. Brett Norton.

Gallow examina Brett dans la lumière rougeâtre puis regarda de nouveau Scudi.

— Il a l'air presque normal, mais c'est tout de même un mutard. Ton père se retournerait dans sa tombe ! Jette un coup d'œil, Nakano, veux-tu ? ajouta-t-il par-dessus son épaule.

Le *spat spat* de ses pieds mouillés se fit entendre dans la coursive tandis que Nakano s'éloignait. Le Sirénien reparut bientôt et prononça un seul mot :

— Vide.

— Rien que tous les deux, ironisa Gallow. On se paie une petite croisière sur le gros bateau. C'est idyllique.

— Pourquoi avez-vous besoin d'un médecin ? demanda Scudi.

— Et on a tout plein de questions à poser, en plus, fit Gallow.

— Au moins, dit Nakano, nous avons l'hydroptère.

Il s'avança dans la cabine et Brett put l'examiner en détail. Il avait un corps massif et des bras aussi épais que le torse de certains hommes. Son visage couturé donnait le malaise à Brett.

Gallow s'avança vers l'un des sièges de pilotage. Il se pencha pour lire les cadrans.

— Nous vous avons vus arriver, dit-il en lançant à Scudi un regard fielleux. Vous sembliez bien pressés et vous vous êtes arrêtés tout d'un coup. C'est intéressant, d'autant plus que vous êtes seuls à bord. Que faites-vous ici ?

Scudi regarda Brett, qui rougit.

Nakano s'esclaffa.

— Pas possible ! railla Gallow. Les nids d'amour

sont de plus en plus sophistiqués, à notre époque. Voyez-moi ça!

— C'est honteux! renchérit Nakano en faisant claquer sa langue.

— Cet hydroptère est recherché, Scudi Wang! fit soudain Gallow en se rembrunissant d'une manière qui glaça Brett. Vous l'avez volé. Qu'en dis-tu, Nakano? On dirait que les Capucins verts ont capturé un couple de desperados.

Brett regarda les dessins grotesques qui recouvraient les combinaisons des deux Siréniens. Les taches et les lignes vertes se prolongeaient par des motifs analogues sur leur visage.

— Les Capucins verts? interrogea Scudi.

— C'est nous, expliqua Gallow. Ces combinaisons forment un camouflage parfait sous l'eau, particulièrement à proximité du varech. Et nous passons pas mal de temps dans le varech; pas vrai, Nakano?

— On aurait mieux fait de le laisser nous achever, grommela celui-ci. Le varech...

Gallow le fit taire d'un geste impérieux.

— Nous avons monté notre base avec un suba et une poignée d'hommes. Ce serait dommage de gâcher tout ce talent au profit du varech.

Brett reconnaissait en Gallow un de ces personnages qui aiment bien s'écouter parler et même plus, qui aiment se vanter à tout propos.

— Avec un tout petit suba et cet hydroptère, continua le Sirénien en coupant l'air de sa main, nous pouvons faire en sorte qu'il n'y ait jamais trop de terres émergées. Inutile d'être aux postes de commande pour tirer les ficelles. Il suffit de saboter le travail de ceux qui y sont. Bientôt, tout le monde viendra me manger dans la main.

Scudi prit une profonde inspiration, comme pour se relaxer avant de demander :

— Est-ce que Kareen fait partie de votre organisation?

Le regard mobile de Gallow rencontra presque celui de Scudi.

— Elle est... notre clause d'assurance.

— Notre coffre-fort inviolable, ajouta Nakano, et ils éclatèrent bruyamment de rire comme font généralement les hommes quand ils viennent d'échanger des plaisanteries particulièrement grossières ou cruelles.

Brett remarqua, d'après le soupir que poussa Scudi, qu'elle semblait soulagée par la réponse de Gallow. Etait-elle enfin libérée de ses doutes sur la collusion qui avait pu exister entre son père et Gallow ?

— Et ce médecin ? demanda Nakano.

La nuit totale était tombée sur l'océan et la cabine n'était éclairée que par les voyants rouges et les lumières des cadrans. Un halo rouge macabre entourait les deux Siréniens. Debout derrière les sièges de pilotage, ils se rapprochèrent l'un de l'autre et tinrent une conversation à voix basse tandis que Brett et Scudi se regardaient, indécis. Brett se demandait s'ils avaient une chance de s'enfuir par le panneau d'accès qui avait livré passage aux deux Siréniens. Auraient-ils le temps de gagner la porte extérieure ? Mais Guemes avait été détruite par un suba. Ces Siréniens n'étaient pas venus à la nage de la station. Leur suba devait être à proximité, probablement juste sous la coque de l'hydroptère. Et ils avaient besoin d'un médecin.

— Je pense que vous avez besoin de nous, dit-il à haute voix.

— Tu penses ? fit Gallow en haussant un sourcil d'un air supérieur. Les mutards ne pensent pas.

— Vous avez un blessé. Quelqu'un a besoin d'un médecin, reprit Brett. Comment allez-vous trouver de l'aide ?

— Il est perspicace, pour un mutard, fit Gallow.

— Vous n'êtes pas en mesure de forcer un médecin de la station à vous suivre, poursuivit Brett imperturbablement. Mais vous pourriez vous servir de nous comme monnaie d'échange.

— Ils échangeraient peut-être la fille de Ryan

Wang contre un médecin, admit Gallow. Mais toi, tu es tout juste bon à donner à manger aux poissons.

— Si vous lui faites du mal, je ne coopère pas, dit Scudi.

— Qui parle de coopérer?

— Vous avez besoin de nous, insista Brett.

— Nakano vous mettra tous les deux en pièces si je lui en donne l'ordre. Voilà pour votre coopération.

Brett garda le silence. Il étudiait les deux hommes dans la lumière sanguine de la cabine. Pourquoi attendaient-ils tellement? Ils disaient qu'ils avaient besoin d'un médecin. Twisp répétait tout le temps qu'il fallait savoir lire au-delà des mots quand on avait affaire à des gens qui posaient et fanfaronnaient. Gallow correspondait à coup sûr à cette description. Nakano semblait différent. Beaucoup plus dangereux. Twisp se plaisait à harceler de tels personnages de remarques provocatrices qui les forçaient à se découvrir.

— Ce n'est pas n'importe quel médecin qu'il vous faut, dit-il. C'est un médecin bien particulier.

Les deux Siréniens, surpris, se tournèrent vers Brett.

— A quoi joues-tu, petit? murmura Gallow.

Le sourire qui brilla dans la pénombre de la cabine ne désarma pas pour autant Brett.

Il est nerveux, se dit-il. *Cherchons encore.*

Il connaissait la crainte des Siréniens que les mutants îliens deviennent un jour télépathes et il jouait là-dessus.

— Tu crois que... commença Nakano.

— Tais-toi! lança Gallow.

Brett avait saisi dans son expression une hésitation qui n'était pas apparue dans sa voix. Cet homme maîtrisait parfaitement son organe vocal. C'était son instrument de propagande numéro un, en même temps que son sourire toujours prêt.

— L'autre hydro ne devrait pas tarder, fit Nakano.

Un hydroptère particulier avec un médecin particulier et une cargaison particulière, se dit Brett.

Il jeta un coup d'œil à Scudi. Son visage fatigué lui apparaissait plus clair dans la pénombre de la cabine.

— Vous n'avez pas besoin de nous comme monnaie d'échange mais comme facteur de diversion, reprit Brett en portant un doigt à chaque tempe et en réprimant un sourire satisfait.

Gallow haussa un sourcil comme une barre noire au milieu du vert camouflage.

— Je n'aime pas beaucoup ça, fit Nakano.

Il y avait de la peur dans la voix du colosse.

— Il a fait une déduction, dit Gallow. C'est tout. Regarde-le. Il est presque normal. Peut-être qu'il y a une cervelle là-dessous, après tout.

— Mais il est tombé pile sur...

— Ferme-la, Nakano ! avertit Gallow sans quitter Brett des yeux. Et pourquoi, reprit-il, aurions-nous besoin d'un facteur de diversion ?

Brett ôta ses doigts de ses tempes et laissa percer son sourire.

— C'est simple, dit-il. Vous ne saviez pas que vous alliez nous trouver à bord. Il fait nuit dehors et vous avez vu un hydroptère. C'est tout.

— Pas trop mal pour un mutard, fit Gallow. Peut-être qu'il y a encore de l'espoir pour toi.

— Vous avez été obligé de vous pencher sur le tableau de bord pour lire la plaque d'identification de l'appareil avant de vous apercevoir que c'était l'hydroptère recherché.

— Continue, dit Gallow en hochant la tête.

— Vous pensiez qu'il s'agissait d'un autre hydroptère, un appareil avec une force de sécurité à bord. Vous êtes venus armés pour cela.

Nakano s'était détendu, visiblement soulagé. Le raisonnement de Brett avait écarté ses soupçons quant à ses pouvoirs de télépathie.

— C'est intéressant, dit Gallow. Mais c'est tout !

— Nous attendons l'autre hydroptère, dit Brett.

Autrement, pourquoi seriez-vous en train de perdre votre temps avec nous ? Si la force de sécurité fait irruption à bord de notre hydroptère pour capturer Scudi et moi, elle vous fournira l'occasion que vous attendez.

— Quelle occasion ?

La voix de Gallow indiquait que tout cela l'amusait. Quant à Nakano, il redevenait nerveux.

— Vous voulez vous emparer de quelqu'un qui se trouve à bord de l'autre hydroptère, continua Brett. Un médecin. Et vous voulez aussi vous emparer de la cargaison. Ce qui est nouveau, c'est que vous voyez maintenant l'occasion de mettre la main sur deux hydroptères au lieu d'un. Et intacts. Car vous auriez été obligés d'endommager l'autre appareil pour l'arrêter. Vous n'avez qu'un suba à votre disposition.

— Tu sais, dit Gallow, tu pourrais me servir. Tu veux te joindre à nous ?

Brett répondit sans réfléchir :

— Je préfère bouffer de la merde.

Gallow se raidit, le visage soudain durci. Nakano ricanait. Peu à peu, l'expression de Gallow redevint diplomatique ; mais il y avait toujours dans ses yeux une lueur meurtrière qui faisait regretter à Brett d'avoir ouvert la bouche.

Scudi, comme si elle redoutait les conséquences de ce qu'avait dit Brett, s'était écartée de lui pour se rapprocher du tableau de bord.

Nakano se pencha pour dire quelque chose à l'oreille de Gallow. Il n'avait pas fini de chuchoter lorsque son pied partit comme un éclair en direction de la main de Scudi, qui se tendait vers la manette d'éjection, entre les deux sièges.

Scudi fit un bond en arrière en poussant un cri de douleur et en serrant son poignet dans sa main gauche. Brett fit un pas vers Nakano, mais le colosse leva la main pour l'arrêter.

— Du calme, gamin. Elle n'a rien de cassé. Ce n'était qu'un avertissement.

— Elle voulait éjecter le cockpit, dit Gallow.

Il y avait dans sa voix une surprise non feinte. Il regarda Scudi d'un air furieux. Les deux hommes se tenaient sur le joint léger qui marquait la séparation entre l'avant de la cabine et l'arrière.

— Il nous aurait déchiquetés en explosant, fit Nakano. Ce n'est pas très gentil, ça.

— Elle est bien la fille de son père, dit Gallow.

— Vous voyez pourquoi vous avez besoin de notre coopération, murmura Brett.

— Et vous, vous avez besoin d'une bonne corde et d'un bâillon, lança Gallow.

— Si vous faites cela, que se passera-t-il quand l'autre hydroptère arrivera ? demanda Brett. S'ils ne nous voient pas à l'intérieur, ils se méfieront. Ils enverront un ou deux hommes à bord et les autres seront sur le qui-vive.

— On dirait que tu as un marché à me proposer, mutard.

— J'en ai un.

— Parle.

— Scudi et moi, nous restons ici, bien visibles. Nous faisons comme si notre hydroptère avait une avarie. De cette manière, ils ne soupçonneront rien.

— Et ensuite ?

— Vous nous relâchez à proximité d'un avant-poste pour que nous puissions rentrer chez nous.

— Ça me paraît raisonnable. Qu'est-ce que tu en dis, Nakano ?

Le colosse se contenta de grogner.

— Marché conclu, mutard, fit Gallow. J'avoue que tu m'amuses.

Sa voix débordait de traîtrise. Ne se rendait-il pas compte, se disait Brett, que ses intentions étaient absolument transparentes ? Un sourire onctueux ne peut cacher éternellement un mensonge.

Gallow se tourna vers Nakano.

— Jette un coup d'œil à l'extérieur. Regarde si tout va bien.

Nakano disparut par le panneau arrière. Gallow

se mit à fredonner entre ses lèvres tout en hochant la tête d'un air content de lui. Scudi se rapprocha de Brett. Elle se tenait toujours le poignet.

— Ça va ? demanda Brett.

— C'est douloureux, c'est tout.

— Nakano n'y a pas mis toute sa force, leur dit Gallow. Il est capable de vous broyer la gorge d'une seule main. Comme ça.

Il fit claquer ses doigts pour mieux illustrer son propos.

Nakano reparut quelques instants plus tard, encore ruisselant d'eau de mer.

— Nous sommes au milieu du varech, dit-il. Il nous stabilise. Le suba est juste sous la coque. Ils ne s'apercevront de sa présence que lorsqu'il sera trop tard pour eux.

— Parfait, déclara Gallow. Où allons-nous mettre ces deux-là en attendant que ce soit l'heure de leur petit numéro ?

Il parut réfléchir pendant quelques secondes, puis ajouta :

— Nous allons allumer toutes les lumières de la cabine et nous les mettrons dans l'entrée. On les apercevra de loin.

— Nous serons juste à côté, dit Nakano. Vous comprenez ce que ça veut dire ?

Comme Brett ne répondait pas, Scudi murmura :

— Nous comprenons.

— Dès qu'ils seront là, dit Brett, nous nous précipiterons à l'avant pour tout éteindre. De cette manière, ils seront obligés de monter à bord.

— Parfait ! dit Gallow. Excellent !

Il adore vraiment le son de sa voix, pensa Brett.

Il prit le bras de Scudi, en faisant attention à son poignet.

— Viens. Allumons ces lumières et mettons-nous tout de suite devant le panneau d'entrée.

— Nakano, ordonna Gallow, tu vas escorter nos amis à l'arrière. Veille à ce qu'ils soient bien à la vue.

Il se baissa vers le tableau de bord et actionna une série de commutateurs. L'hydroptère s'illumina.

Le panneau ouvert... Brett fut soudain pris d'un doute. Il se pencha vers Scudi pour murmurer :

— Les capucins ?

Elle le tira en direction de la coursive qui conduisait au panneau arrière. Elle lui répondit en chuchotant :

— Nos chances ne sont pas meilleures avec les verts.

Survivre, cela consiste à respirer coup par coup.

C'était l'un des dictons favoris de Twisp. Brett songea que si Scudi et lui s'en tiraient cette fois-ci, il faudrait que Twisp sache de quelle manière il les avait aidés. Il s'agissait de bien observer et de réagir spontanément. Quelque chose qu'on ne pouvait enseigner, mais qu'on pouvait apprendre à faire.

— Dépêchez-vous un peu, tous les deux ! ordonna Nakano.

Ils le suivirent dans la coursive qui débouchait sur la porte extérieure ouverte. Une lumière crue illuminait l'encadrement ovale. Au-delà, dans l'obscurité, les vagues alourdies par le varech venaient heurter la coque.

— Attendez ici, fit Nakano. Et tâchez d'être en pleine lumière quand je reviendrai.

Il retourna par où ils étaient descendus.

— Que fait l'autre dans la cabine ? demanda Brett.

— Il est probablement en train de mettre les commandes hors d'état de marche. Ils n'ont pas envie que nous filions avec l'hydroptère.

— Evidemment.

Elle regarda derrière elle, en direction du coffre où Brett avait trouvé les équipements de survie.

— Si ce n'était le suba là-dessous, nous pourrions plonger tout de suite, dit-elle.

— Il n'y a personne à bord du suba. Ils ne sont que deux. Ou peut-être trois, avec celui qui a besoin d'un médecin. Mais il ne peut pas faire grand-chose contre nous.

— Comment le sais-tu ?
— C'est évident, d'après ce qu'ils ont dit et la manière dont ils réagissent. De plus, souviens-toi de ce que disait Bushka. Ils étaient trois.
— Qu'attendons-nous, alors ?
— Qu'ils aient fini de saboter les commandes. Nous n'avons pas envie qu'ils se lancent à notre poursuite avec ce truc-là.
Il alla ouvrir le coffre et sortit deux nouveaux paquetages. Il en lança un à Scudi en demandant :
— Tu crois qu'ils ont eu assez de temps ?
— Je... pense que oui.
— Moi aussi.
Scudi sortit un cordon d'une poche extérieure de son paquetage. Elle en attacha une extrémité à la ceinture de Brett et l'autre à la sienne.
— Nous restons ensemble, dit-elle. Allons-y !
A l'autre bout de la coursive, la voix puissante de Gallow retentit soudain :
— Hé, vous deux ! Où allez-vous ?
— Voir si l'eau est bonne, lui cria Brett.
Et en se tenant par la main, ils sautèrent dans l'océan.

En dehors de la connaissance et de l'acceptation conscientes du lien de parenté qui nous unit à tous ceux qui nous entourent, il ne peut exister de véritable synthèse de la personnalité.

C.G. JUNG,
Archives de la Mnefmothèque.

Une grappe de varech ballottée par les vagues raclait en rythme l'avant du coracle. *Le contact de la réalité,* songeait Twisp. La nuit par ailleurs silencieuse s'étirait en bâillant à l'approche de l'aube. Twisp entendit Bushka remuer inconfortablement à l'avant du coracle. Depuis que Brett et Scudi les avaient quittés au début de la nuit, le Sirénien n'avait pas dû fermer l'œil.

La mer n'a jamais été aussi calme, se dit Twisp.

Seule une brise très légère lui effleurait la joue gauche tandis que les deux coracles dérivaient lentement au milieu du varech envahissant.

Il inclina la tête pour regarder le poudroiement d'étoiles que laissait apercevoir une percée dans les nuages. Il reconnut la pointe de flèche familière des Gardes avant qu'elle disparaisse, les nuages ayant changé de place.

Le cap est bon et le courant favorable.

C'était toujours bon de confirmer les indications du compas par l'observation des étoiles. Il avait choisi un cap intermédiaire qui leur permettrait, le moment venu, de rejoindre rapidement Vashon. Le *bip bip* du gonio-compensateur permettant de localiser l'île avait été rendu muet pour la nuit, mais une lumière rouge clignotait à ses pieds, en phase avec le signal émis par Vashon. Son récepteur fonctionnait normalement. L'aube allait les trouver hors de portée de vue, avec leur coque basse, de la station de lancement, mais pas hors de portée des enfants.

Ai-je bien fait d'agir ainsi? se demanda-t-il.

C'était une question qu'il avait posée plusieurs fois, à haute voix à Bushka mais aussi silencieusement à lui-même. Au moment de la décision, cela lui avait paru raisonnable. Mais maintenant, dans la nuit...

De formidables changements étaient en train de s'opérer sur la planète. Et que représentaient-ils face aux forces maléfiques dont il sentait la présence dans ces changements? Un pêcheur trop âgé avec des bras trop longs pour être bons à autre chose que remonter des filets. Un intellectuel geignard qui avait honte de ses origines îliennes et qui, peut-être, ne reculait pas devant un assassinat collectif. Un gamin en train de devenir un homme et qui avait de bons yeux la nuit. Une gamine sirénienne qui était l'héritière de tout le monopole alimentaire de Pandore. Mais les conséquences de la mort de Ryan Wang avaient une odeur douteuse.

Les couacs commencèrent à s'agiter dans leur cage au fond du coracle. Faiblement d'abord, puis plus fort, quelque part sur sa droite, là où le varech était plus dense, Twisp entendit le feulement d'un capucin. Posant un doigt sur la commande du bouclier de protection, il attendit en plissant les yeux pour essayer d'apercevoir quelque chose, n'importe quoi, dans la nuit silencieuse que déchirait ce feulement sinistre.

Un tel cri pouvait signifier beaucoup de choses. Le capucin était peut-être endormi, en train de rêver, ou bien repu; il avait peut-être senti une proie alléchante, ou il était tout simplement... content de vivre.

Twisp coinça la barre avec sa jambe et se prépara à mettre le moteur en marche pour s'éloigner éventuellement de ces parages dangereux. De sa main libre, il tâtonna pour extraire le laztube de sa cachette derrière le banc.

Bushka se mit à ronfler.

Le feulement du capucin s'interrompit puis reprit un ton plus bas. Avait-il entendu ?

Bushka grogna, changea de position et se remit à ronfler. Le capucin continuait à feuler mais le son faiblissait et semblait se déplacer sur la droite, en arrière des deux coracles.

Il dort, se dit Twisp. *Faire confiance à mes couacs.* Les deux volatiles ne semblaient pas alarmés.

Le bruit de contentement du capucin s'éteignit dans le lointain. Twisp tendait l'oreille, essayant de faire abstraction des ronflements de Bushka. Il fit un effort pour se relaxer. Il venait de s'apercevoir qu'il avait retenu sa respiration. Il souffla lentement puis respira une bonne bouffée d'air marin. Mais sa gorge était toujours âpre.

Il n'entendait plus le capucin. Cependant, la tension ne le quittait pas. Et brusquement, les couacs se déchaînèrent, prouvant qu'ils portaient bien leur nom. Instinctivement, Twisp abaissa la manette du bouclier. On entendit le bruit caractéristique d'une créature qui se raidissait dans l'eau puis les couinements et les glapissements frénétiques d'une meute de capucins qui se ruaient à la curée.

Maudits cannibales, pensa Twisp.

— Qu'est-ce que c'est ? demanda Bushka en se réveillant. Le coracle bougea quand il s'assit.

— Des capucins, dit Twisp.

Il pointa le laztube en direction du remue-ménage et tira six brèves giclées. La vibration produisit un effet désagréable sur la paume de sa main droite. Les minces rayons mauves trouèrent la nuit. Au second coup, la meute avait explosé en une cacophonie de piaillements et de rugissements affolés qui s'étaient rapidement éloignés du coracle. Les capucins avaient appris à détaler sans demander leur reste devant le vrombissement mauve du laztube.

Twisp désactiva le bouclier et prit sa lampe de poche car un autre bruit lointain, sur sa gauche, venait de mobiliser son attention. Cela ressemblait au froissement régulier d'une pagaie dans la mer encombrée de varech. Il braqua le rayon de la lampe dans cette direction, mais la nuit l'aspira sans renvoyer rien d'autre que la pulsation de l'océan bercé par les thalles noirs et luisants du varech.

Une voix lointaine se fit alors entendre :

— Ohé, du coracle ! Les cales sont pleines ?

Le cœur de Twisp battit trois fois plus vite dans sa poitrine. C'était la voix de Brett !

— A ras bord ! cria Twisp exultant en agitant la lampe pour le guider. Fais attention, il y a des capucins dans les parages !

— Nous avons aperçu ton laztube.

Twisp les distingua à ce moment-là sur leur dérisoire canot bercé par la mer plate. Deux pagaies reflétaient les éclats de sa lampe.

Bushka s'était penché au bord du coracle pour mieux les voir et l'embarcation gîtait dangereusement.

— Restez à votre place, imbécile ! lui cria Twisp. Vous ne voyez pas que vous nous déséquilibrez ?

Bushka retourna précipitamment de l'autre côté mais continua d'observer avec attention la forme noire qui approchait dans le bruit cadencé des pagaies.

— C'est bien eux, dit-il. Je savais qu'ils n'iraient pas loin.

— Taisez-vous, grogna Twisp. Ils sont vivants et c'est le principal.

Il poussa un profond soupir de gratitude. Le gosse était devenu sa famille et la famille était de nouveau au complet.

— Maman, j'arrive ! cria Brett, comme s'il avait lu ses pensées.

Il avait le cœur de plaisanter. La situation ne devait pas être si catastrophique, dans ce cas, se dit Twisp, l'oreille toujours à l'affût des capucins.

La boutade du gosse avait provoqué le rire de

Bushka, un rire terminé par une note éraillée qui avait eu le don de mettre les nerfs de Twisp à fleur de peau. Le canot était maintenant à bonne portée de voix. Twisp continuait de diriger le faisceau de la lampe vers le large, en prenant bien soin de laisser dans l'ombre son visage où ruisselaient des larmes de fatigue et de soulagement. Dès qu'ils cessèrent de pagayer, Brett lança un bout au coracle. Twisp le saisit au vol et hala le canot comme s'il s'agissait d'un filet de murelles. Dès qu'il toucha la coque du coracle, Twisp projeta un long bras qui encercla la taille de Brett. La combinaison de plongée du gosse était gonflée et ruisselante.

Les couacs choisirent cet instant pour ébouriffer leurs plumes, mais le signal d'alarme demeura sans suite. Les capucins restaient à distance prudente du laser.

Ce doit être une sacrée meute, se dit Twisp. La faim les faisait approcher, mais la peur les tenait à distance.

— On peut monter à bord ? demanda Scudi.

— Bien sûr, fit Twisp en hissant Brett. Puis il aida Scudi à enjamber la lisse et à s'asseoir en face de lui sur la traverse. Il fixa l'amarre de manière à maintenir le canot contre la coque du coracle. Puis il rangea la lampe sous son siège. Il prit le bras de Brett et ne le lâcha plus, comme s'il refusait de briser ce contact rassurant.

— Ils n'ont pas voulu vous écouter, hein ? fit Bushka. Vous vous êtes encore échappés de justesse. Qu'avez-vous fait de l'hydroptère ?

— Nous rentrons à Vashon ? demanda Twisp.

Brett leva les deux mains pour les faire taire.

— Il faudrait qu'on en discute, dit-il.

Il leur raconta, aussi brièvement que possible, la rencontre avec Gallow et Nakano. Twisp l'écouta avec un sentiment d'admiration grandissante pour Brett.

Il y a quelque chose sous ce crâne, se dit-il.

Dès que Brett eut fini, Bushka déclara :

— Il faut filer d'ici au plus vite. Ce ne sont pas des hommes mais des démons. Ils vous ont probablement suivis. Quand ils seront là...

— Oh, la ferme ! coupa Twisp. Si vous n'êtes pas capable de la fermer tout seul, je vais vous aider, moi !

Il se tourna vers Brett et demanda d'une voix plus calme :

— Qu'en penses-tu ? Ils ont un hydroptère et un suba. Il leur est facile de nous...

— Je ne crois pas que nous les intéressions à ce point, dit Brett. Pas dans l'immédiat, tout au moins. Ils ont d'autres sujets de préoccupation.

— Vous êtes inconscient ! lança Bushka.

— Laissez-le finir ! dit Scudi d'une voix aussi dure que du plastacier.

— Ils parlaient d'attendre l'arrivée d'un médecin afin de l'enlever, poursuivit Brett. Il y a toutes les chances pour que ce soit vrai, à en juger d'après leur comportement. J'ai l'impression qu'ils venaient de monter une opération qui a échoué. Ils en étaient encore tout secoués. Ils faisaient leur possible pour nous le cacher en plastronnant.

— C'est bien de Gallow, murmura Bushka.

— Mais que faisaient-ils là, à part attendre un médecin ? demanda Twisp.

— Ils étaient devant la Station de Lancement, fit Brett. Connaissant Gallow, je ne pense pas qu'il s'agisse là d'une coïncidence. A mon avis, ce sont les caissons hyber qui les intéressent.

— C'est évident, grommela Bushka. Je vous l'avais dit.

— Ils représentent ce qu'il y a de plus important pour lui, admit Brett en hochant la tête.

Les caissons hyber en orbite autour de Pandore étaient l'objet de spéculation numéro un pour tout le monde. Deviner ce que leurs manifestes contenaient meublait, au même titre que le temps, la plupart des conversations pandoriennes.

— Mais que signifie cette menace d'empêcher les

Siréniens d'augmenter la surface des terres émergées ? demanda Twisp. Espère-t-il la mettre à exécution avec un suba et deux hydroptères ?

— Je pense que Vashon est en danger, dit Brett. Guemes était beaucoup plus petite, c'est vrai, mais... éventrer des îles est une distraction trop facile pour que quelqu'un comme Gallow puisse résister à la tentation. Il essaiera de couler Vashon au moment où ils ramèneront les caissons. J'en suis sûr.

— A-t-il dit quelque chose de particulier ? demanda Twisp. Il a peut-être mis la main sur un manifeste ?

— Je ne sais pas... fit Brett en secouant la tête. Quelque chose d'aussi gros... il n'aurait pas pu s'empêcher de s'en vanter. Et à vous, Bushka, il n'a jamais parlé de ce qu'il y a là-haut ?

— Gallow a... la folie des grandeurs, murmura Bushka. Tout ce qui peut alimenter sa mégalomanie est réel à ses yeux. Il ne s'est jamais vanté de connaître le contenu des caissons. La seule chose qui l'intéresse c'est que, politiquement, leur possession est un avantage certain.

— Brett a raison à propos de Gallow, intervint Scudi.

Twisp aperçut l'éclat sombre de ses yeux à la lueur de l'aube naissante. Scudi reprit :

— Gallow ressemble à un bon nombre de Siréniens qui sont persuadés que les caissons sauveront le monde ou le détruiront, rendront tel homme riche ou le poursuivront à jamais de leur malédiction.

— Les Iliens sont comme ça aussi, dit Brett.

— Ce sont des spéculations, non des faits, dit Twisp.

Scudi les regarda tour à tour. Comme Brett ressemblait à Twisp dans sa manière de s'exprimer ! Laconique et pratique. Le tout assis sur une intégrité de roc. Elle étudia plus intensément Brett. Elle vit la force élancée de son jeune corps. Elle perçut la puissance de l'adulte à venir. Brett était déjà un homme. Jeune, mais solide à l'intérieur. La pensée traversa Scudi, comme sous narcose de plongée ultra-rapide, qu'elle voulait ce garçon pour la vie.

Twisp reprit la barre, lança le moteur et mit le cap sur Vashon. Le coracle, quittant la zone de varech, bondit en direction de la mer libre.

Le jour s'était levé. Regardant le ciel encore pâle, Scudi frotta un doigt dans l'encolure de sa combinaison étanche puis, d'un geste impatient, l'ouvrit et s'en défit. Il l'étala sur le banc de nage pour la laisser sécher. Préalablement, elle avait regardé Brett en souriant et il lui avait rendu son sourire.

Twisp lui jeta un seul coup d'œil. Il remarqua la palmure marquée de ses orteils, mais elle possédait à part cela un corps idéal de Sirénienne normale. Il n'en avait pas vu beaucoup de si près. Il se força à détourner les yeux et remarqua que Bushka, lui aussi, avait du mal à ne pas regarder. Elle était juste à côté de lui et se penchait pour retourner la combinaison et la secouer au vent. Twisp croisa le regard fuyant de Bushka, qui ne cessait d'aller de l'océan à Scudi, de bas en haut, puis à lui, puis à l'océan et ainsi de suite.

Twisp avait toujours cru que les Siréniens n'avaient pas les mêmes pulsions que les Iliens, et il liait cela à la facilité avec laquelle les premiers exhibaient leur anatomie parfaite. L'attitude de Scudi, pour lui, était une confirmation. Les Siréniens passaient une grande partie de leur existence ou sans vêtements ou vêtus de combinaisons qui adhéraient à la peau. Il était naturel que leurs idées sur le corps humain ne soient pas les mêmes que celles des Iliens engoncés dans leurs vêtements.

Il n'y a pas tellement de différence entre une combinaison de plongée et l'absence totale de vêtements, songeait-il.

Il voyait que Bushka était gêné par la proximité de cette fille nue. Brett agissait comme n'importe quel Ilien normal. Il avait la pudeur de ne pas regarder. Scudi, cependant, était incapable de détacher ses yeux de lui.

Il se passe quelque chose entre ces deux-là, décida Twisp. *Quelque chose de tenace.*

Il se souvint qu'il arrivait parfois que des Siréniens épousent des Iliennes ou inversement. Et quelquefois, cela marchait.

Bushka porta son attention sur Brett et l'expression qui se lisait sur son visage équivalait pour Twisp à un cri. C'étaient les yeux du gosse qu'il regardait.

Je suis plus normal que lui! disait le visage de Bushka.

Twisp se souvint du jour où il avait vu un Ilien avec de longs bras comme lui tenant par la main une Ilienne qui avait aussi de longs bras. C'était la seule fois où il en avait vu deux d'un coup au même endroit. Il avait longtemps refoulé cette scène pour des raisons personnelles, et quand il l'avait enfin exhumée des profondeurs de sa mémoire il en avait tiré un enseignement précieux.

Ce qui est comme moi. C'est ainsi que nous avons tendance à définir le concept d'humain.

Il avait été chercher cette pensée au plus noir de son subconscient et il en avait remonté sa propre raison de juger le couple.

La jalousie.

Pour sa part, il n'avait jamais choisi que des femmes qui différaient de lui. Les chances de transmettre un caractère spécifique à sa descendance devenaient beaucoup trop élevées quand deux mutants semblables s'accouplaient. Parfois, il s'agissait d'une véritable bombe à retardement génétique, qui ne se manifestait que deux ou trois générations plus tard.

La plupart d'entre nous se refuseraient à transmettre sciemment autre chose qu'un peu d'espoir.

C'était quelque chose d'analogue qui se produisait chez Bushka.

Il n'aime pas Brett, se disait Twisp. *Il ne le sait pas*

encore lui-même. Quand il s'en apercevra, il ne saura pas s'en expliquer les raisons. Il ne voudra pas admettre que c'est de la jalousie, et cela ne servirait pas à grand-chose de le lui dire.

Il était évident, pour quiconque observait Scudi quand elle regardait Brett, qu'elle n'avait d'yeux que pour ce garçon.

Brett avait découvert le garde-manger et s'était mis à réchauffer un ragoût de poisson. Sans regarder Scudi, il demanda :

— Tu veux manger quelque chose, Scudi ?

Ayant suffisamment aéré sa combinaison, elle y glissa son jeune corps souple et acheva de la refermer avant de répondre :

— Oui, s'il te plaît, Brett. J'ai très faim.

Brett lui passa un bol fumant et interrogea Twisp du regard. Le pêcheur secoua négativement la tête. Bushka accepta après une légère hésitation qui parut éloquente à Twisp.

Il ne veut rien devoir au gosse !

Devant la nourriture, Brett avait des réactions îliennes et Bushka aussi. La prime éducation dominait. Brett respecta le rituel avant de remplir son propre bol. Un capucin affamé n'aurait pas pu en engloutir le contenu plus vite. Dès qu'il eut fini, Brett rinça le bol par-dessus bord puis le rangea. Il se tourna alors vers Twisp en disant :

— Merci beaucoup.

— Merci de quoi ? demanda Twisp, surpris. La nourriture appartenait à tout le monde.

— De m'avoir appris à faire attention et à réfléchir.

— J'ai fait cela, moi ? Je croyais que tout le monde avait ces capacités de naissance.

Bushka suivait cette conversation avec un sarcasme à peine dissimulé. Il ressassait de sombres pensées. La proximité de Gallow, Nakano et Zent... les Capucins verts, prêts à frapper... tout cela l'emplissait de terreur. Ils allaient sûrement se lancer à la poursuite des fugitifs. Pourquoi ne le feraient-ils pas ? Il y avait la fille de Ryan Wang parmi eux. Quel otage inespéré ! Il pensait particulièrement à Zent, avec son regard de brute qui se complaisait à infliger la douleur. Bushka se demandait comment ces deux gosses avaient fait pour rouler des individus comme ceux-là, même si Gallow avait tendance à sous-estimer ses adversaires.

Bushka regarda Scudi. *Nef ! Quel corps !* Celui qui la posséderait posséderait le monde. Et il savait que ce n'était pas une exagération. Nul ne pouvait douter que son père, en contrôlant le commerce alimentaire des Siréniens, contrôlait la moitié de Pandore. Et maintenant qu'il était mort, tout cela allait certainement revenir à Scudi.

Les yeux mi-clos, Bushka considérait le jeune couple qui se trouvait à côté de lui.

Gallow a dû les prendre pour deux gamins terrorisés.

Bushka avait appris le danger des conclusions trop rapides quand il s'était trouvé seul à bord du coracle avec Twisp. Visiblement, Scudi était amoureuse pour la première fois. Mais cela lui passerait. C'était toujours ainsi. Les sbires de son père étaient toujours vivants. Ils mettraient un terme à cela, dès qu'ils s'en apercevraient. Dès qu'ils verraient les yeux de mutant du gamin.

Twisp se mit debout sans lâcher la barre et mit une main en visière contre son front pour se protéger du soleil qui quittait l'horizon.

— Hydroptère... dit-il. Il se dirige vers Vashon.

— Je vous l'avais dit ! s'écria aussitôt Bushka.

— Je crois qu'il avait une bande orange sur la cabine, ajouta Twisp. C'était un officiel.

— Ils nous recherchent, dit Bushka, et ses dents commencèrent à claquer.

— Ils ne changent pas de cap. Ils sont bien pressés.

Twisp se baissa pour allumer son récepteur radio réglé sur la fréquence d'urgence. La voix de l'annonceur de Vashon leur parvint à mi-phrase :

— ... a déclaré que les œuvres vives de l'île n'étaient pas immédiatement en danger. Nous avons heurté le fond à la limite d'une formation de varech de dimensions colossales. Juste à l'est de l'île, on aperçoit des lignes de récifs et des terres émergées. Les pêcheurs qui désirent regagner Vashon sont priés de le faire par les eaux libres du sud-ouest. Nous répétons : A la suite d'un échouement, tous les quartiers centraux sont actuellement en cours d'évacuation. L'existence de Vashon n'est pas menacée tant que les conditions météorologiques demeurent favorables. Des mesures sont prises pour réparer les dégâts et des secours siréniens ont été promis. Nous diffusons un communiqué toutes les heures et nous vous conseillons de laisser votre récepteur en marche sur la bande d'urgence.

Scudi secoua la tête et murmura :

— Le Contrôle des Courants était censé empêcher que de telles choses surviennent.

— C'est du sabotage, dit Bushka. Gallow est derrière tout ça. Je le sais.

— Des terres émergées... murmura Twisp.

Le grand changement était en train de se produire. Déjà.

> Tout au long de l'histoire, ce sont les hommes qui ont été le premier facteur de mortalité prématurée. Ici, sur Pandore, la possibilité nous est donnée de modifier cet état de choses.
>
> KERRO PANILLE, *Les Historiques.*

Dans la tête du juge Keel, les élancements battaient au rythme de ses pulsations cardiaques. Il écarta imperceptiblement les paupières mais les referma aussitôt, aveuglé par une cruelle lumière blanche. Un gémissement intérieur permanent emplissait ses oreilles, oblitérant le monde autour de lui. Il essaya de soulever la tête mais dut y renoncer. La prothèse qui lui tenait la nuque n'était plus là. Il s'efforça de se rappeler si c'était lui qui l'avait enlevée. Rien ne vint. Il savait qu'il aurait dû se souvenir d'un grand nombre de choses, mais les élancements de sa tête accaparaient presque toute son attention. Il fit une autre tentative pour soulever sa nuque et ne gagna que quelques millimètres. Son occiput heurta une surface plane et dure. La nausée lui monta à la gorge. Il respira par saccades haletantes pour s'empêcher de vomir. L'air était lourd et moite et cela ne lui facilitait pas les choses.

Pour l'amour de Nef, où suis-je donc ?

Des souvenirs fragmentaires lui revinrent à l'esprit. Ale... et quelqu'un d'autre... Ce Shadow Panille... Il se rappelait à présent. Il y avait eu une discussion entre Kareen Ale et une autre personne dans les locaux de la Compagnie Sirénienne de Commerce, l'entreprise de feu Ryan Wang. Elle y avait mis un terme en conduisant le juge dans... dans... Il était incapable de se rappeler. Mais ils avaient quitté les appartements de Kareen. Il se souvenait au moins de cela.

L'air était si moite... c'était celui que respiraient les Siréniens. Prudemment, il essaya d'ouvrir l'œil gauche. Une forme sombre était penchée sur lui, entourée d'un halo de lumière crue provenant du plafond.

— Il revient à lui.

C'était une voix posée, harmonieuse, qui avait dit cela sur le ton de la conversation. Le gémissement perçant aux oreilles du juge Keel commença à s'estomper. Il ouvrit l'autre œil. Peu à peu, le visage penché sur lui devint plus net. Il était balafré sur les deux joues et sur le front. Sa bouche avait un pli tordu. Lorsque la tête se tourna comme un cauchemar qui s'éloigne, le juge distingua des traînées de peinture verte sur la nuque plissée.

— Ne le frappe pas, Nakano. Il tiendra le coup.

Cette fois-ci, la voix était ourlée de glace.

Le visage balafré se pencha un peu plus. Les yeux étaient petits et enfoncés. Ils semblaient dissimuler quelque chose qui refusait de remonter à la surface. *Nakano....* Le juge avait l'impression que ce nom aurait dû lui dire quelque chose. Mais c'était le vide total.

— Mort, il ne nous sert à rien, dit Nakano. Tu l'as un peu trop sonné, avec ce truc-là. Passe-moi de l'eau.

— Prends-la toi-même. Je ne fais pas la bonne pour un mutard.

Nakano disparut du champ de vision du juge pour y rentrer un instant plus tard tenant un cruchon d'eau et une paille. Une main bariolée de peinture verte lui mit la paille entre les lèvres.

— Buvez. Ça vous fera du bien.

Un peu trop sonné?

Keel se souvint abruptement de quelqu'un qui criait... de Kareen Ale qui hurlait à cause de... à cause de...

— Ce n'est que de l'eau, fit Nakano en tenant la paille.

Le juge aspira une gorgée de liquide froid et la

sentit descendre dans son estomac crispé. Il se dit qu'il aurait dû faire l'effort de tenir le cruchon, mais ses mains refusaient de coopérer.

Des sangles !

Il les sentait sur ses bras et en travers de sa poitrine. On l'avait immobilisé. Pourquoi ? Il prit une autre gorgée d'eau et repoussa la paille avec sa langue.

Nakano éloigna le cruchon puis il défit les sangles.

Tout en s'assouplissant les doigts, le juge Keel voulut dire « merci », mais seul un sifflement rauque sortit de sa gorge.

Nakano posa quelque chose sur sa poitrine. Il sentit les contours familiers de son support de nuque.

— Je vous l'ai enlevé quand vous avez failli vous étouffer en vomissant, dit Nakano. Je n'ai pas réussi à vous le remettre.

Malgré sa faiblesse, le juge Keel était capable de manipuler la prothèse. Il défit les glissières et les crampons et ajusta le support sous la nuque. Il y avait deux points sensibles à l'endroit où les attaches reposaient sur ses épaules. Quelqu'un avait essayé de retirer l'appareil sans les défaire.

Encore heureux qu'ils ne m'aient pas rompu le cou.

Une fois la prothèse en place, les muscles épais des épaules du juge purent accomplir leur tâche et soulever sa tête. Les supports glissèrent à leur place habituelle et le juge grimaça de douleur. Il vit qu'il se trouvait dans une petite pièce rectangulaire aux murs de métal gris.

— Vous n'auriez pas un peu de cellotape ? demanda-t-il.

Sa voix résonnait désagréablement dans ses oreilles. Elle était beaucoup plus grave que d'habitude. Il prit son front à deux mains tandis que lui parvenaient les bruits d'un tiroir dont on était en train de remuer le contenu. La table sur laquelle il était maintenant assis était bien plus basse qu'il ne l'avait imaginé. Ce n'était pas une table de clinique mais une table basse de salle à manger, de style sirénien, entourée de plusieurs sièges capitonnés et d'un divan. Tout semblait fabriqué à partir de matériaux anciens, inertes.

Nakano lui tendit un rouleau de cellotape. Répondant à sa question informulée, il expliqua :

— Nous vous avons allongé sur la table parce que vous aviez du mal à respirer. Le divan est trop mou.

— Merci.

Nakano répondit par un grognement et s'assit sur un siège derrière lui. Keel remarqua que la pièce était bourrée de livres et de bandes. Certaines étagères étaient surchargées de volumes de différentes dimensions. Keel tourna la tête vers Nakano et vit, contre le mur, un pupitre com assez complexe, muni de trois écrans et entouré de nombreux casiers à bandes. Il avait l'impression que la pièce bougeait, d'avant en arrière puis de haut en bas. C'était une sensation déroutante, même pour un Ilien habitué au mouvement de la mer.

Il entendit un sifflement lointain. Nakano était à présent debout à côté de lui et un autre homme, vêtu d'une combinaison de plongée bariolée de peinture verte, était assis dans un coin et leur tournait le dos. Le juge s'aperçut qu'il mangeait.

L'idée de la nourriture lui retournait l'estomac.

Mon médicament ! se rappela-t-il soudain. *Où est mon étui ?*

Il palpa sa poche de poitrine. Le petit étui avait disparu. L'idée lui vint alors que l'espace rectangulaire qui l'entourait se déplaçait vraiment — au rythme long des vagues de l'océan.

Nous sommes toujours à bord de l'hydroptère, se dit-il. La moiteur de l'air était artificielle. C'étaient les deux Siréniens qui avaient réglé la climatisation à leur convenance.

L'hydroptère !

Les souvenirs commençaient à revenir. Kareen Ale l'avait fait monter à bord d'un hydroptère pour le conduire à... pour le conduire à la Station de Lancement. Puis il se rappela le second hydroptère, et les souvenirs affluèrent. C'était peu après la tombée de la nuit. A présent, il apercevait la lumière du jour à travers les aérateurs à claire-voie situés en haut des parois de la cabine. Les deux soleils étaient proches de l'horizon, à en juger par leur lumière orangée. Etait-ce le matin ou le soir? Son corps était incapable de le renseigner. Le mouvement lui donnait une nausée sourde et il sentait, en plus de la douleur constante procurée par sa maladie fatale, une migraine à présent localisée autour de sa tempe gauche où il se souvenait maintenant qu'on l'avait frappé.

On m'a drogué, également, dit-il.

L'attaque s'était produite au moment où l'hydroptère qui le conduisait avec Ale à la Station de Lancement avait soudain ralenti. Une voix avait crié :

— Regardez, là-bas!

Un autre hydroptère flottait un peu plus loin sur sa coque, éclairé seulement par ses feux de position. Il dérivait lentement au milieu d'une nappe épaisse de varech. Un projecteur de l'hydroptère où se trouvait le juge illumina la plaque d'identification à l'avant de l'autre appareil.

— C'est bien eux, dit Ale.

— Vous croyez qu'ils ont des ennuis?

— Des ennuis, ils vont en avoir, croyez-moi!

— Je veux dire, est-ce que ce serait leur...

— Ils se sont mis là pour attendre la fin de la nuit. Le varech les camoufle; on ne peut pas les repérer d'en dessous. Et il les empêche de trop dériver.

— Mais que sont-ils venus faire ici... devant la Station de Lancement?

— Nous allons le savoir bientôt, probablement.

A vitesse réduite, leur hydroptère s'était rapproché de l'autre bâtiment tandis que quatre hommes de la Sécurité se préparaient à l'aborder par la mer.

Keel et Ale, de la cabine de pilotage, purent suivre

tout ce qui se passa ensuite. Quand les hydroptères ne furent plus qu'à quelques mètres l'un de l'autre, quatre silhouettes en combinaison de plongée se glissèrent dans l'eau, franchirent la courte distance à la nage et ouvrirent le panneau d'accès du second hydroptère. L'une après l'autre, elles grimpèrent à bord et puis... plus rien.

Le silence régna, pendant une période de temps qui parut interminable au juge. Puis une secousse fit osciller l'hydroptère et ils entendirent des cris qui venaient de l'arrière de l'appareil. Brusquement, deux silhouettes bariolées de vert surgirent à l'intérieur de la cabine de pilotage. L'un des deux intrus était un Sirénien de stature colossale, au visage sillonné de terribles balafres. Keel n'avait jamais vu de bras aussi épais et aussi musclés. Les deux hommes étaient armés. Ale avait eu le temps de s'écrier : « GeLaar ! » puis la douleur aveuglante avait éclaté dans la tête du juge.

GeLaar ?

Pour gagner du temps, Keel feignait d'être encore sous l'effet du choc tandis que sa mémoire encyclopédique passait en revue une série de noms et de signalements.

GeLaar Gallow. Idéaliste sirénien. Ex-employé de Ryan Wang. Prétendant de Kareen Ale...

L'homme assis à la petite table repoussa son bol vide, s'essuya la bouche et se retourna. Keel le dévisagea en frissonnant devant l'éclat glacé et calculateur de ces yeux bleu foncé.

C'est bien lui, se dit Keel, qui le trouvait grotesque avec cette peinture verte.

Une porte ovale s'ouvrit sur la droite de Keel et un autre Sirénien bariolé de vert fit son apparition en disant :

— Mauvaise nouvelle. Zent est mort.

— Merde ! fit Gallow. Elle a fait exprès de le laisser mourir !

— Il était mal en point, répondit le nouveau venu. Et elle est au bord de l'épuisement.

— Si seulement nous savions ce qui l'a broyé comme ça... grommela Gallow.

— Quelle que soit la cause, dit Nakano, il y a un rapport avec l'accident du suba. C'est un miracle qu'il ait pu revenir jusqu'ici.

— Ne sois pas ridicule ! lança Gallow. C'est le système de pilotage automatique du suba qui l'a ramené. Il n'a pas eu à s'en occuper.

— A part brancher le système.

Gallow l'ignora et se tourna vers celui qui attendait à la porte.

— Où en sont les réparations ?

— Elles sont en cours, répondit l'homme. Nous avons trouvé tout ce qu'il fallait dans l'hydroptère de la Station, parmi les caisses destinées aux fusées. Nous serons de nouveau opérationnels après-demain à cette heure-ci.

— Dommage que nous ne puissions remplacer facilement Tso, dit Nakano. Il en vaut mille au combat. Il en valait.

— Oui, fit Gallow en se tournant vers le troisième homme pour ajouter : Vous pouvez regagner votre poste.

— Et... Zent ? demanda le Sirénien en hésitant.

— Eh bien ?

— Son corps.

— Les Capucins verts sont destinés à nourrir le varech après leur mort. Vous le savez. C'est indispensable si nous voulons savoir ce qu'il s'est passé là-bas.

— A vos ordres, fit l'homme en tournant les talons. Puis il sortit en refermant silencieusement la porte ovale derrière lui.

Keel brossa du revers de la main le col et le devant de sa veste. Une odeur sure de vomi s'en dégageait, confirmant les dires de Nakano.

Ainsi, ils me veulent en vie... ou plutôt, ils ont besoin de moi vivant.

Tant qu'il était vivant, il avait la ressource d'explorer leurs faiblesses. Et la superstition était une faiblesse. Il se promit d'approfondir l'étrange rite funéraire auquel Gallow avait fait allusion. Sa seule mention avait amené le silence dans la cabine. Ces gens étaient des fanatiques. Le juge le lisait dans l'expression de Gallow. La nature sacrée de leur objectif justifiait tous les moyens. Encore un sujet à explorer. Très dangereux, mais...

Je suis en train de mourir de toute manière. Voyons jusqu'à quel point ils me trouvent indispensable.

— Un petit étui a disparu de ma poche, dit-il à haute voix. Il contient un médicament.

— Le mutard a besoin de ses médicaments, railla Gallow. Voyons comment il fait quand il ne les a pas.

— Ce sera vite vu, fit le juge. Vous allez avoir un nouveau cadavre à donner en pâture au varech.

Il se tourna nonchalamment et posa les deux pieds par terre sans se lever de la table basse. Nakano et Gallow avaient échangé un regard nerveux. Le juge se demandait ce que cela cachait. Il y avait de l'étonnement et de la terreur dans ce regard. Une corde sensible avait été touchée.

— Vous êtes au courant, pour le varech? demanda Nakano.

— Evidemment, mentit le juge. Avec la position que j'occupe...

Un grand geste du bras lui évita de trop s'avancer.

— Nous avons besoin qu'il reste en vie pour l'instant, fit Gallow. Donne-lui son médicament.

Nakano alla ouvrir une petite armoire murale et en retira un étui marron souple en matière organique traitée, muni d'une fermeture à lacet.

Keel le saisit avec reconnaissance, en sortit un comprimé vert et l'avala sans eau. Ses intestins étaient noués. Il faudrait plusieurs minutes pour que le comprimé commence à agir, mais le simple fait de l'avoir pris lui apportait déjà un réconfort. En réalité, c'était d'un nouveau rémora qu'il avait besoin. Mais même cela, à quoi bon? Son organisme les rejetait de plus en plus vite. Le premier lui avait duré trente-six ans. Le tout dernier, un mois.

— On le voit tout de suite, fit Nakano. Quelqu'un qui n'a pas peur de mourir, c'est qu'il connaît la vérité sur le varech.

Le juge eut du mal à demeurer sans expression.

Mais de quoi parle donc cet homme ?

— Nous ne pouvions pas espérer garder le secret éternellement, dit Gallow. Eux aussi sont en contact avec le varech.

Nakano fixa le juge d'un regard perçant qui le faisait paraître encore plus grand qu'il ne l'était réellement.

— Combien d'entre vous sont au courant ?

Keel réussit à produire un haussement d'épaules qui le dispensait de répondre mais qui lui causa une douleur aiguë à l'endroit où s'appuyait sa prothèse.

— Nous en aurions entendu parler si la chose avait été rendue publique, dit Gallow. Il est probable que seuls quelques mutards haut placés comme celui-ci partagent le secret.

Le regard de Keel allait d'un Sirénien à l'autre. Il y avait quelque chose d'important à savoir à propos du varech. Qu'est-ce que cela pouvait être ? C'était en rapport avec la mort. Avec le fait d'établir un contact avec le varech. Ils nourrissaient le varech avec leurs morts ?

— Dans quelques instants, nous sortirons pour essayer d'entendre les souvenirs de Zent, fit Gallow d'un ton grave qui lui était nouveau. Nous saurons peut-être alors ce qu'il lui est arrivé.

Nakano demanda à Keel d'une voix plus terre à terre :

— Comment entrez-vous en contact avec le varech ? Est-ce qu'il vous répond chaque fois ?

Keel plissa les lèvres pour réfléchir. Il ne répondit pas tout de suite. Il fallait qu'il gagne du temps.

Communiquer avec le varech ?

Il se souvenait de ce qu'avaient dit Ale et Panille sur les projets siréniens de domestication du varech. Il était question de lui « enseigner » à grandir, de faciliter son expansion dans tout l'océan planétaire de Pandore.

— Nous, nous sommes obligés de le toucher littéralement, avança Nakano.

— Evidemment, fit Keel avec dédain.

Entendre les souvenirs de Zent ? Que se passait-il donc ici ? Ces deux hommes voués à la violence révélaient soudain un côté mystique propre à sidérer quelqu'un d'aussi pragmatique que le juge Keel.

Soudain, Gallow éclata de rire :

— Ce mutard n'en sait pas plus que nous ! Le varech absorbe nos souvenirs même après notre mort. C'est tout ce dont nous sommes sûrs. Mais les mutards n'ont pas songé aux conséquences que cela pouvait avoir.

Les Capucins verts sont donnés en pâture au varech après leur mort, se dit Keel. *Et d'une manière ou d'une autre, leurs souvenirs deviennent accessibles aux vivants, par l'intermédiaire du varech.*

Il se souvenait des récits étranges qui abondaient dans l'histoire des humains de Pandore. Des capucins qui parlaient avec une voix humaine ; un varech doté de sentience qui communiquait par la pensée avec tous ceux qui le touchaient. C'était donc la vérité ! Et le nouveau varech, génétiquement reconstitué à partir des gènes dont quelques humains étaient porteurs, était en train de retrouver ses anciennes capacités. Kareen Ale était-elle au courant ? Où se trouvait-elle en ce moment ?

Gallow regarda autour de lui puis reporta son attention sur Keel.

— Très agréable, cette cabine, dit-il. Un présent de Ryan Wang à Kareen Ale. Son hydroptère personnel. Je pense que je vais en faire mon centre de commandement.

— Où est Kareen ? demanda Keel.

— En train d'exercer ses talents de médecin, répondit Gallow. Des talents qu'elle n'aurait jamais dû abandonner. La politique ne lui convient pas. Ce n'est pas qu'elle réussisse tellement mieux dans la médecine, d'ailleurs. Elle n'a pas fait grand-chose pour Zent.

— Personne n'aurait pu sauver Tso, fit Nakano. Je veux savoir comment ils l'ont eu. Ceux de Vashon posséderaient-ils une nouvelle arme défensive ? Qu'est-ce que vous avez à nous dire, monsieur le Juge ? ajouta-t-il en le fusillant du regard.

— De quoi parlez-vous ? Une arme défensive contre quoi ?

Gallow fit un pas vers lui.

— Tso et deux de nos nouvelles recrues avaient reçu l'ordre très simple de couler Vashon. Tso est rentré mourant à bord d'un suba gravement endommagé. Les deux recrues n'étaient pas avec lui.

Keel mit un moment à trouver sa voix.

— Vous êtes... vous êtes des monstres ! Vous vouliez disposer de milliers et de milliers de vies humaines comme si...

— Qu'est-il arrivé au suba ? coupa Gallow. Tout l'avant était écrasé... comme broyé par une main géante.

— Et Vashon ? murmura Keel.

— Oh ! l'île est toujours là. Mais dois-je demander à Nakano d'utiliser des moyens plus persuasifs ? Répondez à ma question.

Keel respira longuement, en tremblant, et expira à fond. C'était pour cela qu'ils le gardaient vivant. Il ignorait aussi bien qu'eux ce qui avait endommagé leur suba, mais il y avait quelque chose qu'il pouvait essayer.

Tout l'avant écrasé...

— Ainsi, ça a marché, dit-il.

Les deux hommes le regardèrent d'un air furieux.

— Qu'est-ce qui a marché ? glapit Gallow.

— Notre piège à câble, bluffa Keel.

— Je le savais ! s'écria Nakano.

— Parlez-nous de ce dispositif, ordonna Gallow.

— Je ne suis pas compétent, fit Keel en écartant les mains. J'ignore comment ça fonctionne.

— Dites-nous tout ce que vous savez. Sinon, Nakano se chargera de vous faire parler.

Keel regarda les bras massifs et les biceps gonflés

de Nakano. Son cou paraissait aussi solide qu'un roc. Mais rien de tout cela ne faisait peur au juge et il voyait que Nakano le savait. Cette allusion à la mort, tout à l'heure, constituait un lien de complicité entre eux.

— Tout ce que je sais, c'est qu'il s'agit d'un dispositif organique, fonctionnant par compression, dit Keel.

— Organique? Avec les cisailles et les lance-flammes de notre suba?

Il était visible que Gallow ne le croyait pas.

— C'est comme un filet, dit Keel en se prenant au jeu; mais en cas de destruction, chaque partie intacte agit de la même manière que le tout et, une fois passé les défenses, hors d'atteinte des cisailles et des lance-flammes...

Il haussa les épaules en leur laissant le soin de deviner le reste.

— Pourquoi de telles précautions? demanda Gallow.

— Nos services de sécurité étaient arrivés à la conclusion que nous étions beaucoup trop vulnérables en cas d'attaque venue du bas. Il fallait absolument faire quelque chose. Les événements leur ont donné raison. Voyez ce qui est arrivé à Guemes. Et ce qui a failli arriver à Vashon.

— Ce qui est arrivé à Guemes, répéta Gallow avec un sourire.

Monstres! pensa le juge.

— Tso a dû quand même causer des dégâts, fit Nakano, puisqu'ils sont échoués.

Keel eut à peine la force de balbutier d'une voix rauque :

— Echoués?

— Ils ont heurté le fond et sont en train d'évacuer tous les quartiers du centre.

Gallow savourait visiblement l'effet produit par ces mots sur son interlocuteur. Il prit Nakano par le bras en ajoutant :

— Tiens compagnie à notre invité. Je sors me préparer à communier avec l'esprit-varech de Tso. Vois si ce mutard est capable de t'indiquer un moyen d'améliorer le contact.

Keel prit une profonde inspiration. Son bluff sur l'existence d'une arme défensive aux abords de Vashon avait été accepté. Cela forcerait ces monstres à plus de prudence et procurerait un répit à Vashon. Si l'île survivait à son présent échouement. Mais ce n'était pas la première fois. Vashon s'était déjà échouée dans le passé. Cela se soldait par d'énormes pertes économiques. Les pompes fonctionnaient au maximum de leur puissance, des sections entières de l'île étaient compressées ou découpées, tous les équipements lourds étaient largués sur leurs propres flotteurs. L'aide des Siréniens était indispensable.

Les Siréniens! Parmi ceux qui viendraient apporter leur aide technique, y aurait-il beaucoup d'amis de ces canailles ? Il faudrait probablement plusieurs jours pour que l'énorme masse de Vashon soit remise à flot. S'il ne survenait pas entre-temps une tempête ou une mascarelle...

Il faut que je m'échappe d'ici, pensa Keel. *Mon peuple doit être mis au courant de ce que j'ai appris. On a besoin de moi là-bas.*

Gallow s'était arrêté dans l'encadrement de la porte et regardait d'un air songeur Nakano et son prisonnier.

— Il faut qu'il nous donne plus de détails sur cette arme, dit-il. Et qu'il nous explique comment il communie avec le varech. Il y a des renseignements précieux dans la tête de ce mutard. S'il ne veut pas parler de son plein gré, nous le jetterons au varech en espérant récupérer les informations de cette manière.

Nakano hocha la tête sans regarder Gallow. Celui-ci sortit et referma derrière lui la porte ovale.

— Je ne peux rien faire pour vous protéger si

vous le rendez furieux, monsieur le Juge, fit Nakano d'une voix presque amicale. Vous feriez mieux de vous asseoir et de me dire tout ce que vous savez. Voulez-vous boire encore? Je regrette que nous n'ayons pas de gnou. Cela rendrait les choses plus agréables, plus civilisées.

Keel se déplaça péniblement vers la table qu'avait quittée Gallow et se laissa tomber sur le siège encore tiède.

Quelle étrange paire ils font, se dit-il.

Nakano lui rapporta le cruchon d'eau. Keel but à petites gorgées, savourant le liquide glacé.

C'était comme si les deux hommes avaient échangé leurs personnalités, réfléchit Keel. Ils jouaient avec lui au jeu très ancien de l'interrogatoire politique. Le premier malmenait le prisonnier tandis que le second se présentait comme son ami et faisait semblant de le protéger de l'autre.

— Parlez-moi de cette arme, dit Nakano.

— Les mailles sont plus épaisses que du varech adulte, improvisa le juge.

Il se souvenait de vues sous-marines où les thalles du varech oscillant dans le courant dépassaient l'épaisseur d'un torse humain.

— Un lance-flammes en viendrait quand même à bout, dit Nakano.

— Oui, mais les fibres sectionnées se ressoudent dès qu'elles sont de nouveau en contact. Les mailles se reforment comme s'il n'y avait jamais eu de coupure.

— Comment est-ce possible? demanda Nakano en grimaçant.

— Je ne sais pas. Je crois qu'il est question d'une nouvelle structure des fibres en grappins.

— Vous comprenez à présent pourquoi les mutards doivent disparaître.

— Nous n'avons rien fait d'autre que nous protéger. Si votre suba n'avait pas eu des intentions hostiles, il ne lui serait rien arrivé.

Tout en parlant, le juge se demandait ce qui avait pu réellement se passer. Il aurait beaucoup donné pour pouvoir examiner ce suba. Ecrasé, disaient-ils. Mais comment ? Vraiment broyé, ou juste aplati pour avoir percuté le fond ?

— Dites-moi comment vous communiez avec le varech, fit Nakano.

— Par... par contact.

— Plus exactement ?

Le juge déglutit. Il se rappelait les anciens récits, les fragments historiques, particulièrement les écrits laissés par Kerro Panille, l'ancêtre de Shadow.

— C'est presque comme... lorsqu'on rêve éveillé. On entend des voix.

Les récits s'accordaient à peu près là-dessus.

— Des voix particulières ? demanda Nakano.

— Quelquefois, oui.

— Comment faites-vous pour contacter particulièrement certains morts dont vous voulez explorer les souvenirs ?

Keel haussa les épaules. Il réfléchissait à toute vitesse. Jamais son cerveau n'avait fait autant de corrélations à la fois. *Nef ! Quelle découverte !* Il songeait aux innombrables Iliens que leur famille faisait immerger à leur mort. Combien avaient été absorbés par le varech ?

— J'ai l'impression que vous n'en tirez pas beaucoup plus que nous, dit Nakano.

— En effet, répondit le juge, soulagé.

— J'ai toujours dit que le varech avait une intelligence indépendante, reprit Nakano.

Keel songea alors aux énormes forêts sous-marines formées par le varech, aux thalles gigantesques qui grimpaient des profondeurs vers la lumière des soleils. Il avait vu des enregistrements holo montrant des Siréniens qui nageaient comme des poissons argentés parmi les frondaisons géantes de ces forêts. Mais jamais aucun Sirénien n'avait signalé que le varech réagissait comme au temps des premiers humains de Pandore. Cela signifiait qu'il était en train de redevenir pleinement sentient. Quel raz de marée de conscience dans l'océan ! Les Siréniens croyaient contrôler le varech et, à travers lui, les courants. Mais si c'était...

Keel sentit son cœur manquer plusieurs battements.

Un suba sirénien avait été écrasé. Il imaginait bien les thalles géants du varech lovés autour de la coque lisse. Les cisailles et les lance-flammes se déchaînaient dans l'imagination du juge. Le varech se tordait, lançant ses signaux d'autoprotection.

Et si le varech avait appris à tuer ?

— Où sommes-nous en ce moment ? demanda Keel.

— Près de la Station de Lancement. Je peux vous le dire ; vous ne risquez pas de vous échapper.

Keel laissa son corps s'imprégner du mouvement de l'hydroptère sur la mer. La lumière qui leur parvenait par les aérateurs à claire-voie avait diminué. La nuit tombait donc. La mer était très calme. Le juge s'en félicitait, car Vashon avait besoin de bonnes conditions météorologiques pendant quelque temps.

Près de la Station de Lancement. A quelle distance exactement ?

De toute manière, à son âge et avec sa prothèse, comment aurait-il franchi même une courte distance à la nage ? Dans ce genre d'environnement, son corps était un handicap. Les monstres avaient beau jeu de se moquer de lui.

Les mouvements de l'hydroptère devenaient encore plus doux à mesure que le jour baissait. Nakano actionna un interrupteur et la cabine fut baignée par la lumière jaune des plafonniers.

— Nous allons descendre communier avec le varech, fit le Sirénien. Nous sommes au milieu d'une plantation ancienne et nous aurons plus de chances d'avoir une réponse.

Keel eut la vision de l'hydroptère en train de s'immerger dans la forêt de varech. Le varech savait maintenant ce qui était arrivé à Zent. *Quelle allait être sa réaction ?*

Je sais ce que je ferais si j'avais ces gens-là en mon pouvoir, se dit Keel. *Je les écraserais. Ce sont des déviants mortellement dangereux.*

> Si les portes de la perception étaient purifiées, tout apparaîtrait à l'homme tel qu'il est en réalité, c'est-à-dire infini. Car l'homme s'est renfermé au point de ne plus voir les choses qu'à travers les étroites fentes de sa caverne.
>
> WILLIAM BLAKE,
> *Archives de la Mnefmothèque.*

Twisp envisageait d'abandonner le deuxième coracle avec sa cargaison. Un second hydroptère venait de passer au large sans ralentir et il commençait à devenir inquiet.

Nous pourrions gagner quelques nœuds, se disait-il.

Il enrageait à la pensée que les deux hydroptères qu'il venait de voir passer et qui avaient déjà disparu à l'horizon seraient à Vashon avant la tombée de la nuit. Sans doute le premier était-il en train d'arriver en ce moment même, alors qu'ils se traînaient à bord de ce maudit coracle !

Il eut un petit rire, comme un jappement bref, devant sa propre impatience, et cela le soulagea. Vashon était échouée, mais cela lui était déjà arrivé dans le passé, et par des temps autrement dangereux. Pandore traversait actuellement une période de calme ; son instinct de pêcheur le lui confirmait. C'était lié aux relations complexes entre les deux soleils, à la distance par rapport aux planètes primaires et peut-être aussi au varech. Celui-ci avait-il fini par atteindre une densité suffisante pour que son influence devienne perceptible ? Une chose était certaine, en tout cas : grâce à la protection de ses frondaisons, le poisson devenait de plus en plus nombreux.

Les hivers en mer devenaient plus doux chaque

année. Twisp s'en apercevait en ce moment même tandis que, bercé par le mouvement régulier du coracle et le ronronnement familier du petit moteur, il poursuivait sous les nuages clairsemés sa lente progression vers Vashon.

Dès que nous y serons, il faudra éclaircir cette histoire de Bushka.

Vashon n'était pas une communauté à prendre à la légère. L'île ne manquait pas d'influence, de puissance ni d'argent.

Sans oublier Vata, se dit-il. *Oui, nous avons Vata.*

Il commençait à voir d'un nouvel œil la présence de Vata sur son île natale. Vata représentait beaucoup plus qu'un simple lien avec le passé pandorien de l'humanité. Le vivant témoignage qu'un mythe pouvait avoir de la substance. Voilà ce qu'était Vata, avec son satellite Duque.

— Ce deuxième hydroptère a dû nous apercevoir, déclara Bushka. Notre position est maintenant connue.

— Vous croyez vraiment qu'ils vont alerter vos Capucins verts ? lui demanda Twisp.

— Gallow a des amis haut placés, grogna Bushka.

Il jeta un regard significatif à Scudi qui, adossée à un banc de nage, contemplait Brett d'un air énigmatique. Le garçon dormait en chien de fusil au fond du coracle.

— Nous ne savons pas ce qu'ils disent à la radio, reprit Bushka.

Son regard se posa sur le poste qui était aux pieds de Twisp. Voyant que le vieux pêcheur ne réagissait pas, Bushka ferma les yeux.

Scudi, qui avait observé les deux hommes, vit Bushka sombrer dans une profonde apathie. Comme il renonçait aisément et quel contraste il faisait avec Brett !

Elle revécut leur fuite en imagination. Grâce à l'émetteur du coracle, ils avaient pu retrouver Twisp sans trop de difficulté. Ils n'avaient gonflé qu'un seul canot, gardant l'autre en réserve, et encore ils avaient attendu d'être à plus d'un kilomètre de l'hydroptère avant de le sortir du paquetage.

Le varech, extrêmement dense au début, avait sans cesse entravé leur nage à cause du cordon qui les reliait. Scudi, qui allait en tête au début, avait équilibré leurs combinaisons pour qu'ils se maintiennent aisément entre deux eaux, juste sous la surface. Chaque fois qu'ils devaient respirer, ils remontaient à l'abri d'une touffe de varech ; et chaque fois, ils s'attendaient à entendre le bruit de l'hydroptère lancé à leur recherche.

A un moment, ils entendirent effectivement les réacteurs que l'on mettait en marche, mais le bruit cessa aussitôt. A l'abri d'un monceau de varech, Brett murmura à Scudi :

— Ils n'osent pas se lancer tout de suite à notre poursuite. Ils ont trop besoin de s'emparer de l'autre appareil.

— A cause du médecin ?

— Quelque chose de plus important, je pense.

— Quoi ?

— Je l'ignore, murmura Brett. Allons-y, maintenant. Il faut que nous soyons hors de leur portée quand le jour se lèvera.

— Et si nous rencontrons des capucins ?

— J'ai une grenade toute prête. Ils aiment bien dormir au milieu du varech. Si nous tombons sur l'un d'eux, il nous faudra plonger.

— J'aurais préféré y voir un peu plus clair.

Brett lui prit la main et ils se remirent à nager en faisant le moins de bruit possible.

Tandis qu'ils frôlaient les frondaisons géantes du varech, un étrange sentiment de quiétude s'empara d'eux. Ils commençaient à se sentir presque invulnérables aux attaques des capucins, qu'ils fussent noirs ou verts. Sous l'eau, au contact du varech, ils se mouvaient au rythme d'une musique harmonieuse qu'ils n'entendaient pas vraiment mais qu'ils sentaient. Chaque fois qu'ils remontaient pour respirer, le monde devenait différent, ils basculaient dans une autre réalité et l'air leur semblait purifié, beaucoup plus agréable.

Il avait fallu qu'ils brisent la barrière d'une sorte de réticence timide pour échanger leurs impressions. Ils s'étaient d'abord imaginés, chacun de son côté, en train d'expliquer à l'autre ce qu'il ressentait. Puis ils avaient parlé au même instant, exactement comme dans leur imagination. Et ils étaient convaincus qu'ils pouvaient continuer éternellement ainsi, que plus rien ne pouvait leur faire du mal.

Emergeant aux côtés de Scudi pour respirer, Brett n'avait pu s'empêcher de murmurer, à un moment, à son oreille :

— Quelque chose d'anormal est en train de nous arriver.

Tous les deux avaient eu une enfance nourrie de toutes sortes de légendes sur l'ancien varech, ce vestige mystique de leur histoire, et chacun croyait savoir ce que l'autre pensait ; mais il leur était difficile de l'exprimer avec des mots.

Scudi se retourna pour regarder l'hydroptère, dont la masse au ras de l'eau n'était signalée que par ses feux de position. Il paraissait encore beaucoup trop près malgré son air inoffensif.

— Tu m'entends, Scudi ? chuchota Brett. Il se passe quelque chose d'anormal quand nous sommes sous l'eau.

Voyant qu'elle ne répondait pas, il insista :

— On dit que parfois, lorsqu'on plonge, cela fait l'effet d'un narcotique.

Elle savait ce qu'il voulait dire. Le froid des profondeurs pouvait produire sur le corps humain des effets dont on ne s'apercevait qu'au moment où l'esprit divaguait dans le rêve. Mais cela n'avait rien à voir avec la narcose des profondeurs. Et les combinaisons de plongée les maintenaient au chaud. Il s'agissait d'autre chose. Et maintenant qu'elle respirait à la surface, Scudi se sentait terrifiée à l'idée qu'ils étaient encore si près du danger.

— J'ai peur, murmura-t-elle sans quitter l'hydroptère des yeux.

— Ils ne peuvent plus nous voir, lui dit Brett pour la rassurer. D'ailleurs, ils n'essaient même pas de nous poursuivre.

— Ils ont un suba.

— Au milieu du varech, le suba ne pourrait avancer très vite. Il faudrait qu'ils le détruisent pour passer. Mais... ce n'est pas ça qui t'effraie le plus, ajouta-t-il en se rapprochant d'elle à l'aide du cordon.

Scudi ne répondit pas. Elle flottait sur le dos sous une plaque de varech, respirant l'odeur fortement iodée qui se dégageait des thalles. Le poids des grappes sur son front était comme celui d'une main âgée et amicale. Elle se disait qu'ils n'auraient pas dû rester là si longtemps. Il ne fallait pas qu'on puisse les apercevoir de l'hydroptère quand le jour se lèverait.

Agrippant une grappe sous l'eau, elle changea de position et un fragment de varech lui resta dans la main. Immédiatement, elle fut plongée dans la même euphorie que quand elle nageait sous l'eau. Il y avait maintenant du vent autour d'elle. Un oiseau de mer qu'elle n'avait jamais vu piaillait quelque part en harmonie parfaite avec le mouvement des vagues. L'effet d'hypnose lui brouilla la vue puis une nouvelle image se précisa, celle d'un être humain. C'était une très vieille femme, qui n'existait que dans un espace irréel, étrangement lumineux. La vision se rapprocha. Scudi essayait de se libérer d'une oppression qu'elle sentait dans sa poitrine. Le mouvement monotone des vagues et les piaillements de l'oiseau lui venaient en aide, mais la vision demeurait.

La vieille femme était étendue sur le dos dans la lumière crue. Scudi la voyait respirer. Elle remarqua, juste sous son oreille gauche, une touffe de poils blancs jaillissant d'une verrue. Elle avait les yeux fermés. Elle ne ressemblait pas à une mutante.

Sa peau était foncée et ridée comme du parchemin. Elle avait des reflets verdâtres, comme la patine d'un vieux cuivre.

Brusquement, la vieille femme se redressa. Elle gardait les yeux fermés, mais sa bouche s'ouvrit pour dire quelque chose. Les lèvres remuaient lentement, comme à travers un liquide huileux. Scudi contemplait le jeu des rides provoqué par leur mouvement sur toute l'étendue du visage. La vieille femme disait quelque chose, mais il n'y avait aucun son. Et Scudi se rapprochait de plus en plus pour essayer d'entendre.

La vision éclata brusquement et Scudi se retrouva en train de rejeter de l'eau de mer, secouée par des haut-le-cœur, maintenue par des mains vigoureuses en travers de son paquetage flottant à moitié déployé.

— Scudi ! soufflait la voix de Brett à son oreille. Scudi ! Que t'arrive-t-il ? Tu allais te noyer. Tu as commencé à couler sans...

Elle fut prise d'un nouveau haut-le-cœur, rejeta une gorgée d'eau tiède et prit une longue respiration saccadée.

— Tu coulais tout doucement, fit Brett tout en luttant pour la maintenir en équilibre sur le paquetage.

Elle se laissa glisser dans l'eau tout en se maintenant d'une main au paquetage. Elle vit qu'il avait commencé à le gonfler afin de s'en servir comme d'une plate-forme pour la maintenir à la surface.

— On aurait dit que tu t'étais endormie, continua Brett.

L'inquiétude qu'il y avait dans sa voix amusait Scudi, mais elle ne voulut pas rire. Il ne comprenait donc pas encore ?

Brett jeta un coup d'œil en direction de l'hydroptère, qui se trouvait à peine à un kilomètre d'eux. Avaient-ils entendu quelque chose ?

— Le varech... s'étrangla Scudi. Sa gorge brûlait quand elle parlait.

— C'est à cause du varech ? Tu t'es prise dedans ?
— Dans ma tête... le varech...
Elle revit le visage ridé, la bouche qui s'ouvrait comme au fond d'un puits noir donnant accès à une autre conscience. Par bribes, reprenant son souffle, elle décrivit à Brett son étrange expérience.
— Il faut s'en aller d'ici, lui dit-il. Il est capable de t'imposer sa volonté.
— Il ne voulait pas me faire de mal, Brett. Il voulait seulement me dire quelque chose.
— Quoi ?
— Je ne sais pas. Peut-être qu'il n'avait pas les mots pour cela.
— Comment sais-tu qu'il ne voulait pas te faire de mal ? Tu t'es presque noyée.
— Tu t'es affolé.
— Je n'allais pas te laisser te noyer !
— Quand tu t'es affolé, il m'a relâchée tout de suite.
— Qu'en sais-tu ?
— Je... je le sais, comme ça.
Sans discuter plus longtemps, elle referma son paquetage en l'équilibrant entre deux eaux et se remit à nager dans la direction opposée à celle de l'hydroptère.
Brett, relié à elle par le cordon, fut forcé de la suivre en protestant et en remorquant son propre paquetage.
Bien plus tard, à bord du coracle où étaient Twisp et Bushka, Scudi se demandait si elle ne ferait pas mieux de tout leur raconter. La matinée était bien avancée. Il n'y avait encore aucun signe de Vashon à l'horizon. Brett et Bushka étaient endormis. Avant de monter à bord du coracle, Brett lui avait demandé de ne parler de rien ; mais cette fois-ci, elle avait le sentiment que Brett se trompait peut-être.
— Twisp va nous croire aussi cinglés que des pompiers à merde, lui avait-il dit. Le varech essayant de te faire la conversation !
C'est pourtant la vérité, se disait Scudi, dont le

regard allait de Brett à Twisp. *Le varech a essayé de me parler... et il m'a réellement parlé !*

Brett se réveilla subitement au moment où Scudi changeait de position. Elle s'était à demi redressée, les coudes posés sur le banc de nage. Quand leurs regards se croisèrent, Brett devina instantanément à quoi elle était en train de penser.

Au varech !

Il s'assit et fit du regard le tour de l'horizon vide. Le vent avait un peu forci et il y avait des embruns dans l'air, couronnant les crêtes des vagues. Twisp oscillait à un rythme qui suivait en même temps le bercement du coracle et le ronronnement du moteur. Le pêcheur aux longs bras observait l'océan devant lui comme il le faisait toujours lorsqu'ils croisaient sur les lieux de pêche. Bushka dormait encore à l'avant du coracle.

— Je me demande s'ils ont trouvé leur fameux médecin, dit Brett.

— Moi, je me demande pourquoi il leur en fallait un, répondit Scudi en hochant la tête. Tous ceux qui travaillent en bas ont une formation de méditech.

— Il faut croire que c'était un cas sérieux, dit Brett.

Twisp changea de position. Sans regarder ni l'un ni l'autre, il murmura :

— Des médecins, vous en avez à revendre, chez vous.

Brett comprenait ce qu'il voulait dire par là. Comme beaucoup d'Iliens, Twisp avait souvent fait cette constatation amère. La technologie îlienne, à prédominance organique, était telle que les biologistes les plus brillants, ceux qui auraient pu s'orienter vers la médecine, se laissaient attirer par les carrières plus prestigieuses et lucratives de la bio-ingénierie. Paradoxalement, toutes les structures vivantes des îles étaient entretenues à la perfection alors que les Iliens eux-mêmes devaient se contenter d'une poignée de méditechs et de leur guérisseur habituel.

Bushka se dressa, réveillé par leurs voix, et retomba aussitôt dans sa litanie favorite :

— Gallow va nous lancer son suba aux trousses.

— Nous serons demain matin à Vashon, lui dit Twisp.

— Vous croyez que vous pourrez lui échapper ?

— On dirait que vous avez envie qu'il nous rattrape, fit Twisp en désignant l'océan devant eux. Regardez. Nous entrons bientôt dans une zone de varech. Il faut être insensé pour faire naviguer un suba là-dedans.

— Ce n'est pas un de vos subas îliens, lui rappela Bushka. Il a des cisailles et des lance-flammes.

Il se radossa au bord du coracle, de nouveau sombre et taciturne. Brett se mit debout, en s'agrippant d'une main au banc de nage, pour regarder dans la direction indiquée par Twisp. Il n'y avait toujours pas de trace de Vashon à l'horizon mais, à quelques centaines de mètres sur l'avant, l'eau était plus foncée et huileuse, signe qu'il y avait là un important banc de varech. Il se rassit dans le fond du coracle, sur ses talons, en songeant au varech.

Scudi et lui avaient gonflé un canot alors qu'ils étaient encore dangereusement près de l'hydroptère. Brett avait été surpris de voir que le canot pneumatique glissait avec beaucoup plus de facilité qu'un coracle sur le varech. Le canot était plus silencieux aussi. Mais les courtes pagaies, fixées dans les poches spéciales de leurs manches, faisaient entrer de l'eau dans le canot et ramenaient des fragments de varech.

C'est arrivé réellement, se dit Brett, plongé dans ses souvenirs. *Personne ne voudra nous croire, mais c'est arrivé.*

Même dans sa mémoire, l'expérience l'effrayait. Il avait touché un lambeau de varech ramené par la pagaie. Aussitôt, il avait entendu des gens parler. Des voix, dans plusieurs timbres et dans plusieurs dialectes, s'étaient mêlées au bruissement du canot sur l'eau. Il avait tout de suite compris que ce n'était ni un rêve ni une hallucination. Il entendait des bribes de conversations réelles.

Chaque fois qu'il touchait dans la nuit des lambeaux de varech traînant au fil de l'eau, le varech remontait par son bras jusqu'à sa conscience.

Scudi Scudi Scudi Brett Brett Brett

Les deux noms résonnaient dans sa tête avec d'étranges inflexions, comme une musique aux notes cristallines inaltérées par l'air, le vent ou le pouvoir absorbant d'une paroi organique.

Une brise s'était levée à ce moment-là et ils avaient hissé la petite voile rudimentaire du canot. Glissant à la surface du varech, blottis l'un contre l'autre à l'arrière, ils s'étaient laissé porter, gouvernant à l'aide d'une pagaie qu'ils tenaient entre eux.

Scudi réglait leur cap à l'aide du petit récepteur qui captait les signaux de Twisp. A un moment, elle avait montré à Brett une étoile brillante proche de l'horizon.

— Tu vois ?

Brett connaissait cet astre depuis sa plus tendre enfance. Souvent, durant la saison chaude, en compagnie de ses parents sur leur terrasse de Vashon, il l'avait admiré longuement. Il avait pris l'habitude de l'appeler simplement : « la grosse étoile ».

— C'est la Petite Double, murmura Scudi. Elle est presque à l'endroit où se lèvera le premier soleil.

— Quand elle est très basse sur l'horizon, lui dit Brett, on peut voir passer les caissons hyber à cet endroit. C'est Twisp qui me l'a appris.

Il pointait le doigt en direction de l'horizon à l'opposé de la grosse étoile.

Scudi se serra frileusement contre lui.

— Ma mère disait que quand elle était petite, cette étoile était bien plus au nord que maintenant. C'est encore un système binaire, tu sais. De la Petite Double, on doit apercevoir distinctement nos deux soleils.

— Peut-être qu'ils nous appellent la grosse étoile, dit Brett.

Scudi demeura silencieuse un bon moment. Puis elle murmura :

— Pourquoi ne veux-tu pas parler du varech ?

— Qu'est-ce qu'il y a à dire ?

Brett avait trouvé sa propre voix vulnérable et forcée.

— Il a prononcé nos noms, dit Scudi en arrachant délicatement une lamelle de varech qui s'était collée sur le dos de sa main.

Brett déglutit péniblement. Il avait la langue sèche et gonflée.

— C'est vrai, ce que je dis, fit-elle. Chaque fois que je laisse traîner ma main sur le varech, il me vient des images. Comme dans un rêve ou dans un enregistrement holo. Ce sont des symboles. Et quand j'y réfléchis après, j'apprends des choses.

— Tu n'as pas peur de le toucher alors qu'il a failli te noyer ?

— Tu te trompes sur le varech, Brett. Je ne parlais pas seulement de maintenant. J'ai toujours beaucoup appris au contact du varech lorsque je travaillais sous la mer.

— Tu disais que c'était toi qui lui apprenais des choses.

— Oui, mais il m'aide beaucoup aussi. C'est pour cela que j'ai toujours beaucoup de chance quand j'équationne les vagues. Mais maintenant, il est en train d'apprendre des mots.

— Que t'a-t-il dit ?

— Il a prononcé ton nom et le mien, murmura Scudi en saisissant au passage une longue lanière de varech qui avait frôlé le canot. Il me dit que tu m'aimes, Brett.

— C'est insensé.

— Que tu puisses m'aimer ?

— Non... qu'il le sache. C'est ce que je voulais dire.

— Alors, c'est vrai.

— Scudi... murmura Brett en déglutissant de nouveau... Ça ne se voit pas, non ?

— Ne t'inquiète pas, dit-elle en hochant la tête. Moi aussi, je t'aime.

Il sentit un flot d'exaltation jaillir de ses joues en feu.

— Et le varech le sait, ajouta-t-elle.

Plus tard, assis sur ses talons dans le fond du coracle qui se rapprochait rapidement d'un nouveau banc de varech, Brett ne cessait de se répéter ces mots : « Et le varech le sait... le varech le sait... » Ils étaient pour lui aussi doux que le bercement du coracle porté par la mer calme.

Il a prononcé nos noms, se dit-il. Mais qu'est-ce que cela prouvait ? Il pouvait aussi bien les appeler pour qu'ils lui servent de déjeuner.

Il repensa à quelque chose que Scudi lui avait dit quand ils étaient encore dans le canot : « Je suis heureuse que nous soyons si bien l'un contre l'autre. »

C'était une fille pratique. Elle ne cédait pas au désir sexuel parce que cela risquait de leur compliquer la vie, mais elle n'hésitait pas à admettre qu'elle avait envie de lui et c'était déjà quelque chose.

Elle était toujours assise face à lui dans le fond du coracle, entourant le banc de nage de ses bras repliés en arrière dans une attitude qui dégageait une impression de force.

— Nous sommes dans le varech, annonça-t-elle.

Elle se pencha pour laisser pendre son bras gauche au ras de l'eau. Brett aurait souhaité expliquer aux autres ce qu'elle était en train de faire, mais il était sûr qu'ils les auraient pris pour des fous.

— Regardez un peu ça ! fit Twisp en hochant le menton en direction d'un point situé en avant du coracle.

Brett se leva et vit avec surprise qu'un large chenal s'était ouvert devant eux au milieu du varech. Les thalles s'écartaient de part et d'autre sur leur passage, complètement, et l'eau bouillonnait sous leur coracle qui prenait de la vitesse.

— C'est un courant qui va dans notre direction, fit Twisp d'une voix stupéfaite.

— C'est le Contrôle des Courants sirénien, leur dit Bushka. Je vous avais prévenus ! Ils savent où nous sommes. Ils nous livrent à domicile.

— Ils nous livrent à Vashon, dit Twisp.

Scudi sortit sa main qui traînait dans l'eau. Elle se pencha en avant et se déplaça en déséquilibrant le coracle.

— Attention ! cria Twisp.

— Le varech... dit-elle en hésitant. Il est en train de nous aider. Cela n'a rien à voir avec le Contrôle des Courants.

— Comment le savez-vous ? demanda Twisp.

— Il... il me parle.

Ça y est, elle l'a lâché, se dit Brett.

Bushka pouffa d'un gros rire sonore. Twisp, cependant, se contenta de l'observer un moment en silence. Puis il dit :

— Je voudrais des explications.

— Il y a longtemps que je reçois des images du varech, dit-elle. Au moins trois ans. Maintenant, pour la première fois, il utilise des mots. Brett le sait. Le varech a prononcé son nom.

Twisp se tourna vers Brett, qui s'éclaircit la voix :

— C'est ce qu'il m'a semblé, en tout cas.

— Nos ancêtres ont toujours dit que le varech était sentient, fit Twisp. Même Jésus Louis le disait : « Le varech est une entité pensante. » Vous devriez savoir ces choses-là, Bushka. Vous êtes un historien.

— Nos ancêtres disaient beaucoup d'insanités.

— Mais il y a toujours quelque chose à la base, répliqua Twisp en montrant le chenal au milieu du varech. Comment expliquez-vous cela, alors ?

— Le Contrôle des Courants. Cette fille se trompe.

— Mettez votre main dans l'eau, lui dit Scudi. Touchez le varech au passage.

— C'est ça, dit Bushka. Que je mette ma main comme appât. Qui sait ce que je vais attraper ?

Twisp abaissa sur lui un regard glacé puis gouverna de manière à rapprocher le coracle de la rive droite du chenal. Sans avoir à se pencher, il laissa pendre son bras droit par-dessus bord. Quelques instants plus tard, une expression médusée transforma son visage.

— Nef ait pitié de nous, murmura-t-il, sans retirer sa main de l'eau.

— Qu'y a-t-il ? demanda Brett.

Il déglutit, songeant à sa propre expérience. Aurait-il le courage de replonger sa main dans l'eau pour renouveler le contact ? L'idée l'attirait et lui répugnait en même temps. Il ne doutait plus de l'existence d'une entité centrale, mais les intentions du varech n'étaient pas encore claires.

Scudi a failli se noyer. Il ne faut pas l'oublier.

— Il y a un suba sur nos traces, dit Twisp.

Tous se retournèrent pour scruter leur sillage, mais il n'y avait aucun signe de ce que les profondeurs de la mer pouvaient receler.

— Ils nous ont repérés sur leur détecteur, ajouta Twisp, et ils ont l'intention de nous couler.

Scudi se pencha pour plonger les deux mains dans le varech.

— Aide-nous, chuchota-t-elle, si tu comprends ce que veut dire aider.

Bushka demeurait silencieux, blême et frissonnant dans l'ouverture du minuscule poste avant.

— C'est Gallow, dit-il. Je vous avais prévenus.

Avec une lenteur majestueuse, le chenal commença à se resserrer autour d'eux et devant eux. Un passage s'ouvrit sur la gauche. Le courant s'y engouffra, secouant les coracles. Celui qui était à la remorque fut déporté sur la droite. Twisp dut lutter avec la barre pour se maintenir au milieu du nouveau chenal.

— Le passage s'est refermé derrière nous, dit Brett.

— Le varech nous aide, affirma Scudi.

Bushka ouvrit la bouche puis la referma sans rien

dire. Ils se tournèrent tous vers l'endroit qu'il leur montrait du doigt. Une tourelle noire était en train de crever la surface. Puis elle s'inclina brusquement et disparut à leur vue. Le varech occupait toute la mer à cet endroit. D'énormes bouillonnements commencèrent à agiter la surface, irisés de liquide huileux. Des vaguelettes déferlèrent à l'assaut du coracle, forçant ses occupants à s'agripper à la lisse.

Aussi vite qu'ils étaient apparus, les remous cessèrent à la surface. Les deux coracles continuèrent d'être secoués et d'embarquer de l'eau pendant un bon moment, puis tout redevint calme.

— C'est le varech, répéta Scudi. Le suba l'a blessé en voulant nous suivre.

Twisp regarda l'endroit où quelques bulles remontaient encore à la surface. Tenant la barre à deux mains, il les guidait dans le chenal qui s'ouvrait devant eux et qui s'incurvait, une fois de plus, dans la direction de Vashon.

— Le varech ? murmura-t-il d'une voix médusée.

— Il a bouché toutes les ouvertures du suba, expliqua Scudi. Quand l'équipage a voulu évacuer les ballasts pour faire surface, il s'est insinué à l'intérieur par les vannes. Quand ses occupants ont voulu sortir, il les a attaqués puis il a broyé le suba.

Elle sortit les mains de l'eau, rompant le contact avec le varech.

— Je t'avais dit qu'il était dangereux, fit Brett.

Scudi hocha la tête d'un air désemparé.

— Il a fini par apprendre à tuer, murmura-t-elle.

Est-ce que l'eau du sommeil n'a pas dissous notre être ?

GASTON BACHELARD,
La Poétique de la rêverie,
Manuel du Psychiatre-aumônier.

Duque fut réveillé par une secousse, une secousse délibérée destinée à le tirer du sommeil. Il avait été poussé, bousculé, écrasé, ballotté dans son sanctuaire liquide aux côtés de la grande Vata, mais c'était bien la première fois depuis son enfance qu'on le secouait pour le réveiller. Et le plus surprenant : c'était Vata qui faisait cela.

Tu es réveillée ! pensa-t-il.

Mais il n'y eut pas de réponse. Il sentait simplement sa présence avec une intensité, une clarté qu'il éprouvait pour la première fois. C'est pour cette raison qu'il se dressa, souleva un bras jusqu'à son visage et ouvrit son bon œil de son poing fermé.

Cela, naturellement, fit accourir les gardes du Bassin de Vata. Mais ce que Duque vit de son œil compensait largement le fait d'avoir attiré ces crétins. Vata avait l'un de ses grands yeux bruns, le gauche, ouvert, il était presque collé à celui de Duque. Il déglutit précipitamment. Il était sûr qu'elle le voyait.

Vata ?

Il essaya à haute voix.

— Vata ?

Ceux qui se trouvaient, de plus en plus nombreux, autour du bassin, laissèrent échapper une exclamation. Duque savait que la Psyo n'allait pas tarder à arriver.

Il sentit quelque chose s'engouffrer dans sa conscience, comme une rafale de vent plaintif.

C'était une brise chargée de pensées cachées, mais il en sentait la puissance patiente, imminente.

Duque était stupéfait. Il avait l'habitude, depuis longtemps, de recevoir dans sa tête les explosions fracassantes qui émanaient de Vata. C'était sa façon à elle de se libérer des fureurs et des frustrations qui la prenaient de temps à autre. Mais ce qu'elle lui transmettait à présent était tout différent. C'était une vision de la Psyo toute nue, en train de danser devant un miroir. Depuis un certain temps, Vata refoulait les pensées de femmes nues de la tête de Duque. Fureur! Vata était furieuse. Il bloqua la furie et concentra son regard intérieur sur les formes souples et les seins fermes de la Psychiatre-aumônière qui agitait sans répit ses hanches pâles devant le miroir. Le bassin était devenu incroyablement chaud. La robe préférée de Simone Rocksack formait un tas bleu et froissé à ses pieds. De tout son être, Duque aspirait à toucher cette vision, ce corps d'une beauté sauvage que la Psyo cachait au monde.

C'est alors qu'il aperçut les mains. Deux mains larges et pâles qui glissèrent leurs doigts sinueux dans l'image reflétée par le miroir pour empoigner les seins tressautant au rythme de la danse lancinante. C'était un homme, un homme de stature puissante, qui continua ses intenses caresses jusqu'à ce qu'elle ralentisse sa danse puis s'arrête, frémissante, tandis que les lèvres de l'homme glissaient sur ses épaules, ses seins, son abdomen, ses cuisses luisantes. La chevelure blonde et abondante de l'homme était un aimant pour les doigts de la Psyo qui l'attirait à elle, le collait à son corps. Et ils firent l'amour, lui toujours derrière elle, face au miroir.

La vision s'acheva dans un éclair blanc de fureur et le nom GALLOW fit éruption dans la conscience de Duque. Quand il se concentra de nouveau sur l'œil collé au sien, il vit l'annonce d'un danger.

— Danger... murmura-t-il. Gallow... danger... Simone... Simone...

L'œil brun de Vata se referma et Duque se sentit libéré d'un étau massif qui lui enserrait les entrailles. Il se laissa aller en arrière, respirant plus librement, et écouta le brouhaha des nombreux témoins qui s'étaient amassés au bord du bassin et qui spéculaient sur ce qu'ils venaient de voir. Peu à peu, Duque retomba dans le sommeil.

Quand la Psychiatre-aumônière arriva au bord du bassin, il n'y avait plus aucune trace visible des étranges phénomènes rapportés par les observateurs.

En ces temps de folie sur Pandore, nous avons été obligés de devenir fous pour survivre.

IZ BUSHKA,
Les Lois physiques de l'expression politique.

Brett s'éveilla à l'aube, bercé par le balancement régulier du coracle. Scudi dormait en chien de fusil contre lui. Twisp était à sa place habituelle près de la barre, mais c'était le pilote automatique qui les guidait. Brett voyait la rangée de petites lumières rouges qui s'allumaient et s'éteignaient sur la façade du récepteur, indiquant le cap pour Vashon.

Scudi renifla deux ou trois fois dans son sommeil. Ils étaient tous les deux abrités par un prélart léger. Brett respira un bon coup par le nez, convaincu qu'il ne pourrait plus jamais accepter de vivre dans la puanteur qui se dégageait de tous les endroits où il y avait des Iliens. Il avait pris goût à l'atmosphère filtrée des Siréniens. A présent, les odeurs de poisson, les miasmes dégagés par le corps de Twisp, tout cela l'amenait à réfléchir encore plus à la manière dont son existence avait été transformée.

J'avais la même odeur, songea-t-il. *C'est encore une chance que Scudi et moi nous nous soyons rencontrés sous l'eau.*

L'odeur des Iliens était un sujet de plaisanterie pour les Siréniens, il le savait. Et quand un Ilien descendait là-bas, il n'était pas rare qu'il évoque avec nostalgie, en remontant côté surface, la qualité de l'air des profondeurs.

Scudi n'avait rien dit quand elle était montée à bord du coracle et qu'elle avait fait la connaissance de Twisp. Mais la grimace de dégoût qu'elle avait vainement essayé de dissimuler par égard pour Brett avait été suffisamment éloquente.

Brett se sentait coupable de sa gêne soudaine.

On ne devrait jamais être gêné devant ses amis.

Le premier trait de l'aube, d'un rose paresseux, effleura le coracle.

Brett se redressa.

De l'arrière, la voix de Twisp, alanguie, lui parvint :

— Prends le quart, mon garçon. J'ai besoin de récupérer un peu.

— D'accord.

Brett avait chuchoté car il ne voulait pas risquer de réveiller Scudi. Elle était lovée contre lui, son dos et ses hanches épousant les contours de son corps comme s'ils étaient faits sur mesure l'un pour l'autre. Une de ses mains encerclait la taille de Brett. Il se dégagea doucement.

Levant les yeux vers le ciel pâle, il songea : *la journée va être chaude.* Il se glissa hors du prélart et sentit les embruns sur son visage et ses cheveux. Remettant en place une mèche qui lui tombait sur les yeux, il gagna l'arrière du coracle pour s'asseoir à la barre.

— Il va faire chaud, lui dit Twisp.

Brett sourit de la coïncidence. Ils avaient la même manière de penser à présent, cela ne faisait aucun doute. Il scruta l'horizon. Leurs deux coracles étaient toujours portés par le ruban étroit du courant qui fendait le champ de varech.

— J'ai l'impression qu'on va moins vite, dit Brett.

— Les batteries sont faibles, répondit Twisp en indiquant du pied le témoin de charge rose des accus organiques logés dans une cavité du pont. Il nous faudra bientôt nous arrêter pour les recharger, ou bien continuer à la voile.

Brett humecta un doigt avec ses lèvres et le porta en l'air. Il ne sentit que le souffle de leur déplacement. C'était le calme plat et il ne voyait rien d'autre, à perte de vue, que le varech ondoyant doucement à la surface de l'eau.

— Nous devrions atteindre bientôt Vashon, dit Twisp. J'ai écouté la radio pendant que tu dormais. Tout se passe bien, à ce qu'ils disent.

— Je croyais que tu voulais te reposer ?

— J'ai changé d'avis. J'ai envie de voir Vashon d'abord. Et puis... disons que j'ai un peu la nostalgie du temps où on causait sous les étoiles, toi et moi. Depuis que j'ai pris ta relève, à minuit, je n'ai pas cessé de penser.

— Et d'écouter la radio, fit Brett en désignant du doigt l'écouteur encore relié à l'appareil.

— C'est très intéressant, ce qu'ils ont dit.

Tout en murmurant cela à voix très basse, Twisp ne quittait pas des yeux la forme allongée de Bushka endormi sur le pont, roulé dans une couverture.

— Que tout se passait bien ? compléta Brett.

— Le commentateur a affirmé qu'ils étaient en vue de terres émergées. Il les a décrites comme des falaises noires. De *hautes* falaises, avec de l'écume à la base. Il a même dit que des gens pourraient y vivre.

Brett essayait de se représenter ces « falaises ». C'était un mot qu'on entendait rarement.

— Comment ferait-on monter les gens dessus avec toutes leurs affaires ? demanda-t-il. Et que se passera-t-il si la mer se déchaîne encore ?

— D'après moi, il faudrait être à moitié oiseau pour habiter là-dessus, opina Twisp. Sauf si l'on est sûr de pouvoir se passer de la mer. Et c'est surtout l'eau douce qui risque de manquer.

— Peut-être avec des dirigeables ?

— Ou alors, médita Twisp, des bassins pour capter l'eau de pluie. Mais leur plus gros problème, ce serait les névragyls.

A l'avant du coracle, Bushka émergea de dessous son prélart et les regarda. Brett l'ignora.

Les névragyls !

Il ne les connaissait que par quelques rares anciens holos et par les historiques des âges sombres de l'océan en furie et de la mort du varech.

— Le jour où il y aura des terres libres, il y aura des névragyls, dit Twisp. C'est ce qu'ont toujours répété les spécialistes.

— Tout se paie, murmura Bushka.

Il porta le dos de sa main ouverte devant sa bouche, en bâillant de toute sa mâchoire.

Quelque chose chez lui avait changé, remarqua Brett. Depuis que tout le monde acceptait à peu près de croire à son histoire sur Guemes, il s'était transformé de traître en personnage tragi-comique. *A-t-il vraiment changé ou est-ce nous qui le considérons d'une manière différente ?* se demanda-t-il.

Scudi, à son tour, s'était dressée en repoussant son prélart.

— Est-ce que j'ai entendu quelqu'un parler de névragyls ? demanda-t-elle.

Brett lui expliqua l'objet de leur conversation.

— Des falaises ? s'étonna-t-elle. Vashon est en vue de véritables terres émergées ?

— C'est ce qu'ils ont dit, acquiesça Twisp.

Il tendit la main pour tirer à plusieurs reprises sur deux cordelles qui traînaient le long du bord. Aussitôt, ses couacs soulevèrent une tempête à côté du coracle, aspergeant d'eau froide tout le monde et en particulier Bushka.

— Par les dents de Nef ! haleta ce dernier. C'est glacé !

— C'est bon le matin pour se réveiller, lui dit Twisp en riant. Imaginez ce qui...

Interrompant sa phrase, il pencha la tête comme pour écouter quelque chose.

Les autres entendirent aussi. Tournant la tête à bâbord, d'où le lointain vrombissement d'un stato à hydrogène parvenait à leurs oreilles, ils virent une ligne blanche s'avançant rapidement à travers le varech.

— Hydroptère, dit Bushka. Ils se dirigent vers nous.

— Leurs détecteurs sont centrés sur nous, acquiesça Twisp.

— Ce n'est pas à Vashon qu'ils vont, insista Bushka. C'est à nous qu'ils en veulent !

— Il a peut-être raison, cette fois-ci, fit Brett.

Twisp hocha le menton.

— Brett et Scudi, ordonna-t-il. Prenez vos combinaisons et vos paquetages. A l'eau tout de suite. Cachez-vous parmi le varech. Bushka, il y a un grand sac de marin vert sous le pont à l'avant. Sortez-le.

Brett, en train d'enfiler sa combinaison, se souvint de ce qu'il y avait dans le sac.

— Que veux-tu faire avec ton filet de rechange ? demanda-t-il.

— Nous allons le poser ici.

— Je n'ai pas de combinaison, se plaignit Bushka.

— Vous vous cacherez sous le prélart dans le poste avant, lui dit Twisp. Dépêchez-vous de plonger, vous deux ! Vous tendrez le filet le long du varech.

Précipitamment, Bushka avait plongé sous le prélart puis rampé vers le poste avant. Brett et Scudi s'étaient laissé tomber dans l'eau en arrière, tirant le filet avec eux. Le bruit de l'hydroptère était de plus en plus fort.

Twisp tourna la tête pour le regarder. Il se trouvait encore à sept ou huit kilomètres à bâbord, mais se rapprochait d'eux plus vite que le pêcheur ne l'aurait cru possible. Il ramena ses couacs et les remit en cage. Puis il sortit deux lignes, les appâta avec de la murelle séchée et les mouilla par-dessus bord.

Le canot !

Il dansait contre le deuxième coracle comme une pièce à conviction. Brett tendit son long bras, saisit l'amarre et hala le canot. Il défit le système de fermeture et chassa l'air en pliant le canot le plus rapidement qu'il put avant de le fourrer sous son siège. Il vit que Brett et Scudi étaient en train de sortir quelque chose du deuxième coracle. Un harpon ? Bon sang, ils avaient intérêt à se dépêcher !

Il inspecta son coracle pour voir si tout allait bien. Bushka était caché dans le poste avant. Le filet traînait derrière eux. Scudi et Brett avaient disparu parmi le varech. Que comptait faire Brett avec un harpon? Sous les énormes thalles du varech, ils étaient en sécurité et pouvaient remonter tant qu'ils voulaient pour respirer sans être vus.

Twisp coupa le moteur et sortit le laztube de sa cachette. Il le disposa près de lui sur le banc sous une serviette et garda la main sur la serviette.

— Bushka! cria-t-il. Continuez de faire le mort. Si c'est eux... nous ne savons pas comment ça va se passer. Sinon, attendez mon signal avant de vous montrer.

Il s'essuya la bouche du dos de sa main libre avant d'ajouter :

— Les voilà.

Il leva le bras pour l'agiter en direction de l'hydroptère qui coupait à travers le varech, soulevant de chaque côté des débris de thalles vert foncé. Il évita cependant le filet, du côté où Brett et Scudi s'étaient mis à l'eau.

En réponse à son salut, les deux silhouettes qui se trouvaient dans la cabine de pilotage haut perchée ne lui accordèrent qu'un long regard. Twisp remarqua la peinture verte qui les bariolait. Il dut respirer un bon coup pour calmer les battements de son cœur et le tremblement de ses genoux.

Prépare-toi, se dit-il; *mais pas de précipitation.*

L'hydroptère chassa sur l'arrière et s'affaissa dans le chenal au milieu du varech. Les statoréacteurs n'émirent plus qu'un sifflement sourd. L'onde soulevée par l'étrave du bâtiment vint secouer les coracles et les couacs firent entendre leur protestation sonore.

Twisp agita de nouveau la main pour saluer les occupants de l'hydroptère et désigner son filet afin qu'ils le contournent par la gauche. Quand ils ne furent plus qu'à une vingtaine de mètres, il leur cria :

— Plein calme et cales pleines !

Il serra dans sa main la crosse du laztube. Le clapot provoqué par l'arrivée de l'hydroptère se brisait contre la coque, soulevant des gouttelettes qui retombaient sur lui.

Il n'y avait toujours pas de réponse de la part de l'hydroptère, qui le dominait à présent et se trouvait à moins de dix mètres. Le panneau d'accès s'ouvrit et un Sirénien apparut, vêtu d'une combinaison de plongée style camouflage, bariolée de taches et de rayures vertes. L'hydroptère se rapprocha encore du coracle et s'immobilisa bord à bord. Le Sirénien qui dominait Twisp lui cria :

— Je croyais que les mutards ne pêchaient jamais seuls.

— Vous avez cru quelque chose de faux.

— On m'a dit qu'aucun mutard ne pêchait hors de vue de son île.

— Ce n'est pas le cas de celui qui est devant vous.

L'œil vif du Sirénien se porta sur les deux coracles, suivit la ligne de flotteurs à l'arrière puis revint se fixer sur Twisp.

— Votre filet est tendu le long d'une formation de varech. Vous risquez de le perdre.

— Là où il y a du varech, il y a du poisson, fit Twisp d'une voix calme et neutre. Et avec un sourire en prime, il ajouta : Les pêcheurs sont bien obligés de suivre le poisson.

Sous l'avant de l'hydroptère, trop bas pour être dans le champ de vision du Sirénien, Twisp vit Scudi sortir un instant la tête pour respirer, puis se laisser couler.

— Où sont vos prises ? demanda le Sirénien.

— Qu'est-ce que ça peut vous faire ?

Le Sirénien, accroupi sur le pont au-dessus de Twisp, lui cria en brandissant l'index :

— Ecoute-moi bien, mange-merde. Tu pourrais disparaître sans laisser de traces. J'ai des questions à te poser. Si tes réponses me vont, peut-être que tu pourras conserver ton bateau, ton filet, tes prises et même la vie. C'est assez clair ?

Twisp demeura silencieux. Du coin de l'œil, il aperçut la tête et les épaules de Brett qui remontait de l'autre côté de l'étrave de l'hydroptère. Sa main tenait toujours le harpon qu'il avait trouvé dans l'autre coracle.

Que fait-il avec ce truc-là ? Sa présence si près m'empêche d'utiliser le champ protecteur, si les circonstances le demandaient.

— D'accord, fit-il à haute voix. Je n'ai pas encore de prises. Je viens de m'installer.

Brett et Scudi avaient à présent disparu derrière la coque de l'hydroptère.

— Vous n'avez vu personne d'autre sur la mer? demanda le Sirénien.

— Pas depuis la mascarelle.

Le Sirénien parut examiner le visage buriné, la barbe grisonnante du pêcheur avec un respect grandissant et demanda :

— Vous êtes en mer depuis la mascarelle?

— Ouaip.

L'air respectueux disparut d'un coup.

— Et vous n'avez rien pris? lança le Sirénien. Vous êtes un foutu pêcheur. Et un foutu menteur, également. Ne faites pas un geste, je descends à bord.

Il signala son intention à quelqu'un que Twisp ne pouvait pas voir à bord de l'hydroptère, puis déplia une courte échelle. Ses mouvements étaient vifs et mesurés. Il n'utilisait pas plus que le minimum d'énergie requis pour chaque action. Twisp nota cela avec un profond sentiment de danger.

Cet homme maîtrise parfaitement son corps. C'est sa meilleure arme.

Il allait être difficile de le prendre par surprise. Mais Twisp avait confiance en ses propres moyens. Il avait l'avantage de ses bras et de ses muscles de poseur de filets. Il avait aussi le laztube sous sa serviette.

Le Sirénien commença à descendre vers le coracle. Son pied chercha un instant le banc de nage. Au moment où il mettait tout son poids sur ce pied, Twisp se pencha en arrière comme pour équilibrer le coracle. Le Sirénien sourit et ôta les deux mains de l'échelle. Il se tourna pour poser l'autre pied dans le coracle. Twisp tendit son long bras vers lui pour l'aider en continuant d'équilibrer le bateau. Il attendit que l'autre se laisse tenir fermement par le bras, équilibrant le coracle jusqu'au dernier moment. Puis, d'un seul mouvement, il se pencha en avant vers le Sirénien qu'il attira à lui tandis que le coracle déséquilibré basculait, embarquant de l'eau. Le Sirénien eut le réflexe de se jeter en avant, vers Twisp. Celui-ci lui lâcha le bras pour lui enserrer le cou de son propre bras gauche tandis que sa main droite armée du laztube se levait vers sa nuque.

— Ne résiste pas ou tu pourrais disparaître, fit-il.

— Sale mutard! Tue-moi si tu veux! hurla le Sirénien en se débattant comme un fou.

Twisp resserra l'étau de son bras puissant. Des muscles qui avaient l'habitude de remonter des filets à pleine charge saillirent comme des cordes sur son avant-bras.

— Dis à ton copain de sortir sur le pont, grogna-t-il.

— Il refusera et il te tuera! fit le Sirénien suffoquant.

Il lutta de nouveau pour s'arracher au bras puissant qui le maintenait. Son pied prenant appui contre une traverse, il essaya de déséquilibrer Twisp en arrière. Celui-ci, excédé, leva le laztube et le laissa retomber sur le côté de la tête du Sirénien qui s'affaissa avec un grognement étouffé.

Twisp se tourna vers l'hydroptère et pointa le canon du laztube vers le panneau ouvert. L'idée de grimper à l'échelle à découvert ne lui plaisait pas tellement.

Brett apparut dans l'encadrement de la porte ovale. En voyant le laztube pointé sur lui, il baissa la tête en criant :

— Eh ! Ne tire pas ! Nous avons l'hydroptère !

Twisp remarqua qu'il avait la poitrine couverte de sang. Son estomac se noua.

— Tu es blessé ?

— Non. Pas moi. Mais je crois que nous avons tué celui qui était dedans. Scudi est en train de s'en occuper. Il n'a rien voulu savoir, ajouta-t-il avec un frisson. Il s'est littéralement jeté sur le harpon !

— Il était tout seul à l'intérieur ?

— Oui. Ils n'étaient que deux à bord. Il s'agit de l'hydroptère que Scudi et moi avions emprunté.

— Bushka ! cria Twisp. Venez vous exercer à faire des nœuds marins sur celui-là !

Il hissa le Sirénien inconscient sur le panneau plat du moteur tandis que Bushka s'avançait prudemment, tenant à la main un cordage qu'il avait trouvé à l'avant. Il avait l'air terrorisé et évitait de s'approcher trop près du Sirénien.

— Vous le connaissez ? demanda Twisp.

— Un comparse sans intérêt. A la solde de Gallow.

Scudi apparut derrière Brett à la porte de l'hydroptère. Elle était pâle et ses yeux noirs étaient agrandis.

— Il est mort, dit-elle. Il n'a pas cessé de réclamer que son corps soit jeté au varech.

Elle regardait ses mains tachées de sang comme si elle ne savait où les cacher.

— Celui-là aussi s'est débattu jusqu'au dernier moment, dit Twisp en montrant le Sirénien dont Bushka achevait de ligoter les poignets et les chevilles dans le dos. Ils sont cinglés... ajouta-t-il en reportant son attention sur Scudi, qui remettait son poignard de plongée dans la gaine fixée à sa cuisse.

— Comment avez-vous fait pour pénétrer dans l'hydroptère ? demanda-t-il.

— Il y a une trappe pour les plongeurs de l'autre côté de la coque, expliqua Brett. C'est Scudi qui a eu cette idée. Nous avons attendu que l'autre descende dans le coracle avant d'agir. Le pilote ne s'est douté de rien jusqu'au dernier moment.

Brett avait un débit rapide, presque essoufflé.

— Pourquoi s'est-il jeté sur moi, Queets ? reprit-il en déglutissant. Il voyait bien que j'avais le harpon !

— C'était un imbécile, fit Twisp. Pas comme toi.

Il regarda Scudi, toujours perchée sur l'hydroptère, puis son poignard. Elle saisit le sens de son regard et murmura :

— Je ne savais pas s'il était réellement mourant.

En voilà une qui sait se défendre dans la vie, se dit Twisp.

Bushka se redressa. Il avait fini de ligoter le Sirénien. Il se tourna vers l'hydroptère en hochant la tête d'un air satisfait.

— Nous avons trouvé exactement ce qu'il nous fallait.

Le Sirénien derrière lui remua en grognant.

— Mon garçon ! fit Twisp sur un ton de commandement qui rappela à Brett leur dernière campagne.

Il répondit automatiquement :

— Oui, cap'taine ?

— Tu crois que nous devrions continuer avec l'hydroptère ?

Brett eut un sourire radieux.

— Oui, cap'taine. L'hydroptère est plus spacieux, plus rapide, plus mobile et il tient mieux la mer. J'approuve sans réserve, cap'taine.

— Scudi, peut-on loger les coracles à bord ?

— Le panneau est assez large et la soute est vaste, dit-elle. De plus, il y a un treuil.

— Brett, ordonna le pêcheur, Scudi et toi, vous allez commencer à transborder le matériel. Iz et moi, pendant ce temps, allons poser quelques questions à cette chiure de murelle.

— Si vous voulez donner un coup de main aux jeunes, dit Bushka, je peux me charger tout seul de celui-là.

Il toucha du pied le Sirénien. Twisp le dévisagea l'espace de quelques battements, surpris par l'assurance qui se manifestait depuis peu dans sa voix. La fureur avait pris possession de ses traits et elle semblait dirigée contre le prisonnier.

— Essayez de découvrir ce qu'il cherchait, dit Twisp. Que venaient-ils faire ici ?

Bushka acquiesça silencieusement.

Twisp amarra son coracle à une entretoise de l'hydroptère juste en dessous de l'échelle. Ils commencèrent à transborder le matériel du premier coracle puis du second.

Quand les deux embarcations furent vides, Twisp s'arrêta pour souffler. Dans leur va-et-vient incessant entre les coracles et l'hydroptère, les deux jeunes gens s'étaient frôlés, touchés, heurtés aussi souvent qu'il était raisonnablement possible. Twisp se sentait ragaillardi rien qu'à les observer. *Il n'y a rien de mieux que l'amour en ce monde,* songeait-il.

A l'arrière du coracle, Bushka était accroupi devant le prisonnier qu'il fustigeait du regard.

— Vous en tirez quelque chose ? lui demanda Twisp.

— Ils ont capturé le Juge Suprême.

— Merde ! lâcha Twisp. Cuisinez-le encore. Nous allons essayer de hisser ce coracle jusqu'à la soute.

Même avec le treuil, ce ne fut pas facile. Scudi leur ouvrit le panneau de chargement à l'arrière et, à trois, ils parvinrent tant bien que mal à faire entrer le premier coracle dans la soute et à l'attacher solidement à des taquets le long de la paroi.

Scudi sortit sur le pont et se pencha pour regarder derrière l'hydroptère. Elle se raidit soudain.

— Vous feriez bien de venir voir, leur dit-elle.

Elle était pâle comme l'aube d'un jour pluvieux.

Twisp sortit en hâte, suivi de Brett.

Bushka était penché vers le prisonnier sirénien. L'homme n'était plus attaché à l'arrière du coracle. Il était nu et suspendu par les poignets, liés à hauteur de ses omoplates. Sa combinaison de plongée gisait en lambeaux au fond du coracle. Ses genoux étaient à quelques centimètres du pont. Bushka tenait à la main droite un couteau de pêcheur, la pointe dirigée vers le ventre du Sirénien.

Les muscles saillants du prisonnier étaient rouges

mais ses lèvres serrées avaient une blancheur livide. Ses épaules semblaient sur le point de se déboîter. Son pénis n'était qu'un morceau de chair ratatinée par la peur contre son pelvis.

— Qu'est-ce qui se passe ? demanda Twisp.

— Vous vouliez des renseignements, dit Bushka. Je vous les trouve. En me servant de quelques procédés dont Zent se vantait d'avoir la spécialité.

Twisp s'accroupit au bout du pont, essayant de réprimer sa réaction d'écœurement.

— Vraiment ? fit-il d'une voix neutre.

Quand le visage de Bushka s'était levé vers lui, Twisp avait compris qu'il n'avait plus affaire au même naufragé geignard qu'il avait arraché à la mer. Ce nouveau Bushka parlait d'une voix lente et assurée. Son regard n'était plus fuyant.

— Il prétend que le varech les rend immortels, continua Bushka. A condition qu'ils lui soient jetés en pâture à leur mort. Je lui ai dit que nous brûlerions son cadavre et que nous conserverions ses cendres.

— Décrochez-le, Iz, lui dit Twisp. On ne traite pas ainsi un être humain. Nous allons le faire monter ici.

Une moue renfrognée se peignit sur le visage de Bushka puis disparut. Il se tourna et coupa la corde qui suspendait le captif. Le Sirénien remua les bras derrière son dos pour y rétablir la circulation.

— Il dit que le varech est capable de conserver vos souvenirs, votre identité et tout le reste, poursuivit Bushka.

Scudi se rapprocha de Brett pour lui murmurer à l'oreille :

— Ce n'est pas impossible.

Brett se contenta de hocher la tête. Baissant les yeux vers l'endroit où Bushka avait torturé le prisonnier, il se sentit révolté à l'idée de ce que celui-là avait fait. Comme si elle devinait sa réaction, Scudi poursuivit :

— Tu crois qu'il l'aurait réellement tué pour brûler son cadavre ?

Brett déglutit, la gorge sèche. L'honnêteté le força à dire :

— Je viens de tuer un homme avec un harpon.

— Mais ce n'est pas pareil ! L'autre t'aurait tué sans hésiter. Celui-ci était attaché.

— Je ne sais plus, dit Brett.

— Il me fait peur, murmura Scudi.

A cet instant, l'hydroptère fit une légère embardée, puis une seconde. Quelque chose provoqua un remous dans la mer à proximité du coracle.

— Le filet, dit Brett. Twisp vient de le laisser couler.

Et cela a dû lui fendre le cœur, ajouta-t-il mentalement. *Causer pour rien la mort du poisson lui a toujours fait de la peine.*

Un vent glacé souffla sur eux et ils levèrent la tête vers le ciel. Des nuages effilochés commençaient à apparaître, venus du nord, et une houle de plus en plus forte agitait le chenal ouvert par le varech. Le courant filait toujours tout droit sur Vashon.

— Je croyais que le temps était au beau fixe, dit Brett.

— Le vent a tourné, déclara Twisp. Chargeons le deuxième coracle. Vashon risque d'avoir de sérieux ennuis, finalement.

Ils hissèrent le coracle dans la soute, refermèrent le panneau et rejoignirent Scudi et Bushka dans la cabine de pilotage. Scudi s'était assise aux commandes et Bushka restait debout dans un coin, pliant et dépliant les doigts d'un air encore rageur.

— Iz, murmura Twisp à voix basse. Vous l'auriez vraiment brûlé vif ?

— Chaque fois que je ferme les yeux, je revois Guemes et Gallow, fit Bushka en jetant un coup d'œil vers l'arrière de l'appareil où le prisonnier était attaché. Je le regretterais peut-être après, mais...

Il haussa les épaules.

— Ce n'est pas une réponse.

— Je crois que je l'aurais fait, dit Bushka.

— Ce n'est pas ça qui vous aiderait à mieux

dormir la nuit, dit Twisp. Cap sur Vashon, ajouta-t-il en se tournant vers Scudi.

Elle mit le stato en route et l'appareil s'élança, bientôt porté par ses patins. Une minute plus tard, ils filaient à bonne allure au milieu du chenal, bondissant légèrement sur la houle.

Twisp fit signe à Bushka de le rejoindre à l'arrière de la cabine. Quand ils furent assis, Twisp demanda :

— A-t-il dit de quelle manière ils avaient capturé le juge ?

— Il était à bord d'un autre hydroptère dont ils se sont emparés. C'était leur deuxième avec celui-ci.

— Où se trouve Gallow en ce moment ?

— Il est parti pour l'Avant-poste n° 22 avec l'autre appareil. C'est là qu'ils récupèrent leurs engins spatiaux. Il pense qu'il y a toute une armée dans les caissons et que celui qui la fera sortir la commandera à sa guise. Il veut s'assurer le contrôle des installations de lancement aussi bien que de récupération. Apparemment, il est convaincu qu'il va réussir.

— Vous croyez que c'est possible ?

— Qu'il y ait une armée dans les caissons ? fit Bushka en haussant les épaules. Tout est possible. Même qu'ils se jettent en tirant comme des diables sur ceux qui les feront sortir.

— Que veut-il faire du juge Keel ?

— L'échanger. Contre Vata. Il veut Vata.

— Il est fou ! s'écria Brett. Je suis allé voir le bassin de Vata. Les installations qui permettent de la maintenir en vie sont énormes et complexes. Il est absolument impossible de...

— Ils peuvent détacher toute cette partie de l'île et la remorquer avec un suba. Ils en sont capables.

— Ils auraient besoin de personnel médical.

— Ils ont un médecin. Quand ils ont enlevé Keel, il était en compagnie de Kareen Ale. Gallow a tout prévu.

Le silence tomba sur la cabine. Seul le grondement du stato se faisait entendre autour d'eux. Les foils cognaient les flots sur un rythme sourd. Au bout d'un moment, Twisp s'adressa à Scudi :

— Pouvons-nous établir le contact par radio avec Vashon ?

— Oui, mais n'importe qui pourra nous entendre, répondit-elle sans se retourner.

Twisp secoua la tête. Il se sentait frustré et indécis.

Soudain, Bushka lui arracha le laztube qu'il avait dans la poche et lui enfonça le canon dans les côtes.

— Debout ! lança-t-il.

Sidéré, Twisp obéit.

— Attention à ce que vous faites, reprit Bushka. Je connais votre force.

Brett se retourna à ce moment-là et aperçut l'arme dans les mains de Bushka.

— Qu'est-ce que vous...

— Pas un geste ! ordonna Bushka.

Brett échangea un regard avec Scudi. Elle tourna la tête, comprit ce qu'il se passait et reporta sans rien dire son attention sur les commandes.

— Que nous les contactions par radio ou que nous les prévenions en personne, c'est du pareil au même, fit Bushka. Gallow sera mis au courant. Alors qu'actuellement nous avons l'avantage de la surprise. Il croit que cet hydroptère est à lui.

— Que voulez-vous dire ? demanda Twisp.

— On change de cap, Scudi, ordonna Bushka. Nous allons affronter Gallow. Je regrette de ne pas l'avoir tué quand j'en ai eu l'occasion.

> Ne dites surtout pas que je suis son père. Je n'ai été rien d'autre qu'un instrument dans la conception de Vata. Les termes de « père » et « fille » sont, en l'occurrence, impropres. Vata était à sa naissance beaucoup plus que la somme de deux parties. Je mets ici en garde les filles et les fils qui viendront après nous : Qu'il leur soit rappelé que Vata est plus une mère pour nous qu'une sœur pour eux.
>
> KERRO PANILLE, *Papiers de famille.*

Dans la pénombre de la Salle des Courants, Shadow Panille était en train de se dire qu'il avait enfin découvert la femme de sa vie. En Kareen Ale, il avait une foi que seule une progéniture sirénienne normale pouvait concrétiser.

La Salle des Courants grouillait d'activité, les tâches habituelles ayant cédé le pas aux préparatifs du lancement et à l'alerte jaune provoquée par l'échouement de Vashon.

Trop de gens surmenés, ici depuis trop longtemps, se dit Panille.

Le Contrôle des Courants envoyait ses signaux au varech, les données fournies par les indicateurs de dérive défilaient sur les écrans en caractères bleu cobalt et les rapports des aérostats se succédaient sur le moniteur 6.

Ce n'est pas moi qui monterais dans un de ces engins, songea-t-il.

Les aérostats affrontaient un milieu où l'imprévu et l'instabilité des courants prévalaient. L'air était bien plus dangereux que l'eau.

Ici, nous sommes en sécurité.

Cette notion de sécurité avait acquis pour lui une

dimension nouvelle. Il voulait vivre le plus longtemps possible avec Kareen.

Où est-elle en ce moment ?

Depuis qu'ils s'étaient quittés, il se posait continuellement cette question. Elle devait être à la Station de Lancement. L'idée de la distance qu'il y avait entre eux lui faisait mal. La distance et le temps. Car après cette nuit qu'ils avaient passée ensemble, il ne voulait plus jamais demeurer loin d'elle.

Sa tête lui élançait et il était épuisé de fatigue, mais il n'avait même pas réussi à dormir un peu. Chaque fois que ses paupières se fermaient, son esprit s'emplissait de visions. Il revoyait les blessés de Guemes jonchant l'aire de triage. Jusque dans l'ombre et le remue-ménage de la Salle des Courants, il était poursuivi par des fantômes geignants aux chairs lacérées et sanguinolentes.

Kareen avait été aussi épuisée que lui. Il se revit en train de quitter avec elle, la main dans la main, la station de transport. Ils s'étaient rendus directement chez elle, presque sans échanger un mot, chacun de son côté uniquement conscient de son désir d'être avec l'autre, heureux d'être vivant après avoir côtoyé tous ces morts. Panille, pour sa part, se contrôlait avec soin, persuadé qu'une explosion de fureur écumeuse ne manquerait pas de se produire s'il relâchait un tant soit peu la tension. Une poigne brûlante lui étreignait les entrailles.

Dans le couloir de l'immeuble, les reflets de lumière sur le revêtement mural en plaz s'étaient combinés avec la cadence de leur pas pour plonger Panille dans une espèce de transe hypnotique. Il avait eu l'impression de flotter, détaché, au-dessus d'eux, observant leur marche vacillante. Il y avait de la tendresse dans leurs bras enlacés et dans la joue de Kareen effleurant son épaule. Elle irradiait une douce magie et il ne la soupçonnait plus de vouloir l'influencer de ses charmes.

Chez Kareen, Panille avait contemplé un paysage sous-marin entièrement différent. C'était un jardin de fougères luxuriantes et ondoyantes, butinées par des myriades de papillons marins. Au loin, une épaisse colonne de varech grimpait en une spirale qui se faisait et se défaisait au gré du courant.

Aucune vision de mort en ce lieu. Aucun rappel de la catastrophe de Guemes.

Juste à la limite de visibilité, sur le côté de la baie de plaz, on apercevait le début de la Barrière Bleue, avec ses couloirs de tulipes grimpantes qui s'ouvraient et se refermaient comme des milliers de petites boucles bleu pâle. De temps à autre, l'éclair orange d'un minuscule crustacé traversait le champ du hublot pour se perdre dans les tulipes.

Kareen le mena directement dans sa chambre. Sans perdre de temps, sur la pointe des pieds, elle colla sa bouche contre la sienne. Elle gardait les yeux ouverts et il vit son image reflétée dans ses pupilles noires. Les mains de Kareen, d'abord posées sur son torse, se glissèrent contre sa nuque et entreprirent de défaire sa natte. Il sentit la sûreté de ses gestes. *Des doigts de chirurgien,* se dit-il. Sa chevelure noire se déploya sur ses épaules. Panille passa alors ses mains dans le dos de Kareen, défaisant une à une les agrafes de sa tunique.

Ils se déshabillèrent réciproquement, lentement, sans un mot. Quand elle quitta son slip, un reflet de lumière joua un instant dans le triangle roux de ses poils. Il sentit le bout d'un de ses seins pressé contre son torse comme le nez d'un enfant.

Nous avons décidé de vivre, se dit-il.

Le spectacle de Kareen Ale était un mantra qui effaçait tous ses doutes sur son propre monde. Dans sa mémoire n'existait rien d'autre qu'eux et leurs corps merveilleusement complémentaires.

Ils avaient à peine commencé à glisser dans le sommeil lorsque Kareen avait poussé un cri perçant. Elle s'était agrippée à lui comme un enfant terrorisé.

— Un mauvais rêve, murmura-t-elle.

— C'est moins grave qu'une mauvaise réalité.

— Les rêves sont réels quand on s'y trouve. Tu sais, chaque fois que je pense à nous deux, les mauvaises choses disparaissent. Nous exerçons l'un sur l'autre un véritable pouvoir de guérison.

Ces paroles et la pression du corps de Kareen contre le sien avaient redonné vigueur à Panille. Avec un gémissement, Kareen l'enfourcha d'un seul glissement souple et le fit pénétrer au plus profond d'elle. Ses seins se frottaient contre son torse tandis qu'ils oscillaient d'un mouvement rythmique. Leurs haleines étaient confondues et elle cria son nom quand elle retomba, haletante, à son côté.

Panille l'enlaça tendrement en lui caressant le dos.

— Kareen...

— Mmm?

— J'aime prononcer ton nom.

En repensant à tout cela, les yeux mi-clos, de garde à sa console de la Salle des Courants, Panille avait de nouveau murmuré son nom entre ses lèvres, et cela lui faisait du bien.

Le panneau d'accès principal de la Salle des Courants s'ouvrit soudain avec un sifflement déchirant qui indiquait que quelqu'un venait de passer sans attendre que la première porte du sas se referme. Surpris, Panille voulut se retourner mais sentit dans son dos le contact d'une pointe de métal dur. Baissant les yeux, il vit qu'un laztube s'appuyait sur son rein. Il reconnut l'homme qui le tenait. Gulf Nakano, l'un des hommes de Gallow. Le géant le poussa devant lui. Il était suivi de trois autres Siréniens, tous en combinaison de plongée, armés, le visage dur et les lèvres serrées.

— Qu'est-ce que ça signifie? demanda Panille.

— Chut! souffla Nakano, puis il s'adressa aux autres occupants de la salle : Tout le monde debout, en vitesse!

Les trois autres avaient pris silencieusement position dans le reste de la salle. Un assistant qui voulait protester fut assommé d'un coup de crosse et s'écroula à terre. Panille ouvrit la bouche pour dire quelque chose, mais Nakano lui plaqua sa grosse main sur les lèvres en disant :

— Restez vivant, Panille ; ça vaudra mieux.

Les trois autres intrus, ayant réglé leurs laztubes à tir rapproché, entreprirent de démolir toutes les installations de la Salle des Courants. Le plaz se boursouflait et éclatait, les panneaux d'instruments grésillaient. Des serpentins noirs de vinyle retombaient de partout. La destruction fut rapide et méthodique. En moins d'une minute, il ne restait plus rien. Panille se disait qu'il faudrait au moins un an pour remplacer ce complexe.

Il était indigné mais toute cette violence le paralysait. Ses collaborateurs, alignés contre un mur, ouvraient de grands yeux hébétés et terrorisés.

Une femme s'agenouilla à côté de l'assistant sans connaissance et lui épongea le visage avec un mouchoir.

— Kareen Ale est entre nos mains, dit Nakano. Je crois que ça vous intéresse.

Panille sentit ses boyaux se nouer.

— Sa sécurité dépend de votre coopération, ajouta Nakano. Vous allez venir avec nous sur une civière, comme si vous étiez un blessé que nous transportons au centre de soins.

— Où m'emmenez-vous ?

— Ne vous occupez pas de ça. Dites-moi simplement si vous viendrez sans faire d'histoires.

Panille déglutit puis acquiesça d'un signe de tête.

— Nous allons sceller le panneau d'accès intérieur en partant, déclara Nakano en s'adressant à toute la salle. Vous serez en sécurité ici. Vous sortirez quand la prochaine équipe viendra prendre la relève.

L'un des trois hommes qui l'accompagnaient s'approcha de lui et Panille l'entendit murmurer :

— Gallow a donné l'ordre de...

— Tais-toi ! fit Nakano. C'est moi qui commande quand il n'est pas là. L'équipe de relève ne se présentera pas avant quatre heures au moins.

Sur un signe de Nakano, deux de ses hommes allèrent chercher une civière à côté du panneau d'entrée. Panille s'y étendit et fut sanglé solidement, enroulé dans une couverture.

— Il s'agit d'une urgence, dit Nakano. Nous sommes pressés, mais nous n'avons pas à courir. Vous le portez la tête la première. Panille, vous fermez les yeux comme si vous étiez inconscient. Ne l'oubliez pas, sinon je ferai en sorte que ce soit vrai.

— J'ai compris, murmura Panille.

— Il serait regrettable que quelque chose arrive à la dame.

Cette pensée ne cessait de hanter Panille tandis qu'ils empruntaient les coursives et les corridors.

Pourquoi moi ? se demandait-il.

Il ignorait en quoi il pouvait servir à Gallow.

Ils s'arrêtèrent à la première station de transport et Nakano composa le code d'urgence. Quand la rame suivante s'arrêta, une demi-douzaine de têtes se penchèrent, curieuses, vers la forme allongée de Panille sur la civière.

— Quarantaine ! fit Nakano d'une voix brusque. Tout le monde descend. Ne passez pas trop près.

— Qu'est-ce qu'il a ? demanda une femme en faisant un large crochet pour éviter la civière.

— Nous ne savons pas. Quelque chose qu'il a attrapé au contact d'un mutard. Nous l'évacuons du Centre. Cette voiture sera stérilisée.

Les occupants de la voiture descendirent rapidement et les faux brancardiers s'engouffrèrent à l'intérieur. Les portes se refermèrent. Nakano ricana :

— Les méditechs vont avoir du boulot pendant quelques jours. Au moindre bobo, les gens vont se ruer dans les postes de soins.

— Pourquoi toute cette précipitation ? demanda Panille. Et pourquoi saboter la Salle des Courants ?

— Le compte à rebours a repris pour le lancement maintenant que l'affaire de Guemes est réglée. Cette petite comédie nous garantit un déplacement rapide et sans obstacle. Pour le reste... secret professionnel.

— Quel rapport entre le lancement et nous ?

— Nous allons au Poste 22, la station de récupération des caissons hybernatoires. Voilà le rapport.

Les caissons hyber! Panille sentit monter en lui un flot brûlant d'adrénaline.

— Pourquoi me conduisez-vous là-bas ? demanda-t-il.

— Nous avons créé une nouvelle installation de Contrôle des Courants. C'est vous qui dirigerez les opérations.

— Je vous croyais assez malin pour ne pas vous laisser entraîner dans le sillage de Gallow, fit Panille.

Les traits épais de Nakano se déformèrent en un sourire placide.

— Nous allons tirer des centaines, peut-être des milliers d'humains de leur hybernation. Nous allons vider la prison qui les retient depuis des dizaines de siècles.

Panille, sanglé dans sa civière, tournait la tête d'un côté puis de l'autre pour regarder Nakano et ses trois complices qui arboraient le même sourire béat.

— Les occupants des caissons ? murmura-t-il à voix basse.

— Des humains à l'état pur, fit Nakano en hochant la tête. Du matériel génétique absolument propre.

— Vous ne savez pas ce qu'il y a là-haut. Personne ne peut le savoir.

— Gallow le sait, dit Nakano d'une voix qui exprimait la plus intense conviction, une conviction qu'il devait absolument faire partager.

Un haut-parleur au-dessus de leur tête annonça d'une voix monocorde : « Centre aérostatique Bravo, aire d'embarquement. »

Les portes s'ouvrirent en sifflant. La civière de Panille se remit en mouvement et il se retrouva bientôt dans un grand hall surmonté d'une verrière de plaz qui laissait filtrer une lumière analogue à celle de la surface.

Panille s'efforçait de voir le maximum de choses à travers ses paupières légèrement entrouvertes.

Un centre aérostatique ? Mais Nakano disait que nous allions...

Il comprit soudain la vérité. Ils allaient rejoindre l'Avant-poste n° 22 par la voie des airs !

Il faillit ouvrir les yeux, mais se retint de justesse. Ce n'était pas le moment de faire tout rater, s'il voulait bientôt retrouver Kareen.

La civière reprit sa progression rapide et cahotante et Panille entendit la voix de Nakano qui criait derrière lui :

— Transport de blessé ! Dégagez le passage, s'il vous plaît !

A travers ses cils, Panille vit qu'ils étaient maintenant à l'intérieur d'une nacelle d'aérostat. C'était une sphère aplatie d'une dizaine de mètres de diamètre, presque toute en plaz transparent, surmontée du ballon d'hydrogène orange que couronnait une calotte grise. Panille se sentait à la fois excité et apeuré, désorienté par toute cette activité fébrile. Il entendit la porte de la nacelle qui se refermait derrière eux et la voix tranquille de Nakano qui disait :

— Nous avons réussi. Vous pouvez ouvrir les yeux, Panille. Il n'y a plus aucun danger maintenant.

On libéra Panille de ses liens et il se redressa.

— Lâcher des amarres dans deux minutes, annonça le pilote.

Panille leva les yeux vers l'enveloppe orangée qui formait un faisceau de plis retombant sur le plaz de la cabine. Dès qu'ils quitteraient le tube de lancement, l'hydrogène finirait de gonfler le ballon. De part et d'autre de la cabine, Panille aperçut les deux réacteurs à hydrogène qui les propulseraient côté surface.

Le grincement d'un treuil se fit entendre. Le pilote ordonna :

— Attachez vos harnais. Ça remue un peu là-haut aujourd'hui.

Panille fut poussé dans le siège voisin de celui de Nakano. Le harnais fut fixé autour de sa taille et de ses épaules. Il ne quittait pas le pilote des yeux. Personne ne parlait. Il y eut une série de déclics, comme des coquilles de mollusques s'entrechoquant.

— Ouverture du panneau de surface, commanda le pilote dans le micro de son émetteur.

Un halo de lumière blanche filtra autour de l'enveloppe orange.

La cabine fut secouée. Panille regarda sur sa gauche, momentanément dérouté par la sensation que la nacelle était demeurée immobile et que les parois du tube de lancement filaient en direction du bas à une vitesse grandissante.

Le bruit du treuil cessa brusquement et l'on n'entendit plus que le frottement de l'enveloppe contre le tube. Puis l'aérostat émergea à l'air libre. La cabine fut inondée de lumière. Panille entendit une exclamation étouffée derrière lui. Ils s'éloignaient déjà de la surface de l'eau, la nacelle oscillant sous le ballon en expansion. Il faisait gris et nuageux. Les réacteurs furent orientés avec un vrombissement bref puis lancés. Le balancement de la nacelle s'atténua. Presque aussitôt, ils entrèrent dans un orage.

— Je regrette que nous ne puissions voir le lancement de la fusée à cause du mauvais temps, leur dit le pilote. Mais nous pouvons capter les images officielles.

Il actionna un commutateur et un petit écran s'alluma sur son tableau de bord. De l'endroit où il se trouvait, Panille ne voyait rien et le pilote avait coupé le son.

La nacelle sortit de l'orage. L'eau ruisselant sur le ballon crépita encore un moment sur les parois de plaz. Puis la cabine fut agitée de mouvements désordonnés. Le pilote lutta pour la stabiliser, mais ses gestes précipités n'eurent que peu d'effet. Panille remarqua avec satisfaction que les Siréniens qui l'accompagnaient avaient des mines verdâtres qui ne devaient rien à leur camouflage.

— Que se passe-t-il ?

C'était une voix de femme, derrière lui, qui avait demandé cela. Une voix qu'il ne pouvait manquer d'identifier. Sidéré, il tourna lentement la tête.

Kareen.

Elle était assise à côté de l'entrée, à un endroit où il ne pouvait pas la voir quand il était monté. Elle avait les traits tirés, le visage blême et les yeux cernés. Elle fuyait son regard.

Panille sentit un vide soudain au creux de son estomac.

— Kareen ! murmura-t-il.

Elle ne répondit pas.

La nacelle continuait de vibrer et de les secouer. Nakano, l'air inquiet, demanda au pilote :

— Qu'y a-t-il ?

Détachant son regard du visage gris de Kareen, Panille vit le pilote indiquer un cadran sur la droite du tableau de bord. C'était un affichage numérique dont il n'apercevait que les deux derniers chiffres, et encore ils changeaient à une telle allure que tout était brouillé.

— Notre fréquence de guidage, expliqua le pilote. Elle ne reste pas fixe sur l'objectif.

— Nous ne trouverons jamais l'avant-poste si nous ne conservons pas la fréquence, dit Nakano d'une voix effrayée.

Le pilote écarta sa main, qui cachait jusque-là l'écran à Panille. Cependant, les images du lancement avaient disparu pour faire place à des ondulations et à des rubans d'impulsions colorées.

— Essayez la radio, ordonna Nakano. Ils nous guideront verbalement.

— C'est ce que j'étais en train de faire, dit le pilote.

Il tourna un bouton et augmenta le volume

sonore. Un son rythmique et obsédant envahit la cabine.

— C'est tout ce que je reçois, dit le pilote. Des interférences. On dirait une musique étrange.

— Des modulations, murmura Panille. Comme une musique d'ordinateur.

— Qu'est-ce que vous dites ?

Panille répéta sa remarque. Il se retourna vers Kareen. Pourquoi refusait-elle obstinément de croiser son regard ? Pourquoi était-elle si pâle ? L'avait-on droguée ?

— Notre altimètre ne fonctionne plus, annonça le pilote. Nous dérivons. Je vais prendre de l'altitude pour sortir du mauvais temps.

Il enfonça plusieurs boutons et actionna ses commandes. Il n'y eut aucune réaction sensible de l'aérostat.

— Merde ! jura le pilote.

Panille regarda de nouveau l'écran du tableau de bord. Il ne voulait pas le dire à Nakano, mais cette configuration lui était familière. Il avait l'habitude de la voir se former sur ses propres écrans de la Salle des Courants. C'était la configuration émise par le varech quand il recevait l'impulsion de détourner les courants du grand océan de Pandore.

Les refoulés ont les mêmes psychoses et les mêmes névroses que les reclus ; mais à la différence des reclus, qui courent quand on les libère, les refoulés explosent quand on les confronte à leur condition.

Les *Carnets* de RAJA THOMAS.

Notes de captivité
Avant-poste n° 22, le 17 alki 468

La jalousie est une mine d'informations, pour peu qu'on la laisse s'extérioriser. Même le Juge Suprême peut apprendre beaucoup de sa jalousie envers les Siréniens. Comparés à eux, nous autres Iliens menons une existence sordide. Nous sommes pauvres. Les pauvres ne peuvent pas avoir de secrets. La misère et la promiscuité facilitent la circulation des informations et des rumeurs de toutes sortes. Même les transactions les plus clandestines sont vite dévoilées. Les Siréniens, par contre, ont fait du secret un mode de vie. C'est l'un des nombreux luxes qui leur sont réservés.

Le secret commence avec la protection de la vie privée.

En tant que Juge Suprême de la Commission des Formes de Vie, j'ai droit à un appartement privé. Pour moi, pas de couchette prisonnière entre deux autres le long d'une cloison extérieure. Pas de pied se posant sur mes doigts au milieu de la nuit, ni d'amants haletants se cognant dans mon dos.

Privilège et vie privée. Deux mots qui ont la même racine. Mais ici, chez les Siréniens, le droit à la vie privée représente la norme.

Ma captivité signifie le droit à un isolement spécial. Ces Capucins verts ne semblent pas bien le comprendre. Mes gardiens me paraissent désabusés et passablement désœuvrés. Le désœuvrement est l'ennemi du secret. J'espère donc apprendre ici le plus possible de choses sur eux, car leur existence est maintenant la mienne.

Comme les Siréniens comprennent mal ce qu'est la véritable discrétion! Ils ne se doutent pas que j'enregistre tout ce qui m'intéresse dans ma tête en phrases rythmées que je pourrai transmettre à d'autres si j'en ai envie... et si je survis assez longtemps pour cela. Ce sont des fanatiques qui ne font pas de quartier. L'histoire de Guemes a prouvé qu'ils sont prêts à se livrer à des massacres avec une froide efficacité... avec enthousiasme, peut-être. Je ne me fais pas d'illusions sur mes chances de partir d'ici.

Peu de choses me survivront à part mon action au sein de la Commission. Je dois avouer que je tire quelque fierté de cette action. Et que je regrette certains de mes autres choix. L'enfant que Carolyn et moi aurions dû avoir, par exemple... je suis sûr que cela aurait été une fille. Nous aurions des petits-enfants aujourd'hui. Avais-je le droit d'empêcher cela parce que j'avais peur? Ils auraient été magnifiques! Et intelligents, oui, comme Carolyn.

Gallow doit se demander ce que je fais là immobile, les paupières à peine entrouvertes. Parfois, il a tendance à rire de ce qu'il voit. Gallow rêve de dominer le monde. En cela, il n'est guère différent du père de Scudi. Ryan Wang nourrissait les autres pour les dominer. GeLaar Gallow les tue. Le reste est du même ordre. Je suppose que la mort est la forme de domination absolue. Mais il y a plusieurs sortes de morts. Je sais cela parce que je n'ai pas de petits-enfants. Mais j'ai par contre ceux dont la vie est passée, à un moment, entre mes mains; ceux qui ont survécu parce que j'en ai donné l'ordre.

Je me demande où Gallow a envoyé son colosse, Nakano. Un vrai monstre... à l'extérieur. Le spectacle d'un terroriste. Mais les motivations de

Nakano n'apparaissent pas à la surface. Personne ne peut dire qu'il est transparent. Il y a de la douceur dans ses mains quand leur force colossale n'est pas indispensable.

Ils ont embusqué l'hydroptère entre deux eaux. Toujours le secret. Toujours l'isolement. Le silence qui règne ici pourrait aisément faire peur. Je le trouve captivant. Sans vouloir faire de jeu de mots. L'isolement est captivant. Les Iliens ne soupçonnent pas cet aspect-là de la réalité. Ils n'imaginent que les avantages de la vie privée. Ils envient aux Siréniens l'intimité dont ils disposent. Ils n'imaginent pas ce silence et cette tranquillité. Mon peuple connaîtra-t-il un jour une sérénité pareille ?

Il me paraît difficile de croire que la Psyo soit prête à ordonner à tous les Iliens d'émigrer sous la mer. Comment pourrait-elle assumer une responsabilité pareille ? Comment les Siréniens eux-mêmes pourraient-ils nous accueillir sans compromettre leur précieuse vie privée ? Plus que notre dévotion à Nef, il est certain que ce seraient l'envie et la cupidité qui nous pousseraient à obéir.

Je suis persuadé que Nef ne saurait s'engager dans une telle entreprise autrement que par allusions voilées. Et les allusions de Nef sont susceptibles de recevoir une multitude d'interprétations humaines. Il suffit de se pencher un instant sur les Historiques, particulièrement sur les écrits laissés par Raja Thomas, ce Psyo dissident, pour que la chose soit claire comme du plaz. Ah, Thomas ! Quel brillant spécialiste de la survie tu as été ! Je remercie Nef que tes pensées soient parvenues jusqu'à nous. Car je sais, moi aussi, ce que c'est que d'être reclus. Je sais ce que c'est que d'être refoulé. Et je me connais mieux grâce à toi, Thomas. Comme toi, je peux me tourner vers mes souvenirs lorsque je suis en mal de compagnie. Et tu vis dans mes souvenirs.

Maintenant que le varech nous enregistre, aucune serrure ne pourra plus condamner à jamais la porte de notre mémoire.

Si vous ne connaissez rien aux chiffres, vous ne pouvez apprécier ce qu'est une coïncidence.

SCUDI WANG.

Brett admirait la maîtrise de Scudi. Pendant toute la durée de l'épreuve de force à l'intérieur de la cabine, elle s'était concentrée sur la manœuvre de l'hydroptère qui continuait à raser le varech dans la lumière crue du matin, évitant les touffes à la dérive qui auraient pu se prendre dans les patins. Il y avait des moments où Brett était persuadé que le varech ouvrait des chenaux spéciaux devant eux.

Pour nous diriger? Mais pourquoi ferait-il une chose pareille?

De temps à autre, les yeux de Scudi semblaient s'agrandir. Que voyait-elle, dans les chenaux du varech, pour avoir cette réaction? Son visage foncé blêmissait lorsqu'elle entendait les propos échangés à l'arrière par Twisp et Bushka, mais elle continuait de conduire sans heurt l'hydroptère à son rendez-vous avec Gallow.

Sa réaction n'était pas naturelle, songeait Brett. Bushka était fou de croire qu'ils pouvaient, à eux quatre, surprendre et neutraliser Gallow. Scudi devait savoir que le plus urgent était de mettre Vashon au courant de la situation!

Moins d'une heure plus tard, ils sortirent de la formation de varech et se retrouvèrent dans des eaux libres où la houle était plus importante et les secousses de l'hydroptère plus sensibles.

Bushka était assis tout seul sur le siège de commandement à l'arrière de la cabine. Il avait forcé Twisp à s'asseoir par terre, à bonne distance. Entre les deux, ligoté comme un capucin enchevêtré dans le varech, leur prisonnier sirénien demeurait étendu sans rien dire, ouvrant les yeux de temps à autre pour regarder autour de lui.

Twisp attendait son heure. Brett comprenait ce que le pêcheur devait se dire. On ne discute pas avec le canon d'un laztube braqué sur la poitrine.

Brett reporta son attention sur le visage de Scudi qu'il voyait de profil. Elle scrutait avec attention l'océan devant elle, agissant de temps à autre sur ses commandes pour effectuer une correction de parcours. Il vit tressaillir un muscle de sa joue, plusieurs fois.

— Tout va bien ? lui demanda-t-il.

La main de Scudi se crispa sur le levier de direction et le tressaillement cessa. Elle ressemblait à une petite fille dans ce grand siège entouré d'instruments. Elle portait toujours sa combinaison de plongée. Il vit que sa nuque était rouge à l'endroit où le tissu frottait et cela lui rappela la gêne que lui causait sa propre combinaison.

— Scudi ?

— Ça va, fit-elle dans un murmure à peine audible.

Elle prit une profonde inspiration et se laissa aller contre le dossier rembourré du siège. Brett vit les articulations de ses doigts devenir moins blanches. L'hydroptère tapait de plus en plus contre la crête des vagues et Brett se demandait avec inquiétude si l'appareil allait pouvoir supporter longtemps ce traitement. Twisp et Bushka avaient repris leur conversation à voix trop basse pour qu'il pût entendre plus qu'un mot ou deux de temps à autre. Il se retourna et son regard se posa sur le laztube que Bushka tenait pointé d'une main ferme dans la direction générale de Twisp et du prisonnier sirénien.

Que voulait faire Bushka ? Agissait-il uniquement sous l'empire de la colère ? Il n'avait certainement pas oublié le rôle qu'il avait joué dans le massacre de Guemes. Au lieu d'en effacer le souvenir en tuant

Gallow, n'allait-il pas au contraire aggraver ses remords ?

Scudi se pencha vers lui à ce moment-là pour murmurer :

— Il y a un mauvais grain qui se prépare.

Brett se tourna subitement vers la verrière de plaz. Il se rendit compte que le temps était effectivement en train de se gâter rapidement. A bâbord, de violentes rafales déchiraient la crête des vagues, aspergeant d'écume la surface de l'eau. Devant eux, un lourd rideau de pluie unissait les nuages noirs au gris des vagues. La lumière du jour avait soudain pris la pâleur du métal froid. Brett leva les yeux vers le vecteur de position sur l'écran au-dessus de leurs têtes et s'efforça d'estimer le temps qui les séparait encore de Gallow et de sa meute de Capucins verts.

— Deux heures ? demanda-t-il.

— Nous allons être ralentis, fit Scudi en désignant la tempête. Tu ferais mieux d'attacher ton harnais.

Il fit glisser les bretelles sur sa poitrine et verrouilla la boucle. Ils furent bientôt sous une pluie battante. La visibilité tomba à moins d'une centaine de mètres. Les grosses gouttes crépitaient sur la coque de l'hydroptère, dépassant sur le plaz la capacité des essuie-glaces. Scudi dut réduire les gaz. L'hydroptère tangua encore plus sur les hautes lames.

— Que se passe-t-il ? s'inquiéta Bushka.

— Nous traversons un grain, dit Scudi. Vous n'avez qu'à regarder.

— Dans combien de temps arriverons-nous ?

Sa voix avait pris une nouvelle intonation, se dit Brett. De la peur ? Pas exactement. De l'angoisse ? De l'incertitude ? Bushka, en bon Ilien, avait une admiration sans réserve pour la technologie sirénienne, mais il ne comprenait pas vraiment comment fonctionnait un hydroptère. Comment faisait-on pour essuyer une tempête ? Fallait-il s'arrêter pour s'immerger en attendant qu'elle passe ?

— Je ne peux pas vous dire combien de temps, répondit Scudi. Tout ce que je sais, c'est que nous ne pouvons pas continuer à cette vitesse-là.

— Nous n'avons pas de temps à perdre ! protesta Bushka.

Il faisait sombre dans la cabine et la mer au-dehors était déchaînée. De longues lames ourlées d'écume déferlaient sous l'appareil. Cependant, ils étaient de nouveau au milieu du varech, plus ou moins protégés par un chenal en formation.

Scudi alluma les lumières de la cabine et s'intéressa davantage aux écrans du plafond et du tableau de bord.

Brett aperçut son propre reflet dans le plaz et fut étonné. Sa chevelure blonde lui entourait la tête comme un halo irréel. Ses yeux était de grands trous noirs qui l'observaient. Le gris de la tempête était confondu avec le gris de ses yeux, presque aussi noir que la fourrure d'un capucin. Pour la première fois, il comprit à quel point son aspect était proche de celui d'un Sirénien normal.

Je pourrais presque passer, se dit-il.

Il se demanda alors dans quelle mesure cela jouait dans l'attirance que Scudi éprouvait pour lui. Cette pensée abrupte et imprévue le fit se sentir à la fois plus proche et plus éloigné d'elle. Ils étaient et ils demeureraient toujours Ilien et Sirénienne. Un tel couple était-il condamné d'avance ?

Scudi, en le voyant scruter le plaz du pare-brise, lui demanda :

— Tu vois quelque chose ?

Il comprit qu'elle voulait savoir si sa vision de mutant pouvait les aider.

— Je n'y vois pas plus que toi à travers la pluie, lui dit-il. Fais confiance à tes instruments.

— Nous sommes obligés de réduire la vitesse. Si cela continue, il faudra nous immerger. Je n'ai jamais...

Elle fut interrompue par une violente secousse qui fit craquer toutes les membrures du bâtiment.

Brett crut qu'il allait se casser en deux. Immédiatement, Scudi réduisit les gaz. L'hydroptère descendit sur sa coque dans un mouvement abrupt qui le fit piquer du nez à la face d'une lame et se redresser, à la suivante. Brett fut plaqué si fort contre les bretelles de son harnais qu'il en perdit le souffle.

Des exclamations et des bruits divers lui parvinrent de l'arrière de la cabine. Il tourna vivement la tête pour voir Bushka se relever du pont en s'aidant des poignées de maintien de la banquette où il était précédemment assis. Sa main droite n'avait pas lâché le laztube. Twisp avait été projeté dans un coin et il avait reçu sur lui le prisonnier sirénien. Le long bras du pêcheur émergea de la mêlée, repoussant le prisonnier et trouvant une prise qui l'aida à se remettre debout, adossé à la paroi.

— Que se passe-t-il? glapit Bushka.

Lâchant la poignée pour agripper le bras du siège, il réussit à se laisser tomber au milieu de la banquette.

— Nous sommes dans une zone de varech, expliqua Scudi. Il s'est pris dans les entretoises. J'ai dû replier les foils, mais ils ne reviennent pas à leur place.

Brett continuait d'observer Bushka. L'hydroptère flottait au gré des lames et le bruit de ses réacteurs leur parvenait comme un murmure assourdi dans la tempête. C'était à Scudi de jouer maintenant. Brett la soupçonnait d'exagérer un peu la gravité de la situation. Bushka paraissait indécis. Sa grosse tête ballottait avec les mouvements incessants de l'hydroptère tandis qu'il essayait de scruter la tempête par-dessus les épaules de Scudi. En le regardant, Brett fut soudain frappé par son aspect presque sirénien, avec ses épaules puissantes et ses bras musclés prolongés par des mains fines et délicates.

Les assauts du vent et des vagues contre la coque redoublaient d'intensité.

— Je ne comprends pas ce que fait ce varech ici, fit Scudi. C'est une nappe qui a dû se détacher dans la tempête. Je n'ose plus utiliser les foils.

— Qu'allons-nous faire ? demanda Bushka.

— D'abord, il faut dégager les entretoises pour que je puisse replier entièrement les patins, répondit-elle. L'intégrité de la coque est une condition vitale pour toute manœuvre. Particulièrement si nous sommes forcés de nous immerger.

— Pourquoi ne pas simplement dégager les entretoises et remonter sur les patins ? demanda Bushka. Il faut absolument que nous arrivions à l'avant-poste avant que Gallow ne se doute de quelque chose !

— Si nous perdions une entretoise à vitesse élevée, cela risquerait de nous coûter cher, répliqua Scudi en désignant du menton le prisonnier sirénien. Vous n'avez qu'à lui demander.

Bushka regarda l'homme allongé sur le pont.

— Qu'est-ce que ça peut bien faire ? dit le Sirénien en haussant les épaules. Si nous mourons au milieu du varech, nous devenons immortels.

— Je crois qu'il vient de confirmer ce que disait Scudi, murmura Twisp. Que faut-il faire pour dégager les entretoises ?

— Il faut sortir et le faire à la main, répondit Scudi.

— Sortir ? Avec ce temps ?

Twisp regarda les longues lames crêtées d'écume, la pluie grise qui crépitait sur le plaz. L'hydroptère était soulevé par la mer comme un fétu de paille, prenant les vagues de biais, secoué à chaque crête lorsque le vent l'attaquait de plein fouet.

— Nous nous assurerons avec des câbles, déclara Scudi. Ce n'est pas la première fois que je fais cela.

Elle abaissa le commutateur qui activait les commandes de Brett.

— Tu prends ma place, Brett. Attention au moment des crêtes. Le vent a tendance à nous rabattre, surtout avec nos foils à demi rentrés.

Brett agrippa le manche. Ses mains étaient moites de transpiration.

Scudi se dégagea du harnais et se leva, agrippée au dossier de son siège pour conserver son équilibre.

— Qui vient m'aider? demanda-t-elle.

— Moi, répondit Twisp. Expliquez-moi ce qu'il faut faire.

— Une seconde! glapit Bushka. (Il étudia Twisp et Scudi durant un long moment.) Vous savez ce que risque le gosse si vous me jouez un tour?

— Je vois que vous avez beaucoup appris au contact de ce Gallow, fit dédaigneusement Twisp. Vous êtes sûr qu'il est votre ennemi?

Bushka pâlit de rage, mais ne répondit pas. Twisp haussa les épaules et se dirigea vers la porte arrière en s'aidant des poignées qui garnissaient de place en place le toit de la cabine.

— Scudi?

— J'arrive, dit-elle en se tournant vers Brett : Essaie de le maintenir aussi stable que possible. Ça va secouer, là-dehors.

— C'est moi qui devrais t'accompagner, peut-être.

— Impossible. Twisp ne saurait pas se débrouiller aux commandes.

— Alors, lui et moi, nous pourrions...

— Vous ne sauriez pas libérer les entretoises. Nous n'avons pas le choix. Je te promets que nous serons prudents. Tu verras, tout ira bien.

Elle se pencha brusquement pour l'embrasser sur la joue. Cela lui redonna confiance en lui. Il avait maintenant l'impression de savoir exactement ce qu'il fallait faire aux commandes de l'hydroptère.

Bushka vérifia les liens du prisonnier puis vint prendre place à côté de Brett, dans le siège que venait de libérer Scudi. Brett ne lui accorda qu'un rapide regard. Il avait toujours le laztube au poing. L'océan déchaîné les ballottait toujours et, à chaque crête, les bourrasques laissaient à peine à l'appareil le temps de s'orienter. Brett entendit, sur le pont extérieur, les voix de Twisp et de Scudi. Une lame déferla par-dessus la cabine, puis une autre. Deux longs rouleaux les soulevèrent, puis de nouveau l'écume fouetta le plaz. L'hydroptère se dressa presque verticalement sur sa poupe, retomba dans le creux avec un craquement et fut submergé par la crête. Le bâtiment trembla, chassant sur la vague tandis que Brett luttait pour lui remettre le nez au vent.

Twisp se mit à crier quelque chose. Brusquement, sa voix leur parvint plus nette par la coursive :

— Brett ! Fais des cercles à bâbord ! Scudi a perdu son câble de sécurité !

Sans même se demander si l'hydroptère allait tenir le coup, Brett inclina le manche à fond et le laissa bloqué dans cette position. L'hydroptère pivota sur la crête d'une vague et entama une glissade en biais. Sa poupe se souleva. L'eau fit irruption sur toute la longueur de la coursive puis à l'intérieur de la cabine. Elle tourbillonna à leurs pieds, soulevant le prisonnier qui vint heurter les jambes de Bushka. La vague suivante faillit les retourner. L'hydroptère émergea travers au vent tout en continuant son cercle fou. En entendant l'eau s'engouffrer dans la cabine, Brett avait compris que Twisp avait ouvert la porte arrière pour mieux se faire entendre.

Qu'il la retrouve ! pria Brett. Il aurait voulu abandonner les commandes pour se précipiter à l'arrière, mais il savait qu'il était important de maintenir l'hydroptère exactement sur son cercle. Twisp avait assez d'expérience. Il ferait tout ce qu'il était humainement possible de faire.

Une nouvelle ruée d'eau dans la cabine lui atteignit presque la taille. Bushka fit entendre un juron. Brett vit qu'il luttait pour maintenir le prisonnier à la même place.

Brett ne cessait de se répéter : *Scudi... Scudi... Scudi...*

Le tumulte de la tempête diminua légèrement dans la cabine. Bushka s'écria :

— Il a refermé la porte !

— Aidez-les, bon sang ! hurla Brett. Rendez-vous utile, pour une fois !

L'hydroptère, soulevé par une lame, roula dangereusement, alourdi par toute l'eau qu'il avait embarquée.

— Ce n'est plus la peine ! cria Bushka. Il l'a repêchée.

— Reprends le cap, fit la voix de Twisp dans la coursive. Elle est à bord, saine et sauve.

Sans oser se retourner, Brett remit le nez de l'hydroptère au vent, évitant de justesse l'impact d'une grosse lame dont l'écume vola au-dessus d'eux. L'eau afflua bruyamment dans la cabine tandis que l'appareil piquait dans le creux suivant. Le bruit des pompes qui souffraient dans la soute parvint clairement à ses oreilles. Il risqua un coup d'œil derrière lui et vit Twisp entrer à reculons dans la cabine, le corps inanimé de Scudi sur l'épaule. Il verrouilla la porte après lui et déposa Scudi sur la banquette précédemment occupée par Bushka.

— Elle respire, dit-il en se penchant sur elle, la main sur son cou. Le pouls est vigoureux. Sa tête a dû cogner la coque lorsque nous avons failli chavirer.

— Vous avez dégagé les foils ? demanda Bushka.

— Merde ! fit Twisp.

— Répondez !

— Oui, ils sont dégagés, vos putains de foils !

Brett consulta l'écran au-dessus de son front et rectifia le cap de dix degrés tout en réprimant un accès de rage envers Bushka. Celui-ci s'était mis à pianoter sur le clavier qui se trouvait devant son siège.

— Je veux savoir comment on escamote ces foils, dit-il. C'est la première chose à faire, n'est-ce pas ?

Un diagramme apparut sur l'écran qui lui faisait face. Il l'étudia un instant puis manipula une série de commandes sur le tableau de bord. Quelques secondes plus tard, Brett entendit un déclic et un sifflement.

— Vous n'avez pas le bon cap, fit remarquer Bushka.

— Je fais ce que je peux, dit Brett. Il faut couper les vagues, ou elles nous mettront en pièces.

— Si vous mentez, vous êtes mort.

— Prenez les commandes si vous pensez pouvoir faire mieux.

Brett lâcha le manche en haussant les épaules. Bushka pointa le laztube à hauteur de sa tempe.

— Continuez de piloter et ne faites pas le malin.

Brett reprit le manche juste à temps pour éviter de recevoir une lame par le travers. L'hydroptère obéissait plus docilement. Un voyant vert s'était allumé pour indiquer que les foils étaient repliés.

Bushka fit pivoter son siège de manière à avoir Twisp et Brett dans son champ de vision. Le prisonnier sirénien était allongé à ses pieds. Son visage était blême mais il n'avait pas perdu connaissance.

— Il n'y a rien de changé, déclara Bushka d'une voix qui semblait au bord de l'hystérie. Nous aurons la peau de Gallow.

Twisp avait sanglé Scudi sur la banquette et s'était assis à côté d'elle, la main sur la poignée de maintien toute proche. Il regarda l'écran au-dessus du tableau de bord et demanda soudain :

— Que signifie ce signe sur l'écran de navigation ?

Bushka ne bougea pas. Brett leva les yeux vers l'écran. Un losange vert qui venait d'apparaître clignotait sur la droite au bout de leur trajectoire.

— Qu'est-ce que ça veut dire ? insista Twisp.

Brett se pencha en avant pour appuyer sur la touche d'identification située sous l'écran.

Avant-poste n° 22. L'annonce clignota sur l'écran à côté du losange.

— C'est la station de récupération des caissons hyber, expliqua Brett. Gallow est censé s'y trouver. Scudi nous a menés droit au but.

— Conduisez-nous à l'intérieur, ordonna Bushka.

Brett essayait de se rappeler tout ce que lui avait dit Scudi sur le programme de récupération des caissons. Pas grand-chose dans l'ensemble.

— Pourquoi est-ce que ça clignote? demanda Twisp.

— Je pense que c'est parce que nous ne sommes plus très loin de la station, dit Brett. Je suppose que c'est également pour nous avertir que nous entrons dans la zone de hauts-fonds qui entoure l'avant-poste.

— Vous *supposez* ! ironisa Bushka.

— Je ne connais pas ces instruments mieux que vous ! riposta Brett. Prenez ma place si vous voulez !

— Jetez un seau d'eau froide à la figure de cette fille pour qu'elle se réveille ! commanda Bushka avec la même intonation hystérique. Et n'essayez pas de vous rapprocher, Twisp ! ajouta-t-il en braquant son laztube sur Brett. Ou bien c'est le gamin qui trinque !

De sa main libre, Bushka recommença à pianoter sur son clavier.

— Bande d'incompétents, grommela-t-il. Tous les renseignements sont là ; il suffit de savoir les demander.

Des instructions commencèrent à se dérouler sur l'écran. Bushka se pencha pour les lire.

— Par les cuisses de Nef ! s'écria Twisp à ce moment-là. Qu'est-ce que c'est que ça encore ?

A travers le plaz ruisselant, devant eux sur la gauche, Brett vit une grande tache orange vif qui flottait sur la mer démontée. Il se pencha pour mieux l'observer. Elle ressortait sur le gris uniforme de la tempête et semblait entourée d'un lacis de varech.

L'hydroptère arrivait rapidement sur elle. Brett s'apprêtait à la voir passer sur son travers bâbord.

— C'est l'enveloppe d'un aérostat, lui dit Bushka. Ils ont dû tomber en mer.

— Vous ne voyez pas de nacelle ? demanda

Twisp. Brett! Reste sous le vent! Attention de ne pas te prendre dedans; l'enveloppe se comporterait comme une véritable ancre flottante.

Brett obliqua brusquement à gauche et l'hydroptère chassa dans le creux d'une lame, penchant dangereusement sur la crête puis dans le creux suivant. Quand ils furent de nouveau sur une crête, Brett aperçut la forme sombre de la nacelle ballottée par les flots. L'enveloppe orange entrelacée de varech était déployée derrière elle. La nacelle était maintenant sur le point de passer à leur droite. La mer était plus calme dans cette zone, à cause de l'enveloppe et du varech.

A la crête suivante, Brett distingua des visages à l'intérieur de la nacelle, pressés contre le plaz.

— Il y a des gens là-bas! s'écria Twisp au même instant. Tu les vois, Brett?

— Merde! fit Bushka. C'est tout ce qu'il manquait!

— Il faut les secourir, dit Brett. On ne peut pas les laisser comme ça.

— Je sais! grogna Bushka.

Scudi choisit ce moment pour s'agiter en murmurant quelque chose d'indistinct.

— Elle est en train de reprendre conscience, dit Twisp. Bushka, venez la surveiller pendant que je m'occupe de frapper une haussière sur cette nacelle.

— Et comment comptez-vous vous y prendre? demanda Bushka.

— Il faut y aller à la nage. Qu'est-ce que vous croyez? Brett, essaie de demeurer sur place autant que possible.

— Ce sont des Siréniens, dit Bushka. Pourquoi n'est-ce pas eux qui nous apportent une haussière?

— Dès qu'ils ouvriront la porte de la nacelle, elle coulera à pic.

La voix de Scudi leur parvint alors, beaucoup plus nette :

— Qu'est-ce que... qu'est-ce qu'il se passe?

Bushka ôta son harnais de sécurité et s'apprêta à

la rejoindre à l'arrière. Brett entendit la porte extérieure s'ouvrir puis se refermer. La voix de Bushka, chuchotante, donna à Scudi l'explication qu'elle demandait.

— Un aérostat ? dit-elle. Où sommes-nous donc ?

— Devant le Poste n° 22.

Il y eut une série de bruits étouffés, puis la voix de Bushka ordonna :

— Restez où vous êtes !

— Mais il faut que je reprenne les commandes ! C'est une zone de hauts-fonds. Avec l'état de la mer...

— D'accord ! grogna Bushka. Faites comme vous voudrez.

Brett entendit un pas hésitant dans la coursive, puis le chuintement d'une combinaison de plongée mouillée. La main de Scudi se posa sur son épaule.

— Nef, que j'ai mal à la tête ! fit-elle.

Sa main toucha la nuque de Brett et il ressentit aussitôt une douleur aiguë à la tempe, comme si on venait d'y enfoncer une aiguille brûlante.

Scudi était penchée sur lui, vacillante, la main sur son épaule pour garder l'équilibre. Leurs joues se touchèrent.

Brett sentit un courant s'établir entre eux. Il y eut d'abord un moment de panique, suivi d'un flot d'informations soudaines. Les poils se hérissèrent sur sa nuque quand il comprit ce qui était en train de se passer. Il était deux personnes devenues une seule mais en même temps conscientes de la différence. Une à côté de l'autre.

Je vois par les yeux de Scudi !

Les mains de Brett manipulaient automatiquement les commandes avec une maîtrise qu'il ne possédait pas auparavant. L'hydroptère se rapprocha doucement de la nacelle et demeura sur place avec juste assez de marge pour pouvoir contrer efficacement l'action du vent.

Que nous arrive-t-il ?

Les mots s'étaient formés simultanément dans

leur tête en une double question silencieuse dont la réponse leur avait été fournie aussitôt :

Le varech nous a transformés. Nos sensations sont communes dès que nous nous touchons.

Avec cette étrange double vision, Brett aperçut Twisp en train de nager dans un étroit chenal ouvert par le varech. Il était presque à la nacelle. Des visages le regardaient à travers le plaz. Brett eu l'impression de reconnaître l'un de ces visages. En même temps, une espèce de rêve éveillé s'empara de lui et il eut la sensation d'entendre des gens parler à l'intérieur de la nacelle. Cette sensation disparut aussi abruptement qu'elle était venue et il ne vit plus que les vagues ourlées d'écume qui assiégeaient la nacelle tandis que Twisp amarrait sa haussière à une poignée voisine du panneau d'accès.

— Tu les as entendus parler ? murmura Scudi à son oreille.

— Oui, mais je n'ai pas discerné les mots.

— Moi, oui. Ce sont les hommes de Gallow. Ils ont des prisonniers. Ils les conduisaient à Gallow.

— Où se trouve-t-il ? Dans l'avant-poste ?

— Je crois. J'ai aussi reconnu un des prisonniers. Panille le Noir. Shadow. J'ai travaillé avec lui.

— Celui qui m'a soigné dans la coursive !

— Oui. Et l'un de ses gardiens est Gulf Nakano. Il faut que j'avertisse Bushka. Il est le seul d'entre nous à avoir une arme. Nous les enfermerons dans la soute.

Scudi retourna vers Bushka en s'aidant des poignées disposées le long du plafond. Brett l'entendit résumer la situation et dire qu'elle avait reconnu Nakano à travers le plaz de la nacelle.

— Ils viennent d'ouvrir la porte, leur cria Brett. Ils sont en train de sortir un par un. J'aperçois Shadow... et voilà Nakano. La mer s'engouffre dans la nacelle. Je pense qu'ils sont tous sortis, maintenant.

Scudi revint s'asseoir dans le siège de pilotage à côté de celui de Brett.

— Je prends la relève, dit-elle. Va accueillir les autres avec Bushka.

— Et surtout pas de coup tordu ! cria Bushka en suivant Brett dans la coursive.

— Il faut que nous sortions Twisp de là ! dit Brett.

— Il reste le dernier pour défaire l'amarre quand la nacelle coulera.

Ils étaient maintenant dans l'encadrement du panneau d'entrée. Le vent leur cinglait le visage et les embruns les aveuglaient. Brett était heureux d'avoir gardé sur lui sa combinaison de plongée. Malgré le froid, il était en sueur et les muscles de ses bras et de ses jambes étaient contractés. Une vague se brisa contre la coque et les éclaboussa d'embruns. Il suivit le filin des yeux. Il vit plusieurs têtes qui progressaient vers l'hydroptère, montant et descendant au gré des vagues. Il reconnut Nakano en tête à côté de Panille.

— Nous les ferons entrer un par un dans la soute, dit Bushka.

— Il faudra les désarmer d'abord.

Nakano fut le premier à grimper à bord. Son visage avait l'agressivité butée d'un capucin mâle. Bushka, le laztube braqué sur lui, tira une arme similaire de la poche étanche de sa combinaison de plongée, arracha le couteau qu'il portait à la taille et lui fit signe d'entrer dans la soute.

L'espace d'un battement, Brett crut que le colosse allait se jeter sur Bushka malgré son arme. Mais il haussa les épaules et baissa la tête pour franchir le seuil de la soute.

Panille demeura dans l'eau pour aider les autres a grimper. La personne suivante était une femme, une magnifique rousse.

— Tiens, tiens... Kareen Ale, fit Bushka en la déshabillant du regard. Par ici, je vous prie, ajouta-t-il quand il eut acquis la conviction qu'elle n'avait pas d'arme.

Elle contemplait stupidement le laztube braqué sur elle.

— Dépêchez-vous ! insista Bushka.

Au même instant, on entendit un cri au niveau de

la mer juste au-dessous de la porte. Brett se baissa pour voir ce qu'il se passait.

— Qu'y a-t-il ? demanda Bushka.

Il essayait de partager son attention entre la soute et le panneau d'entrée au pied duquel les autres rescapés attendaient d'être admis à bord.

Brett scruta la surface de l'océan. Panille était agrippé à une poignée de la coque. Plus loin, la nacelle avait presque disparu sous les flots, entraînant l'enveloppe orange. L'amarre flottait au gré des vagues et Twisp la remontait peu à peu. Mais il se passait quelque chose à mi-distance entre l'hydroptère et lui. C'était de là que provenait le cri.

— Vous voyez quelque chose ? demanda Bushka.

— Je ne sais pas ce que c'est. Twisp a détaché l'amarre de la nacelle. Elle est en train de s'enfoncer. On dirait qu'il y a du varech...

Une main émergea soudain au milieu du varech. Plusieurs filaments s'enroulèrent aussitôt autour d'elle et elle disparut dans un remous. Quelques secondes plus tard, Twisp arriva au même endroit et parut hésiter. Un filament de varech lui toucha la tête, comme pour l'identifier, puis se retira. Twisp reprit sa progression le long du filin. Il arriva enfin à côté de Panille, épuisé. Panille l'agrippa par le bras pour le soutenir tandis que les vagues les faisaient monter et descendre contre la coque de l'hydroptère.

— Vous voulez que je vous aide à le hisser ? demanda Brett.

Twisp fit un geste pour l'arrêter.

— Ça ira, dit-il.

Son long bras suivit le filin et s'agrippa fermement à la poignée de la coque.

— Ils étaient deux, expliqua-t-il en haletant. Le varech les a emportés. Comme ça. Il les a pris dans ses tentacules et ils ont disparu.

Il se hissa jusqu'au panneau d'entrée. Il tremblait de tous ses membres. Puis il se pencha pour aider Panille à monter.

Bushka fit signe à Panille d'entrer dans la soute.
— Non, fit Twisp en s'interposant entre les deux hommes. Shadow était leur prisonnier. Il m'est venu en aide. Il n'a rien à voir avec eux.
— Et qui a dit ça? demanda Bushka.
— Le varech, lui répondit Twisp.

Assurons-nous le contrôle de l'alimentation et de la religion et le monde sera à nous.

GELAAR GALLOW.

Impatiente, Vata éclaboussait les alentours de son bassin nourricier. Parfois, elle se raidissait comme sous l'effet de la douleur et les boutons roses de ses mamelons crevaient la surface comme des pics luisants dominant une double montagne bleu-vert. Un garde intérimaire, un Ilien qui avait un peu trop forcé sur le gnou, tendit la main pour pincer l'un de ces monts tremblants, aux veines apparentes. Il fut découvert peu après dans un état de catatonie, le pouce et l'index impies toujours figés dans la même position au-dessus du bassin.

Cet événement incita la Psyo Simone Rocksack à redoubler d'efforts pour organiser l'émigration massive des Iliens sous la mer. De nombreux récits sur « les colères de Vata » circulaient partout et personne, dans l'entourage de la Psyo, ne faisait beaucoup d'efforts pour séparer l'imaginaire du réel. Simone Rocksack elle-même fit taire un subalterne qui se plaignait de ces rumeurs en lui disant : « Un mensonge au service d'un idéal moral n'est pas à proprement parler un mensonge. C'est quelquefois un bienfait. »

Vata, quant à elle, enfermée dans son bassin et dans son propre crâne pendant que des générations et des générations grandissaient autour d'elle, explorait son univers à l'aide des jeunes filaments sensitifs du varech.

Le varech représentait ses oreilles et le bout de ses doigts ; il était son nez, ses yeux, sa langue. Là où les thalles massifs flottaient paresseusement à la surface de la mer miroitante, elle assistait aux aubes pastel, au passage des îles et des navires et aux occasionnels ravages d'une meute de capucins. Les poissons coprophages qui nettoyaient les frondaisons du varech effleuraient les profondes crevasses de sa chair opulente.

Comme elle, le varech était unique, incomplet, incapable de se reproduire. Les Siréniens devaient prélever sur lui des fragments qu'ils implantaient dans la vase et sur les fonds rocheux. Ou bien la tempête arrachait des paquets de thalles qui finissaient parfois par se fixer entre deux rochers où ils faisaient souche. Depuis plus de deux siècles et demi, le varech n'avait pas fleuri. Nulle gyflotte n'avait crevé la surface de l'eau pour aller, sa poche à hydrogène gonflée comme un ballon, égrener au vent ses spores toutes fraîches.

Quelquefois, dans son sommeil, le ventre de Vata vibrait sous une impulsion oubliée et une sensation de vide lui contractait l'abdomen. C'était dans ces moments-là qu'elle se collait à Duque en l'écrasant de son corps gigantesque dans une frustrante parodie d'accouplement.

Pour lors, ses frustrations se concentraient sur GeLaar Gallow. Tentacules tendus, une jungle touffue de varech assiégeait, mais sans grand succès, les défenses de l'Avant-poste n° 22. Ses murs étaient trop larges et les thalles trop courts.

De nouvelles paires d'yeux s'étaient jointes au varech pour lui révéler la fourberie de Gallow. Les plus clairs de ces yeux appartenaient à Scudi Wang. Vata aimait la compagnie de Scudi. Il lui était de plus en plus difficile de la laisser partir chaque fois qu'elles se rencontraient.

Vata avait connu Scudi au milieu du varech. Le frais contact de ce jeune esprit vif avait été si attrayant qu'elle cherchait chaque jour à le renouer. Lorsque Vata rêvait les terreurs du varech, arraché à son roc par les éléments déchaînés et sur le point de mourir, le contact de Scudi sur un tentacule ou un thalle transformait le cauchemar en une vision apaisante. Vata, à son tour, rêvait les rêves de Scudi. Elle se limitait à de brèves visions, à des images fragmentaires, pour préserver Scudi de la folie du varech. Vata avait déjà rêvé les rêves d'autres personnes qui n'avaient jamais pu ressortir du monde imaginaire. Elle savait maintenant, par exemple, que la mère de Scudi était au nombre de ces personnes. Eblouie par l'étincelante vision que lui avait projetée le varech, cette femme était allée se jeter, les yeux hagards, dans les rets d'un pêcheur. Le poisson à air collé à sa nuque avait été écrasé et elle s'était noyée. Quant à l'équipage sirénien qui l'accompagnait, il n'avait pas fait un geste pour lui porter secours. Pas la moindre tentative !

Vata avait assisté aux étranges événements qui s'étaient déroulés devant l'Avant-poste n° 22. Elle avait palpé, en même temps que le varech, la nacelle en train de sombrer, et reconnu Bushka et Shadow Panille. Ce Panille avait le même sang qu'elle.

Un frère, se dit-elle en retournant le mot dans son esprit. Elle avait placé Bushka et Panille sous la protection de Scudi. Puis elle avait transmis à cette dernière un message clair et simple :

Trouve Gallow. Force-le à sortir. Le varech s'occupe du reste.

La vie n'est pas un choix mais un don ;
c'est la mort qui peut être un choix.

WARD KEEL, *Journal.*

L'heure était avancée mais le juge Keel avait perdu toute inclination à dormir. Il acceptait les élancements de fatigue comme une conséquence logique de sa captivité. Ses yeux refusaient de rester fermés. Ils clignaient lentement et le juge apercevait le mouvement de ses longs cils dans le plaz à côté de lui. Son œil marron se voyait reflété sur la surface de plaz comme une tache sombre et floue au-delà de laquelle s'étendait la forêt de varech, presque grise à ces profondeurs.

La prison du juge était bien chauffée, mieux encore que ses appartements de Vashon ; mais ce gris glauque lui glaçait l'esprit. Il avait contemplé le varech des heures durant tandis que les hommes de Gallow regagnaient précipitamment l'avant-poste. Au commencement, le varech avait manifesté les mêmes pulsations que le courant. Comme une longue chevelure de femme ondoyant sous la brise, ses filaments déployés dansaient au rythme de la mer. Mais à présent, le rythme avait changé. Les plus gros tentacules, en aval de l'avant-poste, s'étaient tournés vers Keel. Les courants n'étaient plus consistants. L'avant-poste était entouré de brusques déplacements d'eau qui donnaient à la danse du varech un aspect fantasmagorique.

L'équipe du matin ne s'était pas présentée pour prendre son quart. Tout le personnel médical avait disparu. Dans la pièce à côté, Keel entendait Gallow jurer et tempêter. Sa voix généralement suave devenait éraillée.

Le varech se comporte anormalement, se dit Keel. *Pas seulement parce qu'il ondule à contre-courant.*

Le juge n'avait jamais envisagé que Brett et Scudi eussent pu trouver la mort. Dans ses interminables rêveries induites par les ondulations du varech, il pensait souvent à ses jeunes amis.

Avaient-ils pu gagner Vashon ? Rien n'était moins certain, car aucune allusion n'avait jusque-là transpiré dans les colères de Gallow. Celui-ci n'aurait pas manqué de se trahir d'une manière ou d'une autre si Vashon avait reçu le message :

GeLaar Gallow cherche à contrôler la Compagnie Sirénienne de Commerce et la récupération des caissons hyber. Les Siréniens envoient des fusées dans l'espace pour s'approprier les caissons. Ils sont en train de transformer notre planète d'une manière qui rend la survie des îles impossible. Si Gallow parvient à ses fins, les Iliens sont condamnés à mort.

Comment allait réagir la Psyo ? se demandait Keel. Mais il ne connaîtrait peut-être jamais la réponse.

Il avait peu d'espoir de survivre lui-même longtemps. La brûlure qui le rongeait était exactement la même que quatre ans auparavant. Cela signifiait que toute trace du rémora avait disparu. Sans lui, la nourriture qu'il absorbait ne pouvait être digérée et ses intestins grignoteraient leur propre substance jusqu'à ce qu'il meure d'hémorragie ou bien d'inanition. Il n'avait aucune raison de ne pas croire sur parole son médecin traitant et les preuves immédiates étaient trop douloureuses pour qu'il oublie leur réalité.

J'étais toujours épuisé, se dit-il. *Pourquoi ne puis-je trouver le sommeil, cette fois-ci ?*

La réponse était simple. C'était parce que, la dernière fois, il s'était presque vidé de son sang pendant son sommeil.

Ce n'était pas la brûlure continuelle qui le tenait éveillé. La douleur était une chose qu'au fil des ans les prothèses mal adaptées à sa nuque trop longue lui avaient appris à supporter. C'était plutôt la veillée fragile du condamné.

Depuis le milieu de la matinée, le juge Keel s'était intéressé au comportement étrange du varech. Tout d'abord, défiant le courant, les premiers thalles s'étaient orientés vers l'avant-poste, à deux cents mètres de son enceinte protectrice. Le poste était entièrement entouré de plantations massives qui le faisaient ressembler à une perle dans un écrin vert sombre. Puis les poissons eux-mêmes avaient disparu. Auparavant, Keel avait eu plusieurs fois l'occasion d'admirer la faune exubérante qui rivalisait en couleurs chatoyantes avec les plus beaux jardins de Vashon : papillons de mer aux nageoires phosphorescentes, coprophages omniprésents butinant les thalles et le plaz, diablotins déployant et abaissant la voile irisée de leur dorsale à la moindre alerte. Aucun n'était visible à présent et le filtre gris du soir était en train de s'assombrir rapidement. Seul le varech demeurait sur les lieux, maître du monde qui entourait l'avant-poste. Au cours de la journée, le juge l'avait vu, de grâce inoffensive, devenir majesté puissante puis alerte agressivité.

Ce n'est que mon interprétation, se dit-il. *Il faut se garder d'attribuer des comportements humains aux créatures qui ne le sont pas. Cela limite le jugement.*

Un frisson bref lui glaça l'épine dorsale quand il se souvint que cette nouvelle variété de varech était en partie issue de cellules appartenant à des humains mutants.

Le varech avait une mémoire infinie. C'étaient les historiques qui le disaient, mais GeLaar Gallow le disait aussi. La conclusion ?

La conclusion, se dit le juge, *c'est que le varech est en train de se réveiller. Et qu'il absorbe les souvenirs des vivants comme de ceux qui viennent de mourir.*

Pour le juge Keel, il y avait là une grande tentation.

Je pourrais laisser après moi bien plus que ces quelques griffonnages dans mon journal. Je pourrais laisser la totalité. Quelle perspective !

Tout en couchant ces pensées sur le papier, il regrettait de ne pas avoir ici avec lui le reste de son journal, les notes de toute une vie. Il était possible après tout, se disait-il, qu'aucun Ilien n'eût jamais consacré plus de réflexion à la vie et aux formes de vie que le juge Keel. Certaines de ses observations, il le savait, ne pouvaient être qu'uniques et irremplaçables. Illogiques parfois, mais en tout cas vitales. Et il lui répugnait de les voir se perdre alors que l'humanité en lutte en avait tant besoin.

Quelqu'un d'autre aura de nouveau ces pensées, avec le temps. S'il nous reste encore du temps.

Son attention fut attirée par l'arrivée d'un nouveau suba qui descendait vers l'avant-poste en évitant largement le varech. Ordre de Gallow. Tandis que le suba disparaissait en direction du poste d'accostage à l'intérieur, Keel admira les mouvements du varech. Ses longs filaments suivaient le sillage du suba, bien qu'il fût à contre-courant. Comme une fleur toujours tournée vers la courbe lente du soleil à travers le ciel, le varech accueillait ainsi tous les Siréniens qui se présentaient à la base. Parfois, un éclair gris parcourait les thalles ondoyants tandis qu'un tentacule s'élançait vers un nageur. Mais les Siréniens avaient appris à se tenir à distance.

Si le varech est en train de se réveiller, se dit le juge, *il est possible que l'avenir de tous les humains de Pandore se joue en ce moment.*

Peut-être, après avoir contacté un nombre suffisant d'humains, le varech allait-il trouver le moyen de dire : « Comme moi. Si vous êtes humain, vous êtes comme moi. » Il y avait parenté biologique, après tout. Keel déglutit, en espérant silencieusement que ceux qui disaient que Vata était la clef du varech avaient raison. Il espérait aussi que la clémence faisait partie de la personnalité de Vata.

Le juge eut soudain l'impression qu'un changement s'était produit à l'extérieur de l'avant-poste. C'était difficile à dire, avec la nuit qui était en train de tomber et la visibilité déjà réduite en temps ordinaire ; mais il était sûr que la ceinture de varech s'était encore rapprochée.

Il chercha dans ses souvenirs toutes les informations qu'il avait accumulées sur le varech. Une créature sentiente, capable de communication non verbale principalement par contact, ancrée fermement à un roc la plupart du temps mais mobile dans sa période de floraison — sauf que la période de floraison n'existait plus depuis des siècles. Cela, c'était le varech que les premiers humains de Pandore avaient exterminé. Quelles surprises les attendaient avec le nouveau varech ? Cette créature avait été reconstituée à partir d'empreintes génétiques présentes chez des porteurs humains.

Se pourrait-il que le varech ait appris à se déplacer tout seul ?

Il n'avait pas l'impression d'être le jouet de son imagination. Cependant, l'obscurité était presque totale à l'extérieur, la seule lumière provenant de l'avant-poste lui-même.

Nous saurons bien à quoi nous en tenir demain matin, se dit-il. *Si toutefois il y a un demain matin.*

Il gloussa intérieurement. Maintenant que le monde s'était éteint, il ne restait plus que sa propre image sur la baie de plaz, auréolée par la lumière de la faible ampoule intérieure. Il s'écarta du plaz après avoir jeté un bref regard à son nez, qui s'étalait au milieu de sa figure comme un fruit écrasé dont le bout touchait la partie supérieure de sa lèvre chaque fois qu'il plissait le visage pour méditer.

Derrière lui, la porte ovale s'ouvrit subitement en claquant contre la paroi. Surpris, le juge sentit ses boyaux se nouer, puis se nouer encore lorsqu'il reconnut Gallow, tout seul, les bras chargés de deux bouteilles de vin îlien.

— Monsieur le Juge, dit-il, j'ai pensé que ce serait toujours ça de pris sur les autres. Je vous les offre en gage d'hospitalité.

Keel constata que l'étiquette était de Vashon et non de Guemes ; il respira plus librement.

— Merci beaucoup, dit-il. J'ai rarement le plaisir de déguster un bon vin ces temps-ci. Les maux d'estomac viennent avec l'âge, dit-on. Mais asseyez-vous. Il y a des coupes dans le placard.

Keel s'assit lourdement tout en lui indiquant l'autre chaise à côté de sa couchette.

— Parfait ! dit Gallow en lui adressant ce sourire éclatant qui avait dû lui ouvrir bien des portes.

Et bien des cœurs, se dit le juge. Mais il secoua cette pensée, soudain embarrassé par sa propre réaction. Gallow alla prendre deux coupes en terre sur l'étagère et les posa sur la table. Leurs anses, remarqua le juge, étaient assez larges pour les doigts calleux de ceux qui travaillaient aux avant-postes.

Gallow versa à boire mais demeura debout.

— J'ai commandé à dîner pour deux, dit-il. Nous avons un cuisinier qui n'est pas trop mauvais. Il y a beaucoup de monde ici en ce moment. J'ai pris la liberté de faire servir dans votre cabine. J'espère que vous n'y voyez pas d'inconvénient ?

Que de courtoisie, se dit Keel. *Qu'est-ce qu'il veut donc ?*

Il prit une coupe de liquide ambré. Ils levèrent leur coupe en même temps, mais le juge ne fit que tremper ses lèvres dans la sienne.

— Agréable, dit-il.

L'estomac lui tournait à l'idée de boire cette coupe amère et d'absorber de la nourriture solide. Il avait également la nausée devant la perspective de subir le bavardage égocentrique de Gallow.

— A votre santé, lui dit Gallow, et à celle de vos enfants.

C'était une formule îlienne traditionnelle, qui fit soulever un sourcil au juge. Plusieurs répliques acides lui chatouillaient le bout de la langue, mais il préféra les garder pour lui.

— Vous autres Iliens avez su apprivoiser la vigne, lui dit Gallow. Ici, tout ce que nous produisons a un goût de formol.

— La vigne a besoin de soleil et non de batteries de lumière artificielle. Chaque saison a un goût différent, que retrace l'histoire de la vigne. Les conditions de vie ici évoquent en effet le goût du formol, tout au moins du point de vue du vin.

L'expression de Gallow s'assombrit brusquement, juste le temps d'un froncement de sourcils. Puis le sourire enjôleur reparut.

— Pourtant, les vôtres ne demandent qu'à laisser tout cela derrière eux, dit-il. Ils se préparent à un exode massif sous la mer. Auraient-ils pris goût au formol ?

C'était donc pour cela qu'il était venu. Keel avait l'habitude de ce genre de conversation. Les gens qui détenaient le pouvoir éprouvaient toujours le besoin de justifier leur abus de pouvoir. Plus d'un condamné avait sans doute eu à subir le bavardage défensif de son geôlier.

— Le bon droit se justifie tout seul, répondit-il. Il n'a pas besoin d'apologie mais de bonne foi. Que cherchez-vous en venant ici ?

— Juste un peu de conversation, monsieur le Juge, fit Gallow en écartant de son front une mèche de cheveux blonds. Un échange, un contact humain, comme il vous plaira de l'appeler. C'est une denrée introuvable parmi mes hommes.

— Vous avez pourtant des lieutenants, des responsables d'une espèce ou d'une autre. Pourquoi pas l'un d'eux ?

— Vous trouvez cela curieux ? Peut-être un peu effrayant que l'on vienne rompre l'isolement de votre détention ? Rassurez-vous, monsieur le Juge ; je ne recherche que quelques instants de conversation paisible. Mes hommes grognent, mes officiers projettent, mes ennemis trament. Mon prisonnier pense, ou il ne tiendrait pas un journal ; et j'ai de l'admiration pour quelqu'un qui pense. L'esprit rationnel est quelque chose de rare, quelque chose qu'il faut respecter et encourager.

A présent, Keel était certain que Gallow voulait quelque chose. Une chose précise.

Attention, se dit-il. *C'est un charmeur.*

La goutte de vin qu'il avait absorbée venait de trouver l'endroit sensible dans l'estomac de Keel et la brûlure se propageait lentement dans son intestin. Il fut tenté de mettre un terme brutal à cette conversation.

Quel respect avez-vous eu pour les penseurs de Guemes ? aurait-il pu demander à Gallow. Mais il ne pouvait pas se permettre de tarir ainsi une source d'informations dont les Iliens pourraient avoir cruellement besoin.

Tant que je serai en vie, je ferai le maximum pour les aider.

— Je vais vous dire la vérité, fit le juge à haute voix.

— Elle est toujours la bienvenue.

Un hochement de tête plein de déférence accompagna ce commentaire et Gallow acheva de vider sa coupe. Keel lui versa de nouveau à boire.

— La vérité, dit-il, c'est que je n'ai personne à qui parler, moi non plus. Je suis vieux, je n'ai pas d'enfants et je ne voudrais pas quitter ce monde sans rien laisser lorsque mon heure sera venue. Mon journal — Keel fit un geste en direction du cahier à couverture de plaz posé sur la couchette — est un enfant pour moi. Je voudrais qu'il ait la meilleure forme possible.

— J'ai lu vos notes. Elles ont beaucoup de poésie. Il me plairait de vous entendre en dire certains passages. Vos méditations ont bien plus d'intérêt que celles de la plupart des hommes.

— C'est parce que j'ose méditer dans des domaines où vos hommes ne s'aventurent pas.

— Je ne suis pas un monstre, monsieur le Juge.

— Je ne suis pas un juge, monsieur Gallow. Vous vous trompez de personne. C'est Simone Rocksack qui est le Juge Suprême, à présent, en même temps que Psyo. Mon influence est devenue minime.

Gallow leva de nouveau sa coupe pour lui rendre hommage.

— Très perspicace. Vos informations sont exactes. Simone cumule les fonctions de Juge Suprême et de Psyo. Pour commencer. Mais à cause du souvenir d'une Psyo corrompue, les autres ont toujours été tenus en suspicion. En tant que juge, vous avez toujours été le garant de la séparation des pouvoirs. Le peuple demande de vos nouvelles. Vous seul pouvez apaiser leurs craintes. Simone ne le peut pas, et pour une bonne raison.

— Laquelle ?

Le sourire suave de Gallow disparut et son regard bleu d'acier se riva froidement sur Keel.

— La bonne raison qu'ils ont de s'inquiéter, c'est que Simone est à ma solde. Elle l'a toujours été.

— Cela ne me surprend pas, dit Keel.

Il mentait. Il s'efforçait cependant de garder un ton neutre, blasé.

Le faire parler avant tout, se disait-il. *C'est le seul talent qui me reste.*

— Je pense au contraire que vous êtes surpris, lui dit Gallow. Votre corps vous trahit de manière subtile. La Psyo et vous n'êtes pas les seuls à savoir observer ces choses-là.

— C'est-à-dire que... j'ai du mal à croire qu'elle ait accepté le massacre de Guemes.

— Elle n'était pas au courant. Mais elle s'y fera. Elle est très déprimante, quand on la connaît. Très amère. Saviez-vous qu'il y a un miroir sur chaque mur, chez elle ?

— Je ne suis jamais allé chez elle.

— Moi, si, fit Gallow en gonflant involontairement la poitrine. Et aucun autre homme ne peut se vanter d'en avoir fait autant. Sa laideur la rend folle. Elle s'arrache la peau, se contorsionne devant son miroir en grimaçant jusqu'à ce qu'elle accepte la forme naturelle de son visage. Alors seulement, elle peut quitter sa chambre. C'est une triste créature.

Il secoua la tête et but une nouvelle gorgée de vin.

— Une créature *humaine,* quand même ? demanda Keel.

— Elle ne se considère pas comme humaine.
— Elle vous l'a dit?
— Oui.
— Dans ce cas, elle a besoin d'aide. D'amis autour d'elle, de quelqu'un qui...
— Tout cela a déjà été essayé, interrompit Gallow. Les autres ne font que lui rappeler sa propre laideur. C'est dommage, car elle a un corps délicieux sous ses vêtements enveloppants. Je suis son ami parce qu'elle me trouve attirant. Comme un modèle de ce que l'humanité *pourrait* être. Elle ne veut pas que des enfants grandissent laids dans un monde laid.
— Elle vous a dit ça?
— Oui, entre autres. Je l'écoute, moi, monsieur le Juge. Vous et votre Commission, vous ne faites que la tolérer. C'est pour cela que vous l'avez perdue.
— J'ai l'impression qu'elle était déjà perdue avant que je la connaisse.
Le sourire onctueux de Gallow reparut.
— Vous avez raison, naturellement, dit-il. Mais à un moment, vous auriez pu la mettre de votre côté. Vous ne l'avez pas fait. C'est moi qui l'ai fait. Cela a peut-être changé tout le cours de l'histoire.
— Peut-être.
— Vous croyez que *votre* peuple continuera éternellement à se complaire dans ses difformités? Oh, non! Ils nous envoient déjà leurs enfants normaux. Vous accueillez nos déchets, les infirmes et les criminels. Quelle sorte de société espérez-vous bâtir là-dessus? Quelle vie vous attend sinon une vie de misère et de désespoir?
Le Sirénien haussa les épaules comme s'il ne pouvait pas y avoir d'arguments à lui opposer.
Keel n'avait pas du tout le même souvenir de la vie îlienne. Il reconnaissait que les îles étaient surpeuplées à un point difficilement concevable pour un Sirénien. Il reconnaissait également que les îles puaient. Mais il y avait de la couleur et la musique partout, et toujours une bonne parole. Leur vie était

incomparable. Mais qui aurait pu expliquer à quelqu'un qui vivait sous la mer la joie unique d'un lever de soleil, le plaisir d'une pluie printanière ruisselant sur le visage et sur les mains ou même le contact quotidien d'autres personnes qui vous prouvaient que l'on se souciait de vous simplement parce que vous existiez ?

— Monsieur le Juge, dit Gallow, je vois que vous ne buvez pas votre vin. La qualité ne vous convient donc pas ?

Ce n'est pas la qualité du vin, mais celle de la compagnie.

— J'ai mal à l'estomac, expliqua le juge à haute voix. Je ne peux pas boire vite. En général, je préfère d'ailleurs le gnou.

— Le gnou ? répéta Gallow en arquant les sourcils, surpris. Cette décoction à base de névragyls ? Je croyais...

— Que seuls les dégénérés en buvaient ? C'est bien possible. Elle me procure un effet apaisant. Et elle est à mon goût, même si le ramassage des œufs présente des dangers. Je ne ramasse jamais les œufs moi-même.

Ça, c'est à sa portée.

Gallow hocha lentement la tête. Puis ses lèvres découvrirent une rangée de dents impeccablement blanches.

— On dit que le gnou peut causer des dommages chromosomiques. Vous ne croyez pas que les Iliens prennent un peu trop de risques avec ce truc-là ?

— Des risques pour nos chromosomes ? fit Keel avec un rire qu'il n'essaya même pas de retenir. C'est comme si nous tentions notre chance sur une roulette cassée, j'imagine ?

Il but une gorgée de vin et se laissa aller en arrière sur son siège pour mieux observer Gallow. L'expression d'écœurement qui assombrissait le visage du Sirénien lui apprit qu'il venait de toucher un de ses points sensibles.

S'il a un point sensible, c'est qu'on peut le sonder.

Et si on peut le sonder, on peut l'avoir. C'était l'une des choses que Keel avait apprises à la tête de la Commission.

— Vous êtes capable d'en rire ? s'étonna Gallow dont les yeux bleus lancèrent des éclairs. En se reproduisant n'importe comment, les vôtres mettent l'espèce entière en danger. Que se passerait-il si...

Keel l'arrêta d'un geste et répondit en haussant la voix :

— C'est à la Commission de s'occuper de ces choses-là. C'est elle qui décide de laisser vivre ou non un enfant qui peut présenter un risque pour l'espèce. Et croyez-moi, pour un peuple traditionnellement orienté vers la survie, ce n'est pas une décision agréable à prendre. Mais elle garantit l'avenir de l'espèce. Par ailleurs, comment pouvez-vous avoir la certitude que toutes les mutations sont néfastes, monstrueuses ou indésirables ?

— Vous n'avez qu'à vous regarder, lui répondit Gallow. Votre nuque est incapable de soutenir votre tête sans cette... chose. Vos yeux sont sur le côté...

— Ils sont de couleurs différentes, également. Mais savez-vous qu'il y a environ quatre fois plus de Siréniens aux yeux marron qu'aux yeux bleus ? Cela ressemble à une mutation. Vous qui avez les yeux bleus, faut-il donc vous détruire ou vous stériliser ? Pour nous, la frontière se situe là où les mutations commencent à mettre réellement la vie de l'espèce en danger. Alors que vous préconisez, semble-t-il, un génocide cosmétique. Est-il justifiable de quelque manière que ce soit ? Attention ! Qui vous dit que nos mutations « arbitraires » n'ont pas engendré quelques armes secrètes qui nous permettront de faire face à la menace que vous brandissez sur nous ?

Mettre à nu ses pires craintes, se disait Keel, *afin de mieux les retourner contre lui-même.*

Un bruit de vaisselle entrechoquée se fit entendre dans la coursive. Le chariot qui franchit peu après le seuil de la cabine était poussé par un jeune homme que la présence de Gallow emplissait visiblement de terreur. Il guettait le moindre mouvement de son chef et ses mains tremblaient littéralement tandis qu'il plaçait la vaisselle sur la petite table pliante. Il servit dans des bols une nourriture fumante et Keel reconnut le fumet d'un ragoût de poisson. Après avoir posé le pain et une assiette de petits gâteaux pour le dessert, le serveur entreprit de goûter à chacun des mets.

Tiens, se dit Keel. *Gallow a peur qu'on l'empoisonne...*

Il constata avec satisfaction que l'homme goûtait également les parts qui se trouvaient dans son assiette.

Les choses ne vont donc pas si bien pour lui qu'il voudrait nous le faire croire.

Le juge ne put se résoudre à laisser passer l'occasion :

— C'est pour parfaire l'éducation de votre palais que vous goûtez à tous les plats ? demanda-t-il à l'ordonnance.

Le Sirénien, ne sachant que répondre, se tourna vers Gallow, qui répliqua avec un large sourire :

— Tous ceux qui exercent un pouvoir ont des ennemis. C'est aussi votre cas, j'en suis sûr. Quelques mesures de protection ne peuvent faire de mal à personne.

— Protection contre qui ?

Gallow demeura silencieux. L'ordonnance pâlit.

— Question astucieuse, dit Gallow.

— Votre attitude implique que l'assassinat est le mode actuel d'expression politique. Est-ce là la nouvelle manière de gouverner que vous avez à offrir au monde ?

La main de Gallow s'abattit sur la petite table et l'ordonnance laissa tomber son bol qui se brisa. L'un des fragments vola sur la chaussure de Keel et y tournoya un instant comme une toupie asymétrique en fin de course. Gallow renvoya l'homme d'un geste sec du tranchant de la main. La porte se referma silencieusement derrière lui.

Gallow jeta sa cuiller. Elle heurta son bol au passage et éclaboussa Keel de ragoût. Le Sirénien se pencha sur la table branlante pour essuyer le vêtement du juge avec sa serviette.

— Toutes mes excuses, monsieur le Juge, dit-il. Je ne suis pas si rustre, d'habitude. Mais c'est votre présence qui... me stimule. Veuillez oublier cet incident.

Keel massa ses genoux ankylosés et replia les jambes sous la petite table.

Gallow prit le pain, en rompit un morceau et tendit le reste au juge.

— Scudi Wang est votre prisonnière? demanda celui-ci.

— Naturellement.

— Et le jeune Ilien, Norton?

— Il est avec elle. Tous deux sont sains et saufs.

— Ça ne marchera jamais, Gallow. Si vous établissez votre pouvoir sur la traîtrise, la prison et le crime, vous êtes bon pour un règne du même acabit. Personne ne traite avec un homme acculé. Les monarques sont faits d'un meilleur bois.

Les oreilles de Gallow s'étaient dressées en entendant le terme « monarque ». Le juge le vit le retourner sur sa langue.

— Vous ne mangez pas, monsieur le Juge.

— Comme je vous l'ai dit, j'ai l'estomac dérangé.

— Mais il faut bien manger! Comment vivrez-vous sans cela?

— Je ne vivrai pas, dit Keel en souriant.

Gallow reposa soigneusement sa cuiller et se tamponna les lèvres avec sa serviette. Ses sourcils se froncèrent d'un air préoccupé.

— Si vous avez décidé de ne pas vous nourrir, nous vous alimenterons de force. Epargnez-vous ce désagrément. Je ne vous laisserai pas mettre ainsi un terme à mon hospitalité.

— C'est une question qui ne dépend pas de ma

volonté, lui répondit le juge. Vous avez fait erreur sur la marchandise. Elle n'est pas de tout premier choix. Il se trouve que la nourriture m'occasionne d'insupportables douleurs et que, de toute manière, elle ne fait que passer sans être digérée.

Gallow eut un mouvement de recul involontaire.

— N'ayez pas peur, lui dit le juge. Ce n'est pas contagieux.

— Qu'est-ce que c'est ?

— Une malformation. Nos bio-ingénieurs m'ont aidé jusqu'ici à surmonter ce handicap, mais à présent c'est l'Instance Supérieure qui a le dossier en main.

— L'Instance Supérieure ? s'étonna Gallow. Vous voulez dire qu'il y a côté surface une assemblée plus puissante que la vôtre ? Une organisation secrète, alors ?

Keel éclata de rire et cela ajouta à la perplexité et à la confusion qui se lisaient sur le visage autrement harmonieux de Gallow.

— L'Instance Supérieure est connue sous plusieurs noms différents, dit-il. C'est un groupe subversif que certains appellent collectivement Nef ou d'autres Jésus. Mais il ne s'agit pas du Jésus Louis des *Historiques,* attention. Il s'agit d'une commission beaucoup plus sévère que la mienne. Une commission sans appel, qui ôte toute signification à vos menaces.

— Vous allez... mourir ?

Le juge hocha affirmativement la tête.

— Et quoi que vous fassiez, dit-il en souriant, tout le monde sera persuadé que c'est vous qui m'aurez tué.

Gallow considéra le juge durant un long moment, puis s'essuya les lèvres du bout de sa serviette. Il se leva, repoussant la petite table.

— Puisque c'est comme ça, annonça-t-il, si vous voulez sauver ces gamins, vous ferez exactement ce que je vous dirai.

Il se passe que les mêmes maux et les mêmes désagréments ont troublé toutes les époques de l'histoire.

NICOLAS MACHIAVEL, *Discours, Archives de la Mnefmothèque.*

De son siège aux commandes de l'hydroptère, Brett contemplait les reflets rougeoyants du soleil tardif sur le banc de nuages qui s'étendait devant lui. L'hydroptère bondissait avec aise sur la houle très forte, gagnant de la vitesse à chaque creux pour la reperdre à la crête des vagues. C'était un rythme auquel, inconsciemment, son corps et tous ses sens s'étaient très vite habitués.

Un rideau de pluie gris était en suspens sur la droite à deux cents mètres au-dessus du sommet des vagues. C'était une ligne de grains qui paraissait s'éloigner d'eux.

Brett, dont l'attention se partageait entre la mer houleuse devant lui et l'écran de navigation au-dessus de son front, réduisit brutalement les gaz. L'hydroptère descendit de ses foils et continua d'avancer à faible vitesse à la lisière d'une nappe de varech qui se perdait dans la tempête.

Le changement de rythme avait réveillé les autres qui, à l'exception de Bushka, s'étaient installés comme ils le pouvaient dans la cabine pour récupérer un peu de leur sommeil perdu. Bushka, s'étant débarrassé de son prisonnier sirénien qu'il avait enfermé dans la soute avec les rescapés de l'aérostat, occupait la banquette arrière dans un isolement royal, le regard étrangement perdu, le visage figé dans une concentration intérieure. Il caressait distraitement une petite touffe de varech qu'il avait sur les genoux et que Twisp avait ramenée à bord en même temps que le câble de sécurité auquel elle était accrochée. Personne n'y avait fait attention jusqu'au moment où Bushka s'était baissé pour la ramasser. Depuis, il l'avait gardée.

Panille, qui occupait le siège du copilote où il s'était également assoupi, demanda :

— Il y a un problème ?

Brett indiqua le point vert qui marquait leur position sur l'écran.

— Nous ne sommes plus qu'à une ou deux cliques, dit-il en pointant l'index en direction de la ligne de grains. L'avant-poste est là-bas.

La voix de Twisp se fit alors entendre derrière eux.

— Bushka, vous êtes bien sûr que vous voulez aller jusqu'au bout ?

— Je n'ai pas le choix, fit Bushka.

Sa voix était lointaine. Il caressa un fragment de varech qui avait commencé à se dessécher et qui crissa sous ses doigts.

Twisp fit un signe de tête vers le filet plein d'armes que Bushka avait soustraites aux rescapés de l'aérostat.

— Peut-être qu'il vaudrait mieux que nous soyons tous armés, dit-il.

— J'y pensais, admit Bushka en faisant crisser de nouveau le varech.

— Panille, demanda Twisp, quelles sont les défenses habituelles de ces avant-postes ?

Scudi, assise sur le pont face à Twisp, répondit à la place du Sirénien :

— Les avant-postes ne sont pas censés posséder des défenses particulières.

— Il y a des sonars, des détecteurs automatiques contre les capucins, ce genre de chose, dit Panille. Et chaque avant-poste dispose d'un aérostat au moins pour ses observations météorologiques.

— Mais l'armement ? insista Twisp.

— Ils n'ont que des outils, pratiquement, fit Scudi.

Bushka poussa du pied le filet plein d'armes à côté de lui.

— Ils ont sûrement des laztubes. Gallow n'est pas du genre à laisser ses hommes sans armes.

— Mais elles ne présentent aucun danger pour nous tant que nous n'avons pas franchi l'enceinte de l'avant-poste, intervint Panille. Nous sommes en sécurité sur la mer.

— C'est la raison pour laquelle j'ai préféré m'arrêter ici, dit Brett. Vous croyez qu'ils ont décelé notre présence ?

— Evidemment, dit Bushka. Mais ils ignorent qui nous sommes.

Il arracha quelques lambeaux de varech desséché à sa combinaison de plongée et les laissa tomber. Scudi se leva pour se rapprocher du siège de Brett, sur lequel elle s'appuya.

— Ils ont en plus des cisailles, des héliarcs, des champs protecteurs, des bras manipulateurs, des engins excavateurs... Tous ces outils sont des armes puissantes. N'oublions pas ce qui s'est passé à Guemes, ajouta-t-elle en se tournant vers Bushka.

Panille hocha la tête en direction de la coursive.

— Ceux qui sont dans la soute, dit-il, pourraient peut-être nous renseigner sur ce qui nous attend là-bas.

— Tout cela est ridicule ! fit Brett. Quelles chances avons-nous contre Gallow et ses hommes ?

— Nous attendrons la tombée de la nuit, dit Bushka. L'obscurité est un facteur d'égalisation. Vous dites, ajouta-t-il en s'adressant à Scudi, que vous avez travaillé dans cet avant-poste. Vous pouvez donc nous établir un plan indiquant les accès, l'emplacement de la centrale d'énergie, des machines et des véhicules. Tout ce qui pourra nous servir.

Scudi regarda Brett, qui haussa les épaules. Twisp jeta un coup d'œil au laztube que tenait Bushka, puis le regarda dans les yeux.

— Vous tenez vraiment à ce que nous les attaquions tous ensemble ?

— Evidemment.
— Sans armes ?
— Notre meilleure arme sera l'effet de surprise.
Twisp éclata de rire.
— Laissez-moi parler à Kareen, dit Panille. Il est impossible qu'elle soit dans leur camp. Elle a peut-être appris quelque chose de...
— On ne peut pas lui faire confiance, coupa Bushka. Elle était avec Ryan Wang et maintenant elle est avec Gallow.
— C'est faux !
— Les humains se sont toujours laissé mener par le sexe, ironisa Bushka.
Le visage foncé de Panille s'assombrit encore de colère, mais il demeura silencieux l'espace d'un battement. Puis il s'exclama :
— Le varech ! Le varech saura nous donner les renseignements dont nous avons besoin !
— Il ne faut pas non plus faire confiance au varech, dit Bushka. Toutes les créatures de l'univers voient d'abord leur propre intérêt. Nous ignorons ce que désire ou craint le varech.
Panille regarda la touffe desséchée de varech à ses pieds.
— Scudi, demanda-t-il, que peux-tu nous dire sur le varech ? De nous tous, tu es celle qui l'a fréquenté le plus.
— C'est la fille de Ryan Wang ! hurla Bushka. Son avis est celui de l'ennemi !
— Je pose la question là où j'ai des chances d'obtenir une réponse, rétorqua Panille. Et si vous n'avez pas l'intention de vous servir de cette arme, cessez de la brandir dans tous les sens !
Se détournant de l'Ilien sidéré, Panille s'adressa à nouveau à Scudi :
— D'après ton expérience, quelle est la portée de communication du varech ?
— Toute la planète. Et c'est presque instantané.
— A ce point ?
— Ce que le varech apprend, poursuivit Scudi en

haussant les épaules, il ne l'oublie plus jamais. Nous avons transmis de nombreux rapports, ajouta-t-elle en voyant le regard surpris de Panille. Mais nos superviseurs ne descendent jamais au fond. Ils attribuent cela à un phénomène de narcose et nous interdisent de redescendre pendant huit jours.

— Connais-tu autre chose qui pourrait nous aider ?

— Il y a des points faibles. Le jeune varech sert uniquement de conducteur. Le varech évolué a une présence en soi.

— Je ne comprends pas bien, dit Twisp.

— Si vous touchez un morceau de varech adulte et moi un jeune, nous communiquerons. Mais récemment... un autre phénomène est apparu. Bushka n'a pas tort ; le varech a acquis une certaine autonomie d'action.

— Il a appris à tuer, dit Bushka.

— Je l'ai toujours connu capable de communiquer, fit Scudi, mais pas de prendre des initiatives.

— Combien de personnes peuvent vivre à l'intérieur de l'avant-poste ? lui demanda Bushka.

Elle retourna la question quelques instants dans sa tête.

— Ils ont de quoi loger, nourrir et équiper environ trois cents personnes. Mais il y a les nouvelles terres derrière les fortifications. Elles pourraient contenir beaucoup plus de monde.

— Est-ce que Gallow a trois cents partisans ? demanda Brett en se tournant vers Bushka.

— Bien plus que ça.

— Alors, nous ne pouvons pas les affronter, dit Twisp. Tout cela est insensé.

— Je vais tuer Gallow, dit Bushka.

— Rien que ça ? fit Twisp. Et ensuite, tout le monde rentrera tranquillement à la maison ?

Bushka évitait le regard de Twisp.

— C'est bon, dit-il finalement en faisant décrire un arc de cercle à son arme. Allons voir ce que Kareen Ale a à nous dire. Mettez le pilote automatique, Brett.

— Pourquoi ? s'étonna ce dernier.

— Nous allons tous descendre dans la soute, dit Bushka. Vous marcherez lentement. Pas de geste brusque.

Personne n'avait envie de discuter avec cette lueur inquiétante dans son regard. Brett et Scudi passèrent les premiers dans la coursive. A l'entrée de la soute, Bushka fit signe à Twisp de s'occuper du sas.

— Ouvrez d'abord le panneau extérieur, ordonna-t-il. Nous aurons peut-être besoin de jeter quelque chose par-dessus bord.

Lentement, à contrecœur, Twisp obéit. Une bouffée d'air saturé de sel et d'iode s'engouffra à l'intérieur. Le bruit de l'eau contre la coque se faisait entendre avec force.

— Ouvrez la soute mais écartez-vous, dit Bushka.

Twisp souleva la barre de sécurité, libéra la clenche et fit glisser la porte.

Sans avertissement, Brett fut renversé par quelque chose de long et de glissant qui était arrivé par-derrière. Comme un serpent, un énorme tentacule de varech s'était glissé à l'intérieur de la soute où il avait plaqué les prisonniers contre la paroi. D'autres tentacules avaient suivi, transformant la coursive en un tambour sonore. Brett agrippa une poignée pour recouvrer son équilibre et aperçut Bushka, prisonnier du varech, le visage perdu dans une sorte d'extase. Il avait les deux bras en l'air, le laztube toujours dans sa main droite. Des lanières de varech lui caressaient le visage et les mains. Partout, sur le pont, il y avait du varech en mouvement, comme des serpents sans fin.

Une ramification s'écarta des prisonniers pour onduler vers Brett. Des filaments arborescents se hissèrent jusqu'à son visage qu'ils entourèrent délicatement.

Brett entendit un sifflement. C'était celui du vent contre la coque, mais dissocié, chaque composante tonale séparément identifiable. Il sentait tous ses sens amplifiés. Le contact des parois, des personnes qui l'entouraient... beaucoup de personnes... des milliers... Il perçut alors la présence de Scudi, avec ses pensées distinctes, comme un don que lui faisait le varech. Bushka également était là, en extase, buvant à l'immense réservoir de la mémoire du varech. Un paradis pour un historien : l'histoire à la source.

Scudi parla à l'intérieur de sa tête : « La fusée est lancée. Elle va récupérer les caissons. »

Brett la vit lui aussi, traînée de feu ascendante qui embrasa la couverture de nuages et devint une simple lueur orange contre le gris du ciel avant de disparaître entièrement. Accompagnant cette vision, il y avait une grande interrogation, une curiosité profonde qui n'était pas humaine. La fusée, dans cette pensée, était un merveilleux objet d'anticipation, lancé à la découverte d'immenses surprises.

La pensée et la vision une fois disparues, Brett se retrouva assis sur le pont dans la coursive de l'hydroptère, le regard tourné vers la soute. Bushka était là, adossé à la paroi en train de sangloter. Le reste de la soute était vide et le varech avait disparu.

A ce moment-là, Brett entendit les autres. La voix de Scudi lui parvint, anormalement forte.

— Brett ? Tout va bien ?

Il se remit debout. Scudi était là, suivie des autres, mais Brett n'avait d'yeux que pour elle.

— Tant que tu es à mes côtés, dit-il, tout ne peut qu'aller bien.

Les symboles, c'est pas pour du beurre.

DUQUE KURZ.

Avant-poste n° 22, le 19 (?) alki 468

Quand ils m'appellent « monsieur le Juge », je sens se figer dans mes mains la balance de la justice et de la vie. Je ne suis pas pour eux Ward Keel, l'homme à la grosse tête, au long cou et à la démarche raide, mais une espèce de dieu capable de discerner le bon chemin et de s'y maintenir. Il ne saurait en résulter que du bien. Le bon dieu, c'est le bien; le diable, le mal. Les mots-symboles sont la chair de notre monde. Nous les tenons pour acquis; nous fondons nos actions sur eux.

Le ressentiment, c'est un espoir qui a mal tourné. Je dois admettre que nos crises ont été légion, mais nous avons toujours vécu pour leur faire face et c'est une chose qu'aucun dieu n'a jamais promise.

Simone Rocksack croit savoir ce que Nef a promis. C'est son métier, dit-elle. Elle explique aux fidèles la volonté de Nef et ils la croient sur parole. Mais les *Historiques* sont là. Il suffit de les lire. Ma conclusion personnelle est que nous ne sommes pas là pour être punis ni récompensés. Nous sommes là, c'est tout. Ma tâche, en tant que Juge Suprême, consiste à faire en sorte que nous soyons là aussi nombreux que possible.

L'existence même de la Commission est fondée sur la science et la peur. La question, à l'origine, est très simple : tuer ou aider à vivre. Ne pas hésiter à administrer la mort si la vie représente un danger. Mais à une époque où la mort est si répandue, ce pouvoir absolu de vie et de mort a entouré la

Commission d'une aura qu'elle n'aurait jamais dû accepter. La Commission s'est substituée à la loi.

Il est vrai que la Psyo revendique la loi de Nef, et il est également vrai que son peuple l'applique. Nous rendons à Nef ce qui lui est dû. Ensemble, nous préservons le cours de l'humanité.

Le cours, le flot. Nous autres Iliens comprenons bien ces notions de courant. Les conditions changent, les temps changent. Le changement est dans l'ordre des choses. La Commission elle-même reflète ces fluidités. Dans la plupart des cas, le droit est une question de contrats et d'arrangements particuliers. Les tribunaux arbitrent des litiges privés.

La Commission s'occupe de survie et rien d'autre. Il est vrai que cela confine à la politique ; car la politique, c'est la survie du groupe. Nous sommes autonomes, nous comptons nos nouveaux membres, et nos décisions sont aussi absolues qu'on peut l'être dans nos îles. Les Iliens se défient de tout ce qui est fixe. La rigidité de la loi leur fait aussi peur que l'académisme figé d'une froide statuaire.

Je crois qu'une partie du plaisir que nous procure tout art provient de sa nature transitoire. L'art doit se renouveler constamment et s'il veut surmonter l'épreuve du temps, il ne peut le faire que sur le théâtre de la mémoire. Nous autres Iliens avons le plus grand respect pour l'esprit. C'est un lieu très intéressant, un outil qui sert de base à tous les autres outils, une chambre de tortures, un havre de repos et un réservoir de symboles. Tout ce que nous avons est fondé sur les symboles. Grâce aux symboles, nous créons plus que ce qui nous a été donné à l'origine ; nous devenons plus que la somme de nos constituants.

Celui qui menace l'esprit ou son pouvoir créateur de symboles met en danger la matrice de l'humanité elle-même. J'ai essayé d'expliquer tout cela à Gallow. Il a la capacité d'entendre, mais il s'en fiche.

Quand le pouvoir permute, les hommes permutent avec.

George Orwell,
Archives de la Mnefmothèque.

La question de savoir s'il fallait armer Nakano ou non venait d'être débattue. Bushka s'était déclaré pour et Twisp contre. Kareen Ale et Panille demeuraient distants. Ils écoutaient mais ne regardaient pas. Se tenant par la taille, ils contemplaient le ciel gris et bas, visible dans l'encadrement du panneau demeuré ouvert. L'hydroptère, toujours sur pilote automatique, faisait des cercles dans une large zone libre entourée de varech. A une dizaine de cliques, l'avant-poste se dressait au milieu de la mer, pilier rocheux à la base entourée d'une collerette d'écume. Tout autour de l'avant-poste, à une distance d'un kilomètre au moins du rocher, était le varech.

Brett s'inquiétait du changement soudain qui s'était opéré chez Bushka. Que lui avait donc fait le varech tout à l'heure, dans la soute ? Et où étaient passés les autres prisonniers ? Des rescapés de l'aérostat, seuls Panille, Nakano et Kareen Ale demeuraient avec eux dans l'hydroptère.

Ce fut Twisp qui exprima ses craintes à haute voix :

— Que vous a fait le varech, Iz ?

Bushka baissa les yeux vers le filet qui contenait les armes à ses pieds. Il avait déjà distribué un laz-tube à chacun, excepté Nakano. En réaction à la question de Twisp, son visage revêtit une expression d'émerveillement enfantin :

— Il m'a dit... il m'a dit... que nous devons tuer Gallow. Et il m'a indiqué de quelle manière.

Il se tourna pour contempler d'un air extasié, par-dessus les épaules de Panille et de Kareen Ale, les nappes de varech ballottées par les vagues à quelque distance de l'appareil.

— Et vous êtes d'accord? demanda Twisp à Nakano.

— Quelle différence? bougonna le colosse. Le varech veut qu'il soit mort, mais il ne le sera pas en réalité.

Twisp eut un haut-le-corps et se tourna vers Brett.

— Ce n'est pas ce qu'il m'a dit à moi. Et à toi, mon garçon?

— Il m'a montré le lancement de la fusée.

Brett ferma à demi les yeux. Scudi se pressa contre lui, appuyant sa tête sur son épaule. Il repensait à l'expérience qu'ils avaient partagée. A cette présence de milliers de gens qui ne vivaient plus que dans la mémoire du varech. Il y avait là toute l'agonie des Iliens de Guemes, toutes les pensées et tous les rêves des morts. Brett avait entendu Scudi s'exclamer dans sa tête : « Je sais maintenant ce que c'est que d'être un mutard! »

Scudi s'écarta légèrement de Brett et s'adressa à Twisp :

— A moi, le varech a dit qu'il était mon ami parce que je lui ai enseigné des choses.

— Et à toi, Twisp? demanda Brett en regardant longuement le pêcheur de ses grands yeux gris.

Twisp prit une courte respiration profonde et répondit d'une voix incisive :

— Il m'a juste parlé de moi.

— Il lui a dit qu'il avait l'habitude de réfléchir par lui-même, intervint Nakano, et qu'il aimait garder ses pensées pour lui. Je le sais parce que le varech m'a dit que nous nous ressemblions sur ce point. Vrai ou faux, Twisp?

— Plus ou moins vrai, dit Twisp, qui paraissait embarrassé.

— Et le varech a ajouté que ceux de notre espèce étaient dangereux pour des leaders qui demandent une obéissance aveugle, fit Nakano. On dirait qu'il respecte ça.

— Vous voyez bien! dit Bushka en souriant.

Il se baissa pour prendre dans le filet un des laz-tubes confisqués à ceux de l'aérostat. Il soupesa l'arme dans sa main en la regardant.

Panille se retourna alors pour faire face au groupe.

— Vous acceptez cela? dit-il d'une voix tremblante. Il ne reste que Nakano, Kareen et moi. Où sont les autres, ceux qui étaient avec nous?

Le silence tomba sur les occupants de l'hydroptère. Panille regarda de nouveau le varech, encore visible dans la lumière déclinante. Il se rappelait avoir enjambé le varech pour saisir Kareen au moment où un tentacule géant la relâchait. Elle s'était jetée contre lui et ils s'étaient agrippés l'un à l'autre tandis que des cris de terreur montaient autour d'eux.

En un instant, les pensées de Kareen avaient inondé son esprit. Elle était la captive de Gallow, envoyée comme appât avec Nakano pour s'emparer de Panille le Noir. Elle avait, elle aussi, ses problèmes d'alliance. Malgré tout son pouvoir, sa famille voulait avoir un pied dans le camp de Gallow, pour le cas où il serait victorieux. Mais elle n'avait que du mépris pour cet homme.

Les doigts de Kareen Ale s'étaient douloureusement noués dans les cheveux mouillés de Panille tandis qu'elle sanglotait contre son épaule. Puis le varech était revenu et les avait touchés une nouvelle fois. Ils avaient senti ensemble la vague de fureur sélective, ils avaient vu les thalles et les filaments onduler, se retirer vers la mer, vers les profondeurs. L'espace de quelques battements, et l'encadrement du panneau n'avait plus laissé voir que la mer houleuse, sans aucun signe des humains que le varech avait emportés et... noyés.

Mais tout cela appartenait déjà au passé. Bushka se racla la gorge, faisant irruption dans la rêverie de Panille.

— Ils étaient tous avec Gallow, dit-il. Quelle importance a leur sort?

— Nakano aussi était avec Gallow, dit Twisp.

— Ce n'est pas un choix facile, murmura Nakano. Gallow, un jour, m'a sauvé la vie. Mais vous aussi, Twisp.

— Si je comprends bien, vous êtes avec celui qui vous a sauvé le dernier, dit Twisp sans cacher son mépris.

— Je suis avec le varech, déclara Nakano d'une voix aux intonations étrangement cadencées. Là est mon immortalité.

Brett sentit sa gorge devenir sèche. Il avait déjà entendu ce ton-là chez les fanatiques de Guemes, les plus durs de tous les Vé*nef*rateurs de choc.

Twisp, réagissant visiblement de la même façon, secoua lentement la tête.

Nakano est prêt à tuer n'importe qui, pourvu que le varech lui serve de justification !

— Gallow veut s'emparer de Vata, dit alors Bushka. Nous ne pouvons pas permettre une telle chose.

Il passa le laztube à Nakano, qui le glissa dans l'étui contre sa hanche. En voyant le mouvement de Bushka, Twisp avait vivement porté la main à son arme. Il demeura sur le qui-vive, même quand Nakano écarta les bras en souriant.

— Nous sommes sept, déclara Twisp au bout d'un moment. Et nous sommes censés nous attaquer à une place forte défendue par trois cents hommes !

Bushka s'avança jusqu'au panneau d'accès pour le refermer avant de lui répondre en articulant lentement :

— Le varech m'a expliqué la manière de tuer Gallow. Doutez-vous du varech ?

— Si j'en doute ? Deux fois plutôt qu'une !

— C'est pourtant cela que nous allons faire.

Bushka passa brusquement devant Twisp et s'engagea dans la coursive qui conduisait à la cabine de pilotage. Brett prit Scudi par la main et ils lui emboîtèrent le pas. Ils entendirent les autres qui suivaient et Twisp qui grommelait : « C'est ridicule, ridicule, ridicule... »

Pour Brett, la voix de Twisp était noyée dans la litanie que le varech avait implantée dans son esprit. C'était certainement le même message que Bushka avait reçu.

Forcez Gallow à sortir. Avata s'occupe du reste.

Le leitmotiv s'amplifia, accompagné d'une image du juge Keel prisonnier derrière le plaz. Le juge faisait des signes à Brett et celui-ci acquit la certitude qu'il se trouvait dans l'avant-poste.

Panille alla s'asseoir à la place du copilote et étudia les instruments. L'hydroptère, à vitesse réduite, faisait toujours des cercles dans la zone libre laissée par le varech.

Brett s'arrêta derrière le siège du pilote. Il sentait la main de Scudi trembler dans la sienne et la serra tendrement. Elle se blottit contre son épaule. Il regarda sur sa droite par la baie de plaz. La mer était grise et démontée. La pluie tombait inclinée sous l'effet d'un vent soutenu. Là où le varech était le plus dense, de lourds paquets de thalles enchevêtrés chevauchaient la crête des lames, atténuant leur violence et modérant la houle. L'obscurité était en train de tomber. Les plafonniers qui entouraient la cabine s'allumèrent automatiquement. Les écrans s'illuminèrent au tableau de bord devant Panille.

Twisp s'était arrêté à l'entrée de la cabine, la main sur son laztube. Il ne quittait pas Nakano des yeux.

Voyant cela, Nakano sourit. Il s'avança jusqu'au siège du pilote, devant Brett, et alluma les lumières extérieures de l'hydroptère. Dans le cercle de lumière vive dessiné sur la mer par l'un des projecteurs, à la lisière du varech, ils aperçurent brusquement un mouvement.

— Des capucins ! s'exclama Panille.

— Regardez ce gros mâle ! dit Nakano.

Brett et Scudi contemplaient en silence la meute qui nageait en bordure du varech.

— Je n'en ai jamais vu de si énorme, dit Kareen Ale.

La meute suivait le gros mâle en ondulant avec la houle. Nakano les accompagna de son projecteur. Les capucins tournèrent un instant autour de la zone plus sombre du varech, puis commencèrent à s'enfoncer dans les frondaisons.

Nakano ouvrit un hublot de plaz sur le côté, laissant pénétrer des rafales de pluie et d'embruns. Pointant son laztube, il fit partir un arc bleuté vers la meute, foudroyant le gros mâle et deux autres qui le suivaient. Leur sang vert gicla sur les frondaisons du varech et une mousse foncée apparut au milieu des vagues.

La meute se jeta sur ceux qui étaient morts, aspergeant de sang et de chairs déchiquetées le faisceau du projecteur. Soudain, des tentacules de varech aussi gros que le torse nu d'un homme surgirent à la surface de la mer, dispersèrent les capucins et battirent les restes de leur festin sanglant en une bouillie écumeuse. Nakano referma le hublot.

— Vous avez vu ça ? demanda-t-il.

Il n'obtint pas de réponse. Ils avaient tous vu ce qu'il s'était passé.

— Nous allons nous immerger, dit Bushka. Nous entrerons ainsi dans l'avant-poste. Nakano sera en évidence. Les autres feront comme s'ils étaient ses prisonniers jusqu'au dernier moment.

Brett lâcha la main de Scudi et s'avança pour lui faire face.

— Je n'accepterai pas que Scudi serve d'appât !

Bushka voulut lever son laztube, mais Brett lui saisit le poignet. Ses jeunes muscles, habitués depuis des mois à relever les filets, furent les plus forts, et Bushka dut lâcher son arme. Brett l'envoya du pied vers Twisp, qui la ramassa et la pointa sur Bushka.

Celui-ci, hésitant, lorgnait en direction du tas d'armes qu'il avait laissé à l'entrée de la coursive.

— Vous n'y arriveriez jamais, lui dit Twisp. Détendez-vous, ça vaudra mieux.

Il avait négligemment abaissé le canon du laztube

vers le pont, mais son attitude indiquait qu'il était prêt à réagir au moindre mouvement suspect, d'où qu'il vînt.

— Qu'allons-nous faire maintenant? demanda Kareen Ale.

— Nous pourrions mettre le cap sur la Station de Lancement et prévenir tout le monde de ce qu'il se passe ici, suggéra Panille.

— Vous déclencheriez une guerre civile chez les Siréniens, et les Iliens seraient les premiers à en souffrir, protesta Bushka en se frottant le poignet à l'endroit où Brett l'avait tordu.

— Il y a autre chose, intervint Scudi en regardant tour à tour Brett et Twisp. Le juge Keel est ici, prisonnier de Gallow.

— Par Nef, comment pouvez-vous savoir une chose pareille? demanda Twisp.

— C'est le varech qui me l'a dit.

— Il m'a également projeté une vision du juge en captivité, approuva Brett.

— Une vision! fit Twisp.

— La seule chose qui compte, c'est de tuer Gallow, grommela Bushka.

Twisp se tourna vers Kareen Ale.

— Tout à l'heure, nous sommes tous descendus dans la soute pour vous demander votre avis. Que suggère l'ambassadrice?

— Utilisons le varech, dit-elle sans hésiter. Allons à la limite des eaux libres qui entourent l'avant-poste. Scudi et moi, nous nous montrerons. Cela devrait inciter Gallow à sortir, comme le désire le varech. D'autre part, je vous confirme la présence du juge Keel dans l'avant-poste. Je l'y ai vu moi-même.

— Je propose de retourner à Vashon, dit Brett.

— Je dois vous rappeler également, ajouta Kareen Ale, que les caissons hyber doivent être ramenés ici. C'est cet avant-poste qui est chargé de les recevoir.

— Et tous les occupants du poste sont à la solde

de Gallow ou bien ses prisonniers, murmura amèrement Twisp. Quoi qu'il arrive, c'est lui qui les récupérera.

Elle jeta un coup d'œil à la montre du tableau de bord.

— Si tout se passe comme prévu, dit-elle, les caissons seront là dans un peu plus de huit heures.

— Avec sept personnes à bord, nous ne pourrions pas rester immergés pendant huit heures, fit remarquer Panille.

Bushka se mit à glousser d'une manière qui les fit sursauter.

— Toutes ces palabres sont vaines, dit-il. Vos paroles sont creuses. Le varech ne nous laissera pas partir tant que nous n'aurons pas accompli sa volonté. Il faut tuer Gallow et c'est tout.

Le silence tomba sur le groupe. Nakano fut le premier à le rompre.

— Dans ce cas, dit-il, il ne nous reste plus qu'à agir. Personnellement, j'approuve le plan de l'ambassadrice, mais je pense aussi que nous devrions envoyer quelqu'un en reconnaissance.

— Vous êtes volontaire, je suppose, fit Twisp.

— Si vous avez une meilleure idée, nous vous écoutons, dit Nakano.

Il alla ouvrir un coffre à l'arrière de la cabine et commença à en sortir des palmes, des bouteilles d'air comprimé, des masques et des combinaisons.

— Tu as vu comment le varech a broyé ce suba, rappela Brett à Twisp. Et tu as vu aussi ce qu'il s'est passé tout à l'heure avec les capucins.

— Alors, c'est moi qui vais y aller, dit Twisp. Ils ne me connaissent pas. Je leur transmettrai notre message en faisant en sorte qu'il n'y ait aucune ambiguïté.

— Non, Twisp ! protesta Brett.

Twisp regarda les autres tour à tour, s'attardant un instant sur chaque visage.

— C'est la seule solution, dit-il. Par Nef ! on ne peut pas leur envoyer l'ambassadrice Ale, ils ne la laisseraient plus repartir. A part elle, il n'y a que moi. Et Nakano, s'il veut m'accompagner.

Il jeta un regard de capucin rusé au Sirénien, qui paraissait à la fois surpris et ravi.

— Pourquoi toi ? demanda Brett. Je pourrais aussi bien...

— Tu pourrais te mettre dans la merde en moins de deux, mon garçon. Tu n'as jamais eu affaire à des gens qui veulent te bouffer jusqu'à ta chemise. Tu n'as jamais eu à marchander une cargaison de poisson. Je sais comment m'y prendre avec ces gens-là.

— Gallow n'est pas un poissonnier, dit Bushka.

— Cela revient au même, quand on a à défendre tout ce qu'on possède et sa propre vie par-dessus le marché. Brett reste ici et Panille aussi. Ils garderont l'œil sur vous, Bushka, pour vous empêcher de faire quelque chose de dingue. En ce qui me concerne, je vais aller dire à ce Gallow ce qu'il peut attendre de nous. Et pas question de lâcher plus !

Fais ce qui est bien et le mal ne te touchera point.

Apocryphes de RAPHAEL,
Le Livre des Morts chrétien.

Moins d'une minute après s'être mis à l'eau, Twisp s'aperçut qu'il peinait, que ses longs bras étaient un handicap et que ses palmes battaient l'eau de manière peu efficace. Il voyait, impuissant, la distance augmenter entre Nakano et lui. Pourquoi le Sirénien filait-il si vite ?

Comme la plupart des Iliens, Twisp avait appris à se servir, pour des raisons de sécurité, des équipements de plongée utilisés par les Siréniens. Il avait même envisagé, à un moment, de devenir l'un des rares Iliens à posséder un poisson à air. Mais les poissons à air valaient une fortune. Quant à ses bras, s'ils étaient parfaits pour remonter les filets, ils étaient peu adaptés à la nage.

Twisp luttait pour ne pas perdre Nakano de vue. Il rasait le fond, soulevant du sable avec ses palmes le long d'un défilé bleuté éclairé par des balises siréniennes scellées à la roche. Au-dessus de sa tête, la mer était un puits noir et silencieux.

Quand Panille avait amarré l'hydroptère à un rocher entouré de varech, il les avait mis en garde :

— Il y a un courant de deux à quatre nœuds. Je ne sais pas d'où il vient, mais il vous aidera à gagner l'avant-poste.

— C'est le varech qui leur envoie ce courant, avait dit Bushka.

— Quoi qu'il en soit, avait repris Panille, faites attention. A la vitesse où vous irez, toute erreur peut être fatale.

Brett, que la répartition des tâches ne satisfaisait toujours pas, avait demandé :

— Comment reviendront-ils ?

— Nous volerons un engin, avait répondu Nakano.

Et tandis que le sas de plongée se refermait derrière eux et commençait à s'inonder, Nakano lui avait recommandé :

— Restez derrière moi, Twisp. Nous arriverons dans dix minutes environ. Pendant les derniers mètres, comportez-vous comme si vous étiez mon prisonnier.

A présent, Nakano avait disparu devant lui dans l'eau verte et glacée des profondeurs. Les bulles d'air qu'il rejetait créaient d'étranges effets de prismes dans la lumière artificielle. Le Sirénien était dans son élément. Twisp était comme une murelle hors de l'eau.

J'aurais dû le prévoir! se reprocha-t-il.

Brusquement, il aperçut la silhouette de Nakano qui opérait une puissante volte-face dans le courant et s'agrippait à un barreau scellé dans la paroi du défilé pour attendre qu'il le rattrape. Sa bouteille lançait des éclats jaunes dans l'eau glauque et son visage, derrière la paroi du masque, était grotesquement déformé.

Twisp, à présent rassuré, essaya de dévier sa trajectoire, mais il aurait raté Nakano si celui-ci ne l'avait pas saisi au passage par la valve de sa bouteille, à son épaule gauche. Ils continuèrent de nager ensemble. A l'approche de la falaise qui abritait l'avant-poste, le courant avait ralenti considérablement.

Twisp distingua devant eux une muraille de roche noire dont une partie semblait appartenir au soubassement normal de la mer, mais dont le reste avait été modifié par l'homme. Il y avait là de grandes formes sombres qui semblaient empilées les unes sur les autres. Un grand sas de plaz illuminé de l'intérieur faisait partie de la construction. D'une main, Nakano en commanda l'ouverture en agissant sur les commandes disposées sur le côté. Une porte circulaire leur livra passage. Ils entrèrent dans le sas, Nakano remorquant toujours Twisp par la valve de sa bouteille.

A l'intérieur, l'espace ovale était illuminé par des plaques bleues encastrées dans la paroi. Une deuxième porte de plaz laissait voir un couloir vide de l'autre côté.

La porte extérieure se referma automatiquement derrière eux et l'eau commença à s'échapper par une grille dans le sol. Dès que leurs têtes émergèrent, Nakano lâcha Twisp et retira son masque et son embout buccal.

— Vous êtes intelligent, pour un mutard, dit-il. J'aurais pu vous couper l'air à n'importe quel moment. Vous auriez servi de repas aux capucins.

Twisp retira son embout de sa bouche mais garda le silence. La seule chose qui comptait était de voir Gallow.

— Ne tentez rien, avertit Nakano. Je vous briserais en petits morceaux d'une seule main.

Espérant que ce qu'il disait était destiné à d'éventuelles oreilles ennemies, Twisp regarda le corps puissamment musclé du Sirénien. Il était sans doute capable d'exécuter sa menace, mais il aurait peut-être été surpris par la force que recelaient les bras d'un poseur de filets... même si ces bras semblaient être uniquement le résultat d'une mutation monstrueuse.

Nakano dessangla sa bouteille et la tint à bout de bras. Twisp attendit que l'eau ait entièrement disparu par la grille avant de se libérer de sa propre bouteille. Il la tint au creux de son long bras, conscient de son poids, en se disant qu'elle pourrait faire au besoin une arme s'il la lançait violemment.

La porte intérieure du sas s'ouvrit et une bouffée d'air chaud et humide parvint jusqu'à Twisp. Nakano le poussa vers le couloir aux murs nus, sans aucune autre issue visible. Brusquement, une voix glapit, issue d'une grille au-dessus de leur tête :

— Nakano ! Envoie le mutard là-haut. Je t'attends au neuvième. Je veux savoir pourquoi tu n'es pas venu avec l'hydroptère.

— Gallow... fit Nakano en se tournant vers Twisp. Quand je serai descendu, continuez jusqu'en haut.

Twisp se sentit soudain un vide au creux de l'estomac. Combien d'hommes Gallow avait-il ici pour laisser un prisonnier se promener à sa guise ? Ou bien était-ce une ruse pour désarmer un « Ilien borné » ?

Nakano leva la tête vers la grille. En examinant bien la structure du plafond, Twisp repéra l'ovale brillant d'un capteur sirénien.

— Cet homme est mon prisonnier, dit Nakano. Je suppose qu'il y a des gardes là-haut ?

— Le mutard ne peut pas se sauver, coupa brutalement Gallow. Mais qu'il attende près de l'ascenseur. Je n'ai pas l'intention de lui courir après partout.

Twisp se sentit alors devenir plus lourd puis se rendit compte que tout le couloir s'élevait. Quand l'ascenseur s'arrêta, une porte coulissa devant eux, révélant un palier brillamment éclairé où attendaient plusieurs Siréniens armés. Celui qui était le plus près tira brusquement la bouteille des mains de Twisp et celui-ci reconnut la voix de Gallow :

— Donnez-moi ça. Je ne voudrais pas que vous vous en serviez comme arme.

Twisp lâcha la bouteille sans rien dire. Gallow tourna les talons et la porte de l'ascenseur se referma. De nouveau, la cabine grimpa. Après une attente qui lui parut interminable, l'ascenseur s'immobilisa et la porte s'ouvrit sur une zone de pénombre. L'air était sec et chaud. En hésitant, Twisp quitta la cabine et regarda autour de lui. Il vit de hautes falaises noires et un ciel sombre. Le ciel de l'aube. Quelques étoiles étaient encore visibles. Pendant qu'il contemplait tout cela, ébahi, le Grand Soleil se leva derrière les falaises, illuminant un large cirque entouré de barrières rocheuses et occupé par plusieurs constructions siréniennes aux lignes géométriques. Plus loin, il aperçut une base d'aérostats.

De vraies terres émergées !

Il entendit le bruit d'une scie à proximité. C'était un bruit rassurant, qu'on entendait souvent dans les quartiers ouvriers des îles où les artisans devaient découper le plastique et le métal qui servaient à assembler quantité d'objets non organiques.

Les cailloux étaient pointus sous les pieds nus de Twisp et les rayons du Grand Soleil l'éblouissaient déjà.

— Abimaël, imbécile ! Ne reste pas dans le soleil, viens ici !

C'était une voix d'homme qui provenait d'un bâtiment situé un peu plus loin devant Twisp. Il vit quelqu'un marcher dans l'ombre. Le bruit de scie n'avait pas cessé.

L'air était sec et chaud dans ses poumons. Rien à voir avec l'arrière-goût métallique et froid des bouteilles de plongée ni avec les effluves moites qui enveloppaient si souvent Vashon. En outre, la surface inégale sur laquelle il marchait ne bougeait pas. Cela lui procurait une désagréable sensation de danger. Les ponts étaient faits pour se soulever et tanguer !

Toutes les arêtes sont dures, se dit-il.

Il s'avança prudemment dans l'ombre de la construction. Le bruit de la scie s'arrêta et Twisp distingua une silhouette dans un recoin plus sombre. C'était un homme à la peau foncée, vêtu d'une sorte de drap qui l'enveloppait comme un lange. De longs cheveux noirs frisés lui auréolaient la tête et une barbe parsemée de gris lui descendait jusqu'au nombril. C'était l'une des premières que Twisp avait l'occasion de voir. Il avait entendu dire que la chose n'était pas rare chez les Siréniens et que le gène existait aussi dans la population îlienne, mais une telle exubérance pileuse était une nouveauté pour lui.

Tandis que l'homme s'avançait dans la pénombre, Twisp constata qu'il était d'une stature particulièrement robuste. Ses épaules et ses pectoraux auraient fait de lui un excellent poseur de filets. Cependant, un embonpoint naissant accusait le poids d'une quarantaine bien passée.

Twisp trouvait qu'il avait la peau foncée pour un Sirénien. Dans la pénombre, elle luisait des reflets cuivrés.

— Viens tout de suite, Abimaël, répéta l'homme. Tu vas te brûler les pieds. Viens prendre un gâteau en attendant que ta maman t'appelle.

Pourquoi m'appelle-t-il Abimaël ?

Twisp se tourna pour regarder le cirque entouré de hautes falaises noires. Au loin, un groupe de Siréniens était en train de balayer méthodiquement le sol au lance-flammes.

C'était une scène irréelle à la lumière brûlante du Grand Soleil qui grimpait rapidement dans le ciel. Twisp se demanda soudain s'il n'était pas sous l'effet de la narque. Panille l'avait mis en garde : « Ne descendez pas trop loin et faites bien attention de respirer à fond et sans précipitation. Sinon, la narque vous guette. »

La « narque », Twisp le savait, c'était le terme utilisé par les Siréniens pour désigner une narcose à l'azote. Ce phénomène se produisait de temps à autre chez les plongeurs qui utilisaient des bouteilles à air comprimé. De nombreuses histoires couraient sur des plongeurs narqués qui s'étaient noyés parce qu'ils avaient défait leur bouteille pour en offrir l'air aux poissons ou se livrer à d'euphoriques danses aquatiques.

— J'entends les lance-flammes, dit le vieux charpentier.

Cette banale confirmation de ce que Twisp venait de voir soulagea un peu ses angoisses.

C'est la réalité... je suis sur de vraies terres émergées... je vois le ciel et je ne suis pas en état de narque...

— Ils croient qu'ils vont stériliser cette terre et qu'ils n'auront jamais de névragyls ici, reprit le charpentier. Comme ils se trompent, ces idiots ! Les œufs de névragyls sont partout dans la mer. Tant que les hommes voudront vivre ici, il faudra des lance-flammes.

Le charpentier se dirigea, sans quitter la zone d'ombre, vers un banc à l'extrémité duquel était posé un balluchon de tissu. Il s'assit sur le banc, ouvrit lentement le balluchon et en sortit une boîte en carton pleine de petits gâteaux d'un brun luisant. Twisp sentit leur odeur croustillante. Le charpentier prit un gâteau entre deux doigts aux articulations gonflées et le tendit à Twisp.

A ce moment-là seulement, Twisp comprit qu'il était aveugle. Ses yeux d'un gris laiteux étaient tournés vers lui sans le voir. En hésitant, Twisp accepta le gâteau et le porta à sa bouche. Il avait un goût de fruit suave.

De nouveau, Twisp se tourna vers le cirque en contrebas. Il avait déjà vu des représentations holo de terres émergées dans les historiques, mais rien ne l'avait préparé au spectacle qui était devant lui. Il se sentait à la fois attiré et repoussé par ce qu'il voyait. Ces terres ne s'en iraient jamais à vau-l'eau sur un océan incertain. Il y avait là un sentiment de permanence rassurante, mais qui s'accompagnait d'une impression de liberté perdue. Comme un horizon limité. Un homme ne devait pas avoir une vision trop étroite.

— Encore un gâteau, Abimaël, et tu rentres chez toi, dit le charpentier.

Twisp fit un pas en arrière. Il espérait se retirer discrètement, mais son talon se posa sur un caillou pointu et il tomba en arrière, les fesses sur un autre caillou qui lui arracha un cri de douleur involontaire.

— Surtout, ne pleure pas, Abimaël ! fit le charpentier.

— Je ne suis pas Abimaël, dit Twisp en se remettant sur ses pieds.

Le charpentier tourna vers lui ses yeux aveugles et ne dit rien pendant un long moment. Puis il murmura :

— Je m'en rends compte en vous entendant. J'espère que vous avez aimé le gâteau. Avez-vous vu Abimaël ?

— Je n'ai vu personne à part les hommes aux lance-flammes.

— Maudits imbéciles ! fit le charpentier en mettant un gâteau entier dans sa bouche et en se léchant les doigts. Ils ont déjà commencé à amener ici des Iliens ?

— Je... je crois que je suis le premier.

— On m'appelle Noé, dit le charpentier. Prenez ça comme une plaisanterie si vous voulez. Disons que je suis venu ici le premier. Etes-vous très difforme, Ilien ?

Twisp réprima un subit accès de fureur devant la brutalité de cette question.

— Mes bras sont un peu longs, dit-il, mais ils sont parfaits pour remonter des filets.

— Les mutations utiles, ce n'est pas la même chose, dit Noé. Comment vous appelez-vous ?

— Twisp... Queets Twisp.

— Twisp... répéta Noé. J'aime le son de ce nom. Vous voulez un autre gâteau ?

— Non, merci. Ils sont excellents, mais je ne supporte pas trop les sucreries. Que fabriquez-vous là ?

— Je travaille le bois. Songez un peu ! Du vrai bois qui a poussé sur Pandore ! Je façonne des pièces qui serviront à faire des meubles pour le nouveau dirigeant de ces terres. Vous le connaissez ? Il s'appelle Gallow.

— Je n'ai pas encore eu le... plaisir de faire sa connaissance.

— Vous l'aurez bientôt. Il veut voir tout le monde. Mais il n'aime pas trop les mutards, j'en ai bien peur.

— Comment êtes-vous... c'est-à-dire... vos yeux ?

— Je ne suis pas né ainsi. C'est arrivé parce que

j'ai trop fixé le soleil. Je parie que vous ne le saviez pas. Quand vous êtes sur la terre ferme, que vous ne bougez pas, vous pouvez regarder le soleil en face. Mais cela rend aveugle.

— Oh ! fit Twisp.

Il ne savait pas quoi dire d'autre. De toute manière, Noé semblait résigné à son sort.

— Abimaël ! cria soudain l'aveugle.

Il n'y eut pas de réponse.

— Il finira bien par venir, reprit Noé. Il sait que je lui ai gardé des gâteaux.

Twisp hocha la tête, puis se rendit compte de l'inutilité de son geste. Il se tourna pour regarder le cirque en contrebas. Tout était maintenant baigné par la lumière crue du Grand Soleil. Les bâtiments, d'une blancheur éclatante, étaient striés de brun. Au loin, dans un creux de la falaise opposée, miroitait un plan d'eau. A moins que ce ne fût une illusion. Les lance-flammes s'étaient tus et les ouvriers siréniens étaient entrés dans un grand bâtiment au centre du cirque.

Noé retourna à son travail. Il n'y avait pas un souffle de vent, pas un cri d'oiseau de mer, pas le moindre indice de la présence d'Abimaël, censé répondre à l'appel de son père. Jamais Twisp n'avait été entouré d'un tel silence. Pas même sous la mer.

— Vous savez pourquoi on m'appelle Noé ? reprit le charpentier. La réponse se trouve dans les *Historiques*. Et j'ai appelé mon premier-né Abimaël. Vous arrive-t-il de faire des rêves étranges, Twisp ? J'ai rêvé autrefois d'un grand bateau, qu'on appelait une arche, à l'époque où l'ancienne Terre de nos origines était sous les eaux. L'arche sauva de nombreux humains et animaux... un peu comme les caissons hyber là-haut, n'est-ce pas ?

Twisp était fasciné par la voix du charpentier. C'était un conteur-né, qui avait l'art de trouver l'inflexion propre à captiver son auditoire.

— Ceux qui n'ont pas pu prendre place à bord de l'arche, ils sont tous morts, continua Noé. Et quand le niveau de la mer a baissé, ils ont trouvé pendant des mois leurs carcasses en putréfaction. L'arche était conçue de telle manière qu'aucune créature, ni humaine ni animale, ne pouvait grimper à bord si elle n'y était pas invitée et si la passerelle n'était pas baissée.

Noé essuya la sueur qui coulait à son front avec un chiffon mauve et grommela :

— Partout des carcasses en putréfaction.

Une brise légère grimpa au sommet des falaises, apportant à Twisp l'odeur de la terre brûlée par les lance-flammes. Il avait presque l'impression de sentir les chairs en décomposition dont parlait Noé.

Le charpentier prit dans ses mains deux pièces de bois assemblées et les suspendit à un râtelier derrière lui.

— Nef avait promis à Noé qu'il vivrait, reprit-il. Mais le spectacle de tous ces morts était déprimant. Quand tout le monde meurt et que les survivants sont rares, songez à ce qu'il peut y avoir dans la tête de ces derniers ! Ils auraient eu besoin du miracle de Lazare, mais cela leur fut refusé.

Noé se détourna un instant et ses pupilles aveugles brillèrent dans la lumière indirecte. Twisp vit des larmes ruisseler sur ses joues puis sur son torse nu.

— Je ne sais pas si vous allez me croire, reprit-il, mais Nef m'a parlé.

Twisp contemplait, fasciné, le visage baigné de larmes. Pour la première fois de sa vie, il avait l'impression de se trouver en présence d'un authentique mystère.

— Nef m'a parlé, répéta le charpentier. J'ai senti la puanteur de la mort et j'ai vu la plaine jonchée d'ossements au milieu des charognes encore en train de pourrir. Et Nef m'a dit : « Je ne jetterai plus ma malédiction sur cette terre pour le bien de l'humanité. »

Twisp se sentit frissonner. Ces paroles dans la bouche de Noé avaient une force à laquelle on ne pouvait pas résister.

Noé observa un instant de silence, puis il reprit :

— Et Nef m'a dit : « L'imagination du cœur de l'homme est le mal de sa jeunesse. » Qu'est-ce que vous pensez de ça ?

Pour le bien de l'humanité, était en train de songer Twisp.

Noé le fit alors sursauter en répétant la phrase à haute voix :

— Pour le bien de l'humanité ! Comme si c'était nous qui l'avions demandé ! Comme s'il n'avait pas existé de meilleure solution que toutes ces morts !

Twisp commençait à éprouver une profonde sympathie pour le charpentier. Ce Noé était un penseur et un philosophe. Pour la première fois de sa vie, Twisp avait l'impression que les Iliens et les Siréniens pouvaient trouver un terrain d'entente. Tous les Siréniens n'étaient pas des Gallow ou des Nakano.

— Je vais vous dire une chose, Twisp, reprit Noé. J'attendais mieux de la part de Nef que tous ces massacres. Et dire que Nef invoque le bien de l'humanité !

Il sortit de la pénombre où il avait son établi, contourna le banc comme s'il le voyait et s'arrêta exactement en face de Twisp.

— Je vous entends respirer, dit-il. Et je vous assure que Nef m'a parlé. Peu m'importe que vous me croyiez ou pas. C'est comme je vous le dis.

Il tendit le bras vers l'épaule de Twisp, la toucha, fit descendre sa main le long de son bras gauche puis remonta vers le visage qu'il explora d'un doigt.

— C'est vrai que votre bras est très long, dit-il. Je n'y vois pas d'inconvénient, si cela vous est utile. Et j'aime bien votre visage. Il a beaucoup de petites rides. Vous vivez dehors la plupart du temps. Vous ne voyez pas trace d'Abimaël ?

— Non, fit Twisp après avoir dégluti.

— N'ayez pas peur de moi simplement parce que Nef me parle, reprit Noé. Cette nouvelle arche où nous sommes est établie sur la terre ferme une bonne fois pour toutes. Nous quittons la mer définitivement.

Noé s'écarta de Twisp et retourna vers son établi. A ce moment-là, une main toucha le bras droit de Twisp. Sursautant, il fit volte-face pour se trouver nez à nez avec Nakano. Le Sirénien s'était approché sans un bruit.

— Gallow veut vous parler maintenant, dit Nakano.

— Où est donc passé cet Abimaël ? demanda Noé.

La colombe revint vers lui sur le soir et voici qu'elle avait dans le bec un rameau tout frais d'olivier !

Genèse VIII, 11,
Le Livre des Morts chrétien.

Duque ignorait les réactions des témoins assemblés dans la pénombre qui entourait constamment le bassin de Vata. Ses centres auditifs n'enregistrèrent pas le gémissement étouffé qui sortait nettement de la gorge flasque et agrandie de la Psyo. La poigne solide que Vata avait refermée sur ses parties génitales captivait entièrement son attention. La ferveur de Vata avait douloureusement tiré Duque de son pseudo-sommeil, mais le contact devenait plus doux à chaque instant. Les gémissements au bord du bassin furent remplacés par des murmures sporadiques et quelques rires étouffés. Quand la main de Duque se mit à caresser complémentairement l'énorme corps de Vata, le silence tomba sur l'assistance. Vata gémit. Ceux qui étaient les plus proches furent éclaboussés par l'onde qu'avaient créée les mouvements rythmiques des énormes hanches.

— Ils vont s'accoupler !

— Elle a les yeux ouverts ! Regardez, ils changent de place !

Les lèvres de Vata s'étaient écartées, laissant voir le bout de sa langue rose. Clouant Duque au fond du bassin, elle l'avait enfourché, ses épaules crevant la surface du bassin, sa tête rejetée en arrière laissant entendre une succession de longs halètements.

— Ouiii ! dit Vata.

Son premier mot depuis près de trois cents ans,

enregistra la Psyo. Mais comment expliquer aux fidèles les circonstances de ce premier mot ?

C'est pour me punir ! Elle a tout vu...

Cette pensée hantait l'esprit de Simone Rocksack. Et elle ne pouvait pas s'empêcher de se demander quelle sorte de punition était réservée à Gallow.

C'est alors que la Psyo s'aperçut que les mouvements de l'eau dans le bassin ne résultaient pas uniquement de ce que Vata et Duque étaient en train d'y faire. Le sol lui-même tremblait au même rythme lent.

— Que se passe-t-il donc ?

La Psyo venait de se rendre compte qu'elle avait formulé cette question à mi-voix. Elle regarda furtivement autour d'elle, espérant que personne ne s'en était rendu compte.

Une nouvelle série de grognements sortit de la gorge serrée de Vata, puis le même « ouiii » culminant. Duque était pratiquement invisible sous les flancs géants et les bras épais comme des jambons.

Les yeux de la Psyo s'agrandirent d'horreur et d'humiliation tandis qu'elle constatait que le spectacle donné par Duque et Vata n'était qu'une grotesque parodie des dernières heures qu'elle avait passées avec Gallow. Elle était placée de telle manière qu'elle ne pouvait même pas s'esquiver discrètement pour échapper à la chaleur qui montait du décolleté austère de sa robe bleue pour lui enflammer la poitrine et les joues. Des gouttes de transpiration perlaient à ses tempes et à sa lèvre supérieure.

A ce moment-là, quelqu'un entra en courant dans la salle et cria d'une voix perçante qui couvrait à peine les murmures de l'assistance déjà en proie à une quasi-hystérie :

— Le varech ! Il fait trembler toute l'île ! Il secoue l'océan comme une putain de mascarelle !

Le messager aux jambes courtaudes porta un moignon de main à sa bouche lorsqu'il s'aperçut de la présence de la Psyo.

Trois cris soudains firent courir un frisson le long de l'épine dorsale de la Psyo. Les cuisses de Vata, agrippant Duque comme un étau, se contractèrent convulsivement puis Vata retomba dans l'eau du bassin, les yeux ouverts et le sourire béant, encore reliée à Duque par un court mais puissant orin.

Les secousses rythmées du sol s'apaisèrent. La foule au bord du bassin s'était tue devant l'explosion de Vata. La Psyo ne pouvait laisser passer ce moment. Elle déglutit très fort, souleva le bas de sa robe et s'agenouilla face au bassin où les eaux se calmaient.

— Prions, dit-elle en baissant la tête.

Dépêche-toi de penser ! songea-t-elle, les yeux plissés contre la peur, la réalité et cet ennemi beaucoup plus sournois qu'étaient ses propres larmes.

Physiquement, nous sommes créés par notre rêverie, créés et limités par elle. Car c'est la rêverie qui définit les contours extrêmes de notre esprit.

GASTON BACHELARD,
La Poétique de la rêverie,
Manuel du Psychiatre-aumônier.

Tandis qu'il descendait pour affronter Gallow, Twisp, ignorant les capteurs dissimulés dans le plafond, parla ouvertement à Nakano. Il ne faisait plus pour lui aucun doute que Nakano jouait un double jeu tortueux. Mais quelle importance? Sa rencontre avec le charpentier, Noé, lui avait mis du baume au cœur. Il faudrait que Gallow s'incline devant la nouvelle réalité de Pandore. Le varech voulait le voir mort et il ne pouvait rien y faire. Les terres émergées appartenaient à tout le monde. Gallow pouvait retarder l'issue inévitable, il ne pouvait pas l'empêcher. Il était prisonnier ici. Ainsi que tous les siens.

Nakano se contenta de rire quand Twisp lui fit part de ses réflexions.

— Il sait très bien qu'il est prisonnier, dit-il. Il sait que Kareen et Scudi attendent là-bas, hors de sa portée pour l'instant.

— Il ne les aura jamais, dit Twisp.

— Qui sait? Il a le Juge Suprême en son pouvoir. Un marché est toujours possible.

— C'est drôle, fit Twisp. Avant de connaître ce charpentier là-haut, j'ignorais ce qui était en jeu exactement.

— Quel charpentier? s'étonna Nakano.

— Cet homme à qui j'étais en train de parler. Noé. Vous ne l'avez pas entendu raconter l'histoire de l'arche? Il m'a dit aussi que Nef lui parlait.

— Il n'y avait personne là-haut. Vous étiez seul!

— Il était devant moi ! Comment avez-vous pu ne pas le voir ? Il avait une grande barbe jusqu'ici. (Twisp indiqua du doigt son nombril.) Et il ne cessait d'appeler son fils, Abimaël.

— Vous avez eu une hallucination, dit Nakano d'une voix douce. Sans doute d'avoir nagé sous l'eau.

— Il m'a donné un gâteau, murmura Twisp.

Il se souvenait de son goût fruité, de ses doigts qui collaient après l'avoir touché. Il regarda ses doigts. Aucune miette n'y adhérait. Il les sentit. Pas la moindre odeur de gâteau. Il retourna sa langue dans sa bouche. Le goût n'y était plus.

Il se mit à trembler.

— Ne vous inquiétez pas, lui dit Nakano. Ça peut arriver à tout le monde.

— Mais je l'ai vu ! chuchota Twisp. Nous avons parlé longuement. Nef lui a fait une promesse : « Je ne jetterai plus ma malédiction sur cette terre pour le bien de l'humanité. »

Nakano eut un mouvement de recul.

— Vous êtes dingue ! Vous étiez tout seul au soleil.

— Et l'atelier ? demanda plaintivement Twisp. L'homme avait une longue barbe et se tenait dans l'ombre de son atelier.

— Il n'y a pas d'atelier là-haut. Rien que le soleil. Le Grand Soleil a dû vous taper sur la tête. Vous étiez sans chapeau. Vous feriez mieux d'oublier tout ça.

— Comment oublier ? Il m'a touché. Il a passé son doigt sur mon visage. Il était aveugle.

— Eh bien, n'y pensez plus, au moins. Vous allez voir GeLaar Gallow. Si vous voulez négocier avec lui, vous avez intérêt à avoir toute votre tête.

L'ascenseur s'était arrêté. La porte s'ouvrit. Nakano et Twisp sortirent sur le palier où six hommes armés les encadrèrent aussitôt.

— Par ici, dit Nakano. Gallow vous attend.

Twisp prit une profonde inspiration tremblante et

se laissa escorter dans le couloir aux angles durs, aux parois lisses et au plancher absolument immobile.

Ce Noé était réel. J'en suis sûr.

Le varech !

Cette subite prise de conscience le faisait vibrer jusqu'au bout des doigts. Le varech avait réussi à s'insinuer dans sa tête et à dominer ses sensations !

L'idée le terrorisait et il chancela.

— Marche un peu plus vite, mutard ! aboya l'un des gardes.

— Ce n'est pas sa faute, lui dit Nakano sur un ton de reproche. Il est habitué aux ponts qui tanguent.

Twisp était surpris que le Sirénien prenne ainsi sa défense.

Comprend-il vraiment ce que je suis venu faire ici ?

Ils s'arrêtèrent à l'entrée d'une salle dont la grande porte rectangulaire était ouverte. La salle était immense, comparée aux critères îliens. Elle faisait au moins six mètres de long sur dix ou douze de large. Gallow était assis face à une série d'écrans qui occupaient le mur du fond. Il se tourna pour accueillir Twisp et Nakano tandis que l'escorte restait dehors.

Twisp fut immédiatement frappé par la régularité des traits du Sirénien et par la longue chevelure dorée et soyeuse qui lui arrivait presque aux épaules. Les yeux bleus et froids de Gallow le dévisagèrent attentivement, après s'être à peine attardés sur ses longs bras. Il se leva d'un mouvement souple tandis que Nakano et Twisp s'immobilisaient à deux pas de lui.

— Soyez le bienvenu, dit Gallow. Surtout, ne vous considérez pas comme notre prisonnier. Vous êtes ici pour négocier dans l'intérêt des Iliens.

Twisp fronça les sourcils. Ainsi, Nakano lui avait tout révélé !

— Il n'y a pas que vous, naturellement, ajouta Gallow. Vous allez être rejoint dans un instant par le Juge Suprême Ward Keel.

Gallow accompagna ces mots d'un sourire chaleureux. Il avait une voix douce et persuasive.

Un charmeur, se dit Twisp. *Doublement dangereux !*

Les yeux bleus de Gallow le détaillaient avec une vivacité aiguë.

— On m'a dit... fit le Sirénien en jetant un coup d'œil involontaire à Nakano... que vous vous défiez du varech.

Twisp regarda Nakano, qui plissa les lèvres.

— C'est vrai, non ? demanda le colosse.

— C'est vrai, admit Twisp à contrecœur.

— Je pense que nous avons créé un monstre en donnant une conscience au varech, poursuivit Gallow. Permettez-moi de vous dire que je n'ai jamais approuvé cette partie du projet. Je la trouvais dégradante... immorale... une vraie trahison envers tout ce qui est humain.

Gallow fit un geste de la main qui indiquait clairement qu'il estimait s'être suffisamment expliqué sur ce point. Il se tourna vers Nakano.

— Veux-tu demander au garde qui est devant la porte si le Juge Suprême a eu le temps de récupérer suffisamment pour être amené ici ?

Nakano tourna les talons et sortit dans le couloir où Twisp l'entendit tenir une conversation à voix basse. Gallow le regarda en souriant. Quelques instants plus tard, Nakano fut de retour.

— Le juge Keel ne va pas bien ? demanda Twisp. De quoi a-t-il fallu qu'il récupère ?

De la torture ?

Twisp n'aimait pas le sourire de Gallow.

— Le Juge Suprême, répondit ce dernier en insistant sur le titre, a un problème de digestion.

L'attention de Twisp fut attirée à ce moment-là par un bruit de pas traînants à l'entrée de la salle. Il se tourna pour voir deux gardes escorter le juge Keel dans la salle. Ils le tenaient chacun par un bras et il avançait avec difficulté.

Twisp fut choqué de le voir dans cet état. Il semblait au bord de la mort. Les parties visibles de sa peau avaient un aspect livide et moite. Ses yeux étaient vitreux et non coordonnés. L'un se tournait encore vers le couloir et l'autre était baissé vers l'endroit où il posait péniblement chaque pied. Sa nuque, malgré la prothèse que tout le monde connaissait, semblait incapable de soutenir beaucoup plus longtemps une tête aussi grosse.

Nakano alla chercher un fauteuil bas qu'il plaça avec soin derrière le juge. Les deux Siréniens qui l'escortaient l'aidèrent à s'asseoir puis se retirèrent. Pendant un instant, on n'entendit plus que sa lourde respiration.

— Je suis vraiment navré, monsieur le Juge Suprême, dit Gallow d'une voix chargée de commisération étudiée. Mais nous devons utiliser au mieux le peu de temps qu'il nous reste. Il y a certaines choses que je désire.

Keel rassembla lentement, péniblement, ses esprits, et leva les yeux vers Gallow.

— Ce que Gallow désire, Gallow l'obtient toujours, dit-il d'une voix faible et tremblante.

— Il paraît que vous avez un problème de digestion ? demanda Twisp en regardant la silhouette pitoyable et familière de celui qui avait été si longtemps au centre de la vie publique îlienne.

L'un des yeux bizarrement placés du juge se tourna vers Twisp, notant le stigmate îlien de ses longs bras, que confirmait l'accent reconnaissable entre tous.

— Qui êtes-vous ? demanda-t-il d'une voix un peu plus ferme.

— Je suis de Vashon, monsieur le Juge. Je m'appelle Twisp. Queets Twisp.

— Ah, oui. Un pêcheur. Pourquoi êtes-vous ici ?

Twisp déglutit. La peau de Keel était transparente. Cet homme avait besoin de soins et non d'une pénible confrontation avec Gallow. Ignorant la dernière question du juge, Twisp se tourna vers le Sirénien.

— Il devrait être dans un hôpital !
Un sourire nerveux agita les commissures des lèvres de Gallow.
— Le Juge Suprême a refusé toute aide médicale.
— Trop tard pour ça, murmura Keel. Quel est l'objet de cette réunion, Gallow ?
— Comme vous le savez, Vashon est échouée près d'une de nos barrières rocheuses. L'île a survécu à une première tempête, mais elle a subi d'importants dégâts. Pour nous, c'est une cible facile.
— Vous êtes prisonniers ici ! s'écria Twisp.
— C'est exact. Mais tous mes partisans ne sont pas ici avec moi. Les autres occupent des positions stratégiques à l'intérieur des sociétés sirénienne et îlienne. Ils m'obéissent toujours.
— Vous avez des Iliens à votre solde ? s'étonna Twisp.
— Entre autres la Psyo.
De nouveau, un sourire léger effleura les lèvres de Gallow.
— La chose est remarquable, après ce qu'ils ont fait à Guemes, dit le juge Keel.
Il parlait presque normalement, mais l'effort de se tenir droit lui coûtait très cher. Son large front était baigné de transpiration.
Gallow pointa l'index sur Twisp. Ses prunelles luisaient.
— Vous avez Kareen Ale, Twisp ! Et Vashon a Vata. Il me faut les deux !
— Intéressant, dit le juge en se tournant vers Twisp. C'est vrai que vous avez Kareen ?
— Elle est à bord de notre hydroptère, juste à l'intérieur de la ligne de varech que Gallow et les siens ne peuvent pas franchir.
— Je pense que Nakano pourrait passer, fit Gallow. Nakano ?
— C'est possible, dit ce dernier.
— Le varech l'a laissé passer tout à l'heure, dit Gallow en souriant à Twisp. J'ai l'impression qu'il est immunisé.

Twisp regarda Nakano qui se tenait à côté passivement. Il écoutait ce que les autres disaient, mais son regard ne se posait sur personne en particulier.

L'idée vint à Twisp, à ce moment-là, que Nakano appartenait en réalité au varech. Le Sirénien avait conclu un pacte avec la présence monstrueuse au fond de la mer ! Aux yeux de Twisp, Nakano était un tueur qui incarnait très bien l'agressivité sirénienne dissimulée sous un masque de douceur trompeuse. Tuer, était-ce là ce que le varech attendait de lui ? On ne pouvait pas se méprendre sur le fanatisme qui transparaissait dans sa voix chaque fois qu'il parlait du varech. « Là est mon immortalité », avait-il dit devant Twisp.

— Je vous assure que nous pourrions éviter toute violence, reprit Gallow. Nous sommes tous raisonnables. Il y a des choses que vous désirez et d'autres que je désire moi-même. Nous devrions trouver un terrain d'entente.

Les pensées de Twisp retournèrent à son étrange rencontre là-haut avec le charpentier Noé.

Si c'est vraiment le varech qui a créé cette hallucination, que cherchait-il à faire ? Quel était son message ?

Aucun massacre n'était justifié. Même si c'était Nef qui l'avait ordonné, le massacre n'était pas une bonne solution. Cela ressortait clairement de l'attitude et des paroles de Noé.

L'arche est sur la terre ferme et la malédiction de Nef ne s'étendra plus sur cette terre.

Twisp connaissait vaguement la légende de l'arche... Y avait-il là un message de Nef que retransmettait le varech ?

Gallow, d'un autre côté, représentait la trahison. Il était prêt à faire n'importe quoi pour parvenir à ses fins. Si la Psyo était réellement à sa solde, comme il le disait, c'était qu'un pacte maléfique avait été forgé.

Et si Noé n'avait été qu'une simple hallucination ? Nakano a peut-être raison quand il attribue tout cela à l'effet de la narque.

Nakano regarda brusquement Twisp en disant :

— Pourquoi n'avez-vous pas ressenti de nausées ?

Twisp fut si stupéfié par cette question, suggérant chez Nakano un véritable pouvoir de télépathie, qu'il mit un moment à en saisir les implications possibles.

— Vous êtes malade, également ? demanda Keel en levant les yeux vers lui.

— Je vais très bien.

Twisp s'arracha à la contemplation de Nakano et reporta toute son attention sur Gallow. Il vit les signes d'autosatisfaction sur son visage, dans son sourire furtif, dans les plissements de son front et dans les commissures abaissées de sa bouche. Il sut alors ce qu'il avait à faire. Parlant lentement et distinctement, s'adressant directement à Gallow, il dit :

— L'imagination de votre cœur est le mal de votre jeunesse.

Les paroles de Nef rapportées par Noé étaient sorties naturellement de la bouche de Twisp, qui sentit leur justesse après les avoir prononcées. Gallow plissa le front en disant :

— Vous faites un piètre diplomate.

— Je ne suis qu'un simple pêcheur, répondit Twisp.

— Pêcheur peut-être, mais pas si simple, fit le juge Keel avec un gloussement qui s'acheva en une toux faible et sèche.

— Vous croyez que Nakano est immunisé contre le varech ? demanda Twisp. C'est moi qui lui ai servi de laissez-passer. Sans moi, il aurait eu le même sort que les autres. Je suppose qu'il vous a dit que le varech les a noyés ?

— Je sais que le varech est devenu incontrôlable. Nous avons lâché un monstre sur cette planète. Nos ancêtres avaient eu raison de l'exterminer !

— C'est possible. Mais nous ne pourrons pas renouveler cet exploit.

— Avec des lance-flammes et des produits toxiques ! s'écria Gallow.

— Non !

C'était Nakano qui avait lâché cette exclamation et qui fustigeait à présent Gallow du regard.

— Nous le circonscrirons dans des limites raisonnables, fit Gallow d'une voix destinée à l'apaiser. Pas assez important pour être conscient, mais suffisamment développé pour préserver à jamais nos morts.

Nakano hocha sèchement la tête, mais il demeurait tendu.

— Dites-lui, Nakano, commanda Twisp. Pourriez-vous vraiment regagner l'hydroptère sans moi ?

— Même si le varech me laissait passer, l'équipage m'empêcherait probablement de monter à bord, dit Nakano.

— D'autre part, fit le juge Keel, je ne vois pas très bien comment vous pourriez faire couler Vashon alors qu'elle est déjà échouée.

Un sourire lui déformait douloureusement le coin de la bouche.

— Vous croyez donc que je ne peux rien faire, dit Gallow.

Twisp jeta un coup d'œil à l'entrée de la salle où les gardes faisaient semblant de ne pas écouter.

— Vos hommes n'ont pas encore compris dans quelle souricière vous les avez placés ? demanda-t-il d'une voix qui portait très loin. Tant que vous serez en vie, ils seront prisonniers ici !

Un afflux de sang empourpra le visage de Gallow.

— Mais Vashon...

— Vashon se trouve dans une zone occupée par le varech ! Ni vous ni aucun de vos hommes ne pouvez y pénétrer. Monsieur le Juge... commença Twisp en se tournant vers Keel.

— Non, non... souffla le juge. Continuez ; vous vous en sortez très bien.

Gallow faisait des efforts visibles et répétés pour réprimer sa fureur. Après avoir pris plusieurs longues inspirations et carré les épaules, il déclara :

— Avec des aérostats, nous pouvons...

Ce fut Nakano qui l'interrompit, cette fois-ci :

— Ce qu'un aérostat peut faire est limité. Tu sais ce qui est arrivé à celui où je me trouvais. Ils sont aussi vulnérables qu'un suba.

Gallow le regarda comme s'il le voyait pour la première fois.

— C'est bien mon fidèle Nakano que j'entends parler ainsi ?

— Tu ne comprends donc pas ? demanda Nakano d'une voix douce et pénétrante. Quelle importance, ce qu'il peut nous arriver personnellement ? Viens, je t'accompagne dans le sein du varech. Il peut nous prendre, si tel est son désir.

Gallow recula de deux pas.

— Viens, insista Nakano. Le Juge Suprême est sur le point de mourir. Nous partirons tous les trois ensemble. Nous ne mourrons pas. Nous vivrons éternellement dans le varech.

— Imbécile ! coupa Gallow. Le varech n'est pas immortel. Nous l'avons tué une fois et cela peut se reproduire.

— Le varech n'est pas de cet avis ! dit Nakano. L'existence d'Avata est éternelle !

— Nakano, Nakano... mon plus dévoué compagnon... fit Gallow de sa voix la plus persuasive. Ne nous laissons pas entraîner par le feu de la discussion. Bien sûr que le varech peut vivre éternellement... mais il ne faudra pas qu'il se développe au point de menacer nos existences.

Gallow lançait des regards inquiets aux gardes qui écoutaient dans l'entrée. L'expression de Nakano n'avait pas changé. Keel, qui suivait la scène de ses yeux brouillés par la souffrance, songea :

Nakano le connaît; il ne lui fait pas confiance.

Twisp avait eu une pensée identique. Il se disait qu'il avait trouvé le levier ultime à employer contre Gallow.

Nakano peut être retourné contre son chef!

Gallow se composa un sourire lugubre qu'il adressa au juge.

— Monsieur le Juge Suprême, n'oublions pas que la Psyo me demeure dévouée ! Et c'est moi qui aurai les caissons hyber.

C'est son meilleur atout, se dit Keel.

— Je parie que Simone Rocksack ignore encore que c'est vous qui avez coulé Guemes, réussit-il à prononcer tout haut.

— Et qui peut lui faire part d'une telle accusation ? demanda Gallow en regardant suavement autour de lui.

C'est notre arrêt de mort ? se demanda Twisp. *Il veut nous réduire définitivement au silence ?*

Il décida de passer à l'attaque.

— Si nous ne regagnons pas l'hydroptère, ils diffuseront un message par radio avec une déclaration de Bushka pour confirmer l'accusation.

— Bushka ? répéta Gallow dont les yeux pétillèrent en même temps de stupéfaction et de ravissement. Vous voulez parler de l'Ilien Bushka qui nous a volé un suba ? Tu entends ça, Nakano ? Ils savent où se trouve notre voleur de suba.

L'expression de Nakano ne changea pas. Gallow consulta la montre de son terminal de communication.

— Eh bien ! C'est presque l'heure de déjeuner. Ilien Twisp, pourquoi ne resteriez-vous pas ici avec le Juge Suprême ? Je vais vous faire apporter votre repas. Pendant ce temps, Nakano et moi nous mangerons tranquillement en essayant de mettre au point un compromis. Le juge et vous pourrez faire de même.

Gallow se rapprocha de Nakano.

— Suis-moi, mon vieil ami, dit-il. Je ne t'ai pas sauvé la vie pour faire de toi un adversaire.

Nakano tourna vers Twisp son visage couturé sur lequel se lisait clairement une question.

Et vous, pourquoi m'avez-vous sauvé la vie ?

Twisp prit le parti de répondre à la demande non formulée.

— Vous savez bien pourquoi, dit-il.

Je vous ai sauvé simplement parce que vous étiez en danger, pensa-t-il. Et il était vrai que Nakano le savait.

Nakano, cependant, résistait à la pression de Gallow sur son bras.

— Ne sois pas fâché avec moi, mon vieil ami, lui dit Gallow. Nous rejoindrons tous les deux le varech lorsque le moment sera venu. Mais il est trop tôt pour l'instant. Il nous reste trop de choses à faire.

Peu à peu, Nakano se laissa entraîner dans le couloir. Dès qu'ils furent sortis, le juge Keel, dont les muscles tremblaient tellement que sa grosse tête était agitée de tressaillements visibles, s'adressa à Twisp :

— Nous n'avons pas beaucoup de temps. Débarrassez la table qui se trouve là-bas et aidez-moi à m'étendre dessus.

Rapidement, Twisp ôta les objets qui encombraient la table puis retourna vers Keel. Passant ses longs bras sous les aisselles du juge, il le souleva, étonné de le trouver si léger. Keel n'était plus qu'un sac de peau diaphane enveloppant des os creux. Avec précaution, Twisp le porta jusqu'à la table où il l'étendit doucement.

Sans forces, le juge essaya maladroitement de défaire les sangles de sa prothèse.

— Aidez-moi à ôter ce foutu truc, haleta-t-il.

Twisp déboucla le harnais et fit glisser la prothèse qui tomba à terre. Le juge soupira de soulagement.

— Je préfère quitter ce monde plus ou moins dans l'état où j'y suis entré, dit-il, chaque mot lui ôtant un peu plus de forces. Non... ne protestez pas, ajouta-t-il. Vous savez comme moi que je vais mourir.

— Monsieur le Juge, s'il y a quelque chose que je peux faire pour vous aider...

— Vous avez déjà fait l'essentiel. J'avais peur de rendre l'âme au milieu d'étrangers hostiles.

— Il y a peut-être quelque chose...

— Rien du tout, soyez-en certain. Les meilleurs

médecins de Vashon m'ont déjà fait part du verdict de la Commission Supérieure de toutes les formes de vie. Non... vous êtes la personne qui convient parfaitement pour cet instant. Pas assez proche pour vous mettre à chialer, et cependant assez pour que je sache que la chose ne vous est pas indifférente.

— Monsieur le Juge... si je peux faire quelque chose... n'importe quoi...

— Servez-vous simplement de votre splendide bon sens quand vous traiterez avec Gallow. Vous avez déjà compris que Nakano peut être dressé contre lui.

— Oui, j'ai vu ça.

— Il y a une chose...

— Demandez.

— Ne les laissez pas donner mon corps au varech. Je ne veux pas de ça. Je ne conçois pas la vie sans le support d'une enveloppe charnelle individuelle, même si elle est aussi médiocre que celle que je suis sur le point de quitter.

— Je vous promets...

Twisp s'interrompit. L'honnêteté le forçait à demeurer silencieux. Que pouvait-il promettre ? Le juge comprit son dilemme car il lui vint en aide :

— Vous ferez ce que vous pourrez. Je le sais. Et si vous échouez, ce n'est pas moi qui vous jugerai.

Les yeux de Twisp se remplirent de larmes.

— Tout ce qu'il sera en mon pouvoir de faire, monsieur le Juge... je le ferai.

— Et ne soyez pas trop dur avec la Psyo, chuchota Keel.

— Comment ? dit Twisp en se baissant pour coller son oreille aux lèvres du juge.

Keel répéta ce qu'il venait de dire puis ajouta :

— Simone est une femme au psychisme sensible et amer. Et... vous avez vu Gallow. Imaginez l'attirance qu'il peut exercer sur elle.

— Je comprends, murmura Twisp.

— Mon cœur est plein de joie à l'idée que nos îles

ont pu produire d'aussi braves hommes. A présent, je suis prêt à être jugé.

Twisp essuya ses larmes, la tête toujours penchée près des lèvres du juge. Quand elles ne dirent plus rien, Twisp s'aperçut qu'aucun bruit de respiration ne montait plus du corps allongé sur la table. Il mit un doigt sur l'artère de son cou. Plus de pouls. Il se redressa.

Que pourrais-je faire?

Il ne voyait rien dans cette salle qui pût l'aider à brûler le corps du juge pour empêcher que les Siréniens ne le jettent à la mer. Il essayait désespérément de trouver une solution lorsqu'il entendit des pas dans le couloir.

— Il est mort?

C'était Nakano qui venait d'entrer dans la salle. Les larmes qui ruisselaient sur le visage de Twisp étaient une réponse assez éloquente.

— Il ne doit pas être donné en pâture au varech, lui dit Twisp.

— Ami, fit Nakano, il est mort mais il n'est pas obligé de rester mort. Vous le retrouverez plus tard en Avata.

Twisp serra les poings. Ses deux longs bras tremblaient.

— Non! Il m'a demandé d'empêcher cela.

— Mais ce n'est pas à nous de décider. Si c'était un homme probe, Avata voudra l'accueillir en son sein.

Twisp fit un bond jusqu'à la table et s'y adossa face à Nakano.

— Laissez-moi l'emporter à Avata, dit le colosse en s'avançant vers l'Ilien.

Quand Nakano fut à portée de ses longs bras, Twisp lança en avant un poing durci par d'innombrables filets. Tout le poids de son corps accompagnait le coup, que Nakano reçut sur le côté de la mâchoire. Son cou puissamment musclé absorba la majeure partie du choc, mais ses yeux devinrent vitreux. Sans lui donner le temps de récupérer,

Twisp bondit et lui tordit un bras en arrière, dans l'intention de le jeter à terre.

Nakano retrouva assez de force pour tendre ses muscles et empêcher cela. Il tournait lentement sous la pression exercée par Twisp, en se déplaçant comme un épais tentacule de varech.

Brusquement, les gardes envahirent la salle. Des mains saisirent Twisp et le clouèrent au sol.

— Ne lui faites pas de mal ! cria Nakano.

Ceux qui le maintenaient relâchèrent leur pression, mais ne le laissèrent pas bouger.

Le visage massif de Nakano apparut au-dessus de lui. Il avait du sang au coin de la bouche et souriait tristement.

— Je vous en prie, ami Twisp. Je ne vous veux pas de mal. Je souhaite seulement rendre hommage au Président et Juge Suprême de la Commission des Formes de Vie, qui s'est dévoué durant tant d'années dans l'intérêt de tous.

L'un des gardes qui maintenaient Twisp laissa échapper un ricanement. Immédiatement, Nakano le saisit par l'épaule et le souleva comme un sac de guano pour le projeter un peu plus loin.

— Ces Iliens dont vous vous moquez sont aussi chers à Avata que n'importe lequel d'entre nous ! rugit-il. Le premier qui l'oublie aura affaire personnellement à moi !

Le garde rudoyé demeurait le dos à la cloison, le visage déformé de terreur. Pointant l'index en direction de Twisp, Nakano ajouta :

— Laissez-le se relever mais ne le lâchez pas.

Il s'avança vers la table et souleva délicatement le corps du juge dans ses bras. Puis il se dirigea vers la porte avec son fardeau et ajouta à l'intention des gardes :

— Après mon départ, conduisez le pêcheur à GeLaar Gallow. Il est là-haut et il a des propositions à faire. Il a besoin de votre aide, ajouta-t-il pensivement en s'adressant à Twisp, pour récupérer les caissons hyber. Ils commencent à arriver.

L'hybernation est à l'hibernation ce que la mort elle-même est au sommeil. Plus proche de la mort que de la vie, l'hybernation ne peut être levée que par la grâce de Nef.

Les Historiques.

Tandis que Brett le maintenait immobile, Kareen Ale ligatura le moignon de Bushka avec une sangle empruntée à leurs équipements de plongée. Bushka était juste devant le panneau d'accès principal et la surface de l'océan était visible par le hublot de plaz à l'arrière de l'hydroptère. Le Grand Soleil, qui venait d'entrer dans son quadrant vespéral, peignait des volutes huileuses dans les frondaisons du varech obscurcies de temps à autre par le passage des nuages.

Bushka laissa entendre un gémissement.

L'hydroptère était bercé par une houle paisible. Kareen Ale s'était adossée à la cloison pour conserver son équilibre tout en utilisant ses deux mains.

— Voilà, dit-elle en achevant de fixer le garrot.

Il y avait du sang partout sur le pont autour d'eux et sur leurs combinaisons de plongée. Kareen se tourna vers la coursive en criant :

— Tu as la civière, Shadow?

— Je l'apporte tout de suite!

Brett prit une inspiration profonde et contempla, par le hublot de plaz, l'étendue de varech à l'aspect si paisible, si inoffensif. L'horizon était d'un gris absurdement teinté de rose à l'endroit où le Petit Soleil allait bientôt se lever pour rejoindre son compagnon géant.

Durant la demi-heure qui venait de s'écouler, l'enfer s'était déchaîné.

Bushka, allant et venant d'un air résigné dans la

cabine, leur avait fait peu à peu oublier toute méfiance. Mais brusquement, il s'était rué dans la coursive et avait enclenché la commande manuelle d'ouverture du panneau principal. L'eau s'était engouffrée à l'intérieur sous la pression des trente-cinq mètres de profondeur où ils se trouvaient alors. Bushka s'était préparé. Plaqué à la paroi pour éviter la trombe, il s'était emparé de la bouteille de plongée rangée près de la sortie pour les cas d'urgence et l'avait endossée rapidement.

Brett et Panille, lancés à sa poursuite, avaient été renversés puis refoulés par le flot rugissant qui envahissait la cabine. Seule la présence d'esprit de Scudi, qui avait abaissé une cloison étanche entre eux et la sortie, avait sauvé l'hydroptère et ses occupants.

Bushka, d'un coup de palme, s'était enfoncé sans peine dans la jungle de varech qui entourait l'hydroptère posé au fond de la mer.

Scudi, luttant contre les tonnes d'eau qui s'étaient engouffrées à bord, avait vidé les ballasts et mis toutes les pompes en action. Puis elle avait crié à Kareen d'aider Brett et Shadow. Peu à peu, l'hydroptère s'était soulevé du fond, environné de varech.

Brett et Panille, aidés par Kareen Ale, avaient regagné la cabine en pataugeant dans la coursive inondée. Scudi, après avoir jeté un bref coup d'œil à Brett pour s'assurer qu'il n'avait rien, reporta son attention sur le monde sous-marin visible par les hublots de la cabine.

— Il est en train de le mettre en pièces! s'écria-t-elle.

Les autres se rapprochèrent du siège de pilotage pour regarder dans la même direction qu'elle. L'hydroptère grimpa encore au milieu des frondaisons géantes et ils aperçurent Bushka tout près du hublot dans l'eau glauque. Un tentacule géant le maintenait par le milieu du corps tandis qu'un autre s'enroulait autour de son bras gauche. Soudain, l'eau devint trouble et foncée au niveau de l'épaule de Bushka.

Kareen Ale poussa un cri étouffé.

Brett comprit alors. C'était du sang qui troublait l'eau. Le bras de Bushka avait été arraché.

Comme s'il le recrachait, le varech repoussa Bushka vers la surface avec ses tentacules.

Scudi inclina l'hydroptère et remonta rapidement vers la surface. Ils ne mirent pas longtemps à retrouver Bushka, à moitié inconscient, perdant son sang à profusion. Déjà, une meute de capucins, attirés par l'odeur du sang, arrivait sur les lieux, mais le varech semblait lui faire barrage de ses tentacules.

Plus tard, lorsque Kareen eut soigné Bushka, Brett et Panille l'attachèrent sur la civière et le transportèrent à l'avant. Kareen les suivit peu après.

— C'est un miracle qu'il s'en soit sorti, dit-elle. Il a perdu la moitié de son sang. L'artère branchiale était béante.

Scudi était restée aux commandes. Elle n'avait accordé qu'un bref regard à Bushka lorsque la civière avait été déposée derrière elle au milieu de la cabine. L'hydroptère faisait des cercles dans une zone à peu près libre de varech. La houle légère clapotait contre la coque. Toute l'eau embarquée par l'hydroptère avait été évacuée mais les ponts étaient encore mouillés.

Scudi ne pouvait s'empêcher de revoir sans cesse en imagination l'horrible scène à laquelle elle avait assisté.

Que Nef nous vienne en aide! pensait-elle. *Le varech est devenu mauvais!*

Panille s'était penché sur Bushka. Le visage de l'Ilien était gris mais il paraissait conscient. Voyant cela, Panille lui demanda :

— Que vouliez-vous faire?

— Chut! souffla Kareen Ale.

— Ça va... réussit à dire Bushka. Voulais... tuer... Gallow.

Panille fut incapable de réprimer son indignation.

— C'est nous que vous avez failli tuer!

Kareen le tira en arrière.

Brett prit place à côté de Scudi sur le siège du copilote. Il regarda la masse sombre de l'avant-poste à la base entourée d'écume. Le Petit Soleil s'était levé et l'eau reflétait une double lumière.

— Le varech... dit Bushka.

— Ne parlez pas, fit Kareen Ale. Economisez vos forces.

— Dois parler... les morts de Guemes... avec le varech... tous... Le varech a dit... j'ai arraché un bras... à l'humanité... suis puni... de la même façon... Merde!

Il essaya de regarder l'endroit où manquait son bras, mais les liens qui le retenaient sur la civière l'en empêchèrent.

Scudi regarda Brett d'un air effaré. Etait-il possible que le varech eût acquis la personnalité de tous les morts qu'il avait absorbés? Tous les vieux comptes allaient-ils être réglés? Ayant finalement retrouvé sa conscience et ses moyens d'expression, le varech avait choisi de s'exprimer par la violence. Scudi frissonna en contemplant les frondaisons vert sombre qui entouraient l'hydroptère.

— Il y a des capucins partout, dit-elle.

— Où... où est mon bras? gémit Bushka.

Il avait les paupières closes et sa grosse tête paraissait encore plus énorme contre le tissu pâle de la civière.

— Il est dans la glace, répondit Kareen Ale. Nous interviendrons aussi peu que possible sur les tissus de la plaie afin de préserver toutes les chances de le remettre en place.

— Le varech sait... que je ne suis qu'un imbécile... dont s'est servi Gallow, grogna Bushka en tournant la tête d'un côté puis de l'autre. Pourquoi s'en est-il pris... à moi?

A ce moment-là, une forte rafale secoua l'hydroptère et le rabattit en direction du varech. Il y eut un grand bruit contre la coque et le bâtiment gîta dangereusement puis se redressa avec un grincement prolongé.

— Qu'est-ce que c'est? demanda Ale. Que s'est-il passé?

Brett pointa l'index en direction du ciel, au-dessus de l'avant-poste.

— Je crois qu'on a voulu attirer notre attention sur quelque chose. Regardez. Jamais je n'avais vu autant d'aérostats à la fois!

— Aérostats, mon œil! fit Panille. Par Nef! Ce sont des gyflottes, des milliers de gyflottes!

Brett était bouche bée. Comme tous les enfants îliens, il avait déjà vu des représentations holo de ces vecteurs de spores de l'ancien varech. Mais ce phénomène n'avait pas été observé dans le ciel de Pandore depuis des générations.

Panille a raison. Des gyflottes!

— Elles sont magnifiques, murmura Scudi.

Brett était obligé de l'admettre. Ces énormes poches à hydrogène organiques dansaient à la lumière des deux soleils, parées de toutes les couleurs de l'arc-en-ciel. Elles passèrent haut au-dessus de l'avant-poste, poussées par un vent régulier en direction du sud-ouest.

— Nous n'avons plus besoin de nous en occuper désormais, dit Panille. Le varech assure sa propre propagation.

— Elles descendent, dit Brett. Regardez. Certaines laissent traîner leurs tentacules dans l'eau.

Le vol des gyflottes, qui avait largement dépassé l'avant-poste, revenait obliquement frôler la crête des vagues.

— On dirait qu'elles sont dirigées par quelqu'un, fit Scudi. Voyez comme elles se déplacent ensemble.

Une nouvelle fois, il y eut un cognement sonore contre la coque. Un chenal s'ouvrit de part et d'autre de l'hydroptère, filant en ligne droite dans la direction où étaient les gyflottes. D'abord lentement, puis de plus en plus vite, l'hydroptère fut entraîné par le courant.

— Autant se laisser porter, dit Panille.
— Mais Twisp est toujours là-bas ! protesta Brett.
— Le varech a pris les choses en main. Votre ami devra s'en sortir par ses propres moyens.
— Je crois que Shadow a raison, déclara Scudi en montrant du doigt l'avant-poste. Vous voyez ? Il y a d'autres gyflottes qui arrivent. Elles touchent presque la falaise.
— Mais si Twisp revient et qu'il ne nous...
— Je ferai demi-tour dès que le varech nous le permettra, fit Scudi en mettant les statos en marche.
— Non. Je vais prendre des bouteilles et...
— Brett ! dit-elle en posant une main sur son bras. Tu as vu ce qu'il a fait à Bushka.
— Mais moi, je ne lui ai pas fait de mal... ni à personne.
— Nous ne pouvons pas savoir comment il réagira.
— Elle a raison, intervint Panille. Vous ne seriez pas d'un très grand secours à votre ami, sans vos bras.

Brett se laissa retomber sur son siège.

Scudi augmenta la vitesse et sortit les foils. L'hydroptère glissa bientôt à toute allure dans le chenal en direction des gyflottes qui tournaient au ras des flots.

Brett s'était renfrogné. Il avait l'impression que tous ses amis siréniens, même Scudi, s'étaient ligués contre lui. Comment pouvaient-ils savoir ce que voulait réellement le varech ? D'accord, il avait ouvert un chenal à travers ses épaisses frondaisons ; d'accord, il avait fait passer un courant dans ce chenal. Mais Twisp avait peut-être besoin de lui en ce moment à l'endroit où ils étaient censés l'attendre.

Soudain, il secoua la tête. Il savait comment Twisp lui-même aurait réagi devant son mouvement d'humeur. *Ne fais pas l'idiot !* Le varech s'était exprimé sans risque de malentendu. Bushka... le chenal... le courant... des mots n'auraient pas pu mieux expliquer ce qu'il fallait faire maintenant. Scudi et les autres l'avaient compris et accepté plus vite que lui, voilà tout.

D'un geste vif du tranchant de la main, Scudi venait de couper les gaz. L'hydroptère retomba sur une houle forte qui faisait monter des gerbes d'écume de chaque côté de la coque.

— Le passage est bloqué, dit-elle.

Ils regardèrent devant. Non seulement le varech avait refermé le chenal qui les avait amenés jusqu'ici, mais une barrière de tentacules et de thalles hérissés émergeait, menaçante, à quelques mètres d'eux. Leur route était bloquée dans toutes les directions par une forêt vert sombre, dense et basse.

Brett regarda sur sa gauche. L'avant-poste se dressait à moins de trois cliques de là. Les gyflottes continuaient de descendre et de tourner au-dessus de la mer, en masse, à une clique de l'hydroptère.

— Elles n'étaient pas aussi colorées dans les reproductions holo, dit Panille derrière Brett.

— Une nouvelle espèce, sans doute, approuva Kareen.

— Que faisons-nous ? demanda Brett.

— Nous attendons de savoir pourquoi le varech nous a fait venir ici, lui répondit Scudi.

Brett leva les yeux vers les gyflottes qui continuaient à descendre. Leurs tentacules noirs pendaient en direction de l'eau et la lumière des deux soleils irisait leurs poches gonflées.

— Les historiques racontent que le varech produit son hydrogène à peu près de la même manière que les Iliens d'aujourd'hui, expliqua Panille. Les enveloppes sont formées par extrusion à de grandes profondeurs puis gonflées et lâchées dans l'atmosphère pour disséminer leurs spores. Un de mes ancêtres a volé avec une gyflotte, ajouta-t-il à voix basse. Elles m'ont toujours fasciné. J'ai souvent rêvé d'un jour comme aujourd'hui.

— Que font-elles ici ? demanda Scudi. Leurs spores sont inutiles. Il y a déjà du varech partout.

— Tu parles comme si elles étaient dirigées par une volonté intelligente, lui fit remarquer Kareen. Elles vont probablement là où le vent les porte.

Panille secoua énergiquement la tête.

— Détrompe-toi. Qui contrôle les courants contrôle la température à la surface de l'eau, et par conséquent dirige les vents.

— Alors, pourquoi sont-elles ici? insista Scudi. Elles ne flottent pas au gré du vent, on dirait plutôt qu'elles se rassemblent.

— Les caissons hyber? demanda Kareen.

— Mais comment le varech... commença Scudi avant de s'interrompre, une main sur la bouche, pour ajouter : C'est ici que les caissons doivent descendre?

— Approximativement, dit Kareen. Shadow?

— C'est exactement le quadrant prévu, confirma Panille en jetant un coup d'œil à la montre de bord. D'ailleurs, ils ont déjà du retard par rapport à l'horaire fixé à l'origine.

— Il y a une gyflotte qui n'est pas comme les autres, dit Brett en collant presque son doigt au plaz pour la montrer. A moins que ce ne soit un aérostat?

— Un parachute! s'écria Panille. Par le ventre de Nef! C'est le premier caisson qui descend!

— Regardez les gyflottes, fit Scudi.

Les grandes outres colorées s'étaient mises à tournoyer en laissant un espace libre en leur centre. L'ensemble se déporta vers le sud et légèrement à l'ouest, formant un filet au niveau de la mer juste au-dessous du parachute.

Ils apercevaient maintenant quelque chose qui se balançait sous la corolle du parachute. Un cylindre argenté qui captait les reflets aveuglants des deux soleils.

— Par Nef! Ce truc-là est énorme! s'écria Panille.

— Je me demande ce qu'il contient, chuchota Kareen.

— Nous allons le savoir bientôt, dit Brett. Regardez... j'en vois un deuxième... et puis un troisième...

— Oooh ! si seulement je pouvais en toucher un... rien qu'un ! murmura Panille.

Le premier caisson hyber n'était plus qu'à une centaine de mètres de la surface. Il disparut au milieu des gyflottes et ils ne le virent pas toucher l'eau. Un deuxième caisson tomba dans le cercle, suivi de plusieurs autres. Ils en comptèrent vingt en tout. Certains étaient plus gros que l'hydroptère.

Le cercle de gyflottes se referma lorsque le dernier caisson eut percuté l'eau. Aussitôt, un chenal s'ouvrit dans le varech, reliant l'hydroptère à l'endroit où s'étaient rassemblées les gyflottes.

— On nous demande là-bas, constata Scudi.

Elle remit les statos en marche et l'hydroptère avança sur sa coque à la limite de portance des foils. Son étrave fendait les flots et, à mesure qu'il se rapprochait des gyflottes, celles-ci s'écartaient pour le laisser pénétrer dans le cercle d'eau libre où les énormes cylindres étaient ballottés par la houle.

Les occupants de l'hydroptère contemplaient, émerveillés, le spectacle qui s'offrait à eux. Les tentacules des gyflottes actionnaient le mécanisme d'ouverture des caissons et se glissaient à l'intérieur. De grands panneaux courbes s'ouvraient. Brusquement, l'un des caissons ouverts bascula et l'eau s'engouffra à l'intérieur. Des mammifères marins au ventre blanc en sortirent et plongèrent immédiatement sous l'eau.

— Des orques ! souffla Panille. Regardez ! Des jubartes ! Exactement comme dans les représentations holo !

— Mes baleines... murmura Scudi.

Le chenal qui s'était ouvert devant l'hydroptère s'incurvait à présent sur la gauche et les dirigeait vers un groupe de six caissons maintenus bord à bord par une concentration de varech. Des tentacules de gyflottes traînaient dans l'eau. Certains s'entortillaient autour des caissons et pénétraient à l'intérieur.

Au moment où l'hydroptère se rapprochait des

cylindres, un tentacule noir ressortit de l'un d'eux en hissant dans les airs une forme humaine qui se débattait, pâle et nue comme un ver. Puis un autre tentacule remonta un autre humain et ainsi de suite, jusqu'à ce que toutes les couleurs de peau fussent représentées au ras des flots, du plus noir que Scudi au plus pâle que Kareen Ale.

— Que font les gyflottes avec ces malheureux? demanda Kareen.

Les visages de ceux qui venaient de sortir des caissons étaient terrorisés, mais les occupants de l'hydroptère les virent peu à peu devenir sereins. Les gyflottes flottaient lentement vers l'appareil avec leur fardeau humain.

— Voilà pourquoi on avait besoin de nous, dit Brett. Venez, Shadow. Allons leur ouvrir la porte.

Scudi coupa les réacteurs de l'hydroptère.

— Nous ne pouvons pas prendre tout ce monde en charge, dit-elle. Ils nous feraient couler!

Elle montrait du doigt l'endroit où les gyflottes continuaient à retirer les humains un à un des caissons. Il y en avait déjà plus d'une centaine en train de se balancer au bout d'un tentacule, et leur nombre augmentait à chaque seconde.

Brett, hésitant dans la coursive, s'était retourné pour voir le spectacle.

— Nous les remorquerons au moins jusqu'à l'avant-poste, dit-il. Il faut essayer de leur lancer un filin.

Il fit volte-face et s'élança dans la coursive. Panille le suivit en courant.

Les gyflottes étaient déjà à hauteur du panneau d'accès lorsque Brett l'ouvrit. Un tentacule se glissa à l'intérieur et s'enroula autour de lui. Il se figea. Des mots surgirent alors dans son esprit, d'une clarté parfaite, sans aucune distorsion ni aucun bruit de fond :

— *Gentil humain qui es l'ami de la chère Scudi d'Avata, ne crains rien. Nous t'apportons ces Nef-clones pour qu'ils vivent en paix aux côtés de tous ceux qui partagent Pandore avec Avata.*

Brett respirait très fort. Il sentit les pensées de Panille à côté de lui, mais elles étaient troubles, sans commune mesure avec les paroles cristallines qui pénétraient ses sens par l'intermédiaire des tentacules lovés autour de lui. Panille projetait des idées d'angoisse, de peur, des images holo de son enfance représentant des gyflottes, des souvenirs de famille centrés autour du premier Panille pandorien, son ancêtre Kerro... et aussi la crainte que le poids de tous ces humains que leur confiaient les gyflottes ne fasse sombrer l'hydroptère.

— *Les gyflottes vous soutiendront,* transmirent les tentacules. *N'ayez aucune crainte. Quelle merveilleuse journée! Quelles étonnantes surprises nous sont tombées du ciel par la grâce de Nef!*

Progressivement, Brett recouvrait l'usage de ses propres sens. Il vit qu'il était entouré par une spire de tentacules noirs et luisants. Des humains nus étaient introduits l'un après l'autre par le panneau d'accès. Comme ils étaient grands! Certains devaient se baisser pour avancer dans la coursive.

Panille était lui aussi maintenu par des tentacules. Il faisait signe aux nouveaux arrivants d'emprunter la coursive en direction de la cabine de pilotage.

— Vous pouvez aussi aller dans la soute, de ce côté, leur dit Brett.

Ils obéissaient tous sans discuter aux directives de Brett et de Panille. Ils semblaient être dans un état de stupeur consécutif à leur réveil dans les tentacules des gyflottes.

— Elles nous remorquent vers l'avant-poste, dit Panille en montrant les gyflottes.

Les falaises noires étaient visibles par le panneau ouvert et le bruit du ressac à la base de l'avant-poste se faisait déjà entendre.

— Et Gallow? s'écria Brett.

Au moment même où il parlait, les tentacules le relâchèrent. Panille fut libéré en même temps. Autour d'eux, tout l'espace était occupé par les humains nus et silencieux. D'autres arrivaient encore, suspendus aux tentacules des gyflottes qui encadraient le panneau d'accès. Lentement, Brett commença à se frayer un chemin vers la cabine à travers la masse humaine qui s'écartait docilement pour lui laisser le passage.

Il y avait moins de monde dans la cabine que dans la coursive. Autour de la civière où se trouvait Bushka, inconscient, un espace était resté libre. Les sièges de pilotage, occupés par Scudi et par Kareen Ale, étaient également dégagés. Le pare-brise était presque entièrement obstrué par un réseau de tentacules entrelacés. Seuls quelques trous laissaient apercevoir les falaises de l'avant-poste entourées d'écume.

— Le varech est sur la falaise, dit Kareen. Regardez ! Il y en a partout !

L'un des humains nus, un homme si grand que sa tête touchait presque le plafond de la cabine, s'avança jusqu'au pare-brise et se pencha pour regarder par une fente dans la muraille de tentacules. Il se retourna au bout d'un moment puis baissa les yeux vers les orteils palmés de Scudi et ceux de Kareen, à peu près identiques. Il considéra ensuite les grands yeux de Brett.

— Nef ait pitié de nous ! s'écria-t-il. Si nous nous reproduisons sur cette planète, nos enfants seront tous difformes ?

Brett fut d'abord frappé par son accent, étrangement mélodieux, puis par le contenu de ses paroles. Cet homme considérait visiblement les Siréniens et les Iliens avec la même répugnance indignée.

Kareen, choquée, échangea un regard avec Brett puis se tourna vers les géants massés dans la cabine. Ils étaient peu à peu en train de perdre leur expression hébétée. Mais comme tous ces visages étaient semblables ! Elle se demandait comment ils faisaient pour se reconnaître entre eux... à part les variations dans la couleur de leur peau. Ils étaient tous faits au moule !

Elle comprit alors qu'elle avait devant elle les humains de Nef, les humains normaux. C'était elle, avec sa petite taille et ses orteils à moitié palmés, qui était le monstre.

Par Nef! Comment tous ces nouveaux venus allaient-ils réagir quand ils verraient des gens comme le Juge Suprême, ou même Queets Twisp, avec ses bras démesurés? Qu'allaient-ils dire en voyant la tête de la Psyo?

L'hydroptère, à ce moment-là, racla le fond à plusieurs reprises. Puis il fut doucement soulevé et posé sur une surface solide.

— Nous sommes arrivés, dit Scudi.

— Et maintenant, il nous reste à affronter GeLaar Gallow d'une manière ou d'une autre, déclara Panille.

— Si le varech ne l'a pas déjà fait à notre place, murmura Kareen.

— On ne peut pas savoir ce qu'il est capable de faire, dit Panille. Je crois que Twisp avait raison. Il est impossible de lui faire confiance.

— En tout cas, il est drôlement convaincant, fit Brett en se rappelant le contact des gyflottes devant le panneau d'accès.

— C'est là que réside le véritable danger, dit Panille.

Les malheureux ! Ils ont massacré les vaches sacrées du dieu-soleil ; et voyez ! le dieu les a privés du retour à la mère patrie.

HOMÈRE,
Archives de la Mnefmothèque.

Twisp entendait parler les hommes de Gallow en contrebas. Il y avait dans ces voix une nervosité qui confirmait la force de sa propre position. Gallow l'avait conduit, par un étroit sentier taillé en escalier dans le roc, jusqu'à un promontoire qui dominait la mer dans la partie sud-est de l'avant-poste. Une brise assez forte soufflait sur le visage de Twisp.

— Un jour, dit Gallow avec un large geste, je construirai ici ma résidence gouvernementale.

Twisp regarda la roche noire incrustée d'éclats minéraux qui reflétaient la lumière des deux soleils. Il avait connu dans sa vie beaucoup de journées semblables : les deux soleils haut dans le ciel, la houle scintillante et paisible sous une nappe de varech. Mais jamais il n'avait dominé ce spectacle d'une telle hauteur. Même le point le plus élevé de Vashon ne lui avait jamais donné une telle impression d'immuabilité sereine.

Gallow, bâtir ici ?

Il essayait en vain de saisir des bribes de conversation montant des roches en contrebas. Les paroles étaient inintelligibles, mais la nervosité du ton était contagieuse et affectait Gallow.

— Les caissons hyber vont bientôt arriver, dit-il. Et ils seront à moi !

Twisp contempla le varech qui recouvrait la mer à perte de vue et songea à ce qu'avait dit Nakano :

Il a besoin de votre aide.

— Comment allez-vous les récupérer? demanda-t-il à haute voix.

Il gardait un ton modéré et ne jugeait pas utile de mentionner la masse de varech qui montait la garde au pied de la falaise. Du promontoire où il se trouvait, il lui semblait que le varech s'était encore rapproché de l'avant-poste depuis le moment où Nakano et lui étaient arrivés à la nage.

— Avec ça, dit Gallow.

Il désigna du doigt, en contrebas, les enveloppes à moitié gonflées de trois aérostats qui attendaient sur une aire de lancement. Les Siréniens qui s'affairaient autour semblaient les seuls à ne pas être désœuvrés dans l'avant-poste.

— Naturellement, reprit Gallow, si nous avions votre hydroptère, cela nous rendrait la tâche plus facile. Je suis prêt à vous offrir beaucoup en échange.

— Vous avez déjà un hydroptère. Il est mouillé un peu plus loin sous le vent de ce promontoire. Je l'ai vu en arrivant.

Twisp parlait d'une voix neutre et patiente. Cette conversation lui rappelait les nombreuses fois où il avait négocié au plus près le paiement d'une cargaison de poisson.

— Vous savez mieux que moi que le varech ne laisserait pas passer notre appareil, déclara Gallow. Mais si vous retournez jusqu'au vôtre avec Nakano...

Twisp prit une profonde inspiration. Il y avait tout de même une différence de taille entre ce qu'il était en train de faire et le marchandage de quelques casiers de poisson. Même s'il était leur adversaire, il pouvait respecter ceux qui voulaient lui acheter sa pêche. Tandis que Gallow l'écœurait à tel point qu'il avait du mal à ne pas le laisser paraître dans sa voix.

— Je ne crois pas que vous ayez grand-chose à m'offrir, dit-il.

— Je vous offre une part de pouvoir. Dans la nouvelle Pandore.

— C'est tout ?

— Comment, c'est tout ? fit Gallow, étonné pour de bon.

— Il me semble que la nouvelle Pandore ne vous attendra pas pour se faire. Je ne crois pas que vous y ayez beaucoup d'avenir, avec le varech qui veut votre peau et tout le reste.

— Vous ne comprenez pas. La Compagnie Sirénienne de Commerce exerce un monopole quasi absolu sur les importations et la transformation des produits alimentaires de base. Nous sommes en mesure d'obtenir ce que nous voulons de Kareen Ale. Avec la position qu'elle occupe...

— Vous n'avez aucune prise sur Kareen Ale.

— Avec votre hydroptère... et ceux qui sont dedans...

— D'après ce que j'ai pu voir, ce serait plutôt Shadow Panille qui influencerait Kareen Ale. Quant à Scudi Wang...

— Ce n'est qu'une enfant !

— Une enfant qui a un empire pour héritage.

— Exactement ! Votre hydroptère et ceux qui sont dedans constituent la clef de tout.

— Oui, mais cette clef, c'est moi qui l'ai.

— Et moi, je vous ai, fit Gallow en durcissant le ton.

— Et le varech a le Juge Suprême, dit Twisp.

— Mais il ne m'a pas, et je possède encore le moyen de récupérer les caissons hyber. Avec les aérostats, ce sera plus lent et plus difficile, mais c'est faisable.

— Vous m'offrez un rôle subalterne dans votre organisation, dit Twisp. Qu'est-ce qui m'empêchera de tirer toute la couverture à moi quand j'aurai regagné l'hydroptère ?

— Nakano.

Twisp dut se mordre la lèvre pour s'empêcher d'éclater de rire. Gallow avait vraiment peu d'arguments pour lui. Aucun, en fait, depuis que le varech voulait sa mort et que l'hydroptère était entre les mains de quelqu'un qui voulait récupérer les caissons avant lui. Twisp leva les yeux vers le ciel. Gallow disait que les caissons seraient visibles d'ici quand ils commenceraient à tomber. Ses partisans de la Station de Lancement l'avaient averti. C'était un autre point à prendre en considération : Gallow avait des hommes en place un peu partout. Il y avait même des Iliens qui travaillaient pour lui.

Mais les caissons hyber...

Twisp ne pouvait s'empêcher de ressentir une profonde excitation à la pensée qu'ils étaient si proches. Durant toute son enfance, il avait entendu les gens spéculer sur leur contenu. Ils étaient censés être la panacée qui humaniserait Pandore.

Le varech pourrait-il empêcher cela ?

Twisp se tourna pour regarder les aérostats. Nul doute qu'ils pouvaient évoluer hors de portée du varech. Mais si les caissons tombaient d'abord dans l'eau ? Le varech laisserait-il des humains les repêcher de leur nacelle ? Tout dépendait de la manière dont ils allaient tomber. Du haut du promontoire, on apercevait même un endroit de la mer où il n'y avait pas de varech. C'était une loterie.

Gallow montra du doigt le cirque en contrebas où les aérostats attendaient.

— C'est ma carte en réserve, dit-il.

Twisp savait très bien ce qu'il faudrait faire à ce stade s'ils étaient en train de marchander une cargaison de poisson : menacer de tout rompre et de s'adresser à un autre acheteur. Durcir le ton et faire comprendre à l'acheteur présent qu'il n'avait plus sa chance dans les négociations à venir.

— Vous ne valez pas plus qu'une crotte de capucin, dit-il. Considérez les faits. Si les caissons descendent au milieu du varech, vous êtes fini. Sans otages, vous et vos hommes n'êtes qu'une poignée de guignols prisonniers d'un minuscule rocher. Vous avez peut-être des partisans ailleurs, mais je parie qu'ils vous laisseront tomber à la seconde même où ils s'apercevront de votre impuissance.

— Je vous ai comme otage, dit Gallow d'une voix grinçante. Ne vous méprenez pas sur ce que je pourrais vous faire.

— Que pourriez-vous me faire ? demanda Twisp en mettant un maximum de modération dans sa voix. Nous sommes seuls ici. Je n'aurais qu'à vous ceinturer et plonger avec vous dans l'océan du haut de ce promontoire. Le varech se chargerait du reste.

Gallow sourit et sortit un laztube de la poche de son vêtement.

— Je me doutais bien que vous en aviez un, dit Twisp.

— Soyez persuadé que je prendrais un grand plaisir à vous découper lentement en petits morceaux.

— Seulement, vous avez besoin de moi. Vous n'avez pas le tempérament d'un joueur, Gallow. Vous préférez les certitudes.

Le Sirénien fronça les sourcils. Twisp inclina la tête en direction des aérostats dont l'enveloppe était en train de se gonfler lentement.

— Et ce ne sont pas des certitudes, ajouta-t-il.

Gallow contracta ses traits en une parodie de sourire. Il agita le laztube qu'il tenait toujours à la main.

— Pourquoi ergotons-nous ainsi ? demanda-t-il.

— Vous croyez vraiment que c'est ce que nous faisons ?

— Vous cherchez à gagner du temps. Vous attendez de voir où vont tomber les caissons.

Twisp se contenta de sourire.

— Pour un Ilien, vous n'êtes pas trop bête, lui dit Gallow. Voyez ce que je vous offre. Vous pourriez posséder tout ce que vous désirez. De l'argent, des femmes...

— Comment sauriez-vous ce que je désire ?

— Vous n'êtes pas différent des autres sur ces points, fit Gallow en parcourant des yeux la longueur des bras du pêcheur. Je pense même que certaines Siréniennes ne jugeraient pas votre fréquentation totalement inavouable.

Il rempocha le laztube et écarta les mains en signe de bonne volonté avant d'ajouter :

— Vous voyez ? Je sais ce qui marche avec vous. Je sais ce que je peux vous offrir.

Twisp secoua lentement la tête d'un côté puis de l'autre. De nouveau, il contempla les aérostats. *Inavouable ?* Il n'avait pas même un pas à faire pour que ses longs bras se referment sur l'être humain le plus « inavouable » qu'il eût jamais rencontré. Un seul pas, et ils basculeraient tous les deux dans l'océan.

Mais je ne connaîtrais peut-être jamais la fin de l'histoire.

Il s'imagina reprenant conscience au sein du vaste réservoir de pensées que détenait le varech. Sur ce point, il partageait la répugnance du juge Keel.

Merde ! Quand je pense que je n'ai rien pu faire pour aider ce pauvre homme ! Encore une chose que Gallow doit payer.

Une ombre passa à ce moment-là devant Twisp et la brise qui lui soufflait au visage devint glacée. Il crut un instant que ce n'était qu'un nuage, mais Gallow poussa un cri et Twisp sentit que quelque chose lui touchait l'épaule, puis la joue. Quelque chose de rugueux qui ressemblait à une corde.

Levant les yeux, il vit le dessous d'une gyflotte et les longs tentacules qui pendaient. Quelque part, quelqu'un hurlait.

Gallow ?

Une voix cristalline lui parvint par tous ses sens : l'ouïe, la vue, le toucher... il était tout entier captivé par cette voix.

— *Bienvenue en Avata, Twisp le pêcheur. Quel est ton souhait ?*

— Lâchez-moi ! glapit Twisp.

— *Aaah ! Tu souhaites conserver la chair. Mais Avata ne peut te déposer ici. La chair serait endommagée ou détruite. Prends patience et ne crains rien. Avata te déposera au milieu de tes amis.*

— Et Gallow ? réussit à dire Twisp.

— *Ce n'est pas ton ami !*

— Je le sais.

— *Et Avata le sait aussi. Gallow sera lâché, comme tu l'as demandé pour toi sans réfléchir, mais d'une grande hauteur. Gallow n'est plus rien d'autre qu'une curiosité, une aberration. Il vaut mieux le considérer comme une maladie, contagieuse et parfois mortelle. Avata soigne l'organisme infecté.*

Twisp s'aperçut alors qu'il était suspendu dans les airs à une très grande hauteur, cinglé par le vent. Au-dessous de lui, sur la mer, le varech s'étendait partout. Un vertige subit le saisit. Une constriction angoissée couvrit sa gorge et sa poitrine.

— *Ne crains rien,* fit la voix cristalline. *Avata chérit les amis et compagnons de sa bien-aimée Scudi Wang.*

Twisp inclina lentement la tête vers le haut. Il sentit les tentacules qui lui enserraient la taille et les jambes, il vit le ventre noir de la gyflotte d'où pendait la masse grouillante.

Avata ?

— *Tu vois là ce que tu appelles gyflotte,* lui expliqua la voix. *De nouveau, Avata ensemence la mer. Le roc est revenu. Ce que les humains ont détruit, les humains l'ont reconstruit. Vos erreurs vous ont donc appris quelque chose.*

Une grande amertume surgit dans le cœur de Twisp.

— Vous allez pouvoir vous occuper de tout. Plus d'erreurs. Tout va être parfait dans un monde de perfection.

Une impression d'immense éclat de rire silencieux se propagea en Twisp et la voix cristalline se fit légère et cajoleuse.

— *Ne projette pas tes craintes sur Avata. Il n'y a là rien d'autre qu'un miroir propre à te révéler.*

Puis la voix changea de nouveau et devint presque stridente :

— Voilà ! Au-dessous de toi se trouvent tous tes amis. Traite-les bien et sache partager leurs joies avec eux. Les Iliens n'ont-ils pas appris cette leçon grâce aux erreurs humaines du passé ?

Si la guerre survient, la meilleure chose à faire est de rester en vie, renforçant ainsi le nombre des gens sensés.

GEORGE ORWELL,
Archives de la Mnefmothèque.

La masse de Vashon était assez proche dans l'obscurité pour que Brett pût distinguer les lumières de ses parties hautes. Il se trouvait à côté de Scudi aux commandes de l'hydroptère et entendait derrière lui des conversations tenues à voix basse. La plupart des nefclones avaient été déposés dans l'avant-poste parmi les « Capucins verts » médusés et repentants. Le principal problème était maintenant de nourrir toute cette troupe de nouveaux arrivants. Seuls quelques-uns des plus représentatifs étaient restés à bord de l'hydroptère. Parmi eux, le clone appelé Bickel se tenait en ce moment derrière Brett, observant les lumières de Vashon qui scintillaient dans la nuit.

Ce Bickel attirait la curiosité de Brett. Il émanait de lui une aura de puissance et d'autorité. Comme il était massif ! Tous ces nefclones avaient une stature de géant. Ce n'était pas cela qui allait faciliter les problèmes de ravitaillement !

Quelqu'un s'approcha de l'avant de la cabine et s'immobilisa derrière Brett à côté du grand clone. La voix de Kareen Ale se fit entendre :

— Il va y avoir pas mal de choses à dire au rapport collectif, quand nous serons arrivés.

Brett entendit Twisp qui toussait à l'arrière de la cabine.

Un rapport collectif? Pourquoi pas, après tout? Certaines procédures anciennes peuvent avoir encore leur utilité.

L'expérience de Twisp entre les tentacules de la gyflotte devait être ajoutée à toutes leurs nouvelles données similaires.

Bien-aimée Scudi Wang...

Brett regarda le profil de Scudi qui se détachait à la lumière pâle du tableau de bord. Dès qu'il pensait à elle, quelque chose lui étreignait la poitrine.

Ma Scudi bien-aimée.

Le double alignement de lumières bleues qui marquait l'entrée du port principal de Vashon venait d'apparaître droit devant eux. Scudi laissa l'hydroptère redescendre sur sa coque.

— Une équipe médicale est prête à s'occuper de Bushka dès notre arrivée, dit-elle. Il faudrait le porter tout de suite devant la sortie.

— Je m'en occupe, dit Kareen Ale en s'éloignant.

— C'est la terre ferme qu'on aperçoit derrière l'île ? demanda Bickel.

Brett avait sursauté. Les nefclones parlaient si fort !

— C'est bien la terre ferme, déclara Scudi.

— La falaise doit faire au moins deux cents mètres de haut, ajouta Brett en se rappelant que personne d'autre à bord ne pouvait en distinguer les contours dans la nuit.

L'hydroptère se trouvait maintenant à l'abri dans le sein de Vashon. Brett ouvrit le panneau de sécurité de son côté de la cabine et pencha la tête à l'extérieur. Il sentit le vent sur sa figure et vit les contours familiers de ce havre qu'il connaissait si intimement. Et pourtant... il lui semblait qu'il y avait une éternité qu'il n'avait pas revu ces lieux.

Du haut de la cabine, il put suivre en détail les opérations d'accostage. Les Iliens sur le quai accoururent pour fixer les amarres tandis que Scudi coupait les réacteurs et que l'hydroptère s'alignait contre la bordure de grumelle. Il y eut à peine une secousse quand ils se collèrent aux souples organiques. Scudi alluma les lumières de la cabine.

Des visages familiers étaient levés vers Brett. Des

visages d'Iliens qu'il avait croisés des milliers de fois. Et la vieille puanteur de Vashon était là elle aussi.

— Pfff! s'écria Bickel. Ça sent mauvais, ici!

Brett sentit la main de Scudi sur sa nuque. Elle colla sa bouche à son oreille pour murmurer :

— L'odeur ne me dérange pas, mon chéri.

— Nous assainirons tout ça quand nous irons sur la terre ferme, dit Brett.

Il regarda la falaise qui se découpait dans le ciel noir derrière Vashon. Etait-ce là qu'il s'établirait avec Scudi, ou bien retourneraient-ils sous la mer pour faire surgir d'autres terres semblables à celle-ci?

Une voix lui cria d'en bas :

— C'est bien vous, Brett Norton?

— C'est moi!

— Vos parents vous attendent à la Maison des Arts. Ils ont hâte de vous revoir.

— Voulez-vous leur dire de nous rejoindre à la Coupe des As? lui cria Brett. Je leur présenterai mes amis.

— Doux Jésus! fit à ce moment-là la voix sonore de Bickel derrière lui. Regardez-moi toutes ces difformités! Comment ces gens font-ils pour vivre?

— Ils vivent heureux, lui dit Brett. Il faut en prendre votre parti, nefclone. Pour nous, ces gens sont beaux.

Il se pencha vers Scudi pour lui indiquer qu'il désirait se lever. Ensemble, ils quittèrent leurs sièges et levèrent les yeux vers la silhouette massive qui les dominait.

— Comment m'avez-vous donc appelé? demanda Bickel.

— Nefclone. Tous les humains que Nef a amenés sur Pandore étaient des clones.

— Ouais... fit Bickel en se frottant le menton et en regardant sur le quai la foule assemblée où ceux qui débarquaient dépassaient les Iliens d'une tête au moins... Ouais... répéta-t-il à voix basse. Que Jésus-

Christ ait pitié de nous... Quand nous avons créé Nef, nous ne pouvions pas soupçonner que...

Il secoua la tête sans achever sa phrase.

— A votre place, lui dit Brett, je ne parlerais pas ainsi des origines de Nef devant n'importe qui. Il y a certains Vé*nef*rateurs à qui cela risque de ne pas plaire.

— Que ça leur plaise ou pas, je m'en fous, grogna Bickel. Nef a été créée par des hommes comme moi. Notre objectif était de donner conscience à une machine.

— Et quand vous avez... fabriqué cette... conscience, continua Scudi, elle...

— Elle a pris le contrôle. Elle nous a dit qu'elle était notre dieu et que nous devions décider de quelle manière nous allions la vénérer.

— C'est vraiment étrange, murmura Scudi.

— Vous feriez mieux de me croire. Mais quelqu'un ici a-t-il une idée du temps que nous avons passé en hybernation ?

— Quelle différence cela peut-il faire ? demanda Brett. Vous voilà vivant ici et maintenant et c'est la seule chose qui va compter pour vous.

— Holà ! mon garçon ! cria la voix de Twisp à l'autre bout de la coursive. Dépêche-toi de venir ! Nous t'attendons en bas. Il se passe des tas de choses. Les Siréniens patrouillent sous l'eau autour des terres émergées. Ils grillent tous les capucins qu'ils trouvent. Ces sales bêtes voudraient également revenir sur la terre ferme.

— Nous arrivons !

Brett prit Scudi par la main et ils sortirent dans la coursive.

— Vata et Duque ont disparu, leur annonça Twisp. On a retrouvé leur bassin éventré et plus aucune trace d'eux.

Brett était perplexe. Il sentit sa main devenir moite contre celle de Scudi. *Encore Gallow ?* Non... Impossible ; Gallow était mort. Des hommes à lui, alors ? Il pressa le pas.

Un son rauque monta du quai et se répercuta dans la coursive.

— Qu'est-ce que c'est que ça ? demanda Scudi en sursautant.

— Vous n'avez jamais entendu chanter un coq ? leur demanda Bickel, qui les suivait.

— C'est une gyflotte qui l'a apporté, leur expliqua Twisp. Ce sont des animaux qu'on appelle des poulets. Ils ressemblent un peu aux couacs.

Dans le monde, vous aurez à souffrir; mais gardez courage : Moi, j'ai vaincu le monde.

Le Livre des Morts chrétien.

Vata se laissait bercer sur un matelas flottant de varech, la tête légèrement soulevée pour voir Duque endormi au creux de son gigantesque bras gauche. La lumière crépusculaire du Petit Soleil éclairait horizontalement la scène. La mer se soulevait et s'abaissait en vagues douces écrêtées par les thalles luisants.

Quand Duque ou elle avaient faim, de minuscules filaments du varech s'insinuaient dans leurs veines et les substances nutritives affluaient du varech à Vata et du varech à Duque. En retour, Vata livrait les informations génétiques stockées dans ses cellules sous leur forme la plus pure. Vata à Avata.

Quelle merveilleuse façon de se réveiller, se disait Vata.

Les filaments explorateurs du varech s'étaient glissés à travers la structure interne de Vashon, débouchant dans le fond du bassin en même temps qu'un geyser d'eau de mer qui avait balayé la Psyo et tous ceux qui se trouvaient à proximité. Les tentacules du varech, formant un cocon autour de Duque et d'elle, les avaient plongés dans les profondeurs de la mer pour les faire remonter un peu plus loin dans la nuit de Pandore. Un fort courant les avait aussitôt entraînés loin de la masse éventrée de Vashon. A quelque distance de l'île, des tentacules de gyflotte les avaient soulevés et transportés ici, où l'on ne voyait rien d'autre que l'océan et le varech.

C'était dans le berceau des tentacules de la

gyflotte que l'éveil de Vata s'était accompli vraiment.

Quel prodige... toutes ces vies humaines accumulées... toutes ces voix... c'était miraculeux. Mais ce qui avait étonné Vata, c'était que quelques voix protestaient contre leur conservation. L'une d'elles, qui s'appelait Keel, avait reproché au varech :

— Vous avez effacé ma personnalité ! Ma voix avait des imperfections que je connaissais bien. Elles faisaient partie de moi !

— *Tu fais maintenant partie d'Avata.*

Quelle voix magnifique que celle-là... quelle voix universellement apaisante...

— Vous m'avez donné une voix sans défaut ! Je n'en veux pas !

Et en vérité, quand Vata avait entendu de nouveau la voix de Keel, elle avait une sonorité différente, un accent rauque et entrecoupé de raclements de gorge et de toussotements.

— Vous croyez parler le langage de mon peuple, avait accusé Keel. C'est ridicule !

— *Avata parle tous les langages.*

Bien envoyé, s'était dit Vata. Mais Duque, présent dans sa conscience durant cette conversation intérieure, s'était senti étrangement solidaire de Keel.

— Chaque planète a son propre langage et ses propres moyens de communication secrets, avait répondu Keel.

— *Tu ne comprends pas Avata ?*

— Oh ! vous connaissez bien les mots. Et vous connaissez le langage des actes. Mais vous n'avez pas pénétré mon cœur; sinon, vous n'auriez pas essayé de gommer ma personnalité pour l'améliorer.

— *Que demandes-tu donc à Avata ?*

— De me laisser tranquille !

— *Tu ne souhaites pas être préservé ?*

— Oh ! j'ai encore assez de curiosité pour accepter cela. Vous nous avez fait le coup de Lazare et je suis bien content de ne plus souffrir dans ma vieille dépouille.

— *Tu n'appelles pas ça une amélioration ?*

— Vous ne pouvez pas m'améliorer ! Il n'y a que moi qui puisse m'améliorer. Nef et vous, vos miracles, vous pouvez les mettre où je pense ! Voilà l'un des véritables secrets de mon langage.

— *Un peu incongru, mais compréhensible tout de même.*

— Ce langage est né sur la planète où Lazare a passé sa vie, sa mort puis sa vie encore. C'est là que mon espèce a appris à parler. Le premier Lazare savait ce que je veux dire. Par tous les dieux, comme il le savait !

Quand Vata réveilla Duque pour lui faire part de sa perplexité, il éclata de rire.

— Vois-tu, s'écria-t-il, c'est que nous aimons bien savoir qui nous impose nos rêves !

Composition réalisée par EURONUMÉRIQUE

IMPRIMÉ EN FRANCE PAR BRODARD ET TAUPIN
La Flèche (Sarthe).
LIBRAIRIE GÉNÉRALE FRANÇAISE - 43, quai de Grenelle - 75015 Paris.
ISBN : 2-253-04862-3

30/7102/4